国家社科基金青年项目"唐代王府制度与文学关系研究"(22CZW020)阶段性成果

河南省高校哲学社会科学重点研究基地"河南文化传播与社会发展研究中心"、洛阳师范学院河洛文化科研平台资助项目

河南省高等学校哲学社会科学创新团队支持计划资助项目(2020-CXTD-04)

三味

唐代诸王与文学

郭发喜 著

社会科学文献出版社
SOCIAL SCIENCES ACADEMIC PRESS (CHINA)

目　录

绪　论

"古者帝王受命，以临万国，子弟建封，用尊五等，其所由来尚矣。"① 唐代立国之初，高祖李渊"以天下未定，广封宗室以威天下。皇从弟及侄年始孩童者数十人，皆封为郡王"②。其后沿革不休，皇室子弟封王，在唐代遂成惯例。

唐初诸王在宫廷文学活动中表现耀眼，他们以自身的创作丰富了时代文学的面貌。中晚唐之后，虽然这种影响力日渐衰弱，但仍然涌现出一些与诸王相关的优秀文学作品。另外，唐代诸王对文学家群体也有直接的影响，当时有很多知名文人曾经有过在王府中任职的经历。如曾任沛王侍读的王勃，史称"沛王贤闻其名，召为沛府修撰，甚爱重之"③；再如曾任邓王府典签的卢照邻，史称其"初授邓王府典签，王甚爱重之"④；再如曾任道王府属的骆宾王，"初为道王府属"⑤。王府官是当时文人的一种社会政治身份，这种任职经历和他们的文学活动有着直接的关系。如王勃因作《檄英王鸡》文（或作《檄周王鸡》文）触怒高宗，被贬虢州参军，此后才有了脍炙人口的《滕王阁序》。与后世相比，唐代宽容开放的文化风气，也为诸王与其他文人的交往提供了无限的机会和可能，许多著名的文学作品对此也有相应的记载。

唐代诸王与当时许多文学活动之间存在某种社会关联。然而对于这种社会关联的深层次分析，却很少有学者论及。在儒家思想占统治地位的中国古代社会中，不能忽视的一个现象就是，相当一批作家除了自觉从事文学创作活动之外，往往还同时承担着相应的社会政治责任。而且，从某种程度而言，大多数

---

① （宋）宋敏求编《唐大诏令集》卷三十三《封申王成义等制》，中华书局，2008，第134页。
② 《旧唐书》卷六十《宗室·李孝逸传》，中华书局，1975，第2342页。
③ 《旧唐书》卷一百九十上《文苑上·王勃传》，中华书局，1975，第5005页。
④ 《旧唐书》卷一百九十上《文苑上·卢照邻传》，中华书局，1975，第5000页。
⑤ 《新唐书》卷二百一《文艺上·骆宾王传》，中华书局，1975，第5742页。

古人对这种现实性的政治身份认同远远超过对文学创作者的身份认同。轻视文学，重视事功，在儒家"仕而优则学，学而优则仕"的人生设计中表现得更为明显，士人无论是"立德""立功"，还是"立言"，始终无法摆脱"仕"这一前提的局限。对于自一出生就深受儒家文化影响的唐代主要作家群体而言，完全意义上的诗人和作家在当时或许是不存在的，他们或多或少都要受到当时政治风气的影响。尤其对于那些已经置身于政治中心的诸王、王府官等作家群体来说，古代官僚体制内的独特氛围和文化环境对他们的影响，特别是文学创作方面的影响，常常表现得更加直接和具体。本书以唐代诸王为中心，以唐代宗室政策变迁为线索，以诸王及其所接触的主要文学创作群体为主要研究对象，从整体考察他们的文学创作情况，进而探讨更深层次的文学规律。

一

　　唐宋文学，尤其是唐宋诗歌，是我国古代文学史上双峰并峙的两大典范。不过，这两大典范转换的关捩并不在唐宋易代之际，而是早在唐代中期就已经形成了。陈寅恪曾对此有非常精到的评述："唐代之史可分为前后两期，前期结束南北朝相承之旧局面，后期开启赵宋以降之新局面，关于政治社会经济者如此，关于文化学术者亦莫不如此。"① 当前学界的一种主流看法在上述意见的基础上进一步细化，这种观点认为"以安史之乱为分水岭，唐代文学可以分为前后两期。前期上承魏晋南北朝文学，属于中国文学中古期的第一段；后期下启两宋文学，属于中古期的第二段"②。闻一多先生的意见与之大致相似，他以"安史之乱"为界将中国文学分为两个时期。其中，汉建安五年（200）到唐天宝十四载（755）为第一个时期，主导性的作者群体为"门阀贵族"；此后至五四运动后一年（1920）为第二个时期，主导性的作者群体为普通"士人"③。随着李唐宗室政策的演变，诸王的历史命运也多次发生转折，这种转折也直接影响了一批作家。尤其是在武周革命、玄宗改制等历史事件之后，由于诸王在政治上的失语，原先依附于他们的文人也被迫出走于

---

① 陈寅恪：《金明馆丛稿初编》，上海古籍出版社，1980，第332页。
② 袁行霈：《中国文学史》第二卷，高等教育出版社，2003，第215页。
③ 郑临川：《闻一多先生说唐诗（上）——纪念一多师诞生八十周年》，《社会科学辑刊》1979年第4期。

江山与塞漠，从而极大地改变了唐诗发展的方向。研究唐代诸王影响下的相关群体文学活动，考察唐代诸王与其影响下的文人群体在"贵族文学"到"士人文学"转变中所发挥的具体作用，主要有以下几个方面的意义。

首先，有助于认识唐代诸王在唐代文学中的地位。诸王是唐代宫廷文学活动的直接参与者。作为帝室之胄，唐代帝王非常注重对皇太子和诸王的教育，皇室中曾涌现出一批贤王，他们好学不倦，具备较高的文学才华与艺术修养。其中不少人曾有文学作品传世，据《旧唐书·经籍志》记载，濮王李泰著有《濮王泰集》二十卷等。另，《旧唐书》《新唐书》《全唐诗》《全唐文》《文苑英华》等文史资料中，也收录了诸王的一些文学作品。如《全唐诗》收录韩王李元嘉《奉和同太子监守违恋》、越王李贞《奉和圣制过温汤》等诗数十首。《全唐文》中收录荆王李元景《请封禅表》、陇西王李博义《服制议》等数十篇。作为唐代文学活动的实际参与者，诸王群体的文人身份和文学地位也应当受到研究与重视，但从这个角度进行的研究还不够深入，确实有继续加强的必要。

其次，有助于探析唐朝宗室政策的变迁对诸王的文学心态和文学创作的影响。从高祖到玄宗时期，君权不断加强，而宗室诸王权力不断被削弱、被剥夺。在这段时期，诸王的政治地位不断下降，特别是高宗、武后时期多次对诸王的杀戮，竟使这个群体"殆将尽矣"；安史之乱又使不及随玄宗避蜀的留京王孙被叛贼屠杀殆尽，杜甫《哀王孙》曾记载："腰下宝玦青珊瑚，可怜王孙泣路隅。问之不肯道姓名，但道困苦乞为奴。已经百日窜荆棘，身上无有完肌肤。"① 安史之乱后，随之而来的是藩镇割据和宦官专权，诸王的政治境遇丝毫没有改善，史称"唐室自艰难已后，两河兵革屡兴，诸王虽封，竟不出阁"②。德宗之后，宦官统领禁军，诸王的命运变得更加悲惨。德宗兴元元年（784），泾州兵变，"朱泚害郡王、王子、王孙七十七人于马璘宅"③；唐昭宗乾宁四年（897）八月，"通王、覃王已下十一王并其侍者，皆为（韩）建兵所拥至石堤谷，无长少皆杀之"④；"德王已下六王，皆为元晖

---

① 《杜诗详注》卷四《哀王孙》，（清）仇兆鳌注，中华书局，1979，第 311 页。
② 《旧唐书》卷一百五十《蕲王缮传》，中华书局，1975，第 4050 页。
③ 《旧唐书》卷十二《德宗本纪》，中华书局，1975，第 344 页。
④ 《旧唐书》卷二十《昭宗本纪》，中华书局，1975，第 762 页。

所杀，投尸九曲池"①。在唐朝立国近三百年间，宗室政策几经变迁，诸王由秉政一方的天潢贵胄到任人宰割的羔羊，其命运发生了实质的改变。同时，在中古时期文化演进的特殊阶段，唐代宗室诸王有着很独特的心理处境。诸王政治地位的升降导致该群体政治心态的变化，进而延伸到他们的文学活动层面，这也是非常值得关注的。

再次，有助于确认诸王在唐代文学活动中的具体作用。由于唐初诸王政治地位较高，当时一些重要的文学活动实际上都是由他们发起和领导的。如中宗时期的"上元诗会"，史载"神龙之际，京城正月望日，盛饰灯影之会……王主之家，马上作乐以相夸竞。文士皆赋诗一章，以纪其事，作者数百人"②。正是在诸王和公主的组织倡导下，才有如此的文学盛况。再如《括地志》的编撰。太宗贞观年间，魏王李泰曾经主持编撰了一部大型地理著作《括地志》，当时参与的有苏勖、萧德言、顾胤、蒋亚卿、谢偃等一大批著名文人。安史之乱前后，李白有《寄上吴王三首》，其一云："淮王爱八公，携手绿云中。小子忝枝叶，亦攀丹桂丛。"③ 这实际上也从侧面反映了当时嗣吴王李祗积极招揽文士，组织文学活动的情形。杜甫集中也有《赠特进汝阳王二十二韵》诗，诗人深情地回忆了汝阳王李琎对待自己"招要恩屡至"④ 的过往，并称赞其"精理通谈笑，忘形向友朋"。玩味其诗，当知汝阳王招揽的文士并非只有杜甫一人，则当时诸王组织文士进行文学活动之事应为数不少。因此，作为唐代一些文学活动的实际组织者和领导者，诸王与唐代文学的联系可谓非常紧密，其在文学史上的地位和作用不应当被研究者忽视。

又次，有助于了解唐代王府官任职经历对文人文学创作的影响。唐代王府官是一支在名义上隶属于诸王的官僚队伍，而《唐六典》等典籍对唐代王府官的编制和职能也有明确的记载。作为皇权的分支，在诸王受到普遍重视的唐代初期，当时文士莫不以出任王府官为荣，如秦王李世民麾下的十八学士。太宗和高宗后期，由于君权得到极大加强，诸王地位逐渐下降，文士出任王府官的心态也发生了变化。《旧唐书·郝处俊传》载："（郝处俊）再转

① 《旧唐书》卷一百七十五《昭宗十子传》，中华书局，1975，第4546页。
② （唐）刘肃：《大唐新语》卷八，许德楠、李鼎霞点校，中华书局，1984，第128页。
③ 《李太白全集》卷十四《寄上吴王三首其一》，（清）王琦注，中华书局，1977，第701页。
④ 《杜诗详注》卷一《赠特进汝阳王二十二韵》，（清）仇兆鳌注，中华书局，1979，第63页。

滕王友，耻为王官，遂弃官归耕。久之，召拜太子司议郎。"① 据《唐六典》记载，"亲王府，友一人，从五品下"②，其职官品级并不算低，郝处俊却宁可"弃官归耕"。而对于品级还在滕王友之下的太子司议郎，郝处俊却欣然奉命。可见，作为当时文士晋身的一个重要途径，在不同时期，王府官不同的政治待遇和政治前途使文人出任属官的心态发生变化。这一现象直接关系到他们的文学创作，应加以重视和研究。

最后，有助于在整体上深化对唐代诸王与文学的一些认识。从当前的研究成果来看，学术界当前关于诸王的研究主要集中在政治制度层面，如宗室管理制度、食实封制度、教育情况、婚姻情况，以及开元新制对宗室命运的影响等。作为唐代文学作品的创作者，诸王及其交往的文学家群体所进行的文学活动应当得到重视。目前关于唐代王府与文学的研究很少有学者关注，这是非常遗憾的。本书研究唐代诸王与文学的关系，有助于在整体上深化对当时一大批文人文学创作心态和创作情况的认识，这对还原唐代文学创作的实际情况具有一定积极意义。

二

为了避免行文歧义，使本书论述之逻辑更加清晰，在此将所涉及的一些重要概念，如"王""亲王""郡王""嗣王""王府制度""王权"等统一进行重新界定和辨析，兹罗列如下。

宗法制、宗室。远古时期，为了保证贵族权力的世代有序传袭，协调统治阶级权力分配的内部矛盾，以血缘关系为基础的宗法制度诞生了。宗法制度从夏朝开始形成和发展，至西周正式确立。周公摄政，以德治天下，确立了以嫡长子继承制为核心的宗法制。"一曰立子立嫡之制，由是而生宗法及丧服之制，并由是而有封建子弟之制，君天子臣诸侯之制。"③ 张继才进一步指出"在周代，天子、诸侯无宗法，庶民也无宗法"，并解释为了强调天子、诸侯至高无上的地位，"王族对于王（公族对于公），需要论君臣关系，不能

---

① 《旧唐书》卷八十四《郝处俊传》，中华书局，1975，第2797页。
② （唐）李林甫：《唐六典》卷二十九，陈仲夫点校，中华书局，2014，第729页。
③ 《王国维文集》下册，中国文史出版社，2007，第513页。

论血亲关系，所以说王无宗法"①；而庶民无宗法则是因为宗法制会加强庶民阶层的力量，进而威胁到统治阶级的利益，即"礼不下庶民"。所以宗法制一开始就是贵族阶层的专属，代表统治阶层的利益。按照宗法制的操作和运行模式，继承天子之位的嫡长子一支为大宗，其余为小宗；小宗之内的分支同样要按照宗法制的要求继续分为大宗、小宗，以此类推。具体传承关系如图0-1所示。

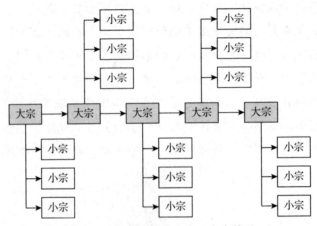

图0-1 宗法制下的大宗、小宗关系

"宗室"，是我国古老宗法制度实施下的产物。在宗法制的要求下，大宗掌握着宗族的祭祀权和继承权，拥有宗族内至高无上的权力。因此，"宗室"最早泛指各宗族之大者，其词义并不明晰：或指大宗，或指宗庙，或指皇族、王族、公族。"宗室"一词出自《诗经·召南·采蘋》，诗云："于以奠之，宗室牖下。"② 此处之"宗室"指的便是宗庙，即泛指大宗祭祀的地方。一直到南北朝时期，"宗室"一词尚非皇族之专称，贵族大姓也有称宗室的。顾炎武考证：

> 今人以皇族称为宗室，考之于古，不尽然，凡人之同宗者即相谓曰宗室。《左传·昭公六年》："宋华亥谮华合比而去之，左师曰：'女丧而宗室，于人何有？'"《魏书·胡叟传》："叟与始昌虽宗室，性气殊诡，

---

① 张继才、聂蒲生：《论周代的宗法制》，《信阳师范学院学报》（哲学社会科学版）2003年第6期。

② （宋）朱熹注《诗集传》，王华宝整理，凤凰出版社，2007，第11页。

不相附。"《高齐书·邢邵传》："十岁便能属文，族兄峦有人伦鉴，谓子弟曰：'宗室中有此儿，非常人也。'"《张雕传》："胡人何洪珍，大蒙主上亲宠，与张景仁结为婚媾。雕以景仁宗室，自托于洪珍。"《后周书·裴侠传》："撰九世伯祖贞侯传，欲使后生奉而行之，宗室中知名者咸付一通。"《薛端传》："为东魏行台薛循义所逼，与宗室及家童等走免。"《杜叔毗传》："兄君锡及宗室等，为曹策所害。"《徐陵集》有《在高齐与宗室书》。①

唐时所编修的《隋书》中，"宗室"已经专指隋朝杨氏皇族；而五代所编的《旧唐书》中已单列以李唐皇族成员为传主的《宗室列传》。可见，至迟在唐代时期，"宗室"一词已经成为李氏皇族的专称。故本书中出现的宗室，主要指李唐皇族。

王、亲王、嗣王、郡王、诸王。"王"是古代的一种爵位，来源甚古。《唐六典》曾云："五等之爵，盖始于黄帝。"② 据刘芮方《周代爵制研究》考证，至迟到"（西周）中期以后，伴随着礼制的变革而逐渐形成了系统化的'五等爵制'"③。关于"五等爵制"的最早文献见于《孟子·万章下》，其文曰：

> 北宫锜问曰："周室班爵禄也，如之何？"
>
> 孟子曰："其详不可得闻也。诸侯恶其害己也，而皆去其籍。然而轲也，尝闻其略也。天子一位，公一位，侯一位，伯一位，子、男同一位，凡五等也"④。

其后，爵制屡经变革，但基本上都没有脱离周代"五等爵制"的范围。唐代立国初，承前朝之制，设九等爵，《唐六典》记载：

> 司封郎中、员外郎掌邦之封爵。凡有九等：一曰王，正一品，食邑

① （清）顾炎武：《日知录》，陈垣校注，安徽大学出版社，2002，第1387页。
② （唐）李林甫：《唐六典》，陈仲夫点校，中华书局，2014，第37页。
③ 刘芮方：《周代爵制研究》，博士学位论文，东北师范大学，2011。
④ （汉）赵岐注，（宋）孙奭疏《孟子注疏》，北京大学出版社，1999，第271页。

一万户。二曰郡王，从一品，食邑五千户。三曰国公，从一品，食邑三千户。四曰郡公，正二品，食邑二千户。五曰县公，从二品，食邑一千五百户。六曰县侯，从三品，食邑一千户。七曰县伯，正四品，食邑七百户。八曰县子；正五品，食邑五百户。九曰县男，从五品，食邑三百户。①

其中，以王爵最为尊贵，郡王爵次之。王又称"亲王""国王"，亲王之继承者爵位下调一阶，称"嗣王"。《唐六典》对此有明确记载：

> 皇兄弟、皇子皆封国，谓之亲王。亲王之子承嫡者，为嗣王。皇太子诸子并为郡王。亲王之子承恩泽者亦封郡王，诸子封郡公。其嗣王、郡王及特封王子孙承袭者，降授国公。诸王、公、侯、伯、子、男若无嫡子及罪、疾，立嫡孙。无嫡孙，以次立嫡子同母弟；无母弟，立庶子。无庶子，立嫡孙同母弟；无母弟，立庶孙。曾、玄已下亦同此。无后者，国除。②

玄宗后以至唐亡，亲王形同囚禁，不出阁，爵位无有嗣者。《新唐书》载"自玄宗以后诸王不出阁，不分房，子孙阙而不见"③，所以宗室除"皇兄弟、皇子"外，封王爵者在历史上少有记载。本书所涉及之亲王、郡王、嗣王一般专就李唐宗室而言，而"诸王"则主要是李唐宗室群体中的亲王、郡王、嗣王的统称。

异姓王、武姓诸王。"异姓王"是相对于皇族同姓王而言的。秦始皇统一六国以后，建立了真正意义上的一姓一族家天下的君主专制制度，对中国影响深远。但是，秦代封爵止于"列侯"，没有王爵，不存在"异姓王"。楚汉争霸时，项羽、刘邦在一定程度上恢复了周代的封建制，在当时出现了大量的异姓王。西汉初，汉高祖刘邦采取系列措施剪除异姓王，并通过白马盟誓，确立了"非刘氏不王"的分封原则，这对后世王朝产生了很大的影响。

---

① （唐）李林甫：《唐六典》，陈仲夫点校，中华书局，2014，第37~38页。
② （唐）李林甫：《唐六典》，陈仲夫点校，中华书局，2014，第37~38页。
③ 《新唐书》卷七十《宗室世系表下》，中华书局，1975，第2147页。

汉朝以后，异姓封王的情况仍然存在，但已经成为历史的特例，而且往往是改朝换代的前奏。然而在唐代，尤其是王朝中后期，异姓封王的情况却非常泛滥，成为一种不可忽视的政治现象，史称"是时，王爵几遍天下。稍有宣力，无不王者矣"①。本书中所涉及的亲王、郡王、诸王等，皆不含上述之异姓王。

在异姓王中，又以"武姓诸王"最为典型。天授元年（690）九月，武则天篡唐，改国号为周，同时封"兄子文昌左相承嗣为魏王，天官尚书三思为梁王，堂侄懿宗等十二人为郡王"②。武周政权从天授元年九月始，至神龙元年（705）正月亡，前后历时约15年。在武周篡位期间，武氏诸王虽同李氏诸王并立，但其政治地位要远过之，事实上相当于之前的李氏诸王。一直到神龙元年五月，中宗才"降梁王武三思为德静郡王，定王武攸暨为乐寿郡王，河内王武懿宗等十余人并降为国公"③。武氏诸王爵位虽被贬黜，但在中宗时期权势依旧煊赫，后至唐隆政变（710），武氏政治集团才被玄宗彻底清洗。因此，作为唐代异姓王的一个特例，武氏诸王在这段时期实际上发挥着宗室诸王的作用。鉴于其在历史上的特殊性，本书亦将其纳入研究范围。

王府、王权、王府官。"王府"一词可以追溯到《尚书》中的《五子之歌》，其四曰："明明我祖，万邦之君。有典有则，贻厥子孙。关石和钧，王府则有。荒坠厥绪，覆宗绝祀！"《尚书正义》释"王府则有"条曰："人既足用，王之府藏则皆有矣。"④ 则此处之王府，乃天子之"府藏"。后世因之。一直到魏晋以前，"王府"专指天子、皇帝的府库、国库，抑或朝廷等。如《汉书·食货志下》记载单穆公劝谏周景王勿作重钱，"且绝民用以实王府，犹塞川原为潢洿也，竭亡日矣。王其图之"⑤；《后汉书·梁冀传》记载汉桓帝诛杀权臣梁冀后，"收冀财货，县官斥卖，合三十余万万，以充王府，用减天下税租之半"⑥；《三国志·蜀书十·彭羕传》载其举荐秦子敕曰："若明府能招致此人，必有忠谠落落之誉，丰功厚利，建迹立勋，然后纪功于王府，

① （清）赵翼：《陔余丛考》，中华书局，1975，第337页。
② 《旧唐书》卷六《则天皇后本纪》，中华书局，1975，第121页。
③ 《旧唐书》卷七《中宗本纪》，中华书局，1975，第139页。
④ （汉）孔安国传，（唐）孔颖达疏《尚书正义》，北京大学出版社，1999，第175页。
⑤ 《汉书》卷二十四下《食货志下》，中华书局，1964，第1151页。
⑥ 《后汉书》卷三十四《梁冀传》，中华书局，1973，第1187页。

飞声于来世，不亦美哉！"①《晋书·干宝传》载有王导奏章，其曰："宣皇帝廓定四海，武皇帝受禅于魏，至德大勋，等踪上圣，而纪传不存于王府，德音未被乎管弦。"②《宋书·龚颖传》载刺史陆徵于龚颖之评语，"诚当今之忠壮，振古之遗烈。而名未登于王府，爵犹齿于乡曹"③等案例，皆是如此。后来，"王府"词义逐渐发生了转变，《晋书·卫恒传》中有"恒字巨山，少辟司空齐王府"④，其含义与前者已明显不同，此处即指卫恒曾于齐王司马攸封国任职之事。但于《晋书》之中，此尚为孤例，随后之《宋书》中也未有同类含义者。南朝齐之后，此类情形才大量出现，如《南齐书·荀伯玉传》载荀伯玉曾"转太祖平南府，晋熙王府参军"⑤；《南齐书·虞玩之传》载虞玩之自述，"臣以宋元嘉二十八年为王府行佐，于兹三十年矣"⑥。《南齐书·袁彖传》载其曾"举秀才，历诸王府参军，不就"⑦；《南齐书·张欣泰传》载其曾被"辟州主簿，历诸王府佐"⑧等；共七处之多。考《晋书》作于唐初，则可知某王府概念应起于晋宋之后。

因此，"王府"一词有两种含义，晋宋前专指天子、皇帝的府库、府藏或泛指朝廷等；晋宋之后，"王府"通常用来指代在宗法制社会下，以皇室某王为首的一种特殊官僚机构，本书以后者为是。同"王府"类似，"王权"一词在不同语境中也有不同含义，本书专指诸王在皇权专制社会所拥有的整个权力体系。

王府官是指在王府机构任职的官僚群体。《隋书·百官志上》载：

> 梁武受命之初，官班多同宋、齐之旧，有丞相、太宰、太傅、太保、大将军、大司马、太尉、司徒、司空、开府仪同三司等官。诸公及位从公开府者，置官属。有长史、司马、谘议参军，掾属从事中郎、记室、

① 《三国志》卷四十《彭羕传》，中华书局，1964，第 995 页。
② 《晋书》卷八十二《干宝传》，中华书局，1974，第 2149 页。
③ 《宋书》卷九十一《龚颖传》，中华书局，1974，第 2242 页。
④ 《晋书》卷三十六《卫恒传》，中华书局，1974，第 1061 页。
⑤ 《南齐书》卷三十一《荀伯玉传》，中华书局，1974，第 572 页。
⑥ 《南齐书》卷三十四《虞玩之传》，中华书局，1974，第 610 页。
⑦ 《南齐书》卷四十八《袁彖传》，中华书局，1974，第 833 页。
⑧ 《南齐书》卷五十一《张欣泰传》，中华书局，1974，第 881 页。

主簿、列曹参军、行参军、舍人等官。①

而皇室诸王也在开府之列，故能置官署。隋代王府官属职员如下：

皇弟、皇子府，置师，长史，司马，从事中郎，谘议参军，及掾属中录事、中记室、中直兵等参军，功曹史，录事、记室、中兵等参军，文学，主簿，正参军、行参军、长兼行参军等员。嗣王府则减皇弟皇子府师、友、文学、长兼行参军。藩王府则又减嗣王从事中郎，谘议参军，掾属录事、记室、中兵参军等员。自此以下，则并不登二品。②

唐承隋制，王府官僚机构大致相似，仅在职员方面有部分调整。《旧唐书》称"高祖发迹太原，官名称位，皆依隋旧。及登极之初，未遑改作，随时署置，务从省便"③。《新唐书》也有"唐之官制，其名号禄秩虽因时增损，而大抵皆沿隋故"④ 的说法，而王府机构之官署，自在此列。

王府官古已有之，不过"王府官"之名却始于隋唐。隋代最早出现"王府官"的称谓，《隋书·百官志下》载："嗣王府、皇弟皇子之庶子府长史、司马，并八百石。嗣王府官减正王府一阶。"⑤ 但这种称谓只是偶然，《隋书》仅此一例。"王府官"之称谓集中出现于唐代，如《旧唐书·睿宗本纪》中记载睿宗即位后，曾诏命"内外官四品已上加一阶，相王府官吏加两阶"⑥；《旧唐书·玄宗本纪下》载"忠王府官及侍讲加一阶"⑦；《旧唐书·德宗本纪下》载德宗诏书，其中有"其王府官，度支量给廪物"⑧ 语。从以上各例可知，"王府官"一词，从睿宗时的"某王府官吏"的简称，到德宗时已经形成固定用语。而北宋编撰之《新唐书》，已将"王府官"单列于《百官

---

① 《隋书》卷二十六《百官志上》，中华书局，1973，第720页。
② 《隋书》卷二十六《百官志上》，中华书局，1973，第727~728页。
③ 《旧唐书》卷四十二《百官志一》，中华书局，1975，第1783页。
④ 《新唐书》卷四十六《百官志一》，中华书局，1975，第1181页。
⑤ 《隋书》卷二十六《百官志下》，中华书局，1973，第744页。
⑥ 《旧唐书》卷七《睿宗本纪》，中华书局，1975，第154页。
⑦ 《旧唐书》卷九《玄宗本纪下》，中华书局，1975，第207页。
⑧ 《旧唐书》卷十三《德宗本纪下》，中华书局，1975，第370页。

志》之条目中。① 至此，"王府官"成为对任职于王府机构的官僚群体统称，其含义已经完全固定化。此外，唐代亲王在王府官之外又新设亲王亲事府、帐内府等仪仗机构，置有数名典军，同时另有国令、国丞、大农等王国官，这些官僚虽有一定品阶，但多由武人、小吏等兼任，尚未发现这个群体的文学作品，所以这类群体不在文学考察范围内。故本书所述之"王府官"，专指任职于唐代王府机构的官僚群体。

三

当前关于唐代诸王与文学的相关资料，大致可以分为两个部分，即古籍文献资料和近现当代研究成果。前者主要依赖隋唐及之前的正史资料，同时包括古人整理、研究的著述；后者主要可以从两个学科的研究视野来进行概括，即历史学和文学，两者之间又以历史学的成果最为丰硕，而文学角度的此类研究多比较零碎，不成体系。今梳理如下。

本书中将用到大量的古籍文献资料，大体来说，可以分为历史类文献资料（尤其是制度史）和文学类文献资料。首先是历史类文献资料。古代文学史，尤其是制度史与文学相关之研究，离不开对唐代及之前历史的研究和考察。本书涉及的诸王历史资料不仅包括唐代政治史、唐代文化思想史、唐代制度史等内容，还涉及唐代之前的相关内容。正史资料主要有《史记》《汉书》《后汉书》《三国志》《魏书》《晋书》《宋书》《南齐书》《梁书》《陈书》《北齐书》《周书》《隋书》《南史》《北史》《旧唐书》《新唐书》《宋史》等。很多正史之外的其他史学著作都有与唐代诸王相关的内容，如《通典》《通志》《文献通考》《资治通鉴》《日知录》《廿四史札记》《十七史商榷》等。此外，唐代的一些重要典籍如《唐六典》《唐会要》《唐大诏令集》《唐律疏议》《唐令拾遗》等也都有关于唐代诸王的记载。这些资料非常丰富，是本书研究的重要支撑。

然后是文学类文献资料。本书拟在唐代诸王文史资料的基础上对唐代文学进行比较全面的考察，因此必须大量掌握这一时期与诸王有关的文学家、文学作品。在皇权专制制度的规定下，诸王能够接触到的作者群体主要是皇

---

① 《新唐书》卷四十九下《百官志四下》，中华书局，1975，第 1305 页。

帝、王府官、其他文人等。除了唐代正史中的相关记载之外，还要注意搜集唐代的笔记小说、人物传记资料，如《唐才子传》《大唐新语》《朝野佥载》《太平广记》《太平御览》等；新出土的文献资料，如《唐代墓志汇编》《唐代墓志汇编续集》等。关于唐代诸王和王府官的作品除了本人的诗文集之外，还应当对《全唐文》《全唐文补编》《全唐诗》《全唐诗逸》《全唐诗补编》《册府元龟》《文苑英华》等资料进行检索和分析。诗文之外，唐传奇、笔记小说等也属于本书考察的范围。

　　近代以来，学界关于王府制度的相关研究日益增多。从历史学的研究视野来看，这些成果主要集中在以下领域。第一，唐代宗室管理制度研究。这方面的代表作较多，如介永强的《唐代宗室管理制度论略》是较早论述唐代宗室管理制度的一篇文章。文章主要从史书资料中梳理了唐代宗室的相关信息，认为"唐代宗室管理机构比较完备，专职机构宗正寺和王府官与关涉机构协同处理宗室事务"，并且"不同时期宗室政策各不相同，带有阶段性的特点"[①]。论点比较具有启发性，但是鉴于文章篇幅，分析尚不够深入。刘思怡的《唐代宗室管理制度研究》是稍后一篇比较全面论述唐代宗室管理制度的文章。[②] 该论文主要从宗正寺、东宫及王府，以及包括吏部、礼部、鸿胪寺、太常寺及京兆府的宗室管理相关部门的具体职能进行论述，另外文章还涉及了宗室职能部门具体的管理运作方式和内容，引证了丰富的历史资料，并有比较可信的分析。常强的《唐代宗正寺研究》也是一篇关于唐代宗室管理的论文，文章主要从宗正寺这个角度研究和分析相关问题，文章主要溯源了宗正寺的设立以及它在唐代的具体职能和相关分支机构，与刘思怡的文章相比，其优点在于对宗正卿和宗正少卿的任职人员进行了梳理和分析，表格资料丰富，更加注重直观性。[③] 季怡菁的《唐代鸿胪寺研究》与上文有大致相同的思路，其中部分内容涉及宗室的管理方面。[④]

　　第二，唐代宗室政策、任职情况以及诸王政治地位研究。唐代的宗室政策屡经变迁，而诸王的政治地位和命运也与之密切关联。关于此内容的史料

---

① 介永强：《唐代宗室管理制度论略》，《陕西师范大学学报》（哲学社会科学版）2003 年第 1 期。

② 刘思怡：《唐代宗室管理制度研究》，博士学位论文，陕西师范大学，2009。

③ 常强：《唐代宗正寺研究》，硕士学位论文，山东大学，2010。

④ 季怡菁：《唐代鸿胪寺研究》，硕士学位论文，上海师范大学，2012。

比较丰富，因此，相关研究成果也很多。陈寅恪的《唐代政治史述论稿》是较早研究这个问题的著作，其"政治革命及党派分野"一章对唐代各个历史关节做了详细的论证和分析，认为从唐代立国至武氏篡唐这一时期，唐王朝主要实施"关中本位政策"，李唐皇室作为这一时期的统治中心，地位尊显；武周时期，"大崇文章之选，破格用人"，"而西魏、北周、杨隋及唐初将相旧家之政权尊位遂不得不为此新兴阶级所攘夺替代"，所以这个时期的李唐宗室命运比较悲惨。武周统治不久旋被推翻，但是"关中本位政策"不可持续之趋势已经无法逆转。"唐代自玄宗后，政权及君权渐转入阉寺之手"①，李唐皇室实际上已经完全没落，束手待毙而已。

李彦群的《唐代前期的宗室政策述略》一文主要引述相关史料，将唐代不同时期的宗室遭遇形成一条线索进行梳理。② 雷艳红的《唐代君权与皇族地位研究》对唐代各个时期的诸王政治地位和宗室政策都有详细的分析，资料丰富，观点大胆，论述严密，很有启发意义。③ 周鼎的《从"国朝旧制"到"开元新制"——唐代宗室群体政治面貌的重塑》④ 也是一篇比较有代表性的文章，文章主要以玄宗开元时期的宗室政策改革为分界点，对宗室政策改革后宗室政治地位的特点进行了分析，充分肯定开元新制的重要历史地位。刘智超的《论唐代前期宗室参政》将玄宗进行宗室政策改革前的宗室任职情况进行了专题研究，文章从宗室政策开始，分析宗室在中央和地方的任职情况，并讨论了宗室参政的积极意义和消极意义。⑤ 周鼎的《唐代宗室的政治生态及变迁》从对宗室政策的梳理入手，以宗室子弟的封爵为中心研究玄宗前后宗室政治地位的变迁。⑥ 郑迪的《唐前期中央统治集团结构成分与类型分析》对唐代玄宗之前，宗室在中央的任职情况进行了一定程度的分析，认为"宗室入仕的途径有多种，一是科举考试，二是根据父祖官爵荫补，三是流外入流，四是依靠军功，其中门荫入仕为最主要的途径"。而宗室很少任

① 陈寅恪：《唐代政治史述论稿》，商务印书馆，2011，第 207 页。
② 李彦群：《唐代前期的宗室政策述略》，《云南档案》2009 年第 3 期。
③ 雷艳红：《唐代君权与皇族地位研究》，博士学位论文，厦门大学，2002。
④ 周鼎：《从"国朝旧制"到"开元新制"——唐代宗室群体政治面貌的重塑》，《中华文史论丛》2013 年第 4 期。
⑤ 刘智超：《论唐代前期宗室参政》，硕士学位论文，上海师范大学，2011。
⑥ 周鼎：《唐代宗室的政治生态及变迁》，硕士学位论文，华东师范大学，2012。

职宰相，其任职特点是"位高权轻"①。此外，还有刘思怡的《唐朝宗室入仕情况研究》（2013）、客洪刚的《唐代皇室成员出任刺史分布特点及原因论析》（2012）、张红的《唐代皇子政治活动研究》（2013）、李诺楠的《唐太宗朝宗室刺史制度研究》（2022）等文章也对唐代宗室的仕宦情况进行了有意义的探索。

第三，唐代皇位继承情况研究。唐代开国之后，太宗以兵变夺得皇位，此后一百多年间，唐代皇位继承者主要依靠宫廷政变产生。因此，在唐代前期，诸王实际上都和皇位继承有密切的关系。玄宗进行宗室制度的改革之后，诸王的权力被限制和剥夺。安史之乱后，诸王的命运逐渐操纵在宦官手中，皇位继承权也被宦官所把持。唐代的皇位继承情况历来被研究者所重视，因此成果非常多。

陈寅恪在《唐代政治史述论稿》中曾提出"唐代皇位继承不固定"②的观点，并从历代皇位继承相关史料进行逐条分析，非常有说服力。此观点深受学界认同，因而很多学者附和，这样的文章有宁永娟的《唐前期皇位传承观念及皇位继承不稳定原因再探讨》（2009），李勇、何春香的《唐代的皇位继承制度以及影响皇位继承不稳定的因素》（2006），徐乐帅的《唐代皇位继承不稳定的原因及其影响》（2000）等。此外还有一些文章专门研究唐代的皇位继承问题，如傅绍磊的《宦官专权背景下的后妃与唐代后期皇位继承》（2011）、唐任伍的《唐代皇位的继承方式对国势兴衰的影响》（1990）、谢元鲁的《隋唐的太子亲王与皇位继承制度》（1996）、李生华的《试论唐后期的皇位继承与内外廷的关系》（2012）、米山的《唐前期皇位继承探论》（2012）、刘兴云的《王夫之论唐后期宗室典兵》（2010）都是从历史学的角度探索唐代皇位继承制度，其中对唐代诸王的时代命运等做了有价值的分析。

第四，唐代诸王教育、婚姻、食实封、出阁等研究。唐代诸王是当时一个非常特殊的群体，诸王在唐代不同的历史时期的群体命运是不一样的，但作为皇权的分支，他们享有一些特殊的权力，因此在《唐六典》《唐会要》等典籍中都有对这些权力的制度保障。近年来关于唐代诸王的教育、婚姻、

---

① 郑迪：《唐前期中央统治集团结构成分与类型分析》，硕士学位论文，中南民族大学，2012。
② 陈寅恪：《唐代政治史述论稿》，商务印书馆，2011，第236页。

食实封、出阁等制度的考察和研究是一个热点，有大量的研究成果。比如刘文辉的《唐代皇子的教育与诗歌创作》（2012），黄林纳的《唐代宫廷教育研究》（2006）、《试论唐代皇子教育与唐代政治的关系》（2009），柳红嫚的《唐太宗的太子教育》（2005），向彬的《中国古代皇室书法教育考察》（2008），杜华、阎续瑞的《论李世民家训的思想内容》（2012），谢元鲁的《唐代诸王和公主出阁制度考辨》（2009），刘思怡的《唐代宗室食实封问题研究》（2012）、《唐代宗室教育问题研究》（2013），郑颖慧的《由家训看唐代宫廷道德教育》（2015），李彦群的《论唐代皇家教育失败的原因及影响》（2016），王亚辉的《唐代墓志诸王宗室书人稽考》（2019）等。这些文章就专门的宗室制度问题进行了考辨，很有借鉴意义。

第五，唐代宗室世系相关研究。唐代诸王世系是本书的基础，关于唐代宗室世系的资料，最详细可靠的应属《新唐书·宗室世系表》，陈寅恪在《统治阶级之氏族及其升降》一文中也认为"李唐世系之纪述，其见于《册府元龟·帝王部帝系门》、《旧唐书一·高祖纪》、《新唐书一·高祖纪》、《北史一百序传》及《晋书八七·凉武昭王传》等书者，皆不及《新唐书七十上·宗室世系表》所载之详备"①。随着近些年新资料的出土，学者对宗室世系表的匡补工作也取得了一定进展，这方面的主要文章有刘思怡的《〈新唐书·宗室世系表〉新补》（2015）、胡可先的《〈新唐书·宗室世系表〉补正》（1998）、潘明福的《〈新唐书·宗室世系表〉匡补》（2005）、张琛的《唐宗室姑臧房世系校补》（2013）等。值得特别关注的是，陈丽萍于 2022 年出版的《唐代宗室研究》，上编对十王宅制度、出阁制度、追谥太子制度等问题进行了探讨，下编主要利用新出土材料订补唐宗室世系，用功颇深。这些新的资料和成果使本书的写作基础得以丰富。

除了上述五个方面，在唐代宗室诸王的研究中还有一些比较冷僻的领域，如郭桂坤的《唐代宗正进士考》主要考察宗室进士的相关情况；② 而林生海的《唐代弘文崇文两馆研究》则通过对弘文馆和崇文馆的考察和研究分析唐代宫廷教育等相关问题，角度和视野比较新颖③。张永帅的《唐长安住宅研

---

① 陈寅恪：《唐代政治史述论稿》，商务印书馆，2011，第 184 页。
② 郭桂坤：《唐代宗正进士考》，《北京大学学报》（哲学社会科学版）2013 年第 4 期。
③ 林生海：《唐代弘文崇文两馆研究》，硕士学位论文，首都师范大学，2011。

究》中涉及宗室诸王的王府和王宅问题，对本书具有启发意义。① 张红的《唐太宗与唐玄宗皇子封王特点之比较》（2012）、邱贤文的《唐代宗室亲王若干问题研究》（2010）、赵晶的《唐永泰公主墓与中宗复辟》（2010）、黄日初的《唐代文宗武宗两朝中枢政局探研》（2007）、马云龙的《唐朝宗室赠官探析》（2014）、陈丽萍的《再议唐"十王宅制"》（2022）等文章则从另外的角度探索唐代宗室的相关细节问题，具有一定价值和意义。可以说，自 21 世纪开始，从历史角度研究唐代诸王变得越来越热，成果也越来越多。

　　从文学研究的视野来看，"唐代诸王与文学"的研究还比较薄弱，当前尚未有专著面世，而专业的论文也仅仅数篇而已。其中，刘文辉的《唐代皇子的教育与诗歌创作》将诸王的教育情况结合诗歌的创作情况进行讨论，认为亲王在诗歌创作上所取得的成就不高，多为应制之作，而且数量较少。② 这一结论大体符合唐代诸王的诗歌创作实际，但所选取的视角和研究对象比较局限，不能很好地反映更深层次的问题。郭丽的《唐代教育与文学》中涉及亲王的教育与文学创作问题，③ 但关于诸王与文学的研究仍然缺乏深度。薛婧的《唐代宗室文化活动研究》是一篇比较有针对性的文章，其通过分析宗室的著述、文学、宗教等文化活动，能够引用史料证明唐代宗室的文化活动情况，并提出自己的看法，④ 但出于篇幅原因，探讨得不是很深入，多流于表象，缺乏更广泛的资料索引和论证。徐畅的《中唐宗室与文学之家的互动——让皇帝房后人与东平吕氏兄弟交往考》这篇文章虽然称为考述宗室与"文学之家的互动"，但主要是通过文献考证法论证宁王李宪后人一支与吕氏兄弟交往的历史事实。⑤ 徐芳的《唐代李唐皇室诗歌中的陇右诗缘》以李世民和李贺为例，认为李世民身上的"胡"汉文化特色，使他的诗歌创作表现出文质兼收的现象，成为诗歌新变中的一员。李贺虽为皇室宗族没落一支，因他以"陇西李氏"自居，其骨血中渐渐地渗入了陇右文化因子。⑥ 韩达的《论初盛唐宗室贵戚子弟的文学教育与宫廷诗风演进》从初盛唐宗室贵戚子弟

① 张永帅：《唐长安住宅研究》，硕士学位论文，陕西师范大学，2006。
② 刘文辉：《唐代皇子的教育与诗歌创作》，硕士学位论文，西北大学，2012。
③ 郭丽：《唐代教育与文学》，博士学位论文，南开大学，2012。
④ 薛婧：《唐代宗室文化活动研究》，硕士学位论文，西南大学，2012。
⑤ 徐畅：《中唐宗室与文学之家的互动——让皇帝房后人与东平吕氏兄弟交往考》，《文献》2012 年第 3 期。
⑥ 徐芳：《唐代李唐皇室诗歌中的陇右诗缘》，《天水师范学院学报》2018 年第 1 期。

接受教育的制度、途径、内容与方法入手，考察初盛唐时期上层文人的文学教育与文学能力养成之间的关系。①

此外，关于唐代亲王与文学的研究就很少见了，而唐代诸王群体作为唐代文学作品的创作者，他们与当时文学发展的关系是不应该被轻易忽视的，因此有进一步加强研究的必要。

<h1 style="text-align:center">四</h1>

唐代诸王与文学的研究主要涉及历史学、社会学、心理学、文学等多个学科，因此在研究上需要综合考虑多方面的因素，在研究方法上要选择得当，进而确保能够比较客观地反映当时历史条件下文学发展的一些状况。

本书主要利用的是现存史料和文学资料，经过前人的搜集整理，这些资料已经比较完善。但是并不能否认，由于历史和时代条件的局限，无论是正史如《旧唐书》《新唐书》等，还是《全唐诗》《全唐文》等，都存在一些难以避免的讹误和脱漏，其中不乏一些违背历史事实的资料。在利用现存的这些文史资料时，除了大胆的学术判断之外，必须紧紧依托文史互补和文史互证等科学的考证方法得出结论，要尽量避免主观臆测，或者偏信孤证、迷信权威的错误。

同时，在依托现有资料的前提下，必须时刻关注新出土文献、新考古资料，要敢于质疑前人已有的观点。本书所研究的唐代诸王群体、王府官群体所涉及的人物非常多，现有的正史资料、文集资料毕竟十分有限，为了得出比较客观真实的结论，必须重视新材料。通过"二重证据法"将地上现存文献资料与新出土资料相互印证，一方面可以加强论点的现实说服力；另一方面也有助于发现新问题，解决新问题，实现学术创新。

此外，唐代诸王政策制度改革是中国古代社会制度史的一环，因此必须厘清唐代诸王相关制度在整个制度变迁中的一般性与时代性特征。就唐代来说，其制度来源直接受到隋及之前朝代的影响，其制度本身同时又直接影响了两宋。从另一个方面来说，中国古代文学史也是一个发展变化的过程，唐

---

① 韩达：《论初盛唐宗室贵戚子弟的文学教育与宫廷诗风演进》，《西南民族大学学报》（人文社会科学版）2022 年第 4 期。

代文学自然是其中非常关键的节点之一。而处于唐代诸王影响下的文人群体，他们的时代命运和文学创作与唐代文学的走向和变迁都有直接的关系。鉴于以上两点，必须将唐代诸王相关制度以及王权的变迁与文学史的发展用历史和逻辑相统一的方法组织起来，从整体上、系统上分析和考察唐代诸王相关群体的文学创作。

本书从廓清唐代与诸王相关的政策变迁与诸王的时代命运变化入手，通过分析诸王与三类主要作家群体的交往与作品创作情况，探索和认识诸王在文学史上的活动轨迹，最后在整体上对诸王的文学史地位和影响进行界定和评析。

唐代诸王与文学的交叉研究正处于起步的阶段，很多历史的具体问题仍待进一步梳理和考证，需要多个学科共同努力才可能得到解决。本书的研究将有助于深化对唐代诸王相关文人群体的具体认识，解决一些浅显的学术问题，为今后学者进行唐代制度与文学的研究提供一些参考。

第一章　唐代宗室制度与诸王的政治地位

唐代国祚绵长，李氏宗亲前后的时代命运发生了较大的转变。《新唐书·宗室世系表上》序曾云："唐有天下三百年，子孙蕃衍，可谓盛矣！其初皆有封爵，至其世远亲尽，则各随其人贤愚，遂与异姓之臣杂而仕宦，至或流落于民间，甚可叹也！"[①] 唐代诸王不仅是宗室群体的政治领袖，同时也是诸多文化现象的深度参与者，故其政治生存形态的变化会自然而然地对唐代文学的发展施加影响。为了解决唐代诸王与文学相关的一些历史问题，我们有必要对他们所处的政治环境变化情况和时代命运进行详细分析。以年代先后为序，唐代诸王的政治权力变化经历了鼎盛、衰落、复苏、消亡四个阶段。

一　权侔人主：高祖至太宗时期

高祖、太宗统治时期，李唐基业尚不稳固。无论在割据争雄的开国战争中，还是在经营四方的"贞观之治"时，诸王都作出了巨大的贡献。总体来说，在高祖、太宗时期，王权在各个方面都处在鼎盛阶段。

(一) 高祖时期

李渊以并州一隅起兵，终克平天下而建帝业。在这个过程中，李氏宗亲发挥了重要的作用。隋末乱世，英雄并起，李渊起初虽然很顺利地攻占了京师长安，但其在当时诸多割据势力中实际上并没有多少优势，反而因此一度成为众矢之的，处在四面受敌的危险境地。武德初年，李唐政权"东有李密、王世充、窦建德、徐圆朗，南有萧铣、杜伏威、沈法兴、李子通、林士

---

① 《新唐书》卷七十上《宗室世系表上》，中华书局，1975，第1955页。

弘，西有薛举、李轨，北有刘武周、梁师都、李子和等"①，另外，突厥、吐谷浑也虎视眈眈，不时寇边，并借机大肆索要财物。同时，武德初年，李唐政权真正掌握和控制的地域非常有限，虽然不断有隋朝旧州县官员和地方割据势力前来投靠，但是这些政治势力大多首鼠两端，朝降而夕叛。所以统治者在表面上对其厚加优宠，以示信任，实则心怀芥蒂，猜忌颇深，不敢轻易任用。如威震一时的瓦岗军首领李密，《旧唐书》云：

　　于是从（李密）入关者尚二万人。高祖遣使迎劳，相望于道……及至京师，礼数益薄，执政者又来求贿，意甚不平。寻拜光禄卿，封邢国公……未几，闻其所部将帅皆不附世充，高祖使密领本兵往黎阳，招集故时将士，经略世充。时王伯当为左武卫将军，亦令为副。密行至桃林，高祖复征之，密大惧，谋将叛。②

再如江淮军领袖杜伏威，《旧唐书》云：

　　太宗之围王世充，遣使招之，伏威请降。高祖遣使就拜东南道行台尚书令、江淮以南安抚大使、上柱国，封吴王，赐姓李氏，预宗正属籍，封其子德俊为山阳公，赐帛五千段、马三百匹……寻闻太宗平刘黑闼，进攻徐圆朗，伏威惧而来朝，拜为太子太保，仍兼行台尚书令。留于京师，礼之甚厚，位在齐王元吉之上，以宠异之。初，辅公祏之反也，诈称伏威之令，以绐其众，高祖遣赵郡王孝恭讨之。时伏威在长安暴卒。③

在这种复杂险恶的历史环境下，高祖李渊真正可以依靠的实际上只有李氏宗族而已。李唐宗室虽然在能力上参差不齐，但对唐王朝确是无比忠诚的，甚至有些宗室成员还在战争中献出了生命。如永安王李孝基，《旧唐书》云：

　　永安王孝基，高祖从父弟也……二年，刘武周将宋金刚来寇汾、浍。

---

① 雷艳红：《唐代君权与皇族地位研究》，博士学位论文，厦门大学，2002。
② 《旧唐书》卷五十三《李密传》，中华书局，1975，第2223页。
③ 《旧唐书》卷五十六《杜伏威传》，中华书局，1975，第2268页。

夏县人吕崇茂杀县令，举兵反，自称魏王，请援于武周。复以孝基为行军总管讨之，工部尚书独孤怀恩、内史侍郎唐俭、陕州总管于筠悉隶焉。武周遣其将尉迟敬德潜援崇茂，大战于夏县，王师败绩，孝基与唐俭等皆没于贼。后谋归国，为武周所害，高祖为之发哀，废朝三日，赐其家帛千匹。贼平，购其尸不得，招魂而葬之，赠左卫大将军，谥曰壮。①

再如长平王李叔良，《旧唐书》云：

> 长平王叔良，高祖从父弟也……四年，突厥入寇，命叔良率五军击之。叔良中流矢而薨，赠左翊卫大将军、灵州总管，谥曰肃。②

高祖李渊为了提高李氏宗亲的政治地位，扩大他们在朝政中的影响力，先后多次封宗室为王。"初，高祖受禅，以天下未定，广封宗室以威天下，皇从弟及侄年始孩童者数十人，皆封为郡王。"③ 高祖武德年间明确的封王主要有三次，如武德元年（618）六月，"庚辰，立世子建成为皇太子。封太宗为秦王，齐国公元吉为齐王。封宗室蜀国公孝基为永安王，柱国道玄为淮阳王，长平公叔良为长平王，郑国公神通为永康王，安吉公神符为襄邑王，柱国德良为长乐王，上开府道素为竟陵王，上柱国博义为陇西王，奉慈为渤海王"④。再如武德三年（620）六月，"封皇子元景为赵王，元昌为鲁王，元亨为酆王；皇孙承宗为太原王，承道为安陆王，承乾为恒山王，恪为长沙王，泰为宜都王"⑤。再如武德四年（621）"夏四月甲寅，封皇子元方为周王，元礼为郑王，元嘉为宋王，元则为荆王，元茂为越王"⑥。

高祖时期，宗室群体除了在爵位上受到优隆待遇以外，还多在军事、内政等领域承担重要使命，并建立了赫赫功勋。在军事上，尤以秦王李世民为翘楚。《旧唐书·高祖本纪》载：

---

① 《旧唐书》卷六十《永安王孝基传》，中华书局，1975，第 2339 ~ 2340 页。
② 《旧唐书》卷六十《长平王叔良传》，中华书局，1975，第 2345 页。
③ 《旧唐书》卷六十《李孝逸传》，中华书局，1975，第 2342 页。
④ 《旧唐书》卷一《高祖本纪》，中华书局，1975，第 7 页。
⑤ 《旧唐书》卷一《高祖本纪》，中华书局，1975，第 11 页。
⑥ 《旧唐书》卷一《高祖本纪》，中华书局，1975，第 11 页。

[武德元年（618）]（六月）薛举寇泾州，命秦王为西讨元帅征之……（七月）秦王与薛举大战于泾州，我师败绩。八月壬午，薛举死，其子仁杲复僭称帝，命秦王为元帅以讨之……（十一月）秦王大破薛仁杲于浅水原，降之，陇右平。①

又载：

[武德三年（620）]（四月）秦王大破宋金刚于介州，金刚与刘武周俱奔突厥，遂平并州……秋七月壬戌，命秦王率诸军讨王世充。②

又载：

[武德四年（621）]五月己未，秦王大破窦建德之众于武牢，擒建德，河北悉平。丙寅，王世充举东都降，河南平。秋七月甲子，秦王凯旋，献俘于太庙……十二月丁卯，命秦王及齐王元吉讨刘黑闼。③

又载：

[武德五年（622）]三月丁未，秦王破刘黑闼于洺水上，尽复所陷州县，黑闼亡奔突厥……（八月）丙辰，突厥颉利寇雁门。己未，进寇朔州。遣皇太子及秦王讨击，大败之。④

秦王李世民之外，其他诸王也有不俗的表现。如齐王李元吉，武德"四年，太宗征窦建德，留元吉与屈突通围王世充于东都。世充出兵拒战，元吉设伏击破之，斩首八百级，生擒其大将乐仁昉、甲士千余人"⑤。再如襄邑王神符，"武德元年，进封襄邑郡王。四年，累迁并州总管。突厥颉利可汗率

---

① 《旧唐书》卷一《高祖本纪》，中华书局，1975，第 8 页。
② 《旧唐书》卷一《高祖本纪》，中华书局，1975，第 10～11 页。
③ 《旧唐书》卷一《高祖本纪》，中华书局，1975，第 11～12 页。
④ 《旧唐书》卷一《高祖本纪》，中华书局，1975，第 12～13 页。
⑤ 《旧唐书》卷六十四《巢王元吉传》，中华书局，1975，第 2421 页。

众来寇，神符出兵与战于汾水东，败之，斩首五百级，虏其马二千四。又战于沙河之北，获其乙利达官并可汗所乘马及甲献之，由是召拜太府卿"①。再如河间王孝恭，"（武德元年十二月）（李渊）遣赵郡公孝恭招慰山南，所至皆下……（武德四年十月）乙巳，赵郡王孝恭平荆州，获萧铣……（武德六年）八月壬子，东南道行台仆射辅公祏据丹阳反，僭称宋王，遣赵郡王孝恭及岭南道大使、永康县公李靖讨之……（武德七年三月）戊戌，赵郡王孝恭大破辅公祏，擒之，丹阳平"②。

军事之外，诸王在朝廷中枢和地方上也都享有其他群体无法比拟的权力，如秦王李世民，武德元年（618），"高祖受禅，拜尚书令、右武侯大将军，进封秦王，加授雍州牧……（七月）拜太尉、陕东道行台尚书令，镇长春宫，关东兵马并受节度。寻加左武候大将军、凉州总管"③。武德三年（620）二月，"诏就军加拜益州道行台尚书令"④。武德四年（621），"十月，加号天策上将、陕东道大行台，位在王公上"⑤。武德八年（625），又"加中书令"⑥。

再如齐王李元吉，武德元年，"进爵为王，授并州总管"⑦。武德二年（619），李元吉守并州失利，高祖舍而不责，"寻加授元吉侍中、襄州道行台尚书令、稷州刺史"⑧。武德六年（623），"加授隰州总管"⑨。武德九年（626），"转左卫大将军，寻进位司徒、兼侍中，并州大都督、隰州都督、稷州刺史并如故"⑩。

再如河间王李孝恭，武德二年，"授信州总管，承制拜假"⑪。武德三年，"进爵为王。改信州为夔州，使拜孝恭为总管……寻授荆湘道行军总管，统水陆十二总管"⑫。武德六年，"迁襄州道行台尚书左仆射"⑬。武德七年

① 《旧唐书》卷六十《襄邑王神符传》，中华书局，1975，第2344页。
② 《旧唐书》卷一《高祖本纪》，中华书局，1975，第5~14页。
③ 《旧唐书》卷二《太宗本纪上》，中华书局，1975，第23~24页。
④ 《旧唐书》卷二《太宗本纪上》，中华书局，1975，第25页。
⑤ 《旧唐书》卷二《太宗本纪上》，中华书局，1975，第28页。
⑥ 《旧唐书》卷二《太宗本纪上》，中华书局，1975，第29页。
⑦ 《旧唐书》卷六十四《巢王元吉传》，中华书局，1975，第2420页。
⑧ 《旧唐书》卷六十四《巢王元吉传》，中华书局，1975，第2421页。
⑨ 《旧唐书》卷六十四《巢王元吉传》，中华书局，1975，第2421页。
⑩ 《旧唐书》卷六十四《巢王元吉传》，中华书局，1975，第2421页。
⑪ 《旧唐书》卷六十《河间王孝恭传》，中华书局，1975，第2347页。
⑫ 《旧唐书》卷六十《河间王孝恭传》，中华书局，1975，第2347~2348页。
⑬ 《旧唐书》卷六十《河间王孝恭传》，中华书局，1975，第2348页。

(624)，"授东南道行台尚书左仆射。后废行台，拜扬州大都督"[1]。其他诸王皆如此类，分别在中央和地方担任重要的官职，共同掌握帝国核心的政治权力。

诸王之中，尤以秦王和齐王的实力最为强大。高祖默认秦王、齐王府官编制远远超出隋代，甚至允许二王"各于左右内选才堪者，量事置之"[2]。故武德初年，太子、诸王争相招揽人才，以为所用。《新唐书·袁朗传》记载：

> 武德初，隐太子与秦王、齐王相倾，争致名臣以自助……秦王有友于志宁，记室参军事房玄龄、虞世南、颜思鲁，谘议参军事窦纶、萧景，兵曹杜如晦，铠曹褚遂良，士曹戴胄、阎立德，参军事薛元敬、蔡允恭，主簿薛收、李道玄，典签苏勖，文学姚思廉、褚亮，敦煌公府文学颜师古，右元帅府司马萧瑀，行军元帅府长史屈突通、司马窦诞，天策府长史唐俭、司马封伦，军谘祭酒苏世长，兵曹参军事杜淹，仓曹李守素，参军事颜相时；齐王有记室参军事荣九思、户曹武士逸、典签裴宣俨，朗为文学。[3]

《旧唐书·河间王孝恭传》亦云："自大业末，群雄竞起，皆为太宗所平，谋臣猛将并在麾下。"[4] 诸王势力的迅速膨胀，引起了高祖李渊的警觉。在武德四年（621）秦王李世民平定洛阳之后，四方强寇已被歼灭殆尽，李唐政权的安全基本无虞。为了加强皇权，李渊开始有意识地打压秦王，甚至扶植太子建成和齐王元吉的势力与之抗衡。从当时发生的"后妃争地"与"杜如晦被殴"事件可以窥见秦王与高祖之间高度紧张的关系，《旧唐书·隐太子建成传》云：

> 时太宗为陕东道行台，诏于管内得专处分。淮安王神通有功，太宗乃给田数十顷。后婕妤张氏之父令婕妤私奏以乞其地，高祖手诏赐焉。神通以教给在前，遂不肯与。婕妤矫奏曰："敕赐妾父地，秦王夺之以与神通。"高祖大怒，攘袂责太宗曰："我诏敕不行，尔之教命，州县即

---

① 《旧唐书》卷六十《河间王孝恭传》，中华书局，1975，第2349页。
② 《旧唐书》卷四十二《职官志一》，中华书局，1975，第1810页。
③ 《新唐书》卷二百一《袁朗传》，中华书局，1975，第5727页。
④ 《旧唐书》卷六十《河间王孝恭传》，中华书局，1975，第2349页。

受。"他日,高祖呼太宗小名谓裴寂等:"此儿典兵既久,在外专制,为读书汉所教,非复我昔日子也。"

又德妃之父尹阿鼠所为横恣,秦王府属杜如晦行经其门,阿鼠家童数人牵如晦坠马殴击之,骂云:"汝是何人,敢经我门而不下马!"阿鼠或虑上闻,乃令德妃奏言:"秦王左右凶暴,凌轹妾父。"高祖又怒谓太宗曰:"尔之左右,欺我妃嫔之家一至于此,况凡人百姓乎!"太宗深自辩明,卒不被纳。妃嫔等因奏言:"至尊万岁后,秦王得志,母子定无子遗。"因悲泣哽咽。又云:"东宫慈厚,必能养育妾母子。"高祖恻怆久之。自是于太宗恩礼渐薄,废立之心亦以此定,建成、元吉转蒙恩宠。①

高祖李渊的诸多反制措施已经无法触动秦王的根基,鉴于突厥之患未平,太祖仍然需要依靠秦王的军事能力,但父子之间的嫌隙已经无法消弭。《资治通鉴》载:"上每有寇盗,辄命世民讨之,事平之后,猜嫌益甚。"② 高祖的态度激起了后者的猛烈反抗,武德九年(626)六月四日,"玄武门之变"爆发,太子李建成、齐王李元吉及其诸子数十人同日被杀,李渊被迫下诏立秦王为皇太子。不久,又被逼禅位,同年"八月癸亥,诏传位于皇太子。尊帝为太上皇,徙居弘义宫,改名太安宫"③。高祖时期重用和扶植宗室的政策,使诸王的政治势力在各个方面都达到了极盛,终成尾大不掉之势,以至于吞噬了皇权。

(二) 太宗时期

武德九年八月癸亥,李世民正式登基称帝,是为唐太宗。在其秉政之初,先是对一些超出常规的制度进行了调整,武德九年,"罢幽州大都督府。辛未,废陕东道大行台,置洛州都督府,废益州道行台,置益州大都督府……乙酉,罢天策府"④。接着又肃清了一批忠于高祖的政治势力,武德九年六月"壬午,幽州大都督庐江王瑗谋逆,废为庶人……(贞观元年)燕郡王李艺据泾州反,寻为左右所斩,传首京师……夏四月癸巳,凉州都督、

① 《旧唐书》卷六十四《隐太子建成传》,中华书局,1975,第2415~2416页。
② 《资治通鉴》卷一百九十一"武德七年",中华书局,1956,第5990页。
③ 《旧唐书》卷一《高祖本纪》,中华书局,1975,第17页。
④ 《旧唐书》卷二《太宗本纪上》,中华书局,1975,第30页。

长乐王幼良有罪伏诛……尚书左仆射、宋国公萧瑀坐事免。戊申，利州都督义安王孝常、右武卫将军刘德裕等谋反，伏诛"①，很快建立起稳定的统治秩序。

太宗虽以藩王政变登位，但由于他本人对恢复封建制有很高的热情，再加上高祖诸子年幼，对他的统治没有实质性的威胁，太宗前期基本上继承了高祖重用诸王的政策。贞观五年（631）二月"己酉，封皇弟元裕为邺王，元名为谯王，灵夔为魏王，元祥为许王，元晓为密王。庚戌，封皇子愔为梁王，贞为汉王，恽为郯王，治为晋王，慎为申王，嚣为江王，简为代王"②。同时，太宗吸取了高祖时期诸王势力过于强大的教训，得出"夫封之太强，则为噬脐之患；致之太弱则无固本之隆。由此而言，莫若众建宗亲而少力"③的结论。因此，在贞观十一年（637）六月，"诏荆王元景等二十一王为诸州都督、刺史，咸令子孙代代承袭，非有大故，无或黜免"④。虽然世袭刺史制度后来被废除，但太宗仍然对诸王信任有加，从以下诸王的官职履历便可窥见一斑。《旧唐书·河间王孝恭传》载：

（河间王李孝恭）贞观初，迁礼部尚书，以功臣封河间郡王，除观州刺史，与长孙无忌等代袭刺史。⑤

同书《江夏王道宗传》载：

（江夏王李道宗）贞观元年（627），征拜鸿胪卿，历左领军、大理卿。时太宗将经略突厥，又拜灵州都督。三年（629），为大同道行军总管。……以功赐实封六百户，召拜刑部尚书。……十二年（638），迁礼部尚书，改封江夏王。⑥

---

① 《旧唐书》卷二《太宗本纪上》，中华书局，1975，第 30~33 页。
② 《旧唐书》卷三《太宗本纪下》，中华书局，1975，第 41 页。
③ 《唐太宗全集校注》文诰编《帝范》，吴云、冀宇校注，天津古籍出版社，2004，第 597 页。
④ （唐）杜佑：《通典》卷三十一，王文锦等点校，中华书局，1988，第 869 页。
⑤ 《旧唐书》卷六十《河间王孝恭传》，中华书局，1975，第 2349 页。
⑥ 《旧唐书》卷六十《江夏王道宗传》，中华书局，1975，第 2354~2355 页。

同书又载：

> （荆王李元景）贞观初，历迁雍州牧、右骁卫大将军。十年（636），徙封荆王，授荆州都督。十一年（637），定制元景等为代袭刺史。①

同书又载：

> （徐王李元礼）贞观六年（632），赐实封七百户，授郑州刺史，徙封徐王，迁徐州都督。十七年（643），转绛州刺史。②

同书又载：

> （齐王李祐）贞观二年（628），徙封燕王，累转齐州都督。十年，改封齐王，授齐州都督。③

从以上诸王的履历可以看出，重用和优待诸王仍然是太宗时期的既定方针和政策。贞观年间，诸王主要外刺诸州，担任地方行政长官。太宗时期的政策使诸王的政治才能得到了充分的锻炼，并且使诸王群体中涌现出一批良臣能吏。《旧唐书》记载：

> （徐王李元礼）（贞观）十七年，转绛州刺史，以善政闻，太宗降玺书劳勉，赐以锦彩。④

同书又载：

> （彭王李元则）（贞观）十七年，拜澧州刺史，更折节励行，颇著

---

① 《旧唐书》卷六十四《荆王元景传》，中华书局，1975，第 2423～2424 页。
② 《旧唐书》卷六十四《徐王元礼传》，中华书局，1975，第 2426 页。
③ 《旧唐书》卷七十六《李祐传》，中华书局，1975，第 2657 页。
④ 《旧唐书》卷六十四《徐王元礼传》，中华书局，1975，第 2426 页。

声誉。①

同书又载：

（霍王李元轨）（贞观）二十三年（649），加实封满千户，为定州刺
史。突厥来寇，元轨令开门偃旗，虏疑有伏，惧而宵遁。州人李嘉运与
贼连谋，事泄，高宗令收按其党。元轨以强寇在境，人心不安，惟杀嘉
运，余无所及，因自劾违制。上览表大悦，谓使曰："朕亦悔之，向无
王，则失定州矣。"②

同书又载：

（纪王李慎）（贞观）十七年（643），迁襄州刺史，以善政闻，玺书
劳勉，百姓为之立碑。③

不过，诸王暴虐不法的案例似乎更多，"时滕王元婴、蒋王恽、虢王凤
亦称贪暴，有授得其府官者，以比岭南恶处，为之语曰：'宁向儋、崖、振、
白，不事江、滕、蒋、虢'"④，这在某种程度上也暴露出诸王外刺制度的弊
端。四王之外，《旧唐书》对其他诸王的不法行为也多有记载：

（汉王李元昌）（贞观）十年（636），改封汉王。元昌在州，颇违宪
法，太宗手敕责之。初不自咎，更怀怨望。知太子承乾嫉魏王泰之宠，
乃相附托，图为不轨。⑤

同书又载：

---

① 《旧唐书》卷六十四《彭王元则传》，中华书局，1975，第2428页。
② 《旧唐书》卷六十四《霍王元轨传》，中华书局，1975，第2430页。
③ 《旧唐书》卷六十四《纪王慎传》，中华书局，1975，第2425~2435页。
④ 《旧唐书》卷六十四《江王元祥传》，中华书局，1975，第2436页。
⑤ 《旧唐书》卷六十四《汉王元昌传》，中华书局，1975，第2425页。

（齐王李祐）（贞观）十七年（643），诏刑部尚书刘德威往按之，并追祐及万纪入京。祐大惧，俄而万纪奉诏先行，祐遣燕弘信兄弘亮追于路射杀之。既杀万纪，君谟等劝祐起兵，乃召城中男子年十五以上，伪署上柱国、开府仪同三司，开官库物以行赏。驱百姓入城，缮甲兵。署官司，其官有拓东王、拓西王之号。①

同书又载：

（蜀王李愔）（贞观）十三年（639），赐实封八百户，除岐州刺史。愔常非理殴击所部县令，又畋猎无度，数为非法。太宗怒曰："禽兽调伏，可以驯扰于人；铁石镌炼，可为方圆之器。至如愔者，曾不如禽兽铁石乎！"乃削封邑及国官之半，贬为虢州刺史。二十三年（649），加实封满千户。愔在州数游猎，不避禾稼，深为百姓所怨。②

与高祖时期相比，太宗时期的诸王很少在中央任职，对皇权的威胁性大大降低。故诸王在地方上即便有不法之行，也通常会得到纵容，除了言语斥责之外，很少会有实质性的惩罚。如滕王李元婴、蒋王李恽、虢王李凤，虽皆以贪暴为时人所患，但在太宗时期并未受到大的惩罚，仍然在数十年间担任地方都督、刺史的职务。不过，对于诸王可能实质威胁到皇权的行为，太宗的处罚是异常严厉的。如汉王李元昌勾结太子以谋不轨，事发，"（太宗）乃赐元昌自尽于家，妻子籍没，国除"③；再如太宗第五子齐王李祐，因擅杀长史权万纪、典军韦文振，"诏兵部尚书李勣、刑部尚书刘德威发兵讨之……遂赐死于内侍省"④。贞观后期，诸王日渐长大，为了预防和监视他们的不轨行为，太宗还非常重视诸王长史、司马的选任，"初，太宗以子弟成长，虑乖法度，长史、司马，必取正人。王有亏违，皆遣闻奏"⑤。同时，为了防止诸王形成自己的私人势力，太宗还试图通过立法解除王府官与诸王的人身依附

---

① 《旧唐书》卷七十六《李祐传》，中华书局，1975，第 2657~2658 页。
② 《旧唐书》卷七十六《蜀王愔传》，中华书局，1975，第 2659 页。
③ 《旧唐书》卷六十四《汉王元昌传》，中华书局，1975，第 2426 页。
④ 《旧唐书》卷三《太宗本纪下》，中华书局，1975，第 55 页。
⑤ 《旧唐书》卷七十六《李祐传》，中华书局，1975，第 2657 页。

关系,《旧唐书·褚遂良传》记载:

> 其年,太宗问侍臣曰:"当今国家何事最急?"……遂良进曰:"当今四方仰德,谁敢为非?但太子、诸王,须有定分,陛下宜为万代法以遗子孙。"太宗曰:"此言是也。朕年将五十,已觉衰怠。既以长子守器东宫,弟及庶子数将五十,心常忧虑,颇在此耳。但自古嫡庶无良佐,何尝不倾败国家?公等为朕搜访贤德,以傅储宫,爰及诸王,咸求正士。且事人岁久,即分义情深,非意窥窬,多由此作。"于是限王府官僚不得过四考。①

贞观时期,太宗对李氏宗亲的政策可谓优渥,诸王起家便多为封疆大吏,只要不觊觎皇权,纵有贪暴不法的行为,太宗也多舍而不问,以至于被史家讥为晚年"失教于诸子"②。侍御史马周时亦曾上疏谏云:"陛下宠遇诸王,颇有过厚者。"③ 然而,太宗的良苦用心和精心的制度设计并没有完全起到感化和制约诸王的作用,太子承乾和魏王泰的夺嫡事件几乎使"玄武门之变"重演。太宗诸子之中,以魏(濮)王李泰最受宠爱,《旧唐书》载:

> 濮王泰,字惠褒,太宗第四子也。少善属文……贞观二年(628),改封越王,授扬州大都督。五年,兼领左武候、大都督,并不之官。八年,除雍州牧、左武候大将军。七年,转鄜州大都督。十年,徙封魏王,遥领相州都督,余官如故。太宗以泰好士爱文学,特令就府别置文学馆,任自引召学士。又以泰腰腹洪大,趋拜稍难,复令乘小舆至于朝所。其宠异如此……俄又每月给泰料物,有逾于皇太子……太宗又令泰入居武德殿。④

太宗对李泰超乎寻常的"偏爱"使其滋生了夺嫡之心,"时皇太子承乾有足疾,泰潜有夺嫡之意,招驸马都尉柴令武、房遗爱等二十余人,厚加赠遗,寄以腹心。黄门侍郎韦挺、工部尚书杜楚客相继摄泰府事,二人俱为泰

---

① 《旧唐书》卷八十《褚遂良传》,中华书局,1975,第2730页。
② 《旧唐书》卷三《太宗本纪下》,中华书局,1975,第63页。
③ 《资治通鉴》卷一百九十五"贞观十一年",中华书局,1956,第6133页。
④ 《旧唐书》卷七十六《濮王泰传》,中华书局,1975,第2653~2654页。

要结朝臣，津通赂遗"①。而太子承乾也不遑多让，"又尝召壮士左卫副率封师进及刺客张师政、纥干承基，深礼赐之，令杀魏王泰，不克而止"②。太宗对李承乾和李泰之间的矛盾心知肚明，同时也是默认的。所以，他虽然宠爱李泰，但丝毫没有易储的意思。《资治通鉴》曾载：

> 时太子承乾失德，魏王泰有宠，群臣日有疑议，上闻而恶之，谓侍臣曰："方今群臣，忠直无逾魏徵，我遣傅太子，用绝天下之疑。"九月，丁巳，以魏徵为太子太师。徵疾少愈，诣朝堂表辞，上手诏谕以"周幽、晋献，废嫡立庶，危国亡家。汉高祖几废太子，赖四皓然后安。我今赖公，即其义也。知公疾病，可卧护之。"徵乃受诏。③

起初，太宗于二子之间的"平衡"政策确实起到了防止太子政治势力独大而威胁自身的作用，然而随着二人实力的同时膨胀，"文武群官，各有附托，自为朋党"④，已经严重威胁到太宗的统治权威。由于太宗"偏爱"魏王的政策严重伤害了太子承乾的利益，后者终于不惜铤而走险，武装夺权，"（太子承乾）寻与汉王元昌、兵部尚书侯君集、左屯卫中郎将李安俨、洋州刺史赵节、驸马都尉杜荷等谋反，将纵兵入西宫"⑤。事将举，"贞观十七年（643），齐王祐反于齐州……会承基亦外连齐王，系狱当死，遂告其事"⑥。太子承乾的谋反行为使太宗极为震惊，其在阴谋暴露不久之后，便被无情诛杀，其对手李泰也被废黜。太子承乾死于贞观十七年，而非正史所载之"十九年（645），承乾卒于徙所"⑦。据新出土的《唐故恒山愍王墓志铭》记载，"王讳承乾，字高明，太宗文武圣皇帝长子，贞观十七年十月一日薨"⑧，盖史官认为太宗杀子的行为不光彩，于正史中为其曲笔而已。太子承乾谋反事件，标志着太宗利用二子相争以巩固君权的"平衡"策略完全失败。

---

① 《旧唐书》卷七十六《濮王泰传》，中华书局，1975，第2655页。
② 《旧唐书》卷七十六《恒山王承乾传》，中华书局，1975，第2649页。
③ 《资治通鉴》卷一百九十六"贞观十六年"，中华书局，1956，第6177页。
④ 《旧唐书》卷七十六《濮王泰传》，中华书局，1975，第2655页。
⑤ 《旧唐书》卷七十六《恒山王承乾传》，中华书局，1975，第2649页。
⑥ 《旧唐书》卷七十六《恒山王承乾传》，中华书局，1975，第2649页。
⑦ 《旧唐书》卷七十六《恒山王承乾传》，中华书局，1975，第2649页。
⑧ 张沛编《昭陵碑石》，三秦出版社，1993，第219页。

黄永年曾经提出这样一个问题，"当承乾被废时改立李泰为皇太子好像是顺理成章的事情，但偏偏出人意料连李泰也幽禁降逐，来个两败俱伤，这究竟是为了什么？"① 他后来又自己解释道：

> 《旧唐书·魏王泰传》是这么写的："承乾败，太宗面加谴让，承乾曰：'臣贵为太子，更何所求？但为泰所图，特与朝臣谋自安之道，不逞之人，遂教臣为不轨之事。今若以泰为太子，所谓落其度内。'太宗因谓侍臣曰：'承乾言亦是。我若立泰，便是储君之位可经求而得耳。'……因谓侍臣曰：'自今太子不道，藩王窥嗣者，两弃之。传之子孙，以为永制。'"在处分李泰的诏书里也说："朕志存公道，义在无偏，彰厥巨衅，两从废黜，非维作则四海，亦乃贻范百代。"实际上这些只是表面文章，听了承乾这几句话就贸然作出"两从废黜"的决定，更不可能是李世民这种老于谋算的封建统治者的作风。所以"两从废黜"的真正原因，乃是鉴于诏书中所说的李承乾和李泰都"争结朝士，竟引凶人，遂使文武之官，各有托附，亲戚之内，分为朋党"。而一分朋党即今所谓政治上的小集团，必欲罢难休，最后非危及皇帝本身不可。唐高祖李渊当太上皇的滋味，前朝隋文帝杨坚亦有见杀于其次子炀帝杨广的嫌疑，李世民岂能不考虑，更何况自己就是此种矛盾斗争中的过来人。如今看到自己的儿子也向父辈学习，以承乾为首的小集团已准备向自己下手，李泰小集团也难保不来这一着，为自己免当杨坚、李渊起见，不如当机立断，忍痛割爱，把这两个小集团同时粉碎。这完全是从自己的利害打算，绝非什么"志存公道，义在无偏"。作为一个封建帝王事事为自己打算是很自然的事情，要他出以公心倒是不现实的。②

从以上诸多案例可以看出，在太宗时期诸王的权势虽然受到了抑制，但他们在很多方面仍然有很大的影响力。尤其是魏王泰和太子承乾"分为朋党"的行为几乎颠覆了太宗的统治，也从侧面说明诸王在此时仍然具备挑战皇权的强劲实力。

---

① 黄永年：《六至九世纪中国政治史》，上海书店出版社，2004，第181页。
② 黄永年：《六至九世纪中国政治史》，上海书店出版社，2004，第161~162页。

二 搅动风云：高宗至武后时期

经过高祖、太宗前后三十余年的励精图治，至高宗、武后时期，唐王朝的统治基础已经非常稳固。在这一时期，统治阶级内部的利益冲突逐渐取代突厥等外患成为李唐政权新的主要矛盾。高宗时期，为了加强皇权，其对诸王猜忌转深，稍有威胁便加诛戮；武后篡唐，更视李唐宗室为心腹大患，诸王几乎被殄灭殆尽。因此，诸王的政治权力在这一时期逐渐衰落，与高祖、太宗时期已不可同日而语。

（一）高宗时期

贞观二十三年（649）五月己巳，太宗崩。六月甲戌朔，皇太子李治即位，是为唐高宗。高宗初期可以依靠的政治势力主要有三种，第一类是为晋王、皇太子时的藩邸旧臣，如张行成、高季辅、李勣、许敬宗等；第二类是太宗留给李治的辅政大臣，如长孙无忌、褚遂良等；第三类是李治的外戚成员，如柳奭等。由于高宗并非以嫡长子继位，其兄长李泰、吴王李恪，包括当时的宗室领袖荆王李元景并有声望，对其皇位也具有极大的威胁，所以这些潜在威胁是高宗首先要解决的中心问题。高宗继位之初，仍然沿袭前代诸王外刺制度，并加封李元景和李恪虚职以安其心。贞观二十三年"九月甲寅，加授郢州刺史、荆王元景为司徒，前安州都督、吴王恪为司空兼梁州刺史"①。永徽元年（650）春正月"丁未，以陈王忠为雍州牧"②。同年"二月辛卯，封皇子孝为许王，上金为杞王，素节为雍王"③。高宗虽以皇太子身份即位，但实际上在太宗时期其地位并不完全稳固，而魏（濮）王李泰和吴王李恪在所有的潜在竞争者中尤称劲敌。如李泰被废黜不久，很快又受到太宗宠幸，"寻改封泰为顺阳王，徙居均州之郧乡县……二十一年（647），进封濮王"④；再如吴王李恪，时高宗已立为皇太子，"寻而太宗又欲立吴王恪，

---

① 《旧唐书》卷四《高宗本纪上》，中华书局，1975，第67页。
② 《旧唐书》卷四《高宗本纪上》，中华书局，1975，第67页。
③ 《旧唐书》卷四《高宗本纪上》，中华书局，1975，第67页。
④ 《旧唐书》卷七十六《濮王泰传》，中华书局，1975，第2656页。

无忌密争之，其事遂辍"①。所以高宗在正式登基称帝后，必定会对二人严加防范。作为拥立高宗的功勋派，在这一点上，长孙无忌等辅政大臣与皇帝的政治诉求是完全一致的。从即位伊始至永徽四年（653），在高宗和辅政大臣的亲密配合下，终于完全铲除了李泰和李恪的政治势力，保障了皇权的安全。

高宗对濮王李泰猜忌最深，故于太宗临丧之日，诏"诸王为都督、刺史者，并听奔丧，濮王泰不在来限"②。永徽元年（650），"十二月，诏濮王泰开府置僚属，车服珍膳，特加优异"③。诸王开府置僚属本是惯例，车服饮食又有诸项保障，本不待皇帝"特加优异"，而正史多于此特加标注，殊为可疑。《旧唐书》载："（泰）永徽三年（652），薨于郧乡，年三十有五。"④ 时距高宗"特加优异"不过两年之久，或别有隐情。由于年代久远，已经很难完全复原历史事实，幸而近代以来唐代墓志资料大量面世，其中包括李泰本人的墓志《大唐赠太尉雍州牧故濮恭王墓志铭》（以下称《李泰墓志》）、李泰子李徽的墓志《大唐故新安郡王墓志铭并序》（以下称《李徽墓志》）、李泰子李欣的墓志《大唐故使持节颍州诸军事颍州刺史赠使持节都督夔州诸军事夔州刺史嗣濮王墓志并序》（以下称《李欣墓志》）、李泰妃阎婉墓志《大唐故濮恭王妃阎氏墓志铭并序》（以下称《阎婉墓志》），这些资料为破解李泰身世之谜提供了可能。关于李泰身世的疑点主要包括：享年、死因以及"濮王"受封的时间。

首先，李泰享年之谜。《新唐书》《旧唐书》《资治通鉴》等资料载李泰薨年皆为"年三十有五"。唯《李泰墓志》云："以永徽三年十二月十六日，薨于郧乡第，春秋卅三。"⑤ 如果按照正史的说法，那么李泰应当出生在武德元年（618）。考太宗第三子李恪的墓志《大唐故恪墓志铭并序》（以下称《李恪墓志》）载"春秋卅有五，以永徽四年二月六日于薨有司之别舍"⑥，则李泰甚至比其兄李恪还要年长。又考《旧唐书·隐太子建成传》云"武德初，高祖令太宗居西宫之承乾殿"⑦，同书《恒山王承乾传》又云"恒山王承乾，太

---

① 《旧唐书》卷六十五《长孙无忌传》，中华书局，1975，第2453页。
② 《资治通鉴》卷一百九十九"贞观二十三年"，中华书局，1956，第6268页。
③ 《资治通鉴》卷一百九十九"贞观二十三年"，中华书局，1956，第6270页。
④ 《旧唐书》卷七十六《濮王泰传》，中华书局，1975，第2656页。
⑤ 刘志军：《唐濮恭王李泰墓志铭考》，《考古与文物》2020年第1期。
⑥ 孟宪实：《论吴王李恪之死——以〈李恪墓志〉为中心》，《文献》2014年第3期。
⑦ 《旧唐书》卷六十四《隐太子建成传》，中华书局，1975，第2416页。

宗长子也，生于承乾殿，因以名焉"①，则李泰竟然与其同母兄李承乾同岁，甚至还要年长。从以上两点可知，正史记载有误，当从《李泰墓志》。

其次，李泰的死因之谜。《旧唐书》《新唐书》《资治通鉴》皆不载原因。而从《李泰墓志》《李徽墓志》的记载来看，则似乎与道教有关。《李泰墓志》云："方冀淮南道术，终控羽以高骧；岂谓东海谦□，□下牧□永恸。"②《李徽墓志》亦云："但郧乡之居，实为形（胜），山水萦回，林塘爽垲。王（李泰）宿尚贞遁，于焉止足，每登峰陟峻，得谢客之欢娱；漱石枕流，符子荆之放逸。优哉游哉！于焉卒岁。"③ 考《李泰墓志》作于永徽"四年（653）岁次癸丑二月癸未朔廿日壬寅"④，《李徽墓志》作于"嗣圣元年（684）三月十四日"⑤，分别为高宗和武后统治时期，溢美之词，未可轻信。《阎婉墓志》《李欣墓志》晚出，亦不载原因。又，永徽四年"春，二月，甲申，诏遗爱、万彻、令武皆斩，元景、恪，高阳、巴陵公主并赐自尽"⑥。仅在李泰下葬的后一天，这未免过于巧合。即便高宗等人并未直接对李泰施以毒手，但绝非"优哉游哉，于焉卒岁"如此简单。

最后，李泰"濮王"的受封时间之谜。《旧唐书》《新唐书》《资治通鉴》《李泰墓志》《李徽墓志》皆曰："（贞观）二十一年（647），进封濮王。"⑦ 而《阎婉墓志》和《李欣墓志》却有完全不同的说法。前者云："贞观中，王（李泰）以事贬为顺阳王，徙居均州郧乡县。至永徽年，王薨于迁所，追赠濮王。"⑧ 后者亦云："贞观中，魏王以事贬为顺阳王，徙居均州，及薨，追赠濮王。"⑨ 考《阎婉墓志》《李欣墓志》皆作于开元十二年（724），时高宗、武后谢世已久，其后裔已经不需要对李泰受封"濮王"的时间有所隐瞒，故如实记录的可能性很大。正史资料之所以对李泰贬谪之后的经历百般回护，甚至不惜篡改他的享年和爵位，一者李泰乃高宗一母同胞的亲兄弟，

---

① 《旧唐书》卷七十六《恒山王承乾传》，中华书局，1975，第2648页。
② 刘志军：《唐濮恭王李泰墓志铭考》，《考古与文物》2020年第1期。
③ 全锦云：《湖北郧县唐李徽、阎婉墓发掘简报》，《文物》1987年第8期。
④ 刘志军：《唐濮恭王李泰墓志铭考》，《考古与文物》2020年第1期。
⑤ 全锦云：《湖北郧县唐李徽、阎婉墓发掘简报》，《文物》1987年第8期。
⑥ 《资治通鉴》卷一百九十九"永徽四年"，中华书局，1956，第6280页。
⑦ 刘志军：《唐濮恭王李泰墓志铭考》，《考古与文物》2020年第1期。
⑧ 全锦云：《湖北郧县唐李徽、阎婉墓发掘简报》，《文物》1987年第8期。
⑨ 高仲达：《唐嗣濮王李欣墓发掘简报》，《江汉考古》1980年第2期。

而死于非命，史官有意为尊者隐晦；二者高宗亦有不忍之心。李泰死后极尽哀荣，高宗曾为之辍朝。《李泰墓志》云："赠太尉、雍州牧，班剑册人，羽葆鼓吹，赙物三千段，米粟三千石，赐东园秘器，葬事官给，务从优厚，谥曰恭王，礼也。"[1] 李泰的高规格葬礼和追赠的亲王爵位实际上正是高宗愧疚和补偿心理的表现。

高宗于李泰尚顾念手足之情，甚至不惜为之更改史书，而对于其他有威胁的诸王，则少加顾惜。永徽初，房玄龄次子房遗爱、高阳公主夫妇与其兄长房遗直不合，"主既骄恣，谋黜遗直而夺其封爵，永徽中诬告遗直无礼于己。高宗令长孙无忌鞫其事，因得公主与遗爱谋反之状"[2]。就这件事本身来说，起初只是房遗爱家族的内部纠纷，完全可以大事化小，泯于无形。然而高宗偏要借题发挥，最终竟然审出了二人"谋反之状"，并由此大加株连。后世学者一致认为所谓房遗爱"谋反"是一件冤案，它实际上是晋王李治和魏王李泰争夺皇位继承权的斗争余波。柴令武、房遗爱等人是魏王李泰的一党的骨干成员，也是高宗皇位的潜在威胁。李泰刚刚不明不白地死去，高宗马上就发现房遗爱"谋反之状"，这未免过于巧合。受房遗爱事件牵连的还有几位非常重要的皇室成员，其中主要有荆王李元景、吴王李恪、江夏王李道宗、蜀王李愔等。《旧唐书·高宗本纪上》载：

> （永徽）四年（653）春正月癸丑朔，上临轩，不受朝，以濮王泰在殡故也。丙子，新除房州刺史、驸马都尉房遗爱，司徒、秦州刺史、荆王元景，司空、安州刺史、吴王恪，宁州刺史、驸马都尉薛万彻，岚州刺史、驸马都尉柴令武谋反。二月乙酉，遗爱、万彻、令武等并伏诛；元景、恪、巴陵、高阳公主并赐死。左骁卫大将军、安国公执失思力配流巂州，侍中兼太子詹事、平昌县公宇文节配流桂州。戊子，特进太常卿江夏王道宗配流桂州，恪母弟蜀王愔废为庶人。[3]

四王之中以荆王李元景、吴王李恪在宗室中声望最高，因此都被高宗诛

---

① 刘志军：《唐濮恭王李泰墓志铭考》，《考古与文物》2020 年第 1 期。
② 《旧唐书》卷六十六《房遗爱传》，中华书局，1975，第 2467 页。
③ 《旧唐书》卷四《高宗本纪上》，中华书局，1975，第 71 页。

杀。史家往往将李元景、李恪蒙冤而死的罪魁祸首归于长孙无忌，却多为高宗开脱。如《资治通鉴》载：

> 春，二月，甲申，诏遗爱、万彻、令武皆斩，元景、恪，高阳、巴陵公主并赐自尽。上泣谓侍臣曰："荆王，朕之叔父，吴王，朕兄，欲丐其死，可乎？"兵部尚书崔敦礼以为不可，乃杀之。万彻临刑大言曰："薛万彻大健儿，留为国家效死力，岂不佳，乃坐房遗爱杀之乎！"吴王恪且死，骂曰："长孙无忌窃弄威权，构害良善，宗社有灵，当族灭不久！"①

高宗素以仁弱之主为后世诟病，实则人们是受到史书的误导。从《资治通鉴》的记载来看，高宗怯懦而怀恩，在大臣崔敦礼的坚持下被迫处死李元景和李恪。而《册府元龟》对此事却有其他版本的记载：

> 高宗永徽四年（653）二月甲申，司徒、荆王元景，司空、吴王恪，房州刺史、驸马都尉房遗爱，宁州刺史、驸马都尉薛万彻，岚州刺史、驸马都尉柴令武等坐谋反，遗爱、万彻、令武并斩，元景及恪、遗爱妻高阳公主、令武妻巴陵公主并赐死。帝引遗爱谓曰："与卿亲故，何恨遂欲谋反？"遗爱曰："臣包藏奸慝，诚合诛夷，但臣告吴王恪冀以赎罪。窃见贞观中纥于承基、游文芝并与侯君集、刘兰同谋不轨，于后承基告君集，文芝告刘兰，并全首领，更加官爵。"帝曰："卿承籍绪余，身尚公主，岂比承基等？且告吴王反事，无乃晚乎！"遗爱遂伏罪。②

在这一段材料中，高宗的面孔完全不同于正史，当房遗爱试图"告吴王恪冀以赎罪"，高宗不仅不予以宽宥，反而训斥他告发吴王"无乃晚乎"。实际上，高宗不仅明知吴王李恪等人无罪，而且铲除这些具有威胁性的藩王本来就在他的计划之中。史官将杀无罪的恶名加于长孙无忌，是为高宗讳也。

---

① 《资治通鉴》卷一百九十九"永徽四年"，中华书局，1956，第6280~6281页。
② （宋）王钦若等编纂《册府元龟》卷一百五十二，周勋初等校订，凤凰出版社，2006，第1699页。

许敬宗谗害长孙无忌，反问"房遗爱乳臭儿，与女子谋反，岂得成事"① 之时，高宗并未加以辩解，即为明证。

长孙无忌、褚遂良等作为太宗的托孤重臣，确实起到了辅佐的作用。在他们的帮助下，高宗顺利地铲除了吴王李恪等人，使皇位基本稳固。"但辅佐者的权势过了头，成为小皇帝的监护者，又会使小皇帝无法承受。何况小皇帝李治即位时已二十二岁，不是当年被立为皇太子时幼弱可听人摆布，而成为血气方刚的青年人，自不愿受人监护而思摆脱。"② 为了与长孙无忌等辅政大臣相抗衡，高宗很早就开始重用旧晋王府属势力以分割他们的权力。《旧唐书·高宗本纪上》载：

> 二十三年（649）五月己巳，太宗崩。庚午，以礼部尚书兼太子少师、黎阳县公于志宁为侍中，太子少詹事兼尚书左丞张行成为兼侍中、检校刑部尚书，太子右庶子、兼吏部侍郎、摄户部尚书高季辅为兼中书令、检校吏部尚书，太子左庶子、高阳县男许敬宗兼礼部尚书……以开府仪同三司、英国公勣为尚书左仆射、同中书门下三品。③

不过，由于长孙无忌、褚遂良资历无人可比，所以在很长的一段时间内，高宗都处在被压制的地位。"时无忌位当元舅，数进谋议，高宗无不优纳之。"④ 为了打破长孙无忌等专权的局面，高宗还援引外戚势力以抗争。因此，王皇后的舅氏柳奭得到了重用，被破格提拔为宰相。"后以外生女为皇太子妃，擢拜兵部侍郎。妃为皇后，奭又迁中书侍郎。永徽三年（652），代褚遂良为中书令，仍监修国史。"⑤ 不过高宗没有预料到的是，柳奭为了个人的利益很快抛弃了自己，并和长孙无忌等人达成政治同盟。"王皇后无子，其舅中书令柳奭说后谋立忠为皇太子，以忠母贱，冀其亲己，后然之。奭与尚书右仆射褚遂良、侍中韩瑗讽太尉长孙无忌、左仆射于志宁等，固请立忠

---

① 《旧唐书》卷六十五《长孙无忌传》，中华书局，1975，第2455页。
② 黄永年：《六至九世纪中国政治史》，上海书店出版社，2004，第167页。
③ 《旧唐书》卷四《高宗本纪上》，中华书局，1975，第66页。
④ 《旧唐书》卷六十五《长孙无忌传》，中华书局，1975，第2454页。
⑤ 《旧唐书》卷七十七《柳奭传》，中华书局，1975，第2682页。

为储后"①，高宗面对后宫、外朝的合力逼迫，只能表示同意。永徽四年
（653）之后，随着张行成、高季辅先后病逝，高宗的嫡系势力更加衰弱。永
徽六年（655），为了改善在政治上的不利地位，高宗联合武昭仪坚决要求废
王皇后，并因此和长孙无忌等爆发了正面冲突。面对长孙无忌和褚遂良的压
力，高宗这次没有退缩。《高宗本纪上》云："九月庚午，尚书右仆射、河南
郡公褚遂良以谏立武昭仪，贬授潭州都督。"②《长孙无忌传》亦云："帝竟不
从无忌等言而立昭仪为皇后。"③ 永徽七年（显庆元年，656）"春正月辛未，
废皇太子忠为梁王，立代王弘为皇太子"④。通过废王立武，高宗终于独立掌
权，树立了最高的政治权威。

由于前朝太子、诸王结党争权的前车之鉴，高宗在掌权后对诸王始终抱
有很深的戒心。为了防止诸王势力坐大威胁自身，高宗对诸王的防范异常严
密。如龙朔元年（661）九月"壬子，徙潞王贤为沛王。贤闻王勃善属文，
召为修撰。勃，通之孙也。时诸王斗鸡，勃戏为《檄周王鸡》文。上见之，
怒曰：'此乃交构之渐。'斥勃出沛府"⑤。再如麟德元年（664）二月"丙
午，魏州刺史郇公孝协坐赃，赐死。司宗卿陇西王博乂等奏孝协父叔良死王
事，孝协无兄弟，恐绝嗣。上曰：'画一之法，不以亲疏异制，苟害百姓，
虽皇太子亦所不赦。孝协有一子，何忧乏祀乎！'孝协竟自尽于第"⑥。高宗
时期，诸王虽然仍保留外刺诸州的特权，但已不被信任。如诸王为诸州刺史
而贪暴者，太宗多采取纵容的态度，而高宗却采取挖苦讽刺的方式羞辱他们。
永徽二年（651），"元婴与蒋王恽皆好聚敛，上尝赐诸王帛各五百段，独不
及二王，敕曰：'滕叔、蒋兄自能经纪，不须赐物；给麻两车以为钱贯。'二
王大惭"⑦。高宗改变前朝重用诸王的方针，转而信任武后，为李唐宗室之后
的悲惨命运埋下了伏笔。《资治通鉴》关于武后窃权柄有比较详细的记载，
其云：

① 《旧唐书》卷八十六《燕王忠传》，中华书局，1975，第2824页。
② 《旧唐书》卷四《高宗本纪上》，中华书局，1975，第74页。
③ 《旧唐书》卷六十五《长孙无忌传》，中华书局，1975，第2455页。
④ 《旧唐书》卷四《高宗本纪上》，中华书局，1975，第75页。
⑤ 《资治通鉴》卷二百"龙朔元年"，中华书局，1956，第6325页。
⑥ 《资治通鉴》卷二百一"麟德元年"，中华书局，1956，第6339页。
⑦ 《资治通鉴》卷一百九十九"永徽二年"，中华书局，1956，第6274页。

　　初，武后能屈身忍辱，奉顺上意，故上排群议而立之；及得志，专作威福，上欲有所为，动为后所制，上不胜其忿。有道士郭行真，出入禁中，尝为厌胜之术，宦者王伏胜发之。上大怒，密召西台侍郎、同东西台三品上官仪议之。仪因言："皇后专恣，海内所不与，请废之。"上意亦以为然，即命仪草诏。左右奔告于后，后遽诣上自诉。诏草犹在上所，上羞缩不忍，复待之如初；犹恐后怨怒，因绐之曰："我初无此心，皆上官仪教我。"仪先为陈王谘议，与王伏胜俱事故太子忠，后于是使许敬宗诬奏仪、伏胜与忠谋大逆。十二月，丙戌，仪下狱，与其子庭芝、王伏胜皆死，籍没其家。戊子，赐忠死于流所。右相刘祥道坐与仪善，罢政事，为司礼太常伯，左肃机郑钦泰等朝士流贬者甚众，皆坐与仪交通故也。自是上每视事，则后垂帘于后，政无大小皆与闻之。天下大权，悉归中宫，黜陟、杀生，决于其口，天子拱手而已，中外谓之二圣。①

　　经麟德元年（664）上官仪废后事件之后，高宗的政治羽翼基本上被剪除殆尽，加上高宗本人苦于病痛折磨，也有意放权于武后，这些因素共同促成了武后掌权的局面。

（二）武后时期

　　唐初诸王屡次挑战皇权的历史事实使高宗对诸王始终抱有强烈的戒心，所以依靠后党打压诸王成为王朝既定的统治方针。在高宗的纵容和默认下，自麟德元年之后，中央逐渐形成了二圣临朝的权力格局。从此年至长安四年（704），武后把持朝政前后达四十余年之久。以高宗逝世为界，她的统治大致可以分为前后两期。前期秉承高宗压制诸王的政策，并将打击范围扩大化；后期为了消灭异己势力，公然对李唐宗室群体实行屠杀政策，从而使唐代诸王势力完全衰落。

1. 武后统治前期

　　麟德元年之后，武后正式从后宫走向前台，进一步将高宗前期打压诸王的方针明朗化。《资治通鉴》载：

---

　　① 《资治通鉴》卷二百一"麟德元年"，中华书局，1956，第6342~6343页。

　　[上元元年（674）十一月］箕州录事参军张君澈等诬告刺史蒋王恽及其子汝南郡王炜谋反，敕通事舍人薛思贞驰传往按之。十二月，癸未，恽惶惧，自缢死。上知其非罪，深痛惜之，斩君澈等四人。①

同书又载：

　　[上元二年（675）四月］左千牛将军长安赵瑰尚高祖女常乐公主，生女为周王显妃。公主颇为上所厚，天后恶之。辛巳，妃坐废，幽闭于内侍省，食料给生者，防人候其突烟，已而数日烟不出，开视，死腐矣。②

同书又载：

　　（上元二年六月）天后恶慈州刺史杞王上金，有司希旨奏其罪；秋，七月，上金坐解官，澧州安置。③

同书又载：

　　[仪凤元年（676）十月］郇王素节，萧淑妃之子也，警敏好学。天后恶之，自岐州刺史左迁申州刺史。乾封初，敕曰："素节既有旧疾，不须入朝。"而素节实无疾，自以久不得入觐，乃著《忠孝论》。王府仓曹参军张柬之因使潜封其论以进。后见之，诬以赃贿，丙午，降封鄱阳王，袁州安置。④

同书又载：

　　[永隆元年（680）］冬，十月，壬寅，苏州刺史曹王明、沂州刺史

①　《资治通鉴》卷二百二"上元元年"，中华书局，1956，第6374页。
②　《资治通鉴》卷二百二"上元二年"，中华书局，1956，第6376页。
③　《资治通鉴》卷二百二"上元二年"，中华书局，1956，第6377页。
④　《资治通鉴》卷二百二"仪凤元年"，中华书局，1956，第6381~6382页。

嗣蒋王炜，皆坐故太子贤之党，明降封零陵郡王，黔州安置；炜除名，道州安置。①

同书又载：

> ［永淳元年（682）］黔州都督谢祐希天后意，逼零陵王明令自杀，上深惜之，黔府官属皆坐免官。②

高宗统治前期，虽然猜疑和打击诸王，但是除了极个别情况之外，很少会对诸王进行肉体消灭。而且由于高宗的打击对象非常有限，其政策的破坏性仍然处在可控的范围，诸王大多能够保全自身。至于武后，则完全将诸王视为她统治的障碍，故必欲除之而后快。武后的政治立场决定了她必然会采取更加激进和残酷的诸王政策，而高宗由于逐渐失去了朝政的话语权，故而面对诸王无辜被害，也只能"深痛惜之""深惜之"而已。

2. 武后统治后期

弘道元年（683）十二月丁巳，高宗崩，皇太子显即位，是为中宗。李显虽然当上了名义上的皇帝，但实权仍掌握在武后手中。"甲子，中宗即位，尊天后为皇太后，政事咸取决焉。"③ 为了加强君权，分割母亲手中的权力，李显也试图效法父亲援引后党势力以为外助。光宅元年（684）春正月甲申朔，"立太子妃韦氏为皇后；擢后父玄贞自普州参军为豫州刺史。癸巳，以左散骑常侍杜陵韦弘敏为太府卿、同中书门下三品。"④ 然而，中宗的自立行为很快引起了武后的警觉，他不久便被废黜。《资治通鉴》载：

> 中宗欲以韦玄贞为侍中，又欲授乳母之子五品官；裴炎固争，中宗怒曰："我以天下与韦玄贞，何不可！而惜侍中邪！"炎惧，白太后，密谋废立。二月，戊午，太后集百官于乾元殿，裴炎与中书侍郎刘祎之、羽林将军程务挺、张虔勖勒兵入宫，宣太后令，废中宗为庐陵王，扶下

---

① 《资治通鉴》卷二百二"永隆元年"，中华书局，1956，第6398～6399页。
② 《资治通鉴》卷二百三"永淳元年"，中华书局，1956，第6411页。
③ 《资治通鉴》卷二百三"弘道元年"，中华书局，1956，第6416页。
④ 《资治通鉴》卷二百三"光宅元年"，中华书局，1956，第6417～6418页。

殿。中宗曰："我何罪?"太后曰："汝欲以天下与韦玄贞,何得无罪!"乃幽于别所。己未,立雍州牧豫王旦为皇帝。政事决于太后,居睿宗于别殿,不得有所预。①

中宗既废,睿宗又立,武后遂有篡夺之心。由于大权在握,为了扫平自己登基的障碍,武后对拥护李唐王朝的政治势力采取了残酷的屠杀政策,而李唐宗室自然首当其冲。今以时间先后为序,罗列其残害、屠杀李唐宗室行径如下:

[光宅元年(684)正月]庚申,废皇太孙重照为庶人……辛酉,太后命左金吾将军丘神勣诣巴州,检校故太子贤宅,以备外虞,其实风使杀之……三月,丁亥,徙杞王上金为毕王,鄱阳王素节为葛王。丘神勣至巴州,幽故太子贤于别室,逼令自杀。②

又:

(光宅元年)夏,四月,开府仪同三司、梁州都督滕王元婴薨。辛酉,徙毕王上金为泽王,拜苏州刺史;葛王素节为许王,拜绛州刺史。癸酉,迁庐陵王于房州;丁丑,又迁于均州故濮王宅。③

又:

[垂拱元年(685)三月]丙辰,迁庐陵王于房州。④

又:

[垂拱四年(688)]八月壬寅,博州刺史、琅邪王冲据博州起兵,命左金吾大将军丘神勣为行军总管讨之……丙寅,斩贞及冲等,传首神

<hr>

① 《资治通鉴》卷二百三"光宅元年",中华书局,1956,第6417~6418页。
② 《资治通鉴》卷二百三"光宅元年",中华书局,1956,第6418~6419页。
③ 《资治通鉴》卷二百三"光宅元年",中华书局,1956,第6420页。
④ 《资治通鉴》卷二百三"垂拱元年",中华书局,1956,第6434页。

都，改姓为虺氏。曲赦博州。韩王元嘉、鲁王灵夔、元嘉子黄国公譔、灵夔子左散骑常侍范阳王蔼、霍王元轨及子江都王绪、故虢王元凤子东莞公融坐与贞通谋，元嘉、灵夔自杀，元轨配流黔州，譔等伏诛，改姓虺氏。自是宗室诸王相继诛死者，殆将尽矣。其子孙年幼者咸配流岭外，诛其亲党数百余家。①

又：

[垂拱四年（688）] 十二月，乙酉，司徒、青州刺史霍王元轨坐与越王连谋，废徙黔州，载以槛车，行至陈仓而死。江都王绪、殿中监郕公裴承先皆戮于市。②

又：

[永昌元年（689）] 夏，四月，甲辰，杀辰州别驾汝南王炜、连州别驾鄱阳公諲等宗室十二人，徙其家于巂州。炜，恽之子；諲，元庆之子也。③

又：

（永昌元年五月）诸王之起兵也，贝州刺史纪王慎独不预谋，亦坐系狱；秋，七月，丁巳，槛车徙巴州，更姓虺氏，行及蒲州而卒。八男徐州刺史东平王续等，相继被诛，家徙岭南。④

又：

（永昌元年九月）己未，杀宗室鄂州刺史嗣郑王璥等六人。庚申，

---

① 《旧唐书》卷六《则天皇后本纪》，中华书局，1975，第119页。
② 《资治通鉴》卷二百四 "垂拱四年"，中华书局，1956，第6454页。
③ 《资治通鉴》卷二百四 "永昌元年"，中华书局，1956，第6457页。
④ 《资治通鉴》卷二百四 "永昌元年"，中华书局，1956，第6458页。

嗣滕王修琦等六人免死，流岭南。①

又：

[载初二年（690）]恒州刺史裴贞杖一判司，判司使思止告贞与舒王元名谋反，秋，七月，辛巳，元名坐废，徙和州，壬午，杀其子豫章王亶；贞亦族灭……武承嗣使周兴罗告隋州刺史泽王上金、舒州刺史许王素节谋反，征诣行在。素节发舒州，闻遭丧哭者，叹曰："病死何可得，乃更哭邪！"丁亥，至龙门，缢杀之。上金自杀。悉诛其诸子及支党。②

又：

（载初二年八月）辛未，杀南安王颍等宗室十二人，又鞭杀故太子贤二子，唐之宗室于是殆尽矣，其幼弱存者亦流岭南，又诛其亲党数百家。③

经过武后的一系列残酷屠杀，李唐宗室的政治势力被基本清除，"唐之宗室于是殆尽矣"。做好这些工作之后，武后不久便正式登基称帝。天授元年（690）"九月九日壬午，革唐命，改国号为周。改元为天授，大赦天下，赐酺七日。乙酉，加尊号曰圣神皇帝，降皇帝为皇嗣"④。武周政权建立之后，武曌依照惯例封武氏子弟为王，"立武承嗣为魏王，三思为梁王，攸宁为建昌王，士濩兄孙攸归、重规、载德、攸暨、懿宗、嗣宗、攸宜、攸望、攸绪、攸止皆为郡王，诸姑姊皆为长公主……太后立兄孙延基等六人为郡王"⑤。

不过，作为历史上第一个女皇帝，武周政权的建立者，武曌在一些关键问题，尤其是如何处理王朝继承人和遗留的宗室问题上又陷入困惑。于事理而言，新王朝初建，应当尽杀前朝宗室，以绝后患。女皇之前屠杀李氏宗亲，

① 《资治通鉴》卷二百四"永昌元年"，中华书局，1956，第 6461 页。
② 《资治通鉴》卷二百四"天授元年"，中华书局，1956，第 6464～6466 页。
③ 《资治通鉴》卷二百四"天授元年"，中华书局，1956，第 6467 页。
④ 《旧唐书》卷六《则天皇后本纪》，中华书局，1975，第 121 页。
⑤ 《资治通鉴》卷二百四"天授元年"，中华书局，1956，第 6468 页。

便是基于此。但于情理而言，对武周政权威胁更大的李显、李旦及其诸子，却又是自己的至亲骨肉，实在难以下手。由于一时难以决断，武曌便将"义丰王光顺、嗣雍王守礼、永安王守义、长信县主等皆赐姓武氏，与睿宗诸子皆幽闭宫中，不出门庭者十余年"①。随着女皇日益年迈，之前被刻意回避的继承人问题重新被提上议事日程。《资治通鉴》载：

> 圣历元年（698）……（春二月）武承嗣、三思营求为太子，数使人说太后曰："自古天子未有以异姓为嗣者。"太后意未决。狄仁杰每从容言于太后曰："文皇帝栉风沐雨，亲冒锋镝，以定天下，传之子孙。大帝以二子托陛下。陛下今乃欲移之他族，无乃非天意乎！且姑侄之与母子孰亲？陛下立子，则千秋万岁后，配食太庙，承继无穷；立侄，则未闻侄为天子而祔姑于庙者也。"太后曰："此朕家事，卿勿预知。"仁杰曰："王者以四海为家，四海之内，孰非臣妾，何者不为陛下家事！君为元首，臣为股肱，义同一体，况臣备位宰相，岂得不预知乎！"又劝太后召还庐陵王。王方庆、王及善亦劝之。太后意稍寤。他日，又谓仁杰曰："朕梦大鹦鹉两翅皆折，何也？"对曰："武者，陛下之姓，两翼，二子也。陛下起二子，则两翼振矣。"太后由是无立承嗣、三思之意。②

在宰相李昭德、狄仁杰等人的数次劝谏下，"太后意乃定"，圣历元年"三月，己巳，托言庐陵王有疾，遣职方员外郎瑕丘徐彦伯召庐陵王及其妃、诸子诣行在疗疾。戊子，庐陵王至神都"③。同年九月，"皇嗣固请逊位于庐陵王，太后许之。壬申，立庐陵王哲为皇太子，复名显"④。为了调和李武两族的矛盾，武则天又令李显、李旦与武三思等于明堂宣誓，"（武后）恐百岁后为唐宗室蹈藉无死所，即引诸武及相王、太平公主誓明堂，告天地，为铁券使藏史馆"⑤。同时，又主持李武两族政治联姻以巩固盟誓，如以太平

① 《资治通鉴》卷二百四"天授二年"，中华书局，1956，第6473页。
② 《资治通鉴》卷二百六"圣历元年"，中华书局，1956，第6526页。
③ 《资治通鉴》卷二百六"圣历元年"，中华书局，1956，第6529页。
④ 《资治通鉴》卷二百六"圣历元年"，中华书局，1956，第6534页。
⑤ 《新唐书》卷七十六《则天武皇后传》，中华书局，1975，第3484页。

公主下嫁武攸暨，以新都公主下嫁武延晖，以永泰公主下嫁武延基，以安乐公主下嫁武崇训。武曌试图通过这些措施，消解李武两族的尖锐矛盾，以在事实上建立一个"以李氏居虚名、以武氏掌实权的畸形政权"①，或称"李武政权"。在女皇统治的最后几年时间内，从史料的记载来看，李、武两族的矛盾确实有所缓和，李氏诸王的待遇也逐渐得到部分恢复。圣历二年（699）十月，"太子、相王诸子复出阁"②。久视元年（700）腊月"辛巳，立故太孙重润为邵王，其弟重茂为北海王"③。在缓和李武矛盾的同时，深谙政治斗争规则的武曌又大力扶植张易之、张昌宗兄弟势力，以将朝政大权始终把握在自己手中，"（圣历）二年春二月，封皇嗣旦为相王。初为宠臣张易之及其弟昌宗置控鹤府官员，寻改为奉宸府，班在御史大夫下"④。对于可能触犯自身统治的潜在威胁，无论亲疏，女皇依然杀伐果断，毫不顾惜。长安元年（701），"太后春秋高，政事多委张易之兄弟；邵王重润与其妹永泰郡主、主婿魏王武延基窃议其事。易之诉于太后，九月，壬申，太后皆逼令自杀。延基，承嗣之子也"⑤。由于张易之、张昌宗兄弟擅权严重触犯了李、武集团和朝野大臣的共同利益，终于引起了后者的反抗。在宰相和武氏诸王的支持下，中宗等人发动神龙政变，迫武曌退位。《旧唐书》载：

> 神龙元年（705）春正月……癸亥，麟台监张易之与弟司仆卿昌宗谋反，皇太子率左右羽林军桓彦范、敬晖等，以羽林兵入禁中诛之。甲辰，皇太子监国，总统万机，大赦天下。是日，上传皇帝位于皇太子，徙居上阳宫。⑥

中宗即位，标志着唐代正式结束了武后近半个世纪的强人政治，也使李唐宗室悲惨的命运终于迎来了新的历史转机。

---

① 黄永年：《六至九世纪中国政治史》，上海书店出版社，2004，第96页。
② 《资治通鉴》卷二百六"圣历二年"，中华书局，1956，第6542页。
③ 《资治通鉴》卷二百六"久视元年"，中华书局，1956，第6545页。
④ 《旧唐书》卷六《则天皇后本纪》，中华书局，1975，第128页。
⑤ 《资治通鉴》卷二百七"长安元年"，中华书局，1956，第6556～6557页。
⑥ 《旧唐书》卷六《则天皇后本纪》，中华书局，1975，第132页。

三　回光返照：中宗至玄宗前期

神龙中兴之后，李唐皇族重新控制了政权。经过中宗、睿宗的不懈努力，至玄宗早期，诸王的政治待遇和社会地位明显提高，同时他们也在许多重大政治事件中发挥重要作用。在这一时期，王权逐渐呈复苏之势。

（一）中宗时期

神龙元年（705）正月"丙午，（李显）即皇帝位于通天宫"①，是为唐中宗。中宗再次登基之后，首先对武后时期的宗室冤案进行了平反，"初，韩王元嘉、霍王元轨等自垂拱以来皆遭非命，是日追复官爵，令备礼改葬，有胤嗣者即令承袭，无胤嗣者听取亲为后"②。同时，又令"相王加号安国相王，拜太尉、同凤阁鸾台三品，太平公主加号镇国太平公主。皇族先配没者，子孙皆复属籍，仍量叙官爵"③。神龙元年"二月甲寅，复国号，依旧为唐。社稷、宗庙、陵寝、郊祀、行军旗帜、服色、天地、日月、寺宇、台阁、官名，并依永淳已前故事"④。随后，中宗迅速实施了一系列拨乱反正政策，使李唐宗室的政治地位从此大大提高。《旧唐书·中宗本纪》载：

> （二月）己未，封堂兄左金吾将军、郁林郡公千里为成纪郡王、左金吾卫大将军，实封五百户……
>
> （三月）庚寅，卫王重俊上洛州牧。王乘驷马车，卤簿从；诸王公已下、中书门下五品已上及诸亲并祖送，礼仪甚盛……戊申，相王旦于太常厅上。王公诸亲祖送，卫尉张设，光禄造食。礼毕，赐物如卫王上洛州牧之仪……
>
> （四月）戊寅，追赠邵王重润为懿德太子……
>
> （五月）壬辰，封成纪郡王千里为成王……癸卯，降梁王武三思为德静郡王，定王武攸暨为乐寿郡王，河内王武懿宗等十余人并降为国公……

① 《旧唐书》卷七《中宗本纪》，中华书局，1975，第136页。
② 《旧唐书》卷七《中宗本纪》，中华书局，1975，第137页。
③ 《旧唐书》卷七《中宗本纪》，中华书局，1975，第136页。
④ 《旧唐书》卷七《中宗本纪》，中华书局，1975，第136页。

（十一月）辛丑，卫王重俊为左卫大将军，遥领扬州大都督；温王重茂为右卫大将军，遥领并州大都督。①

从以上资料可以看出，中宗复国之后，诸王重新回到了朝廷中枢。相王李旦甚至一度被委任宰相之职，成王李千里等甚至掌握了部分禁军，临淄王李隆基也得以"常阴引材力之士以自助"②。这在高宗、武后时期是根本不可能出现的。

然而，还需要指出的是，"神龙中兴"主要是在张易之、张昌宗兄弟触犯了"李武集团"共同利益的情况下偶然发生的，所以在诛灭"二张"之后，中宗等人并没有借势绞杀武氏集团，而是将其同李唐宗亲一并封赏。神龙元年（705）二月，诏"特进、太子宾客、梁王武三思为司空、同中书门下三品，加实封五百户，通前一千五百户。丁卯，右散骑常侍、定安郡王、驸马都尉武攸暨封定王，为司徒，更加实封四百户，通前一千户"③。根据上文对"李武集团"的解释，中宗继位本就是按照武则天晚年既定的制度设计而进行的，也在根本上符合"以李氏居虚名，以武氏掌实权"的要求。黄永年对于中宗时期韦后、上官婉儿、武三思等人擅权乱政的现象，曾作有这样解释：

但这些无非说明此时虽然李家的人做了皇帝，武家的人仍然掌握实权，这正是武曌当年安排好的李武政权顺理成章在登台表演。"百官修复则天之法"，以及武氏崇恩庙的享祭，武氏先人昊、顺二陵的置官，在武氏家族和甘当名义上皇帝的中宗李显看来是理所当然的事情。上官婉儿之得掌制命只是承袭武曌时的旧规，其每下制之多推尊武氏也只是遵循武氏必须掌权立威的原则，和她与武三思淫乱与否并无关系。武三思本是武承嗣死后武氏家族的首席代表人物，在李武政权中自有掌握大权的资格，并非由于他和韦后或上官婉儿淫乱才能窃取权力，更不是由于惧怕敬晖等宰相危害自己才要窃取权力。至于韦后女安乐公主和武曌

---

① 《旧唐书》卷七《中宗本纪》，中华书局，1975，第 139～141 页。
② 《旧唐书》卷八《玄宗本纪上》，中华书局，1975，第 166 页。
③ 《旧唐书》卷七《中宗本纪》，中华书局，1975，第 137 页。

女太平公主之有特殊权势，也不靠韦后或其他人来宠树，而是如前所说，太平公主之夫是武攸暨，安乐公主之夫是武三思之子武崇训，她们既是李家公主，又是武家外甥女和媳妇，在李武政权中有其特殊地位的缘故。①

应当承认，中宗即位之后，李氏皇族的政治实力有所恢复，但仍然被武氏集团所压制。史官贬斥武氏集团无非是李氏正统的观念在作祟，不符合历史的客观性。武氏掌权确是"李武集团"之前已达成的政治共识，在当时的政治环境下是符合李武两族共同利益的。但是这种政治上的"平衡"状态，并不能满足李氏全体皇族，如太子李重俊、相王李旦父子等人的利益。为了从武氏集团手中夺回全部权力，改善政治上的不利地位，神龙三年（707）七月，皇太子李重俊联合成王李千里父子并禁军将领发动武装政变，谋诛武氏集团及其羽翼。《旧唐书》载：

> 时武三思得幸中宫，深忌重俊。三思子崇训尚安乐公主，常教公主凌忽重俊，以其非韦氏所生，常呼之为奴。或劝公主请废重俊为王，自立为皇太女，重俊不胜忿恨。三年七月，率左羽林大将军李多祚、右羽林将军李思冲、李承况、独孤祎之、沙吒忠义等，矫制发左右羽林兵及千骑三百余人，杀三思及崇训于其第，并杀党与十余人。又令左金吾大将军成王千里分兵守宫城诸门，自率兵趋肃章门，斩关而入，求韦庶人及安乐公主所在。又以昭容上官氏素与三思奸通，扣阁索之。韦庶人及公主遽拥帝驰赴玄武门楼，召左羽林将军刘仁景等，令率留军飞骑及百余人于楼下列守。俄而多祚等兵至，欲突玄武门楼，宿卫者拒之，不得进。帝据槛呼多祚等所将千骑，谓曰："汝并是我爪牙，何故作逆？若能归顺，斩多祚等，与汝富贵。"于是千骑王欢喜等倒戈，斩多祚及李承况、独孤祎之、沙吒忠义等于楼下，余党遂溃散。重俊既败，率其属百余骑趋肃章门，奔终南山。帝令长上果毅赵思慎率轻骑追之。重俊至鄠县西十余里，骑不能属，唯从奴数人。会日暮憩林下，为左右所杀。

① 黄永年：《六至九世纪中国政治史》，上海书店出版社，2004，第209页。

制令枭首于朝，又献之于太庙，并以祭三思、崇训尸柩。①

太子李重俊所领导的武装政变虽然以失败告终，但也重创了武氏集团的统治力量。武氏集团首领武三思等被诛杀，深刻地改变了中宗王朝的权力斗争格局。自此以后，韦后、安乐公主一系逐渐从武氏集团中脱离出来，并在中宗的纵容下形成了权倾朝野的后党势力。《旧唐书·中宗韦庶人传》载：

> 后方优宠亲属，内外封拜，遍列清要。又欲宠树安乐公主，乃制公主开府，置官属……安乐恃宠骄恣，卖官鬻狱，势倾朝廷，常自草制敕，掩其文而请帝书焉，帝笑而从之，竟不省视。又请自立为皇太女，帝虽不从，亦不加谴。所署府僚，皆猥滥非才。又广营第宅，侈靡过甚。长宁及诸公主迭相仿效，天下咸嗟怨之。神龙三年（707），节愍太子死后，宗楚客率百僚上表，加后号为顺天翊圣皇后……
>
> （景龙）三年（709）冬，帝将亲祠南郊，国子祭酒祝钦明、司业郭山恽建议云："皇后亦合助祭。"太常博士唐绍、蒋钦绪上疏争之。尚书右仆射韦巨源详定仪注，遂希旨协同钦明之议。帝纳其言，以后为亚献，仍以宰相女为齐娘，以执笾豆……时安乐公主与驸马武延秀、侍中纪处讷、中书令宗楚客、司农卿赵履温互相猜贰，迭为朋党。②

后党势力的膨胀，使韦后渐有效法武则天之心。景龙四年（710）"六月壬午，帝遇毒，崩于神龙殿"③。正史皆谓韦后等鸩之也。韦后继而临朝称制，且"谋害殇帝，深忌相王及太平公主，密与韦温、安乐公主谋去之"④。但相王父子及太平公主的政治实力亦非昔日，是月"庚子夜，临淄王隆基与太平公主子薛崇简、前朝邑尉刘幽求、长上果毅麻嗣宗、苑总监钟绍京等率兵入北军，诛韦温、纪处讷、宗楚客、武延秀、马秦客、叶静能、赵履温、杨均等，诸韦、武党与皆诛之"⑤。经此一役，韦、武利益集团被彻底歼灭，

---

① 《旧唐书》卷八十六《节愍太子重俊传》，中华书局，1975，第2837～2838页。
② 《旧唐书》卷五十一《中宗韦庶人传》，中华书局，1975，第2174页。
③ 《旧唐书》卷七《中宗本纪》，中华书局，1975，第150页。
④ 《资治通鉴》卷二百九"景云元年"，中华书局，1956，第6643页。
⑤ 《旧唐书》卷七《睿宗本纪》，中华书局，1975，第152页。

政权完全回到李唐宗室手中。

(二) 睿宗时期

临淄王李隆基等人的果断行动，使李唐王朝避免了再次被外姓取代的厄运。政变成功之后，诸王作为主要功臣受到了朝廷极为优厚的赏赐，并被授予重要的官职。《旧唐书·睿宗本纪》载：

> 景龙四年 (710) 夏六月……辛丑，帝挟少帝御安福门楼慰谕百姓……亲皇三等已上加两阶，四等已下及诸亲赐勋三转，天下百姓免今年田租之半。进封临淄王为平王，以薛崇简为立节郡王……壬寅，左千牛中郎将、宋王成器为左卫大将军，司农少卿同正员、衡阳王成义为右卫大将军，太府少卿同正员、巴陵王隆范为左羽林卫大将军，太仆少卿同正员、彭城王隆业为右羽林卫大将军。黄门侍郎李日知同中书门下三品。癸卯，殿中兼知内外闲厩、检校龙武右军、仍押左右厢万骑平王隆基同中书门下三品。①

景云元年 (710) 六月甲辰，相王李旦即位，是为睿宗。睿宗秉政伊始，又以"左卫大将军、宋王成器为太子太师、雍州牧、扬州大都督，加实封二百户"②。戊申，"衡阳王成义封申王，巴陵王隆范封岐王，彭城王隆业封薛王"③。同时为了清除武后统治之遗毒，抚慰宗室之望，七月丙辰，诏"则天大圣皇后依旧号为天后。追谥雍王贤为章怀太子，庶人重俊曰节愍太子。复敬晖、桓彦范、崔玄晔、张柬之、袁恕己、成王千里、李多祚等官爵"④。并继续清剿武氏集团余孽，使"武氏宗属，诛死流窜殆尽"⑤。

在睿宗时期，李氏诸王的政治权力进一步扩张，并重新恢复到唐初的鼎盛阶段。如平王李隆基，其手握禁军数万之众，又以靖乱之功，加"同中书门下三品"，执掌权柄。此外，申王、岐王、薛王也都分掌禁军，手控国之

① 《旧唐书》卷七《睿宗本纪》，中华书局，1975，第 152~153 页。
② 《旧唐书》卷七《睿宗本纪》，中华书局，1975，第 154 页。
③ 《资治通鉴》卷二百九 "景云元年"，中华书局，1956，第 6647 页。
④ 《旧唐书》卷七《睿宗本纪》，中华书局，1975，第 154 页。
⑤ 《资治通鉴》卷二百九 "景云元年"，中华书局，1956，第 6647 页。

咽喉。武氏集团的覆灭，使这一时期朝廷的主要矛盾围绕功臣集团的内部利益纷争展开。传统上认为，睿宗任用太平公主完全是其昏庸无能的表现，而从一个皇帝的视角来看，这样的选择是符合他的根本利益的。专制皇权至高无上的特性，决定了皇帝不会容忍任何其他势力凌驾于皇权之上。然而睿宗李旦在政变中未立寸功，完全是被李隆基等拥戴而即位，所以其政治根基并不牢固。鉴于皇太子势力的急速膨胀，为了保证皇权的安全和统治的稳定，睿宗必须借势压制，甚至削弱皇太子集团政治势力，而非继续放纵。

在当时的政治势力阵营中，唯有太平公主可堪任用。这是因为，首先，太平公主支持并参与了"唐隆革命"，是睿宗登基的主要功臣之一。其次，太平公主是太子李隆基的长辈，在李唐宗室中有崇高的地位。最后，太平公主与武氏集团有深厚的渊源，对韦、武集团的残余势力有着极大的号召力。另外，睿宗并非没有意识到太平公主的勃勃野心，而是试图利用其和李隆基双方的政治势力相互牵制和相互削弱，达到维护和加强皇权的目的。《资治通鉴》载：

> 太平公主沈敏多权略，武后以为类己，故于诸子中独爱幸，颇得预密谋，然尚畏武后之严，未敢招权势；及诛张易之，公主有力焉。中宗之世，韦后、安乐公主皆畏之，又与太子共诛韦氏。既屡立大功，益尊重，上常与之图议大政，每入奏事，坐语移时；或时不朝谒，则宰相就第咨之。每宰相奏事，上辄问："尝与太平议否？"又问："与三郎议否？"然后可之。三郎，谓太子也。公主所欲，上无不听，自宰相以下，进退系其一言，其余荐士骤历清显者不可胜数，权倾人主，趋附其门者如市。子薛崇行、崇敏、崇简皆封王，田园遍于近甸，收市营造诸器玩，远至岭、蜀，输送者相属于路，居处奉养，拟于宫掖。①

从史料的记载来看，"唐隆革命"之后，太平公主逐渐"权倾人主"。但这不过是历史的表象罢了，试问如果没有睿宗在背后的默认和支持，太平公主是否依然能够权势熏天？据《新唐书》记载，与李隆基争权期间，太平公主曾因故被睿宗贬黜居外，也只能束手听命而已。其云：

---

① 《资治通鉴》卷二百九"景云元年"，中华书局，1956，第 6651 页。

　　玄宗以太子监国，使宋王、岐王总禁兵。主恚权分，乘辇至光范门，召宰相白废太子。于是宋璟、姚元之不悦，请出主东都，帝不许，诏主居蒲州。主大望，太子惧，奏斥璟、元之以销戢怨嫌。监察御史慕容珣复劾慧范事，帝疑珣离间骨肉，贬密州司马。主居外四月，太子表追还京师。①

　　可见，太平公主与李隆基争权背后是有睿宗在支持的，并不完全是太平公主的个人行为。由于李隆基势力过于强大，外有宋王、岐王诸王手控强兵，内有姚崇、宋璟等宰臣掌中枢机要，皇帝基本上被架空，故睿宗曾多次借故流露出对皇太子的不满。《资治通鉴》载：

　　［景云元年（710）九月］太平公主以太子年少，意颇易之；既而惮其英武，欲更择暗弱者立之以久其权，数为流言，云"太子非长，不当立"。己亥，制戒谕中外，以息浮议。公主每觇伺太子所为，纤介必闻于上，太子左右，亦往往为公主耳目，太子深不自安。②

《资治通鉴》又载：

　　［景云二年（711）正月］上尝密召安石，谓曰："闻朝廷皆倾心东宫，卿宜察之。"对曰："陛下安得亡国之言！此必太平之谋耳。太子有功于社稷，仁明孝友，天下所知，愿陛下无惑谗言。"上瞿然曰："朕知之矣，卿勿言。"时公主在帘下窃听之，以飞语陷安石，欲收按之，赖郭元振救之，得免。③

《资治通鉴》又载：

　　（景云二年二月）顷之，上谓侍臣曰："术者言五日中当有急兵入

---

① 《新唐书》卷八十三《高宗三女传》，中华书局，1975，第3651页。
② 《资治通鉴》卷二百一十"景云二年"，中华书局，1956，第6662页。
③ 《资治通鉴》卷二百一十"景云二年"，中华书局，1956，第6662页。

宫，卿等为朕备之。"张说曰："此必谗人欲离间东宫。愿陛下使太子监国，则流言自息矣。"姚元之曰："张说所言，社稷之至计也。"上说。①

睿宗并非无废太子之意，假太平公主之口道出无非是欲盖弥彰。然而太子李隆基在朝野上下的根基已经牢不可破，张说、韦安石、姚崇、宋璟等宰臣皆对其倾心瞩目，睿宗根本无力与之相抗，只得"命太子监国，六品以下除官及徒罪以下，并取太子处分"②。由于太平公主被李隆基等排挤至蒲州，睿宗在事实上成为"傀儡皇帝"，为了摆脱这种尴尬境地，睿宗曾一度以退位相抗争。《资治通鉴》载：

> （景云二年）夏，四月，甲申……上召群臣三品以上，谓曰："朕素怀澹泊，不以万乘为贵，曩为皇嗣，又为皇太弟，皆辞不处。今欲传位太子，何如？"群臣莫对。太子使右庶子李景伯固辞，不许。殿中侍御史和逢尧附太平公主，言于上曰："陛下春秋未高，方为四海所依仰，岂得遽尔！"上乃止。③

睿宗李旦的激烈反抗使李隆基等人不得不有所收敛，为了表示其并无取代父亲之心，李隆基同意召还太平公主。不过在此之前，李隆基已经从睿宗手中获取了更多的权力。《资治通鉴》载：

> （景云二年四月）戊子，制："凡政事皆取太子处分。其军旅死刑及五品已上除授，皆先与太子议之，然后以闻。"辛卯，以李日知守侍中。壬寅，赦天下。五月，太子请让位于宋王成器，不许。请召太平公主还京师，许之。④

太平公主还京师之后，在睿宗的支持下，联合韦武集团残余势力窦怀贞、崔湜、萧至忠等，对先前李隆基等人的迫害行为发起了猛烈的报复。《资治

---

① 《资治通鉴》卷二百一十"景云二年"，中华书局，1956，第6663页。
② 《资治通鉴》卷二百一十"景云二年"，中华书局，1956，第6663页。
③ 《资治通鉴》卷二百一十"景云二年"，中华书局，1956，第6664页。
④ 《资治通鉴》卷二百一十"景云二年"，中华书局，1956，第6665页。

通鉴》载：

> （景云二年五月）壬戌，殿中监窦怀贞为御史大夫、同平章事。僧慧范恃太平公主势，逼夺民产，御史大夫薛谦光与殿中侍御史慕容珣奏弹之。公主诉于上，出谦光为岐州刺史……庚午，以中书令韦安石为左仆射兼太子宾客、同中书门下三品。太平公主以安石不附己，故崇以虚名，实去其权也……冬，十月，甲辰，上御承天门，引韦安石、郭元振、窦怀贞、李日知、张说宣制，责以"政教多阙，水旱为灾，府库益竭，僚吏日滋；虽朕之薄德，亦辅佐非才。安石可左仆射、东都留守，元振可吏部尚书，怀贞可左御史大夫，日知可户部尚书，说可左丞，并罢政事。"以吏部尚书刘幽求为侍中，右散骑常侍魏知古为左散骑常侍，太子詹事崔湜为中书侍郎，并同中书门下三品；中书侍郎陆象先同平章事。皆太平公主之志也。①

睿宗借故罢免了支持太子的宰相韦安石、郭元振、李日知、张说等人，并任用相对中立的魏知古、陆象先为宰相，初步改变了中枢权力格局。然而太平公主等人虽做了极大的努力，但是其政治势力与太子相比仍然远远弗及，盖当时朝野上下已莫不归心东宫，亦非人事可以改作。当睿宗认清太平公主亦无力扭转大势之后，遂有内禅之心。《资治通鉴》载：

> ［延和元年（712）七月］太平公主使术者言于上曰："彗所以除旧布新，又帝座及心前星皆有变，皇太子当为天子。"上曰："传德避灾，吾志决矣！"太平公主及其党皆力谏，以为不可……上曰："汝为孝子，何必待枢前然后即位邪！"太子流涕而出。壬辰，制传位于太子，太子上表固辞。太平公主劝上虽传位，犹宜自总大政。上乃谓太子曰："汝以天下事重，欲朕兼理之邪？昔舜禅禹，犹亲巡狩。朕虽传位，岂忘家国？其军国大事，当兼省之。"八月，庚子，玄宗即位，尊睿宗为太上皇。上皇自称曰朕，命曰诰，五日一受朝于太极殿。皇帝自称曰予，命曰制、敕，

---

① 《资治通鉴》卷二百一十"景云二年"，中华书局，1956，第6666～6667页。

日受朝于武德殿。三品以上除授及大刑政决于上皇，余皆决于皇帝。①

从"平王"到"皇太子"，再到"皇帝"；从"六品以下"到"五品以下"，再到"三品以下"，李隆基一步步从睿宗手中获取了足够大的权力。而睿宗并不甘心彻底放权，在太平公主及其羽翼的拥戴和支持下，他仍然对朝政保留了足够的话语权。故睿宗禅位之后，太平公主与李隆基之间的权力斗争并未止息，反而愈演愈烈。

（三）玄宗前期

先天元年（712）八月庚子，皇太子李隆基即位，是为玄宗。专制皇权的排他性和唯一性，使李隆基并没有因为获得皇帝的虚名便踌躇意满。为了成为真正的皇帝，李隆基必须彻底铲除姑姑太平公主的势力，直到父亲交出全部权力为止。学者唐雯甚至认为，早在玄宗以郡王的身份发动唐隆政变，并诛杀上官婉儿之时，便已经站到了父亲李旦、姑姑太平公主的对立面。今摘录其论文部分章节如下：

> 《通鉴》在记载玄宗杀了上官氏以后，接着写道："时少帝在太极殿，幽求曰：'众约今夕共立相王，何不早定！'隆基遽止之。""遽止之"三字完全暴露了玄宗的野心。虽然政变是以"共立相王"为约定的，可是显然此时，玄宗并不想他的父亲——当时的相王李旦来接收胜利果实。政变的第二天，他只是"迎相王入辅少帝"，而并未如之前约定的，令相王即位。相王入辅的次日，他在不合常理的立太后事件中的态度更暴露了他不欲其父正位大统的心理："壬寅，刘幽求在太极殿，有宫人与宦官令幽求作制书立太后。幽求曰：'国有大难，人情不安，山陵未毕，遽立太后，不可。'平王隆基曰：'此勿轻言。'"
>
> 从李隆基的态度来看，他是赞成立太后的。如果将相王入辅视作即位程序中的一个步骤，少帝逊位，指日可待，显然不需要凭空立一位太后。而当时少帝李重茂不过是十三岁的儿童，他不可能骤然有这样诡异的念头，宫人与宦官背后显然另有主谋，李隆基应该就是这个幕后的推

---

① 《资治通鉴》卷二百一十"先天元年"，中华书局，1956，第 6673～6674 页。

手。如果真的立了一位太后，可以对辅政的相王形成牵制，也巩固了少帝的地位，使之前"共立相王"的约定成为一纸空文。而李隆基以平王的身份，知内外闲厩，押左右厢万骑，牢牢掌控了禁军中的精锐部队和军马，一旦时机成熟，少帝下台并非难事。但是，这一要求遭到了刘幽求的断然拒绝，隆基只好就此作罢。这个时候，幽求已经明白了玄宗的意图，在立太后事件的第二天，当着宋王成器的面提出应立即让相王即位。而这时玄宗还在以相王"性恬淡"，不肯"代亲兄之子"为借口，不想拱手交出权力。刘幽求再次正色劝他"众心不可违"，到这时，隆基才不得不入见相王，请求其父即位。[①]

"立太后"事件的确是"唐隆政变"的疑案之一，唐雯的观点虽称新奇，亦言之成理。同时，她还分析，玄宗之所以不愿将权力交到父亲手中，是因为李隆基虽然是睿宗的亲生儿子，但是在幼年时期被过继给故太子李弘的经历，使他在理论上并没有皇位的继承权。"即使李隆基后来曾回归本宗，其第三子的身份，在储位的竞争中也是不利的。"[②] 李隆基后来虽然顺利被立为皇太子，并成功即位为皇帝，但双方之间的芥蒂并没有完全消除。在后世史官的粉饰下，睿宗被塑造成一个澹泊无为的仁慈软弱之君，实则大谬。睿宗并非不想把控朝局，实不能为也。被迫内禅之后，睿宗仍然在等待机会反击，而玄宗君臣诛灭太平公主的计划泄露，正好为睿宗的下一步行动提供了借口。《旧唐书·刘幽求传》载：

> ［先天元年（712）］幽求乃与右羽林将军张暐请以羽林兵诛之，乃令暐密奏玄宗曰："宰相中有崔湜、岑羲，俱是太平公主进用，见作方计，其事不轻。殿下若不早谋，必成大患。一朝事出意外，太上皇何以得安？古人云：'当断不断，反受其乱。'唯请急杀此贼。刘幽求已共臣作定谋计讫，愿以身正此事，赴死如归。臣既职典禁兵，若奉殿下命，当即除翦。"上深以为然。暐又泄其谋于侍御史邓光宾，玄宗大惧，遽列

---

① 唐雯：《新出葛福顺墓志疏证——兼论景云、先天年间的禁军争夺》，《中华文史论丛》2014年第4期。
② 唐雯：《新出葛福顺墓志疏证——兼论景云、先天年间的禁军争夺》，《中华文史论丛》2014年第4期。

上其状，睿宗下幽求等诏狱，令法官推鞫之。法官奏幽求等以疏间亲，罪当死。玄宗屡救获免，乃流幽求于封州，�于峰州。①

玄宗诛杀太平公主计划暴露使双方的矛盾公开激化，同时也标志着斗争局势已经到了最后阶段。为了避免丧失所有权力，睿宗、太平公主终于在废黜皇帝李隆基的目标上达成一致。此次事件发生后，睿宗趁机将忠于李隆基的宰相刘幽求、禁军将领张昰等流放，接着通过人事调动，使太平公主一党逐渐控制了朝廷中枢，"时宰相七人，五出主门下"②。为了废黜玄宗，先天元年（712）十一月乙酉，"上皇诰遣皇帝巡边，西自河、陇，东及燕、蓟，选将练卒"③。不过，睿宗借故将玄宗调离京城并利用地方军队将其消灭的图谋并没有得逞，先天二年（713）"春正月乙亥……皇帝巡边改期，所募兵各散遣，约八月复集，竟不成行"④。眼见玄宗并不上当，睿宗、太平公主只好选择在长安城内与皇帝正面决战。据唐雯考证，除了禁军之外，郭元振手中的朔方军也至关重要。先天二年六月丙辰，睿宗"以兵部尚书郭元振同中书门下三品"⑤，以示信任。然而在历史的关键时刻，郭元振却拒绝了睿宗的拉拢，选择了玄宗。《兵部尚书代国公赠少保郭公行状》云："会太平公主、窦怀贞潜结凶党，谋废皇帝，睿宗犹豫不决，诸相皆阿诀顺旨，惟公廷争，不受诏。"⑥ 虽然没有得到朔方军的支持，但睿宗等人依然决定行动。先天二年七月，"公主期以是月七日令常元楷以羽林兵自北门入，窦怀贞等于南衙举兵应之"⑦。睿宗的计划未及实施便被宰相魏知古告发，"窦怀贞等将谋逆也，知古独密奏其事"⑧。先天二年七月三日，玄宗抢先一步发动"先天政变"，一举荡平了太平公主的势力，并从睿宗手中夺取了全部权力。《旧唐书》载：

先天二年七月三日，尚书左仆射窦怀贞，侍中岑羲，中书令萧至忠、

① 《旧唐书》卷九十七《刘幽求传》，中华书局，1975，第 3040~3041 页。
② 《新唐书》卷八十三《高宗三女传》，中华书局，1975，第 3651 页。
③ 《资治通鉴》卷二百一十"先天元年"，中华书局，1956，第 6679 页。
④ 《资治通鉴》卷二百一十"开元元年"，中华书局，1956，第 6679 页。
⑤ 《资治通鉴》卷二百一十"开元元年"，中华书局，1956，第 6681 页。
⑥ 《全唐文》卷二百三十三《兵部尚书代国公赠少保郭公行状》，中华书局，1983，第 2356 页。
⑦ 《资治通鉴》卷二百一十"开元元年"，中华书局，1956，第 6684 页。
⑧ 《旧唐书》卷九十八《魏知古传》，中华书局，1975，第 3063 页。

崔湜，雍州长史李晋，左羽林大将军常元楷，右羽林将军李慈等与太平公主同谋，期以其月四日以羽林军作乱。上密知之，因以中旨告岐王范、薛王业、兵部尚书郭元振、将军王毛仲，取闲厩马及家人三百余人，率太仆少卿李令问、王守一，内侍高力士、果毅李守德等亲信十数人，出武德殿，入虔化门。枭常元楷、李慈于北阙。擒贾膺福、李猷于内客省以出。执萧至忠、岑羲于朝，皆斩之。睿宗明日下诏曰："朕将高居无为，自今军国政刑一事已上，并取皇帝处分。"①

从中宗神龙元年（705）到玄宗先天二年（713），前后不过八年而已，却先后发生了数次以宗室诸王为主导的宫廷政变。虽然成败各异，但与高宗、武后时期相比，诸王的政治实力已经得到极大恢复，并且他们在一些重大的历史事件中发挥了关键的作用。其中以玄宗的经历最有代表性，他以郡王的身份组织并参与了"唐隆政变"，因功被封为皇太子，之后通过一系列政治斗争逼迫睿宗内禅，最终获得全部权力。毫无疑问，玄宗追逐权力的过程正是这一时期王权从极度衰落到全面复兴的真实缩影。

四 苟延残喘：玄宗后期至唐末

"先天政变"之后，玄宗终于不再受制于人，完成了从一个郡王到皇帝的华丽蜕变。当玄宗从皇权的挑战者转变为皇权的捍卫者时，他的政治诉求也随之发生了变化。作为政治场上的角逐高手，玄宗比所有人都清楚过于强大的王权对一个皇帝意味着什么。因此，玄宗在执政的最初几年内便有计划地剥夺了诸王的特权，并通过建立"十王宅"等制度使王权逐渐消亡。

（一）玄宗后期

开元初年，玄宗最需要解决的便是他的诸位兄弟，即睿宗诸子问题。由于宁、申、岐、薛四王在"唐隆政变"和"先天政变"皆有功勋，在朝野上下声望较高，玄宗起初仍然按照旧制任命诸王为地方刺史、都督。《旧唐书》载：

---

① 《旧唐书》卷八《玄宗本纪上》，中华书局，1975，第169页。

（宁王李宪）开元初，历岐州刺史，开府如故。四年，避昭成皇后尊号，改名宪，封为宁王，实封累至五千五百户。又历泽、泾等州刺史。①

又载：

（申王李㧑）开元二年（714），带司徒兼幽州刺史。俄避昭成太后之称，改名㧑。历邓、虢、绛三州刺史。②

又载：

（岐王李范）开元初，拜太子少师，带本官，历绛、郑、岐三州刺史。③

又载：

（薛王李业）开元初，历太子少保、同泾豳卫虢等州刺史。④

不过，需要注意的是，此时之诸王只是名义上的地方长官而已，"然专以衣食声色畜养娱乐之，不任以职事"⑤。《资治通鉴》又载："（开元二年）六月，丁巳，以宋王成器兼岐州刺史，申王成义兼幽州刺史，豳王守礼兼虢州刺史，令到官但领大纲，自余州务，皆委上佐主之。是后诸王为都护、都督、刺史者并准此。"⑥ 玄宗对四王外示宠遇，其实不过是借机削除他们在京师的政治影响而已。而且"到了开元初，即使亲王出藩，王府僚佐似乎也不再能够跟随上任了"⑦。即便诸王形同流放，但玄宗显然并不满足。开元九年

---

① 《旧唐书》卷九十五《让皇帝宪传》，中华书局，1975，第 3011 页。
② 《旧唐书》卷九十五《惠庄太子㧑传》，中华书局，1975，第 3016 页。
③ 《旧唐书》卷九十五《惠文太子范传》，中华书局，1975，第 3016 页。
④ 《旧唐书》卷九十五《惠宣太子业传》，中华书局，1975，第 3018 页。
⑤ 《资治通鉴》卷二百一十"开元二年"，中华书局，1956，第 6701 页。
⑥ 《资治通鉴》卷二百一十"开元二年"，中华书局，1956，第 6701 页。
⑦ 孙英刚：《唐前期王府僚佐与地方府州关系考——以墓志资料为中心》，《早期中国史研究》2013 年第 2 期。

（721），"是岁，诸王为都督、刺史者，悉召还京师"①。自此，太宗以来诸王外任的制度被完全废除了。为了更好地控制诸王，四王先是被冠以虚职，如李宪，"开元九年（721）兼太常卿"②；李㧑，"（开元）八年（720），因入朝，停刺史，依旧为司徒"③；李范，"（开元）八年，迁太子太傅"④；李业，"（开元）八年，迁太子太保"⑤。接着，便被强制要求居住在玄宗为他们营建的"赐宅"中。《旧唐书·让皇帝宪传》载：

> 宪于胜业东南角赐宅，申王㧑、岐王范于安兴坊东南赐宅，薛王业于胜业西北角赐宅，邸第相望，环于宫侧。玄宗于兴庆宫西南置楼，西面题曰花萼相辉之楼，南面题曰勤政务本之楼。玄宗时登楼，闻诸王音乐之声，咸召登楼同榻宴谑，或便幸其第，赐金分帛，厚其欢赏。诸王每日于侧门朝见，归宅之后，即奏乐。纵饮，击球斗鸡，或近郊从禽，或别墅追赏，不绝于岁月矣。游践之所，中使相望，以为天子友悌，近古无比，故人无间然。⑥

武周时，为了防范和控制诸王，武后在长安、洛阳建立了"五王宅"，这一方法后来被玄宗所继承。其对四王名为"赐宅"，实则是另一种形式的"软禁"而已。而且，对于四王干预朝政、培植个人势力的行为，玄宗的处罚也越来越严厉，《资治通鉴》载：

> ［开元元年（713）十二月壬寅］姚崇既为相，紫微令张说惧，乃潜诣岐王申款。他日，崇对于便殿，行微蹇。上问："有足疾乎？"对曰："臣有腹心之疾，非足疾也。"上问其故。对曰："岐王陛下爱弟，张说为辅臣，而密乘车入王家，恐为所误，故忧之。"癸丑，说左迁相州刺史……⑦

---

① 《资治通鉴》卷二百一十二"开元九年"，中华书局，1956，第6748页。
② 《旧唐书》卷九十五《让皇帝宪传》，中华书局，1975，第3012页。
③ 《旧唐书》卷九十五《惠庄太子㧑传》，中华书局，1975，第3016页。
④ 《旧唐书》卷九十五《惠文太子范传》，中华书局，1975，第3016页。
⑤ 《旧唐书》卷九十五《惠宣太子业传》，中华书局，1975，第3018页。
⑥ 《旧唐书》卷九十五《让皇帝宪传》，中华书局，1975，第3011页。
⑦ 《资治通鉴》卷二百一十"开元元年"，中华书局，1956，第6692页。

[开元二年（714）正月] 薛王业之舅王仙童，侵暴百姓，御史弹奏；业为之请，敕紫微、黄门覆按。姚崇、卢怀慎等奏："仙童罪状明白，御史所言无所枉，不可纵舍。"上从之。由是贵戚束手……①

（开元二年闰二月）丙子，申王成义请以其府录事阎楚珪为其府参军，上许之。姚崇、卢怀慎上言："先尝得旨，云王公、驸马有所奏请，非墨敕皆勿行。臣窃以量材授官，当归有司；若缘亲故之恩，得以官爵为惠，踵习近事，实紊纪纲。"事遂寝。由是请谒不行……②

[开元七年（719）十一月] 宁王宪奏选人薛嗣先请授微官，事下中书、门下。璟奏："嗣先两选斋郎，虽非灼然应留，以懿亲之故，固应微假官资。在景龙中，常有墨敕处分，谓之斜封。自大明临御，兹事杜绝，行一赏，命一官，必是缘功与才，皆历中书、门下。至公之道，唯圣能行。嗣先幸预姻戚，不为屈法，许臣等商量，望付吏部知，不出正敕。"从之……③

[开元八年（720）十月] 上禁约诸王，不使与群臣交结。光禄少卿驸马都尉裴虚己与岐王范游宴，仍私挟谶纬；戊子，流虚己于新州，离其公主。万年尉刘庭琦、太祝张谔数与范饮酒赋诗，贬庭琦雅州司户，谔山茌丞。然待范如故，谓左右曰："吾兄弟自无间，但趋竞之徒强相托附耳。吾终不以此责兄弟也。"上尝不豫，薛王业妃弟内直郎韦宾与殿中监皇甫恂私议休咎；事觉，宾杖死，恂贬锦州刺史。业与妃惶惧待罪，上降阶执业手曰："吾若有心猜兄弟者，天地实殛之。"即与之宴饮，仍慰谕妃，令复位……④

[开元十年（722）八月] 己亥，敕："宗室、外戚、驸马，非至亲毋得往还；其卜相占候之人，皆不得出入百官之家……"⑤

随着玄宗对四王的防范和苛禁力度的层层加码，四王在政治上的影响力渐渐消弭。而玄宗对于自己的儿子，虽然也按惯例封王，但是已经省去了外

---

① 《资治通鉴》卷二百一十"开元二年"，中华书局，1956，第6696页。
② 《资治通鉴》卷二百一十"开元二年"，中华书局，1956，第6697页。
③ 《资治通鉴》卷二百一十二"开元七年"，中华书局，1956，第6738页。
④ 《资治通鉴》卷二百一十二"开元八年"，中华书局，1956，第6741~6742页。
⑤ 《资治通鉴》卷二百一十二"开元十年"，中华书局，1956，第6751页。

任的环节，仅使“遥领”而已。开元四年（716）“丙午，以鄫王嗣真为安北大都护、安抚河东、关内、陇右诸蕃大使，以安北大都护张知运为之副。陕王嗣升为安西大都护、安抚河西四镇诸蕃大使，以安西都护郭虔瓘为之副。二王皆不出阁。诸王遥领节度自此始”[①]。为了便于控制，玄宗直接使他们集中居住。开元十三年（725），玄宗诸子在大批改名、改封后，正式入住“十王宅”，并形成定制。《旧唐书》载：

> 先天之后，皇子幼则居内，东封年，以渐成长，乃于安国寺东附苑城同为大宅，分院居，为十王宅。令中官押之，于夹城中起居，每日家令进膳。又引词学工书之人入教，谓之侍读。十王，谓庆、忠、棣、鄂、荣、光、仪、颍、永、延、济，盖举全数。其后，盛、仪、寿、陈、丰、恒、凉六王又就封，入内宅。二十五年（737），鄂、光得罪，忠继大统，天宝中，庆、棣又殁，唯荣、仪等十四王居院，而府幕列于外坊，时通名起居而已。外诸孙成长，又于十宅外置百孙院。每岁幸华清宫，宫侧亦有十王院、百孙院。宫人每院四百，百孙院三四十人。又于宫中置维城库，诸王月俸物，约之而给用。诸孙纳妃嫁女，亦就十宅中。[②]

经过改革，诸王在政治上的权力被完全剥夺，最终成为国家的“荣誉囚犯”。诸王不仅不能够在中央或地方任职，甚至没有皇帝的命令已不能任意外出。虽然诸王在名义上仍能开府置官署，但“府幕列于外坊，时通名起居而已”。尤其是“中官押之”的规定，为唐代中后期宦官乱政埋下了伏笔。自玄宗始，“十王宅”制度形成惯例，诸王完全被隔离在唐代政治的边缘地带，王权逐渐消亡。

（二）玄宗之后

唐代中后期，诸王长期被圈禁在“十六宅”中，处境非常恶劣。肃宗、代宗、德宗三朝，朝廷用兵不止，皇室子弟虽封王，然不出阁。“是时，皇

---

① 《资治通鉴》卷二百一十一“开元四年”，中华书局，1956，第 6715 ~ 6716 页。

② 《旧唐书》卷一百七《凉王璇传》，中华书局，1975，第 3271 ~ 3272 页。

子胜衣者尽加王爵，不出阁。"① 德宗时，先代诸王、诸王女已被冷落达数十年之久，子孙流落民间，与庶人无异，诸王女有老而未嫁者。《旧唐书》载：

> 初，开元中置礼会院于崇仁里。自兵兴已来，废而不修，故公、郡、县主不时降嫁，殆三十年，至有华发而犹丱者，虽居内馆，而不获觌见十六年矣。凡皇族子弟，皆散弃无位，或流落他县，湮沉不齿录，无异匹庶。及德宗即位，叙用枝属，以时婚嫁，公族老幼，莫不悲感。初即位，将谒太庙，始与公、郡、县主相见于大次中，尊者展其敬，幼者申其爱，嘘唏哭泣之声闻于朝，公卿陪列者为之凄然。每将有大礼，必与诸父昆弟同其斋次。②

一直到宪宗时，诸王女"嫁不以时"的现象仍然屡见不鲜。《资治通鉴》载："十六宅诸王既不出阁，其女嫁不以时，选尚者皆由宦官，率以厚赂自达……〔元和六年（811）〕十二月，壬申，诏封恩王等六女为县主，委中书、门下、宗正、吏部选门地人才称可者嫁之。"③ 宪宗之后，嫁诸王女竟然成为皇帝的一项德政，敬宗长庆四年（824）三月，诏"六宅、十宅诸王女，宜令每年于选人中选择降嫁"④。文宗大和七年（833）八月，亦诏"其十六宅诸县主，委吏部于选人中简择配匹，具以名闻"⑤。诸王子孙不仅婚丧嫁娶不得以时，甚至连衣食冷暖皆受宦官制约，有时还会被其虐待、杀害。"自天宝已降，内官握禁旅，中闱篡继，皆出其心。故手才揽于万机，目已睨于六宅；防闲禁锢，不近人情。"⑥ 元和十五年（820）正月，宪宗遇弑，宦官集团在拥立上发生了矛盾，"中尉梁守谦与诸宦官马进潭、刘承偕、韦元素、王守澄等共立太子，杀吐突承璀及澧王恽"⑦。文宗曾专门处罚过虐待诸王的宦官，开成二年（837）五月"壬申，上幸十六宅，与诸王宴乐。决十六宅

---

① 《旧唐书》卷一百一十六《睦王述传》，中华书局，1975，第 3392 页。
② 《旧唐书》卷一百五十《珍王诚传》，中华书局，1975，第 4046 页。
③ 《资治通鉴》卷二百三十八"元和六年"，中华书局，1956，第 7686～7687 页。
④ 《旧唐书》卷十七上《敬宗本纪》，中华书局，1975，第 508 页。
⑤ 《旧唐书》卷十七下《文宗本纪》，中华书局，1975，第 551 页。
⑥ 《旧唐书》卷一百七十五《王行瑜传》，中华书局，1975，第 4549 页。
⑦ 《资治通鉴》卷二百四十一"元和十五年"，中华书局，1956，第 7777 页。

宫市内官范文喜等三人，以供诸王食物不精故也"①。昭宗之时，诸王与其他宗室受制于藩镇，甚至有被饿死的情况，《新唐书·食货志二》载："昭宗在凤翔，为梁兵所围，城中人相食，父食其子，而天子食粥，六宫及宗室多饿死。其穷至于如此，遂以亡。"②

当然，这些都是较为特殊的情形，在通常情况下，诸王能够得到较高的经济待遇。如文宗在位时，就比较关心诸王的经济生活问题。除了处决虐待诸王的宦官外，文宗还曾经多次探望诸王，并常有丰厚的赏赐。大和四年（830）七月，"赐十六宅诸王绫绢二万匹"③。开成四年（839）六月，"庚申，上幸十六宅安王、颍王院宴乐，赐与颇厚"④。宣宗时，随着诸王子孙日益繁衍，皇帝还特意为其修建楼舍以供居住。大中元年（847）八月，"神策军奏修百福殿成，名其殿曰雍和殿，楼曰亲亲楼，凡廊舍屋宇七百间，以会诸王子孙"⑤。直到唐末，诸王仍然过着比较奢侈的生活。《新唐书》云："昭宗时，十六宅诸王以华侈相尚，巾帻各自为制度，都人效之，则曰：'为我作某王头。'"⑥

值得注意的是，玄宗在严厉打击和限制近支宗室的同时，也多次下令在宗室疏属中选拔人才，并且按才能授予相应官职。先天二年（713），下《勉励宗亲诰》曰："宗亲中有才行灼然为众推挹者，按察使具以名闻，朕当擢以不次。"⑦ 开元十一年（723），《开元十一年南郊赦》曰："宗室中有孝悌才术，为众所知，仍在卑任者，委宗正具以名奏。"⑧ 开元二十年（732），《后土赦书》曰："皇亲中有文武才用堪任使者，委宗正具以名上，当与奖擢。"⑨ 此外还专门创设了"宗室异能"科，以选拔人才。在玄宗的制度改革下，有才能的宗室疏属获得了更高层次的仕进途径，改变了过去不以宗亲任权的局面。"先是，国朝旧制，不以宗亲任权。开元以来，内举无避，惟善

---

① 《旧唐书》卷十七下《文宗本纪》，中华书局，1975，第 569~570 页。
② 《新唐书》卷五十二《食货志二》，中华书局，1975，第 1362 页。
③ 《旧唐书》卷十七下《文宗本纪》，中华书局，1975，第 538 页。
④ 《旧唐书》卷十七下《文宗本纪》，中华书局，1975，第 578 页。
⑤ 《旧唐书》卷十八下《宣宗本纪》，中华书局，1975，第 618 页。
⑥ 《新唐书》卷三十四《服妖》，中华书局，1975，第 880 页。
⑦ （宋）宋敏求编《唐大诏令集》卷四十《勉励宗亲诰》，中华书局，2008，第 190 页。
⑧ （宋）宋敏求编《唐大诏令集》卷六十八《开元十一年南郊赦》，中华书局，2008，第 381 页。
⑨ （宋）宋敏求编《唐大诏令集》卷六十六《后土赦书》，中华书局，2008，第 374 页。

所亲。"① 仅在玄宗朝，就出现李林甫和李适之两位宗室宰相，这在之前是不可想象的。玄宗后，宗室疏属皆凭科举仕进，事实上已同一般庶族无异。史官叹曰："唐有天下三百年，子孙蕃衍，可谓盛矣！其初皆有封爵，至其世远亲尽，则各随其人贤愚，遂与异姓之臣杂而仕宦，至或流落于民间，甚可叹也！"② 玄宗通过一整套政策分化了宗室群体，使近支宗室丧失人身自由和参政机会，又使宗室疏属沦为一般庶族，从而在制度源头上结束了唐代前期宗室政变频发的局面。

玄宗为了加强皇权而圈禁诸王的政策，客观上避免了皇室内部的争斗，但也严重削弱了李唐皇族对政权的控制力。尤其是诸王的政治权力被剥夺之后，玄宗之后的历代皇帝，不得不启用宦官群体作为其在中央和地方的代理人。而宦官群体低下的政治素质和自私的道德品性又加剧了中央和地方的矛盾，特别是宦官掌握中央军权之后，皇帝也基本上成为其操纵的工具，逐渐失去了对朝局的把控。从地方来看，作为皇权延伸的诸王群体，其政治势力被玄宗从地方抽离之后，中央王朝对地方的统治力和影响力被严重削弱了。安史之乱后，藩镇割据的局面逐渐形成，反过来又固化了中央与地方分离的事实，而中央与藩镇之间的斗争更加消耗了唐朝的国力。

玄宗之后，皇子事实上都不再出阁。《旧唐书》云："唐室自艰难已后，两河兵革屡兴，诸王虽封，竟不出阁。"③ 形同囚禁的"十六宅"生活使他们不仅缺乏政治经验，而且无法逃脱被多次屠杀的命运。如天宝十五载（756），安史之乱发，玄宗仓促南奔，诸王多不及相从。长安城陷，"禄山命搜捕百官、宦者、宫女等，每获数百人，辄以兵卫送洛阳。王、侯、将、相扈从车驾、家留长安者，诛及婴孩"④。建中四年（783），泾原镇士卒兵变，德宗宣慰未已，"贼已斩关而入，上乃与王贵妃、韦淑妃、太子、诸王、唐安公主自苑北门出，王贵妃以传国宝系衣中以从。后宫诸王、公主不及从者什七八"⑤。乱兵共推朱泚为首领，先后"杀郡王、王子、王孙凡七十七人"⑥。

① 《全唐文》卷三百十三《太子少傅李公墓志铭》，中华书局，1983，第3183页。
② 《新唐书》卷七十上《宗室世系表》，中华书局，1975，第1955页。
③ 《旧唐书》卷一百五十《蕲王绎传》，中华书局，1975，第4050页。
④ 《资治通鉴》卷二百一十八"至德元载"，中华书局，1956，第6980页。
⑤ 《资治通鉴》卷二百二十八"建中四年"，中华书局，1956，第7353页。
⑥ 《资治通鉴》卷二百二十八"建中四年"，中华书局，1956，第7360页。

中唐之后，宦官专权积重难返，藩镇割据尾大不掉，李唐政权的形势江河日下。文宗时期，为了扭转当时日益恶化的政治形势，大臣中的一些有识之士如李德裕提出改革宗室制度，使诸王重新出阁的建议，并且一度得到皇帝的支持。《资治通鉴》载：

> 德裕又言："昔玄宗以临淄王定内难，自是疑忌宗室，不令出阁。天下议皆以为幽闭骨肉，亏伤人伦。向使天宝之末、建中之初，宗室散处方州，虽未能安定王室，尚可各全其生。所以悉为安禄山、朱泚所鱼肉者，由聚于一宫故也。陛下诚因册太子，制书听宗室年高属疏者出阁，且除诸州上佐，使携其男女出外婚嫁。此则百年弊法，一旦因陛下去之，海内孰不欣悦！"上曰："兹事朕久知其不可，方今诸王岂无贤才，无所施耳！"八月，庚寅，册命太子，因下制：诸王自今以次出阁，授紧、望州刺史、上佐；十六宅县主，以时出适；进士停试诗赋。诸王出阁，竟以议所除官不决而罢。①

从这段材料来看，圈禁诸王的政策在当时已经受到长期非议，因其"幽闭骨肉，亏伤人伦"。文宗等历代皇帝明知其为"弊法"，但依然推行百年之久。李德裕为了打消皇帝的顾虑，在建议时特意点明以"宗室年高属疏者出阁"。文宗欣然同意后，却"以议所除官不决而罢"。盖当时藩镇割据之势已成，中央和地方矛盾重重，利益盘根错节，诸王出阁已难以推行。同时也不排除文宗忌惮诸王受到地方藩镇的拉拢而形成新的割据势力，进而威胁皇权。总之，基于各种原因，文宗时期复令"诸王出阁"的政策失败了，唐王朝也因此错失了一次中兴的可能。

至昭宗时，朝廷局势已一坏再坏，"自国门以外，皆分裂于方镇矣"②，李唐王朝彻底中兴无望，苟延残喘而已。方至此时，昭宗似乎才大梦初醒，重新启用诸王。景福二年（893）三月，"时朝议以茂贞傲侮王命，武臣难制，欲用杜让能及亲王典禁兵"③。然而诸王以市井散卒对藩镇百战之师，实

---

① 《资治通鉴》卷二百四十四"大和七年"，中华书局，1956，第7886页。
② 《新唐书》卷五十《兵志》，中华书局，1975，第1330页。
③ 《旧唐书》卷二十上《昭宗本纪》，中华书局，1975，第749页。

不堪一击。故前后被藩兵困逼，天子亦一辱再辱。乾宁三年（896）六月，"凤翔军犯京畿，覃王拒之于娄馆，接战不利"①。七月，昭宗仓皇出逃，途中被华州军阀韩建收留。乾宁四年（897）二月，韩建胁迫昭宗解除诸王兵权，寻又杀之。《旧唐书》载：

> 甲寅，华州防城将花重武告睦王巳下八王欲谋杀韩建，移车驾幸河中。帝闻之骇然，召韩建谕之，建辞疾不敢行。帝即令通王巳下诣建治所自陈。建奏曰："今日未时，睦王、济王、韶王、通王、彭王、韩王、仪王、陈王等八人到臣治所，不测事由。臣酌量事体，不合与诸王相见，兼恐久在臣所，于事非宜。况睦王等与臣中外事殊，尊卑礼隔，至于事柄，未有相侵，忽然及门，意不可测。"又引晋室八王挠乱天下事，"请依旧制，令诸王在十六宅，不合典兵。其殿后捧日、卆晖等军人，皆坊市无赖之徒，不堪侍卫，伏乞放散，以宁众心。"昭宗不得已，皆从之。是日，囚八王于别第，殿后侍卫四军二万余人皆放散，杀捧日都头李筠于大云桥下，自是天子之卫士尽矣。……（八月）韩建奏曰："自陛下即位巳来，与近辅交恶，皆因诸王典兵，凶徒乐祸，遂致舆驾不安。比者臣奏罢兵权，实虑有不测之变。今闻延王、覃王尚苞阴计，愿陛下宸断不疑，制于未乱，即社稷之福也。"上曰："岂至是耶！"居数日，以上无报，乃与知枢密刘季述矫制发兵，围十六宅。诸王惧，披发沿垣而呼曰："官家救儿命！"或登屋沿树。是日，通王、覃王巳下十一王并其侍者，皆为建兵所拥，至石堤谷，无长少皆杀之，而建以谋逆闻。②

天祐元年（904）闰四月，朱全忠胁迫昭宗东迁洛阳。同年八月壬辰朔，朱全忠弑昭宗于椒殿。"昭宗遇弑之日，蒋玄晖于西内置社筵；酒酣，德王巳下六王皆为玄晖所杀，投尸九曲池。"③ 六王死后，唐昭宗的直系子孙除哀帝外被全部杀绝，所以也没有晋、宋南渡建号的可能。天祐五年（908）二月二十一日，哀帝为朱全忠所害，唐遂亡。

---

① 《旧唐书》卷二十上《昭宗本纪》，中华书局，1975，第758页。
② 《旧唐书》卷二十上《昭宗本纪》，中华书局，1975，第761~762页。
③ 《旧唐书》卷一百七十五《昭宗十子传》，中华书局，1975，第4546页。

有唐一代，诸王从最初的天潢贵胄到唐末的待宰羔羊，时代命运前后发生了极大的变化。与之相对应的是，诸王政治权力也大致经历了鼎盛—衰落—复苏—消亡四个阶段。隋末唐初，高祖、太宗时期，在皇权的庇佑和纵容下，诸王在中央和地方都培植了庞大的政治势力。在这一时期，王权在各个方面都达到了鼎盛。在高宗、武后时期，鉴于唐初王权过于强大并屡次挑战皇权的事实，统治者对诸王采取了长期的压制政策，使李唐宗室群体基本被消灭殆尽，而王权也逐渐衰落。中宗、睿宗时期，李唐政权中兴。在皇权的纵容下，王权迅速复兴，并在这一时期的历次政变中发挥了关键作用。玄宗即位之后，为了加强中央集权，逐渐剥夺了诸王的诸多特权，并且建立"十六宅"等制度对其严加控制。经过玄宗的改革，诸王成为皇帝和宦官手中的囚犯，王权彻底消亡。王权的覆灭加剧了中唐以后宦官专权和藩镇割据恶化的态势，诸王最终伴随着唐王朝的覆灭退出了历史舞台。故《新唐书》有云："唐自中叶，宗室子孙多在京师，幼者或不出阁，虽以国王之，实与匹夫不异，故无赫赫过恶，亦不能为王室轩轾，运极不还，与唐俱殚。"①

---

① 《新唐书》卷八十二《德王裕传》，中华书局，1975，第 3640 页。

第二章　唐代诸王与皇帝的文学互动

诸王是唐代统治阶级的核心成员，在皇权的庇佑下，他们凭借血缘关系获得了王爵，并依法享有相应的政治权力。不同于一般的士人群体，诸王是天生的政治人物，对皇权的依附性是他们的社会角色得以被承认和存在的前提与基础，这一事实规定了诸王的主要文学活动都必须以皇帝为中心在特定历史政治情景下展开。虽然二者在根本上利益诉求是一致的，但也存在相互对立的潜在隐患。由于这种矛盾在理论上无法彻底消除，诸王与皇帝之间的关系呈现出复杂性。围绕这种复杂的社会关系，他们双方分别以不同的创作心态进行了一系列文学交流活动，在唐代文学史上留下了宝贵的历史资料和文学作品。

一　诸王与皇帝的复杂关系及文学创作心态

文学作品不仅是创作者主体精神的自由发挥，而且往往要受到历史条件的制约，特别对于政治人物的作品而言，这种制约性通常表现得尤其明显。因此，我们在研究诸王与皇帝的相关文学作品之前，只有先从政治、历史的角度出发，从分析二者所处的社会地位与相互关系特点和认识他们在文学创作过程中的心理状态着手，才能更好地对这些文学作品进行全面的理解和整体性把握。

（一）诸王与皇帝的社会关系特点

在皇权专制社会，诸王和皇帝的关系具有复杂性。一方面，诸王群体是皇帝的宗族亲属，他们与帝国的命运息息相关，先天便肩负着辅助和巩固王朝统治的使命。就这一点而言，诸王等宗室群体是皇帝维护皇权统治的可靠政治同盟。另一方面，血缘上的优势地位和政治上的便利条件使诸王具备可怕的政治实力，在唐初的数十年间，曾多次发生以诸王为领导核心的宗室政变。从这个角度来说，诸王又是威胁皇权统治的主要政治敌人。因此，诸王与皇帝同时维持着宗族亲属、政治同盟、政治敌人三种主要社会关系。

1. 宗族亲属

在中国古代以家代国的政治伦理中，统治者能否"睦亲"不仅是评价其德行的一个重要标准，也是其治国平天下的前提。《册府元龟·帝王部·睦亲》有云："君子笃于亲则民兴于仁，盖先王因亲以教，爱自家邦而达天下也。"① 从自然人的角度来看，诸王和皇帝互为宗族亲属，割不断的血缘关系使他们的关系同普通人的家庭关系一样，唐代皇帝与诸王的日常也充满浓郁的人情味。这种关系特点主要体现在以下几个方面。

（1）皇帝对诸王的慈爱和恩宠

诸王于皇帝，或为子孙，或为兄弟，或为长辈，慈爱友于、恭敬礼让之事，一如常人。武德初，"高祖令太宗居西宫之承乾殿，元吉居武德殿后院，与上台、东宫昼夜并通，更无限隔。皇太子及二王出入上台，皆乘马携弓刀杂用之物，相遇则如家人之礼"②；贞观年间，太宗以魏王李泰"腰腹洪大，趋拜稍难，复令乘小舆至于朝所……俄又每月给泰料物，有逾于皇太子"③；永徽二年（651），彭王元则因病去世，"高宗为之废朝三日，赠司徒、荆州都督，陪葬献陵，谥曰思。发引之日，高宗登望春宫望其灵车，哭之甚恸"④；天授三年（692），时为楚王的李隆基呵斥左金吾大将军武懿宗，祖母武则天不仅不加责备，反而"特加宠异之"⑤。开元二十九年（741），李宪因病去世，"时年六十三。上闻之，号叫失声，左右皆掩涕……及发引，时属大雨，上令庆王潭已下泥中步送十数里，制号其墓为惠陵"⑥；上元元年（760），兴王李佋病故，"帝（肃宗）方寝疾，追念过深，故特以储闱之赠宠之"⑦。再者，皇帝对诸王的慈爱和恩宠还表现为皇室内部的各种赏赐，如上文所述，皇帝对诸王赏赐的内容涵盖方方面面，不仅包括钱财、布帛、教育资料，

---

① （宋）王钦若等编纂《册府元龟》卷三十九，周勋初等校订，凤凰出版社，2006，第409页。
② 《旧唐书》卷六十四《隐太子建成传》，中华书局，1975，第2416页。
③ 《旧唐书》卷七十六《濮王泰传》，中华书局，1975，第2653页。
④ 《旧唐书》卷六十四《彭王元则传》，中华书局，1975，第2429页。
⑤ 《旧唐书》卷八《玄宗本纪上》，中华书局，1975，第165页。
⑥ 《旧唐书》卷九十五《让皇帝宪传》，中华书局，1975，第3012页。
⑦ 《旧唐书》卷一百一十六《恭懿太子佋传》，中华书局，1975，第3390页。

同时还有宅邸、器物和名胜，如魏王池、芙蓉园、乐游原等。诸如此类。

（2）诸王对皇帝的恭谨和孝顺

皇帝作为长辈和族长，在家族中历来享有崇高的声誉和地位。在很多历史情境中，诸王都会毫不吝惜地向皇帝表达自己内心真挚的感情。武德中，秦王三兄弟不和，高祖欲命秦王往镇东都，临行，"太宗泣而奏曰：'今日之授，实非所愿，不能远离膝下。'言讫呜咽，悲不自胜"①；贞观九年（635），高祖李渊去世，霍王李元轨忧伤"去职，毁瘠过礼，自后常衣布，示有终身之戚焉。每至忌辰，辄数日不食"②；贞观十年（636），文德皇后崩，魏王李泰在龙门山宾阳洞主持开凿佛窟，为母亲追奉冥福。同年，"晋王（李治）时年九岁，哀慕感动左右，太宗屡加慰抚，由是特深宠异"③；玄宗即位之初，宁、申、岐、薛四王主动奉表让出五王故宅，以表达对皇帝的恭敬；天宝末年，肃宗时为太子，北上灵武，一日百战，"太子或过时不得食，（建宁王）俶涕泗不自胜，上尤怜之"④。更详者见《册府元龟·帝王部·孝德》等篇。

（3）皇帝对家族整体的抚慰和关爱

唐代皇帝与诸王之间常会举行宴游聚会，一如常人家庭。武德七年（624）四月，高祖"宴王公亲属于文明殿"⑤；贞观二十二年（648）正月乙，太宗宴王公诸夷于天成殿，"王公称觞上寿，赐帛各有差"⑥；龙朔元年（661）九月，高宗"敕中书门下五品以上诸司长官、尚书省侍郎并诸亲三等以上，并诣沛王宅，设宴礼，奏九部乐。礼毕，赐帛杂彩各有差"⑦；仪凤三年（678）七月丁巳，高宗"宴百寮及诸亲于九成宫之咸亨殿"⑧；景龙三年（709）正月乙亥，中宗"宴侍臣及近亲于梨园亭"⑨；先天二年（713）九月

① 《旧唐书》卷六十四《隐太子建成传》，中华书局，1975，第2417页。

② 《旧唐书》卷六十四《霍王元轨传》，中华书局，1975，第2430页。

③ 《旧唐书》卷四《高宗本纪上》，中华书局，1975，第65页。

④ 《旧唐书》卷一百一十六《承天皇帝俶传》，中华书局，1975，第3384页。

⑤ （宋）王钦若等编纂《册府元龟》卷三十九，周勋初等校订，凤凰出版社，2006，第414页。

⑥ （宋）王钦若等编纂《册府元龟》卷一百九，周勋初等校订，凤凰出版社，2006，第1193页。

⑦ （宋）王钦若等编纂《册府元龟》卷一百一十，周勋初等校订，凤凰出版社，2006，第1195页。

⑧ （宋）王钦若等编纂《册府元龟》卷八十，周勋初等校订，凤凰出版社，2006，第872页。

⑨ （宋）王钦若等编纂《册府元龟》卷一百一十，周勋初等校订，凤凰出版社，2006，第1197页。

庚辰，玄宗"宴王公百寮于承天门"①；天宝五载（746）正月，玄宗"敕今月十四、十五、十六日，宜令中书门下及两省供奉官、文官四品以上、武官三品以上正员，并御史中丞、嗣王、郡王、郎官、御史、节度使，并于花萼楼下参宴"②；元和二年（807）二月丁丑，唐宪宗"以寒食节，御麟德殿，宴宰臣杜佑、武元衡、郑絪、李吉甫及仆射、大夫、度支、盐铁使、京兆尹、泊军使、驸马、诸亲王会焉。帝与之击球于庭"③；大和四年（830）四月，文宗"以有司贡新瓜，献赴兴庆宫，奉太皇太后及皇太后，并分赐十宅诸王已下"④；开成中正月望夜，文宗"于咸泰殿陈灯烛，奏《仙韶乐》，三宫太后俱集，奉觞献寿，如家人礼，诸亲王、公主、驸马、戚属皆侍宴"⑤。更详者见《册府元龟·帝王部·宴享》等篇。

再者，由于皇族始终处于政治旋涡的中心，在一些外部的政治事件中他们常常首当其冲。事变平息之后，皇帝也会像普通宗族中的做法一样对受害的家族内部成员进行抚慰和祭奠。如武后当政时期，对李唐皇族进行了血腥的大屠杀政策。神龙中兴之后，中宗马上对这些无辜惨死的宗族进行各种补偿。"初，韩王元嘉、霍王元轨等自垂拱以来皆遭非命，是日追复官爵，令备礼改葬，有胤嗣者即令承袭，无胤嗣者听取亲为后。"⑥ 再如天宝末年，安史之乱爆发，玄宗仓皇奔蜀，宗室诸王不及扈从者皆死于非命。肃宗在收复两京前后，多次颁布诏令抚慰遇害宗室。至德三载（758）二月，其《册太上皇尊号赦文》有云："公主并郡王、嗣王、郡主、县主及皇五等已上亲被逆贼杀害者，各与子孙一人官，使其瘗藏；亡失骸骨者，各招魂葬。"⑦ 再如建中四年（783），泾原镇士卒兵变，攻陷长安，德宗仓皇出逃至奉天，乱兵先后"杀郡王、王子、王孙凡七十七人"⑧。事变平息后，"丁丑，令所司具

---

① （宋）王钦若等编纂《册府元龟》卷一百一十，周勋初等校订，凤凰出版社，2006，第1197页。
② （宋）王钦若等编纂《册府元龟》卷一百一十，周勋初等校订，凤凰出版社，2006，第1199页。
③ （宋）王钦若等编纂《册府元龟》卷一百一十一，周勋初等校订，凤凰出版社，2006，第1204页。
④ （宋）王钦若等编纂《册府元龟》卷三十八，周勋初等校订，凤凰出版社，2006，第400页。
⑤ 《旧唐书》卷五十二《穆宗贞献皇后萧氏传》，中华书局，1975，第2203页。
⑥ 《旧唐书》卷七《中宗本纪》，中华书局，1975，第137页。
⑦ （宋）王钦若等编纂《册府元龟》卷八十七，周勋初等校订，凤凰出版社，2006，第963页。
⑧ 《资治通鉴》卷二百二十八"建中四年"，中华书局，1956，第7360页。

凶礼收殓于净域寺"①。

再者，皇帝、诸王之间还会像其他宗族一样给无后的旁支过继子嗣，如太宗子楚王李宽，曾"出继叔父楚哀王智云"②；太宗子魏王李泰曾出继于故卫王李玄霸；朗陵王李玮之子广汉郡王李裕，曾出继蜀王李愔；许王李素节之子李琳出继于越王李贞；楚王李隆基曾出继于故孝敬皇帝李弘。更详者见诸王本传。

2. 政治同盟

在"家天下"的政治环境下，诸王与皇帝是天然的政治同盟，帝国的强盛和繁荣符合二者的共同利益。概言之，在加强和稳定帝国统治基础时，诸王大多甘做皇帝爪牙，与其休戚与共；在国家危亡的紧要关头，诸王与皇帝则勠力时艰，同舟共济。

（1）稳定统治时

皇族家庭的出身，使诸王与皇帝先天便肩负着重要的政治使命。为了实现国家的长治久安，二者之间的人伦之欢往往要让步于沉重的政治现实。武德二年（619），秦王李世民出镇长春宫，"初，秦王自幼年常从高祖，及起义，或总戎在外，事毕则还，未尝久别。至是作镇，悲不自胜。高祖戒曰：'汝之于家则父子，出则君臣。父子之道，岂欲分别，但安天下耳。汝既情深，家国时宜勉之'"③。贞观十年（636）三月，诸王归藩。"帝流涕而谓之曰：'友于之情，凡人所重。朕于兄弟情，岂不欲同游处，展亲爱耶！但以天下事重，方成分别，不能不悲耳。儿子尚或可求，兄弟更不可得也。'遂呜咽不能止。"④自唐太宗之后，诸王外刺形成定制，在稳定和加强王朝的统治秩序上发挥了重要作用。贞观二十三年（649），霍王李元轨时任定州刺史。值"突厥来寇，元轨令开门偃旗，虏疑有伏，惧而宵遁。州人李嘉运与贼连谋，事泄，高宗令收按其党。元轨以强寇在境，人心不安，惟杀嘉运，余无所及，因自劾违制。上览表大悦，谓使曰：'朕亦悔之，向无王，则失

---

① 《旧唐书》卷十二《德宗本纪传》，中华书局，1975，第319页。
② 《旧唐书》卷七十六《楚王宽传》，中华书局，1975，第2649页。
③ （宋）王钦若等编纂《册府元龟》卷一百五十七，周勋初等校订，凤凰出版社，2006，第1749~1750页。
④ （宋）王钦若等编纂《册府元龟》卷四十七，周勋初等校订，凤凰出版社，2006，第507页。

定州矣'"①。玄宗开元九年（721）之后，诸王外刺制度统一取消。从某种程度上说，诸王政治势力从地方上的强制抽离导致中央对地方的控制力下降，进而为安史之乱埋下了隐患。

（2）国家危亡时

为了维护家天下的政权格局，在国家危亡之时，唐代诸王与皇帝曾多次携手共济，谱写了可歌可泣的历史篇章。唐高宗晚年体弱多病，政事一委皇后，当时号称"二圣"。至武后临朝摄政，几革唐鼎，"（韩王）元嘉大惧，与其子通州刺史、黄公譔及越王贞父子谋起兵"②，事虽不济，救亡图存之心昭然可表。神龙元年（705）正月，皇太子李显、相王李旦联合太平公主等人发动政变，迫武后禅位，"二月甲寅，复国号，依旧为唐。社稷、宗庙、陵寝、郊祀、行军旗帜、服色、天地、日月、寺宇、台阁、官名，并依永淳已前故事"③。在这次联合行动中，中宗与相王结成政治同盟，为兴复唐室做出了重要贡献。睿宗在位时，太平公主权势熏天，有效仿武则天称代之心。为了捍卫李氏江山，玄宗与宋王、岐王结成政治同盟，"玄宗以太子监国，使宋王、岐王总禁兵"④。先天二年（713）七月三日，岐王李范、薛王李业皆参加了诛灭太平公主的行动。安史之乱后，唐王朝兵戈屡行，为了平叛，皇帝多次使诸王统兵，"安、史之乱，肃宗讨贼，以广平王为天下兵马元帅，又以大臣郭子仪、李光弼随其方面副之，号为副元帅。及代宗即位，又以雍王为之"⑤。广平王即代宗李俶，雍王即德宗李适。二人在任职期间，亲抚士卒，"推心示信，招怀流散"⑥，终收复两京，中兴唐室。昭宗年间，京师之外皆裂于方镇，国家旦夕将亡。景福二年（893）三月，昭宗又令亲王典禁兵，以图再振朝纲。事虽未果，与先辈相比，其志一也。

3. 政治敌人

虽然诸王与皇帝在多种历史情境下互为政治同盟，然而由于国家专制权力的唯一性和排他性，二者之间也始终存在相互对立和竞争关系。一方面，

---

① 《旧唐书》卷六十四《霍王元轨传》，中华书局，1975，第2430页。
② 《旧唐书》卷六十四《韩王元嘉传》，中华书局，1975，第2428页。
③ 《旧唐书》卷七《中宗本纪》，中华书局，1975，第136页。
④ 《新唐书》卷八十三《高宗三女传》，中华书局，1975，第3651页。
⑤ 《旧唐书》卷四十四《职官志三》，中华书局，1975，第1922~1923页。
⑥ 《旧唐书》卷十一《代宗本纪》，中华书局，1975，第267页。

皇帝对拥有潜在皇位继承权的诸王并非完全信任,为了保障权力的稳固,打压和排挤诸王势力成为皇帝的必然选择;另一方面,拥有皇族血统的诸王并非总是甘愿屈居皇帝之下,在政治实力和历史机遇允许时,不排除他们也有挑战和颠覆皇权的企图。因此,诸王与皇帝又互为天生的政治劲敌。具体来说,唐代诸王与皇帝既相互猜忌、提防,又相互斗争、杀戮。

(1) 皇帝对诸王的防范和杀戮

唐初,秦王李世民领军南征北战,数年便立下不世之功。加上其于中央、地方兼居要职,又广引士庶,为己所用,至武德中秦王党羽已成尾大不掉之势。针对这种情况,高祖极力培植太子李建成与齐王李元吉的势力,并通过削夺其兵权、拆解其僚属等手段与李世民抗衡,故父子关系一度相当紧张。武德中,秦王下属淮安王李神通与张婕妤之父争地未果,"高祖大怒,攘袂责太宗曰:'我诏敕不行,尔之教命,州县即受。'他日,高祖呼太宗小名谓裴寂等:'此儿典兵既久,在外专制,为读书汉所教,非复我昔日子也。'"①不久,恩礼渐薄,猜防日甚。

太宗在即位后,也深感诸王对皇权的威胁性,故而亲手制定了防范诸王的系列政策。首先,令诸王外刺诸州。唐初,长期的"关中本位政策"使国家形成了"强干弱枝"的统治局面,太宗置"诸府八百余所,而在关中者殆五百焉,举天下不敌关中"②。因此从另一个角度来说,让诸王外刺实际上是为了削弱其在中央的势力,以防止"玄武门之变"的重演。其次,限定王府官四考为限。为了防止诸王培植个人势力,太宗与褚遂良等人制定了王府官任职不得超过四考的制度。四考者,一年一考,即四年。最后,重视王府长史、司马的选任,维护其监督特权。王府长史、司马主要由皇帝亲自选任指派,大多为皇帝心腹重臣。齐王李祐因私自杀害长史权万纪,最后被太宗视为谋反而处死。太宗至玄宗初期,诸王外刺诸州者谋反无一成功,可见这些制度对防范诸王确实起到了既定作用。至开元年间,玄宗为防范诸王又建立了"五王宅""十王宅""百孙院"等制度,并严禁诸王与外界朝臣接触。此后的历代统治者为了维护自己的权力,竟将"幽闭骨肉,亏伤人伦"的幽禁制度实行了数百年之久。

---

① 《旧唐书》卷六十四《隐太子建成传》,中华书局,1975,第 2415 ~ 2416 页。
② 《资治通鉴》卷二百二十八"建中四年",中华书局,1956,第 7348 页。

唐代皇帝出于各种政治原因直接处死的藩王也有很多。贞观时，先后被处决或迫害致死的藩王有长乐王李幼良、庐江王李瑗、齐王李祐、恒山王李承乾等；高宗时，先后被处决或迫害致死的藩王有荆王李元景、吴王李恪、江夏王李道宗、蒋王李恽、曹王李明、梁王李忠、雍王李贤等；至武后当政，李唐宗室一朝扫地并尽，翦灭屠杀殆无遗类，唯年幼者配流岭外或得苟且偷生。中宗兴复唐室之后，对宗室优抚有加，然而对于叛乱的节愍太子李重俊亦痛下杀手。为了防止诸王叛乱，玄宗废除了诸王外刺的制度，幽闭诸王，使其形同囚徒。即使这样，一旦发现诸王有丝毫威胁其皇位的企图，仍然毫不顾惜。开元二十五年（737）四月，杨洄、武惠妃构陷太子李瑛、鄂王李瑶、光王李琚兄弟三人与薛锈图谋不轨，玄宗"使中官宣诏于宫中，并废为庶人，锈配流，俄赐死于城东驿"①。安史之乱时，建宁王李倓刚毅果断，勇武过人，数次为肃宗出谋献策，在朝野有很大的声望。然而由于张良娣、李辅国构陷，"肃宗怒，赐倓死"②。诸如此类。

（2）诸王对皇帝的猜忌与反叛

在皇权专制社会中，除了极端特殊的历史情况之外，诸王在与皇帝的交往中往往处于极为被动的境地。盖诸王的荣誉、地位皆取决于皇帝，一旦皇帝将其视为统治威胁，则后者往往难以逃脱悲惨的命运。因此，诸王在内心对于掌握着自己命运的皇帝并不完全信任，险恶的政治处境使他们常怀忧惧、自保甚至反叛之心。贞观十年（636），李祐时任齐州都督，虑及太宗百年之后自己将为兄弟所不容，故"潜募剑士"，以图自保。贞观十七年（643），李祐杀长史权万纪，起兵谋反，事败伏诛。再如越王李贞、韩王李元嘉等谋反，实则也有自保的意图。"其后渐将诛戮宗室诸王不附己者，元嘉大惧，与其子通州刺史、黄公譔及越王贞父子谋起兵。"③再如薛王李业。开元十三年（725），玄宗病危，薛王亲属私自议论朝局。寻而事发，"妃惶惧，降服待罪，业亦不敢入谒。上遽令召之，业至阶下，逡巡请罪"④。再如岐王李范。开元中，玄宗幽闭诸王，不许他们与外臣来往。时李范多聚古玩字画，

---

①　《旧唐书》卷一百七《李瑛传》，中华书局，1975，第3260页。

②　《旧唐书》卷一百一十六《承天皇帝倓传》，中华书局，1975，第3385页。

③　《旧唐书》卷六十四《韩王元嘉传》，中华书局，1975，第2428页。

④　《旧唐书》卷九十五《惠宣太子业传》，中华书局，1975，第3018~3019页。

皆为稀世之宝，"王初不陈奏，后惧乃焚之"①。

为了求得生存和争夺最高权力，唐代诸王还曾发动了多次宗室政变，先后因之退位的皇帝有唐高祖、武则天、唐少帝、唐睿宗。对于丧失权力的皇帝而言，人生结局注定落寞而黯淡。其中，唐少帝李重茂甚至为之付出了生命的代价。《旧唐书·殇皇帝传》载："景龙四年（710），中宗崩，韦庶人立重茂为帝，而自临朝称制。及韦氏败，重茂遂逊位，让叔父相王，退居别所。景云二年（711），改封襄王，迁于集州，令中郎将率兵五百人守卫。开元二年（714），转房州刺史。寻薨，时年十七。"② 李重茂在这场权力斗争中何其无辜，然而篡位成功的玄宗为了杜绝后患，仍不惜将其残忍杀害。

以上同类之事例不胜枚举，篇幅有限，略陈大要而已。

值得注意的一个现象是，唐代很多皇帝都是由藩王政变起家，并最终登上帝位的，所以在这样的身份变化过程中，以上三种关系的转变又特别微妙。以玄宗皇帝李隆基为例，作为普通的藩王时，他深受皇帝武则天的禁锢与迫害，《旧唐书·玄宗本纪》记载："圣历元年（698），出阁，赐第于东都积善坊。大足元年（701），从幸西京，赐宅于兴庆坊。"③ 名义上虽为"赐宅"，实际上是变相的软禁与控制。从其天授三年（692）封王始，至神龙元年（705）中宗反正，他竟然前后被祖母囚禁13年之久，史书称其兄弟"凡十余年不出庭院"。在此期间，李隆基的母亲也被祖母残忍杀害，直至其即位后仍然寻尸骨不获。关于李隆基在被囚禁期间的生活细节，史书语焉不详，而通过邠王李守礼所述的一段往事，人们似乎能够发现一些历史隐藏的细节。《旧唐书·邠王守礼传》记载：

> 虽积阴累日，守礼白于诸王曰："欲晴。"果晴。愆阳涉旬，守礼曰："即雨。"果连澍。岐王等奏之，云："邠哥有术。"守礼曰："臣无术也。则天时以章怀迁谪，臣幽闭宫中十余年，每岁被敕杖数顿，见瘢痕甚厚。欲雨，臣脊上即沉闷，欲晴，即轻健，臣以此知之，非有术也。"涕泗沾襟，玄宗亦悯然。④

---

① （唐）张彦远：《历代名画记》卷一，浙江人民美术出版社，2019，第6页。
② 《旧唐书》卷八十六《殇帝重茂传》，中华书局，1975，第2839页。
③ 《旧唐书》卷八《玄宗本纪上》，中华书局，1975，第165页。
④ 《旧唐书》卷八十六《邠王守礼传》，中华书局，1975，第2833~2834页。

　　邠王李守礼年幼与睿宗诸子同处禁宫十余年，史官却仅记载其"每岁被敕杖数顿"，其他诸王似乎得到了豁免。然而，从"玄宗亦悯然"的表态来看，显然是史官出于为尊者讳的目的有意隐去了玄宗兄弟受难的情节。皇权的强大与恐怖给李隆基留下了刻骨铭心的记忆。于是他在外放为官时，便"常阴引材力之士以自助"①，已然有问鼎天下之雄心。其在组织政变之时，不惜欺瞒父亲，意欲提前即位，更先后诛杀堂弟少帝，歼灭对其有匡扶之恩的姑姑太平公主，逼迫父亲禅位，直至其交出全部的权力。而对于手足兄弟，变身为皇帝的李隆基重新恢复了"五王宅"的设置，并把使用范围进一步扩大，使原来压迫自己的残忍手段变成了维护皇权的有力武器，他最终从一个屠龙少年变成了那条被自己屠掉的恶龙。

（二）诸王与皇帝不同的创作心态

　　唐代诸王与皇帝相互之间既有真情和温暖，同时也不乏血腥和残忍。在宗族亲属、政治同盟、政治敌人三种复杂而矛盾的社会关系影响下，诸王在与皇帝进行文学交往之时表现出迥然不同的创作心态。

1. 皇帝

　　一般来说，在皇帝与诸王的接触和交往中，皇帝长期处于绝对主导者的地位，故而其行文中常表现出身份尊贵者居高临下的心态。在不同的历史场合，这种心态又有明显的差别。大抵而论，方其为慈父、长辈或族长时，其文辞温情脉脉；方其为专制君主时，其文辞或敦厚恳切，或冷酷无情。

（1）温情脉脉

　　皇帝也是肉胎凡骨，亦有七情六欲，在其所作的一些书信、诏书、诗文等作品中，也常会流露出对诸王的脉脉温情。如隋炀帝大业二年（606），高祖李渊时任郑州刺史，值其子李世民遘染目疾，情况相当严重。李渊束手无策，只好四处求神拜佛，为之祈祷。后来李世民幸而病愈，李渊赴各个寺庙还愿，先后作有《草堂寺为子祈疾疏》（或作《李渊为子世民祈疾记》）、《大海寺造像记》（或作《郑州刺史李渊造碑像记》）。前者曰：

---

① 《旧唐书》卷八《玄宗本纪上》，中华书局，1975，第166页。

郑州刺史李渊，为男世民因患，先于此寺求佛。蒙佛恩力，其患得损。今为男敬造石碑像一铺，愿此功德资益弟子男及合家大小，福德具足，永无灾邨。弟子李渊一心供养。①

《全唐文》中收录此文，但不载作年。明人赵崡《石墨镌华》云其碑文"后署大业二年（606）正月八日"②，可作参证。《大海寺造像记》文曰：

郑州刺史男李世民遭染时疾。比闻大海寺有双王像，治病有验，故就寺礼拜，其患乃除。□于此寺愿造石弥勒像一铺。其像乃□丹青之妙饰，穷巧技之雕□。相好全真，容颜蕴妙，以斯功德，卫护弟子。唯愿福山阐祐，法海长资，诸佛开心，三教之中并□；又愿观音引导，振□价□。高悬弥勒慈忧，贵昌兴于万代。家门大小，永宝长春，蠢动含生，咸登正觉。③

《全唐文补编》中存有此文，然亦不系作年。在这两篇文章中，字里行间都表现了一个父亲对儿子深深的关爱和疼惜。当时李渊尚未发迹，其与儿子李世民之间的父子感情无疑是真挚而深厚的。此后，出于政治自保等原因，秦王李世民以玄武门兵变迫高祖禅位，然而念及昔日抚字之恩，太宗亦常"以军国无事，每日视膳于西宫"④。贞观四年（630）六月，高祖不豫，太宗"废朝视药膳于大安宫，如家人之礼"。寻而高祖病愈，太宗欢甚，作《太上皇康复诏》，颁示内外，其云：

书不云乎，一人有庆，兆民赖之。朕虔奉大安，爱敬崇极，日严之养，祗栗斯在。近日圣躬违豫，寝膳有亏。忧惧在怀，不遑宁处。博求医术，备尽蠲疗。祈告明灵，具陈恳笃。上玄降福，遂蒙昭祐。应时康愈，万福咸宜。喜幸之隆，实兼家国。思班恺乐，洽于卿士。然而尚齿

---

① 《全唐文》卷三《草堂寺为子祈疾疏》，中华书局，1983，第45页。
② （清）倪涛编《六艺之一录》卷六十二《李渊为子世民祈疾记》，钱伟强等点校，浙江人民美术出版社，2015，第1358页。
③ 陈尚君辑校《全唐文补编·卷一·唐高祖李渊·大海寺造像记》，中华书局，2005，第5页。
④ 《旧唐书》卷二《太宗本纪上》，中华书局，1975，第35页。

崇孝，德教所先。缛饩是加，义超常等。诸州都督刺史及文武官、老人八十巳上、并孝子旌表门闾者、并宜节级赐物，以申缛宴。庶使万国之内，同此欢心，施于四海。皆知朕意。①

高祖的两篇还愿文与太宗的诏书相互辉映，虽然作者前后的政治身份发生了很大的变化，然而父子二人之间相互体贴入微的关怀和流露出的脉脉温情，一如常人。千载而下，仍令人为之唏嘘不已。

再如神龙元年（705）三月，中宗以诸王公主答拜相王、太平公主有亏人伦礼法之敬，作《相王及太平公主不得拜诸王公主制》，其文曰：

> 君臣朝序，贵贱之礼斯殊；兄弟大伦，先后之仪亦异。圣人之制，率由斯道。朕临兹宝极，位在崇高。负扆当阳，虽受宗枝之敬；退朝私谒，仍用家人之礼。近代以来，罕遵轨度，王及公主，曲致私情，姑叔之尊，拜于子侄，违法背礼，情用恻然。自今巳后，宜从革弊。安国相王及镇国太平公主更不得辄拜卫王重俊兄弟及长宁公主姊妹等。宜告宗属，知朕意焉。②

高宗八子，至中宗复位时，其兄弟姊妹只有相王李旦、太平公主在世，念及往日酸辛，故优宠之。这封制书中，中宗表达了其对兄弟相王和妹妹太平公主真挚朴素的亲情。

再如开元二十二年（734）正月，薛王李业病死。至开元二十五年（737）七月，帝追念不已，深悯其子李瑷，乃下《加乐安郡王实封制》，其文曰：

> 门下：兄弟之子，于近属而特深；恩礼之情，在诸孤而更切。故惠宣太子男守鸿胪卿乐安郡王瑷等，咸自砥砺，克修名检，缵承先绪，休有令闻。能荣曲阜之封，不忝高阳之族。念往之恨，已无追于百身；抚

---

① （宋）宋敏求编《唐大诏令集》卷十《太上皇康复诏》，中华书局，2008，第64页。
② 《旧唐书》卷七《中宗本纪》，中华书局，1975，第138页。

存之恩，宜受赐于千室。可共食实封一千户。主者施行。①

　　玄宗往年与兄弟情深友于，薛王李业等卒后，其志弥笃，故加封兄弟之子以慰平生所怀。这篇文章虽为公文，行文所限，不及其余，但篇首等语仍然表现了玄宗对薛王李业、乐安郡王李璀等的真挚感情。

　　此外，高祖所作的《为秦王制诗》，高宗所作的《吊江叔帖》《叔艺帖》，玄宗所作的《与宁王宪及岐王范书》《与薛王业诗》《奠让皇帝文》《过大哥宅探得歌字韵》《同玉真公主过大哥山池》《过大哥山池题石壁》《鹡鸰颂并序》《首夏花萼楼观群臣宴宁王山亭回楼》《答宋王成器等上表以兴庆旧里宅为宫制》等作品中，也同样体现了皇帝对诸王温馨动人的情感流露。

　　（2）敦厚恳切

　　诸王是天生的政治人物，为了使其承担起藩卫江山的使命，皇帝在任命和训诫诸王的诏书、诫书、册文中常以敦厚恳切的口吻勉励他们不辱使命、恪尽职守。

　　武德九年（626）二月庚申，高祖任命齐王李元吉以司徒之职，其《齐王元吉司徒制》有云：

　　　　三台望重，仰叶辰曜；五教任隆，俯安邦国。实资懿德，式寄亲贤。侍中并州大都督左卫大将军上柱国齐王元吉，宇量凝邈，风神爽迈。徽猷凤著，嘉誉早隆。出莅方岳，政绩兼懋。入侍帷宸，献替斯允。推毂阃外，备展勋庸。职司禁旅，戎章已缉。燮理之任，朝典允宜。可司徒，余如故。②

　　再如贞观十二年（638），吴王李恪被任命为安州都督，即将赴职，太宗作《诫吴王恪书》以赐之，其文曰：

　　　　吾以君临兆庶，表正万邦。汝地居茂亲，寄惟藩屏，勉思桥梓之道，

_____

① （宋）宋敏求编《唐大诏令集》卷三十八《加乐安郡王实封制》，中华书局，2008，第171页。
② （宋）宋敏求编《唐大诏令集》卷三十五《齐王元吉司徒制》，中华书局，2008，第149页。

善侔间、平之德。以义制事，以礼制心，三风十愆，不可不慎。如此则克固磐石，永保维城。外为君臣之忠，内有父子之孝，宜自励志，以勖日新。汝方违膝下，凄恋何已，欲遗汝珍玩，恐益骄奢。故诫此一言，以为庭训。①

再如显庆元年，许王李孝出镇秦州，高宗作《册许王孝秦州都督文》，其曰：

> 维显庆元年（656），岁次景辰，十二月辛卯朔二十九日己未，皇帝若曰：於戏！先王创业垂统，分玉展亲，所以作固鸿业，克隆景祚。惟尔并州都督兼同州刺史上柱国许王孝，性履明裕，神志清远，资孝敬以立身，体温恭以成性。旧许是宅，藩屏之寄以深；全晋剖符，维城之任愈切。秦陇形要，跨蹑羌戎，抚宁夷夏，亲贤攸属。是用命尔为使持节都护秦、成、武、渭四州诸军事秦州都督，勋官封如故。尔其祗承典训，审慎刑狱，怀远以德，招携以礼。无迩宵人，无怠庶政。对扬休命，可不慎钦！②

再如唐隆元年（710）七月，平王李隆基因诛灭韦氏乱党有功，睿宗册命其为皇太子，其《册平王为皇太子文》云：

> 维唐隆元年，岁次庚戌，七月庚戌朔二十日己巳，皇帝若曰：天有丕命，集宝位于朕躬。所以奉若天道，建兹元嗣。其明听朕言。咨尔平王隆基，幼而聪允，长而宽博，有凤成之量焉。夫礼以修外，乐以修内者，是务于文也。春夏学干戈，秋冬学羽籥者，是兼于武也。系于百姓，闻于天下者，是由于仁也。一日三朝，尝药侍膳者，是资之于孝也。尔有文武仁孝之德，以知父子君臣之道，朕甚休之。间者贼臣构逆，窥窃神器，则我有唐之祚，危若缀旒。尔义宁家邦，忠卫社稷，诛其凶恶，以之康济。主匕鬯者，非尔而谁。是用命尔为皇太子。古人有言曰：尔身克正，罔敢不正。尔罔不忠，惟尔之忠。昭昭临下，不可不畏。慎简

---

① 《旧唐书》卷七十六《吴王恪传》，中华书局，1975，第 2650 页。
② 《全唐文》卷十四《册许王孝秦州都督文》，中华书局，1983，第 167 页。

乃僚，允迪端士。恭俭惟德，远于憸人。则万邦以贞，答扬我四圣之鸿烈。敬之哉。①

在以上诸文之中，皇帝于诸王或褒之以恩赏，或诫之以恭顺，或命其为地方司牧，或令其以藩邸而升储位，事虽各异，然对于诸王谆谆教导之心、殷殷期盼之情始终如一。在这类任命、告诫的公文中，诸王的"维城""籓屏"之职，"作固鸿业，克隆景祚"之任被皇帝屡屡提及，这也充分彰显了他们作为政治人物在巩固王朝统治中的工作内容和任职特点。此外，唐朝历代任命、除授诸王官职的公文还有很多，大多保存在《旧唐书》《玉海》《册府元龟》等典籍中，《全唐文》及《全唐文补编》在辑补选录时大多依据于此。这类公文在整体上的创作心态与上述选文几乎大同小异，莫不以谆谆期盼为准的，故不多论。

（3）冷漠无情

在古代以儒家学说为基础的政治伦理中，皇帝不仅仅是皇族一姓利益的代表者，同时也是天下公义和真理的化身。所谓"王者以四海为家，以万姓为子，公行天下，情无独亲"②。故而即便是骨肉亲属触犯国法，皇帝也必须秉公执法。从皇帝个人角度而言，失去皇权不仅标志着个人政治生涯的终结，同时还意味着随时可能会付出个人生命的代价。因此，无论出于何种原因，皇帝都会对危及自身统治的诸王采取残酷的处罚手段。在唐代皇帝现存的制册典令作品中，就有许多警告、处罚诸王的诫书和诏告。以创作心态而论，可谓冷漠无情极矣。

贞观十七年（643），齐王李祐杀长史权万纪，据州反叛。太宗惭愤至极，作《责齐王祐诏》，其文曰：

> 吾尝诫汝勿近小人，正为此也。汝素乖诚德，重惑邪言，自延伊祸，以取覆灭，痛哉何愚之甚也！为枭为獍，忘孝忘忠，扰乱齐郊，诛夷无罪。去维城之固，就积薪之危；坏盘石之基，为寻戈之衅。背礼违义，天地所不容；弃父无君，神人所共怒。往是吾子，今为国雠。万纪存为

---

① （宋）宋敏求编《唐大诏令集》卷二十八《册平王为皇太子文》，中华书局，2008，第98页。
② 《旧唐书》卷六十四《汉王元昌传》，中华书局，1975，第2425页。

忠烈，死不妨义；汝则生为贼臣。死为逆鬼。彼则嘉声不陨，而尔恶迹无穷，吾闻郑叔汉庶，并为猖獗，岂期生子。乃自为之，吾所以上惭皇天，下愧后土，惋叹之甚，知复何云。①

这封诏书中的言辞凶芒毕露，往日的慈父和仁君换上了冷漠无情的面孔。寻而李祐兵败，太宗将其"赐死于内省，贬为庶人"②。李祐事发，还牵扯到太子李承乾。当太宗得知李承乾亦有反意，且旦夕将作，继而发现太子竟与魏王李泰结党对抗，终于怒不可遏。同年，太宗下诏赐太子李承乾死，并追废为庶人；贬魏王泰于郧乡县，降封东莱郡王。前后作有《废皇太子承乾为庶人诏》《黜魏王泰诏》两文。前者数其罪云：

> 自以久婴沈痼，心忧废黜。纳邪说而违朕命，怀异端而疑诸弟。恩宠虽厚，猜惧愈深。引奸回以为腹心，聚台隶而同游宴。郑声淫乐，好之不离左右；兵凶战危，习之以为戏乐。既怀残忍，遂行杀害。然其所爱小人，往者已从显戮。谓能因兹改悔，翻乃更有悲伤。行哭承华，制服博望。立遗形于高殿，日有祭祀；营窀穸于禁苑，将议加崇。赠官以表愚情，勒碑以纪凶迹。既伤败于典礼，亦惊骇于视听。桀跖不足比其恶行，竹帛不能载其罪名。岂可守器纂统，承七庙之重；入监出抚，当四海之寄。承乾宜废为庶人。③

后者亦责之曰：

> 不思圣哲之戒，自构骄僭之咎，惑谗谀之言，信离间之说。以承乾虽居长嫡，久缠痾恙，潜有代立之望，靡遵义方之则。承乾惧其凌夺，泰亦日增猜沮。争结朝士，竞引凶人，遂使文武之官，各有托附；亲戚之内，分为朋党。朕志存公道，义在无偏，彰厥巨衅，两从废黜。④

---

① 《全唐文》卷七《责齐王祐诏》，中华书局，1983，第82页。
② 《旧唐书》卷七十六《李祐传》，中华书局，1975，第2658页。
③ 《全唐文》卷七《废皇太子承乾为庶人诏》，中华书局，1983，第83~84页。
④ 《全唐文》卷七《黜魏王泰诏》，中华书局，1983，第84页。

如同《责齐王祐诏》一样，这两封诏书之中，太宗也没有丝毫顾忌父子之情，有的只是对政敌的极端仇恨和冷漠。同年十二月，太宗又告诫吴王李恪，作《诫吴王文》，其曰：

> 父之于子，恩爱是常。子能仁孝不骞，父亦恩情自重。若不顺其亲，数有罪恶，刑戮将及，何爱之有？昔汉武立昭帝，燕王旦诛张不服，霍光遣一折简，至身死国除，为人臣不得不慎。[①]

在这篇短文中，太宗不时流露杀机，冷冰冰的政治话语已经完全掩盖了正常父子之情，更多的是政敌之间的冷漠猜防。

再如高宗李治在位时，因蜀王李愔等曾在地方贪暴不法，曾作《荆王元景等诏》而责之，其文曰：

> 先朝栉风沐雨，平定四方，远近肃清，车书混一。上天降祸，奄弃万邦。朕纂承洪业，惧均驭朽，与王共戚同忧，为家为国。蜀王畋猎无度，侵扰黎庶，县令、典军，无罪被罚。阿谀即喜，忤意便嗔，如此居官，何以共理百姓？历观古来诸王，若能动遵礼度，则庆流子孙；违越条章，则诛不旋踵。愔为法司所劾，朕实耻之。[②]

又，高宗长子燕王李忠，永徽三年（652）时曾被立为皇太子，至武后立。以庶子之故，降封梁王。武后秉权，大肆排斥异己，"忠年渐长大，常恐不自安，或私衣妇人之服，以备刺客。又数有妖梦，常自占卜"[③]。高宗不仅不察其忧惧之心，反而以之为罪，将其降为庶人。显庆五年（660），高宗下《黜梁王忠为庶人诏》，数其罪曰：

> 及正嫡升储，退居列屏。乐善之事，早紊于宾僚；窥觎之词。日盈于床第。妇女阿刘、远有陈告。迹其罪状，盖非一涂。乃伪作过所入关，

---

① （宋）王钦若等编纂《册府元龟》卷一百五十七，周勋初等校订，凤凰出版社，2006，第1752～1753页。
② 《旧唐书》卷七十六《蜀王愔传》，中华书局，1975，第2659页。
③ 《旧唐书》卷八十六《燕王忠传》，中华书局，1975，第2825页。

云欲出家逃隐。又令急使数诣京都，觇候两宫，潜问消息。自说妖梦，戴通天冠。喜形于色，以邀非望。每召巫师，祀龙祈福。画千菩萨，愿升本位。每于晨夕，着妇人衣。妄有猜疑，云防细作。又嗟叹柳瘿，称其为我。悼伤韩瑗，情发于词。朕初见此言，疑生怨谤。故遣御史大夫理及中书官属、相监推鞫，证见非虚。然其地则人臣，亲则人子。怀奸匿怨，一至于斯。擢发论罪，良非所喻。考之大义，应从极罚。①

景云元年（710）十二月，睿宗以诸王及皇亲任刺史、别驾者多有愆过，故作《诫诸王任刺史别驾敕》而告之曰：

朕闻司牧兆人，有国彝训，敦叙九族，前王令典。念此宗枝，久遭沈翳，近从班命，庶展才能。或授外藩，或居内职，留念访察，属想风谣。罕立嘉声，或闻蠹政。当官不存于职务，处事多陷于偏私。禽荒酒德者盖多，乐善敬贤者全少。将性之昏昧，违此义方，岂朕之不明，成尔薄德。当从戒慎，勉遂悛改。如迷而不复，自速怨尤，己实为之，悔之无及。即宜递相告示，以副朕怀。②

开元十年（722）九月，玄宗告诫诸王，作《诫宗属制》云：

朕君临宇内，子育黎元。内修睦亲，以叙九族；外协庶政，以济兆人。勋戚加优厚之恩，兄弟尽友于之至，务崇敦本，克慎明德。今小人作孽，已伏宪章，恐不逞之徒，犹未能息。凡在宗属，用申惩诫。自今已后，诸王公主驸马外戚家，除非至亲以外，不得出入门庭，妄说言语。所以共存至公之道，永协和平之义，克固藩翰，以保厥休。贵戚懿亲，宜书座右。③

开元二十五年（737），玄宗废太子李瑛、鄂王李瑶、光王李琚，寻又赐

---

① （宋）宋敏求编《唐大诏令集》卷三十九《黜梁王忠庶人诏》，中华书局，2008，第179页。
② （宋）宋敏求编《唐大诏令集》卷四十《诫诸王任刺史别驾敕》，中华书局，2008，第191页。
③ 《旧唐书》卷八《玄宗本纪上》，中华书局，1975，第184页。

死。同年作有《废皇太子瑛为庶人制》，数三人之罪曰：

> （太子李瑛）年既长成，与之婚冠。而妃之昆弟，潜构异端。顷在东都，颇闻疑议。所以妃兄薛愿，流谪海隅。导之诲之，谓其迁善。驸马都尉薛锈，亦妃之兄也。今又煽惑，谋陷弟兄。朕之形言，愧于天下。教之不改，其如之何。盖不获已，归诸大义。瑛可废为庶人，鄂王瑶、光王琚等，自幼及长，爱加抚育，为择师资，欲其恭顺。而不率训典，潜起异端。及与太子瑛构彼凶人，同恶相济。亦既彰露，咸引其咎。孽由己作，义在灭亲。并降为庶人。①

玄宗之后，随着"十王宅"制度的长期实施，诸王的政治辅弼功能实际上已经丧失。鉴于他们已经无法对皇权统治造成实质威胁，诸王与皇帝之间也真正达成了政治和解。不过，在特殊的历史情况下，仍然有藩王因触犯政治红线而得到处罚的案例。如安史之乱中，永王李璘以及嗣岐王李珍先后被皇帝罢黜和处死。在宣布他们罪行的诏书中，也同样充斥着大量冷酷残忍的政治术语。

2. 诸王

在帝制时代，专制皇权成为王权的唯一合法权力来源，后者已完全沦为专制皇权的分支和延伸。对皇帝的依附性和寄生性，使诸王在与其的日常交往中长期处在被支配和被掌控的不利地位。故当诸王为"维城藩屏"之时，悦尊者则庄敬恭顺，以孝悌为先；方其为"忠孝诚臣"之时，颂王业亦尽欢竭忠，以诚心动人；至其为"乱臣贼子"之时，述罪状则忧惧惊怖，以脱死求存。

（1）庄敬恭顺

《孝经》论"孝"者，凡有五等，其曰：天子之孝、诸侯之孝、卿大夫之孝、士之孝、庶人之孝。唐诸王受天子茅土之封，身居朝廷之职，又为皇室之血胤，故诸王之孝，要同时包括诸侯之孝、卿大夫之孝、士之孝三个层面的含义。对于诸王来说，"孝"本身即是"忠"，"忠"亦表现为"孝"，这使他们对"忠孝一体"的认识和理解要远远超出其他群体。而对"孝敬"

---

① 《全唐文》卷二十三《废皇太子瑛为庶人制》，中华书局，1983，第274~275页。

的极端重视和强调，又使"庄敬恭顺"成为诸王在与皇帝文学互动中基本创作心态。

《礼记》有云："庄敬恭顺，礼之制也。"① 诸王为"维城藩屏"时奉表于上，尤其如此。武德二年（619）九月，刘武周部将宋金刚攻占并州，兵锋甚锐。时"王行本尚据蒲州，吕崇茂反于夏县，晋、浍二州相继陷没，关中震骇"，高祖李渊惶恐至极，下手敕曰："贼势如此，难与争锋，宜弃河东之地，谨守关西而已。"② 秦王李世民反对，遂上《请勿弃河东表》，其文曰：

> 太原王业所基，国之根本，河东殷实，京邑所资。若举而弃之，臣窃愤恨。愿假精兵三万，必望风平殄武周，克复汾晋。③

又，安史之乱时，建宁王李倓劝谏肃宗北上灵武，以收复两京为己任，作《请收兵讨贼启》，其文曰：

> 逆胡犯阙，四海分崩，不因人情，何以兴复？今殿下从至尊入蜀，若贼兵烧绝栈道，则中原之地，拱手授贼矣。人情既离，不可复合，虽欲复至此，其可得乎？不如收西北守边之兵，召郭、李于河北，与之并力，东讨逆贼，克复两京，削平四海，使社稷危而复安，宗庙毁而更存，扫除宫禁，以迎至尊，岂非孝之大者乎？何必区区温清，为儿女之恋乎！④

《孝经》有云："子不可以不争于父，臣不可以不争于君；故当不义，则争之。"⑤ 面对父亲可能的政策失误，秦王李世民与建宁王李倓并没有一味地"从父之令"，而是设身处地为其分忧，以诤臣孝子慷慨自许。在以上两封表奏中，二王皆言辞恳切，态度恭敬，故不失忠孝本色。

神龙元年（705），相王李旦（即睿宗）以诛灭张易之昆弟之功，加号

---

① （清）孙希旦：《礼记集解》卷三十七，沈啸寰、王星贤点校，中华书局，1989，第991页。
② 《旧唐书》卷二《太宗本纪上》，中华书局，1975，第25页。
③ 《旧唐书》卷二《太宗本纪上》，中华书局，1975，第25页。
④ 《全唐文》卷一百《请收兵讨贼启》，中华书局，1983，第1030页。
⑤ 《孝经注疏》卷七，（清）阮元校刻，中华书局，2009，第5563页。

"安国相王"，寻而又立为皇太弟。李旦不敢接受，故前后多次上表辞让。今存李峤代相王李旦作《为安国相王让东宫第三表》一篇，其文曰：

> 臣某言。前累表自陈，披历肝胆。恳诚所守，期在不移。而天听邈然，未垂矜纳。屏营局蹐，罔措心颜。臣窃观帝王支庶，进以宠私。虽假恩灵，必诒祸咎。亲如梁孝，尚非正议所容；才同季札，犹为长乱之本。况臣朽懦，将何忝窃。且承先建极，当可推恩。作范惟亲，宜崇以正。伏愿陛下雄略潜明，皇威诞发。熏逐狐鼠，枭翦鲸鲵。上慰祖宗之心，下保元元之命。大位既定，丕业重光。再造四海之基，方流万代之福。至于守器，允属元良。非圣贤无以厌天下之心，非典礼无以为后嗣之法。臣地非冢嫡，才实昏庸。一旦干冒大伦，乱越皇统。近为身患，远成国耻。将何以措身阙庭，将何以归骨山陵。是用专固不回，继之以死。特希慈造，俯垂圣谅……①

景云元年（710）七月己巳，睿宗册平王李隆基为皇太子。李隆基为示谦让，上《让皇太子表》，其文曰：

> 臣闻立嫡以长，古之制也。岂以臣有薄效，亏失彝章。伏愿稽古而行，臣之愿也。②

乾元元年（758）四月庚寅，肃宗立成王李豫为皇太子，按照惯例要上表辞让。今存常衮所作的《代宗让皇太子表》一篇，其文曰：

> 臣某言。臣闻君父之命，诚不合辞。臣子之心，固无所隐。隐之则有累天鉴，辞之则有负国贞。在无隐而不言，虽禀命而非孝。臣所以省躬审分，让德推贤。沥恳上闻，冒严巫请。丹诚罔感，皇眷未昭。战兢失图，精爽飞越。臣某诚惶诚恐顿首顿首。伏以国之上嗣，古曰元良。观象于天，应前星之环极。取法于地，视少海之朝宗。必访蓍龟，以承

---

① 《全唐文》卷二百七十三《为安国相王让东宫第三表》，中华书局，1983，第2769页。
② 《全唐文》卷四十《让皇太子表》，中华书局，1983，第438页。

主邑。臣幼非乐善，长未好儒。慈奖特深，愚蒙不易。教之羽籥，有昧
乐章；训以诗书，终迷义府。游亏四老，才乏五官。人莫系心，德非守
器。顷者外统群帅，内录尚书。窃惧任崇，以忧官谤。今谬尘博望，猥
辱寿春。位登青宫，礼绝朱邸。且乖人望，载黩朝经。循名责实，未足
承天之序；舍长立贤，亦犹行古之道。伏惟陛下博求公议，允纳微诚。
更择温文，俾膺继绍。远想伯夷之让，用升季历之材。则至公大行，天
下幸甚。无任恳迫屏营之至，谨奉表陈让以闻。臣诚惶诚恐顿首顿首。①

广德二年（764）二月，唐代宗立雍王李适为皇太子。为示谦让，李适
上《让皇太子表》以辞，其文曰：

> 臣性本凡愚，识无久远。凤承训诲，未达礼经。俾践元良，是轻主
> 邑。顾惟孱懦，何以克堪。然臣顷总戎庵，恭凭睿略。在臣何力，妄欲
> 贪天。且五帝三王，立嗣殊制。王者家天下以传子，帝者官天下以传贤。
> 胡有居五帝之时，行三王之礼。臣虽不敏，窃谓非宜。乃知古之正统不
> 以年，树后不以嫡明矣。若以臣居嫡而废德，在长而舍贤，恐大道淳风，
> 隐而不见。伏以天下之公器，不可虚涉，宗庙之宏纲，不可轻举。伏惟
> 陛下敦三善之本，审万国之贞。不可以私授为心，但可以推贤为虑。则
> 陛下享唐虞之德，臣蒙伯邑之名。乞回圣慈，俯寝恩命。②

建中元年（780）正月丁卯，德宗立宣王李诵为皇太子，其时佚名作有
《代宣王诵让皇太子表》一文，其曰：

> 臣诵言：臣自奉明命，累表陈乞，恳诚无感，圣慈未回，进退兢惶，
> 如履冰谷。臣诵诚惶诚恐顿首顿首。臣闻少阳之重，嗣守宗祧。故
> 《传》曰："年均择贤，义均以卜。为国之本，继奉休明。"臣质惟愚蒙，
> 未经师傅。问安侍膳，凤乖奉养之规；秋篇夏弦，昧于齿胄之训，无以
> 上承匕邑，展敬桼盛，内省多惭，岂敢饰让，未蒙谅察，惶怖失图。臣

---

① 《全唐文》卷四百十五《代宗让皇太子表》，中华书局，1983，第4252页。
② 《全唐文》卷五十五《让皇太子表》，中华书局，1983，第589～590页。

所以累献封章，备陈丹恳，伏望俯回天眷，曲遂愚衷。臣无任恳款之至。①

五表之中，诸王皆力辞储君之位，虽然并非完全出自真心，但是他们谦卑、辞让的态度确实为自己赢得了皇帝的欢心。诸文皆言辞恳切，或辞于"地非冢嫡"，或辞于"立嫡以贤"，皆示外无相争之心，故无愧于孝悌之名，同时也充分体现了作者对皇帝庄敬恭顺的态度。

以上引文之外，诸王的其他奏疏，如陇西王李博义的《服制议》，纪王李慎的《外姻不为婚奏》，褒信郡王李璆的《皇妹服制奏》，宁王李宪的《让兼领太常卿表》，陈子昂为建安王武攸宜所作的《为建安王贺契贼表》《为建安王献食表》《为河内王等论军功表》《为建安王谢借马表》，张说为建安王武攸宜所作的《为建安王让羽林卫大将军兼检校司宾卿表》《为建安王谢赐衣及药表》《为建安王让羽林大将军兼司宾卿表》《为清边道大总管建安王奏失利表》，元明为嗣宁王李琳所作的《为宁王谢亡兄赠太子太师表》等文，其论事谢让皆有"庄敬恭顺"之特点。

（2）尽欢竭忠

中国古代文学素有"美刺"的传统，于接近权力中心的诸王群体而言，"美"或"颂"更是其文学创作中最重要的主题。颂扬之作，以"揄扬褒赞，极臣子竭忠称君之分也"②。因此，诸王在这些作品中大多表现出"尽欢竭忠"的态度。

贞观十四年（640）十月，时为赵王的李元景上《请封禅表》，极力褒扬太宗的功业，并恳请皇帝东向封禅。其文曰：

> 夫功成道合，古今以为隆平；登封降禅，圣贤谓之大典。是以出震则天之后，革夏变商之君。继韶夏而施尊名，崇号谥而广符瑞。顾迟迟焉。群臣区区，诚为此也。原夫大始云构，生灵厥萌。黎庶布乎穹壤，皇王司其右契。遐哉上古，以迄于兹。历选休征，未有如今日之盛也。所以敢罄窥管，无惧触鳞。沥胆披肝，言亦备矣；援天引圣，辞亦殚矣。

---

① 《全唐文》卷九百六十《代宣王诵让皇太子表》，中华书局，1983，第9998页。
② （宋）王钦若等编纂《册府元龟》卷三十七，周勋初等校订，凤凰出版社，2006，第385页。

幸蒙亭育之泽，降以听览之恩。大赉虽数，犹申后命。未便涣汗，方事逡巡。怀生之徒，不遑宁处。

伏乞皇帝陛下则天成务，应物为心。协三才之会昌，乃沛然而动色。遂万姓之延首，俯凝旒而改容。虽复龙图告征，龟书袭吉。尚谘诹于四岳，建明谟于兆人。欲使六合之中，沃心通于朝野；八纮之内，下问浃于华戎。凡在人灵，畴无抃跃。今兹百辟咸集，九有攸同。并执玉以来庭，俱式歌而且舞。远则重译金议，近则端笏参谋。欣睹增天之高，愿逢加地之厚。绝域忘生而越险，华发忍死而争趋。中外之心克谐，愚智之情允睦。掌故事者，草登封而待期；执羁勒者，俨车徒而俟命。庶官率职，三事凤兴。远迩昌言，明灵幽赞。莫不倾视俯听，希陪肆觐之礼；效祉呈祥，钦承告成之庆。山称万岁，企和銮而发奇；云浮五彩，伫华盖而交荫。两仪之情转迫，万国之望愈深。

臣又闻之：屈己从众，至人所以称仁；丝言显发，哲王所以敷信。昨奉明诏，许以试之。实降皇情，俯同人欲。宽人之利斯博，示信之道宜宏。即日庶尹驰心，咸奉章而守阙；列藩翘足，各伏地以祈恩。所冀天慈，深加昭察。制可群僚之奏，克以发轸之期。颁示普天，申明绝典。使夫一时之士，欣独高于万代；八荒之酋，荷周露于再造。则臣等死日，犹生之年，不任诚恳之至。谨与连率方牧等奉表诣阙，固请以闻。①

封禅之事，古已有之。《册府元龟·封禅》篇有云："《礼》曰：'昔先王因天事天，因地事地，因名山升中于天。'《书》曰：'天子五载一巡狩，岁二月东巡狩，至于岱宗柴望。'"② 作为昊天上帝在人间的代理人，天子以封禅的方式与上帝进行交流，且告之以功成。封禅是中国古代最高规格的祭祀大典，只有在改朝换代、久乱治平、天降祥瑞等特殊历史场合，帝王才有资格向天地进行述职，告太平于天，报群神之功。对于皇帝个人而言，封禅活动更是其加强君主权威、宣扬君权神授的终极手段。在这封恳请皇帝封禅的奏疏中，赵王李元景鼓吹太宗功业之辉煌，"历选休征，未有如今日之盛也"，并且运用诸多精美宏丽的文辞形容诸王百僚迫切希望皇帝封禅的心情，

① 《全唐文》卷九十九《请封禅表》，中华书局，1983，第1016页。
② （宋）王钦若等编纂《册府元龟》卷三十五，周勋初等校订，凤凰出版社，2006，第358页。

"庶尹驰心，咸奉章而守阙；列藩翘足，各伏地以祈恩"，十分恰当地迎合了皇帝好大喜功的心理，可谓"尽欢竭忠"之致。

劝封禅表之外，更加常见的是诸王为恭贺祥瑞而作的贺表。自西汉董仲舒以来，"天人合一"学说便受到历代统治者广泛接受和信仰。这种学说认为，天子或皇帝身负调和阴阳的重大使命，阴阳调和，则上天报之以祥瑞；阴阳失和，则上天示之以灾异。《宋书·符瑞志上》有云："夫龙飞九五，配天光宅，有受命之符，天人之应。"① 在古人看来，天降祥瑞是上天对统治者的最好褒奖，是对其统治权的认可。在唐王朝统治时期，针对不同内容的祥瑞，政府甚至专门制定了详细的界定和划分标准，《新唐书·百官志一》"礼部郎中"条有云：

> 礼部郎中、员外郎，掌礼乐、学校、衣冠、符印、表疏、图书、册命、祥瑞、铺设……凡景云、庆云为大瑞，其名物六十有四；白狼、赤兔为上瑞，其名物三十有八；苍乌、朱雁为中瑞，其名物三十有二；嘉禾、芝草、木连理为下瑞，其名物十四。大瑞，则百官诣阙奉贺；余瑞，岁终员外郎以闻，有司告庙。②

按照当时的规定，凡是出现大瑞，"则百官诣阙奉贺"③。因此在《全唐文》中，至今仍收录数篇以恭贺祥瑞为名的诸王奏疏。如武则天在位期间，梁王武三思上有《贺老人星见表》，其文曰：

> 臣守节等文武官九品以上四千八百四十一人上言：臣闻惟德动天，必有非常之应；惟神感贶，允属会昌之期。天鉴孔明，降休征者所以宣天意；神聪无昧，效嘉祉者所以赞神功。故黄鸟白麟，载称姬、汉之日；元圭黑玉，式昭禹、汤之代。伏惟天册金轮圣神皇帝陛下润色丕业，光赫宝祚，执大象而御风云，鼓洪炉而运寒燠。浃洽四海，辉华六幽，希代符来，超今迈昔。浪委波属，故合沓而无穷；日臻月见，尚殷勤而未

---

① 《宋书》卷二十七《符瑞志上》，中华书局，1974，第759页。
② 《新唐书》卷四十六《百官志一》，中华书局，1975，第1194页。
③ 《新唐书》卷四十六《百官志一》，中华书局，1975，第1194页。

已。伏见太史奏称，八月十九日夜有老人星见。臣等谨按《黄帝占》云：“老人星一名寿星，色黄明，见则人主寿昌。”又按《孙氏瑞应图》云：“王者承天，则老人星临其国。”又《春秋分候悬象文曜镜》云：“王者安静，则老人星见。当以秋分候之，悬象著符于上，人事发明于下。”寿昌者，知亿载之有归；安静者，示万邦之必附。澄霞助月，非唯石氏之占；散翼垂芒，何独斗枢之说？臣等谬参缨笏，叨目祯祥，庆抃之忱，实倍殊品。无任踊跃之至。①

武则天是中国历史上唯一的女皇帝，她以篡位者的面貌出现在政治舞台上，故在其当政期间，其权力的合法性长期受到舆论的怀疑和指责。为了证明其君权的合法性，武后对符瑞之事异常关注。梁王武三思极力逢迎上意，在这篇贺表中，他大量引用典籍以讨好皇帝，表现了对皇帝无比的忠心与爱戴。

神龙元年（705）二月丁卯，中宗皇帝封定安郡王、驸马都尉武攸暨为定王。同月丁丑，“武攸暨固让司徒、封王，许之”②。大致在此前后，瑞雪初降，李峤为定王武攸暨作《为武攸暨贺雪表》，其文曰：

> 臣某言：自涉隆冬，颇亏甘液，皇情眷仁，圣德忧勤，愍囹圄之罹怨，念祈寒之在节，爰发恩造，亲虑囚徒。丝綍始行，寒光已布；德音才降，同云便飞。落絮飘花，与新梅而竞彩；凝光吐艳，共宵桂而连辉：俄盈九域之中，遍洒四瀛之外。遂使狴牢式舞，布霈泽于三天；畎亩长歌，仁丰年之万庾。报应之速，固影响而无违；庆跃之私，在臣妾而何极？无任欣抃之至，谨奉表陈贺以闻。谨言。③

神龙中兴之初，中宗皇帝亟须建立君主至高无上的君主权威，而武周旧臣也试图通过讨好新的统治者以保全自身。在这种情况下，恭贺祥瑞成为后者表明其政治态度的最好手段。在这篇简短的贺表中，李峤以定王武攸暨的口吻，通过对“天人感应”理论的熟练运用，衷心地表达了对中宗皇帝的支

---

① 《全唐文》卷二百三十九《贺老人星见表》，中华书局，1983，第2415页。
② 《旧唐书》卷七《中宗本纪》，中华书局，1975，第137页。
③ 《全唐文》卷二百四十三《为武攸暨贺雪表》，中华书局，1983，第2455页。

持和拥戴之情。

天宝元载（742）五月，濮阳郡王李璬等所作的《请改修龙池圣德颂表》，其文曰：

> 臣等伏以龙池肇庆，宝祚攸章，圣德动天，祯符荐至。臣等愤深家国，志愿光扬，去开元二十二年（734），于东京朝堂上表，请建龙池圣德颂，曲蒙天眷，俯遂微诚。其时修营已就，刻石所为，颂文未备，叙事多遗，述圣谈天，万不举一。既乖士庶之望，莫展宗臣之心。寻请改修，冀昭圣德，斐然虽竭于愚思，翰墨未绝于贞石。今属灵符降祉，景命维新，天宝之号再加，郊庙之仪式展，诚合书其宝录，光阐徽猷，缀集前文，以存不朽。特望天恩，更许编录，则圣德鸿业，纪而无遗，圣美形容，于兹允备。无任勤恳之至，谨奉表陈情以闻。①

开元二十三年（735）"夏五月戊寅，宗子请率月俸于兴庆宫建龙池，上《圣德颂》"②。至天宝五载（746），濮阳郡王李璬以《圣德颂》"叙事多遗，述圣谈天，万不举一"，故又奉表请求加以润色。在这封奏疏中，李璬为讨好和迎合皇帝，在遣词造句上都非常用心，态度恭敬，言辞恳切，与前文相比，亦有异曲同工之处。

以上引文之外，诸如梁王武三思所作的《大周封祀坛碑》，邠王李守礼的《贺驯雉见斋宫表》，东莞郡王李彻的《请封西岳表》，汉中王李瑀的《请依开元礼定天皇大帝等坛奏》，信安郡王李祎所作的《请宣示御制华岳碑文表》，嗣许王李瓛的《乐九成赋》，嗣许王李解的《凤凰来仪赋（以圣感时平乐和瑞集为韵）》等文，也在不同程度上体现了作者对皇帝"尽欢竭忠"的政治心态。

（3）忧惧惊怖

作为皇权的衍生物和附属品，唐代诸王在与皇帝的政治博弈中常处于绝对劣势的地位。为了打消皇帝的猜忌和怀疑以保全自身，诸王需要通过各种方式不断地向皇帝表明自己的忠心和恭顺。然而当二者的矛盾已经公开爆发或不可调和时，诸王只能用无力的言辞来为自己申辩，祈求皇帝的宽恕和谅解。

---

① 《全唐文》卷一百《请改修龙池圣德颂表》，中华书局，1983，第1028页。
② 《旧唐书》卷八《玄宗本纪上》，中华书局，1975，第202页。

而产生于这种情境下的文学作品，大都反映了诸王"忧惧惊怖"的创作心态。

贞观十七年（643），齐王李祐杀长史权万纪，起兵反于齐州。太宗震怒，遣兵部尚书李勣与刘德威发便道兵讨之。大军压境之下，李祐兵势很快瓦解，一时惶恐不知所归，仓皇之际作《穷蹙上表》以释罪责，其文曰：

> 臣，帝子也，为万纪谮构，上天降灵，罪人斯得。臣狂失心，惝恍惊悸，左右无兵，即欲颠走，所以颇仗械以自卫护。①

此表出自《新唐书·庶人祐传》，当有所节略。在太宗皇帝已露杀机之时，李祐已难逃制裁，他试图通过再续父子之情和甘心认罪伏法的态度使父亲谅解，其"惝恍惊悸"之状，于数句之中已概然可见。

景龙三年（709），中宗亲祀南郊，大赦天下，流人并放还。而谯王李重福因得罪父皇不得归京师，故内心忧惧，作《在均州自陈表》，其文曰：

> 臣闻功同赏异，则劳臣疑；罪均刑殊，则百姓惑。伏惟陛下德侔造化，明齐日月，恩及飞鸟，惠加走兽。近者焚柴展礼，郊祀上玄，万物沾恺悌之仁，六合承旷荡之泽。事无轻重，咸赦除之。苍生并得赦除，赤子偏加摈弃，皇天平分之道，固若此乎？天下之人，闻者为臣流涕。况陛下慈念，岂不愍臣恓惶？伏望舍臣罪愆，许臣朝谒。傥得一仰云陛，再睹圣颜，虽没九泉，实为万足。重投荒徼，亦所甘心。②

谯王李重福为中宗第二子，神龙初，为韦皇后所谗毁，故深为中宗所恨。"由是左授濮州员外刺史，转均州，司防守，不许视事。"③ 为了再次求得父亲的欢心，在大赦天下之时借机献表以示悔过之心。其言辞卑微恳切，态度极为谦恭。特别是末尾几句，真切地表现了其内心忐忑不安、忧惧惊怖的心理状态。

再如雍王李贤于武后时期所作的《黄台瓜辞》。诗云：

---

① 《新唐书》卷八十《李祐传》，中华书局，1975，第3573页。
② 《旧唐书》卷八十六《李重福传》，中华书局，1975，第2835~2836页。
③ 《旧唐书》卷一百一十六《承天皇帝倓传》，中华书局，1975，第3385页。

种瓜黄台下，瓜熟子离离。一摘使瓜好，再摘令瓜稀，

三摘犹尚可，四摘抱蔓归。[①]

此诗出自《旧唐书·承天皇帝倓传》。先是，建宁王李倓勇武有谋，又献策有功，为张良娣谗毁，肃宗一怒之下而赐倓死。时广平王李俶（即代宗皇帝）又收复两京，功名一时煊赫，故亦为肃宗所忌。张皇后趁机潜构流言，必欲除之而后快。广平王内心忧惧，唯恐再遭不测，于是遣判官李泌入朝献捷为之辩白。《旧唐书·承天皇帝倓传》载：

泌因奏曰："臣幼稚时念黄台瓜辞，陛下尝闻其说乎？高宗大帝有八子，睿宗最幼。天后所生四子，自为行第，故睿宗第四。长曰孝敬皇帝，为太子监国，而仁明孝悌。天后方图临朝，乃鸩杀孝敬，立雍王贤为太子。贤每日忧惕，知必不保全，与二弟同侍于父母之侧，无由敢言。乃作黄台瓜辞，令乐工歌之，冀天后闻之省悟，即生哀愍。辞云：'种瓜黄台下，瓜熟子离离。一摘使瓜好，再摘令瓜稀，三摘犹尚可，四摘抱蔓归。'而太子贤终为天后所逐，死于黔中。陛下有今日运祚，已一摘矣，慎无再摘。"上愕然曰："公安得有是言！"时广平王立大功，亦为张皇后所忌，潜构流言，泌因事讽动之。[②]

自古无情最是帝王家，为了维护手中的权力，皇帝不惜视其骨肉同胞为寇仇死敌。《黄台瓜辞》创作于特定的历史条件下，反映了李贤内心对母亲惶恐忧惧的心理心态。语言质朴通俗，感人至深。肃宗此时亦未尝不有诛杀广平王之心，李泌的讽谏最终坚定了皇帝不改废立的决心，使李俶避免了李贤的政治悲剧。

万岁通天元年（696）九月，武则天命右武卫大将军、建安王武攸宜为大总管以讨契丹。万岁通天二年（697）春二月，王孝杰、苏宏晖等率兵十八万与契丹军队战于硖石谷，王师大溃，王孝杰没于阵，苏宏晖弃甲而逃，将士死亡殆尽。遭此之败，建安王武攸宜惊惧万分，急忙命张说为之作《为

---

① 《旧唐书》卷一百一十六《承天皇帝倓传》，中华书局，1975，第3385页。

② 《旧唐书》卷一百一十六《承天皇帝倓传》，中华书局，1975，第3385页。

清边道大总管建安王奏失利表》，以祈求皇帝的宽恕。其文曰：

> 臣攸宜言：今日某乙从峡石山称，前军王孝杰等以某日失利于峡石山。忽闻殒绝，心摧魂死，上孤天威，下惭士卒。死罪死罪，顿首顿首。臣以驽怯，谬职戎麾，衔戴恩荣，统率将士，驱关陇之马，引淮海之饷，旗幕亘于边城，弓甲倾于内府。不堪任使，挠失节度，群帅无决胜之功，偏师有挫衄之咎，长犬羊之孔炽，纵枭獍之未灭。愤结灵祇，怨毒骨髓，臣实其罪，罪非他人，忍耻苟全，远愧胡颜之责；引愚遄死，内负犹斗之心：跼蹐无颜，进退靡处。臣既不建师律，有干常宪，合即严科，以塞重责。然以见在兵马，交要部统，未敢束手军事，委置旌节，稽缓刑书，伏深兢战。特乞更召严猛，代臣统帅，请归罪司寇，以正国刑，囚伏边陲，唯待斧钺。①

作为讨逆的最高指挥官，武攸宜对这次军事失败负有不可推卸的责任。因此在这封请表中，他怀着极为谦卑和惊惧的心情，勇于承担全部罪责。对于苏宏晖与王孝杰配合不力，致前锋精锐全军尽没的事实，他连称"死罪死罪，顿首顿首"，更不惜去职戴罪、亲受斧钺，以申明其悔过与自责之心。诚恳的奏疏取得了武则天的谅解和信任，武攸宜在此后并没有受到任何处罚。

至于李白为嗣吴王李祗所作的《为吴王谢责赴行在迟滞表》，于邵为嗣吴王李祗所作的《为吴王请罪表》等文，也能反映出诸王于奉表谢罪之时"忧惧惊怖"的心理状态。

二　诸王与皇帝文学互动作品的类别与题材

诸王与皇帝特殊的政治身份以及他们相互之间复杂的社会关系，使其无法像普通文人那样进行正常的文学交流活动。换言之，二者的自然人属性使他们相互之间应该经常性地保持亲密联系，然而他们之间不平等的社会地位和潜在的政治敌对关系却使这种亲密联系始终笼罩着一层挥之不去的阴影。为了维护这份脆弱的亲情以及政治同盟关系，诸王和皇帝双方都必须谨言慎

---

① 《全唐文》卷二百二十二《为清边道大总管建安王奏失利表》，中华书局，1983，第2244页。

行，以免激发相互之间的矛盾。尤其对于弱势群体——诸王来说，在与皇帝进行文学交流时，他们首先要考虑的是作品的政治影响，其次才是作品的抒情性或艺术性。在与皇帝的诗歌唱和等活动中，皇帝往往处于主导者的地位，他们居高临下地决定了歌咏的对象和抒情的范例，诸王则只能同其他大臣一样随声附和皇帝的作品。相对于诸王来说，皇帝的作品更多地张扬了个人的主观精神，而诸王由于需要刻意压制主体精神以取悦皇帝，故而除少量私人的书信来往之外，他们之间的文学交往从来都不是对等的情感交流。在这些由皇帝主导的文学活动中，诸王与其他皇帝侍臣相比并无任何特殊之处，他们在这种情境下进行的文学创作，与其说是自发的、主观的文学行为，还不如说是在政治利益和政治目的驱使下被迫进行的"政治表演"，故本书将诸王、皇帝、侍臣三者同时参与的主要文学活动并而论之，以其性质并无特殊之故也。这些作品从思想内容、文学体裁及具体用途来看，可分为诗歌、公文两种主要类别。

（一）诗歌类

古代中国素有"礼仪之邦"的美誉，在以血缘关系为基础的宗法制社会，体现"饮食之礼"的皇家宴游活动历来为统治者所重视。《周礼·大宗伯》有云："以饮食之礼，亲宗族兄弟。"《疏》曰："亲者，使其相亲，人君有食宗族饮酒之礼，所以亲之也。"[1] 唐代皇帝主持和参与的宴会名目繁多，有内宴、家宴、生日宴、游宴、赐宴等。诸王作为皇帝的直系亲属，经常会受到邀请而参与进来。在宴会之时，为了活跃气氛，诸王和群臣需要按照皇帝的要求当场应制作诗。由于历代史料的不断亡佚，当时皇家宴游与诗歌创作的具体情况已不可完全知悉。本部分所指的诗歌类作品，即指唐代由皇帝组织、诸王与群臣参与创作的宫廷唱和诗。诗歌主要来源于《旧唐书》《新唐书》《资治通鉴》《册府元龟》《全唐诗》《全唐文》等比较权威的文史资料。

1. 高祖李渊与秦王李世民

唐初武德年间，国家统治虽未稳定，但是由高祖主持的宴游活动却非常频繁。据《册府元龟》卷一百九"帝王部""宴享"统计，武德元年（618）

---

① 《周礼注疏》卷十八，（清）阮元校刻，中华书局，2009，第1640页。

至武德九年（626），高祖李渊前后共举办大型宴会共计 46 次。在这些宴游活动中，不乏高祖临兴赋诗，诸王与群臣应制称颂的记载。虽然史料简略，但我们仍能从中感受到当时浓郁的文化气氛。其云：

> ［武德七年（624）］四月丙午，宴王公亲属于文明殿，高祖见长平王太妃，以（尊）属，从家人礼，降阶再拜。酒小阑，徙坐翠华殿。帝赋诗，王公递上寿，赐帛各有差。①

又载：

> ［武德八年（625）］四月丁未，赤雀巢于殿门。宴五品以上，上颂者十余人，极欢而罢。②

又载：

> （武德八年）五月乙巳，宴五品以上及外戚于内殿，赋诗赐彩，极欢而罢。③

从以上记载来看，高祖李渊至少作有三首诗，然而他与诸王之间唱和往还的诗歌现已全部失载。唯今人陈尚君所编《全唐诗补编》录唐高祖李渊《为秦王制诗》一首，其云：

> 圣德合天地，五宿连珠见。和风拂世民，上下同欢宴。④

此诗最早见于《册府元龟》，明人胡震亨认为"唐初无五星联聚之事，疑其伪托"⑤。清修《四库全书》存其义而不录。然胡氏之言太过武断，一则

---

① （宋）王钦若等编纂《册府元龟》卷三十九，周勋初等校订，凤凰出版社，2006，第 414 页。
② （宋）王钦若等编纂《册府元龟》卷一百九，周勋初等校订，凤凰出版社，2006，第 1190 页。
③ （宋）王钦若等编纂《册府元龟》卷一百九，周勋初等校订，凤凰出版社，2006，第 1190 页。
④ 陈尚君辑校《全唐诗补编·全唐诗续补遗》卷一《为秦王制诗》，中华书局，1992，第 323 页。
⑤ 陈尚君辑校《全唐诗补编·全唐诗续补遗》卷一《为秦王制诗》，中华书局，1992，第 323 页。

"五星联聚"并非确为实指，二则史料散佚，或不可得见，故今仍从《册府元龟》。此诗作于何年已不可考证，题目可能为后人所托。从诗中的"圣德合天地""和风拂世民"来看，当作于武德中后期天下平定之时。该诗雍容典重，绝少修饰，有十足的庙堂气。其中"世民"一语双关，既指爱子，又指天下之民，反映了宴会时高祖父子之间感情相当融洽的场面。秦王等当有奉和之作，皆不存。

2. 太宗李世民与淮安王

贞观年间，天下大治，唐太宗李世民常"以万几之暇，游息艺文"[①]。据《册府元龟》记载，这一时期共举办大型宴游之事凡 71 次，其中不乏皇帝与诸王、群臣之间热烈欢快的文娱活动场面。其云：

> ［贞观三年（629）十一月］戊子，宴突利可汗及群臣三品以上于中华殿。帝赋七言诗，极欢而罢，赐杂彩各有差。[②]

又载：

> ［贞观六年（632）九月］己酉，至庆善宫。宴三品以上于渭水之滨，帝甚欢，赋五言诗。[③]

又载：

> ［贞观十一年（637）］十月辛酉，幸积翠池，宴五品以上。帝曰："今兹年谷大登，水潦不能为害，天下既安，边方静息。因此农隙，与公等举酒。酒既酣，各宜赋一事。帝赋《尚书》，特进魏徵赋《西汉》。"[④]

在这样轻松活跃的文化氛围中，君臣之间相互酬唱往还的作品便形成了。太宗在现存的诗集中虽有十数首与宴会相关的作品，但诸王的应制诗大多失

---

① 《全唐诗》卷一《帝京篇十首》，中华书局，1960，第 1 页。
② （宋）王钦若等编纂《册府元龟》卷一百九，周勋初等校订，凤凰出版社，2006，第 1190 页。
③ （宋）王钦若等编纂《册府元龟》卷一百九，周勋初等校订，凤凰出版社，2006，第 1191 页。
④ （宋）王钦若等编纂《册府元龟》卷一百九，周勋初等校订，凤凰出版社，2006，第 1191 页。

载。今之《全唐诗》唯存淮安王李神通与太宗唱和《两仪殿赋柏梁体》一
首，诗云：

> 绝域降附天下平。（唐太宗）
> 八表无事悦圣情。（淮安王）
> 云披雾敛天地明。（长孙无忌）
> 登封日观禅云亭。（房玄龄）
> 太常具礼方告成。（萧瑀）①

　　此诗作于贞观五年（631），题下原有小注，其云："《两京记》：贞观五
年，太宗破突厥，宴突利可汗于两仪殿，赋七言诗柏梁体。"② 淮安王李神通
是当朝名将，以勇武为世所称。所赋之诗，平白通俗，符合其武将的身份。
此句之外，太宗时诸王应制之作皆不存。高祖、太宗朝时期虽然保存诸王的
应制诗较少，但是在宴游活动中进行文学创作的传统却被后世继承下来。

3. 高宗李治与越王李贞、霍王李元轨等

　　高宗李治在位期间，社会富足安定，文教之事愈加兴盛。史称："高宗
嗣位，政教渐衰，薄于儒术，尤重文史。"③ 与之相对应的是，由其主导的皇
家宴游活动也更趋频繁。咸亨三年（672）十一月，高宗自东都归长安，过
骊山温汤，作《过温汤》一首，越王李贞以下四人并有附和。高宗原诗云：

> 温渚停仙跸，丰郊驻晓旌。路曲回轮影，岩虚传漏声。
> 暖溜惊湍驶，寒空碧雾轻。林黄疏叶下，野白曙霜明。
> 眺听良无已，烟霞断续生。④

　　越王李贞《奉和圣制过温汤》云：

> 凤辇腾宸驾，骊籞次乾游。坎德疏温液，山隈派暖流。

---

① 《全唐诗》卷一《两仪殿赋柏梁体》，中华书局，1960，第 20 页。
② 《全唐诗》卷一《两仪殿赋柏梁体》，中华书局，1960，第 20 页。
③ 《旧唐书》卷一百八十九上《儒学上》，中华书局，1975，第 4942 页。
④ 《全唐诗》卷二《过温汤》，中华书局，1960，第 22 页。

寒氛空外拥，蒸气沼中浮。林凋帷影散，云敛盖阴收。
霜郊畅玄览，参差落景遒。①

杨思玄《奉和圣制过温汤》云：

丰城观汉迹，温谷幸秦余。地接幽王垒，涂分郑国渠。
风威肃文卫，日彩镜雕舆。远岫凝氛重，寒丛对影疏。
回瞻汉章阙，佳气满宸居。②

王德真《奉和圣制过温汤》云：

握图开万宇，属圣启千年。骊阜疏缇骑，惊鸿映彩旃。
玉霜鸣凤野，金阵藻龙川。祥烟聚危岫，德水溢飞泉。
停舆兴睿览，还举大风篇。③

郑义真《奉和圣制过温汤》云：

洛川方驻跸，丰野暂停銮。汤泉恒独涌，温谷岂知寒。
漏鼓依岩畔，相风出树端。岭烟遥聚草，山月迥临鞍。
日用诚多幸，天文遂仰观。④

仪凤三年（678）七月丁巳，高宗宴近臣诸王于九成宫之咸亨殿，临兴赋柏梁体诗，霍王以下并有附和。《旧唐书·高宗本纪下》载其本事云：

秋七月丁巳，宴近臣诸亲于咸亨殿。上谓霍王元轨曰："去冬无雪，今春少雨，自避暑此宫，甘雨频降，夏麦丰熟，秋稼滋荣。又得敬玄表奏，吐蕃入龙支，张虔勖与之战，一日两阵，斩馘极多。又太史奏，七

---

① 《全唐诗》卷六《奉和圣制过温汤》，中华书局，1960，第66页。
② 《全唐诗》卷四十四《奉和圣制过温汤》，中华书局，1960，第545~546页。
③ 《全唐诗》卷四十四《奉和圣制过温汤》，中华书局，1960，第546页。
④ 《全唐诗》卷四十四《奉和圣制过温汤》，中华书局，1960，第546页。

月朔，太阳合亏而不亏。此盖上天垂祐，宗社降灵，岂虚薄所能致此！又男轮最小，特所留爱，比来与选新妇，多不称情；近纳刘延景女，观其极有孝行，复是私衷一喜。思与叔等同为此欢，各宜尽醉。"上因赋七言诗效柏梁体，侍臣并和。①

《全唐诗》题此诗为《咸亨殿宴近臣诸亲柏梁体》，仅录高宗诗一句。今据《册府元龟》校补其余，诗云：

> 屏欲除奢政返淳。（唐高宗）
> 叨恩监守恋晨昏。（皇太子）
> 圣德无为同混元。（霍王元轨）
> 长欢膝下镇承恩。（相王轮）
> 天皇万福振长源。（右仆射戴至德）
> 策寒叨荣青琐门。（黄门侍郎来常）
> 鹓池滥职奉王言。（中书侍郎薛元超）②

唐初诸王出镇外藩，皇帝常会以赋诗相赠，以慰其去国离乡之思。高宗在位期间，逢越王李贞、鲁王李灵夔之藩，曾分别为之作有《别越王》《别鲁王》诗，其详者虽已不可闻，然而刘祎之、李敬玄、张大安、杨思玄等人的奉和之作犹存。今录之如下。刘祎之《奉和别越王》诗云：

> 周屏辞金殿，梁骖整玉珂。管声依折柳，琴韵动流波。
> 鹤盖分阴促，龙轩别念多。延襟小山路，还起大风歌。③

李敬玄《奉和别越王》诗云：

> 飞盖回兰坂，宸襟仁柏梁。别馆分泾渭，归路指衡漳。

---

① 《旧唐书》卷五《高宗本纪下》，中华书局，1975，第103页。
② （宋）王钦若等编纂《册府元龟》卷一百一十，周勋初等校订，凤凰出版社，2006，第1196页。
③ 《全唐诗》卷四十四《奉和别越王》，中华书局，1960，第539页。

关山通曙色，林籁遍春光。帝念纤千里，词波照五澨。①

张大安《奉和别越王》诗云：

盛藩资右戚，连萼重皇情。离襟怆睢苑，分途指邺城。
丽日开芳甸，佳气积神京。何时骖驾入，还见谒承明。②

杨思玄《奉和别鲁王》诗云：

元王诗传博，文后宠灵优。鹤盖动宸眷，龙章送远游。
函关疏别道，灞岸引行舟。北林分苑树，东流溢御沟。
鸟声含羽碎，骑影曳花浮。圣泽九垓普，天文七曜周。
方图献雅乐，簪带奉鸣球。③

李敬玄《奉和别鲁王》诗云：

绿车旋楚服，丹跸仨秦川。珠皋转归骑，金岸引行旃。
一朝限原隰，千里间风烟。莺喧上林谷，凫响御沟泉。
断云移鲁盖，离歌动舜弦。别念凝神宸，崇恩洽玳筵。
顾惟惭叩寂，徒自仰钧天。④

　　关于这五首诗的具体创作时间，当前学术界尚未有明确说法。从诗歌的标题来看，既可能作于太宗朝，也可能作于高宗朝。不过联系四人的身份和仕宦经历，则可以轻易排除第一种可能。刘祎之、李敬玄、张大安、杨思玄四人皆在高宗时期始发迹，其主要政治和文学活动亦是如此，故据此可确定为高宗朝。再者，从李敬玄诗中"归路指衡漳"、张大安诗中"分途指邺城"可以进一步推定：该年，李贞的任所在"衡漳"与"邺城"一带。据考，

① 《全唐诗》卷四十四《奉和别越王》，中华书局，1960，第541页。
② 《全唐诗》卷四十四《奉和别越王》，中华书局，1960，第541页。
③ 《全唐诗》卷四十四《奉和别鲁王》，中华书局，1960，第546页。
④ 《全唐诗》卷四十四《奉和别鲁王》，中华书局，1960，第540页。

"衡漳"出自《尚书·禹贡》中"覃怀底绩，至于衡漳"一句。《尚书正义》疏云："'衡'即古'横'字，漳水横流入河，故云'衡漳'。"漳河发轫于今山西省长治市，下游至于今河北省南部、河南省北部，唐时其流域属相州管辖。据《旧唐书·越王贞传》记载，李贞曾于"咸亨中，复转相州刺史"①。相州治所在今河南省安阳市，即故"邺城"。故可推知《奉和别越王》三首应大致作于高宗咸亨年中（670～674），即671年或672年。再者，刘祎之诗中有"管声依折柳"一句，则其时正逢初春，而"还起大风歌"则说明越王李贞是故地重游，并非第一次担任相州刺史。而李贞曾于贞观十七年（643）至永徽三年（652）长期担任相州刺史，故史官称"复转"，这个细节从侧面再次证明此诗作于高宗时。至于《奉和别鲁王》二首，则只能通过作者所处的年代和诗中"莺喧上林谷，凫响御沟泉"推测其作于高宗某年的春天，或许与《别越王》三首同时。

　　唐时有守岁的习俗，皇家亦是如是。除夕，皇帝常会举行盛大的宴会，喜迎新年的到来。《全唐诗》收录太宗李世民《守岁》《除夜》《于太原召侍臣赐宴守岁》三首，高宗李治《守岁》一首，另有杜审言《守岁侍宴应制》、沈佺期《守岁应制》各一首，可见皇帝于守岁之夜赋诗言欢，群臣唱和是唐代皇家的传统。按照历史年代和杜、沈的生平履历推测，这两首应制诗应作于高宗或武后时期，具体则不可考。从二人诗中的记载来看，诸王等也参与了该年的守岁宴，或许亦有和诗，然皆不存。兹暂录高宗《守岁》诗与杜、沈应制诗，"失事求似"，以观想当时的诗会场景。

　　高宗李治《守岁》诗云：

> 今宵冬律尽，来朝丽景新。花余凝地雪，条含暖吹分。
> 绶吐芽犹嫩，冰台已镂津。薄红梅色冷，浅绿柳轻春。
> 送迎交两节，暄寒变一辰。②

　　杜审言《守岁侍宴应制》诗云：

---

① 《旧唐书》卷七十六《越王贞传》，中华书局，1975，第2661页。
② 陈尚君辑校《全唐诗补编·续拾》卷七《守岁》，中华书局，1992，第737页。

季冬除夜接新年，帝子王孙捧御筵。宫阙星河低拂树，殿廷灯烛上薰天。弹弦奏节梅风入，对局探钩柏酒传。欲向正元歌万寿，暂留欢赏寄春前。①

沈佺期《守岁应制》诗云：

南渡轻冰解渭桥，东方树色起招摇。天子迎春取今夜，王公献寿用明朝。殿上灯人争烈火，宫中侲子乱驱妖。宜将岁酒调神药，圣祚千春万国朝。②

杜审言诗篇首即云"季冬除夜接新年，帝子王孙捧御筵"，可以看出皇亲贵属才是该年守岁宴的主要嘉宾，他们在宴会上弹琴赋诗、下棋探钩、饮酒贺寿，共同度过了一个美好的夜晚。沈佺期诗则截取了宴会中的数个画面，其中"天子迎春取今夜，王公献寿用明朝"一句，把王公献寿时欢乐祥和的气氛用充满诗意的语言烘托出来，亦称佳妙。

4. 武后与相王李旦、梁王武三思

武后亦"好雕虫之艺"，其在当政期间，曾多次大崇文章之选，拔擢文学之士，以为所用。故数十年间，天下文风靡然而兴，宫廷群才毕集，其风尤盛。沈既济《词科论》赞云：

初国家自显庆以来，高宗圣躬多不康，而武太后任事，参决大政，与天子并。太后颇涉文史，好雕虫之艺。永隆中，始以文章选士。及永淳之后，太后君天下二十余年，当时公卿百辟，无不以文章，因循浸久，浸以成风。③

圣历三年（700）夏四月戊申，武则天幸嵩山三阳宫避暑。大约在此后不久，宴侍从群臣于石淙河畔。是日，女皇诗兴大发，作《游石淙诗》以记

---

① 《全唐诗》卷六十二《守岁侍宴应制》，中华书局，1960，第737页。
② 《全唐诗》卷九十六《守岁应制》，中华书局，1960，第1043页。
③ 《全唐文》卷四百七十六《词科论》，中华书局，1983，第4868页。

之，并令群臣附和，史称"石淙诗会。"其序文曰：

　　若夫圆峤方壶，涉沧波而靡际；金台玉阙，陟玄圃而无阶。惟闻《山海》之经，空览《神仙》之记。爰有石淙者，即平乐涧也。尔其近接嵩岭，俯届箕峰，瞻少室兮若莲，睇颍川兮如带。既而蹑崎岖之山径，荫蒙密之藤萝，汹涌洪湍，落虚潭而送响；高低翠壁，列幽涧而开筵。密叶舒帷，屏梅氛而荡燠；疏松引吹，清麦候以含凉。就林薮而王心神，对烟霞而涤尘累。森沈丘壑，即是桃源；森漫平流，还浮竹箭。〔纫〕（网）薜荔而成帐，笋莲石而如楼。洞口全开，溜千年之芳髓，山腰半坼，吐十里之香粳。无烦昆阆之游，自然形势之所。当使人题彩翰，各写琼篇，庶无滞于幽栖，冀不孤于泉石。各题四韵，咸赋七言。①

石淙，又称石淙河、勺水或平乐涧，是登封县境内颍河最长的支流，其旧址位于今河南省郑州市登封市大冶镇西南部，毗邻中岳嵩山，风景奇绝。《全唐诗》于狄仁杰和诗下作有编者小注，其曰：

　　石淙山，在今河南登封县东南三十里。有天后及群臣侍宴诗并序刻北崖上。其序云：石淙者，即平乐涧。其诗天后自制七言一首，侍游应制皇太子显、右奉裕率兼检校安北大都护相王旦、太子宾客上柱国梁王三思、内史狄仁杰、奉宸令张易之、麟台监中山县开国男张昌宗、鸾台侍郎李峤、凤阁侍郎苏味道、夏官侍郎姚元崇、给事中阎朝隐、凤阁舍人崔融、奉宸大夫汾阴县开国男薛曜、守给事中徐彦伯、右玉钤卫郎将左奉宸内供奉杨敬述、司封员外于季子、通事舍人沈佺期各七言一首。薛曜奉敕正书刻石。时久视元年（700）五月十九日也。按此事新旧《唐书》俱未之载，世所传诗，亦缺而不全，今从碑刻补入各集中。②

"石淙诗会"之时，正值武后登基十年之庆，此时国泰民安，天下大治，政敌早已肃清，皇位继承人亦无忧虞。恰逢三阳新宫初成，女皇游幸

---

① 陈尚君辑校《全唐诗补编》外编第三编《游石淙诗》，中华书局，1992，第324页。
② 《全唐诗》卷四十六《奉和圣制夏日游石淙山》，中华书局，1960，第555页。

之心未衰，故有此作。诗序通篇采用骈辞俪句，文采斐然，意境浑成，文中用大量篇幅铺叙石淙美景之奇丽，以渲染当时诗会浪漫而轻松的文化氛围，文末自然而然地引入诗会之缘由，有水到渠成之妙。此次"石淙诗会"，作者有数十人，现存诗十七首，篇长，兹录武后、诸王之作四首。武后之原诗云：

> 三山十洞光玄箓，玉峤金峦镇紫微。均露均霜标胜壤，交风交雨列皇畿。万仞高岩藏日色，千寻幽涧浴云衣。且驻欢筵赏仁智，雕鞍薄晚杂尘飞。①

太子李显《石淙》诗和曰：

> 三阳本是标灵纪，二室由来独擅名。霞衣霞锦千般状，云峰云岫百重生。水炫珠光遇泉客，岩悬石镜厌山精。永愿乾坤符睿算，长居膝下属欢情。②

相王李旦《石淙》诗和曰：

> 奇峰嶾嶙箕山北，秀崿岹峣嵩镇南。地首地肺何曾拟，天目天台倍觉惭。树影蒙茏郭叠岫，波深汹涌落悬潭。□愿紫宸居得一，永欣丹宸御通三。③

梁王武三思《奉和圣制夏日游石淙山》诗和曰：

> 此地岩壑数千重，吾君驾鹤□乘龙。掩映叶光含翡翠，参差石影带芙蓉。白日将移冲叠嶺，玄云欲度碍高峰。对酒鸣琴追野趣，时闻清吹入长松。④

---

① 《全唐诗》卷五《石淙》，中华书局，1960，第58页。
② 《全唐诗》卷二《石淙》，中华书局，1960，第25页。
③ 《全唐诗》卷二《石淙》，中华书局，1960，第25页。
④ 《全唐诗》卷八十《奉和圣制夏日游石淙山》，中华书局，1960，第865页。

武后在位期间，还曾驾幸梁王武三思宅，并作有《过梁王宅即目》，诗已佚。梁王武三思等四人皆有应制附和之作，录之如下。

武三思《奉和过梁王宅即目应制》云：

> 岩居多水石，野宅满风烟。本谓开三径，俄欣降九天。
> 穿林移步辇，拂岸转行旃。凤竹初垂箨，龟河未吐莲。
> 愿持山作寿，恒用劫为年。①

魏元忠《修书院学士奉敕宴梁王宅》云：

> 大君敦宴赏，万乘下梁园。酒助闲平乐，人沾雨露恩。
> 荣光开帐殿，佳气满旌门。愿陪南岳寿，长奉北宸樽。②

张说《修书院学士奉敕宴梁王宅赋得树字》云：

> 虎殿成鸿业，猿岩题凤赋。既荷大君恩，还蒙小山遇。
> 秋吹迎弦管，凉云生竹树。共惜朱邸欢，无辞洛城暮。③

韦安石《梁王宅侍宴应制同用风字》云：

> 梁园开胜景，轩驾动宸衷。早荷承湛露，修竹引薰风。
> 九酝倾钟石，百兽协丝桐。小臣陪宴镐，献寿奉维嵩。④

武后还曾作有《春日游龙门》，亦佚，梁王武三思等三人应制诗尚存。武三思《奉和春日游龙门应制》诗云：

---

① 《全唐诗》卷八十《奉和过梁王宅即目应制》，中华书局，1960，第866页。
② 《全唐诗》卷四十六《修书院学士奉敕宴梁王宅》，中华书局，1960，第556页。
③ 《全唐诗》卷八十六《修书院学士奉敕宴梁王宅赋得树字》，中华书局，1960，第926页。
④ 《全唐诗》卷一百四《梁王宅侍宴应制同用风字》，中华书局，1960，第1095页。

凤驾临香地，龙舆上翠微。星宫含雨气，月殿抱春辉。

碧涧长虹下，雕梁早燕归。云疑浮宝盖，石似拂天衣。

露草侵阶长，风花绕席飞。日斜宸赏洽，清吹入重闱。①

张九龄《龙门旬宴得月字韵》诗云：

恩华逐芳岁，形胜兼韶月。中席傍鱼潭，前山倚龙阙。

花迎妙妓至，鸟避仙舟发。宴赏良在兹，再来情不歇。②

宋之问《龙门应制》诗云：

宿雨霁氛埃，流云度城阙。河隄柳新翠，苑树花先发。洛阳花柳此时浓，山水楼台映几重。群公拂雾朝翔凤，天子乘春幸凿龙。凿龙近出王城外，羽从琳琅拥轩盖。云眸才临御水桥，天衣已入香山会。山壁嶄岩断复连，清流澄澈俯伊川。雁塔遥遥绿波上，星龛奕奕翠微边。层峦旧长千寻木，远壑初飞万丈泉。彩仗红旌绕香阁，下辇登高望河洛。东城宫阙拟昭回，南陌沟塍殊绮错。林下天香七宝台，山中春酒万年杯。微风一起祥花落，仙乐初鸣瑞鸟来。鸟来花落纷无已，称觞献寿香霞里。歌舞淹留景欲斜，石关犹驻五云车。鸟旗翼翼留芳草，龙骑骎骎映晚花。千乘万骑銮舆出，水静山空严警跸。郊外喧喧引看人，倾都南望属车尘。嚚声引飓闻黄道，王气周回入紫宸。先王定鼎山河固，宝命乘周万物新。吾皇不事瑶池乐，时雨来观农扈春。③

武后还曾作有《宴小山池》《凝碧池》等诗，并佚，梁王武三思应制之作犹存。其《奉和宴小山池赋得溪字应制》有云：

年光开碧沼，云色敛青溪。冻解鱼方戏，风暄鸟欲啼。

---

① 《全唐诗》卷八十《奉和春日游龙门应制》，中华书局，1960，第866~867页。

② 《全唐诗》卷四十七《龙门旬宴得月字韵》，中华书局，1960，第570页。

③ 《全唐诗》卷五十一《龙门应制》，中华书局，1960，第627~628页。

岩泉飞野鹤，石镜舞山鸡。柳发龙鳞出，松新麈尾齐。

九韶从此验，三月定应迷。①

其《凝碧池侍宴应制得出水槎》云：

彼木生何代，为槎复几年。欲乘银汉曲，先泛玉池边。

拥溜根横岸，沉波影倒悬。无劳问蜀客，此处即高天。②

5. 中宗李显与温王李重茂等

中宗在即位之后，接续太宗以来皇家宴游赋诗的传统，将唐代宫廷文学推向了空前的高峰。他广置修文馆学士，任以军国之事，然择人唯以文华取幸，以至"天下靡然，以文华相尚"。其当政期间，盛引词学之臣，侍从游宴，组织了数次大规模的文学集会，史载其时：

春幸梨园，并渭水被除，则赐细柳圈辟疠；夏宴蒲萄园，赐朱樱；秋登慈恩浮图，献菊花酒称寿；冬幸新丰，历白鹿观，上骊山，赐浴汤池，给香粉兰泽，从行给翔麟马，品官黄衣各一。帝有所感即赋诗，学士皆属和。当时人所歆慕，然皆狎猥佻佞，忘君臣礼法，惟以文华取幸。③

景龙四年（710）正月五日，中宗李显于大明殿观吐蕃骑马之戏，会有诗兴，作柏梁体诗，王公大臣以下附和。诗题作《景龙四年正月五日移仗蓬莱宫御大明殿会吐蕃骑马之戏因重为柏梁体联句》，其云：

大明御宇临万方。（中宗皇帝李显）

顾惭内政翊陶唐。（韦皇后）

鸾鸣凤舞向平阳。（长宁公主）

① 《全唐诗》卷八十《奉和宴小山池赋得溪字应制》，中华书局，1960，第866页。
② 《全唐诗》卷八十《凝碧池侍宴应制得出水槎》，中华书局，1960，第866页。
③ 《新唐书》卷二百二《李适传》，中华书局，1975，第5748页。

秦楼鲁馆沐恩光。（安乐公主）

无心为子辄求郎。（太平公主）

雄才七步谢陈王。（温王李重茂）

当熊让辇愧前芳。（上官婉儿）

再司铨笔恩可忘。（崔湜）

文江学海思济航。（郑愔）

万邦考绩臣所详。（武平一）

著作不休出中肠。（阎朝隐）

权豪屏迹肃严霜。（窦从一）

铸鼎开岳造明堂。（宗晋卿）

玉醴由来献寿觞。（明悉猎）①

　　景龙四年四月，中宗皇帝游于五王宅隆庆池，泛舟戏象，命群臣赋诗。《册府元龟·帝王部·宴享第二》载："（景龙四年）乙未，张乐于隆庆池，泛舟戏象，宴群臣，仍命赋诗。"②《旧唐书·玄宗本纪上》亦载："（景龙）四年四月，中宗幸其第，因游其池，结彩为楼船，令巨象踏之。"③ 隆庆坊五王宅是武则天时赐予睿宗诸子的宅邸，宅中有池。起初因坊为名，曰"隆庆池"，后改称"龙池"，现位于陕西省西安市兴庆公园内。《增订唐两京城坊考》卷一"龙池"条记载："本是平地，垂拱、载初后，雨水流成小池，后又引龙首渠分浐水灌之，日以滋广。至神龙、景龙中，弥亘数顷，深至数丈，常有云气，或见黄龙出其中。本以坊为池，俗亦呼'五王子池'，置宫后，谓之龙池。"④ 中宗即位之后，因相王李旦深耕京师，且曾数年内为皇帝、皇嗣，政治势力非常庞大，故而对其非常忌惮。由于民间盛传睿宗诸子"所居宅外有水池，浸溢顷余，望气者以为龙气"⑤，中宗以游览为名，欲坏其气，故使群象踏之。此次游宴，中宗、诸王之诗俱亡，而萧至忠、李义陪幸之作

① 《全唐诗》卷二《景龙四年正月五日移仗蓬莱宫御大明殿会吐蕃骑马之戏因重为柏梁体联句》，中华书局，1960，第25页。
② （宋）王钦若等编纂《册府元龟》卷一百一十，周勋初等校订，凤凰出版社，2006，第1197页。
③ 《旧唐书》卷八《玄宗本纪上》，中华书局，1975，第166页。
④ （清）徐松：《增订唐两京城坊考》卷一，李健超增订，三秦出版社，2006，第31页。
⑤ 《旧唐书》卷八《玄宗本纪上》，中华书局，1975，第166页。

犹存。萧至忠《陪幸五王宅》（一作刘宪诗）诗云：

北斗枢机任，西京肺腑亲。畴昔王门下，今兹制幸晨。
恩来山水被，圣作管弦新。绕座薰红药，当轩暗绿筠。
摘荷才早夏，听鸟尚余春。行漏金徒晓，风烟是观津。①

李乂《陪幸五王宅》（一作《奉和幸礼部尚书窦希玠宅应制》）诗云：

家住千门侧，亭临二水傍。贵游开北地，宸眷幸西乡。
曳履迎中谷，鸣丝出后堂。浦疑观万象，峰似驻三光。
草向琼筵乐，花承绣宸香。圣情思旧重，留饮赋雕章。②

6. 玄宗皇帝李隆基与宁王李宪等

玄宗皇帝李隆基雅好文学，素称"多艺，尤知音律，善八分书"③。其即位后，多次"旁求宏硕，讲道艺文"④，将唐代文学推向了全面繁荣的阶段。"开元以后，四海晏清，无贤不肖，耻不以文章达。"⑤ 其在统治时期，与诸王关系比较密切，相互之间多有诗歌往还。

开元八年（720），薛王业病重，玄宗亲自为其祈祷。寻而病愈，帝"车驾幸其第，置酒宴乐，更为初生之欢"，且赋诗曰：

昔见漳滨卧，言将人事违。今逢诞庆日，犹谓学仙归。
棠棣花重满，鸰原鸟再飞。⑥

《旧唐书》对此事有详细记载，其云："业尝疾病，上亲为祈祷，及愈，车驾幸其第，置酒宴乐，更为初生之欢。玄宗赋诗曰：'昔见漳滨卧，言将

① 《全唐诗》卷一百四《陪幸五王宅》，中华书局，1960，第1092页。
② 《全唐诗》卷九十二《奉和幸礼部尚书窦希玠宅应制》，中华书局，1960，第998~999页。
③ 《旧唐书》卷八《玄宗本纪上》，中华书局，1975，第165页。
④ 《旧唐书》卷九《玄宗本纪下》，中华书局，1975，第236页。
⑤ 《全唐文》卷四百七十六《词科论》，中华书局，1983，第4867页。
⑥ 《全唐诗》卷三《明皇帝句》，中华书局，1960，第42页。

人事违。今逢诞庆日,犹谓学仙归。棠棣花重满,鸰原鸟再飞。'其恩意如此。"① 然于此诗不加作年,据《册府元龟》卷四十七校补。

开元初,某年秋九月,数千鹡鸰栖集于麟德殿之庭树,友于为乐。玄宗慨然有怀,作《鹡鸰颂》以记之。其序文曰:

> 朕之兄弟,唯有五人,比为方伯,岁一朝见。虽载崇藩屏,而有睽谈笑,是以辍牧人而各守京职。每听政之后,延入宫掖,申友于之志,咏《棠棣》之诗,邕邕如,怡怡如,展天伦之爱也。秋九月辛酉,有鹡鸰千数,栖集于麟德殿之庭树,竟旬焉,飞鸣行摇,得在原之趣,昆季相乐,纵目而观者久之,逼之不惧,翔集自若。朕以为常鸟,无所志怀。左清道率府长史魏光乘,才雄白凤,辩壮碧鸡,以其宏达博识,召至轩楹,预观其事,以献其颂。夫颂者,所以揄扬德业,褒赞成功,顾循虚昧,诚有负矣。美其彬蔚,俯同颂云。②

《鹡鸰颂》是玄宗唯一存世的书法真迹作品,现藏于台湾省故宫博物院。关于其创作的具体时间,历来说法不一。不过结合序文和历史背景,仍然可以看出一些端倪。序中云"是以辍牧人而各守京职",则可知作《鹡鸰颂》时,诸王已罢外刺之职,在中央担任职务。《旧唐书·邠王守礼传》记载:"(开元)九年(721)已后,诸王并征还京师。"③ 而从宁、申、岐、薛四王本传的记载来看,只有宁王李宪于开元九年始"兼太常卿",而其余三人皆于开元八年(720)已领京职,印证了史料记载的准确性。所以,我们可以将其作年之上限定于开元九年。另外,从序文中的记载和描述来看,作《鹡鸰颂》时,玄宗"兄弟五人"皆在人世,故文中唯叙人伦之欢,而绝无哀悼之情。至开元十二年(724),申王李㧑于诸兄弟中首先病薨。假设《鹡鸰颂》作于是年之后,那么玄宗必然会对申王逝世之事有所述及,参见其所作的《奠让皇帝文》。然而序文中并无一辞,故可确定其作年应不晚于开元十二年。结合以上信息,可大致确定《鹡鸰颂》当作于开元九年至开元十二年

---

① 《旧唐书》卷九十五《惠宣太子业传》,中华书局,1975,第3018页。
② 《全唐诗》卷三《鹡鸰颂》,中华书局,1960,第41~42页。
③ 《旧唐书》卷八十六《邠王守礼传》,中华书局,1975,第2833页。

之间。颂曰：

> 伊我轩宫，奇树青葱，蔼周庐兮。冒霜停雪，以茂以悦，恣卷舒兮。
> 连枝同荣，吐绿含英，曜春初兮。蓐收御节，寒露微结，气清虚兮。
> 桂宫兰殿，唯所息宴，栖雍渠兮。行摇飞鸣，急难有情，情有余兮。
> 顾惟德凉，夙夜兢惶，惭化疏兮。上之所教，下之所效，实在予兮。
> 天伦之性，鲁卫分政，亲贤居兮。爰游爰处，爰笑爰语，巡庭除兮。
> 观此翔禽，以悦我心，良史书兮。①

鹡鸰又称"脊令"，《诗经·小雅·常棣》有云："脊令在原，兄弟急难。
每有良朋，况也永叹。"《毛诗正义》疏云：

> 脊令者，水鸟，当居于水，今乃在于高原之上，失其常处。以喻人
> 当居平安之世，今在于急难之中，亦失其常处也。然脊令既失其常处，
> 飞则鸣，行则摇，不能自舍，此则天之性。以喻兄弟既在急难而相救，
> 亦不能自舍，亦天之性。于此急难之时，虽有善同门来，兹对之唯长叹
> 而已，不能相救。言朋友之情甚，而不如兄弟，是宜相亲也。②

玄宗以鹡鸰相交喻兄弟友于之情，确实非常贴切而恰当。不过，在分析
作品的同时，我们仍然必须注意到以下事实：经过十几年的励精图治，玄宗
在全国已经建立起稳固的统治，但是他对具有皇位继承权的宁、申、岐、薛
四王仍然猜忌于心。在玄宗看来，只有当诸王彻底丧失对皇位的威胁性之后，
他才能真正将四王视为血缘亲属意义上的兄弟。通过冠冕堂皇的文学语言与
合理的官方借口，玄宗巧妙地完成了一次重要的政治表演，他成功地将太宗
以来的"诸王外刺"制度废除，代之以长期的变相软禁。不过，从另一个角
度来看，这也是为了实现制度的顺利过渡，成就玄宗"友于兄弟"的声名。
在四王回京之后，皇帝与诸王之间实质性的文学互动也确实更多了。

开元十四年（726）十一月己丑，玄宗"幸宁王宪宅，与诸王宴，探韵

---

① 《全唐诗》卷三《鹡鸰颂》，中华书局，1960，第42页。
② （汉）毛亨传，郑玄笺，（唐）孔颖达疏《毛诗正义》，北京大学出版社，1999，第571页。

赋诗"，作《过大哥宅探得歌字韵》诗，其云：

> 鲁卫情先重，亲贤爱转多。冕旒丰暇日，乘景暂经过。
> 戚里申高宴，平台奏雅歌。复寻为善乐，方验保山河。①

张说于其时作《奉和圣制过宁王宅应制》诗，其云：

> 进酒忘忧观，箫韶喜降临。帝尧敦族礼，王季友兄心。
> 竹院龙鸣笛，梧宫凤绕林。大风将小雅，一字尽千金。②

大约在此年前后，岐王李范在参与这些宴会期间，作有《宴大哥宅》诗，其残句有云：

> 清冷池里冰初合，红粉楼中月未圆。③

开元十四年（726），玄宗扩建兴庆宫初成，邀诸王同日而游，作有《游兴庆宫作》，诗云：

> 代邸青门右，离宫紫陌陲。庭如过沛日，水若渡江时。
> 绮观连鸡岫，朱楼接雁池。从来敦棣萼，今此茂荆枝。
> 万叶传余庆，千年志不移。凭轩聊属目，轻辇共追随。
> 务本方崇训，相辉保羽仪。时康俗易渐，德薄政难施。
> 鼓吹迎飞盖，弦歌送羽卮。所希覃率土，孝弟一同规。④

张说于其时作《奉和圣制暇日与兄弟同游兴庆宫作应制》诗，其云：

> 汉武横汾日，周王宴镐年。何如造区夏，复此睦亲贤。

---

① 《全唐诗》卷三《过大哥宅探得歌字韵》，中华书局，1960，第30页。
② 《全唐诗》卷八十七《奉和圣制过宁王宅应制》，中华书局，1960，第943页。
③ 《全唐诗》逸卷《惠文太子句》，中华书局，1960，第10190页。
④ 《全唐诗》卷三《游兴庆宫作》，中华书局，1960，第39页。

巢凤新成阁，飞龙旧跃泉。棣华歌尚在，桐叶戏仍传。
禁籞氛埃隔，平台景物连。圣慈良有裕，王道固无偏。
问俗兆人阜，观风五教宣。献图开益地，张乐奏钧天。
侍酒衢樽满，询刍谏鼓悬。永言形友爱，万国共周旋。①

开元十八年（730）四月丁卯，玄宗宴群臣于宁王园池，赋诗赏赐有差。《册府元龟·帝王部·宴享》载："丁卯，侍臣以下宴于春明门外宁王宪之园池。帝御花萼楼，邀其回骑，更令坐饮，递起为舞，班赐有差。"② 是日，玄宗作有《首夏花萼楼观群臣宴宁王山亭回楼下又申之以赏乐赋诗》，其云：

今年通闰月，入夏展春辉。楼下风光晚，城隅宴赏归。
九歌扬政要，六舞散朝衣。天喜时相合，人和事不违。
礼中推意厚，乐处感心微。别赏阳台乐，前旬暮雨飞。③

张说和有《清明日诏宴宁王山池赋得飞字》诗，其云：

今日清明宴，佳境惜芳菲。摇扬花杂下，娇啭莺乱飞。
绿渚传歌榜，红桥度舞旗。和风偏应律，细雨不沾衣。
承恩如改火，春去春来归。④

于此日，范朝亦有和作，其《宁王山池》云：

水势临阶转，峰形对路开。槎从天上得，石是海边来。
瑞草分丛种，祥花间色栽。旧传词赋客，唯见有邹枚。⑤

---

① 《全唐诗》卷八十八《奉和圣制暇日与兄弟同游兴庆宫作应制》，中华书局，1960，第967页。
② （宋）王钦若等编纂《册府元龟》卷一百一十，凤凰出版社，周勋初等校订，2006，第1198页。
③ 《全唐诗》卷三《首夏花萼楼观群臣宴宁王山亭回楼下又申之以赏乐赋诗》，中华书局，1960，第35页。
④ 《全唐诗》卷八十六《清明日诏宴宁王山池赋得飞字》，中华书局，1960，第925页。
⑤ 《全唐诗》卷一百四十五《宁王山池》，中华书局，1960，第1469页。

开元十八年（730）四月十三日，玄宗复诏群臣宴于宁王亭子，赋诗为欢。玄宗之作不存，张说《四月十三日诏宴宁王亭子赋得好字》有云：

> 何许承恩宴，山亭风日好。绿嫩鸣鹤洲，阴秾斗鸡道。
> 果思夏来茂，花嫌春去早。行乐无限时，皇情及芳草。①

开元十八年秋，玄宗与玉真公主又游宁王李宪山池，作有《同玉真公主过大哥山池》与《过大哥山池题石壁》等诗。前者云：

> 地有招贤处，人传乐善名。鹜池临九达，龙岫对层城。
> 桂月先秋冷，蘋风向晚清。凤楼遥可见，仿佛玉箫声。②

后者曰：

> 澄潭皎镜石崔巍，万壑千岩暗绿苔。林亭自有幽贞趣，况复秋深爽气来。③

张说亦作有《奉和圣制同玉真公主过大哥山池题石壁应制》云：

> 绿竹初成苑，丹砂欲化金。乘龙与骖凤，歌吹满山林。
> 爽气凝情迥，寒光映浦深。忘忧题此观，为乐赏同心。④

《奉和圣制玉真公主游大哥山池题石壁》云：

> 池如明镜月华开，山学香炉云气来。神藻飞为鹈鸹赋，仙声飏出凤

---

① 《全唐诗》卷八十六《四月十三日诏宴宁王亭子赋得好字》，中华书局，1960，第925~926页。
② 《全唐诗》卷三《同玉真公主过大哥山池》，中华书局，1960，第30页。
③ 《全唐诗》卷三《过大哥山池题石壁》，中华书局，1960，第41页。
④ 《全唐诗》卷八十七《奉和圣制同玉真公主过大哥山池题石壁应制》，中华书局，1960，第943页。

皇台。①

开元末，玄宗复宴于宁王山池，赋诗为欢，群臣并和。今玄宗诗不存，张九龄和诗《敕赐宁王池宴》有云：

> 贤王有池馆，明主赐春游。淑气林间发，恩光水上浮。
> 徒惭和鼎地，终谢巨川舟。皇泽空如此，轻生莫可酬。②

其年正月，玄宗命"每至旬节休假，中书门下及百官并不须入朝"，诗中有"明主赐春游"句，应与制令颁布不久。再者，诗中有"徒惭和鼎地"句，知张九龄时任宰相之职，故定为开元二十五年（737）。本书暂从此说。

天宝三载（744）正月庚子，贺知章辞官请度为道士，玄宗许之。致仕之日，群臣百官皆盛集于灞桥之长乐坡。皇帝亲作诗两首为之送别，皇太子诸王以下并有诗歌附和。《册府元龟》载云：

> 贺知章为秘书监，授银青光禄大夫。天宝三载，知章因老疾，恍惚不醒。若神游洞天三清上，数日方觉，遂有志入道。乃上疏请度为道士，归舍本乡宅为观。玄宗许之，仍拜其子典设郎曾为会稽郡司马，使侍养。御制诗以赠行，皇太子已下咸就执别。③

《全唐诗》录有玄宗《送贺知章归四明并序》诗，其序文曰：

> 天宝三年，太子宾客贺知章，鉴止足之分，抗归老之疏，解组辞荣，志期入道。朕以其年在迟暮，用循挂冠之事，俾遂赤松之游。正月五日，将归会稽，遂饯东路，乃命六卿庶尹大夫，供帐青门，宠行迈也。岂惟崇德尚齿，抑亦励俗劝人，无令二疏，独光汉册。乃赋诗赠行。④

---

① 《全唐诗》卷八十九《奉和圣制同玉真公主游大哥山池题石壁》，中华书局，1960，第982页。

② 《全唐诗》卷四十八《敕赐宁王池宴》，中华书局，1960，第580页。

③ （宋）王钦若等编纂《册府元龟》卷八百二十二，周勋初等校订，凤凰出版社，2006，第9567页。

④ 《全唐诗》卷三《送贺知章归四明》，中华书局，1960，第31页。

其诗云：

遗荣期入道，辞老竟抽簪。岂不惜贤达，其如高尚心。
寰中得秘要，方外散幽襟。独有青门饯，群僚怅别深。①

此次诗会作者有数十人，玄宗及群臣应制之作后被官方编集，命名为《送贺秘监归会稽诗》。原集已佚，《全唐诗》中唯存李林甫与李白和诗，幸而宋人孔延之所编《会稽掇英总集》中仍收录嗣许王李瓘、褒信郡王李璆等人同题之作三十八首，后皆被陈尚君录入《全唐诗补编》之中。篇长，兹列以上四人之诗，其余详者请参看《全唐诗补编》或《会稽掇英总集》。李林甫《送贺监归四明应制》诗云：

挂冠知止足，岂独汉疏贤。入道求真侣，辞恩访列仙。
睿文含日月，宸翰动云烟。鹤驾吴乡远，遥遥南斗边。②

李白《送贺监归四明应制》诗云：

久辞荣禄遂初衣，曾向长生说息机。
真诀自从茅氏得，恩波宁阻洞庭归。
瑶台含雾星辰满，仙峤浮空岛屿微。
借问欲栖珠树鹤，何年却向帝城飞。③

嗣许王李瓘《送贺秘监归会稽诗》云：

官著朝中贵，才传海上名。早年常好道，晚岁更遗荣。

---

① 《全唐诗》卷三《送贺知章归四明》，中华书局，1960，第31页。
② 《全唐诗》卷一百二十一《送贺监归四明应制》，中华书局，1960，第1212页。
③ （唐）李白撰，（清）王琦注《李太白全集》卷十七《送贺监归四明应制》，中华书局，1977，第798页。

授箓归三洞，还车谒四明。东门诏送日，挥涕尽群英。①

襄信郡王李璆《送贺秘监归会稽诗》云：

止足人高尚，遗荣子独前。诣台飞凫日，辞阙挂冠年。
象服归丹宸，霓裳降紫天。仙舟望不及，朝野共推贤。②

《全唐诗》又有肃宗与诸王联诗一首，题作《赐梨李泌与诸王联句》，据传是肃宗与诸王文学互动的唯一作品。肃宗李亨，自幼"聪敏强记，属辞典丽，耳目之所听览，不复遗忘"③，曾因此为玄宗所激赏。在他即位之后，戎马已生于郊，故其执政生涯皆致力于平叛，未暇于文治。其云：

先生年几许，颜色似童儿。（颍王）
夜抱九仙骨，朝披一品衣。（信王）
不食千钟粟，唯餐两颗梨。（益王）
天生此间气，助我化无为。（肃宗皇帝李亨）④

此诗来源可疑，实为后人伪作。诗下原有《全唐诗》编者所作小序，其云：

《邺侯外传》云："肃宗尝夜坐，召颍信益三王同就地铲食，以泌多绝粒，帝自烧二梨赐之。颍王固求不与，请三弟共乞一颗，亦不与，别命他果赐之。王曰：'先生恩渥如此，臣等请联句以为他日故事。'"颍王名璬，信王名瑝，益王史失传。⑤

据罗宁、武丽霞《〈邺侯家传〉与〈邺侯外传〉考》一文考证，"二者

---

① 陈尚君辑校《全唐诗补编·续拾》卷十二《送贺秘监归会稽诗》，中华书局，1992，第834页。
② 陈尚君辑校《全唐诗补编·续拾》卷十二《送贺秘监归会稽诗》，中华书局，1992，第838页。
③ 《旧唐书》卷十《肃宗本纪》，中华书局，1975，第239页。
④ 《全唐诗》卷四《赐梨李泌与诸王联句》，中华书局，1960，第43页。
⑤ 《全唐诗》卷四《赐梨李泌与诸王联句》，中华书局，1960，第43页。

并非一书，前者详录李泌一生事迹功业，书至明代亡佚；后者主要反映李泌身上传奇性的一面，因《太平广记》收录而保存至今"①。考《邺侯外传》出自《太平广记》，被列入"神仙"之类，盖作者附会李泌生平经历故作传奇之论，并非实有其事。其与《杨太真外传》等文性质相同，皆为小说家言，不足采信。另外，《邺侯外传》称颍王、信王、益王为肃宗三弟。据考，玄宗共有三十子，皆封王，然其中并无"益王"者。"益王"的封号确始于唐，但是中国历史上最早的"益王"是代宗李豫第九子李乃，其于大历十四年（779）始封王。于辈分而言，李乃是肃宗李亨的孙子，而非兄弟。《全唐诗》编者不加审辨，而误以为"史失传"，亦可笑者。

至肃宗之后，出于各种原因，在皇帝组织的宫廷唱和活动中，诸王的唱和之作皆失载。

（二）公文类

诸王与皇帝的政治人物身份，使他们相互之间的文学互动更加注重作品的政治功能与实际应用性。在宫廷唱和诗之外，公文也是他们经常使用的文学体裁。按照现代的概念，公文一般是指"国家机关和其他社会组织在履行法定职责、处理公务事宜时所使用的具有特定效力和规范格式的文书"②。杨树森《中国秘书史》则将古代公文定义为："公务往来中使用的有规范名称和格式的文书。"③ 根据创作或发布主体的区别，可以将这些公文分为皇帝所作与诸王所作两种类别。一般来说，唐代皇帝常用之公文有册、制、诏、敕等，可统称为"诏令"，而诸王则常用表、奏、疏、议等，可统称为"奏疏"。

1. 皇帝诏令

《尚书》中有典、谟、训、诰、誓、命之分，皆帝王诏令之别称。秦皇改制，汉承其旧，蔡邕《独断》称："汉制，天子之书，一曰策书，二曰制书，三曰诏书，四曰戒敕。"④ 魏、晋以后，沿袭未改，"有册书、诏、敕，

① 罗宁、武丽霞：《〈邺侯家传〉与〈邺侯外传〉考》，《四川大学学报》（哲学社会科学版）2010 年第 4 期。
② 方春荣：《中国古代公文选》，安徽大学出版社，2004，第 25 页。
③ 杨树森、张树文：《中国秘书史》，安徽大学出版社，2004，第 25 页。
④ （唐）李林甫等：《唐六典》卷九，陈仲夫点校，中华书局，1992，第 274 页。

总名曰诏"。至"天后天授元年（690），以避讳，改诏为制"①。唐代对皇帝下行公文的种类和用途有着详细明确的规定，《唐会要》卷五十四"中书省"条记载：

> 故事。凡王言之制有七。一曰册书。立后建嫡，封树藩屏，宠命尊贤，临轩备礼则用之。二曰制书。行大赏罚，授大官爵，厘革旧政，赦宥降恩则用之。三曰慰劳制书。褒贤赞能，劝勉勤劳则用之。四曰发敕，谓御画发敕日也。增减官员，废置州县，征发兵马，除免官爵，授六品以下官，处流以下罪，用库物五百段，钱二百千，仓粮五百石，奴婢二十人，马五十四，牛五十头，羊五百口以上，则用之。五曰敕旨。谓百司承旨，而为程式，奏事请施行者。六曰论事敕书。慰谕公卿，诫约臣下，则用之。七曰敕牒。随事承旨，不易旧典，则用之也。皆宣署申覆而施行焉。旧制，册书诏敕，总名曰诏。天授元年，避讳改诏曰制。②

唐代皇帝的诏令主要由中书舍人与皇帝的私人秘书代为起草。唐时中书省设有"中书舍人六人"，主要执掌"侍奉进奏，参议表章。凡诏旨、制敕及玺书、册命，皆按典故起草进画；既下，则署而行之"③。然而为了加强皇权，唐朝的诏令并非皆由中书舍人草拟，历代皇帝常会绕开中书舍人，建立专属于自己的秘书班底。如高祖、太宗时期的温大雅、魏徵、李百药、岑文本、许敬宗、褚遂良；高宗武后时期的许敬宗、上官仪、刘懿之、刘祎之、周思茂、元万顷、范履冰、苏味道、韦承庆；中宗、睿宗时期的上官婉儿、薛稷、贾膺福、崔湜；玄宗时期的张说、陆坚、张九龄、徐安贞、张垍等。肃宗至德以后，这些翰林待诏"亦如中书舍人例置学士六人"④，实际上取代了原中书舍人的部分职能。

《全唐书》等资料中收录了大量与诸王相关的诏令作品，为本部分之研究提供了丰富的资料。然以研究之专门性而论，则宋人宋敏求已先于我们而

---

① （唐）李林甫等：《唐六典》卷九，陈仲夫点校，中华书局，1992，第274页。
② （宋）王溥：《唐会要》卷五十四，中华书局，1960，第925~926页。
③ （唐）李林甫等：《唐六典》卷九，陈仲夫点校，中华书局，1992，第276页。
④ 《旧唐书》卷四十三《职官志二》，中华书局，1975，第1854页。

迈出了坚实的第一步。他在所编《唐大诏令集》的卷三十三至卷四十中，广泛搜集了与唐代诸王相关的诏令，并将其按照内容又详细划分为不同的小类。为了论述的方便，本部分在其分类的基础之上，将这些皇帝诏令根据用途的差别再合并为制诏、册文以及其他三个部分。

（1）制诏

唐代皇子出生之后，至一定年限，皆封为亲王。太子之子皆封为郡王，亲王之子承恩者亦封为郡王。一般来说，唐代皇子皇孙封王时没有固定的年龄标准，如武德三年（620）六月，高祖李渊"封皇子元景为赵王，元昌为鲁王，元亨为酆王；皇孙承宗为太原王，承道为安陆王，承乾为恒山王，恪为长沙王，泰为宜都王"[①]；再如贞观五年（631）正月己酉，太宗"封皇弟元裕为邻王，元名为谯王，灵夔为魏王，元祥为许王，元晓为密王。庚戌，封皇子愔为梁王，贞为汉王，恽为郯王，治为晋王，慎为申王，嚣为江王，简为代王"[②]；开元十三年（725）三月甲午，"第八子潒封为光王，第十二男潍封为仪王，第十三男沄封为颍王，第十六男泽封为永王，第十八男清封为寿王，第二十男洄封为延王，第二十一男沐封为盛王，第二十二男溢封为济王"[③]；再如大历十年（775）二月，代宗诸子"胜衣者尽加王爵，不出阁"[④]。以上诸王受封时年龄多不相同，故可推知封建诸王的时间主要取决于皇帝的个人意愿。

皇帝决定封建藩屏之后，首先会命令中书舍人或翰林学士草拟出制书或诏令，然后交由门下省进行审核。只有符合朝廷礼法规定者，门下省才会"审署申覆而施行焉"。门下省负责审核皇帝制诏的主要官员是给事中，唐代设有"给事中四人，正五品上"。给事中的职权非常强大，《唐六典》载曰："给事中掌侍奉左右，分判省事。凡百司奏抄，侍中审定，则先读而署之，以驳正违失。凡制敕宣行，大事则称扬德泽，褒美功业，覆奏而请施行；小事则署而颁之。"[⑤] 即皇帝命中书舍人和翰林学士草拟的制诏需要经过给事中的审核和批准之后，才可以颁布实施，如果有违反国家法度者，则予以退还，

---

① 《旧唐书》卷一《高祖本纪》，中华书局，1975，第11页。

② 《旧唐书》卷三《太宗本纪下》，中华书局，1975，第41页。

③ 《旧唐书》卷八《玄宗本纪上》，中华书局，1975，第187页。

④ 《旧唐书》卷一百一十六《睦王述传》，中华书局，1975，第3392页。

⑤ （唐）李林甫等：《唐六典》卷八，陈仲夫点校，中华书局，1992，第244页。

"诏敕不便者，涂窜而奏还，谓之'涂归'"①。因此此类制诏大多是以皇帝的口吻陈述封建皇子、除授诸王官爵的法理依据和必要性。在《唐大诏令集》中，关于诸王的制诏作品主要有封建藩屏，除诸王官，追赠、追复诸王官爵等三种用途。

首先是封建藩屏。

在所有封建藩屏的情形中，规格最高的应属封建亲王。如显庆二年（657）二月，高宗封建皇子李显为周王，作《封周王显制》，其文曰：

> 周武垂则，汾邑启维城之固；汉文承统，睢阳树磐石之基。所以作镇邦家，克隆景业。第七子显，毓粹云峰，分辉日观，风仪秀举，神识冲和。挺玉质而含章，振金声而发彩。夙遵教于《诗》《礼》，方导德于间平。既表岐嶷之姿，宜申珪社之贶，可封周王，食邑一万户。②

然后是封建嗣王和郡王。如开元七年（719）正月，玄宗封宋王李宪之子李嗣英为怀宁郡王，作《封怀宁郡王制》，其文曰：

> 建侯树藩，命贤列土，以敦戚属，乃率典常。司徒兼绛州刺史上柱国申王㧑。玉林分彩，银河疏液，靡保庆灵，未繁胤绪。宋王宪男嗣英，鲁廷学《礼》，楚馆闻《诗》，德辉日盛，忠概特立。宜其释犹子之序，居承嫡之位。庐江大都，形胜攸属，用图尔居，莫如兹地。是锡分珪之宝，俾承磐石之宗。可封怀宁郡王，食邑三千户。③

再如神龙中兴之初，中宗封濮王李泰之孙李余庆（即李峤）为嗣濮王，作《封嗣濮王制》，其文曰：

> 门下：姬运睦亲，曲阜祚周公之嗣；汉廷继绝，平陆绍元王之封。所以宗子维城，本枝百代也。故嗣濮王余庆，构阯极天，分源带地。通

① 《新唐书》卷四十七《百官志二》，中华书局，1975，第1207页。
② （宋）宋敏求编《唐大诏令集》卷三十三《封周王显制》，中华书局，2008，第134页。
③ （宋）宋敏求编《唐大诏令集》卷三十八《封怀宁郡王制》，中华书局，2008，第171页。

五演之余润，承九秀之曾晖。禀训梁园，冠池筠而振彩；承规淮岫，掩岩桂而扬芬。往属艰虞，苴茅中绝，今逢开泰，枝庶毕侯。宜承井赋之荣，以永山河之誓。可封嗣濮王，仍食实封四百户。①

诸王封建之后，其王号仍然有更改的可能，是为"徙封"。开元七年九月，玄宗改封"宋王"李宪为"宁王"，作《改封宁王宪制》，其文曰：

> 爰分宝玉。载锡绶章。必在亲贤。致之侯甸。开府仪同三司兼泾州刺史上柱国宋王宪、仪表硕望。忠肃令名。艺总经书。才推礼乐。列上公之位。兼大藩之宠。瞻彼竹园。旧称茅邑。孰如北地。今迩西都。宜考良日之封。用弘景风之命。可改封宁王。食邑三千户。余如故。②

还有一些皇子初封郡王，后因故升迁为亲王，是为"进封"。宝应元年（762）三月，肃宗进封广平王李俶为楚王，作《广平王进封楚王制》，其文曰：

> 自寇戎奸宄。王师未振。瞻言境邑。尚聚犬羊。广平王俶、修学好古。令德孝恭。志安邦家。誓雪仇耻。爰鞠其旅。克复二京。可封楚王。食实封二千户。③

与之相对应的是，皇子初封亲王，后因故被降为郡王，则被称为"降封"。贞观初，太宗以王爵过滥，下制将"宗室率以属疏降爵为郡公"④。长寿二年（693），武则天亦将玄宗兄弟由亲王例降为郡王，作《降亲王为郡王制》，其文曰：

> 鸾台：树之藩屏，所以固本枝也；裁其亲疏，所以明秩次也。缅惟上古，钦若至公。君不徒授，臣不虚受。乘分星而把爵禄，候景风而行

---

① （宋）宋敏求编《唐大诏令集》卷三十八《封嗣濮王制》，中华书局，2008，第174页。
② （宋）宋敏求编《唐大诏令集》卷三十三《改封宁王宪制》，中华书局，2008，第135页。
③ （宋）宋敏求编《唐大诏令集》卷三十三《广平王进封楚王制》，中华书局，2008，第135页。
④ 《旧唐书》卷六十《李孝逸传》，中华书局，1975，第2342页。

庆赏。则固以义形廉让，道叶变通者焉。某，周公之胤，地侔曲阜；楚王之孙，业盛平陆。负戴忠孝，践履温恭。每以车服数隆，井赋秩广。清问之际，陈乞备赏；顾存优礼，且期后命。今者频诣阙庭，累申章表。志不可夺，诚难固违。宜旌谦损，以镇浮竞。可封某郡王。食邑五千户、实封六百户。①

以上即唐代封建藩屏的主要类型及相关制诏的书写范式。

其次是除诸王官。

唐初，诸王在受封之后，皇帝还常会任命他们以相应的官职，使其能够切实履行藩屏王室的政治使命。武德年间，高祖李渊重用秦王李世民和齐王李元吉，使他们在中央和地方都担任着重要的职位，特别是秦王李世民，他先后被高祖加授国太尉、陕东行台、凉州总管、益州道行台、天策上将、中书令等官职。《唐大诏令集》中仍保存着许多当时的任命制诏，如武德四年（621）九月所颁布的《秦王天策上将制》，其文曰：

德懋懋官，功懋懋赏。经邦盛则，哲王彝训。是以宠章华衮，允洽希世之勋；玉戚朱干，实表宗臣之贵。太尉尚书令雍州牧左武候大将军陕东道行台尚书令凉州总管上柱国秦王某，缔构之始，元功凤著。职兼内外，文教聿宣。薛举盗寇秦陇，武周扰乱河汾，受脤专征，屡夷妖丑。然而世充僭擅，伊洛未清，建德凭陵，赵卫犹梗。总戎致讨，问罪三川，驭以长算，凶党窘蹙。既而漳滨蚁聚，来渡河津，同恶相求，志图抗拒。三军爰整，一举克定。戎威远畅，九围静谧。鸿勋盛绩，朝野具瞻。申锡宠章，实允金议。宜崇徽命，位高群品。文物所加，特超恒数。建官命职，因事纪功；肇锡嘉名，用标茂实。可授天策上将，位在王公上。领司徒陕东道大行台尚书令。增邑一万户，通前三万户。余官并如故。加赐金辂一、衮冕之服、玉璧一双、黄金六千斤，前后鼓吹九部之乐，班剑四十人。②

---

① （宋）宋敏求编《唐大诏令集》卷三十八《降亲王为郡王制》，中华书局，2008，第170页。
② （宋）宋敏求编《唐大诏令集》卷三十五《秦王天策上将制》，中华书局，2008，第148~149页。

太宗至玄宗初期，诸王例居外藩，任地方之都督刺史，这一时期诸王除官的制诏对这一事实多有记载。如贞观十年（636）正月，太宗所颁布的《授邻王元裕等官制》，其文曰：

> 门下：膏腴之地，允属茂亲，藩屏之重，寄深盘石。邻王元裕，谯王元名，并器怀韶令，业尚明敏，望兼梁赵，誉冠鄞鄩。并建之议可归，按部之职斯重。加兹宠命，仰惟国章。元裕可使持节邓州诸军事邓州刺史，改封邓王；元名可持节寿州刺史，改封舒王。食邑并如故。①

长安二年（702）五月，武后任命相王李旦为并州牧，其《相王并州牧制》有云：

> 鸾台：神畿缉化，咨牧所难，天府屯兵，命将为重，惟贤是择，非亲勿居。太子左千牛卫率安北都护相王旦，黄道承晖，紫庭趋训。仪表瑰杰，识量虚明。资忠孝以立身，仗经书而致德。勇高卫霍，词优杨史，必能外振威声，内清戎政。宜膺夹辅之寄，兼司羽翼之重。可并州牧，余如故。②

开元三年（715）十月二十九日，玄宗任命邠王李守礼兼襄州刺史，其《邠王守礼兼襄州刺史制》云：

> 黄门：树于藩屏，莫非亲属；居以形胜，必任亲贤。司空兼陇州刺史邠王守礼，德比间平，贤于鲁卫。动不忘于仁恕，言必备于忠肃。入联花萼，拥驷来朝；出剖竹符，凭熊往镇。眷兹樊邓，是称汉沔。惟城池之枕倚，乃川陆之雄要。故鸣驺戒路，建隼为邦。副朕陕东之美，更闻岷南之政。可使持节襄州诸军事兼襄州刺史。司空勋如故。至州日须稍优游，不可烦以细务。自非大事及奏事，余并令上佐知。主者施行。③

---

① 《全唐文》卷四《授邻王元裕等官制》，中华书局，1983，第50页。
② （宋）宋敏求编《唐大诏令集》卷三十五《相王并州牧制》，中华书局，2008，第150页。
③ （宋）宋敏求编《唐大诏令集》卷三十五《邠王守礼兼襄州刺史制》，中华书局，2008，第151页。

开元九年（721）之后，诸王实际上已经不再参与国家政治。虽间或有皇帝任命，但已多为虚职，这类制诏虽存，不过徒具形式而已。

最后是追赠、追复诸王官爵。

唐代一些皇子或诸王死后，皇帝为了寄托自己的哀思，常会授予他们生前并未得到过的爵位和官职，是为"追赠"。武德元年（618），高祖李渊将早夭的第三子李玄霸与第五子李智云分别追封为亲王，作有《皇第三子玄霸追封卫王等制》，其文曰：

> 饰终定谥，往代通规；追远增荣，前王令典。第三子玄霸，幼挺岐嶷，早茂珪璋；第五子智云，结发仁明，胜衣敏惠。冀其成立，训以义方。未被趋庭，遽同过隙。兴言天柱，震悼于怀。今王业初隆，庆赏伊始，既式遵于利建，宜稽古于哀荣。玄霸可追封卫王，谥曰怀；智云可追封楚王，谥曰哀。①

贞观十七年（643），李承乾因参与谋反被太宗赐死，后"葬以国公之礼"。开元二十七年（739），其孙李适之"以祖得罪见废，父又遭则天所黜，葬礼有阙，上疏请归葬昭陵之阙内。于是下诏追赠承乾为恒山愍王，象为越州都督、郇国公，伯父厥及亡兄数人并有褒赠"②。玄宗于其时作有《赠恒山愍王承乾荆州大都督等制》，其文曰：

> 门下：圣人立言，因亲以主爱；王者垂范，追远以崇德。故伯祖恒山愍王承乾、堂伯赠越州都督象、再从兄批等，籍庆大宗，连华近属，既称叔父之国，亦云兄弟之政。短长曰命，久从于沦没，哀荣有典，未洽于褒崇，宜赠徽章，以弘宠数。承乾可赠荆州大都督，象可赠郇国公，批可赠怀州刺史。③

---

① （宋）宋敏求编《唐大诏令集》卷三十九《皇第三子玄霸追封卫王等制》，中华书局，2008，第181页。

② 《旧唐书》卷九十九《李适之传》，中华书局，1975，第3101页。

③ （宋）宋敏求编《唐大诏令集》卷三十九《赠恒山愍王承乾荆州大都督等制》，中华书局，2008，第182页。

开元十二年（724）十一月，申王李㧑病薨，玄宗追赠其为惠庄太子，于其时作《申王赠惠庄太子制》，其文曰：

> 德盛者必享休名，道高者必膺殊典，况人伦之重，义切因心，天属之深，情殷追远。故司徒申王㧑，睿哲聪明，本乎天性，温恭孝友，挺自生知。乐善好书，清猷过于两献；深仁厚义，美化侔于二南。可谓具瞻百僚，仪刑列辟。朕将永康兆庶，方自友于。天不慭遗，奄从薨逝，永惟仁范，哀恸缠怀。用表非常之荣，少寄天伦之戚，可追赠惠庄太子。宜令所司备礼，就加册命，陪葬桥陵。①

至于一些皇子或诸王在生前因故被贬黜或剥夺官爵，而在死后被皇帝重新恢复相关的待遇，则被称为"追复"。武德九年（626），太子李建成在玄武门之变中被秦王李世民杀害。贞观十六年（642）六月，太宗缅思往昔，心怀愧疚，故追复其皇太子之位。时作有《息隐王追复皇太子诏》，其文曰：

> 诏曰：昔戾园败德，西都表其号谥；楚英干纪，东汉锡其汤沐。斯皆屈邦国之禁，申骨肉之恩也。故息隐王地乃居长，守器运初。自贻伊戚，陷于祸难。日月逾迈，松槚成行。朕嗣守鸿基，缅寻遗烈，何尝不陟彼岵而靡规，瞻同体而疚怀。思备哀荣，式加礼命。可追复皇太子，谥仍依前。陵曰隐陵。置陵令以下官，并加户守卫。②

景龙元年（707），成王李千里因参与节愍太子李重俊的军事政变而被处死。至睿宗李旦即位，为褒奖其功，特意追还其王爵、官职。时作有《成王千里还旧官制》，其文曰：

> 地有二南，载怀敦睦；罪非七国，奄隔休明。故左金吾卫大将军兼益州都督上柱国成王千里，懿亲贤德，高才重器，强力干事，独冠等伦。

---

① （宋）宋敏求编《唐大诏令集》卷三十二《申王赠惠庄太子制》，中华书局，2008，第125页。
② （宋）宋敏求编《唐大诏令集》卷三十一《息隐王追复皇太子诏》，中华书局，2008，第123页。

保国义人，克成忠义；愿除凶丑，翻陷诛夷。永言沦没，良深痛悼，俾复旧班，用加新宠，可还旧官。①

以上即追赠、追复诸王封爵、官职的主要情形与相关制诏的书写范式。

（2）册文

皇帝制诏由中书舍人或翰林学士草拟初成，需递交门下省先经负责主事的给事中加以审核。若其于制诏的内容并无异议，则制草原件由门下省留档。然后经书吏重新抄写、侍中批注、加密印封等步骤之后，方可交由尚书省主持册封典礼。《唐六典》载："覆奏书可讫，留门下省为案。更写一通，侍中注'制可'，印缝，署送尚书施行。"②唐代具体负责主持诸王典礼的部门是尚书礼部，或称礼部。册命典礼在唐代五礼中属嘉礼之类，"凡册皇后、皇太子、皇太子妃、诸王、王妃、公主，并临轩册命"③。以上册命虽规格、陈设有异，但据《大唐开元礼》《通典》等典籍记载，这些典礼都有"高品宣制读册"的环节。"册"，或称"策"，亦作"笑""箓"。《说文解字》曰："册，符命也。诸侯进受于王者也。"④册书是诸王群体受封爵位、职务的官方凭证，也是他们身份地位的实物象征，在册命典礼结束之后，常由个人保存。唐制，册书应由"中书门下撰，进少府监刻文"，然而实际上仍多由中书舍人或翰林学士草拟。与皇帝制诏类似，唐代册文也有专门的书写范式。《唐大诏令集》中与诸王相关的册文亦有册授王爵，册诸王官，册赠诸王爵位、官职等三种主要用途。

首先是册授王爵。

王爵之中，亲王为贵，次者嗣王、郡王。然而从册文内容来看，三者并未有严格区分。如龙朔二年（662）十二月六日，高宗册皇子李旭轮为殷王，作《册殷王旭轮文》，其文曰：

> 维龙朔二年岁次壬戌，十二月景戌朔，六日辛卯，皇帝若曰：於戏！

---

① （宋）宋敏求编《唐大诏令集》卷三十九《成王千里还旧官制》，中华书局，2008，第180～181页。
② （唐）李林甫等：《唐六典》卷八，陈仲夫点校，中华书局，1992，第242页。
③ （唐）李林甫等：《唐六典》卷四，陈仲夫点校，中华书局，1992，第114页。
④ （清）胡承珙：《毛诗后笺》卷十六，郭全芝校点，黄山书社，1999，第787页。

夫握镜黄道，经邦盛于建侯；司契紫宸，体国昭于宗翰。故乃祚延郏鼎之业，历峻丰社之基。惟尔第四子旭轮，疏景星躔，导源天汉。要重离而接耀，承少海而分澜。秀实瑶华，芳声金润。天人之望，凤彰鬐绮。大雅之规，遄形襁络。幼智该于玄表，潜识冠于黄中。舟象垂风，方惭性与。封蚁宣誉，终谢生知。是用命尔为殷王、上柱国。往钦哉。将用齐衡两献，比迹二南。雕藻珪璋，粉泽仁义。竹池逾浚，棣屏增华。受兹茅土，可不祗慎。①

景龙四年（710）五月二十八日，中宗册命故泽王李上金之子李义珣为嗣泽王，作《册嗣泽王文》，其文曰：

维景龙四年，岁次庚戌，五月辛亥朔，二十八日戊寅，应天神龙皇帝若曰：夫亲先之义，始自家国。嫡后之封，终傅土宇。咨尔故泽王男义瑾，授桐贻绪，训□垂芳。性与宜于礼乐，行尽成其忠孝。是知周之曲阜，元子建侯；汉之平台，共王袭父。谁其继矣，俾尔宜乎。是用命尔为嗣泽王。於戏。率由轨训，祗服彝典。故可以不骄不矜，乃惠乃顺。北暨于上党，南临于太行。伟其井邑，光我藩屏。往钦哉。②

天宝十五载（756）七月戊子，玄宗册封宗子李瑀为汉中郡王，作《册汉中王瑀等文》，其文曰：

维天宝十五载岁次景申七月戊子朔日，皇帝若曰：咨尔汉中王瑀，暨御史中丞魏仲犀，王室多难，凶逆未诛。是用建尔子侄，以为藩屏。命尔忠良，以摄傅相。安危系是举，可不慎欤。夫王侯之体，则以任能从谏为本；亲贤仗信，则以好问乐善为心。安仁容众为节，然后能建其功业，夹辅王室。是以汉之宗王，多委政守相，故能享祚长久，令问不已。朕闻汝瑀能宽大俭约，乐善好贤，敦说诗书，动必由正，而久于高简，未习政途。又闻仲犀才干振举，忧勤庶绩。必能固尔磐石，匡补阙漏。军旅之

---

① （宋）宋敏求编《唐大诏令集》卷三十六《册殷王旭轮文》，中华书局，2008，第143页。
② （宋）宋敏求编《唐大诏令集》卷三十八《册嗣泽王文》，中华书局，2008，第175页。

事，必委其专；狱讼之烦，必与其决；简贤任能，必使其举；惩恶劝善，必任其断。惟协惟睦，其政乃成。同德合义，何往不济。於戏。瑀其镇抚黎人，庄肃守位。仲犀其悉心勠力，赞我维城。则瑀有任贤之名，犀有忠勤之绩。匡复社稷，戡定寇难，在此行也。勖哉。其无替朕命。①

皇子受册王爵之后，或临"徙封"，亦有册文。如贞观十年（636）春正月，太宗改封越王李泰为魏王，作《册越王泰改封魏王文》，其文曰：

> 维贞观某年某月某日甲子，皇帝若曰：於戏。在昔哲后，受命君临。并建茂亲，以为藩卫。然则古之列国，今之按部。循名或异，立政实同。皆所以共治黎元，俱奖王室。克隆鼎祚，咸悉由之。惟尔雍州牧左武候大将军越王泰，生而韶敏，幼而好学。乐善不倦，才艺日新。地则维城，礼优分器。惟彼三魏，实号五都。非亲勿居，夹辅攸属。是用命尔为使持节都督相卫黎魏洺邢贝七州诸军事相州刺史，改封魏王，传之子孙，长为藩翰。古人有言，皇天无亲，惟德是辅；民心无常，惟惠之怀。往钦哉。尔其鉴此格言，无自骄奢。无迩邪佞，兢兢业业。以保尔茅土，可不慎欤。②

其次是册诸王官。

皇帝任命诸王官职的制诏被门下省审核通过之后，中书舍人或翰林学士需在制诏基础之上再行拟定册文，在朝会典礼上由高官宣读，其礼与册命大臣同。如武德四年（621）十一月二日，高祖李渊册命秦王李世民为天策上将，作《册秦王天策上将文》，其文曰：

> 维武德四年，岁次辛巳，十一月甲申朔二日乙酉，皇帝若曰：於戏！咨尔太尉尚书令左右武候大将军陕东道行台尚书令凉州总管秦王某，凤标器望，早树风猷。业创经纶，功高运始。重以廓清秦陇，翦伐鲸鲵，扫荡河汾，芟夷凶逆。周韩大盗，赵魏逋诛，二寇弗宾，用阻朝化。严

①　（宋）宋敏求编《唐大诏令集》卷三十八《册汉中王瑀文》，中华书局，2008，第172～173页。
②　《全唐文》卷九《册越王泰改封魏王文》，中华书局，1983，第111页。

兵巩洛，揔率戎麾。内运奇谋，外申威略。凶渠慑窜，假命危城。河朔蚁徒，来相赴援。一鼓誓众，以擒建德；回戈旋指，遂获世充。二方克定，师不再举。武节既宣，朝气遒畅。宏规懿绩，独冠卿尹。宜锡宠章，式加殊号。光备礼物，特超恒典。是用命尔为天策上将，位王公上，领司徒陕东道大行台尚书令，增邑二万户，通前三万户。余如故。加赐金辂一乘、衮冕之服、玉璧一双、黄金六千斤，前后二部鼓吹及九部之乐，班剑四十人。钦哉。恭承宠命。可不慎欤。①

再如显庆二年（657）正月二十一日，高宗李治册命赵王李福为青州刺史，作《册赵王福青州刺史文》，其文曰：

> 维显庆二年，岁次丁巳，正月庚申朔二十一日庚辰，皇帝若曰：於戏！夫姬周创制，任隆方伯，炎汉垂范，寄重维城，所以任固邦基，以藩王室。惟尔右卫大将军使持节鄜州诸军事鄜州刺史赵王福，识度夷雅，器业沈秀，建鸟旟以作牧，锡虹珪以命祚。兰锜上将，既属宗英，海岱剖符，允钟懿戚。是用命尔为使持节青州刺史，其大将军及封并如故。尔其爱人理物，慎狱恤刑，率由王道，以康庶绩。祗服宠命，可不慎欤！②

最后是册赠诸王爵位、官职。

皇帝追赠已亡诸王官爵的制诏被门下省批准之后，则由中书舍人或翰林学士拟写正式册书，择日对外宣授。如龙朔二年（662）五月十三日，高宗李治册赠故渤海郡王李奉慈四州都督荆州刺史等官职，作《册赠渤海王文》，其曰：

> 维龙朔二年，岁次壬戌，五月十三日。皇帝使大司成彭阳郡开国侯令狐德棻、副使正议大夫行司宰少卿薛敏恭持节册命曰：咨夫存著嘉猷，

---

① （宋）宋敏求编《唐大诏令集》卷三十七《册秦王天策上将文》，中华书局，2008，第161页。
② （宋）宋敏求编《唐大诏令集》卷三十七《册赵王福青州刺史文》，中华书局，2008，第161页。

殁膺褒显。所以甄明景行，昭纪勋烈。况地居懿戚，业茂惟贞。用式畅情之礼，实光追宠之义。惟尔故金紫光禄大夫原州都督渤海郡王奉慈，器范闲裕，风裁淹远。德优时彦，望重宗英。析瑞名区，早荷推恩之泽；分符奥壤，累藉宣条之任。清白闻于朝听，威惠暴于氓讴。固以功著旂常，誉光图史者矣。而寿仁空爽，贞徽奄谢。永言亲懿，震悼良深。是用赠王为都督荆硖岳朗四州诸军事荆州刺史右卫大将军，余如故。魂而不昧，嘉兹荣宠。呜呼哀哉！①

再如开元十二年（724）十一月甲申，玄宗册命故申王李㧑为惠庄太子，作《惠庄太子册文》，其曰：

维开元十二年（724）十一月甲申，皇帝若曰：於戏！夫缛礼所以饰情，崇名所以表德。义存追远，爱洽因亲。故司徒申王㧑，璇极禀灵，邦家维翰。体孝友以成性，用淳和而合道。沛献受易，率以鸣谦；河间聚书，时其好学。加以出为方伯，弘宣六条；入登司徒，大敷五教。天则不愁，奄薨于行；留邸无期，同舆遂远。兴言哀痛，震动于厥心。夫先王演亲亲之恩，春秋著加等之义。上嗣之位，饰终斯在。今遣摄太尉侍中源干曜持节册赠王为惠庄太子，宜率茂典，以永徽猷。魂而有灵，式昭哀赠。呜呼哀哉！②

以上即皇帝予诸王相关册文的主要应用场景与书写范式。

（3）其他

制诏、册文之外，皇帝予诸王较常用的下行公文还有：训诫诸王的戒敕，如太宗时的《责齐王祐诏》《诫吴王文》，睿宗时的《诫诸王任刺史别驾敕》，玄宗时的《诫宗属制》等；惩罚诸王的制诏，如太宗时的《降魏王泰为东莱郡王诏》，高宗时的《黜梁王忠庶人诏》，玄宗时的《降永王璘庶人诏》，肃宗时的《嗣岐王珍免为庶人诏》等；寄托皇帝哀思的哀册文，如玄宗时的《惠庄太子哀册文》《惠文太子哀册文》《惠宣太子哀册文》等；敦

---

① （宋）宋敏求编《唐大诏令集》卷三十九《册赠渤海王文》，中华书局，2008，第183页。
② （宋）宋敏求编《唐大诏令集》卷三十二《惠庄太子册文》，中华书局，2008，第127页。

睦亲族的制诏，如高祖时的《总行管在同列之上诏》，高宗时的《潞王周王上柱国别实封制》，中宗时的《令宗属姑叔不得拜子侄诏》，睿宗时的《谯王重福三品礼葬诏》，文宗时的《收葬绛王诏》等。

以上所列诏令虽名目各不相同，但是在行文的逻辑顺序上与格式规范的要求上大同小异，故不再展开论述。

2. 诸王奏疏

与下行的皇帝诏令相比，诸王与皇帝交流所使用的上行公文唯有奏疏而已，且数量也非常有限。奏疏之事，古已有之。先秦之时，言事于王，皆称之曰"上书"，至秦初定制，始"改书曰奏"。汉代将"奏"根据用途进一步细化，《文心雕龙》载云："汉定礼仪，则有四品：一曰章，二曰奏，三曰表，四曰议。章以谢恩，奏以按劾，表以陈请，议以执异。"① 然而两汉相继，典籍沦没，后世难以模则，故刘勰以"章表""奏启""议对"并行合称，实则仅有细微的差别。降及于唐，大略未改，群臣议事，或称"表""奏""疏""议"，其指一也，故后人统称为"奏疏"。《文体明辨》云："奏疏者，群臣论谏之总名也。奏御之文，其名不一，故以奏疏括之也。"② 唐代诸王奏疏按照用途的区分，大略可分为谢让辞官、议政颂德、申辩自白三种。

首先是谢让辞官。为了表达对皇帝的恭敬之心以及显示自己的谦让之德，诸王在皇帝册命官爵之后，常会上表谢推辞，是为惯例。"昔晋文受册，三辞从命，是以汉末让表，以三为断。"③ 至魏武秉国，礼尚通脱，政摒虚浮，令臣下"为表不必三让"。然辞让之风，沿袭未替。故刘勰赞曰："逮晋初笔札，则张华为俊。其三让公封，理周辞要，引义比事，必得其偶，世珍《鹪鹩》，莫顾章表。及羊公之辞开府，有誉于前谈；庾公之《让中书》，信美于往载。"④ 唐承前旧，诸王大臣辞让之文亦常有作。如上文中引述的五封诸王辞让皇太子的表奏，张说为建安王武攸宜作的《为建安王让羽林卫大将军兼检校司宾卿表》《为建安王谢赐衣及药表》等，皆属此类。

再者，皇帝若于诸王有所恩赏，按照惯例，诸王也应奉表陈谢。如万岁

---

① （梁）刘勰：《增订文心雕龙校注》卷五，黄叔琳注，李详补注，中华书局，第302页。
② （明）徐师曾：《文体明辨叙说》，罗根泽校点，人民文学出版社，1998，第123页。
③ （梁）刘勰：《增订文心雕龙校注》卷五，黄叔琳注，李详补注，中华书局，第303页。
④ （梁）刘勰：《增订文心雕龙校注》卷五，黄叔琳注，李详补注，中华书局，第303页。

登封年间，武后敕借武攸宜以御马四匹，武攸宜特命陈子昂代作《为建安王谢借马表》以表谢意，其文曰：

> 臣攸宜言。伏奉圣慈敕，借臣厩马四匹。星旗方列，天马忽来。祇拜恩荣，抃跃兼集。臣名惭白马，阵昧青龙。徒凭庙胜之威，窃总元戎之首。皇师久露，凶羯未孚。方欲亲负干戈，身先士卒。金山深入，期突厥之功；玉壶遂临。叨得骏之赐。昔开东道，今见西来。感燕骨而长鸣；君恩罔报；向朔云而骧首，蹋顿方擒。坐驰千里，实愧三军。宠贵非图，荣多增惧。①

万岁通天二年（696），河内王武懿宗、建安王武攸宜因讨伐契丹有功，武后特令褒奖。武懿宗等则命陈子昂代作《为河内王等论军功表》以示谦让，其文曰：

> 右金吾卫大将军兼检校洛州长史河内郡王臣懿宗、加爵一等勋五转司宾卿兼羽林大将军建安郡王攸宜加爵一等勋七转臣某等言。伏奉月日制书，录臣等在军微功，特加前件勋封。嘉命聿至，宠渥载优。伏对惭魂，殒首颠越云云。臣闻古者名将，先士卒而后身，故其功劝。末世庸将，穷人力以宠己，故其政乖。然则箪醪投河，三军告醉；刓印在手，万夫以离。夫与众共功，专己独利。成败之理，兴亡继焉。赏者国之大事，故不可忽。日者林胡搆孽，敢乱燕陲。陛下征义兵，诛不道，天下士庶，焱集星驰，皆忘身忧国，纾祸却难。至于躬先矢石，血涂草莽，冒艰险，历寒温，气腾青云，精贯白日，诚亦勤矣。虽圣灵威武，逆虏自灭；然士卒勠力，亦尽其劳。今大功未酬，众议犹在。而臣等驽怯，猥加先封。臣等不能折冲虏廷，还师衽席，今坐加茅土之赐，以先将士之勤，使鹖冠虎臣，将何以劝。今战士留滞于外府，军吏咨嗟于下寮。臣等胡颜，敢冒天造。夫赏一劝百，犹恐未孚；利一沮万，其弊谁救。爵命不可以招谤，国章不可以假人。伏愿天光俯回，昭发军礼。请以臣等前件勋封，回受战亡人及立功将士等。上以明国之大赏，下以雪臣等

---

① 《全唐文》卷二百十《为建安王谢借马表》，中华书局，1983，第 2127 页。

谬功。使人悦忘劳，士感知死。然后兵可训励，贼可诛屠。此诚国之元经，不可苟而利者。臣等不胜区区。①

再者，诸王同其他大臣一样，常身兼朝职，如欲卸任，也需上表辞官。如开元十四年（726），宁王李宪上表请求辞去太常卿的职务，作《让兼领太常卿表》，其文曰：

> 臣闻选贤任职，量能授官，苟非其才，坐贻厥咎。臣本愚劣，累忝荣任，叨居礼乐之司，实乖河海之任。吹庭钟鼓，克谐谢于昔人，疏署威仪，为政惭于往哲。黾勉从事，于兹六年，《诗》称素餐，于是乎在。伏惟开元神武皇帝陛下，继业昭畅，仁化清和，乘暇奏薰风之琴，追赏聚云和之曲。典章斯备，雅量攸归，远美咸英，独冠区宇。臣幸膺国戚，久亚台陛，兼管寺卿，实黩朝宪。恶盈之戒，列在前经；过宠之谈，复开斯日。愿矜其庸昧，授以良能，人无异言，官无旷位。伏使晨趋北阙，奉汉幄之龙颜；夕赴西园，飞魏庭之华盖。则臣之念毕矣，圣主之恩深矣。不任悚望翘勤之至，谨诣朝堂，奉表陈谢以闻。②

其次是议政颂德。议政是诸王作为大臣的基本职能，也是他们参与政治的主要手段。在诸王受到重用的时代，他们也会通过奏疏表达自己对朝政方针的意见和建议。现存的唐诸王参政议政的奏疏主要出自《唐六典》，多为摘录，全文已不可睹见。如永徽二年（651）九月，纪王李慎等所上的《外姻不为婚奏》，其文曰：

> 堂姨母之姑姨，及堂姑姨父母之姑姨，父母之姑舅姊妹婿，姊妹堂外甥，虽并外姻无服，请不为婚。③

再如开元二十八年（740）六月，淮南道采访使薛王李知柔所作的《考

---

① 《全唐文》卷二百九《为河内王等论军功表》，中华书局，1983，第 2117～2118 页。
② 《全唐文》卷九十九《让兼领太常卿表》，中华书局，1983，第 1022 页。
③ （宋）王溥：《唐会要》卷八十三《嫁娶》，中华书局，1960，第 1528 页。

满年不得给假奏》，其文曰：

> 县令考满，准格交付户口食粮。臣近巡按诸州，多有考秩向终，替人未到，请假便去。望每至考满年，州司不得给假。如有先请假未还，考满者，勒到百日内却赴任，准格交户口食粮。违者量殿三数选。[1]

再如天宝七载（748）五月二十九日，宗正卿褒信郡王李璆所作的《皇妹服制奏》，其文曰：

> 皇妹及女，准礼出嫁后，各降本亲一等，今后并降为第二等。臣以为执礼破亲，有亏常典，宜请一切依服属等第为定，不在降服限。仍望永为常式。[2]

《唐六典》之外，《旧唐书》《全唐文》等史料典籍对诸王议政的奏疏也间有收录。如龙朔二年（662）八月，司礼太常伯陇西郡王李博乂上《服制议》，其文曰：

> 缅寻《丧服》，母名斯定，嫡、继、慈、养，皆在其中。惟出母之制，特言出妻之子，明非生已，则皆无服。是以令著母嫁之夫，又云出妻之子。出言其子，以著所生。嫁则言母，通包养、嫡，俱当解任，并合心丧。其不解者，惟有继母之嫁。继母为名，正据前妻之子；嫡于诸孽，礼无继母之文。甲令今既见行，嗣业理中心制。然奉敕议定，方垂永则，今有不安，亦须厘正。窃以嫡、继、慈、养，皆非所生，出之与嫁，并同行路。嫁虽比出稍轻，于父终为义绝。继母之嫁，既殊亲母，慈、嫡义绝，岂合心丧？望请凡非所生，父卒而嫁，为父后者无服，非承重者杖期，并不心丧，一同继母。有符情礼，无玷旧章。[3]

---

① 《全唐文·唐文拾遗》卷二十一《考满年不得给假奏》，中华书局，1983，第10601页。
② （宋）王溥：《唐会要》卷六十五，中华书局，1960，第1142页。
③ 《全唐文》卷九十九《服制议》，中华书局，1983，第1015页。

此外，邠王李守礼所作的《赠太子庙隶太常奏》，汉中王李瑀所作的《请依开元礼定天皇大帝等坛奏》等，也是唐代诸王议政奏疏的代表作品。至于诸王歌功颂德的奏表，因上一部分已有引述，故此处从略。

最后是申辩自白。作为皇帝的臣属，诸王或违朝宪，则需同其他大臣一样上表申诉，以求皇帝恩赦。如前文中齐王李祐所作的《穷蹙上表》，谯王李重福的《在均州自陈表》以及建安王武攸宜的《失利表》等，皆属此类，此处亦从略。

以上即诸王奏表使用的主要情形及相关书写范式，更详者参见附录中所列诸文。

在应制性的诗歌、规范性的公文之外，唐代诸王与皇帝相互之间还曾作有私人书信、祭文等作品。不过，由于唐代文史资料散佚，这类作品现主要集中在《宋拓淳化阁帖》（以下简称《淳化阁帖》）与《旧唐书》等典籍中。其中《淳化阁帖》中存太宗予诸王《道宗帖》《数年帖》两篇，高宗《叔艺帖》《吊江叔帖》两篇。《旧唐书》中存玄宗《与宁王宪等书》《奠让皇帝文》两篇。由于这些作品数量非常有限，且皆为短篇，故录而述之。如太宗所作的《道宗帖》，其文曰：

> 卿与道宗谁己得多马，明当至，故遣问，即报。敕。十四日。
> 所疾者渐可，不至忧耳。①

再如《数年帖》，其文曰：

> 数年来每有征动，虽复事非为己，犹恐下有怨咨。所以废甘泉之游，履燋金之弊，宁可违凉忍暑，不能适己劳民。想汝诚心，惟吾是念，自非孝情深结，孰能以此为怀。省书凄然，益增感念，善自将爱，遣此不多。哥哥敕。②

再如高宗予鲁王李灵夔的书信《叔艺帖》，其文曰：

---

① 《全唐文·唐文拾遗》卷一《道宗帖》，中华书局，1983，第10377页。
② 《全唐文》卷十《数年帖》，中华书局，1983，第131页。

　　叔艺韫多材，慈深善诲。蔼凤奉趋庭之训，早擅临池之工。闻其比来复爱飞白，昨故戏操翰墨，聊以示蔼。惭六文之丽则，异五际之芳词，忽枉来书，谈饰过实。顾惟菲迹，非敢当仁，披览循环，祗以增愧。故斯表意，余不多云谘。①

　　调露二年（680），江王李元祥薨，高宗作《吊江叔帖》以示慰问，其文曰：

　　不审夜来胸气何以，想当渐散。痢复断未？江叔所患，竟不痊除，奄然逝，闻问悲痛，哽咽何言。相叔同气之伤，故当难处，今故遣使往参，一一无委谘。②

　　玄宗在位期间，与诸兄弟常有书信交流，曾作《与宁王宪等书》，其文曰：

　　昔魏文帝诗云："西山一何峻，高高殊无极。上有两仙童，不饮亦不食。赐我一丸药，光耀有五色。服药四五日，身轻生羽翼。"朕每思服药而求羽翼，何如骨肉兄弟天生之羽翼乎？陈思有超代之才，堪佐经国之务，绝其朝谒，卒令忧死。魏祚未终，遭司马宣王之夺，岂神丸之效也？虞舜至圣，舍傲象之怨以亲九族。九族既睦，平章百姓，此为帝王之轨则。于今数千载，天下归善焉。朕未尝不废寝忘食钦叹者也。顷因余暇，妙选仙经，得此神效方。古老云："服之必验。"今分此药，愿与兄弟等同享长龄，永无限极。③

　　开元二十九年（741），宁王李宪病逝，玄宗闻之悲伤不能自已，作《奠让皇帝文》，其曰：

---

①　《全唐文》卷十五《叔艺帖》，中华书局，1983，第190页。
②　《全唐文·唐文拾遗》卷一《吊江叔帖》，中华书局，1983，第10382页。
③　（清）董诰等编《全唐文》卷四十《与宁王宪等书》，中华书局，1983，第443－444页。

　　隆基白：一代兄弟，一朝存殁，家人之礼，是用申情，兴言感思，悲涕交集。大哥孝友，近古莫俦，尝号五王，同开邸第。远自童幼，洎乎长成，出则同游，学则同业，事均形影，无不相随。顷以国步艰危，义资克定，先帝御极，日月照临。大哥嫡长，合当储贰，以功见让，爰在薄躬。即嗣守紫宸，万机事总，听朝之暇，得展于怀。十数年间，棣华凋落，谓之手足，唯有大哥。今复沦亡，眇然无对，以兹感慕，何恨如之。然以厥初生人，孰不殂谢？所贵光昭德行，以示崇高，立德立名，斯为不朽。大哥事迹，身殁让存，故册曰让皇帝，神之昭格，当兹宠荣。况庭训传家，琎等申让，善述先志，实有遗风，成其美也。恭惟绪言，恍焉如在，寄之翰墨，悲不自胜。[1]

　　以上诸文，皆为皇帝所作，诸王赠答之作皆已不存。

　　总之，通过对诸王和皇帝的文学作品的梳理，我们认为，由于受制于政治人物的特定身份，诸王与皇帝的文学交往活动被主要局限在政治领域，这一事实导致他们之间互动的文学作品主要集中在宫廷唱和诗和公文之中。同时，二者身份地位的不对等，又使他们在这些活动中呈现出不同的创作心态。于皇帝而言，他们是这些文学活动的主要组织者和主动施加者；于诸王而言，他们则仅是这些活动的普通参与者和被动承受者。由于诸王在参与这些文学活动时长期缺乏主动性和自主性，故而他们的同类作品在数量和规模上也远远不及皇帝。

三　诸王与皇帝文学互动作品的风格与特色

　　与同时代的作家相比，诸王是唐代极为特殊的文人群体。如上文所述，诸王生长在宫廷文化的氛围中，自幼便接受了系统的贵族教育，在无数名师的培养和熏陶下，他们中的大多数人都具备较高的文学素养。然而，政治的桎梏却使他们无法像其他文人一样去自由地选择自己的出路以及进行文学创作。在后封建时代或帝制时代，诸王只能以专制皇权依附者和寄生者的面貌而存在。一方面，尊贵的皇家血统使他们天然地享有常人难以企及的物质条

---

① 《旧唐书》卷九十五《让皇帝宪传》，中华书局，1975，第3013页。

件和政治待遇；另一方面，这一切的获得必须以牺牲他们的人身自由为代价。对于诸王中的大多数人而言，皇帝才是他们生活中永恒的中心，他们所享有的一切——无论是姓名还是性命——都取决于皇帝的个人主观安排。因此，与皇帝的文学交流活动，几乎成为诸王唯一能够合法展示其文学才能的平台。在唐代诸王现存的全部文学作品中，有超过一半的作品都直接或间接与皇帝相关。而为了迎合皇帝的趣味和心理，诸王不得不和其他大臣一样，以丧失主体性为代价进行文学创作。以创作者的身份而言，这些作品代表了唐代诸王群体的主要文学成就与风格特点；然而以宫廷文学活动参与者的身份而论，这些作品与皇帝、大臣的同类之作相比，并无任何特殊之处，故本部分仍将这些作品按照不同的文体分类并而论之。

（一）诗歌——典雅工整

四世纪以来，随着门阀政治形势的常态化，皇室和大贵族阶层在垄断社会政治资源的同时，也牢牢地控制着文化上的话语权，这种情况在南朝表现得尤其明显。在皇帝和贵族的倡导和示范下，南朝最终形成了具有独特审美品位的宫廷诗。不得不承认，与语言朴素、修辞紊乱、缺乏秩序约束的传统古诗相比，这些语言优美华丽、体制整体划一、韵律典雅规范的"新体诗"更能体现创作者高贵典雅的审美趣味，而且从某种程度来说，这种追求也确实代表着诗歌的未来发展方向。南朝的宫廷文化给北方的统治者留下了难以磨灭的印象，以至于唐初的统治者在数十年之后仍然试图重现昔日的诗会盛景。皇帝对文学的特殊爱好，使唐代的宫廷文学得到了持续发展，而且在相当长的一段时间内，活跃在宫廷的都是当时帝国最优秀的诗人。

在唐初皇帝组织的一系列诗歌集会中，诸王和大臣都是最常见的参与者。特别是对于诸王来说，他们天然的文学使命之一就是成为合格的宫廷诗人，而且在此之外似乎也并没有其他更多的选择。诸王自幼便被要求从文学类书中——比如《艺文类聚》《初学记》——积累诗歌的词汇和典故，并且常在最优秀宫廷诗人的精心指导下苦练修辞和修饰的本领，以期有朝一日在这些庄严的场合中，能够优雅地点缀盛世，深情地歌颂皇帝的美德。作为回报，诸王和其他大臣在每完成这样一次"政治表演"后，都会得到相应的物质或精神奖赏。宫廷文化哺育了诸王和他们的同伴，并且使他们的诗歌无论从形式上还是内容上，都充分显示出贵族化的倾向。然而创作者狭窄的文化视野和脱离生活的艺术经验，也限制了这些作品的艺术生命力，千篇一律的抒情模式使它们同时还表现出平庸与造作的特点。宇文所安曾用略带嘲笑的口吻评价说，"如果我们在较大的范围内运用宫廷诗这一术语（即宫廷风格），就几乎找不到个人诗了"①。诗人主体性的消隐，使宫廷诗的创作完全成为一种模式化的生产过程。因此，对于宫廷诗的贡献，这位外国学者仍然用一种近似幽默的方式来进行回应，"宫廷诗人的贡献与其说是个人的，不如说是集体的。除了庾信外，要指出一位诗人超出于其他诗人是困难的"②。

对于一首严格意义上的宫廷诗歌来说，作者首先注重的是词汇的典雅，因为"描绘日常生活事物的词语被认为是不相称的"③。这一点从《初学记》的编撰体例中可以得到最直白的证明。作为唐代皇子文学启蒙的基本教材，《初学记》将诗歌创作中经常使用的名词分为三十种类别，每一类别之下各有名目，每一名目先通过"叙事"释其大义，然后通过"事对"详列其"别名"。这些"别名"并不经常使用，只在部分典籍中偶尔出现。如诸王的"王"字，《初学记》卷十"帝戚部·王第五"条载云：

【叙事】《易》称：先王建万国，亲诸侯。《史记》云：黄帝置左右大监，以监万国。《尧典》云：协和万邦。《左传》云……

【事对】麟趾、犬牙、磐石、维城、秦土、苴茅、金玺、驼钮、二南、两东、鲁卫、梁楚、晋桐叶、卫梓材、共室、同辇、入宿北宫、因留国邸、礼如家人、爵比皇子、御云母辇、设钟虡悬、好书、乐善、楚诗、沛易、蚁封、象船、食时、七步、对三雍、论五经、北海善书、东平工颂、钱缣助国、租秩赈人、曲观、平台、兰坂、桂山、猿岩、雁沼、檀栾竹、连拳桂、玳瑁筵、琉璃碗、宴平乐、望高唐、忘忧观、思仙台、置馆、筑宫、康衢、碣石、赐田、置醴、唐宋、应刘、游梁、趋燕、先拥彗、不及履、曳长裾、飞广袖④

再如代表皇帝的"圣"字，《初学记》卷十七"圣第一"条云：

---

① 〔美〕宇文所安：《初唐诗》，贾晋华译，三联书店，2004，第8页。
② 〔美〕宇文所安：《初唐诗》，贾晋华译，三联书店，2004，第10~11页。
③ 〔美〕宇文所安：《初唐诗》，贾晋华译，三联书店，2004，第8页。
④ （唐）徐坚等：《初学记》，中华书局，1961，第237~244页。

【叙事】《尚书》曰：睿作圣。又曰：圣作则。《易》曰：备物致用，立成器以为天下利，莫大乎圣人……

【事对】受图、加算、烛远、照微、虚心、正己、参天、配地、合节、应枢、穆穆、洋洋、随时举事、以德分人、穷神知化、尽妙体道、先识、玄照、兼应、两忘、不相、无名、感而后应、言而后行、致用、备德、成务、创物、神化、天行、天纵、玄达、纯纯、荡荡、本天地、参日月、备九德、综三纲、禀四时、贯万物、幽赞神明、弥纶天地①

正是通过广泛地搜集和大量记忆这些陌生化的典雅词汇，诸王才能从容不迫地"拼凑"或创作出一首合格的宫廷诗。诸王参与创作的诗歌，也充分证明了他们确实具备广博的词汇积累。以高宗的《过温汤》及诸王、侍臣的唱和组诗为例，在形容皇帝的车驾队伍时，他们竟分别使用了"仙跸""晓旌""凤辇""宸驾""雕舆""缇骑""彩斿""金阵"等完全不同的词汇。

然而，他们由于过于追求诗歌词汇的典雅化，又不自觉地陷入了片面追求诗歌语言晦涩、生僻化的误区。如越王李贞《奉和圣制过温汤》中的"坎德疏温液，山隈派暖流"。在这里，他用生僻的"坎德"指代题中的"温汤。"但"坎德"并不是一个常见词，而是根据中国古书《易经》和《老子》推导而成的一个组合词。《易经·说卦》云："坎为水。"《老子》云："上善若水。水善利万物而不争，处众人之所恶，故几于道。""坎德"一词在《全唐诗》中仅出现三次，是一个典型的"典雅"到生僻的词。皇帝与其他大臣的作品显然也都有这样的特点。如高宗原作《过温汤》中的"暖溜惊湍驶，寒空碧雾轻"。在句中，皇帝应该是想用"暖溜"来指代"温汤"中的水。"暖"字易解，即"温"也，但是将"暖"和"溜"两个字组合在一起，则着实令人茫然。在《全唐诗》中，"暖""溜"合用也仅此一例。再如王德真《奉和圣制过温汤》中的"祥烟聚危岫，德水溢飞泉"，作者用"德水"一词形容"温汤"，虽然与越王李贞诗中的"坎德"相比，已经显得直白和通俗，但是仍然有生硬堆砌的嫌疑。

对仗工整则是唐代诸王宫廷诗的第二项潜在规则。晚唐诗人李商隐在评

---

① （唐）徐坚等：《初学记》，中华书局，1961，第407～410页。

价沈佺期和宋之问的诗歌创作时，曾作有《漫成》一首，其云：

> 沈宋裁辞矜变律，王杨落笔得良朋。当时自谓宗师妙，今日惟观对属能。①

李商隐以非常刻薄的诗句揭示了"沈宋""王杨"诗歌创作的一个秘诀，即"对属能。""沈宋"等作为典型的宫廷诗人，其诗歌创作特点实际上也代表着诸王、皇帝群体诗歌创作的艺术追求。王力《诗词格律》中对"对仗（对偶）"有非常通俗的解释，他这样说道：

> 诗词中的对偶，叫做对仗。古代的仪仗队是两两相对的，这是"对仗"这个术语的来历。对偶又是什么呢？对偶就是把同类的概念或对立的概念并列起来……对偶的一般规则，是名词对名词，动词对动词，形容词对形容词，副词对副词……②

唐初流行在宫廷的"上官体"，素以"绮错婉媚"著称，实则更讲究"六对八对。"所谓"六对八对"，宋人魏庆之《诗人玉屑》引《诗苑类格》有云：

> 唐上官仪曰：诗有六对。一曰正名对，天地日月是也；二曰同类对，花叶草芽是也；三曰连珠对，萧萧赫赫是也；四曰双声对，黄槐绿柳是也；五曰叠韵对，彷徨放旷是也；六曰双拟对，春树秋池是也。又曰：诗有八对。一曰的名对，"送酒东南去，迎琴西北来"是也；二曰异类对，"风织池间树，虫穿草上文"是也；三曰双声对，"秋露香佳菊，春风馥丽兰"是也；四曰叠韵对，"放荡千般意，迁延一介心"是也；五曰联绵对，"残河若带，初月如眉"是也；六曰双拟对，"议月眉欺月，论花颊胜花"是也；七曰回文对，"情新因意得，意得逐情新"是也；八曰

---

① 《李商隐诗歌集解》，刘学锴、余恕诚注，中华书局，2004，第1003页。
② 王力：《诗词格律》，中华书局，2001，第10页。

隔句对，"相思复相忆，夜夜泪沾衣，空叹复空泣，朝朝君未归"是也。①

"上官体"的示范，使诸王与皇帝的宫廷诗歌也自然有对仗工整的特点，以圣历三年（700）夏四月，武后与相王君臣所作的《石淙》唱和组诗为例。先看武后的原作：

> 三山十洞光玄箓，玉峤金峦镇紫微。均露均霜标胜壤，交风交雨列皇畿。万仞高岩藏日色，千寻幽涧浴云衣。且驻欢筵赏仁智，雕鞍薄晚杂尘飞。②

这首诗首联之中，"三山"与"十洞"、"玉峤"与"金峦"构成句中名词相对，其中"三"与"十"、"山"与"洞"、"玉"与"金"、"峤"与"峦"也分别相对。再者，"光"与"镇"构成动词相对，"玄箓"与"紫微"构成名词相对。颔联之中，"均露"与"均霜"、"交风"与"交雨"构成句中名词相对，其中"露"与"霜"、"风"与"雨"分别构成名词相对，"均"与"交"构成副词相对。再者，"标"与"列"构成动词相对，"胜"与"皇"构成形容词相对，"胜壤"与"皇畿"又构成名词相对。颈联之中，"万仞"与"千寻"构成数词相对，其中"万"与"千"、"仞"与"寻"也分别相对。再者，"高岩"与"幽涧"构成名词相对，"藏"与"浴"构成动词相对，"日色"与"云衣"构成名词相对，而"日"与"云"亦相对。

再看太子李显的和诗：

> 三阳本是标灵纪，二室由来独擅名。霞衣霞锦千般状，云峰云岫百重生。水炫珠光遇泉客，岩悬石镜厌山精。永愿乾坤符睿算，长居膝下属欢情。③

这首诗首联之中，"三阳"与"二室"构成名词相对，其中"三"与

---

① （宋）魏庆之：《诗人玉屑》卷七，王仲闻点校，中华书局，2007，第229页。
② 《全唐诗》卷五《石淙》，中华书局，1960，第58页。
③ 《全唐诗》卷二《石淙》，中华书局，1960，第25页。

"二"又构成数词相对；再者，"本是"与"由来"构成连词相对。颔联之中，"霞衣"与"霞锦"、"云峰"与"云岫"构成句中名词相对，其中，"衣"与"锦"、"峰"与"岫"、"霞"与"云"又分别构成名词相对；再者，"千"与"百"、"千般"与"百重"亦分别构成数词相对。颈联之中，"水"与"岩"构成名词相对，"炫"与"悬"构成副词相对，"珠光"与"石镜"构成名词相对，其中"珠"与"石"也构成名词相对。"遇"与"厌"构成动词相对，"泉客"与"山精"构成名词相对，其中"泉"与"山"亦构成名词相对。

相王李旦《石淙》诗和曰：

> 奇峰嶾嶙箕山北，秀崿岧峣嵩镇南。地首地肺何曾拟，天目天台倍觉惭。树影蒙茏郭叠岫，波深汹涌落悬潭。□愿紫宸居得一，永欣丹扆御通三。①

这首诗首联之中，"奇峰"与"秀崿"构成名词相对，而"奇"与"秀"、"峰"与"崿"又分别相对。再者，"嶾嶙"与"岧峣"构成形容词相对，"箕山"与"嵩镇"构成名词相对，"北"与"南"则构成方位名词相对。颔联之中，"地首"与"地肺"、"天目"与"天台"分别构成句中名词相对，而"首"与"肺"、"地"与"天"也分别构成名词相对，"何曾"与"倍觉"也构成连词相对。颈联之中，"树"与"波"构成名词相对，"蒙茏"与"汹涌"则构成形容词相对，"郭"与"落"构成副词相对。而"叠岫"与"悬潭"则构成名词相对，其中"叠"与"悬"、"岫"与"潭"也分别相对。尾联之中虽缺一字，但"紫宸"与"丹扆"也构成名词相对，"紫"与"丹"还同时构成颜色名词相对。再者，"居"与"御"构成副词相对，"得一"与"通三"构成名词相对，其中"得"与"通"、"一"与"三"也分别构成相对。同时大臣奉和的作品也皆有对仗工整的特点。

追求诗歌韵律的和谐是唐代诸王宫廷诗的第三个特点。自汉语的四声被发现以后，我国古代诗人就试图遵循韵律而进行诗歌创作，从而建立起一种标准化、规范化的新型美学范式。南朝诗人周颙、沈约、谢朓、王融等最早

---

① 《全唐诗》卷二《石淙》，中华书局，1960，第25页。

将这种思路付诸实践，特别是沈约，他曾提出了完整系统的"四声八病"理论，并明确指出诗文创作要"宫羽相变，低昂舛节。若前有浮声，则后须切响，一简之内，音韵尽殊；两句之中，轻重悉异"①。因这群诗人主要活跃于齐武帝永明年间，故后人将他们的创作称为"永明体"。但是，"四声八病"的要求过于精密烦琐，给诗歌创作带来不少困难，即使沈约本人，也并不能完全避免这些声律的错误。"永明体"经过一百多年间无数诗人的实践，已经积累了丰富的艺术经验。

进入唐代以后，随着南北诗坛的交融与汇合，这种讲究韵律的新风气得到了进一步的发扬。在太宗李世民主持的贞观诗坛末期，更诞生了风行于宫廷诗坛的"上官体。""上官体"除了讲究字句的对仗之外，同时也非常注重诗歌韵律的和谐。"初唐四杰"和"沈宋"等宫廷诗人在接续"永明体"和"上官体"实践的基础上，更进一步使诗歌完成了格律化的最终定型。也许诸王与皇帝在诗歌创作上的艺术成就远逊于上官仪和沈、宋等人，但是我们也无法完全否认他们的贡献。从另一个角度来看，"上官体"与"沈宋体"正是因为符合皇帝、诸王等贵族的审美趣味，所以才得到了后者不遗余力地推崇与支持，这使得近体诗诞生于宫廷成为文学发展的必然。

唐代诸王与皇帝在进行诗歌创作时，也有意识地应用了声律方面的艺术技巧。以天宝三载（744）正月庚子，玄宗群臣赠别贺知章的《送贺知章归四明》唱和组诗为例，玄宗原诗及平仄对应如下：

> 遗荣期入道，辞老竟抽簪。岂不惜贤达，其如高尚心。
> 中平平仄仄，平仄仄平平。仄仄仄平仄，平平平仄平。
> 寰中得秘要，方外散幽襟。独有青门饯，群僚怅别深。②
> 平平仄仄中，平仄仄平平。仄仄平平仄，平平仄仄中。

这首诗为五律首句平起不入韵式，押"下平十二侵"韵。先看韵脚，诗中第二、四、六、八句末字分别为"簪""心""襟""深"，四字皆在同一韵部，符合规范；再看平仄情况，均满足近体诗的声律要求。

---

① 《宋书》卷六十七《谢灵运》，中华书局，1974，第 1779 页。
② 《全唐诗》卷三《送贺知章归四明》，中华书局，1960，第 31 页。

再如李林甫的应制诗：

> 挂冠知止足，岂独汉疏贤。入道求真侣，辞恩访列仙。
> 仄平中仄仄，仄仄仄平平。仄仄平平仄，平平仄仄平。
> 睿文含日月，宸翰动云烟。鹤驾吴乡远，遥遥南斗边。①
> 仄平平仄仄，平中仄仄平。仄仄平平仄，平平平仄平。

这首诗亦为五律首句平起不入韵式，押"下平一先"韵，其韵脚分别为"贤""仙""烟""边"，位于同一韵部；诗歌的平仄相替和谐，对仗工整，是一首典型的律诗。

再如嗣许王李瓘的应制诗：

> 官著朝中贵，才传海上名。早年常好道，晚岁更遗荣。
> 平仄平中仄，平中仄仄平。仄平平仄仄，仄仄中中平。
> 授篆归三洞，还车谒四明。东门诏送日，挥涕尽群英。②
> 仄仄平平仄，平平仄仄平。平平仄仄仄，平仄仄平平。

这首诗为五律首句仄起不入韵式，押"下平八庚"韵，其韵脚分别为"名""荣""明""平"，位于同一韵部；诗歌除第三十三字"诏"应为平声之外，其余地方均符合律诗的声律规范。

再如褒信郡王李璆的应制诗：

> 止足人高尚，遗荣子独前。诣台飞鸟日，辞阙挂冠年。
> 仄仄平平仄，中平仄仄平。仄平平仄仄，平仄仄平平。
> 象服归丹扆，霓裳降紫天。仙舟望不及，朝野共推贤。③
> 仄仄平平仄，中平中仄平。平平中仄仄，平仄中平平。

---

① 《全唐诗》卷一百二十一《送贺监归四明应制》，中华书局，1960，第1212页。
② 陈尚君辑校《全唐诗补编·续拾》卷十二《送贺秘监归会稽诗》，中华书局，1992，第834页。
③ 陈尚君辑校《全唐诗补编·续拾》卷十二《送贺秘监归会稽诗》，中华书局，1992，第838页。

这首诗为五律首句仄起不入韵式，同李林甫所作相同，也押"下平一先"韵，其韵脚"前""年""天""贤"在同一韵部；诗歌平仄和谐，对仗工稳，是一首非常标准的近体诗。除了以上列举的诗歌，唐代诸王与皇帝的其他作品也有同样的艺术审美趋向。

这些在特定政治场合中被"批量生产"的宫廷唱和诗，似乎将对意境的营造和阐发放在了创作中最次要的环节。宇文所安将宫体诗的一般结构特点概括为"三步式"，在他看来，一首典型的宫廷诗主要"由主题、描写式的展开和反应三部分构成"，诗人在开头部分的主要任务是"尽可能优雅地陈述主题"，在中间部分则需要"两联或更多的描写对偶句引申主题"，虽然这些对偶句"之间通常缺乏必要的联系"，而在诗歌的末尾部分，诗人需要做的就是"对前面部分的反应或评论"①。事实上，大部分的宫廷诗歌——包括诸王的作品——确实都遵循着这样简单而枯燥的创作规则。

由于诸王与皇帝等人过分强调词汇的丰富与典雅、对仗的精致与工整，以及结构的程式化，他们的创作最终彻底走上了形式主义的歧途。特别是在律诗的标准化得到全面推广之后，宫廷诗僵化与腐朽的特性表现得愈加明显。客观来说，宫体诗走向没落与衰微具有历史的必然性，因为它完全违背了诗歌"言志"或"言情"的初心，其存在的目的和实际之作用在于"抑制勇于创新的诗人，扶助缺乏灵感的诗人，把天才拉平，把庸才抬高"②。这使得大量的宫廷诗人——尤其是诸王——根本无心从事创作，他们关注更多的是诗歌背后的政治效益。同时，沉重压抑的政治气氛也确实限制了他们诗才的发挥，毫不客气地说，即使是最一流的作家，在如此压抑的环境中也只能写出平庸的诗句。

以上文中引用的这些诗歌为例，如果我们仅从字面来看，这些诗确实非常典雅和华丽，然而仔细玩味诗意，读者就会很容易发现其中诸多不合理之处。如越王李贞的《奉和圣制过温汤》诗，从局部来看，第一联"凤辇腾宸驾，骊篱次乾游"中的"凤辇"和"宸驾"指的都是皇帝的车驾，第二联"坎德疏温液，山隈派暖流"中的"坎德""温液""暖流"指的都是温泉。众所周知，诗歌的容量本来就非常有限，同物异名的反复堆砌更使作品显得内容贫乏、体态臃肿。同时，"凤辇腾宸驾""坎德疏温液"根本无法合理解释，因

① 〔美〕宇文所安：《初唐诗》，贾晋华译，三联书店，2004，第9页。
② 〔美〕宇文所安：《初唐诗》，贾晋华译，三联书店，2004，第7页。

为这完全是作者为了对仗而生硬拼凑成的句子。从整体上看，这首诗每联之中皆有对仗，然而联句之间前后并无内在相关的逻辑。换句话说，诗歌中的每一联几乎都是单独存在的。因此，诗中虽然有类似"寒氛空外拥，蒸气沼中浮"与"林凋帷影散，云敛盖阴收"这样秀丽工整的句子，但是这些景物描写中完全没有渗入作者的主体感情，也没有与前后诗句的逻辑衔接，进而导致诗境在整体上仍然是残缺与割裂的，呈现出典型的"有佳句而无佳篇"的特点。王国维《人间词话》有云："境非独谓景物也，喜怒哀乐亦人心中之一境界。故能写真景物真感情者，谓之有境界。否则谓之无境界。"① 越王李贞所作此诗，很能代表诸王等人的大部分诗作，即他们或许能够做到遣词造语典雅清新、用典对仗极尽工整、写物图貌栩栩如生，然而这些仍然弥补不了他们轻视意境塑造、缺乏感情投入而产生的艺术缺憾，故有识者仍要将其"谓之无境界"。

（二）公文——典俪规范

政治上无法消除的隔阂与距离，使公文往来成为唐代诸王与皇帝的一个重要交流方式。在时代风气和文体要求等因素的多重作用下，这些公文作品在整体上呈现出典俪规范的风格特征，具体则表现为词汇的典雅化、句式的骈俪化、内容与格式的标准化。

首先是词汇的典雅化。

从根本上来说，词汇的典雅化是由诏令、奏议的文体性质所决定的。《文心雕龙》论"诏策"有云："王言之大，动入史策，其出如綍，不反若汗。"② 又云："夫王言崇秘，大观在上，所以百辟其刑，万邦作孚。"③ 议"章表"则曰："原夫章表之为用也，所以对扬王庭，昭明心曲。既其身文，且亦国华。"④ 又曰："必雅义以扇其风，清文以驰其丽。"⑤ 曹丕《典论·论文》亦云"奏议宜雅"⑥，陆机《文赋》也称"奏平彻以闲雅"⑦。故至于唐

① 王国维：《校注人间词话》卷上，徐调孚校注，中华书局，2003，第2页。
② （梁）刘勰：《增订文心雕龙校注》卷四，黄叔琳注，中华书局，2012，第262页。
③ （梁）刘勰：《增订文心雕龙校注》卷四，黄叔琳注，中华书局，2012，第263页。
④ （梁）刘勰：《增订文心雕龙校注》卷五，黄叔琳注，中华书局，2012，第303页。
⑤ （梁）刘勰：《增订文心雕龙校注》卷五，黄叔琳注，中华书局，2012，第303页。
⑥ 《魏文帝集全译》，易健贤译注，贵州人民出版社，2008，第252页。
⑦ （清）严可均编《全上古三代秦汉三国六朝文·全晋文》卷九十七，中华书局，1958，第4026页。

代，皇帝诏令与诸王表奏也有这样的特点。

为了追求典雅化的艺术效果，唐代诸王与皇帝都非常注重对公文词汇的选择和锤炼。仅以上文所引《初学记》中"王"与"圣"字的诸多"事例"为例，可以证明这些典雅化的词汇曾在唐代皇帝与诸王交流的公文中频繁出现。先说皇帝称呼、形容"藩王"的词汇，如高祖所作的《秦王兼凉州总管制》，其中有"秦王世民，地实藩枝，任惟心膂。职参三事，功著二南"[1]句，而"藩枝""二南"皆为藩王之别称；再如太宗所作的《诫吴王恪书》，其中有"如此则克固磐石，永保维城"[2]句，"磐石""维城"亦为藩王别称；再如高宗所作的《册扬州都督沛王贤文》，其中有"故乃族茂麟趾，经国之令图；地利犬牙，裁化之明准"[3]句，而"麟趾""犬牙"亦如此；其他再如高宗《册纪王慎邢州刺史文》中的"闲平""鲁卫"；高宗《册冀王轮文》中的"帝子""乾男""周亲""宗懿""三雍雅对""七步闳才"；李峤为临川王武嗣宗所作《为武嗣宗让陕州刺史表》中的"淮南好古""东平为善"；玄宗所作《加宋王成器等三公制》中的"苴茅"；玄宗追册申王李㧑所作《惠庄太子册文》中的"沛献受易""河间聚书""留邸""同辇"；玄宗追册薛王李业《惠宣太子哀册文》中的"家人之礼""藩后之荣""棣华之凋""兰坂增欷"；玄宗《授蜀王佶西川节度使制》中的"蚁封""象舰"；肃宗《命赵王系充天下兵马元帅诏》中的"东平文学""任城智勇"；宣宗《封卫王灌等制》中的"桐叶之策""梓材之诰"等词亦如此。仅以上列举者已有三十一种之多。

然后是诸王敬奉礼尊皇帝的词汇，如荆王李元景《请封禅表》中的"皇王""皇帝陛下""至人""哲王""天慈""昭察""龙图""龟书"；再如梁王武三思的《贺老人星见表》中的"天册金轮圣神皇帝陛下""王者""丕业""宝祚""执大象""御风云""鼓洪炉""运寒燠"；再如谯王李重福《在均州自陈表》中的"陛下""皇天""云陛""圣颜"；再如宁王李宪《让兼领太常卿表》中的"开元神武皇帝陛下""汉幄龙颜""魏庭华盖""圣主"；再如濮阳郡王李璹《请改修龙池圣德颂表》中的"圣德""天眷""天

---

[1] 《全唐文》卷一《秦王兼凉州总管制》，中华书局，1983，第18页。

[2] 《旧唐书》卷七十六《吴王恪传》，中华书局，1975，第2650页。

[3] （宋）宋敏求编《唐大诏令集》卷三十四《册扬州都督沛王贤文》，中华书局，2008，第143页。

恩""圣美"等；更是不胜枚举。

由此，可概见唐代皇帝诏令与诸王奏表中词汇的丰富性与典雅化程度。

其次是句式的骈俪化。

散文句式的骈俪对偶在中国古代有很久远的传统，《尚书》有云："满招损，谦受益"①；《易·象传》释"乾""坤"则曰："天行健；君子以自强不息。地势坤；君子以厚德载物"②。先秦诸子虽不刻意求工，但是在其著述中属对工整的句子已经开始大量出现，如《论语》中的"君子周而不比，小人比而不周"③"学而不思则罔，思而不学则殆"④"人而不仁，如礼何；人而不仁，如乐何"⑤"礼，与其奢也，宁俭；丧，与其易也，宁戚"⑥，《道德经》中的"有无相生，难易相成，长短相形，高下相盈，音声相和，前后相随"⑦"天地不仁，以万物为刍狗；圣人不仁，以百姓为刍狗"⑧，《孟子》中的"见其生，不忍见其死；闻其声，不忍食其肉"⑨"小固不可以敌大，寡固不可以敌众，弱固不可以敌强"⑩等格言警句，皆是如此。战国后期的《荀子》《韩非子》《战国策》中更不胜枚举。两汉辞赋兴盛，皆以铺排对仗为能事，散文逐渐在骈俪化的道路上越走越远。曹魏之世，武帝虽令为文"勿得浮华"，然而其本人所作，亦多典整。曹丕、曹植，更是"俪辞如贯珠，俪句如雁行"⑪，建安七子，"偶有撰著，悉以排偶易单行，即有非韵之文，亦用偶文之体，而华靡之作，遂开四六之先"⑫。两晋群才，推波助澜，陆机《文赋》中更提出了完整系统的骈文创作理论。降及南朝，骈体风行之势已成，遂不可止。故裴子野、苏绰等人虽前后倡言改革，然终不可行。盖散文的骈俪化是文体内部演进规律所致，非人力可以相抗也，而颜之推所谓"时

---

① 《尚书正义》卷四，（清）阮元校刻，中华书局，2009，第288页。
② 《周易》，杨天才、张善文译注，中华书局，2018，第8~29页。
③ 《论语》，陈晓芬、徐儒宗译注，中华书局，2015，第20页。
④ 《论语》，陈晓芬、徐儒宗译注，中华书局，2015，第21页。
⑤ 《论语》，陈晓芬、徐儒宗译注，中华书局，2015，第27页。
⑥ 《论语》，陈晓芬、徐儒宗译注，中华书局，2015，第28页。
⑦ 《道德经》，张景、张松辉译注，中华书局，2021，第10页。
⑧ 《道德经》，张景、张松辉译注，中华书局，2021，第321页。
⑨ （清）焦循：《孟子正义》卷三，沈文倬点校，中华书局，1987，第83页。
⑩ （清）焦循：《孟子正义》卷三，沈文倬点校，中华书局，1987，第91页。
⑪ 刘衍：《中国古代散文史》，高等教育出版社，2004，第118页。
⑫ 刘衍：《中国古代散文史》，高等教育出版社，2004，第118页。

俗如此，安能独违"① 则很能反映当时人们真实的创作心理。

隋唐承南朝之后，亦大力制作骈文。袁行霈《中国文学史》曾论及当时骈文的流行情况，他说，"骈文是唐代前期普遍使用的文章样式，大量的章、奏、表、启、书、记、论、说多用骈体写成，从贞观初至开元末的一百一十余年间，如今可看到的策文全是骈体，无一例外"②。如上文中引用过的《封周王显制》《授邠王元裕等官制》《相王并州牧制》《邠王守礼兼襄州刺史制》《皇第三子玄霸追封卫王等制》《赠恒山愍王承乾荆州大都督等制》《册秦王天策上将文》《册越王泰改封魏王文》《册赵王福青州刺史文》《册殷王旭轮文》《册嗣泽王文》《册汉中王瑀等文》《请收兵讨贼启》《为安国相王让东宫第三表》《代宗让皇太子表》《请封禅表》《贺老人星见表》《为武攸暨贺雪表》等文，确实"无一例外"，皆有句式骈俪化的特征。

最后是内容与格式的标准化。

唐代皇帝下达诏令、诸王上奉奏表等皆有既定的流程，同时也有规定的格式标准。唐初承隋制，沿袭并实施三省六部制，皇帝每有册命诸王大臣，则命中书舍人或翰林学士草拟制敕。文案既成，经皇帝画敕后，下达门下省给事中审核。如无异议，原件留底、誊抄，经侍中等批复"制可"并加盖骑缝章后，再交由尚书省礼部择日除授。册命之前，中书舍人事先作好册文。其日，由尚书礼部统筹主持，诸王"朝服从第卤簿，与百官俱集朝堂，就次受册讫，通事舍人引"③，宰相及文武百官时有相送之礼，仪注甚盛。至玄宗开元中，"中书门下"正式成为国家新的决策中心，其所隶"五房"——吏房、枢机房、兵房、户房、刑礼房，也逐渐侵夺了原属六部的职权，加上朝廷有意压制近支宗室，故此后册命诸王的流程也变得大为简省。"自开元以后，册拜诸王，皆正衙命使诣延英进册。皇帝御内殿，高品引王入，立于位。高品宣制读册，王受册讫归院。"④ 唐代诸王上奏表的程序与其他大臣同，《旧唐书·职官志二》"中书舍人"条记载："凡大朝会，诸方起居，则受其表状而奏之。国有大事，若大克捷及大祥瑞，百僚表贺，亦如之。"⑤

---

① （北齐）颜之推：《颜氏家训集解》卷四，王利器集解，中华书局，1993，第267页。
② 袁行霈主编《中国文学史》第二卷，高等教育出版社，2003，第390页。
③ 《全唐文》卷八百四十八《册秦王仪注议》，中华书局，1983，第8909页。
④ 《全唐文》卷八百四十八《册秦王仪注议》，中华书局，1983，第8909页。
⑤ 《旧唐书》卷四十三《职官志二》，中华书局，1975，第1850页。

唐代皇帝制诏有明确规范的内容与格式要求，"凡诏旨敕制，及玺书册命，皆按典故起草、进画"①。其所谓"典故"者，既指诏令内容组织的程式化，同时也指格式规范的标准化。遍检唐代皇帝封建诸王的诏令，可以看出这些作品的文章结构和内在组织逻辑基本上是固定的。它要求主笔者必须按照既定模式书写，反对作者露才扬己，如张说曾云："富嘉谟之文，如孤峰绝岸，壁立万仞，浓云郁兴，震雷俱发，诚可畏也，若施于廊庙，则骇矣。"② 唐代执掌王言的官员很多，其中尤以白居易的经历为特殊，他先后担任过翰林学士和中书舍人的官职，故而有非常丰富的诏令起草经验。《白氏长庆集》中，他将不同官职时期的诏令作品主要编作"翰林制诏（诰）"与"中书制诏（诰）"两种类别，以示"内制"与"外制"的区别。白居易曾将诏令的写作心得编为一书，时人号为"白朴"。宋人王楙《野客丛书》卷三十"白朴"条曾载：

> 仆读元微之诗，有曰"白朴流传用转新"，注云：乐天于翰林中，专取书诏批答词撰为矜式，禁中号为"白朴"。每新入学，求访宝重过于《六典》。检《唐·艺文志》及《崇文总目》无闻，每访此书不获，适有以一编求售，号曰《制朴》，开帙览之，即微之所谓"白朴"者是也，为卷上、中、下三。上卷文武阶勋等，中卷制头、制肩、制腹、制腰、制尾，下卷将相、刺史、节度之类，此盖乐天取当时制文编类，以规后学者。③

《白朴》虽不传，然而将制诏内容分为"制头、制肩、制腹、制腰、制尾"的提法，为后世研究唐代诏令的基本范式提供了明确思路。朱红霞《唐代制诰研究》则具体将其所作的《除裴坦中书侍郎同平章事制》《奉天改元大赦制》按照"五制"进行了裁剪说明，很有启发意义。为了论述的方便，本书亦借鉴其体式，特此注明。如敬宗李湛所作的《封皇子普为晋王制》，其文曰：

---

① 《旧唐书》卷四十三《职官志二》，中华书局，1975，第 1850 页。
② 《旧唐书》卷一百九十《杨炯传》，中华书局，1975，第 5004 页。
③ （宋）王楙：《野客丛书》卷三十，王文锦点校，中华书局，1987，第 345～346 页。

　　门下：昔周室之兴也，藩戚并建，式资于维城；汉氏之制也，皇子毕封，用固于磐石。斯所以载宏丕绪，惟怀永图。且茂德于本支，遂推恩于嗣息，况祗荷眷祐，属当长贤，宜承宠章，允膺旧典。长男普，幼禀异质，凤应嘉祥，既表岐嶷之资，日慕恭良之性。朕以寡昧，虔奉宗祧，庶明父子之亲，以及君臣之义。命以乐国，锡其介圭，用敷可久之基，爰叶至公之道。可封晋王，宜令有司择日，备仪册命。主者施行。①

　　按照"五制"的划分，则"昔周室之兴也，藩戚并建，式资于维城；汉氏之制也，皇子毕封，用固于磐石"句，可定性为"制头"，其主要作用在于解释封建的缘由以及法理依据；"且茂德于本支，遂推恩于嗣息，况祗荷眷祐，属当长贤，宜承宠章，允膺旧典"，可作为"制肩"，其主要作用在于承接"制头"，启引下文；"长男普，幼禀异质，凤应嘉祥，既表岐嶷之资，日慕恭良之性。朕以寡昧，虔奉宗祧，庶明父子之亲，以及君臣之义。命以乐国，锡其介圭，用敷可久之基，爰叶至公之道"是制诏的"制腹"，也是全文最重要的内容，其主要作用为陈述皇子李普的优秀品质以及受封的重要意义；"可封晋王，宜令有司择日，备仪册命。主者施行"，可作为"制尾"，其目的在于表明皇帝的命令，是要求落实的部分。其中，制肩与制腰主要起承转之用，作用不大，故唐初制诏中大多仅有"制头""制腹""制尾"。

　　在格式上，唐代皇帝制诏同样有标准、严格的范式。制书在下达和批复之后，草拟官员及负责人包括中书舍人、中书侍郎、中书令等皆要署名，皇帝画敕经门下省审核后，侍中、黄门侍郎、给事中等官员也要署名，同时还要对制诏给出具体意见。《唐令拾遗》复原了唐代部分公文的制式，其中就包括制诏，其封建诸王常用的"制书式"如下：

　　门下，云云，主者施行。

年月日

中书令具官封臣姓名宣

---

①《全唐文》卷六十八《封皇子普为晋王制》，中华书局，1983，第714页。

中书侍郎具官封臣姓名奉
中书舍人具官封臣姓名行

侍中具官封臣名
黄门侍郎具官封臣名
给事中具官封臣名 等言：（云云）
制书如右，请奉
制付外施行，谨言。①

同书除授诸王官爵之"制授告身式"如下：

门下，具官封姓名（应不称姓者，依别制，册书亦准此），德行庸
助云云，可某官（若有勋、官封及别兼带者，云某官及助、官封如故。
其非贬责，漏不言勋、封者，同衔授法）。主者施行（若制授人数多者，
并于制书之前名历名件授）。

年月日
中书令具官封臣姓名宣
中书侍郎具官封臣姓名奉
中书舍人具官封臣姓名行

侍中具官封臣名
黄门侍郎具官封臣名
给事中具官封臣名 等言：（云云）
制书如右。请奉
制付外施行，谨言。

年月日
制可
月日都事姓名受
左司郎中付某司

左丞相具官封名
右丞相具官封名

---

① 〔日〕仁井田升：《唐令拾遗》，栗劲、王占通编译，长春出版社，1989，第477页。

吏部尚书具官封名

吏部侍郎具官封名

吏部侍郎具官封名

左垂具官封名（其武官，则右尽署，若左右垂内一人无，仍见在者
通署。）

告具官封名，奉被

制书如右，符到奉行。

　　　　　　　　　　　　　　　　　　　　　　　　主事姓名

吏部郎中具官姓名　　　　　　　　　　　　　　　令史姓名

　　　　　　　　　　　　　　　　　　　　　　书令史姓名

　　　　　　　　　　　　　　　　　　　　　　　年月日下

　　右制授告身式，其余司应授官爵者准此。①

　　唐代诸王册文与制诏一样，也有既定的内容组织程式。学者鲜有论及，
本书效白居易"五制"，将这些亦分为"册头""册肩""册腹""册腰""册
尾"五部分进行论述。如高宗《册虢王凤宋州刺史文》，其曰：

　　维显庆三年（658），岁次戊午，正月甲申朔二十九日壬子，皇帝若
日：於戏！永固鸿基，义属于藩卫，载孚王化，职隆于制举。历选前修，
兹道无替。豫州刺史上柱国虢王凤，襟神秀发，理识淹远，凤标懿范，
早茂清徽。宽恕以表其情，恭慈以成其美。荆河之地，已洽于仁声；梁
宋之郊，伫闻于善政。是用命王为使持节宋州诸军事宋州刺史，王及勋
官并如故。往钦哉！其光膺礼命，式遵彝典。崇孝义以训下，践忠贞而
奉上。布廉平之化，垂爱惠之风，居敬而行简，恤隐而求瘝。惟良丕寄，
可不慎欤！②

　　其中，"维显庆三年，岁次戊午，正月甲申朔二十九日壬子，皇帝若曰：

---

① 〔日〕仁井田升：《唐令拾遗》，栗劲、王占通编译，长春出版社，1989，第493页。

② （宋）宋敏求编《唐大诏令集》卷三十七《册虢王凤宋州刺史文》，中华书局，2008，第
162页。

於戏！永固鸿基，义属于藩卫，载孚王化，职隆于制举。历选前修，兹道无替"，可作为"册头"，用于说明皇子受册王爵的时间以及法理依据，大多借鉴《尚书》的句式；"豫州刺史上柱国虢王凤……是用命王为使持节宋州诸军事宋州刺史，王及勋官并如故"，可作为"册腹"，用于说明皇子的优良品质以及除授何种官职，是册文的中心内容。其余部分可作为"册尾"，主要表达皇帝对诸王的任职要求。格式上应当也有相应的标准，然典籍湮灭，殆不可闻。至于皇帝诫敕等公文，亦有类似的内容程式与格式方面的要求，兹不备论。

皇帝诏令内容的程式化以及追求典雅规范的特点，极大地方便了文书的草拟工作。《旧唐书·王勮传》记载：

> 勮，弱冠进士登第，累除太子典膳丞。长寿中，擢为凤阁舍人。时寿春王成器、衡阳王成义等五王初出阁，同日授册。有司撰仪注，忘载册文。及百僚在列，方知阙礼，宰相相顾失色。勮立召书吏五人，各令执笔，口占分写，一时俱毕。词理典赡，人皆叹服。①

王勮固然才思敏捷，但是如果封王册文书写无规则可循，恐怕也难以做到"口占分写，一时俱毕"。

诸王奏议与其他大臣同，内容上因事而异，格式上则遵从古义，经常使用一些固定短语和句式。如引蔡邕《独断》所云：

> 章者，需头，称"稽首上书"。奏者，亦需头，其京师官但言"稽首"，下言"稽首以闻"。表者，不需头。上言"臣某言"，下言"臣某诚惶诚恐，稽首顿首，死罪死罪"。左方下附曰"某官臣某甲上……"驳议曰："某官某甲，议以为如是。"下言："臣愚惷议异"……汉承秦法，群臣上书皆言"昧死言"。王莽盗位，慕古法，去"昧死"，曰"稽首"，光武因而不改，朝臣曰"稽首顿首"，非朝臣曰"稽首再拜"。②

---

① 《旧唐书》卷一百九十上《王勮传》，中华书局，1975，第5005页。
② （汉）蔡邕：《独断》卷上，抱经堂影印本，商务印书馆，1939，第3页。

以上之外，唐代诸王等奏议中还常用"伏""伏惟""伏见""兹"引领句首，多用"谨议""谨奏""谨闻""臣等死日，犹生之年，不任诚恳之至""不胜之至"等套语作为结尾。

由此可见，皇帝册命诸王的诏令与诸王上奏皇帝的表章总体上都有"典俪规范"的艺术特征。

第三章　唐代诸王与王府官的文学交往

在西汉初确立的诸侯王制度，经过长时间的发展演变逐渐形成了一套独特的职官体系。《册府元龟》有云："自汉惩亡秦之失，尊王子弟，魏晋代兴，咸进戚属，申画邦壤，署置官号，南面君民，奕世传祚，所以屏翰王室，为磐石之宗也。"[1] 隋唐之时，王府职官制度几经变迁，最终于玄宗时形成定制。这项制度明确规定诸王享有开府置署的特权，并且详细规定了王府职官的建制规模与基本职能。作为唐代国家官制的有机组成部分，许多文学家都有于唐代王府任职的仕宦经历。这种经历对文学家的创作活动有何种影响？本章将从论述唐代王府职官制度入手，重点分析王府官任职资格中的文学因素，以及他们在不同历史时期的任职心态与政治命运，进而探索这些作品中所反映的内在历史逻辑与文学内涵。

一　唐代王府职官制度的体系架构与制度变迁

关于唐代官制的来源，《新唐书》曾有明确记载，其云："唐之官制，其名号禄秩虽因时增损，而大抵皆沿隋故。"[2] 隋是继西晋分裂之后建立的第一个真正意义上的大一统王朝，它广泛继承了魏晋南北朝以来的华夏制度遗产，史称其时"衣冠文物，足为壮观"[3]。唐继隋末，后之学者多以隋唐并称，以二者典章制度大体相类也。陈寅恪曾云："李唐传世将三百年，而杨隋享国为日至短，两朝之典章制度传授因袭几无不同，故可视为一体，并举合论，

---

[1] （宋）王钦若等编纂《册府元龟》卷二百六十八，周勋初等校订，凤凰出版社，2006，第3042页。

[2] 《新唐书》卷四十六《百官志一》，中华书局，1975，第1181页。

[3] 《隋书》卷二十六《百官志上》，中华书局，1973，第720页。

此不待烦言而解者。"① 这种说法大致无误，但是应限定以"隋末唐初"更为准确，盖朝代更迭，而制度代有损益之故。以唐代王府官制而论，其在隋制基础之上又先后进行了多次改革，直到玄宗时编成《唐六典》才完成定型。为了探析唐代王府官制度的来源与变迁过程，兹将隋唐前后数次改制敷衍如下。

（一）隋代王府职官制度的来源与前后改制

杨隋政权是在西魏、北周的基础上形成的，王仲荦《北周六典》曾说："隋唐杨李二氏之先人，皆仕西魏北周，故时以西魏北周为正朔，以东魏北齐为闰位也。"② 西魏、北周以关中一隅之地而东吞强齐，南并天下，故其制度体系不能不详论之。又，陈寅恪《隋唐制度渊源略论稿》曾将隋唐制度的来源概括为三个方面，其云：

> 一曰（北）魏、（北）齐，二曰梁、陈，三曰（西）魏、（北）周。所谓（北）魏、（北）齐之源者，凡江左承袭汉、魏、西晋之礼乐政刑典章文物，自东晋至南齐其间所发展变迁，而为北魏孝文帝及其子孙摹仿采用，传至北齐成一大结集者是也。……所谓梁、陈之源者，凡梁代继承创作陈氏因袭无改之制度，迨杨隋统一中国吸收采用，而传之于李唐者，易言之，即南朝后半期内其文物制度之变迁发展乃王肃等输入之所不及，故魏孝文及其子孙未能采用，而北齐之一大结集中遂无此因素者也。……所谓（西）魏、（北）周之源者，凡西魏、北周之创作有异于山东及江左之旧制，或阴为六镇鲜卑之野俗，或远承魏、（西）晋之遗风，若就地域言之，乃关陇区内保存之旧时汉族文化，所适应鲜卑六镇势力之环境，而产生之混合品。③

三源之中以（北）魏、（北）齐与梁、陈最易理解，如上文所论，盖二者完全承袭秦汉以来官制之故也。而西魏、北周之政权，其制度创作则多异

---

① 陈寅恪：《唐代政治史述论稿》，商务印书馆，2011，第3页。
② 王仲荦：《北周六典》，中华书局，1979，第11页。
③ 陈寅恪：《唐代政治史述论稿》，商务印书馆，2011，第184页。

前代，甚至"或阴为六镇鲜卑之野俗"，鉴于其长期流播于隋唐，后之学者不可不留意于此。

1. 西魏、北周改制

西魏制度本直接承袭北魏而来，起初与东魏、北齐无异。西魏末，宇文泰假托《周礼》而改之，自是与江左、山东各异而自成一体。《周书》载：

> 三年（554）春正月丁丑，初行周礼，建六官……初，太祖以汉魏官繁，思革前弊。大统中，乃命苏绰、卢辩依周制改创其事，寻亦置六卿官，然为撰次未成，众务犹归台阁。至是始毕，乃命行之。①

从史料的记载来看，西魏改制直溯"周制"，而非秦汉以来之官制系统。而据陈寅恪先生考证，这次托古改制不过是宇文氏政权装点门面的工程而已，对之后隋唐制度，尤其是王府职官制度的影响十分有限。其云：

> 但有二事，实为隋唐制度渊源系统之所系，甚为重要，而往往为论史者所忽视或误解，则不得不详为考辨，盖所以证实本书之主旨也。其第一事即宇文泰所以令苏绰、卢辩等摹仿周官之故及其制度实非普遍于全体，而仅限于中央文官制度一部分。第二事即唐代职官乃承附北魏太和、高齐、杨隋之系统，而宇文氏之官制除极少数外，原非所因袭。②

盖封建制度是商周时期政权的主要组织形式，宇文泰试图在不改变君主专制政体的前提下恢复《周礼》之官制，这种行径是注定要失败的。故陈氏又云：

> 所谓《周礼》者乃托附于封建之制度也，其最要在行封国制，而不用郡县制，又其军队必略依《周礼·夏官·大司马》之文即大国三军、次国二军、小国一军之制。今据《周书·北史卢辩传》所载不改从《周礼》而仍袭汉魏之官职，大抵为地方政府及领兵之武职，是宇文之依

---

① 《周书》卷二《文帝本纪下》，中华书局，1974，第36页。
② 陈寅恪：《唐代政治史述论稿》，商务印书馆，2011，第91页。

《周官》改制，大致亦仅限于中央政府之文官而已。其地方政府既仍袭用郡县制，封爵只为虚名，而不畀以土地人民政事，军事则用府兵番卫制，集大权于中央，其受封藩国者，何尝得具《周官》所谓大国三军、次国二军、小国一军之设置乎？①

则可知，宇文氏此次托古改制虽历来为人所称道，但其制度创作对隋唐之影响十分微弱。就王府职官制度而论，其影响几可略而不计，以其徒有虚名故也。

2. 开皇改制

隋氏代周之后，废其六官制度，复依汉魏旧制。《隋书·百官志上》云：

> 高祖践极，百度伊始，复废周官，还依汉、魏。唯以中书为内史，侍中为纳言，自余庶僚，颇有损益。炀帝嗣位，意存稽古，建官分职，率由旧章。大业三年，始行新令。于时三川定鼎，万国朝宗，衣冠文物，足为壮观。②

观上所引隋代立国之后的两次制度改易，可知文帝、炀帝皆以汉魏古制为准绳。就其王府职官制度而言，实多沿袭萧梁与高齐之制。《隋书·百官志上》曾详载梁代王府官制云：

> 梁武受命之初，官班多同宋、齐之旧，有丞相、太宰、太傅、太保、大将军、大司马、太尉、司徒、司空、开府仪同三司等官。诸公及位从公开府者，置官属。……皇弟、皇子府，置师，长史，司马，从事中郎，谘议参军，及掾、属、中录事、中记室、中直兵等参军，功曹史，录事、记室、中兵等参军，文学，主簿，正参军、行参军、长兼行参军等员。嗣王府则减皇弟皇子府师、友、文学、长兼行参军。蕃王府则又减嗣王从事中郎，谘议参军，掾、属、录事、记室、中兵参军等员。自此以下，则并不登二品。

---

① 陈寅恪：《唐代政治史述论稿》，商务印书馆，2011，第 105～106 页。
② 《隋书》卷二十六《百官志上》，中华书局，1973，第 720 页。

王国置郎中令、将军、常侍官。又置典祠令、庙长、陵长、典医丞、典府丞、典书令、学官令、食官长、中尉、侍郎、执事中尉、司马、谒者、典卫令、舍人、中大夫、大农等官。嗣王国则唯置郎中令、中尉、常侍、大农等员。蕃王则无常侍。自此以下，并不登二品。诸王皆假金兽符第一至第五左，竹使符第一至第十左。诸公侯皆假铜兽符，竹使符第一至第五。名山大泽不以封。盐铁金银铜锡，及竹园别都，宫室园囿，皆不以属国。

诸王言曰令，境内称之曰殿下。公侯封郡县者，言曰教，境内称之曰第下。自称皆曰寡人。相以下，公文上事，皆诣典书。世子主国，其文书表疏，仪式如臣而不称臣。文书下群官，皆言告。诸王公侯国官，皆称臣。上于天朝，皆称陪臣。有所陈，皆曰上疏。其公文曰言事。①

《隋书·百官志中》载北齐王府官之制云：

王，位列大司马上。非亲王则位在三公下。置师一人，余官大抵与梁制不异。其封内之调，尽以入台，三分食一。公已下，四分食一。皇子王国，置郎中令，大农，中尉，常侍，各一人。侍郎，二人。上、中、下三将军，各一人。上、中大夫，各二人。防阁、四人。典书、典祠、学官、典卫等令，各一人。斋帅、四人。食官、厩牧长、各一人。典医丞二人。典府丞、一人。执书、二人。谒者、四人。舍人、十人。等员。诸王国，则加有陵长、庙长、常侍各一人，而无中将军员。②

在充分借鉴和考究两代王府职官制度的基础上，隋文帝制定了一套完备的诸王属官制度体系，《隋书·百官志下》记载：

国王、郡王、国公、郡公、县公、侯、伯、子、男，凡九等。皇伯叔昆弟、皇子为亲王。置师、友各二人，文学二人，嗣王则无师友。长史、司马、谘议参军事，掾属，各一人，主簿二人，录事，功曹，记室，

---

① 《隋书》卷二十七《百官志中》，中华书局，1973，第760~761页。
② 《隋书》卷二十七《百官志中》，中华书局，1973，第760~761页。

户、仓、兵等曹，骑兵、城局等参军事，东西阁祭酒，各一人，参军事
四人，法、田、水、铠、士等曹行参军各一人，行参军六人，长兼行参
军八人，典签二人。上柱国、嗣王、郡王，无主簿、录事参军、东西阁
祭酒、长兼行参军等员，而加参军事为五人，行参军为十二人。

诸王置国官。有令、大农各一人，尉各二人，典卫各八人，常侍各
二人，侍郎各四人，庙长、学官长各一人，食官，厩牧长、丞各一人，
典府长、丞各一人，舍人各四人等员。上柱国、柱国公，减典卫二人，
无侍郎员。……郡王与上柱国公同。①

高齐、萧梁王府职官制度融汇合流于隋，终成一代之典章。其中，如师、
友、文学、长史、司马、谘议参军、东、西阁祭酒、掾、属、主簿、记室参
军、录事参军、法曹参军、行参军、长兼行参军、大农、舍人、侍郎、常侍、
典卫、庙长、食官长、典府丞等职官本为两朝共有，隋一并袭用之。而仓曹
参军、户曹参军、士曹行参军、厩牧长等则为高齐之制，萧梁无，隋袭用之。
隋又废萧梁之中录事、中记室、中直兵等参军，从事中郎、将军、典祠、中大
夫、陵长、谒者、典医丞、典书令等官；废高齐之上、中、下将军，典祠，上、
中大夫，斋帅，谒者，陵长，典医丞，防阁、典书令、执书等官。又改萧梁、
高齐之"功曹史"为"功曹参军"，改萧梁"正参军"为"参军事"，改萧梁
"执事中尉"、高齐之"中尉"为"尉"，改萧梁"中兵曹参军"、高齐"皇子
参军"为"兵曹参军"，改萧梁、高齐之"郎中令"为"国令"，改萧梁、高
齐"学官令"为"学官长"。新置"骑曹参军事、食官丞、厩牧丞、典府长"
等官。隋代王官另设有田曹参军、水曹参军、铠曹参军，暂不知其所据。

对比隋与高齐、萧梁两代王府职官制度不难发现，隋文帝之改制，其目
的不仅在于恢复汉魏古制，而且还在于加强皇权、削弱王权。《宋书·百官
志下》云："宋氏以来，一用晋制，虽大小国，皆有三军。"② 故高齐、萧梁
亦皆有此制。"三军"建制规模庞大，南北朝诸王反叛多因之起事。所以，
隋文帝才会对高齐之"上、中、下将军"和萧梁之"将军"视而不见。通过
废除王国的三军建制，隋文帝剥夺了诸王自晋代以来获得的军事指挥权，这

---

① 《隋书》卷二十八《百官志下》，中华书局，1973，第 781~782 页。
② 《宋书》卷四十《百官志下》，中华书局，1974，第 1260 页。

在中国古代史上有着重要的意义。

炀帝即位，对朝廷职官多有裁并，而于职官体系则大体沿袭前朝，唯废封爵九等，变化数官名而已。《隋书·百官志下》载：

> 开皇中，置国王，郡王，国公，郡公，县公、侯、伯、子、男为九等者，至是唯留王、公、侯三等。余并废之。王府诸司参军，更名诸司书佐，属参军则直以属为名。改国令为家令。自余以国为名者，皆去之。①

综上所述，隋朝虽然直接脱胎于西魏、北周政权，但在整体的制度构架上却主要借鉴萧梁和高齐。就王府职官而言，隋文帝兼取南北而又有所取舍，制定了一套合理、严密的制度体系。隋朝虽二世而亡，但这套制度体系却被唐代统治者继承下来，在中国古代历史上产生了积极的影响。

（二）唐代历次改制与王府职官制度的定型

从武德元年（618）李渊称帝至天佑四年（907）朱温篡唐，唐帝国前后凡二十帝，计二百九十年。在此期间，唐王朝曾经多次修订隋代的制度，形成了一套鲜明的、具有唐代特色的制度体系。就王府职官制度而言，其中最具影响力的莫过于以下几次改革。

1. 武德改制

隋朝末年，盗贼蜂起，炀帝南巡不复，杨氏遂失其鹿。唐高祖李渊以并州起事，任诸子为将帅南征北讨，遂克平天下。武德元年五月甲子，李渊受隋禅，建立唐朝。在其统治期间，唐王朝先后进行了两次律令制度改革，后编订为《武德令》。武德元年六月甲戌，"废隋《大业律令》，颁新格"②。武德七年（624），"夏四月庚子，大赦天下，颁行新律令"③。《旧唐书·职官志序》云："高祖发迹太原，官名称位，皆依隋旧。及登极之初，未遑改作，随时署置，务从省便。"④ 因此，唐高祖在两次改革中，对隋代的整体制度框架以

---

① 《隋书》卷二十八《百官志下》，中华书局，1973，第801~802页。
② 《旧唐书》卷一《高祖本纪》，中华书局，1975，第7页。
③ 《旧唐书》卷一《高祖本纪》，中华书局，1975，第15页。
④ 《旧唐书》卷四十二《职官志一》，中华书局，1975，第1783页。

沿袭为主，王府官制也少有大的变动。《新唐书·百官志四》云："武德中，改功曹以下书佐、法曹行书佐、士曹佐皆曰参军事，长兼行书佐曰行参军，废城局参军事。"①

高祖李渊在位时，朝廷正是用武之秋，而诸王成年且在世的只有太子李建成、秦王李世民、齐王李元吉三人。其中长子建成又身为储君，实可堪用者唯有李世民与李元吉而已。故李渊对二人特加重视，其府官之建制往往超出常例。《旧唐书》载：

> 时秦王、齐王府官之外，又各置左右六护军府及左右亲事帐内府。其左一右一护军府护军各一人，正第四品下。掌率统军已下侍卫陪从。副护军各二人，从四品下。长史各一人，从七品下。录事参军各一人，从八品，有录事及府史，并流外。仓曹参军事各一人，兵曹参军事各一人，铠曹参军事各一人。并正九品下，各有府史，并流外。统军各五人，别将各十人，分掌领亲勋卫及外军。左二右二护军府、左三右三护军府，各减统军三人，别将六人。余职员同左一右一府。其左右亲事府统军各一人，正四品下。掌率左右别将、侍卫陪从。长史一人，正八品下。录事参军事各一人，正九品上，有录事及府史，并流外。兵曹参军事各一人，铠曹参军事各一人。并正九品下，各有府史，并流外。左别将各一人，右别将各一人，正五品下。掌率亲事以上侍卫陪从。其帐内府职员品秩，与统军府同。又有库直及驱咥直，库直隶亲事府，驱咥直隶帐内府。各于左右内选才堪者，量事置之。②

观秦王、齐王府官之外又增设之官，大多涉及军事，而府主又有"量事置之"的人事任命权，这些制度使二王的政治势力迅速膨胀，为后来的"玄武门之变"埋下了伏笔。由于秦王李世民才干非凡，在数度征伐后建立了不世之功，朝廷"加秦王天策上将，位在王公上"③，并为其开府。《旧唐书》载：

---

① 《新唐书》卷四十九下《百官志四》，中华书局，1975，第1306页。
② 《旧唐书》卷四十二《职官志一》，中华书局，1975，第1810页。
③ 《旧唐书》卷一《高祖本纪》，中华书局，1975，第12页。

武德四年（621），太宗平洛阳之后，又置天策上将府官员。天策上将一人，掌国之征讨，总判府事。长史、司马各一人，从事中郎二人，并掌通判府事。军谘祭酒二人，谋军事，赞相礼仪，宴接宾客。典签四人，掌宣传导引之事。主簿二人，掌省覆教命。录事二人，记室参军事二人，掌书疏表启，宣行教命。功曹参军事二人，掌官员假使、仪式、医药、选举、考课、禄恤、铺设等事。仓曹参军二人，掌粮廪、公廨、田园、厨膳、过所等事。兵曹参军事二人，掌兵士簿帐、差点等事。骑曹参军事二人，掌马驴杂畜簿帐及牧养支料草粟等事。铠曹参军事二人，掌戎仗之事。士曹参军事二人，掌营造及罪罚之事。六曹并有令史、书令史。参军事六人，掌出使及杂检校之事。①

天策上将府之府官建制，远逾亲王，甚至和东宫官相匹敌。秦王李世民因此广泛招揽人才，集聚了强大的实力。

2. 贞观改制

武德九年（626），"六月庚申，秦王以皇太子建成与齐王元吉同谋害己，率兵诛之"②，是为"玄武门之变"。政变成功后，李世民迅速采取一系列措施取得政权，并且着手废除了天策府建制。"甲子，立为皇太子，庶政皆断决……乙酉，罢天策府……八月癸亥，高祖传位于皇太子，太宗即位于东宫显德殿。"③贞观十一年（637），唐太宗颁行新律，"庚子，颁新律令于天下"④，削减了王府官的部分编制，"又有铠曹参军事二人，掌仪卫兵仗；田曹参军事一人，掌公廨、职田、弋猎；水曹参军事二人，掌舟船、渔捕、刍草。皆正七品下。……贞观中，废铠曹、田曹、水曹。……又有库直，隶亲事府；驱咥直，隶帐内府。选材勇为之。贞观中，库直以下皆废"⑤。

《通典》载：

十一年（637）六月，诏荆王元景等二十一王为诸州都督、刺史，

---

① 《旧唐书》卷四十二《职官志一》，中华书局，1975，第1811页。
② 《旧唐书》卷一《高祖本纪》，中华书局，1975，第17页。
③ 《旧唐书》卷二《太宗本纪上》，中华书局，1975，第29~30页。
④ 《旧唐书》卷三《太宗本纪下》，中华书局，1975，第46页。
⑤ 《新唐书》卷四十九下《百官志四》，中华书局，1975，第1306~1307页。

咸令子孙代代承袭，非有大故，无或黜免。其后并不愿行，乃止。后定制，皇兄弟、皇子为王，皆封国之亲王。亲王府各置官属，领亲事帐内二府及国官。太子男封郡王，其庶姓卿士功业特盛者，亦封郡王。其次封国公，其次有郡县开国公侯伯子男之号，亦九等，并无官土。其加实封者，则食其封。分食诸郡，以租调给。十六年（642）制，王府官以四考为限。①

唐太宗时期，革除了天策上将府、齐王府、秦王府等非常态的府官制度，摒弃了世袭刺史制度，使唐代王府职官制度重新回到隋初旧制的轨道上来，为后世王府职官制度的定型确定了整体结构框架。

3. 开元定制

太宗以后，唐代王府职官基本上沿袭了前代的规制，历高宗、武后、中宗、睿宗数朝而少有改动，仅在部分细节上有所调整。《新唐书·百官志四》记载：

> 永淳以前，王未出阁则不开府。天授二年（691），置皇孙府官。……景云二年（711），改师曰傅。……家吏二人，百司问事谒者一人，正七品下。司阁一人，正九品下。……武后时，家吏以下皆废。②

玄宗即位之初，仍然沿袭旧制，略无改作。在统治稳定之后，玄宗便逐渐留意礼乐文物之事。开元十年（722），始制《唐六典》。至开元二十六年（738），书成。"《唐六典》是集贤院撰修著作中历时最长，用功最为艰难的一部集体创作。"③ 前后历时凡十六年，知院四人，参撰官十二人。或称《六典》《开元六典》《唐典》。它不仅是唐初至玄宗时期各项制度的经典总结，同时也是唐代后期统治者改创制度的重要参考文献，堪称一代典章巨著。就王府职官之法而言，尤其翔实完备。

《唐六典》以开元年间的制度为准的，忠实地反映和记录了唐代前期的

---

① （唐）杜佑：《通典》卷三十一，王文锦等点校，中华书局，1988，第869页。
② 《新唐书》卷四十九下《百官志四》，中华书局，1975，第1305～1306页。
③ 钟兴龙：《〈唐六典〉撰修始末考》，《古籍整理研究学刊》2006年第3期。

制度变迁。它一方面完全继承了前代诸次王府职官制度改革成果，另一方面在编撰过程中也有新的变化。《唐六典》中仅见一例，其"亲王府·参军事二人"条目注云：

> 后汉末，三公府有参军事，如孙坚参车骑军事，荀彧参丞相军事是也。魏武帝征荆州，请邯郸淳参军事。自晋、宋已来，代有其任。梁选簿："皇弟、皇子府有正参军。"后魏有皇子参军，北齐因之。隋亲王、嗣王府有参军六人，长兼行参军八人，炀帝改为行书佐，皇朝复为参军四人，今减二人。①

据学者考证，"今减二人"之"今"，即指开元二十三年（735）。② 除"参军事"之外，玄宗时期还废除了亲王府的"常侍、侍郎、谒者、舍人"等官。《新唐书·百官志四》载："景云二年（711），改师曰傅，开元二年（714）废，寻复置，废常侍、侍郎、谒者、舍人。"③

兹录《唐六典》《旧唐书》《通典》《新唐书》等王府官建制于下，以资学者参详。《唐六典》云：

> 亲王府：傅一人；谘议参军事一人；友一人；文学二人；东阁祭酒一人；西阁祭酒一人；长史一人；司马一人；掾一人；属一人；主簿一人；史二人；记室参军事二人；史二人；录事参军事一人；录事一人；府一人；史三人；功曹参军事一人；府一人；史二人；仓曹参军事一人；府一人；史二人；户曹参军事一人；府一人史二人；兵曹参军事一人；府一人；史二人；骑曹参军事一人；府一人；史二人；法曹参军事一人；府一人；史二人；士曹参军事一人；府一人；史二人；参军事二人；行参军四人；典签二人。
>
> 亲事府：典军二人；副典军二人；府一人；史二人；执仗亲事十六人；执乘亲事十六人；亲事三百三十三人；校尉旅帅队正队副准人部领。

---

① （唐）李林甫：《唐六典》卷二十九，陈仲夫点校，中华书局，1992，第731页。
② 丁俊：《论〈唐六典〉与开元二十三年机构改革》，《中国典籍与文化》2014年第1期。
③ 《新唐书》卷四十九下《百官志四》，中华书局，1975，第1305～1306页。

　　帐内府：典军二人；副典军二人；府一人；史二人；帐内六百六十七人；校尉旅帅队正队副准人部领。

　　亲王国：国令一人；大农二人；尉二人；丞一人；录事一人；府五人；史十人；典卫八人；舍人四人；学官长，食官长、丞各一人；厩牧长，丞典府长、丞各二人。①

《通典》云：

　　亲王府置傅一人，谘议参军一人，友一人，文学二人，东西阁祭酒各一人，长史、司马各一人，掾一人，属一人，主簿一人，史二人，记室参军二人，录事参军一人，录事一人，功曹、仓曹、户曹、兵曹、骑曹、法曹、士曹等参军各一人，参军二人，行参军四人，典签二人。亲事府置典军、副典军各二人，执仗亲事、执乘亲事各十六人，亲事三百三十三人。帐内府置典军、副典军各二人，帐内六百六十七人。亲王国国令一人，大农二人，尉二人，丞一人，小吏有差。②

《旧唐书·职官志三》云：

　　亲王府：傅一人，谘议参军一人，友一人，文学二人，东阁、西阁祭酒各一人……

　　长史一人，司马一人，掾一人，属一人，主簿一人，史二人，记室参军事二人，录事参军事一人，录事一人，从九品上。功仓户兵骑法士等七曹参军事各一人，参军事二人，行参军四人，典签二人……

　　亲王亲事府：典军二人，副典军二人，执仗亲事十六人，执乘亲事十六人，亲事三百三十三人，校尉、旅帅、队正、队副。亲王帐内府典军二人，副典军二人，帐内六百六十七人，校尉、旅帅、队正、队副……

　　亲王国：令一人，大农二人，尉二人，丞一人，录事一人，典卫八人，舍人四人，学官长一人，食官长一人，丞一人，厩牧长二人，丞二

---

① （唐）李林甫：《唐六典》卷二十九，陈仲夫点校，中华书局，1992，第726～732页。
② （唐）杜佑：《通典》，王文锦等点校，中华书局，1988，第871页。

人，典府长二人，丞二人。①

《新唐书·百官志四》云：

> 傅一人，从三品。掌辅正过失。谘议参军事一人，正五品上。掌讨谋议事。友一人，从五品下。掌侍游处，规讽道义。侍读，无定员。文学一人，从六品上。掌校典籍，侍从文章。东西阁祭酒各一人，从七品上。掌礼贤良、导宾客。
>
> 长史一人，从四品上；司马一人，从四品下。皆掌统府僚，纪纲职务。掾一人，掌通判功曹、仓曹、户曹事，属一人，皆正六品上，掌通判兵曹、骑曹、法曹、士曹事。主簿一人，掌覆省书教，记室参军事二人，掌表启书疏，录事参军事一人，皆从六品上，掌付事、句稽、省署钞目。录事一人，从九品下。功曹参军事掌文官簿书、考课、陈设，仓曹参军事掌禄廪、厨膳、出内、市易、畋渔、刍藁，户曹参军事掌封户、僮仆、弋猎、过所，兵曹参军事掌武官簿书、考课、仪卫、假使，骑曹参军事掌厩牧、骑乘、文物、器械，法曹参军事掌按讯、决刑，士曹参军事掌土功、公廨，自功曹以下各一人，正七品上。参军事二人，正八品下；行参军事四人，从八品上。皆掌出使杂检校。典签二人，从八品下，掌宣传书教。
>
> 亲事府：典军二人，正五品上；副典军二人，从五品上。皆掌校尉以下守卫、陪从，兼知鞍马。校尉五人，从六品上；旅帅，从七品下；队正，从八品下，队副，从九品下。皆掌领亲事、帐内陪从。自旅帅以下，视亲事多少乃置。
>
> 帐内府：典军二人，正五品上；副典军二人，从五品上。自校尉以下，员、品如亲事府。
>
> 亲王国：令一人，从七品下；大农一人，从八品下。掌判国司。尉一人，正九品下；丞一人，从九品下。学官长、丞各一人，掌教授内人；食官长、丞各一人，掌营膳食；厩牧长、丞各二人，掌畜牧；典府长、

---

① 《旧唐书》卷四十四《职官志三》，中华书局，1975，第1914～1915页。

丞各二人，掌府内杂事。长皆正九品下，丞皆从九品下。①

从以上材料可以看出，最晚至玄宗时期，唐代的王府制度便基本宣告定型，以诸书记载大同小异也。四书之中，《新唐书》稍晚，而部分细节与三者有所出入。如亲王府文学、王国大农、国尉，《唐六典》《通典》《旧唐书》等书皆载其各为"二人"，而《新唐书》却载其各为"一人"。再如王国学官丞，《唐六典》《通典》《旧唐书》皆无此官，唯《新唐书》载："学官长、丞各一人。"《新唐书》的这些记载多不知所据，今阙疑俟考。《新唐书》还载有"王府侍读"一职，其云："侍读，无定员。"不过，侍读并非王府官属，而是唐朝中后期主要负责教育皇室成员的编外人员，或称"讲读""侍读学士"等。侍读一般由皇帝亲信大臣、儒学之士兼任，服务对象包括诸王、皇太子、皇帝。

另外，《唐六典》、两《唐书》等还载有亲王国官、郡王府官等流内官，玄宗即位之初，以其冗杂，并裁撤之。《旧唐书·职官志一》载："流内九品三十阶之内，又有视流内起居，五品至从九品。初以萨宝府、亲王国官及三师、三公、开府、嗣郡王、上柱国已下护军已上勋官带职事者府官等品。开元初，一切罢之。今唯有萨宝、祆正二官而已。"②

二　唐代王府官任职资格中的文学要素

秦汉以来，随着官吏选拔制度的更迭和演进，文人在政治上获得了越来越多的话语权。特别是科举制兴起并得到切实应用之后，这种趋势逐渐表现得愈加明显。当代学者牟润孙则直接将文人执政的现象称为"文人政治"，其《从唐代初期的政治制度论中国文人政治之形成》指出，"进士科要考试文章，所以考中进士的，皆是能作文章的文人。唐朝所用执政的官员，自太宗以后多数是进士出身的文人，因此造成文人执政的局面，相沿下来，一直到明清，均可称为文人政治时期"③。在当时政治上的重文风气和科举选官制

---

① 《新唐书》卷四十九下《百官志四》，中华书局，1975，第 1305 ~ 1307 页。
② 《旧唐书》卷四十二《职官志一》，中华书局，1975，第 1803 页。
③ 见牟润孙《注史斋丛稿》，中华书局，1987，第 356 页。

度的双重影响下，唐代官员一般都具备较高的文学素养，王府官群体同样如此。除此之外，王府官自身的职能要求与皇帝的任命诏令也对他们任职资格中的文学素质做出了明确的规定。

（一）唐代文治政策对官员文化素质的基本要求

先秦两汉以来，中国古代的官吏选拔制度先后经历了多次改革，然而详细考究其择人标准，则大抵不出"亲亲"与"任贤"两项。商周之时，国家政权组织形式以家族世袭为主，当时的官吏选拔范围被严格限制在血缘关系之内，故《尚书·伊训》有云："立爱惟亲，立敬惟长。始于家邦，终于四海。"① 以"亲亲"为标准的选官制度可以最大限度地保证政权的稳定性，但是容易导致国家组织结构的腐朽与僵化，客观上造成"公门有公，卿门有卿，贱有常辱，贵有常荣，赏不能劝其努力，罚亦不能戒其怠惰"的负面后果。随着传统的诸侯国在争霸战争中崩溃覆灭，商周时期以任人唯亲为特征的官爵世袭制逐渐被秦汉以选贤任能为标准的军功爵制和察举、征辟制取代。魏晋南北朝虽然主要以"九品中正制"选拔官吏，但是汉代以来的察举传统仍在发挥作用，《文献通考》云："魏、晋以来，虽立九品中正之法，然仕进之门则与两汉一而已。或公府辟召，或郡国荐举，或由曹掾积累而升，或由世胄承袭而用，大率不外此三四涂辙。"② 因此，许多庶族、寒门子弟仍然有机会进入朝廷中枢，如宋武帝刘裕、陈武帝陈霸先甚至凭借军功成为新的王朝开创者。由此可见，"任贤"长期以来都是我国古代官吏选拔制度的主流和传统。

虽然统治者在"任贤"上达成共识，但是他们关于"贤"的评价标准并不完全一致。傅绍良先生认为：在一般情况下，唐前历代皇帝"求贤诏令"会同时看重选人的治国才能和德行素养，如汉文帝、汉哀帝、汉光武帝、宋文帝、梁武帝、陈后主、隋文帝等；在一些特殊的历史情况下，统治者甚至只强调选人的政治才能，如汉高祖、魏武帝。在上述两种情形之外，即使有极个别的统治者也对"贤才"的文学素质提出了要求，不过在当时的文化语境中，"文学"一词实际上泛指"儒学和史才"，而非"文辞"。在这种广义"文学"观的影响下，"即使是那些以文学创作见长的作家，亦不肯承认文学

---

① （汉）孔安国传，（唐）孔颖达疏《尚书正义》，北京大学出版社，1999，第 204 页。
② （元）马端临：《文献通考》卷二十八，中华书局，2011，第 815～816 页。

的价值"①。一直到隋炀帝在位期间，统治者才真正开始关注选人是否有"文才美秀"之能。至于唐时，狭义的"文学"才能被列入选举的专门之科，擅长"文词"者更被朝廷视为贤良之辈。应该指出，"唐人注重文学之独立性"既是文学发展的内在规律，同时也是唐代统治者推行文治政策而导致的必然结果。

唐太宗即位之初，君臣关于"大乱之后，其难治乎"曾进行了一场空前的政治大讨论。《新唐书·魏徵传》记载：

> 于是帝即位四年，岁断死二十九，几至刑措，米斗三钱。先是，帝尝叹曰："今大乱之后，其难治乎？"徵曰："大乱之易治，譬饥人之易食也。"帝曰："古不云善人为邦百年，然后胜残去杀邪？"答曰："此不为圣哲论也。圣哲之治，其应如响，期月而可，盖不其难。"封德彝曰："不然。三代之后，浇诡日滋。秦任法律，汉杂霸道，皆欲治不能，非能治不欲。征书生，好虚论，徒乱国家，不可听。"徵曰："五帝、三王不易民以教，行帝道而帝，行王道而王，顾所行何如尔。黄帝逐蚩尤，七十战而胜其乱，因致无为。九黎害德，颛顼征之，已克而治。桀为乱，汤放之；纣无道，武王伐之。汤、武身及太平。若人渐浇诡，不复返朴，今当为鬼为魅，尚安得而化哉！"德彝不能对，然心以为不可。帝纳之不疑。至是，天下大治。蛮夷君长袭衣冠，带刀宿卫。东薄海，南踰岭，户阖不闭，行旅不赍粮，取给于道。帝谓群臣曰："此徵劝我行仁义，既效矣。惜不令封德彝见之！"②

隋末豪杰鼎沸，生灵涂炭，至太宗即位之时，天下疲敝已久。这场论辩发生于贞观元年（627），当时年轻的李世民刚刚登上帝位，对平治天下似乎缺乏信心，故而问策于群臣。魏徵认为皇帝应当兴施仁政，效五帝三王为"圣哲之治"，而老于世故的封德彝则以其所论为书生虚妄之见，实则窃慕秦汉杂霸之道，然迫于魏徵雄辩竟无从反驳。太宗深纳魏徵之言，于是四年而

---

① 傅绍良：《唐代政治意义上的文学意识》，《陕西师范大学学报》（哲学社会科学版）2004年第1期。

② 《新唐书》卷九十七《魏徵传》，中华书局，1975，第3869～3870页。

天下大治。中晚唐诗人杜牧因感念历史上的这一幕，作《过魏文贞公宅》（一作《题魏文贞》）曰：

> 螬蛄宁与雪霜期，贤哲难教俗士知。可怜贞观太平后，天且不留封德彝。①

贞观年间，太宗颁布实行的仁政措施有很多，后人已多有论述，然而对于其指导思想或理论内核是什么，学者却鲜有论及。从大约同时的一则史料中，我们似乎可以看出一些端倪，《旧唐书·音乐志一》载：

> 贞观元年（627），宴群臣，始奏秦王破阵之曲。太宗谓侍臣曰："朕昔在藩，屡有征讨，世间遂有此乐，岂意今日登于雅乐。然其发扬蹈厉，虽异文容，功业由之，致有今日，所以被于乐章，示不忘于本也。"尚书右仆射封德彝进曰："陛下以圣武戡难，立极安人，功成化定，陈乐象德，实弘济之盛烈，为将来之壮观。文容习仪，岂得为比。"太宗曰："朕虽以武功定天下，终当以文德绥海内。文武之道，各随其时，公谓文容不如蹈厉，斯为过矣。"德彝顿首曰："臣不敏，不足以知之。"②

太宗十八岁以布衣从军，二十四岁已克平天下，作《秦王破阵曲》之时，不过二十九岁而已。面对宰相封德彝的阿谀奉承，他鲜明地表达了自己的政治观点，"朕虽以武功定天下，终当以文德绥海内。文武之道，各随其时"。可见，太宗心目中的"仁义"，在很大程度上也等同于"文德"或"文治"。那么，"文德"中的"文"究竟是指什么呢？《易经》曰："刚柔交错，天文也。文明以止，人文也。观乎天文，以察时变；观乎人文，以化成天下。"③ 落实到具体而言，则大抵不出于"学术""道义""文明"三种基本含义。④ 至于唐太宗所谓的"文治"或"文德"，从其为政的具体措施来

---

① （唐）杜牧：《樊川文集》卷二，上海古籍出版社，1978，第26页。
② 《旧唐书》卷二十八《音乐志一》，中华书局，1975，第1045页。
③ 《周易》，杨天才、张善文译注，中华书局，2018，第207页。
④ 雷大川：《中国传统"文治"精神及其现代启示》，《东北师大学报》（哲学社会科学版）2014年第2期。

看，主要包括以下三个方面。

首先是其推行的文教政策。《旧唐书·儒学上》记载：

> 贞观二年（628），停以周公为先圣，始立孔子庙堂于国学，以宣父为先圣，颜子为先师。大征天下儒士，以为学官。数幸国学，令祭酒、博士讲论，毕，赐以束帛。学生能通一大经已上，咸得署吏。又于国学增筑学舍一千二百间，太学、四门博士亦增置生员，其书算各置博士、学生，以备艺文，凡三千二百六十员。其玄武门屯营飞骑，亦给博士，授以经业，有能通经者，听之贡举。是时四方儒士，多抱负典籍，云会京师。俄而高丽及百济、新罗、高昌、吐蕃等诸国酋长，亦遣子弟请入于国学之内。鼓箧而升讲筵者，八千余人，济济洋洋焉，儒学之盛，古昔未之有也。
>
> 太宗又以经籍去圣久远，文字多讹谬，诏前中书侍郎颜师古考定五经，颁于天下，命学者习焉。又以儒学多门，章句繁杂，诏国子祭酒孔颖达与诸儒撰定五经义疏，凡一百七十卷，名曰五经正义，令天下传习。十四年，诏曰："梁皇侃、褚仲都，周熊安生、沈重，陈沈文阿、周弘正、张讥，隋何妥、刘炫等，并前代名儒，经术可纪。加以所在学徒，多行其疏，宜加优异，以劝后生。可访其子孙见在者，录名奏闻，当加引擢。"二十一年（647），又诏曰："左丘明、卜子夏、公羊高、谷梁赤、伏胜、高堂生、戴圣、毛苌、孔安国、刘向、郑众、杜子春、马融、卢植、郑玄、服虔、何休、王肃、王弼、杜元凯、范宁等二十一人，并用其书，垂于国胄。既行其道，理合褒崇。自今有事太学，可与颜子俱配享孔子庙堂。"其尊重儒道如此。①

复兴并尊崇儒术是其推行"文治"的最重要措施。太宗通过提高儒士待遇、改善办学条件、扩大招生规模等，不仅使帝国的威名远播海外，同时也培养了大批优秀的人才，为唐代文学繁荣局面的到来谱写了序曲。

其次是其任用官吏的标准。太宗虽以马上取天下，然而推功却多及于文学之士，他曾说，"朕每睹臣下，有文学优长谠言补益为政可观者，未尝不

---

① 《旧唐书》卷一百八十九上《儒学上》，中华书局，1975，第4941~4942页。

拭目以师友待之"①。其即位之后，在重要官吏的选任上更加倚重文士。胡三省亦在《资治通鉴》"武德九年"（626）条注云："唐太宗以武定祸乱，出入行间，与之俱者，皆西北骁武之士。至天下既定，精选弘文馆学生，日夕与之议论商榷者，皆东南儒生也。"② 太宗对文人异乎前代的重视，进而奠定了后世文人政治的格局。牟润孙《从唐代初期的政治制度论中国文人政治之形成》曾说：

> 唐太宗定了三省互相节制的制度，因而也树立了文人政治的规模……在他三省制度中，文人的责任十分重大，草拟诏命，审核公文，全是极主要的政务，而全须要用文人，怎么能不看重文人……可以说太宗由于所树立的政治制度是采取门第政治将要变成文人政治时的制度修改成的，在这个制度下，自然要重用文人，文人自然要取得政权，与人主的好恶，没有多大关系。③

可见，太宗为推行文治而制定的文官制度不仅奠定了后世王朝的用人格局，同时也树立了文人的政治地位。为适应这套机制而实行的科举制，实际上也是一种选拔文人的制度。因此，无论当政者如何鄙夷"文词之士"的轻薄，仍然不能阻止他们从这种机制中脱颖而出，如进士张昌龄，虽以"文采浮华"为王师且所黜，然"破卢明月，平龟兹，军书露布，皆昌龄之文也"④；而朝士若乏文才，则不免为社会舆论嘲笑，如宰相戴胄，其"虽有干局，而无学术。居吏部，抑文雅而奖法吏，甚为时论所讥"⑤。王定保《唐摭言》有论曰：

> 进士科始于隋大业中，盛于贞观、永徽之际。搢绅虽位极人臣，不由进士者，终不为美，以至岁贡常不减八九百人。其推重谓之"白衣公卿"，又曰"一品白衫"；其艰难谓之"三十老明经，五十少进士"；其

---

① （宋）王钦若等编纂《册府元龟》卷九十七，周勋初等校订，凤凰出版社，2006，第1064页。
② 《资治通鉴》卷一百九十二"武德九年"，中华书局，1956，第6023页。
③ 见牟润孙《注史斋丛稿》，中华书局，1987，第362页。
④ 《旧唐书》卷一百九十上《张昌龄传》，中华书局，1975，第4995页。
⑤ 《旧唐书》卷七十《戴胄传》，中华书局，1975，第2533页。

负倜傥之才，变通之术；苏、张之辩说，荆、聂之胆气，仲由之武勇，子房之筹画，弘羊之书计，方朔之诙谐，咸以是而晦之。修身慎行，虽处子之不若；其有老死于文场者，亦所无恨。故有诗云："太宗皇帝真长策，赚得英雄尽白头！"①

以太宗本人的视角来看，此种情形似乎可被称为"以文德绥海内"。

最后是其亲身的文艺示范。除了大力推行文教政策，建立文官制度体系之外，唐太宗本人亦亲自从事文学创作，从而为后世树立了光辉的文学典范。据《旧唐书·艺文志》记载，他曾有作文集三十卷，现存约五百篇，其中《全唐诗》中有诗一卷，《全唐文》有文七卷。再者，唐太宗还通过与大臣的诗歌唱和等活动，使人们意识到，"诗歌活动不仅是一种高雅的生活方式，而且是国家政治的组成部分，是理想社会的重要标志"②。所谓"上有所好，下必甚焉"，在太宗皇帝的亲身示范下，唐代后世帝王大多能诗工文，其家风接续数百年而不辍，故终以文德化成天下，成有唐一代之文学。明人胡震亨有云：

> 有唐吟业之盛，导源有自，文皇英姿间出，表丽缛于先程；玄宗材艺兼该，通风婉于时格。是用古体再变，律调一新；朝野景从，谣习浸广。重以德、宣诸主，天藻并工，赓歌时继。上好下甚，风偃化移。固宜于喁偏于群伦，爽籁袭于异代矣。中间机组更在孝和一朝，于时文馆既集多材，内庭又依奥主，游宴以兴其篇，奖赏以激其价。谁邕律宗，可遗功首？③

总之，自太宗伊始而至于唐末，帝国的统治者始终将"文治"作为一项根本国策大力推行，在近三百年间持续不断地从民间拔擢文词之士。在时代重文尚文风气的深刻影响下，朝野内外莫不倾心尊崇文学。作为唐代官僚体系的有机组成部分，以王府官而仕进者自然亦不能免俗。

---

① （五代）王定保：《唐摭言校证》卷一，陶绍清校证，中华书局，2021，第14~15页。
② 吴相洲：《唐诗繁荣原因重述》，《北京大学学报》（哲学社会科学版）2009年第5期。
③ （明）胡震亨：《唐音癸签》卷二十七，上海古籍出版社，1981，第282页。

（二） 王府官的职任对官员任职资格的内在约束

王府职官体系与唐代整体职官体系的关系比较特殊，从名义上来说，二者分别隶属于诸王和天子，其作用都在于辅佐他们治理好各自的国家。由于后封建时代的诸王只是一种荣誉性存在，他们既没有土地和人民需要治理，也没有军队可以保卫自己的权力，故而王府职官是一群根本不必要存在的官僚。然而出于各种原因，统治者在表面上仍然承认诸王的荣誉地位，甚至还依照传统为他们配置了一套属官体系。不管是装模作样还是真心实意，王府官系统确实曾对这些任职者的文学素质作出了规定和约束，而且在很大程度上确实任用了大批的文学之士。今依《唐六典》中王府职官的顺序，依次介绍于下。

王师或王傅。作为亲王府属官中最高级别的训导官，王师或王傅的主要职责在"掌傅赞训导，而匡其过失"①，即负责辅佐和教育诸王，《新唐书·百官志》将其归入文职事官之类。两《唐书》所载任此职者共有约 62 人，其出任者有很多声名显赫的学行之士，如贞观时任蜀王师的盖文达，史称其"博涉经史，尤明'三传'"②；再如高宗时任陈王师的赵弘智，曾"与秘书丞令狐德棻、齐王文学袁朗等十数人同修《艺文类聚》"③，至永徽初，转任陈王师。更多的任职者有进士身份，他们的文学色彩当然更加浓厚，如德宗时的彭王傅徐浩，史载：

> 浩少举明经，工草隶，以文学为张说所器重……肃宗即位，召拜中书舍人，时天下事殷，诏令多出于浩。浩属词赡给，又工楷隶，肃宗悦其能，加兼尚书右丞。玄宗传位诰册，皆浩为之，参两宫文翰，宠遇罕与为比……德宗即位，征拜彭王傅。④

再如沂王傅陆扆，史称"扆文思敏速，初无思虑，挥翰如飞，文理俱

---

① 《旧唐书》卷四十四《职官志三》，中华书局，1975，第 1914 页。
② 《旧唐书》卷一百八十九上《盖文达传》，中华书局，1975，第 4951 页。
③ 《旧唐书》卷一百八十八《赵弘智传》，中华书局，1975，第 4922 页。
④ 《旧唐书》卷一百三十七《徐浩传》，中华书局，1975，第 3760 页。

愜，同舍服其能"①，其晚年，因故被贬为沂王傅。此外，李翰、王权、裴思谦等文士都曾先后担任此职。

诸议参军事。诸议参军事是诸王及府主的主要参谋，有参议辅政的权力，"掌参谋左右，参议庶事"。两《唐书》中记载亲王府诸议参军事约有 14 人，多由知名文士和才能者出任。如刘孝孙，《旧唐书》载："孝孙弱冠知名，与当时辞人虞世南、蔡君和、孔德绍、庾抱、庾自直、刘斌等登临山水，结为文会……贞观六年（632），迁著作佐郎、吴王友。尝采历代文集，为王撰《古今类序诗苑》四十卷。十五年（641），迁本府诸议参军。"② 再如宰相韩滉，史称"少贞介好学……尤工书，兼善丹青，以绘事非急务，自晦其能，未尝传之。好《易象》及《春秋》，著《春秋通例》及《天文事序议》各一卷"③。在其踏入仕途不久，"采访使李承昭奏充判官，授通州长史、彭王府诸议参军"④。

王友。唐代王友之职责在于"陪侍游居，规讽道义"。两《唐书》中任亲王友者约有 16 人。高宗之前，诸王较受重视，因此王友亦是清要之职，选任者多学问精深的品行正直之士。如袁承序，《旧唐书》记载：

> 武德中，齐王元吉闻其名，召为学士。府废，累转建昌令。在任清静，士吏怀之。高宗在藩，太宗选学行之士为其僚属，谓中书侍郎岑文本曰："梁、陈名臣，有谁可称？复有子弟堪招引否？"文本因言："隋师入陈，百司奔散，莫有留者，唯袁宪独在其主之傍。王世充将受隋禅，群僚表请劝进，宪子给事中承家，托疾独不署名。此父子足称忠烈。承家弟承序，清贞雅操，实继先风。"由是召守晋王友，仍令侍读，加授弘文馆学士。⑤

再如赵王友贺德仁，"以词学见称"，当时号称"文质彬彬贺德仁"⑥。贞

---

① 《旧唐书》卷一百七十九《陆扆传》，中华书局，1975，第 4668 页。
② 《旧唐书》卷七十二《刘孝孙传》，中华书局，1975，第 2583 页。
③ 《旧唐书》卷一百二十九《韩滉传》，中华书局，1975，第 2599~3603 页。
④ 《旧唐书》卷一百二十九《韩滉传》，中华书局，1975，第 3599 页。
⑤ 《旧唐书》卷一百九十上《袁承序传》，中华书局，1975，第 4985 页。
⑥ 《旧唐书》卷一百九十上《贺德仁传》，中华书局，1975，第 4987 页。

观初，任赵王友。① 此外，知名文士如孟神庆、姚思廉、王弘直等都曾担任此职。

文学。王文学职责在于"雠校典籍，侍从文章"，两《唐书》任王文学可考者计 13 人，出任此职者多为当时的饱学之士，文学才能出众。唐代初期，最著名的王文学当属"十八学士"中的褚亮与姚思廉，《旧唐书》记载："亮幼聪敏好学，善属文。博览无所不至，经目必记于心。喜游名贤，尤善谈论。"② 太宗灭薛举后，"从还京师，授秦王文学"③，深受重用。再如姚思廉，高祖建唐开国之后，"授秦王文学"④。再如晋王文学许叔牙，史称其"少精于《毛诗》《礼记》，尤善讽咏。贞观初，累授晋王文学兼侍读，寻迁太常博士"⑤。再如潞王府文学徐齐聃，史称其"八岁能文，太宗召试，赐所佩金削刀。举弘文生，调曹王府参军。高宗时，为潞王府文学"⑥。

东阁祭酒、西阁祭酒。唐代王府东、西阁祭酒职责在于"接对贤良，导引宾客"。两《唐书》中录任两阁祭酒者约有 5 人，多由下层文士出任，如马嘉运，"专精儒业，尤善论难。贞观初，累除越王东阁祭酒"⑦；任敬臣，刻苦向学，事父母至孝，贞观时"召为弘文馆学士，授越王府西阁祭酒"⑧。

长史、司马。长史或司马是唐代王府属官的实际长官，其职能在于"掌统理府寮，纪纲职务"，负责监督诸王的言行举止，是皇帝在诸王身边的代理人。作为皇帝与诸王之间联结的纽带，选任者不仅要求品行正直，学识渊博，以辅导诸王，同时还要忠诚于皇帝。两《唐书》中任王府长史、司马者共计 65 人，出任者多为皇帝腹心和朝廷重臣。如中唐时期的七王府长史程修己，《唐集贤直院官荣王府长史程公墓志铭》载云："公幼年英敏，通《左氏春秋》，举孝廉，来京师，游公卿名人间，能言齐梁故实。而于六法，得姿禀天赐，自顾、陆以来，□绝独出，唯公一人而已。大和中，陈丞相言公于昭献，因授浮梁尉，赐绯鱼袋，直集贤殿，累迁至太子中舍，

---

① 《旧唐书》卷一百九十上《贺德仁传》，中华书局，1975，第 4987 页。
② 《旧唐书》卷七十二《褚亮传》，中华书局，1975，第 2578 页。
③ 《旧唐书》卷七十二《褚亮传》，中华书局，1975，第 2581 页。
④ 《旧唐书》卷七十三《姚思廉传》，中华书局，1975，第 2593 页。
⑤ 《旧唐书》卷一百八十九上《许叔牙传》，中华书局，1975，第 4953 页。
⑥ 《新唐书》卷一百九十九《徐齐聃传》，中华书局，1975，第 5661 页。
⑦ 《旧唐书》卷七十三《马嘉运传》，中华书局，1975，第 2603 页。
⑧ 《旧唐书》卷七十三《马嘉运传》，中华书局，1975，第 2603 页。

凡七为王府长史。"①

　　掾、属。长史、司马统摄全局，掾、属则负责王府方方面面的具体事宜，管理王府下吏，因此对任职者的文学素质要求也很高。"掾、属常敦明教义，肃清风俗，非礼不言，非法不行，以训群吏。"② 具体来说，即王府掾"掌通判功曹、户曹、仓曹事"，而王府属"掌通判兵曹、骑曹、法曹、士曹事"③。两《唐书》中出任王府掾、属者有6人，其中2人任王府掾，4人任王府属，高宗之后任职者不见记载。任此职者多为下层文士，如相王府掾"丘悦者，河南陆浑人也。亦有学业。景龙中，为相王府掾"④；"初唐四杰"之骆宾王，史称其"七岁能赋诗，初为道王府属"⑤。

　　记室参军事。唐代王府记室参军"掌表、启、书、疏"，主要负责为府主草拟书、表、文章，非饱学文章之士不能出任。两《唐书》任王府记室参军事者有16人，其中最知名者当属秦王府诸记室参军房玄龄、虞世南、颜师古等。他们于文辞翰墨精熟无比，"玄龄在秦府十余年，常典管记，每军书表奏，驻马立成，文约理赡，初无稿草"⑥；再如虞世南，"太宗灭建德，引为秦府参军。寻转记室，仍授弘文馆学士，与房玄龄对掌文翰"⑦。记室参军事乃诸王之口舌，多由擅长翰墨之士执掌。太宗之后，出任诸王记室参军事者也多为当时文学才俊或名朽巨儒，如越王府记室参军事任希古、潞王府记室参军事李善等。

　　主簿、录事参军事、录事。主簿、录事参军事、录事都属于唐代的勾检官，也是唐代中央政府在诸王府设置的基层监察系统。王府主簿"掌覆省王教"，即审核检查亲王之"教命"是否违规或不得体；王府录事参军事"掌付事勾稽，省署钞目"⑧，即审核、勾讫王府收付的所有公文有无稽失；王府录事"掌受事发辰，兼勾稽失"，即协助录事参军事负责王府公文的收发和

①　《全唐文·唐文拾遗》卷三十二《唐集贤直院官荣王府长史程公墓志铭》，中华书局，1983，第10738页。
②　（唐）李林甫：《唐六典》卷二十九，陈仲夫点校，中华书局，1992，第730页。
③　（唐）李林甫：《唐六典》卷二十九，陈仲夫点校，中华书局，1992，第731页。
④　《旧唐书》卷一百九十中《丘悦传》，中华书局，1975，第5015页。
⑤　《新唐书》卷六十六《房玄龄传》，中华书局，1975，第5742页。
⑥　《旧唐书》卷六十六《房玄龄传》，中华书局，1975，第2460页。
⑦　《旧唐书》卷七十二《虞世南传》，中华书局，1975，第2566页。
⑧　（唐）李林甫：《唐六典》卷二十九，陈仲夫点校，中华书局，1992，第731页。

统计工作，兼勾检公文之稽失。主簿、录事参军事、录事掌机要之事，为朝廷之耳目，其中王府主簿 2 人、录事参军事 3 人，多由文士担任。如中宗、睿宗朝宰相苏瑰，"弱冠本州举进士，累授豫王府录事参军"①；再如秦王府主簿的薛收和李道玄等，都是优秀的文人。

七曹参军。即功曹参军事、仓曹参军事、户曹参军事、兵曹参军事、骑曹参军事、法曹参军事、士曹参军事。诸曹参军事分掌王府方面诸事，具体来说，"功曹掌文官簿书、考课、陈设、仪式等事。仓曹掌廪禄请给，财物市易等事。户曹掌封户、田宅、僮仆、弋猎等事。兵曹掌武官簿书、考课、仪卫、假使等事。骑曹掌厩牧、骑乘、文物、器械等事。法曹掌推按欺隐，决罚刑狱等事。士曹掌公廨舍宇，缮造工徒等事"②。诸曹参军事分受王府掾、属通判，是诸王府不可或缺的低级职属。两《唐书》中载王府诸曹参军事者共计 21 人，出任诸功曹参军事者 3 人，仓曹参军事者 6 人，户曹参军事者 4 人，兵曹参军事者 4 人，法曹参军事 2 人，士曹参军事者 2 人，骑曹参军事者 0 人。此多为士人起家或转升之职，如杜如晦，据称其"少聪悟，好谈文史"，太宗平京城之后，"引为秦王府兵曹参军"③。再如刘子翼，其为人"善吟讽，有学行"。太宗年间，以奉养辞官，守母丧毕，"征拜吴王府功曹"④。

参军事，行参军事。王府参军事与行参军事"掌出使及杂检校事"，是诸王的耳目走卒。两《唐书》中任王府参军事者计有约 16 人，无行参军事之记载；且任者多在玄宗之前，其后无记载。王府参军职位不显，故任者出身多样，既有文章宿儒，也有名士孝子，还有画家、谏臣等，一般是士人的起家之职。如宰相韦思谦之子韦承庆，"弱冠举进士，补雍王府参军"⑤；再如王方庆，"年十六，起家越王府参军，尝就记室任希古受《史记》《汉书》"⑥；再如玄宗朝的宰相韦见素，史称"见素学科登第。景龙中，解褐相王府参军"⑦；再如肃宗朝的宰相杜鸿渐，史称其"敏悟好学，举进士，解褐

① 《旧唐书》卷八十八《苏瑰传》，中华书局，1975，第 2878 页。
② （唐）李林甫：《唐六典》卷二十九，陈仲夫点校，中华书局，1992，第 731～732 页。
③ 《旧唐书》卷六十六《杜如晦传》，中华书局，1975，第 2468 页。
④ 《旧唐书》卷八十七《刘祎之传》，中华书局，1975，第 2846 页。
⑤ 《旧唐书》卷八十八《韦承庆传》，中华书局，1975，第 2862 页。
⑥ 《旧唐书》卷八十九《王方庆传》，中华书局，1975，第 2897 页。
⑦ 《旧唐书》卷一百八《韦见素传》，中华书局，1975，第 3275 页。

王府参军"①。

典签。王府典签主要负责"宣传教令事"②，两《唐书》中载有王府典签者9人，此亦为士人的起家之职，名臣文士多有任者。如"初唐四杰"之卢照邻，"初授邓王府典签，王甚爱重之"③；武后时名士裴敬彝，"敬彝少聪敏，七岁解属文，性又端谨，宗族咸重之，号为'甘露顶'。年十四，侍御史唐临为河北巡察使，敬彝父智周时为内黄令，为部人所讼，敬彝诣临论其冤。临大奇之，因令作词赋，智周事得释，特表荐敬彝，补陈王府典签"④；武后时宰相唐休璟，"永徽中，解褐吴王府典签"⑤；再如玄宗朝裴耀卿，史称其"少聪敏，数岁解属文，童子举。弱冠拜秘书正字，俄补相王府典签。时睿宗在藩，甚重之，令与掾丘悦、文学韦利器更直府中，以备顾问，府中称为学直"⑥。

侍读。王师或王傅由于地位尊崇，官阶至高，故教导诸王的任务实际上由侍读或侍讲负责。如高宗时的周王侍读徐齐聃，"齐聃善于文诰，甚为当时所称。高宗爱其文，令侍周王等属文"⑦。再如李善、许叔牙、徐浩、刘祎之、胡楚宾等都曾以文士的身份兼任诸王侍读。

以上即唐代王府中的主要文职事官员系统。

（三）皇帝制诏中对王府官任职条件的具体规范

唐代王府任职者的文学素质不仅受到官职内在的职能约束，同时在以皇帝名义颁发的任命诏书中，也有相应的规范。根据官职品阶的不同，唐代王府官可以分为两个层次，其中五品及以上的为高阶官员，包括王师或王傅、谘议参军、王友、长史、司马五种，他们主要由中书门下根据"具员薄"以制诏的形式正式授官，是为"制授"；六品及以下的低阶王府官员，则必须经吏部冬集铨选，考评合格后方得授官。在两《唐书》、《唐大诏令集》、《全唐文》等资料中，保留了一些王府高阶官员的皇帝任命制诏，其中除授王

① 《旧唐书》卷一百八《杜鸿渐传》，中华书局，1975，第3282页。
② （唐）李林甫：《唐六典》卷二十九，陈仲夫点校，中华书局，1992，第732页。
③ 《旧唐书》卷一百九十上《卢照邻传》，中华书局，1975，第5000页。
④ 《旧唐书》卷一百八十八《裴敬彝传》，中华书局，1975，第4923～4924页。
⑤ 《旧唐书》卷九十三《唐休璟传》，中华书局，1975，第2978页。
⑥ 《旧唐书》卷九十八《裴耀卿传》，中华书局，1975，第3079～3080页。
⑦ 《旧唐书》卷一百九十上《徐齐聃传》，中华书局，1975，第4998页。

师、王傅者 13 篇，王友者 4 篇，王府谘议参军事者 10 篇，王府长史者 14 篇，王府司马者 8 篇。从这些制诏中，我们不难窥见唐代皇帝对高阶王府官素质的具体规范。

首先是诸王师、友。师、友是唐代诸王名义上的侍从官，掌训导讽谏之职，因此要求他们具备较高的文化素质，皇帝诏令经常会对此进行评价。如忠王傅殷彦方等，《授殷彦方等王傅制》称其"朝廷雅望，人物周才，或聚学冲深，或属词清远。顷膺授择，皆侍藩维。教导之功，既闻于日就；温文之德，遂涉于春储"①；再如温王师柳冲，《授柳冲兼温王师制》称其"族茂汾鼎。价珍垂璧。雅负通才。备闻遗训。探六经之奥。如叩鸿钟。穷百氏之源。若披明镜"②；再如陕王傅杨廉，《授杨廉陕王傅制》称其"外示静默。言将发而寡辞。内敷条理。德不孤而应物。故能游艺聚学。修官辨政。台阁尽清华之选。吏人怀抚贷之余。仪刑是称。参议斯在。当肄业于邹衍。俾赋诗于韦孟"③；再如韩王傅张崇俊，《授张崇俊韩王傅制》称其"敏行资身，良才适用，列官朱邸，早陪文学之车；从事玉台，久佐飞黄之皂"④；再如虞王傅韦师贞，《授前虞王傅赐紫韦师贞光禄卿制》称其"三善之名，四书于籍。校诸能事，不亦多乎；"⑤ 再如沂王傅殷盈孙，《授前沂王傅赐紫殷盈孙可太子右庶子等制》称其"学本六经，遂达四教。出言行事，常得指归"⑥；再如庆王友王积薪，《授王积薪庆王友制》称其"博艺多能，精心敏识"⑦；再如遂王友卢光启等，《授卢光启等遂王友制》称其"皆以丽藻雅文。独行当代。孤标清峙。见誉名臣。丹青翰墨之林。舟楫文章之海。道之将至。论者许焉"⑧。

然后是王府长史、司马。长史、司马是皇帝与诸王之间沟通的桥梁，也是皇帝监督和控制诸王的主要力量。虽然要求任者具备较高的吏才，但是有

---

① 《全唐文》卷三百九《授殷彦方等王傅制》，中华书局，1983，第 3141 页。
② 《全唐文》卷二百五十二《授柳冲兼温王师制》，中华书局，1983，第 2550~2551 页。
③ 《全唐文》卷二百五十二《授杨廉陕王傅制》，中华书局，1983，第 2551 页。
④ 《全唐文》卷四百十二《授张崇俊韩王傅制》，中华书局，1983，第 4225 页。
⑤ 《全唐文》卷八百三十一《授前虞王傅赐紫韦师贞光禄卿制》，中华书局，1983，第 8765 页。
⑥ 《全唐文》卷八百三十二《授前沂王傅赐紫殷盈孙可太子右庶子等制》，中华书局，1983，第 8770 页。
⑦ 《全唐文》卷三百九《授王积薪庆王友制》，中华书局，1983，第 3141~3142 页。
⑧ 《全唐文》卷八百三十八《授卢光启等遂王友制》，中华书局，1983，第 8818 页。

时皇帝也会强调其文学素质，如棣王府司马崔就，《授棣王府司马崔就太常少卿赐紫制》称其"负足用之学，表之以能文。思有畔之农，施之于善政"①；再如义王府长史向游仙等，《授向游仙义王府长史等制》称其"各有艺能，兼推吏干。通于文法，检以贞廉，公勤不偷，课效斯著"②；再如宋王府长史郑谞，《授郑谞国子司业制》称其"纯固仁厚。温恭雅实，尝览坟籍，克修言行"③；再如温王府司马田恢，《授田干之温王府司马制》称其"聿修厥德，孝称于百行；无玷斯言，慎比于三复。文儒每固其业，清白用传其范"④。再如彭王府长史魏明，《授魏明彭王府长史制》称其"才业可称，器能适用，恪勤彰于事任，绥缉著于公方"⑤；岐王府长史崔子源，《授崔子源岐王府长史制》称其"地绪清茂，风襟亮拔，有如绳之直，怀匪石之心。学不为人，文能饰吏，宪曹白简，秋隼曾飞，礼闱青缣，晨凫就列"⑥；原王府长史郑公逵，《兴州刺史郑公逵授王府长史李循授兴州刺史同制》称其"或以行称，或以才举"⑦。

最后是王府谘议参军事。谘议参军是诸王的参谋人员，对任职者的谋略和干才要求较高，但一些皇帝诏令中也提到了他们的文学才能，如荣王府谘议李夷吾，《授李夷吾荣王府谘议制》称其"门擅文儒，才推干理，从事惟谦，在官必达"⑧；再如陕王府谘议参军吴升，《授吴升太子左赞善大夫制》称其"悟理明达，用心微妙，博以才艺，精于谈吐。西园月上，亟闻飞盖之篇；东陆春归，宜听鸣箛之响"⑨。再如宋王府谘议参军王瑀，《授王瑀太子左赞善大夫制》称其"雅清理识，尤茂风检，艺能素优，名教为乐。雍容朱邸，已闻讽议之先；侍从青宫，宜在文儒之列"⑩。

低阶王府官由吏部统一铨选，任职者"有以封爵，有以亲戚，有以勋

① 《全唐文》卷八百三十一《授棣王府司马崔就太常少卿赐紫制》，中华书局，1983，第8766页。
② 《全唐文》卷二百五十二《授向游仙义王府长史等制》，中华书局，1983，第2550页。
③ 《全唐文》卷二百五十一《授郑谞国子司业制》，中华书局，1983，第2543页。
④ 《全唐文》卷二百五十二《授田干之温王府司马制》，中华书局，1983，第2551页。
⑤ 《全唐文》卷二百五十二《授魏明彭王府长史制》，中华书局，1983，第2551页。
⑥ 《全唐文》卷二百五十二《授崔子源岐王府长史制》，中华书局，1983，第2551页。
⑦ 《全唐文》卷六百五十九《兴州刺史郑公逵授王府长史李循授兴州刺史同制》，中华书局，1983，第6702页。
⑧ 《全唐文》卷三百九《授李夷吾荣王府谘议制》，中华书局，1983，第3141页。
⑨ 《全唐文》卷二百五十二《授吴升太子左赞善大夫制》，中华书局，1983，第2549页。
⑩ 《全唐文》卷二百五十二《授王瑀太子左赞善大夫制》，中华书局，1983，第2549页。

庸，有以资荫，有以秀孝，有以劳考，有除免而复叙者，皆循法以申之"①，他们中的大多数也同时具有文士或进士的身份。

三　唐代王府官的政治命运与文学心理

唐代王府官的这种任职特点及历史政治命运，深刻地影响了他们在职期间的文学创作。在王府职官制度的规定下，唐代王府官与诸王之间虽仅有名义上的隶属关系，但严格来说，二者的政治命运仍息息相关，也具有"一荣俱荣，一损俱损"的特点。唐代诸王或升储位，或君临天下，王府官往往都是首先得到重用的一批人，如太宗李世民即位之后，所任用的宰相房玄龄、杜如晦等人；高宗即位之后，所任用的宰相张行成、高季辅、李勣等人；睿宗即位后，所任用的宰相苏瑰、姚崇、魏知古等人；都是他们在藩邸为王时的王府旧臣。唐代诸王或以府废，或临罢黜，也常常会罪及王府官，如魏王府长史杜楚客，"历魏王府长史，拜工部尚书，摄魏王泰府事。楚客知太宗不悦承乾，魏王泰又潜令楚客友朝臣用事者，至有怀金以赂之，因说泰聪明，可为嫡嗣。人或以闻，太宗隐而不言。及衅发，太宗始扬其事，以其兄有佐命功，免死，废于家"②。再如魏王府功曹谢偃，贞观十一年（637）"上封事，擢宏文馆直学士，拜魏王府功曹。府废，出为湘潭令"③；蜀王师盖文达，贞观十三年（639）"拜蜀王师，以王有罪，坐免"④。以玄宗改制为界，王府官的时代命运大致可以分为前后两个时期：唐代前期，诸王普遍受到皇帝重用，当其留任两京，王府官则多由中枢重臣兼任；当其外刺诸州，王府官则兼领地方庶务。唐代后期，诸王被圈禁于十六宅中，王府官与府主隔绝，逐渐沦为无足轻重的散吏。

（一）唐代开国至玄宗统治前期

武德年间，李唐国家初创，百废待兴，高祖李渊任用秦王李世民、齐王李元吉等南征北战，平定天下。在王府职官制度的保障下，诸王都吸纳了大

---

① 《旧唐书》卷四十三《职官志二》，中华书局，1975，第1819页。
② 《旧唐书》卷六十六《杜楚客传》，中华书局，1975，第2470页。
③ 《旧唐书》卷一百九十上《谢偃传》，中华书局，1975，第4991页。
④ 《旧唐书》卷一百八十九上《盖文达传》，中华书局，1975，第4951页。

量的人才。当时最为知名的莫过于武德四年（621）秦王李世民下属的"十八学士"，《旧唐书·褚亮传》记载：

> 始太宗既平寇乱，留意儒学，乃于宫城西起文学馆，以待四方文士。于是，以属大行台司勋郎中杜如晦，记室考功郎中房玄龄及于志宁，军谘祭酒苏世长，天策府记室薛收，文学褚亮、姚思廉，太学博士陆德明、孔颖达，主簿李玄道，天策仓曹李守素，记室参军虞世南，参军事蔡允恭、颜相时，著作佐郎摄记室许敬宗、薛元敬，太学助教盖文达，军谘典签苏勖，并以本官兼文学馆学士。及薛收卒，复征东虞州录事参军刘孝孙入馆。①

"十八学士"之列，其中记室考功郎中房玄龄及于志宁，军谘祭酒苏世长，天策府记室薛收，文学褚亮、姚思廉，主簿李玄道，天策仓曹李守素，记室参军虞世南，参军事蔡允恭、颜相时，著作佐郎摄记室许敬宗、薛元敬，军谘典签苏勖等都是秦王府直属的府官。"十八学士"备受秦王礼遇，更为士大夫钦羡，秦王"又使库直阎立本图像，褚亮为赞，号十八学士。士大夫得预其选者，时人谓之'登瀛洲'"②。太宗即位之后，对秦王府僚又进行了多次封赏，许多人都被委以重任，《册府元龟》卷一百七十一《帝王部·求旧第二》记载：

> 太宗以武德九年（626）八月即位，九月戊戌赐旧邸僚旧下逮胥吏帛各有差。又宴旧府佐及学士于弘教殿，赐物各有差。③
> 戴胄初仕齐，为郑州长史。帝克武牢而得之，引为士曹参军。武德末，以藩邸之旧，除兵部郎中。
> 薛万淑，以屡有战功，拜上柱国，封武城郡公。帝与之有旧，引为护军。及嗣位，拜右领军，寻镇黄龙、检校东校尉。
> 萧璟，隋炀帝萧后之弟。义宁中，陷王世充为工部尚书。帝之平东

① 《旧唐书》卷七十二《褚亮传》，中华书局，1975，第2582页。
② 《资治通鉴》卷一百八十九"武德四年"，中华书局，1956，第5932页。
③ （宋）王钦若等编纂《册府元龟》卷一百七十二，周勋初等校订，凤凰出版社，2006，第1913页。

都也，引为谘议。贞观中，以藩邸僚宷，历黄门侍郎、太子右庶子。①

张后裔（胤），初在太原，侍帝讲经史。贞观初，为燕王谘议，从王入朝，特被召见，屡蒙顾问。②

唐初诗人王绩的《薛记室收过庄见寻率题古意以赠》诗，很能反映当时士人对任职王府官者的态度。其诗云：

> 伊昔逢丧乱，历数闰当余。豺狼塞衢路，桑梓成丘墟。
> 余及尔皆亡，东西各异居。尔为培风鸟，我为涸辙鱼……③

薛收，时任秦王府记室参军，位列"十八学士"之中。诗中的"培风"，或作"背风"，典出自《庄子·逍遥游》。"培风鸟"即形容薛收当时志得意满、奋力昂扬的精神状态，表达了诗人王绩对故友的钦羡之情。大诗人杜甫于《折槛行》中亦有"呜呼房魏不复见，秦王学士时难羡"④之句，也表达了与王绩类似的感情。

"十八学士"在完成辅佐太宗取得天下的使命之后，又被皇帝委以培养皇子的重任。如天策府从事中郎于志宁后任太子左庶子；秦王府文学姚思廉任晋王友。在高宗时期，诸王因受宠而留京师者，王府高阶官僚多由皇帝腹心充任，低阶官员亦精择其人。《旧唐书·元稹传》载："贞观已还，师、傅皆宰相兼领，其余宫僚，亦甚重焉。马周以位高恨不得为司议郎，此其验也。"⑤《新唐书·百官志四下》亦云："高宗、中宗时，相王府长史以宰相兼之，魏、雍、卫王府以尚书兼之。"⑥ 这一时期的王府官还有参与宫廷诗歌唱和的记载，《全唐诗补编》收陆揖《四言曲池酺饮座铭》诗一首，其云：

---

① （宋）王钦若等编纂《册府元龟》卷一百七十二，周勋初等校订，凤凰出版社，2006，第1914页。
② （宋）王钦若等编纂《册府元龟》卷一百七十二，周勋初等校订，凤凰出版社，2006，第1915页。
③ 《全唐诗》卷三十七《薛记室收过庄见寻率题古意以赠》，中华书局，1960，第480页。
④ （唐）杜甫撰，（清）仇兆鳌注《杜诗详注》卷十八《折槛行》，中华书局，1979，第1570页。
⑤ 《旧唐书》卷一百六十六《元稹传》，中华书局，1975，第4329页。
⑥ 《新唐书》卷四十九下《百官志四下》，中华书局，1975，第1305页。

群公酺饮，列坐水湄。花飘翠盖，叶覆丹帷。

俱倾圣酒，争摛雅诗。下国贱隶，含毫无辞。①

诗出自《翰林学士集》。作者陆搢，字大绅，吴郡人。唐贞观中，授朝散大夫、魏王府文学。诗中语言虽极尽谦卑，然而能够参与类似规格的诗歌活动，也说明其王府官的身份在当时是受到尊崇的。

太宗、高宗时期，诸王任为地方都督刺史，王府僚佐则以京官兼外官的方式治理州政庶务，孙英刚《唐前期王府僚佐与地方府州关系考——以墓志资料为中心》一文中曾指出：

唐前期长期存在亲王典州制度，除了个别重要的皇子，大部分亲王都要分莅方面，担任地方州府（或都督府）的刺史（或都督）。唐代王府自身有一套僚佐体系，而地方州府也有一套官员系统……随着墓志资料的不断发掘和积累，证明这两个看似毫无瓜葛的官僚体系，实际上存在密切的关系，在亲王典州的背景下，王府僚佐往往跟随亲王之藩，兼任地方府州僚佐，王府僚佐属京官体系，府州僚佐属外官体系，两者之间互相兼任的情形，影响了唐代前期的一些重大政治事件、地方行政管理制度以及王府制度本身。②

他同时列举了许多案例，其中最明显的莫过于越王府主簿张弼，《张弼墓志》记载：

十四年（640）除尚书水部员外郎。未拜，属越王出镇扬州，府寮妙选才彦，恩旨改授越王府主簿、兼扬州兵曹参军事。……既参府职，又理州务，文吏兼举，声实具高。长史冯长命……深怀敬待，形□推荐。俄属冯君长逝，而遂寝。府官任希古、高智周等，日夕游处。③

---

① 陈尚君辑校《全唐诗补编·续拾》卷二《四言曲池酺饮座铭》，中华书局，1992，第656页。

② 孙英刚：《唐前期王府僚佐与地方府州关系考——以墓志资料为中心》，《早期中国史研究》2013年第2期。

③ 胡戟、荣新江主编《大唐西市博物馆藏墓志》上，北京大学出版社，2012，第225~226页。

墓志中所谓的越王，即在后来参与起兵抗武的越王李贞。本来张弼已经被任命以尚书水部员外郎的官职，恰逢越王赴扬州上任，选拔优秀的人才，于是他就被"恩旨改授"为越王府主簿。（水部）员外郎与王府主簿皆为京官从六品上，前者是尚书省职事官，以此可见皇帝对诸王府僚的重视程度。跟随越王上任之后，张弼"既参府职，又理州务"，异常忙碌。从墓志的记载来看，以张弼为代表的低阶王府官在当时不仅具有较高的社会地位，"文吏兼举，声实具高"，同时也有很好的政治前途，长史"深怀敬待，形□推荐"。而且由于"府寮妙选才彦"，任职的文化环境也比较和谐，张弼在任期间，与"府官任希古、高智周等，日夕游处"。文中所提到的任希古，是唐初著名的儒学大师，他曾为越王李贞著《越王孝经新义》十卷。大约在张弼任主簿的同时，武后时宰相王方庆也在越王府官中出任王府七品参军，《旧唐书·王方庆传》记载："方庆年十六，起家越王府参军。尝就记室任希古受《史记》《汉书》。希古迁为太子舍人，方庆随之卒业。"[1] 文中提到的高智周，则是高宗时期的著名宰相。可见，当时担任王府官对普通士人来说无疑是很好的出路。

至于王府中的高阶官员长史、司马，也同时具备"既参府职，又理州务"的职能，如蜀王府长史夏侯绚，《大唐故使持节睦州诸军事睦州刺史夏侯府君（绚）之墓志铭并序》记载：

> 太宗文皇帝养德名藩，大开莫（幕）府，网罗俊彦，物色英髦。以公美誉日新，允膺时望，补秦府左一军司马。……（贞观）十三年（639），使持节朗州诸军事、朗州刺史。……廿二年（648），除使持节利州诸军事、利州刺史。……永徽元年，改使持节涪州诸军事、涪州刺史。……三年，蜀王府长史，兼行黄州长史。未几，王改巴州，兼巴州长史，王府如故。四年，王以荆吴构逆，缘坐废府，授公使持节江州诸军事、江州刺史。[2]

---

① 《旧唐书》卷八十九《王方庆传》，中华书局，1975，第 2897 页。
② 吴钢主编《全唐文补遗》第三辑《大唐故使持节睦州诸军事睦州刺史夏侯府君（绚）之墓志铭并序》，三秦出版社，1996，第 356 页。

秦王李世民在藩之时，夏侯绚以才干声名俱佳补低阶王府官，及太宗践
祚，则独当一面，先后委以州郡刺史重任。高宗继承了诸王外刺的制度，夏
侯绚又作为蜀王府长史，先后兼行黄州长史、巴州长史。即便在蜀王获罪遭
废黜之后，他也几乎没有受到牵连，反而重新被任命为地方州郡刺史。夏侯
绚等人以王府官兼任地方州佐并非唐代历史上的孤例，除他们之外，如韦泰
真、裴怀节、尔朱义琛、张仁祎、费胤斌等人都有类似的经历。

贞观十七年（643），由于齐王李祐据州而叛，太宗在此之后逐渐对诸王
外刺心怀芥蒂。这项制度虽然仍在推行，但是一些有识之士已有"耻为王
官"的觉悟。如后来担任高宗朝宰相的郝处俊，《旧唐书·郝处俊传》记载：

> 郝处俊，安州安陆人也……及长，好读《汉书》，略能暗诵。贞观
> 中，本州进士举，吏部尚书高士廉甚奇之，解褐授著作佐郎，袭爵甑山
> 县公。兄弟笃睦，事诸舅甚谨。再转滕王友，耻为王官，遂弃官归耕。
> 久之，召拜太子司议郎，五迁吏部侍郎。①

《唐六典》记载"亲王府，友一人，从五品下"②，其官阶品阶并不算低，
郝处俊却宁可"弃官归耕"。太子司议郎为正六品，品级还在滕王友之下，
但郝处俊却欣然奉命。

高宗武后之时，王府官逐渐被"疏贱之"，所任官吏也多非其人。《旧唐
书·苏良嗣传》记载：

> 子良嗣，高宗时迁周王府司马。王时年少，举事不法，良嗣正色匡
> 谏，甚见敬惮。王府官属多非其人，良嗣守文检括，莫敢有犯，深为高
> 宗所称。③

武则天篡位之后，对唐代诸王大肆屠杀，幸存者仅有李显、李旦以及李
千里等人，且都被幽禁，其王府官建制也被取消。《旧唐书·让皇帝宪传》

---

① 《旧唐书》卷八十四《郝处俊传》，中华书局，1975，第 2797 页。
② （唐）李林甫：《唐六典》卷二十九，陈仲夫点校，中华书局，2014，第 729 页。
③ 《旧唐书》卷七十五《苏良嗣传》，中华书局，1975，第 2629～2630 页。

记载：

> 让皇帝宪，本名成器，睿宗长子也。初封永平郡王。文明元年
> （684），立为皇太子，时年六岁。及睿宗降为皇嗣，则天册授成器为皇
> 孙，与诸弟同日出阁，开府置官属。长寿二年（693），改封寿春郡王，
> 仍却入阁。①

文明元年是睿宗李旦首次登基的时间，他按照惯例将诸子皆封为亲王，
并开府置官署；长寿二年是武则天篡唐改周的第三年，她在统治基本稳定后，
将危害性不大的皇孙禁锢于"五王宅"。

又《旧唐书·懿德太子重润传》载：

> 懿德太子重润，中宗长子也。本名重照，以避则天讳，故改焉。开
> 耀二年（682），中宗为皇太子，生重润于东宫内殿，高宗甚悦。及月
> 满，大赦天下，改元为永淳。是岁，立为皇太孙，开府置官属。及中宗
> 迁于房州，其府坐废。②

李重润是中宗长子，甚为高宗所喜爱，故很早就被立为皇太孙。在中宗
被废黜之后，其府僚也被裁撤。

再《旧唐书·邠王守礼传》记载：

> 守礼以父得罪，与睿宗诸子同处于宫中，凡十余年不出庭院。至圣
> 历元年（698），睿宗自皇嗣封为相王，许出外邸。睿宗诸子五人皆封郡
> 王，与守礼始居于外……守礼曰："臣无术也。则天时以章怀迁谪，臣
> 幽闭宫中十余年，每岁被敕杖数顿，见瘢痕甚厚。"③

邠王李守礼是章怀太子李贤之子，在武则天统治时期，"与睿宗诸子同

---

① 《旧唐书》卷九十五《让皇帝宪传》，中华书局，1975，第3009页。
② 《旧唐书》卷八十六《懿德太子重润传》，中华书局，1975，第2834~2835页。
③ 《旧唐书》卷八十六《邠王守礼传》，中华书局，1975，第2833页。

处于宫中，凡十余年不出庭院"，而且还时常受到敕杖，可见当时诸王不仅没有官属，甚至连自身性命也难以保全。

中宗李显在位期间，东宫、诸王府官建制虽有恢复，但是选任庸滥，与太宗时不可同日而语。中宗共有四子，其中长子懿德太子李重润在大足元年（701）被武则天杖杀、谯王李重福不得宠、温王李重茂未出阁，所以只有节愍太子李重俊开府置官署，《旧唐书·节愍太子重俊传》记载：

> 重俊性虽明果，未有贤师傅，举事多不法。俄以秘书监杨璬、太常卿武崇训并为太子宾客。璬等皆主婿年少，唯以蹴鞠猥戏取狎于重俊，竟无调护之意……时武三思得幸中宫，深忌重俊。三思子崇训尚安乐公主，常教公主凌忽重俊，以其非韦氏所生，常呼之为奴。或劝公主请废重俊为王，自立为皇太女，重俊不胜忿恨。①

太子是法定的皇位继承人，他的政治素质关乎未来国家的命运，但是中宗却选择杨璬、武崇训这种素质低下的主婿少年来辅佐他。特别是武崇训，身为东宫属官，竟然"常教"妻子欺凌太子，甚至"呼之为奴"。从表面上来看，这样的人事安排显得不符合情理。不过，从中宗本人的角度来看，这一切便很好理解了。首先，中宗完全掌握着太子东宫官的人事任命权，然而他为了防止其政治势力威胁到自身的统治，便故意地安排敌对势力作为太子的东宫属官。其次，对于武崇训、安乐公主等人欺凌太子之事，中宗不可能毫不知情，然而为了压制太子，他对武崇训等人的行为有意包庇纵容。中宗的平衡政策，使太子李重俊"不胜忿恨"，终于激发了后者的强烈反抗。

与中宗诸子属官形成鲜明对应的是这一时期的公主府官，《新唐书·中宗八女传》载："（安乐公主）与太平等七公主皆开府，而主府官属尤滥，皆出屠贩，纳訾售官，降墨敕斜封授之，故号'斜封官'。"② 这些出身"屠贩"的墨敕斜封官同样由于对中宗的统治没有威胁性，得到默许和纵容。

睿宗时期至玄宗初年，亲王典州的制度又恢复实施。所不同的是，诸王在地方被王府长史架空，并无实权。《旧唐书·邠王守礼传》记载：

---

① 《旧唐书》卷八十六《节愍太子重俊传》，中华书局，1975，第 2837~2838 页。
② 《新唐书》卷八十三《中宗八女传》，中华书局，1975，第 3654 页。

开元初，历虢、陇、襄、晋、滑六州刺史，非奏事及大事，并上佐知州。时宁、申、岐、薛、邠同为刺史，皆择首僚以持纲纪。源乾曜、袁嘉祚、潘好礼皆为邠府长史兼州佐，守礼唯弋猎、伎乐、饮谑而已。①

玄宗《授潘好礼邠王府长史诏》亦云：

分命诸王，典于大郡，谅存公道，以镇淳风。邠王禀性颇宽，驭下不肃，且复简贵，未详伦理。故选刚直，任之端察，王家奴客等有违法网者，长史潘好礼随事检校科决。若王有诃怪，仰好礼具状闻彻。②

玄宗因为得位不正，所以不得不任命"宁、申、岐、薛、邠"五王为地方刺史，以消除他们在京师的潜在政治影响力。然而玄宗对五王外刺诸州仍不放心，于是令他们在数年间不断地更换驻地，并"皆择首僚以持纲纪"。而诸王如果有诃怪不满之意，则随时都会有长史上报。

至于这一时期的低阶王府官，则不被允许跟随诸王到地方赴任。岐王李范下属记室参军崔羡的经历很能说明问题，《大唐故魏州冠氏县令清河崔君（羡）墓志》记载：

（崔羡）以秦府故吏子弟，改汾州司法参军事，清白著称，授岐王府功曹参军事，寻转记室参军事，王出蕃，遂宰冀州武邑县令。③

按照太宗、高宗时的惯例，诸王出藩，则王府官应当"既参府职，又理州务"，但是作为岐王府主要官员的崔羡，却被朝廷调任为他州县令，与府主完全隔绝。根据孙英刚的解释，这是因为"自武则天到玄宗，君主都力图要疏离亲王与其僚佐的关系"，而唐代"王府僚佐兼任地方僚吏现象的消失，

① 《旧唐书》卷八十六《邠王守礼传》，中华书局，1975，第2833页。
② 《全唐文》卷二十七《授潘好礼邠王府长史诏》，中华书局，1983，第313页。
③ 吴钢主编《全唐文补遗》第五辑《大唐故魏州冠氏县令清河崔君（羡）墓志》，三秦出版社，1998，第352页。

反映了皇室子弟在政治上的逐渐边缘化"①。

（二）玄宗统治后期至唐朝灭亡

玄宗在位期间，对藩王采取分化政策，逐渐剥夺了他们的政治权力。对于"邠、宁、申、岐、薛"等同辈诸王，玄宗将其召还京师，赐以宅邸，并任以虚职，而且在很长时间内保留了他们的王府官。这些王府官与府主之间大约有比较亲密的关系，《新唐书·王旭传》记载：

> 宋王宪官属纪希虬兄为剑南令，坐赃，旭奉使临讯，见其妻美，逼乱之，因杀其夫，而纳赃数百万。希虬使奴为台佣事旭，旭不知，颇爱任之，奴尽疏旭请求，积数千以示希虬，希虬泣诉于王，王为上闻，诏劾治，获奸赃不赀，贬龙川尉，恚而死。②

在这个案例中，宋王李宪为王府官纪希虬之事申诉于玄宗，说明当时诸王与王府官的关系仍然比较密切。

至于玄宗诸子，他们虽在开元年间先后被册授官职，实际上却并不赴任，谓之"遥领"。至开元二十三年（735），诸王日渐长大，玄宗才允许他们统一开府置官属，但王府官选任庸滥。《旧唐书·光王琚传》记载：

> 光王琚，玄宗第八子也。开元十二年（724），封为光王。十五年（727），遥领广州都督、五府经略大使。二十三年七月，光王琚、仪王潍、颖王沄、寿王清、延王泗、盛王沐、信王沔、义王灌等十王，并授开府仪同三司；皇子珪封为陈王，澄封为翌王，潓封为恒王，滔封为汴王。陈王已下第四王，幼未授官，并置府官僚属。其日，光、仪等十人同于东宫尚书省上，诏宰臣及文武百僚送，仪注甚盛。俄除十五王府元僚，并未有府幕，同于礼院上，亦无精选。③

---

① 孙英刚：《唐前期王府僚佐与地方府州关系考——以墓志资料为中心》，《早期中国史研究》2013年第2期。
② 《新唐书》卷二百九《王旭传》，中华书局，1975，第5914页。
③ 《旧唐书》卷一百七《光王琚传》，中华书局，1975，第3262页。

《新唐书·鄂王瑶传》亦载：

> 鄂王瑶，既封，遥领幽州都督、河北节度大使。开元二十三年
> （735），与荣、光、仪、颍、永、寿、延、盛、济、信、义十一王并授
> 开府仪同三司，实封二千户。诏诣东宫、尚书省，上日百官集送，有司
> 供张设乐。是日，悉拜王府官属，然未有府也，而选任冒滥，时不以
> 为荣。①

从史料的记载来看，在相当长的一段时间内，玄宗诸子都不设王府官。
一直到开元二十三年（735），诸王才在名义上开府置官属，但是这次王府官
选任不精，甚至长期没有办公地点，所以"时不以为荣"。

玄宗之后，唐代王府官选任冒滥的情况持续了很长时间。贞元年间，元
稹曾针对这种情况作《论教本书》以试图讽喻皇帝，其文曰：

> 泊我太宗文皇帝之在藩邸，以至于为太子也，选知道德者十八人与
> 之游习。即位之后，虽游宴饮食之间，若十八人者，实在其中。上失无
> 不言，下情无不达。不四三年而名高盛古，岂一日二日而致是乎？游习
> 之渐也！贞观已还，师傅皆宰相兼领，其余宫僚，亦甚重焉。马周以位
> 高恨不得为司议郎，此其验也。文皇之后，渐疏贱之。用至母后临朝，
> 翦弃王室。当中、睿二圣勤劳之际，虽有骨鲠敢言之士，既不得在调护
> 保安之职，终不能吐扶卫之一辞。而令医匠安金藏剖腹以明之，岂不大
> 哀也耶？
>
> 兵兴已来，兹弊尤甚。师资保傅之官，非疾废眊瞆不任事者为之，
> 即休戎罢帅不知书者处之。至于友谕赞议之徒，疏冗散贱之甚者，缙绅
> 耻由之。夫以匹士之爱其子者，犹求明哲慈惠之师以教之，直谅多闻之
> 友以成之。岂天下之元良，而可以疾废眊瞆不知书者为之师乎？疏冗散
> 贱不适用者为之友乎？此何不及上古之甚也！近制，宫僚之外，往往以
> 沉滞僻老之儒，充侍直、侍读之选，而又疏弃斥逐之，越月逾时，不得

---

① 《新唐书》卷八十二《鄂王瑶传》，中华书局，1975，第 3609 页。

召见，彼又安能傅成道德而保养其身躬哉？①

宪宗览后甚悦，然而王府官任职者庸滥的风气并未得到扭转。文宗之时，虽略有改创，但仍然无法持续。《旧唐书·文宗二子传》记载：

> 庄恪太子永，文宗长子也。母曰王德妃。大和四年（830）正月，封鲁王。六年（832），上以王年幼，思得贤傅辅导之。时王傅和元亮，因待制召问。元亮出于卒吏，不知书，一不能对。后宰相延英奏事，上从容曰："鲁王质性可教，宜择贤士大夫为官属，不可复用和元亮之辈。"因以户部侍郎庾敬休守本官，兼鲁王傅；太常卿郑肃守本官，兼王府长史；户部郎中李践方守本官，兼王府司马。②

和元亮出身卒吏，"不知书"而官至三品王傅，可见朝廷当时对王府官的选任有多么随意。

另外，唐代诸王自玄宗后不再出阁，王府官虽有任命，但是没有幕府，这种情况一直持续到敬宗宝历二年（826）才得到改变，《唐会要》卷六七记载：

> 宝历三年（827）六月，琼王府长史裴简永状：请与诸王共置王府一所。伏见诸王府本在宣平坊东南角，摧毁多年，因循不修。至元和十三年（818）七月十三日庄宅使收管，其年八月二十五日卖与邠宁节度使高霞宇。伏以在城百官，皆有曹局，惟王府寮吏，独无公署。每圣恩除授，无处礼上，胥徒散居，难于管辖，遂使下吏因兹弛慢，王官为众所轻。虽蒙列在官班，皆为偷安散秩。伏以府因王制，官列府中。府既不存，官司虚设。伏乞赐官宅一区，俾诸府合而共局，庶寮会而异处。如此则人吏可令衔集，案牍可见存亡，都城无废阙之曹，道路息是非之论。敕旨：宜赐延康坊阎令琬宅一所，仍令所司检计，与量修改，及逐

---

① 《旧唐书》卷一百六十六《元稹传》，中华书局，1975，第4329~4330页。
② 《旧唐书》卷一百七十五《文宗二子传》，中华书局，1975，第4540页。

要量约什物。①

《旧唐书》载此事为宝历二年（826）六月，考敬宗崩于宝历二年十二月，文宗继位后，于宝历三年（827）二月改元大和，故《唐会要》记述有误，当从《旧唐书》。

唐代后期，王府官体制虽然僵化，但也没有废除。唐德宗建中元年（780）虽然诏"王府六品以上官及诸州县有司可并省及诸官减者，量事废省"②，但此后王府官的一些职位仍常有除授。因其在名义上属于京内职事官编制，任职者的俸禄、职田等收入都相对丰厚，所以这些职位——特别是高阶王府官，如王府长史、司马等，仍然在实际中发挥了很大的作用。或用于安排官员的养老，如《唐州刺史韦彪授王府长史杨归厚授唐州刺史刘旻授雅州刺史制》，其文曰：

> 敕。韦彪等：善观人者，先考其能，然后授以事，使轮辕凿枘，各适其用，则群职庶政，得以交修。今以彪官久年高，勤于为政，俾从优逸，入补王官。③

或用于褒奖功臣，如《康从固除翼王府司马制》，其文曰：

> 敕。新授银青光禄大夫检校国子祭酒兼濮州长史殿中侍御史上柱国康从固。其父秀荣，实为名将，李广多争死之士，窦婴无入家之金，一收七关，易如拾芥。念尔跨马事敌，执戈同仇，壮比文鸯，勇同李敢。子之能仕，父教之忠，古人之言，信不虚设。今者愿留阙下，以奉朝请，念其垂诲，可见至诚。曳裾宪察，用示恩宠，宜思终始，上报君亲。可检校国子祭酒兼翼王府司马殿中侍御史，散官勋如故。④

---

① （宋）王溥：《唐会要》卷六十七，中华书局，1960，第1172页。
② 《旧唐书》卷十二《德宗本纪上》，中华书局，1975，第324页。
③ 《全唐文》卷六百六十三《唐州刺史韦彪授王府长史杨归厚授唐州刺史刘旻授雅州刺史制》，中华书局，1983，第6742页。
④ 《全唐文》卷七百四十九《康从固除翼王府司马制》，中华书局，1983，第7765～7766页。

或用于贬斥官员，如《贬潘高阳均王府长史诏》，其文曰：

> 河南少尹潘高阳，顷以母老兄患，恳求宁觐。览其章奏，用遂私情，而乃自求宴安，致兹淹缓。理装逾月，即路涉旬，既乖人情，颇致物议。宪司举劾，宜有薄惩。可均王府长史。①

至于低阶王府官的职位，则仍然被用于铨选，中晚唐有很多士人以此起家进入仕途。如李齐运，"李齐运者，蒋王恽之孙也。解褐宁王府东阁祭酒，七迁至监察御史"②；再如王士平，"士平，以父勋补原王府谘议"③；再如吴少诚，"吴少诚，幽州潞县人。父为魏博节度都虞候。少诚以父勋授一子官，释褐王府户曹"④。

然而，不得不指出的是，在更多的情况下，唐代后期的王府官常常是人们鄙视和轻贱的对象，《刘宾客嘉话录》记载：

> 刑部侍郎从伯伯刍自王府长史三年为新罗使，始得郎中，朱绂。因见宰相，自言此事。时宰不知是谁，曰："大是急流。"⑤

刘伯刍是刘禹锡的从伯，他曾担任从四品上的王府长史，数年后才迁转为正四品下的刑部侍郎。从官阶上来看，这样的升迁幅度并不是很大，然而前者为"偷安散秩"，后者却是刑部的实职长官，所以宰相才会有"大是急流"之叹！

再《旧唐书·陈夷行传》记载：

> 仙韶院乐官尉迟璋授王府率，右拾遗窦洵直当衙论曰："伶人自有本色官，不合授之清秩。"郑覃曰："此小事，何足当衙论列！王府率是

---

① 《全唐文》卷六十《贬潘高阳均王府长史诏》，中华书局，1983，第647页。
② 《旧唐书》卷一百三十五《李齐运传》，中华书局，1975，第3729页。
③ 《旧唐书》卷一百四十二《王士平传》，中华书局，1975，第3877页。
④ 《旧唐书》卷一百四十五《吴少诚传》，中华书局，1975，第3945页。
⑤ （唐）韦绚：《刘宾客嘉话录》，陶敏、陶红雨校注，中华书局，2019，第27页。

六品杂官，谓之清秩，与洵直得否？此近名也。"①

左拾遗窦洵直按照传统的印象仍然视王府率为清秩，反对授乐官尉迟璋以王府率之职，然而宰相郑覃却反问窦洵直是否愿意以正八品的右拾遗与尉迟璋交换，窦洵直却默然失声。实际上，郑覃的话很能代表当时人们对王府官的真实看法，即典章制度上虽规定王府官在"清秩"之列，但是因诸王久不出阁，其早已沦为"杂官"。

又，杜宣猷曾上《大祀宜差重臣摄祭奏》，其文曰：

> 伏准开元二十三年（735）正月二十四日敕，自今后有大祀，宜差丞相特进少保少傅尚书宾客御史大夫摄祭行事者。伏以郊祀烝尝。国家大典。肃将明命。合差重官。苟异于斯。则为渎祭。臣伏见近日大祀。差王府官摄太尉行事。人轻位散。不足交神。昧陛下恭洁之诚。阻百灵正直之福。事有不便。实资改更。臣请起今春季以后。祠祀南郊荐献太清宫宰臣行事外。其余大祀摄太尉司徒司空。伏请差六尚书左右丞列曹侍郎诸三品以上清望官充。其中祠小祠官员不足。即任差王府官充。臣职监祠事。不敢因循。②

在杜宣猷看来，王府官"人轻位散"，不足以当大祀之任，因此要求皇帝派"六尚书左右丞列曹侍郎诸三品以上清望官充"，至于低规格的祭祀任务，如果遇到官员不足的情况，再差遣王府官祭祀。

从整体来看，在诸王深受重视和优待的唐代前期，王府官无论是跟随诸王留任两京，还是外刺诸州以府僚兼任州佐，都有较好的政治前途和较高的社会地位。开元改制之后，随着唐代王权的没落，王府官已彻底沦为无所职事的文散官。其或被用于安排官员的养老，或用于褒奖功臣，或以资铨选，虽然在唐代政治上仍然发挥了一定的作用，但是由于他们长期以来位卑言轻，故而又深受人们的鄙视和轻贱。

---

① 《旧唐书》卷一百七十三《陈夷行传》，中华书局，1975，第4495页。
② 《全唐文》卷七百六十五《大祀宜差重臣摄祭奏》，中华书局，1983，第7952～7953页。

四　唐代诸王与王府官的文学创作实践

如上文所述，在文人政治的时代风气、王府官职能规范、皇帝诏令要求等多重因素的共同作用下，有很多优秀的文学家都曾在唐代王府机构中任职。在一些特定的文化场景中，他们与诸王进行过一系列文学交往，并创作了相当数量的文学作品。根据内容以及创作场景的不同，这些作品大致可以分为教谕与应教、讽谏与纳谏两种类别。

（一）教谕与应教

按照《文心雕龙·诏策》篇的解释，诸王"教谕"是与皇帝诏策的内容性质类似的一种文体，区别之处在于其发布者政治身份的不同。唐代也明确规定，凡以诸王（公主）之身份下谕百僚者，均可称为"教"。然而作为一种公文形式，唐代诸王教谕的使用场景非常有限，故而作品也相对稀少，现存者唯有署名为秦王李世民的《置文馆学士教》一篇。其原文曰：

> 昔楚国尊贤，崇道光于申穆；梁邦接士，楷德重于邹枚。咸以著范前修，垂芳后烈，顾惟菲薄，多谢古人，高山仰止，能无景慕。是以芳兰始被，深思冠盖之游；丹桂初丛，庶延髦俊之士。既而场苗盖寡，空留皎皎之姿；乔木从迁，终愧嘤嘤之友。所冀通规正训，辅其阙如。故侧席无倦于齐庭，开筵有待于燕馆。属以大行台司勋郎中杜如晦，记室考功郎中房元龄、于志宁，军谘祭酒苏世长，天策府记室薛收，文学褚亮、姚思廉，太学博士陆德明、孔颖达，主簿李道元，天策仓曹李守素，王府记室参军虞世南，参军事蔡允恭、薛元敬、颜相时，宋州总管府户曹许敬宗，太学助教盖文达，谘议典签苏勖等，或背淮而至千里，或适赵以欣三见。咸能垂裾邸第，委质藩维，引礼度而成典则，畅文词而咏风雅，优游幕府。是用嘉焉。宜令并以本官兼文馆学士。①

这篇以秦王之名任命文馆十八学士的教谕大约作于武德四年（621）十

---

① 《全唐文》卷四《置文馆学士教》，中华书局，1983，第49页。

月，"于时海内渐平，太宗乃锐意经籍，开文学馆以待四方之士。行台司勋郎中杜如晦等十有八人为学士，每更直阁下，降以温颜，与之讨论经义，或夜分而罢"①。在秦王所任命的十八学士中，大部分为原秦王府或天策府幕僚。十八学士除授之后，秦王"又使库直阎立本图像，褚亮为赞"②，其图像与赞文至今并存。《全唐文》将赞文题作《十八学士赞》，其曰：

> 建平文雅，休有烈光。怀忠履义，身立名扬。（大行台司勋郎中杜如晦）
>
> 才兼藻翰，思入机神。当官励节，奉上忘身。［记室考功郎中房元（玄）龄］
>
> 古称益友，允光斯职。蕴此文辞，怀兹谅直。（记室考功郎中于志宁）
>
> 军谘谐噱，超然辨悟。正色于庭，匪躬之故。（军谘祭酒苏世长）
>
> 道高业峻，神气清远。学总书林，文兼翰苑。（文学褚亮）
>
> 志古精勤，纪言实录。临名殉义，余风励俗。（文学姚思廉）
>
> 儒术为贵，元风可师。俦学非远，离经在兹。（太学博士陆德明）
>
> 道充列第，风传阙里。精义霞开，掞辞飙起。（太学博士孔颖达）
>
> 李侯鉴远，雅量淹通。清言析理，妙藻推工。（主簿李元道）
>
> 贤哉博识，穆尔清风。游情文苑，高步谈丛。（天策仓曹李守素）
>
> 笃行扬声，雕文绝世。网罗百世，并包六艺。（记室参军虞世南）
>
> 猗与达学，蔚有斯文。冰霜比映，兰桂同芬。（参军事蔡允恭）
>
> 六文科籀，三冬经史。家擅学林，人游书史。（参军事颜相时）
>
> 槐市腾声，兰宫游道。抑扬辞令，纵横才藻。（著作佐郎摄记室许敬宗）
>
> 薛生履操，昭哉德音。辞奔健笔，思逸清襟。（著作佐郎薛元敬）
>
> 言超理窟，辩折谈风。蒲轮远聘，稷契连踪。（太学助教盖文达）
>
> 业敏游艺，躬勤带经。书传竹帛，画美丹青。（军谘典签苏勖）
>
> 刘君直道，存交守信。雅度难追，清文远振。（虞州录事参军刘孝孙）③

---

① 《旧唐书》卷二《太宗本纪上》，中华书局，1975，第28页。
② 《资治通鉴》卷一百八十九"武德四年"，中华书局，1956，第5932页。
③ 《全唐文》卷一百四十七《十八学士赞》，中华书局，1983，第1486~1487页。

《十八学士赞》作者褚亮，新旧《唐书》皆有传，时为秦王府文学。其文继承了魏晋以来品评人物的风尚和传统，赞文因人而异，风神不一，或用自然景物形容人物的风姿和德行，如"猗与达学，蔚有斯文。水霜比映，兰桂同芬"等；或直接铺排人物之所能，如"儒术为贵，元风可师。俦学非远，离经在兹"；有典雅清丽之美。通篇贯以传统上的四言句式，古朴纯真，音调铿锵，得声韵和谐之妙。

高祖武德年间，杜淹亦曾作有《寒食斗鸡应秦王教》一诗，其云：

> 寒食东郊道，扬鞲竞出笼。花冠初照日，芥羽正生风。
> 顾敌知心勇，先鸣觉气雄。长翘频扫阵，利爪屡通中。
> 飞毛遍绿野，洒血渍芳丛。虽然百战胜，会自不论功。①

此诗作年不详，作者杜淹，武德年间任天策府兵曹参军，《旧唐书·杜淹传》记载：

> 大业末，官至御史中丞。王世充僭号，署为吏部，大见亲用。及洛阳平，初不得调，淹将委质于隐太子。时封德彝典选，以告房玄龄，恐隐太子得之，长其奸计，于是遽启太宗，引为天策府兵曹参军、文学馆学士。武德八年（625），庆州总管杨文干作乱，辞连东宫，归罪于淹及王珪、韦挺等，并流于越巂。太宗知淹非罪，赠以黄金三百两。②

从史料的记述逻辑顺序来看，只有在秦王平定洛阳回京并加天策上将之后，杜淹才可能任职于天策府，这个时间节点正是武德四年（621）十月，即此诗作年上限。又，从题中的"寒食"二字，可进一步推知此诗作于某年之春，即最早应在武德五年（622）或之后。再者，杜淹因杨文干之乱被流于越巂，则此年即此诗作年之下限。然而史书中关于杨文干作乱的具体年限却记载不一，其中《旧唐书·高祖本纪》《旧唐书·杜淹传》皆载为武德八年，而《旧唐书·韦挺传》《新唐书·韦挺传》《新唐书·高祖本纪》《资治

---

① 《全唐诗》卷三十《寒食斗鸡应秦王教》，中华书局，1960，第435页。
② 《旧唐书》卷六十六《杜淹传》，中华书局，1975，第2470～2471页。

通鉴》又都记载为武德七年（624），未知孰是。综上，可推定杜淹此诗大致作于武德五年（622）至武德八年（625）之间。

贞观年间，魏王府功曹参军谢偃在任职期间，曾先后应王教而创作了《观舞赋》《听歌赋》《乐府新歌应教》等诗赋作品。其《观舞赋》云：

惟钦明之昌运，应灵图而嗣篆。纽三代之离术，正千龄之差朔。可以治定制礼，可以功成变乐。实磐石之攸寄，固维城之斯属。欣微生之多幸，滥高选于名藩。列通籍之渥惠，承置醴之殊恩。晨曳裾于东阁，夕侍宴于西园。

于时霜气敛霭，夜景澄廓。云撤层台，烟销连阁。流月华以昭耀，间星文而灼烁。岩桂偃而未凋，宫梧纷而就落。于是罗荐周设，黼帐高舒。露凝珠网，风清玉除。烟浮辉于缇幕，烛笼光于绮疏。尔乃咀清哇，扬激徵，金石奏，丝桐理。奇调间发，新声互起。促宴冶而忘疲，欢情畅而未已。

于是燕余齐列，绛树分行。曳绡裙兮拖瑶佩，簪羽钗兮珥明珰。擢纤腰之孤立。若卷旌之未扬。纤修袂而将举，似惊鸿之欲翔。退不失伦，进不逾曲。流而不滞，急而不促。弦无差袖，声必应足。香散飞巾，光流转玉。若乃巴姬并进，郑媛俱前。对席齐举，分庭共旋。乍差池以燕接，又飒沓而凫连。止有余态，动无遗妍，似两艳之同发，类双花之偶然。进止合度，俯仰若一。节缓则顾迟，唱速则回疾。殊姿异制，不可殚悉。若夫金翠的砾，缃绮参差。方趋应矩，圆步中规。飞钿雪落，颓髻云垂。舒类飞霞曳清汉，屈若垂柳萦华池。既而曲变终，雅奏阕。清角止，流商绝。顿华履以自持，整文袿而跼节。始绰约而回步，乃迁延而就列。

于是君王悠然怀古，怡然自适。迁思回虑，弛县改夕。揖摛藻之宾，引良谈之客。然后讨蠹八索，诋诃六籍。语妙则众绝希夷，论远则喻穷开辟。议先哲之往轨，考前王之余迹。方欲革登封之颂，勒云亭之石。与日月而齐明，同天地之不易。[1]

---

① 《全唐文》卷一百五十六《观舞赋》，中华书局，1983，第 1591～1592 页。

其《听歌赋》则曰：

君王以政隙务闲，披玩余日。辟华轩以遐想，临风庭而自逸。于是屏青编，收缥帙，息柔翰，韬雅瑟。情廓志远，虑静神谧。

于时日下梧宫，阴清竹殿。鲜云始发，光风初扇。余霞未敛，残虹犹见。玉罍既陈，兰肴乃荐。登龙阁而骋目，临曲池而游眄。

于是征赵女，命齐倡。动琼珮，出兰房。横宝钗而耀首，靓铅华而饰妆。低翠蛾而敛色，睇横波而流光。声欲伸而含态，气未理而腾芳。乍连延以烂熳，时顿挫而抑扬。始折宫以合徵，终分角而扣商。掩余韵于雕扇，散轻尘于画梁。若夫振幽兰，飞激楚。俯仰艳逸，顾盼容与。其繁会也，类春禽振响而流变；其微引也，若秋蝉轻吟而曳绪。似将绝而更连，疑欲止而复举。短不可续，长不可去。延促合度，舒纵有所。听之者虑荡而忧忘，闻之者意悦而情抒。

歌未终，君王乃喟然叹曰：“夫乐者，所以通神明，节情欲，和天地，调风俗。观往代之遗风，览前贤之轨躅。莫不治乱斯在，兴亡攸属。是故圣人以为深诫，君子以之自勖。”于是放郑卫，引邹枚。临广苑，陟崇台。肆东平之乐，包天下之才。盛矣美矣，优哉游哉。①

《观舞赋》与《听歌赋》最早皆载于《文苑英华》，其中《观舞赋》见卷七九，题下注有“应魏王教”字样；②《听歌赋》见卷七十八，题下注有“应魏王教作”字样。③两赋皆被归入“乐赋”之类，不仅篇名对应，而且其体制规模与思想内容也非常相似，可视为姊妹篇。《全唐文》收录两赋之时，不标题下“应魏王教”字样，然而从《观舞赋》中出现的“磐石”“维城”“名藩”“曳裾”，《听歌赋》中的“邹枚”“东平之乐”等词可以确定两赋是“应教”而非“应诏”而作。两赋作者谢偃，两《唐书》皆有传，时任魏王府功曹参军。小注中的“魏王”与赋中的“君王”即唐太宗嫡次子李泰。两赋具体作年不详，大致可限定于谢偃魏王府功曹参军任内。据考，贞观十年

①　《全唐文》卷一百五十六《听歌赋》，中华书局，1983，第1592页。
②　（宋）李昉编《文苑英华》卷十九《观舞赋》，中华书局，1966，第357页。
③　（宋）李昉编《文苑英华》卷十八《听歌赋》，中华书局，1966，第353页。

(636)，唐太宗以魏王李泰"好士爱文学，特令就府别置文学馆，任自引召学士"①；贞观十一年（637），谢偃因上封事有功，被太宗"引为弘文馆直学士，拜魏王府功曹"②；贞观十二年（638），李泰引著作郎萧德言、秘书郎顾胤、记室参军蒋亚卿、功曹参军谢偃等就府修撰《括地志》；贞观十五年（641），撰《括地志》成；贞观十七年（643）四月，李泰因与太子李承乾争嫡事败，继而魏王府废，谢偃亦"出为湘潭令"③而卒。综上可知，两赋创作时间当在贞观十一年至贞观十七年之间。

谢偃擅长作赋知名天下，"时李百药工为五言诗"④，故有"李诗谢赋"之称。从历史和政治角度来看，这两篇赋主要反映了以下信息。第一，太宗对诸王府僚的选任确实非常严格，而王府官对自身的社会角色也相当满意。《观舞赋》中的"欣微生之多幸，滥高选于名藩。列通籍之渥惠，承置醴之殊恩。晨曳裾于东阁，夕侍宴于西园"；《听歌赋》中的"于是放郑卫，引邹枚。临广苑，陟崇台。肆东平之乐，包天下之才。盛矣美矣，优哉游哉"等语皆为明证。第二，贞观时期，藩王与府僚之间来往密切，并经常参与一些宴会活动。第三，诸王也有切实的政务，并非虚授。《听歌赋》篇首"君王以政隙务闲，披玩余日"句，即为明证。

从文学艺术的角度而言，《观舞赋》与《听歌赋》应属于"骈赋"之类。东汉末年流行的抒情小赋，在魏晋骈俪化的文学浪潮中又进一步演变成"骈赋。""骈赋"或称"俳赋"，它不仅保留了抒情小赋篇幅短小、善于抒情的特点，还融合了骈文音调朗畅、韵律和谐的优势，从而形成了一种具有独特审美趋向的新型文体形式。与唐宋律赋相比，骈赋的句式虽整体上也以四六为主，但尚未完全僵化；格律上虽然也要求押韵，但篇中除特定的韵脚外，平仄仍然比较随意。

两赋之外，谢偃在王府任职期间还作有《乐府新歌应教》，诗云：

> 青楼绮阁已含春，凝妆艳粉复如神。细细轻裙全漏影，离离薄扇诇障尘。樽中酒色恒宜满，曲里歌声不厌新。紫燕欲飞先绕栋，黄莺始啭

---

① 《旧唐书》卷七十六《濮王泰传》，中华书局，1975，第 2653 页。
② 《旧唐书》卷一百九十上《谢偃传》，中华书局，1975，第 4989 页。
③ 《旧唐书》卷一百九十上《谢偃传》，中华书局，1975，第 4991 页。
④ 《旧唐书》卷一百九十上《谢偃传》，中华书局，1975，第 4991 页。

即娇人。撩乱垂丝昏柳陌，参差浓叶暗桑津。上客莫畏斜光晚，自有西园明月轮。①

诗中截取了魏王府春日宴会中的一个场景，诗歌纯以铺排白描为事，风格近于其赋。中间四联对仗工整，造语清新，毫不生涩，有淳朴自然之美。某天，诗人受到魏王的邀请前来赴宴，当他踏入王府大门时，首先映入眼帘的是那些华丽秀美的宫廷建筑，继而他又看到"凝妆艳粉"的歌女，她双目炯炯有神，显然是做好了表演的准备。仔细一看，她穿着美丽而轻柔的长裙，手中还摇着精致的薄扇，并做出遮挡灰尘的娇羞之态。在侍者的导引下，诗人随众位嘉宾依次入座，只见杯中已斟满了美酒。继而节目缓缓开始，新作的乐府歌曲确实非常动人，令人百听不厌。怎么用言语来形容呢？只记得当时紫燕准备飞去，然而听到了这美妙的声音，竟先要绕梁而逗留一阵；黄鹂嘈杂吵闹，听到这美妙的声音，却安静了下来。宾客们都情不自禁地陶醉在歌声中，很久之后才回到现实。这时，只见垂柳的枝叶在黄昏中摇摆，大家才意识到马上就要天黑了。魏王于是站起来，宽慰众宾客说，"上客们不必担心，晚上我们将同往西园赏月赋诗"。

谢偃另作有《尘赋》《影赋》，传统上也被认为是"应魏王教"之作，然而从文本内容和史料记载来看，其创作应另有缘由。据考，《尘赋》《影赋》赋最早见于《旧唐书·谢偃传》，不载作年；两赋最早被宋编《文苑英华》全文收录，其中《尘赋》见卷二六，属"地类"之列；《影赋》见卷九十，属"人类"之列。两赋后被《全唐文》卷一百五十六转录，编者于《尘赋》题下标注有"并序，应魏王教"字样，② 而《影赋》则无。《尘赋》小序交代了作品创作的原因，并未有一字提及魏王，其云："余执性介直，动多违忤，兹读老子，至和光同尘，窃有慕焉，因而赋之。"③ 通览全文，亦无法确定其为应教而作。其原文曰：

> 伊大嚏之煽物，气无击而不扬。惟兹尘之宜昧，何动息之顺常？若

---

① 《全唐诗》卷三十八《乐府新歌应教》，中华书局，1960，第492页。
② 《全唐文》卷一百五十六《尘赋》，中华书局，1983，第1594页。
③ （宋）李昉编《文苑英华》卷二六《尘赋》，中华书局，1966，第119页。

乃寄形大飚，托质厚地。倏尔而往，忽焉而至。乍徘徊以上腾，或飘飖而下坠。起彼集此，不失厥位。居无不安，涉无不利。似达人之推理，任逍遥以自肆。

若夫阴风发，阵云屯，鼍鼓震，红旗翻，千乘动，万骑奔。中原以之黯色，白日为之昼昏。其兴也勃，其息也渐。或聚或散，乍舒乍敛。细不可舍，轻不可掩。蒙笼篚筍，幂历茵簟，随时无竞，应物不违。值细雨而暂息，逢轻风而复飞。霏霏靡靡，雰雰霏霏。将晨轩而并出，与暮盖而同归。任动静而无累，似识变而知机。

若夫拂珠履，生罗袜。积菱镜而鸾沈，下雕梁而歌发。散琼台而类粉，布玉阶而似雪。蒙凤辇于铜衢，翳龙媒于金埒。有动必随，无空不遍。出入青琐，游扬紫殿。流细影于回裾，乱浮香于举扇，隐洞房而难睹，因隙光而可见。既洋溢若浮烟，又散漫如流霰。

至如化衣京洛，炼石仙家。色侔雨壤，影若飘沙。逐奔蹄而起乱，随惊轮而飞斜。近则昏阡蔽陌，远则晦景韬霞。疑窃食于颜子，先甘饵于元蛇。惟纷吾之孤介，骤萍流而蓬徙。既守愚以周直，每受讪而招毁。屡空范丹之甑，时卧李恂之被。未齐物于庄生，庶同尘于老氏。[1]

全赋可分为四个部分，前三段分别铺排"尘"的性质、状态以及影响，最后一段着重陈述自己在"格物"之后的感悟，末尾"惟纷吾之孤介，骤萍流而蓬徙。既守愚以周直，每受讪而招毁。屡空范丹之甑，时卧李恂之被"等句，照应小序所述之创作缘由，表达了作者对过去自己因耿介愚直而受讪招毁之行为的悔悟，进而以《老子》"和光同尘"的哲理勉励和宽慰自己。《尘赋》以道家思想为指导，流露出作者知足而保和的情绪，完全与魏王李泰无关。

至于《影赋》，亦是如此，赋长，兹不尽录。从赋中"想古人之遗烈，哀吾生之不劭。守愚直以固穷，无明略以求效。岁月忽其代序，斑鬓倏而改貌。诚既往而莫追，徒鉴流以自吊"[2]等语来看，作者当时似乎怀才而不遇，正长期处于人生失意状态，与《尘赋》所表达的感情类似，而与《观舞赋》

---

① 《全唐文》卷一百五十六《尘赋》，中华书局，1983，第1594~1595页。
② 《全唐文》卷一百五十六《影赋》，中华书局，1983，第1593~1594页。

《听歌赋》中流露的踌躇满志、意兴飞扬则完全相反。据谢偃本传记载，他在未仕魏王府前，人生经历比较坎坷，因为作《尘赋》《影赋》二赋甚工，才得以被太宗召见。史载：

> 偃仕隋为散从正员郎。贞观初，应诏对策及第，历高陵主簿。十一年（637），驾幸东都，谷、洛泛溢洛阳宫，诏求直谏之士。偃上封事，极言得失。太宗称善，引为弘文馆直学士，拜魏王府功曹。偃尝为《尘》《影》二赋，甚工。太宗闻而召见，自制赋序……①

从史料的组织逻辑来看，谢偃是在拜魏王府功曹之前，"尝为《尘》《影》二赋"，而非在任职之后。《全唐文》编者不审其言，误以为两赋作于谢偃任王府官期间，进而在《尘赋》后添加小注，以至对读者造成了严重的误导。

与谢偃同时的文学家刘孝孙，也曾在王府官任职期间应王教作《游灵山寺》一诗。其云：

> 吾王游胜地，骖驾历祇园。临风画角愤，耀日采旗翻。
> 永怀筌了义，寂念启玄门。深溪穷地脉，高嶂接云根。
> 信美谐心赏，幽邃且攀援。曳裾欣扈从，方悟屏尘喧。②

作者刘孝孙，两《唐书》皆有传，史称其"武德初，历虞州录事参军，太宗召为秦府学士。贞观六年（632），迁著作佐郎、吴王友……十五年（641），迁本府谘议参军。寻迁太子洗马，未拜卒"③。诗中的"吾王"应当是指李元轨。李元轨，高祖李渊第十四子，武德八年（625）始封吴王，贞观十年（636）改封霍王，与刘孝孙拜"吴王友"时间契合。此诗具体作年不详，大致在贞观六年（632）至贞观十五年（641）之间。诗中的"灵山寺"，具体位置现亦不可考。

---

① 《旧唐书》卷一百九十上《谢偃传》，中华书局，1975，第4989页。
② 《全唐诗》卷三十三《游灵山寺》，中华书局，1960，第454页。
③ 《旧唐书》卷七十二《刘孝孙传》，中华书局，1975，第2583页。

这首诗题中虽无应教之名，但确是一首典型的应教诗。诗歌篇首两句交代了诗歌创作的缘由，第三、四句描写李元轨队伍出行的盛况，第五、六句点明游览的目的地——"灵山寺"，第七句到第十句描写山寺的美景以及感受，最后两句表明作者王府官的身份，同时对"吾王"进行赞颂。诗歌整体上比较平庸，虽有类似"临风画角愤，耀日采旗翻"和"深溪穷地脉，高嶂接云根"的佳句，但"永怀笙了义，寂念启玄门"等句多有突兀，有拼凑堆砌之嫌，造成诗歌主题不够集中，而意境亦不够浑融。

高宗时期，在王府官任上留有作品的文学家同样稀少，可考者唯有王勃一人。王勃，字子安，"初唐四杰"之首，新旧《唐书》皆有传。乾封初，任沛王李贤府修撰，一说为"侍读"。《旧唐书》称"沛王闻其名，召署府修撰"①，而杨炯《王勃集序》则云"沛王之初建国也，博选奇士，征为侍读"②。王勃在沛王府任职期间，曾应王教而作《平台钞略》（或作《平台秘略》）十篇，"书就，赐帛五十匹"③。《平台钞略》一书的原文现已不存，今唯余各篇末尾之论语及赞语，《全唐文》收录时分别将其题作《平台秘略论十首》与《平台秘略赞十首》。前者云：

> 孝行一
> 论曰：昔之列桐圭建茅土者，非一君焉。至于孝思可称，仁风茂著，存乎缃牒，十一而已。岂非生于深宫之中，长于妇人之手，膏肓积乎骄慢，情奔沦乎嗜欲？呜呼！有国有家者，可不诫乎？
> 贞修二
> 论曰：美哉贞修之至也。或抗情激操，杖清刚而励俗；或理韵和神，抱直方而守道；或旌奇表善，擢才于不次之阶；或剖滞申嫌，措辞于难犯之地。并能以礼升降，与时舒卷。既明且哲，以保其身。盛矣哉！原夫御俗裁风，变彝伦者寄乎直；全身远害，得随时者存乎变。夫然，故进不违义，退不伤生。清贞静一保其道，委迤屈伸合其度。《易》曰："君子或出或处，或默或语。天下何思何虑？同归而殊途，百虑而一

---

① 《新唐书》卷二百一《王勃传》，中华书局，1975，第5739页。
② 《全唐文》卷一百九十《王勃集序》，中华书局，1983，第1930页。
③ 《全唐文》卷一百九十一《王勃集序》，中华书局，1983，第1930页。

致。"此之谓也。

文艺三

论曰：《易》称观乎天文，以察时变；《传》称言而无文，行之不远。故文章经国之大业，不朽之能事，而君子所役心劳神，宜于大者远者，非缘情体物，雕虫小技而已。是故思王抗言词讼，耻为君子；武皇裁出篇章，仅称往事。不其然乎？至若身处魏阙之下，心存江湖之上，诗以见志，文宣王有焉。

忠武四

论曰：阴阳代兴，刚柔合运。威恩参用以成化，文武相资以定业。况乎康侯自我，宗子维城者乎？城阳之权略明决，卒摧吕氏之变；任城之志意刚断，实启有魏之业，盖有助焉。陈思雅怀忠勇，义形家国，表奏永昌，洞晓兵数，绩著疆场，长沙武陵，亦足云也。

善政五

论曰：东平以盛德匡时，大兴礼乐；齐献以至亲统物，光济中外。淮阳安定，峻必行之典；安陆扶风，深受遗之泣。能义形家国，理极忠贞；使黄河如带，垂芳不朽。盛矣乎！守方雅以调蕃政，用公直而掌朝论。昂然直上，凛有生气。衡阳太原，亦足云也。

尊师六

论曰：前史称良药苦口，而利于病；忠言逆耳，而利于行。岂非士情竭于不顾，主色期于难犯？中人以下，罕免斯累。其有抗辞必尽，忠烈横匪石之心；闻善若惊，君王动顺风之请。相须之际，良可咏也。清河之恭慎真恩；雅为辞益。上引圣朝，下托师傅，和矣哉！

褒客七

论曰：原夫重艺尊师，登奇仁逸；道存万里，神交一面。故有推轮拥彗，寡人忘千乘之荣；越席分庭，上才当四海之礼。斯实蕃邸之盛事，间平之用心也。而有矫情役智，荡逸名利之间；室隙蹈瑕，干没英翘之地。便僻脂韦饰其迹，甘言巧辞运其辩。假君王之顾盼，用君王之威福。《传》曰："好善而不择人，则前代有以之倾矣。"至于兴谐文雅，赏尽烟霞；月庭广辟，风闱洞敞。西园故事，下兰坂而宵歌；东苑遗尘，坐槐庭而晓赋。折旋书艺之园，翱翔舞咏之隙。洋洋乎，亦为乐之一方也。

幼俊八

论曰：夫滥觞悬米，翻浮天动地之源；寸株尺蘖，擢捎云蔽景之干。岂非积微成大，陟遐自迩？《易》曰："山下有泉蒙，君子以果行育德。"故考其前事，备之于篇。

规讽九

论曰：夫陵谷好迁，乾坤忌满。哀乐不同而不远，吉凶相反而相袭。故有全中卒行，用心于不争之场；杜渐防微，投迹于知几之地。昔之善持满者，用此者也。谚曰："祸不入慎家之门。"前代有以之兴矣。至若中山激难，重存亲礼；武陵变色，复延情爱。子建之陈辞贡愤，长沙之发对因机。虽亦各达其心，未若洪庆之希声也。

慎终十

论曰：《诗》云："靡不有初，鲜克有终。"若夫东平之奉宪遵约，耿介原陵之奏；中山之见贤思齐，殷勤濮阳之托。庶几乎可谓慎终矣！至子尘之奉行文处，疑中尉之远述河间，陈思克己，并未易诬也。①

后者曰：

孝行第一

受训椒殿，承辉桂闱。资父事君，自家刑国。孝惟忠本，忠随孝得。履薄临深，惟王之则。

贞修第二

列藩好德，清修互起。峻局刚情，中孚素履。道契玄极，芳图青史。为善不同，同归于美。

艺文第三

荣分上邸，业盛文场。争开宝札，竞耸雕章。气凌云汉，字挟风霜。后之来者，其在君王。

忠武第四阙

善政第五

荣开社稷，业照旃常。是恢藩化，或固朝章。功成道洽，身没名扬。

---

① 《全唐文》卷一百八十二《平台秘略论十首》，中华书局，1983，第 1855~1856 页。

唯忠与孝，千载生光。

尊师第六

奔霆易骇，巨壑难游。主明臣直，抚类相求。道行言用，性逸神休。吁嗟盛轨，从善如流。

褒客第七

功惟应物，业贵逢时。君王乐道，上客含词。情起月肆，兴入烟逵。文林辩圃，何代无之。

幼俊第八

列后云腾，英童雾跃。年妙识远，理丰词约。宠照玉旗，文先铜爵。勿疏小善，方恢大略。

规讽第九

宠荣有极，恭冲是守。轴碎群毛，金销众口。全忠卫国，顺时藏垢。周之宗盟，异姓为后。

慎终第十

具览藩猷，遐窥国纂。罕兼百行，多褒一善。履忠存性，慎终思远。生荣死哀，身没名显。①

沛王李贤，即后世著名的"章怀太子"，字明允，唐高宗李治第六子，武则天次子。"平台"一词，典出汉梁孝王故事。《史记·梁孝王世家》载："于是孝王筑东苑，方三百余里。广睢阳城七十里。大治宫室，为复道，自宫连属于平台三十余里。"② 后世史家考证有云："集解徐广曰：'睢阳有平台里。'骃案：如淳曰'在梁东北，离宫所在也'。晋灼曰'或说在城中东北角'。索隐如淳云：'在梁东北，离宫所在'者，按今城东二十里临新河，有故台址，不甚高，俗云平台，又一名修竹苑。《西京杂记》云'有落猿岩、凫洲、雁渚，连亘七十余里'是也。"③ 王勃在标题中借古喻今，以"平台"指代沛王李贤。

《平台秘略》是王勃在总结和归纳古代历史的基础上，为沛王李贤设计的政治生存和扬名指南，大略因秘不示人，故称"秘略"。从章节的设置来

---

① （唐）王勃著，（清）蒋清翊注《王子安集注》，上海古籍出版社，1995，第 301 页。
② 《史记》卷五十八《梁孝王世家》，中华书局，1982，第 2083 页。
③ 《史记》卷五十八《梁孝王世家》，中华书局，1982，第 2084 页。

看，"孝行""贞修"为沛王的品德修养指明了方向；"艺文""忠武""善政""尊师""褒客""幼俊"主要是为沛王如何扬名称贤提供建议，"规讽""慎终"则是告诫沛王应当如何在政治漩涡中保全自身。《平台秘略》一书，纯以说理见长，非以文华取胜。从论语来看，虽然整体上仍以四六为主，但许多章节为阐明论题，亦旁征博引，散句迭出，有音节错落之美。赞语中规中矩，有规讽劝诫之意。

武周时期，李氏诸王惨遭血腥屠杀，武氏子孙一时间并立为亲王郡王。按照传统惯例，武氏诸王也应该开府置官属，然而奇怪的是，史书中并无这方面的相关记载。那么，武氏诸王在封王之后难道真的没有开府置官属吗？史官是否故意隐瞒了武氏诸王也曾开府置官属的事实？从一些资料的蛛丝马迹中，我们仍然可以看出一些端倪。武后时，曾颁布《新都郡主等出降制》，其云：

> 鸾台：皇太子第二女新都郡主，相王长女寿昌县主、第二女安兴县主等，并毓灵天汉，禀训皇闱，惠性早成，淑德克茂。粉泽四教，针缕七篇，笄年在时，令月有典。宜穆三从之礼，式光百两之迓。新都郡主可出适左卫翊卢咸。寿昌县主可出适太子右奉御杨尚一。安兴县主可出适梁王府参军薛琳。所司准式。①

薛琳，生平不详，两《唐书》皆无传。考武后在世时期，先后有两个梁王，一是高宗长子李忠，显庆元年（656）至麟德元年（664）为梁王；另一是武三思，天授元年（690）至神龙元年（705）为梁王。制书中的"相王长女寿昌县主"等是武则天的孙女，当时已"笄年在时"（即15岁），即可知文中的"梁王"，应当是指武三思。而薛琳等在梁王府中担任参军之职，据此可以确认武三思在当时确实曾经开府置官属。又，《旧唐书·让皇帝宪传》记载："及睿宗降为皇嗣，则天册授成器为皇孙，与诸弟同日出阁，开府置官属。长寿二年（693），改封寿春郡王，仍却入阁。"② 可知，武则天革唐鼎而立周祚之后，既然能够在相当长的时间内保留"异姓"李氏诸王的王府官，那么她完全没有理由不为同姓的武氏诸王开府，以加强自己的统治基础。

---

① 《全唐文》卷九十五《新都郡主等出降制》，中华书局，1983，第987页。
② 《旧唐书》卷九十五《让皇帝宪传》，中华书局，1975，第3009页。

　　武三思等既然曾经开府，那么，除了薛琳一人之外，是否还有其他人在武氏诸王府中任职呢？《旧唐书·韦方质传》曾称"俄而武承嗣、三思当朝用事，诸宰相咸倾附之"①。如上文所述，唐初宰相有兼任王府官的传统，那么，突然之间"倾附"武氏诸王的"诸宰相"是否因兼任王府官，才做出这种行为呢？而宰相李峤曾作有《和同府李祭酒休沐田居》一诗，正好从侧面印证了这一历史事实。其云：

> 列位簪缨序，隐居林野蹰。徇物爽全直，栖真昧均俗。
> 若人兼吏隐，率性夷荣辱。地籍朱邸基，家在青山足。
> 暂弭西园盖，言事东皋粟。筑室俯涧滨，开扉面岩曲。
> 庭幽引夕雾，檐迥通晨旭。迎秋谷黍黄，含露园葵绿。
> 胜情狎兰杜，雅韵锵金玉。伊我怀丘园，愿心从所欲。②

　　从诗歌的题目来看，我们可以获得两个有效信息。首先，宰相李峤与李祭酒此时在"同府"为官。武后时期可以合法开府置官属的唯有诸王群体，所以可以确认李峤曾在王府中任职。其次，根据唐代的官制，李祭酒的职位全称应该是"国子祭酒"或"王府东、西阁祭酒"。如果二人同府，那么可以排除第一种情况，即李"祭酒"当时担任某王府东（西）阁祭酒之职。

　　从诗歌内容中，我们可以进一步确认李峤与李祭酒确实有王府官的身份。"暂弭西园盖"句中的"西园"一词，即汉梁孝王"兔（菟）园"的别称，典出自枚乘《梁王菟园赋》，其云：

> 游观西园之芝，芝成宫阙，枝叶荣茂。选择纯熟，挈取含苴。复取其次，顾赐从者。于是从容安步，斗鸡走菟，俯仰钓射，煎熬炮炙，极乐到暮。③

　　唐人称王府任职者多用此语，如上文《授吴升太子左赞善大夫制》中的

① 《旧唐书》卷七十五《韦方质传》，中华书局，1975，第2633页。
② 《全唐诗》卷五十七《和同府李祭酒休沐田居》，中华书局，1960，第687页。
③ （清）严可均编《全上古三代秦汉三国六朝文·全汉文》卷二十，中华书局，1958，第471页。

"西园月上，亟闻飞盖之篇"；谢偃《观舞赋》中的"晨曳裾于东阁，夕侍宴于西园"；《乐府新歌应教》中的"上客莫畏斜光晚，自有西园明月轮"；王勃《平台秘略论十首》中的"西园故事，下兰坂而宵歌"等；皆是如此。

又，李峤还曾作有《秋山望月酬李骑曹》诗，题中"李骑曹"职位的全称应当是"骑曹参军事"，属于七品王府官。此诗亦可作为李峤兼任王府官的一个补证。

从以上史料和作品中，我们确认宰相李峤确实曾兼任王府官，故而将其名下的应教作品统一纳入本部分的讨论范围中。

其《二月奉教作》诗云：

> 柳陌莺初啭，梅梁燕始归。和风泛紫若，柔露濯青薇。
> 日艳临花影，霞翻入浪晖。乘春重游豫，淹赏玩芳菲。

《三月奉教作》诗云：

> 银井桐花发，金堂草色齐。韶光爱日宇，淑气满风蹊。
> 蝶影将花乱，虹文向水低。芳春随意晚，佳赏日无暌。

《四月奉教作》诗云：

> 暄箑三春谢，炎钟九夏初。润浮梅雨夕，凉散麦风余。
> 叶暗庭帏满，花残院锦疏。胜情多赏托，尊酒狎林然。

《五月奉教作》诗云：

> 绿树炎氛满，朱楼夏景长。池含冻雨气，山映火云光。
> 果院新樱熟，花庭曙槿芳。欲逃三伏暑，还泛十旬觞。

《六月奉教作》诗云：

> 养日暂裴回，畏景尚悠哉。避暑移琴席，追凉□□□。

竹风依扇动，桂酒溢壶开。劳饵□飞雪，自可□□□。

《八月奉教作》诗云：

黄叶秋风起，苍莨晓露团。鹤鸣初警候，雁上欲凌寒。
月镜如开匣，云缨似缀冠。清尊对旻序，高宴有余欢。

《九月奉教作》诗云：

曲池朝下雁，幽砌夕吟蛩。叶径兰芳尽，花潭菊气浓。
寒催四序律，霜度九秋钟。还当明月夜，飞盖远相从。

《十月奉教作》诗云：

白藏初送节，玄律始迎冬。林枯黄叶尽，水耗绿池空。
霜待临庭月，寒随入牖风。别有欢娱地，歌舞应丝桐。

《十一月奉教作》诗云：

凝阴结暮序，严气肃长飙。霜犯狐裘夕，寒侵兽火朝。
冰深遥架浦，雪冻近封条。平原已从猎，日暮整还镳。

《十二月奉教作》诗云：

玉烛年行尽，铜史漏犹长。池冷凝宵冻，庭寒积曙霜。
兰心未动色，梅馆欲含芳。裴回临岁晚，顾步仃春光。①

这组应教诗共有十首，具体创作时间不详。诗歌按照月份的先后顺序依次题咏，"某月"即为作者讽咏对象。在每首诗中，作者都刻意选择月令中

---

① 《全唐诗》卷五十八《二月奉教作》，中华书局，1960，第 696～698 页。

最具代表性的意象,如二月中的"柳""莺""燕""和风""柔露""青薇";三月中的"桐花""草色""蝶影";四月中的"梅雨""麦风""花残";五月中的"绿树""冻雨""新樱""曙槿";六月中的"避暑""追凉""竹风""桂酒";八月中的"黄叶""秋风""苍葭""鹤鸣""雁上";九月中的"朝下雁""夕吟蛩""兰芳尽""菊气浓";十月中的"林枯""黄叶尽""霜""寒""临庭月""入牖风";十一月中的"狐裘夕""兽火朝""冰""雪";十二月中的"曙霜""凝宵冻""欲含芳"。这些典型意象经过作者巧妙地安排,构成了一幅幅各具特色的时令图,表现了作者对日常生活场景超乎寻常的艺术观察力。同时,诗人还极度擅长用异常精准的词汇来表达创作主体细致入微的主观感受,如二月中的"和风";三月中的"淑风";四月中的"麦风";六月中的"竹风";八月中的"秋风";十一月中的"入牖风"。

从形式上看,只有《三月奉教作》《八月奉教作》两首完全符合近体诗的格律,其余各诗或多或少都存在一些问题,如《二月奉教作》中"泛"字应平而仄,《四月奉教作》中"竿"字不入韵,《五月奉教作》中"冻"字应平而仄等,说明五言诗的格律在当时尚未完全定型。组诗继承了上官体"绮错婉媚"的特征,尤其擅长对仗,有些诗歌甚至四联皆对,带有鲜明的时代特色。

月令组诗之外,李峤署名的应教之作尚有《寒食清明日早赴王门率成》《奉教追赴九成宫途中口号》两诗。前者云:

> 游客趋梁邸,朝光入楚台。槐烟乘晓散,榆火应春开。
> 日带晴虹上,花随早蝶来。雄风乘令节,余吹拂轻灰。①

后者曰:

> 委质承仙翰,祗命遥遥策。事偶从梁游,人非背淮客。
> 长驱历川阜,迥眺穷原泽。郁郁桑柘繁,油油禾黍积。
> 雨余林气静,日下山光夕。未攀丛桂岩,犹倦飘蓬陌。

---

① 《全唐诗》卷五十八《寒食清明日早赴王门率成》,中华书局,1960,第694页。

　　行当奉麾盖，慰此劳行役。①

　　从题目上看，这两首诗皆是率然而成的"口号"之作，因此在格律声韵上并未考究。诗歌表达的感情同谢偃、刘孝孙之作大体类似，艺术特点也大体相当。

　　玄宗初年，岐王府长史郑繇曾应王教作《失白鹰》。诗云：

　　　白锦文章乱，丹霄羽翮齐。云中呼暂下，雪里放还迷。
　　　梁苑惊池鹜，陈仓拂野鸡。不知寥廓外，何处独依栖。②

　　作者郑繇，《旧唐书》有传。史称"郑繇者，郑州荥阳人，北齐吏部尚书述五代孙也。工五言诗。开元初，范为岐州刺史，繇为长史，范失白鹰，繇为《失白鹰》诗，当时以为绝唱"③。"范"即睿宗第四子岐王李范，玄宗之弟，本名隆范，后改单称。史称其"好学工书，雅爱文章之士，士无贵贱，皆尽礼接待"④。

　　考岐王李范任职经历，则此诗大约作于开元九年（721）之前。《失白鹰》一诗，无论是从形式、格律上，还是从内容意境上评价，都丝毫无愧于"绝唱"之名。首先，此诗平仄和谐，声韵规范，是一首典型的五言律诗。其次，此诗四联之中，三联皆对，如首联之中，"白锦"与"丹霄"构成名词相对，而"白"和"丹"亦相对，"乱"与"齐"构成形容词相对；颔联之中，"云中"与"雪里"构成状态相对，其中"云"与"雪"同时构成名词相对；颈联中"梁苑"与"陈仓"既构成名词相对，也构成典故相对，其中"梁"与"陈"、"苑"与"仓"亦相对，"惊"与"拂"构成动词相对，"池鹜"与"野鸡"构成名词相对，"鹜"亦与"鸡"相对。最后，这首诗讲述了一个前后完整的故事，逻辑流畅，抒情自然，无割裂突兀之病。首联叙白鹰羽翼之美，赞其飞翔之姿；颔联记岐王坎坷的寻鹰经历，得而复失；颈联回忆白鹰给岐王带来的美好时光；尾联忖度岐王之心，为白鹰的归处担

────────────

① 《全唐诗》卷五十七《奉教追赴九成宫途中口号》，中华书局，1960，第686页。
② 《全唐诗》卷一百十《失白鹰》，中华书局，1960，第1132页。
③ 《旧唐书》卷九十五《惠文太子范传》，中华书局，1975，第3017～3018页。
④ 《旧唐书》卷九十五《惠文太子范传》，中华书局，1975，第3016页。

忧，令人扼腕叹息。

玄宗之后，诸王逐渐游离于政治中心之外，王府官也被迫与府主隔离，教谕与应教作品再也不见史料记载。另外，一些王府官的应教活动虽有记载，但作品已失传。如王勃为沛王所作的《檄英王鸡》文，《旧唐书·王勃传》载："诸王斗鸡，互有胜负，勃戏为《檄英王鸡》文。高宗览之，怒曰：'据此是交构之渐。'即日斥勃，不令入府。"① 这篇改变王勃人生命运的戏作并没有流传下来，清褚人获所编《坚瓠集补集》卷五曾收《斗鸡檄》一篇，不载作者姓名，或有人说为王勃，然为众家所不取。再如霍王府参军郎余令，《旧唐书·郎余令传》记载："余令少以博学知名，举进士。初授霍王元轨府参军，数上词赋，元轨深礼之。"② 郎余令作品今皆不存，为霍王所作词赋亦不得其详。再如邓王府典签卢照邻，《旧唐书》称其"博学善属文。初授邓王府典签，王甚爱重之，曾谓群官曰：'此即寡人相如也'"③。《朝野佥载》则载其"弱冠拜邓王府典签，王府书记一以委之"④。卢照邻有集尚传，然其为邓王所作之书记、文章今皆不可考，惜哉！

（二）讽谏与纳谏

商周之时，天子以诸侯为臣，诸侯以大夫为臣，诸侯之大夫与天子互不隶属，故称"陪臣"。汉开藩屏，模拟西周，诸侯王自置官吏，"百官皆如朝廷"，其属下于王皆自称为"臣"；降及刘宋，孝武削藩，诸王属吏始称"下官"，《文献通考》载云："凡郡县内史相并于国主称臣，去任便止。孝武孝建中始革此制，不得追敬，不得称臣，止宜云'下官'而已。"⑤ 唐承旧制，亦不许王府官于诸王称臣。然而称谓虽变，其实未改，王府官于诸王仍有陪臣之义。《册府元龟·陪臣部》有云："夫陪贰藩国，分守官次，所以辅翊其主，尊屏王室。而有智用渊达，谋虑沈敏，挺贤懿之德，秉忠亮之操，方正不挠，辞令克允，为礼明上下之等，临政适宽猛之要，规正阙失，荐达贤彦，

---

① 《旧唐书》卷一百九十上《王勃传》，中华书局，1975，第5005页。
② 《旧唐书》卷一百八十九下《郎余令传》，中华书局，1975，第4961页。
③ 《旧唐书》卷一百九十《卢照邻传》，中华书局，1975，第5000页。
④ （唐）张鷟：《朝野佥载》卷六，赵守俨点校，中华书局，1979，第141页。
⑤ （元）马端临：《文献通考》卷二百七十二，中华书局，2011，第7413页。

临难而尽节，受邑而建嗣。"① 故侍从应教之外，王府官 "规正阙失" 的讽谏
之作也为数不少。而作为回应，诸王亦曾有少量的纳谏之作。

武德元年（618），齐王李元吉被任命为并州总管。时元吉年幼，驭下无
方，以游猎为乐，王府官宇文歆曾谏曰：

> 王在州之日，多出微行。常共窦诞游猎，蹂践谷稼。放纵亲昵，公
> 行攘夺。境内六畜，因之殆尽。当衢而射，观人避箭，以为笑乐。分遣
> 左右，戏为攻战，至相击刺，毁伤至死。夜开府门，宣淫他室。百姓怨
> 毒，各怀愤叹，以此守城，安能自保？②

此文最早见于《旧唐书·李纲传》，在论及此文的创作缘由时，曾云：
"先是，巢王元吉授并州总管，于是纵其左右攘夺百姓，宇文歆频谏不纳，
乃上表曰：……"③ 可见，宇文歆作此文的对象是唐高祖李渊，而非齐王元
吉。《全唐文》编者不察，题此文作《谏齐王元吉书》，有误。宇文歆，两
《唐书》无传，生平事迹见《旧唐书·李纲传》。

武德三年（620）秋七月壬戌，高祖李渊命秦王李世民率诸军讨王世充，
围洛阳城数月而不下。武德四年（621）三月，窦建德以兵十余万来援王世
充，军势浩大，不日而攻陷管州。萧瑀、屈突通、封德彝皆腹背受敌，请求
退军谷州，时秦王府主簿薛收作《上秦王书》以献策，书云：

> 世充据有东都，府库填积，其兵皆是江淮精锐，所患者在于乏食。
> 是以为我所持，求战不可。建德亲总军旅，来拒我师，亦当尽彼骁雄，
> 期于奋决。若纵其至此，两寇相连，转河北之粮，以相资给，则伊洛之
> 闲，战斗不已。今宜分兵守营，深其沟防，即世充欲战，慎勿出兵。大
> 王亲率猛锐，先据成皋之险，训兵坐甲，以待其至。彼以疲弊之师，当
> 我堂堂之势，一战必克，建德即破，世充自下矣。不过两旬，二国之君，

① （宋）王钦若等编纂《册府元龟》卷七百三十一，周勋初等校订，凤凰出版社，2006，第
8416 页。
② 《旧唐书》卷六十二《李纲传》，中华书局，1975，第 2374 ~ 2375 页。
③ 《旧唐书》卷六十二《李纲传》，中华书局，1975，第 2374 页。

可面缚麾下。若退兵自守，计之下也。①

此文最早见于《旧唐书·薛收传》，后被《全唐文》收录。文章条理清晰，有理有据，有战国纵横家行文的风采。

武德六年（623），天策府记室参军薛收又"上书谏猎"，秦王李世民作书答复，以示虚心纳谏之意。其曰：

> 览读所陈，实悟心胆，今日成我，卿之力也。明珠兼乘，岂比来言？当以诚心，书何能尽。今赐卿黄金四十锭，以酬雅意。②

此文亦出自《旧唐书·薛收传》，后收录于《全唐文》。编者将其题作《答薛收上谏猎书令》，有误。"令"为皇太子下行文之专称，时为武德六年，李世民仍为秦王，未封太子，故此文作《答薛收上谏猎书》即可。

武德七年（624），天策府记室参军薛收"寝疾，太宗遣使临问，相望于道。寻命舆疾诣府，太宗亲以衣袂抚收，论叙生平，潸然流涕"③。寻卒，秦王李世民作《与薛元敬书》以示伤怀，书云：

> 吾与卿叔共事，或军旅多务，或文咏从容，何尝不驰驱经略，款曲襟抱。比虽疾苦，日冀痊除，何期一朝，忽成万古，追寻痛惋，弥用伤怀。且闻其儿子幼小，家徒壁立，未知何处安置。宜加安抚，以慰吾怀。④

薛元敬即薛收之侄，当时任天策府参军，兼直记室。其文虽于讽谏、纳谏无涉，亦略纪之。

武德末年，齐王李元吉欲图秦王李世民，久而未决，时记室参军荣九思作诗以讽谏之，诗阙名，今唯有残句，其曰：

> 丹青饰成庆，玉帛礼专诸。

---

① 《旧唐书》卷七十三《薛收传》，中华书局，1975，第2588页。
② 《全唐文》卷四《答薛收上谏猎书令》，中华书局，1983，第49页。
③ 《旧唐书》卷七十三《薛收传》，中华书局，1975，第2589页。
④ 《旧唐书》卷七十三《薛收传》，中华书局，1975，第2589页。

残句最早见于《新唐书·巢王元吉传》，书云：

时秦王有功，而太子不为中外所属，元吉喜乱，欲并图之。乃构于太子曰："秦王功业日隆，为上所爱，殿下虽为太子，位不安，不早计，还踵受祸矣，请为殿下杀之。"太子不忍，元吉数讽不已，许之。于是邀结宫掖，厚赂中书令封德彝，使为游说，帝遂疏秦王，爱太子。元吉乃多匿亡命壮士，厚赐之，使为用。元吉记室参军荣九思为诗刺之曰："丹青饰成庆，玉帛礼专诸。"元吉见之，弗悟也。①

宋人胡三省《资治通鉴》注曾引《唐实录》，其中亦有此语，书云：

实录云：元吉见秦王有大功，每怀妒害，言论丑恶，谮害日甚。每谓建成曰："当为大哥手刃之。"建成性颇仁厚，初止之；元吉数言不已，建成后亦许之。元吉因令速发，遂与建成各募壮士，多匿罪人，赏赐之，图行不轨。其记室荣九思为诗以刺之曰："丹青饰成庆，玉帛擅专诸。"而弗悟也。②

诗中的"成庆"，或作"成覸""成荆"，齐国的勇士。最早见于《孟子·滕文公》，其云："成覸谓齐景公曰：'彼，丈夫也；我，丈夫也；吾何畏彼哉？'"《孟子正义》疏云：

《说文》云："覸，很视也。齐景公有勇臣成覸者。"《广韵》云："覸，人名，出《孟子》。"段氏玉裁《说文解字注》云："成覸，《淮南子·齐俗训》作'成荆'，'覸'为'荆'，犹《考工记》故书'顾'作'輕'也。"按《淮南子·齐俗训》云："孟贲、成荆无所行其威。"注云："成荆，古勇士也。"《汉书·广川惠王刘越传》："其殿门有成庆画，短衣大绔长剑，去好之，作七尺五寸剑，被服皆效焉。"颜古云："成庆，古之勇士也，事见《淮南子》。"成庆即成荆。《战国策·赵策·郑

① 《新唐书》卷七十九《巢王元吉传》，中华书局，1975，第3546~3547页。
② 《资治通鉴》卷一百九十一"武德七年"，中华书局，1956，第5985页。

同》云："内无孟贲之威，荆、庆之断。"鲍彪注云："荆，成荆。"《史记·范雎传》云："成荆、孟贲、王庆忌、夏育之勇焉而死。"《集解》引许慎云："成荆，古勇士。"荆、庆、覤古字通也。①

专诸，即鱄设诸，因"鱄"音"专"，故省而名。专诸是春秋末年吴国的勇士，以刺吴王僚而扬名天下，事见《春秋左传正义》昭公二十七年（前515）夏四月。

荣九思，生平事迹不详，两《唐书》无传。荣九思献齐王李元吉诗意在劝谏其效仿古人，派刺客杀秦王李世民，而元吉弗悟，不知何故。

贞观年间，汉王元昌在州以畋猎为事，颇违宪法，汉王友王宏直犯颜切谏，作《谏汉王元昌畋猎书》，其云：

> 夫宗子维城之托者，所以固邦家之业也。大王功无任城战克之效，行无河间乐善之誉，爵高五等，邑富千室，当思答极施之洪慈，保无疆之永祚。其为计者，在乎修德。冠屦诗礼，畋猎史传，览古人成败之所由，鉴既往存亡之异迹，覆前戒后，居安虑危。奈何列骑齐驱，交横垄亩？野有游客，巷无居人，贻众庶之忧，逞一情之乐从禽不息，实用寒心。②

此文原载于《旧唐书·王方庆传》，后收录于《全唐文》。

总之，讽谏与纳谏类的作品主要来源于史书，偏重于史料价值。部分篇章虽略有文采，然作者意不在此，故不多论。

---

① （清）焦循：《孟子正义》卷十，沈文倬点校，中华书局，1987，第320页。
② 《旧唐书》卷八十九《王方庆传》，中华书局，1975，第2897页。

第四章　唐代诸王与府外文人的文学唱和

秦汉之后，尤其是魏晋以来，封建制度逐渐名存而实亡。以唐代而论，诸王虽有王爵之号，但是封内无尺寸之土，国内无抚字之民，境内无统御之军，其安危荣辱亦不可强争而致，而是完全系于天子一身。对皇权的寄生性和依附性，使唐代诸王的主要文学活动都要围绕皇帝而展开。与此同时，王府职官制度也使唐代诸王在名义上保留了成建制的属官体系，这些才华横溢的王府官也曾以前者为中心创作了一些文学作品。除以上两种规定的历史情境之外，受当时特殊的政治、文化等因素的影响，唐代诸王与其他文人群体也曾发生过广泛的联系。在这些文人群体中，既有声名显赫的国家官员，也有出身卑微的普通士人。他们来自社会的各个阶层，怀着不同的目的，最终集聚在诸王周围，用手中的笔谱写了许多光辉的篇章，为唐代文学增添了别样的风采。

一　唐代诸王与府外文人交游的原因

在唐代历史上，诸王是非常尴尬的一种存在。与政治的高度捆绑，使他们无法像其他人一样选择自己的人生出路。换言之，无法摆脱的政治身份，使诸王自一出生便被安排了既定的人生道路——他们需要遵从皇家仪制去参与国家政治活动，去尊礼天子、敬爱师友。更重要的是，为了打消皇帝对其的猜忌，他们必须时刻谨言慎行。严格来说，诸王与皇帝、王府官之外的群体进行交往活动在法理上是不被允许的僭越行为，然而在当时多重时代因素的共同作用下，诸王与其他文人在很长时间内仍然保持了比较亲密的社会关系。具体而言，这些时代因素主要包括以下几个方面。

(一) 爱文好士的社会风气

爱文好士的社会风气是促成唐代诸王与其他文人交往的第一个原因。

唐初统治者出身于关陇贵族世家，良好的家庭教养和丰富的政治经验使他们对文人群体和文化事业有着天然的好感。"初，群盗得隋官及山东士子皆杀之"①，而唯李唐政权对文人青睐有加，"高祖建义太原，初定京邑，虽得之马上，而颇好儒臣"②。这些所谓的"儒臣"包括当时著名的文人如孔绍安、魏徵、刘孝孙等。同时，高祖还设置修文馆，在很短时间内聚集了大批的文人学者，搜集和保留了相当多的典籍文物，"数年间，群书略备"③，为贞观时期的文化繁荣奠定了良好的物质基础。太宗李世民虽以武开国，但他本身又是一位非常儒雅的文学家，早在登基之前，便搜罗了一大批优秀的文人，其中尤以秦王府十八学士最为知名。其在即位之初，便确立了"以文德绥海内"④ 的宏大志向。在当政期间，他大力推崇儒学，注重从科举中选拔人才，并先后多次组织大臣进行大型的诗歌唱和活动。在高祖和太宗的长期亲身示范下，此后的历代皇帝莫不热衷于文艺之事，并且有意识地把赋诗等文学行为纳入国家重大的政治场合中。仅以《旧唐书》的记载为据，可考者便有数十次之多。史载：

（太宗）［贞观八年（634）三月甲戌］阅武于城西，高祖亲自临视，劳将士而还。置酒于未央宫，三品已上咸侍。高祖命突厥颉利可汗起舞，又遣南越酋长冯智戴咏诗，既而笑曰："胡、越一家，自古未之有也。"⑤

［贞观二十年（646）］九月甲辰……于是北荒悉平，为五言诗勒石以序其事。⑥

又载：

（高宗）［仪凤三年（678）］秋七月丁巳，宴近臣诸亲于咸亨殿……上因赋七言诗效柏梁体，侍臣并和。⑦

---

① 《旧唐书》卷五十四《窦建德传》，中华书局，1975，第 2236～2237 页。
② 《旧唐书》卷一百八十九上《儒学上》，中华书局，1975，第 4940 页。
③ 《旧唐书》卷七十三《令狐德棻传》，中华书局，1975，第 2597 页。
④ 《旧唐书》卷二十八《音乐志一》，中华书局，1975，第 1045 页。
⑤ 《旧唐书》卷一《高祖本纪》，中华书局，1975，第 18 页。
⑥ 《旧唐书》卷三《太宗本纪下》，中华书局，1975，第 59 页。
⑦ 《旧唐书》卷五《高宗本纪下》，中华书局，1975，第 103 页。

又载：

（中宗）［景龙三年（709）八月］乙未，亲送朔方军总管、韩国公张仁亶于通化门外，上制序赋诗。①

（景龙三年十二月）庚子，幸兵部尚书韦嗣立庄，封嗣立为逍遥公，上亲制序赋诗，便游白鹿观。②

又载：

（玄宗）［开元十八年（730）］八月丁亥，上御花萼楼，以千秋节百官献贺，赐四品已上金镜、珠囊、缣彩，赐五品已下束帛有差。上赋八韵诗，又制《秋景诗》。③

［天宝三载（744）正月庚子］遣左右相已下祖别贺知章于长乐坡，上赋诗赠之。④

［天宝十三载（754）秋八月丁亥］上御勤政楼试四科制举人，策外加诗赋各一首。制举加诗赋，自此始也。（天宝）十四载春三月丙寅，宴群臣于勤政楼，奏《九部乐》，上赋诗敩柏梁体。⑤

又载：

（肃宗）［上元二年（761）七月］甲辰，延英殿御座梁上生玉芝，一茎三花，上制《玉灵芝诗》。⑥

又载：

---

① 《旧唐书》卷七《中宗本纪》，中华书局，1975，第148页。
② 《旧唐书》卷七《中宗本纪》，中华书局，1975，第148页。
③ 《旧唐书》卷八《玄宗本纪上》，中华书局，1975，第195页。
④ 《旧唐书》卷九《玄宗本纪下》，中华书局，1975，第217页。
⑤ 《旧唐书》卷九《玄宗本纪下》，中华书局，1975，第229页。
⑥ 《旧唐书》卷十《肃宗本纪》，中华书局，1975，第261页。

（德宗）［贞元四年（788）正月］甲寅，地震。宴群臣于麟德殿，设《九部乐》，内出舞马，上赋诗一章，群臣属和。①

［贞元四年（788）九月］癸丑，赐百僚宴于曲江亭，仍作《重阳赐宴诗》六韵赐之。群臣毕和，上品其优劣，以刘太真、李纾为上等，鲍防、于邵为次等，张濛、殷亮等二十人又次之。唯李晟、马燧、李泌三宰相之诗不加优劣。②

［贞元六年（790）］三月庚子，百僚宴于曲江亭，上赋《上巳诗》一篇赐之。③

［贞元七年（791）秋七月］癸酉，上幸章敬寺，赋诗九韵，皇太子与群臣毕和，题之寺壁。④

（贞元）九年（793）春正月庚辰朔，朝贺毕，上赋《退朝观仗归营诗》。⑤

［贞元十年（794）九月］戊子，赐百僚九日宴，上赋诗赐之。⑥

［贞元十一年（795）］九月己卯，赐宰臣两省供奉官宴于曲江，赋诗六韵赐之。⑦

［贞元十三年（797）九月］辛卯九日，宴宰臣百官于曲江，上赋诗以赐之。⑧

［贞元十四年（798）二月戊午］上又赋《中春麟德殿宴群臣诗》八韵，群臣颁赐有差。⑨

［贞元十七年（801）］二月癸巳朔，赐群臣宴于曲江亭，上赋《中和节赐宴曲江诗》六韵赐之。⑩

［贞元十七年（801）九月］戊辰，群臣宴曲江，上赋《九日赐宴曲

① 《旧唐书》卷十三《德宗本纪下》，中华书局，1975，第364页。
② 《旧唐书》卷十三《德宗本纪下》，中华书局，1975，第366页。
③ 《旧唐书》卷十三《德宗本纪下》，中华书局，1975，第369页。
④ 《旧唐书》卷十三《德宗本纪下》，中华书局，1975，第372页。
⑤ 《旧唐书》卷十三《德宗本纪下》，中华书局，1975，第376页。
⑥ 《旧唐书》卷十三《德宗本纪下》，中华书局，1975，第380页。
⑦ 《旧唐书》卷十三《德宗本纪下》，中华书局，1975，第382页。
⑧ 《旧唐书》卷十三《德宗本纪下》，中华书局，1975，第386页。
⑨ 《旧唐书》卷十三《德宗本纪下》，中华书局，1975，第387页。
⑩ 《旧唐书》卷十三《德宗本纪下》，中华书局，1975，第394页。

江亭诗》六韵赐之。①

[贞元十八年（802）九月]赐群臣宴于马璘山池，上赋《九日赐宴诗》六韵赐之。②

又载：

（宪宗）[元和八年（813）六月]壬寅，宰臣武元衡李吉甫李绛、旧相郑余庆权德舆各奉诏令进旧诗。③

又载：

（文宗）[大和九年（835）冬十月]时郑注言秦中有灾，宜兴土功厌之，乃浚昆明、曲江二池。上好为诗，每诵杜甫《曲江行》云："江头宫殿锁千门，细柳新蒲为谁绿？"乃知天宝已前，曲江四岸皆有行宫台殿、百司廨署，思复升平故事，故为楼殿以壮之。④

[开成元年（836）三月]庚申，幸龙首池，观内人赛雨，因赋《暮春喜雨诗》。⑤

又载：

（宣宗）[大中元年（847）正月]帝雅好儒士，留心贡举。有时微行人间，采听舆论，以观选士之得失。每山池曲宴，学士诗什属和，公卿出镇，亦赋诗饯行。⑥

[大中十年（856）]八月，以门下侍郎、守尚书右仆射、监修国史、博陵县开国伯、食邑一千户崔铉检校司空、同平章事，兼扬州大都督府

① 《旧唐书》卷十三《德宗本纪下》，中华书局，1975，第 395 页。
② 《旧唐书》卷十三《德宗本纪下》，中华书局，1975，第 397 页。
③ 《旧唐书》卷十五《宪宗本纪下》，中华书局，1975，第 446 页。
④ 《旧唐书》卷十七下《文宗本纪》，中华书局，1975，第 561 页。
⑤ 《旧唐书》卷十七下《文宗本纪》，中华书局，1975，第 564 页。
⑥ 《旧唐书》卷十八下《宣宗本纪》，中华书局，1975，第 617 页。

长史，充淮南节度副大使、知节度使事。宣宗宴饯，赋诗以赐之。①

《旧唐书·诸帝本纪》之外，关于诸帝同类事迹的文史资料更是浩如烟海。皇帝对文治事业的重视不仅极大地提高了文人的政治地位，同时也助长了有唐一代好文爱士的社会风气。吴相洲曾说："皇帝在这一社会风气的形成当中起到了一个核心的作用：由皇帝到王公贵族，由官员到百姓，由宫廷到京城，由京城到州县，不断向外扩散，最终形成了全民尚诗的社会风气。"②事实确像他所说的那样，在唐代相当长的一段历史时期内，社会上的各个阶层对文艺之事都异常狂热，乃至于"五尺童子，耻不言文墨焉"③。《大唐新语》记载：

> 张说拜集贤学士，于院厅宴会，举酒，说推让不肯先饮，谓诸学士曰："学士之礼，以道义相高，不以官班为前后。说闻高宗朝修史学士有十八九人。时长孙太尉以元舅之尊，不肯先饮，其守九品官者，亦不许在后，乃取十九杯，一时举饮。长安中，说修《三教珠英》，当时学士亦高卑悬隔，至于行立前后，不以品秩为限也。"遂命数杯一时同饮，时议深赏之。④

这段材料虽然简单，但其中所包含的信息却非常丰富。考集贤殿书院位于东都洛阳，前身为武后所创立的明堂，得名始于开元十三年（725）。"十三年（玄宗）与学士张说等宴于集仙殿，因改名集贤，改修书使为集贤书院学士。"⑤可知《大唐新语》所载此事最早当在此年之后。在此时，张说已先后数次拜相，可谓位高权重，然而他却自降身份，主动地放弃了"官重者先饮"的特权，选择与诸位学士"数杯一时同饮"。在解释这样做的缘由时，张说列举了高宗朝与武后朝的两件往事，以表明"以道义相高，不以官班为前后"的学士之礼在唐代历史上有据可循。自高宗至于玄宗，前后的时间跨

① 《旧唐书》卷十八下《宣宗本纪》，中华书局，1975，第633~634页。
② 吴相洲：《唐诗繁荣原因重述》，《北京大学学报》（哲学社会科学版）2009年第5期。
③ 《全唐文》卷四百七十六《词科论》，中华书局，1983，第4868页。
④ （唐）刘肃：《大唐新语》卷七，许德楠、李鼎霞点校，中华书局，1984，第103页。
⑤ 《旧唐书》卷四十三《职官志二》，中华书局，1975，第1851页。

度长达一个多世纪，这种由太宗开创的好文爱士的社会风气从未断绝。而且，即使在国家日益衰落的中晚唐之时，此仍然被当时的人们广泛推崇。《新唐书·马植传》记载：

> 初，植兼集贤殿大学士，校理杨收道与三院御史遇，不肯避，朝长冯缄录其骄仆辱之。植怒，奏言："开元中，丽正殿赐酒，大学士张说以下十八人不知先举者，说以学士德行相先，遂同举酒。今缄辱收，与大学士等。请斥之。"中丞令狐绹援故事论救，宣宗释不问。因著令"三馆学士不避行台"，自植始。①

长孙无忌、张说等人"不以品秩为限"的示范在后世造成了很大的社会影响，并形成了不成文的传统。在这个故事中，马植以张说"同举酒"的例子为依据，说明学士之间虽官秩有差，实则并无尊卑之分，"今缄辱收，与大学士等"，因此强烈要求将侮辱集贤院校理杨收的大臣冯缄罢黜。虽然冯缄后来在令狐绹的援引中被宣宗皇帝释而不问，但自此之后国家出台了"三馆学士不避行台"的明文规定。

不惟台省"三馆学士"备受朝野礼遇，普通士人亦常因文才为时论所推扬。如盛唐诗人孟浩然。《唐诗纪事》中曾载：

> 孟浩然，襄阳人也。骨貌淑清，风神散朗……闲游秘省，秋月新霁，诸英联诗，次当浩然，句曰："微云淡河汉，疏雨滴梧桐。"举座嗟其清绝，咸以之阁笔，不复为缀。丞相范阳张九龄、侍御史京兆王维、尚书侍郎河东裴朏、范阳卢僎、大理评事河东裴总、华阴太守荥阳郑倩之、太守河东独孤策，率与浩然为忘形之交。②

孟浩然一介布衣，无名无禄，然以"微云淡河汉，疏雨滴梧桐"一联名扬天下，争相与之交往者既有当朝宰相，又有台省侍臣，更多的是封疆大吏。他们不顾身份的尊卑有别，"率与浩然为忘形之交"。这种神奇的情形在如今

---

① 《新唐书》卷一百八十四《马植传》，中华书局，1975，第5392页。
② （宋）计有功：《唐诗纪事校笺》卷二十三，王仲镛校笺，中华书局，2007，第763~764页。

早已不可复现，而当时的人们却安之若素，习以为常。

再如中唐诗人孟郊。《旧唐书·孟郊传》记载：

> 孟郊者，少隐于嵩山，称处士。李翱分司洛中，与之游。荐于留守郑余庆，辟为宾佐。性孤僻寡合，韩愈一见以为忘形之契，常称其字曰东野，与之唱和于文酒之间。郑余庆镇兴元，又奏为从事，辟书下而卒。余庆给钱数万葬送，赡给其妻子者累年。[①]

孟郊出身寒微，身世坎坷，同时又"性孤僻寡合"，然而以诗艺优长之能，竟然先后得到李翱、韩愈、郑余庆等高官的赏识。尤其是韩愈，一见便以其"为忘形之契"，与之诗酒唱和。后人美之，常呼为"韩、孟"。

再如布衣冯定，《旧唐书·冯定传》记载：

> 于頔牧姑苏也，定寓焉，頔友于布衣间。后頔帅襄阳，定乘驴诣军门；吏不时白，定不留而去。頔惭，答军吏，驰载钱五十万，及境谢之。定饭逆旅，复书责以贵傲而返其遗，頔深以为恨。[②]

于頔是宪宗朝宰相，考其"牧姑苏"时为德宗贞元七年（791），"帅襄阳"事于贞元十四年（798）。在于頔与冯定的交往中，前者位高权重，后者籍籍无闻，然而仅以其"有文学"之能，于頔不仅愿与其为布衣之交，甚至在遭到后者无端羞辱后，仍然自觉惭愧、愤恨，而不是去指责对方。

名士如此，常人亦然。《本事诗》记载：

> 朱滔括兵，不择士族，悉令赴军，自阅于球场。有士子容止可观，进趋淹雅。滔自问之曰："所业者何？"曰："学为诗。"问："有妻否？"曰："有。"即令作寄内诗。援笔立成，词曰："握笔题诗易，荷戈征戍难。惯从鸳被暖，怯向雁门寒。瘦尽宽衣带，啼多渍枕檀。试留青黛着，回日画眉看。"又令代妻作诗答，曰："蓬鬓荆钗世所稀，布裙犹是嫁时

---

① 《旧唐书》卷一百六十《孟郊传》，中华书局，1975，第4204~4205页。
② 《旧唐书》卷一百六十八《冯定传》，中华书局，1975，第4390页。

衣。胡麻好种无人种，合是归时底不归？"滔遗以束帛，放归。①

朱滔是中唐时期的藩镇军阀，他曾多次背叛朝廷，甚至僭位称孤，历史上尤以暴虐著称。当他在"括兵"之时，看到这位"容止可观，进趋淹雅"的普通士子，便存心以考诗为名故意刁难、羞辱他，不料士子毫不推辞，"援笔立成"。朱滔心有不甘，复令再作，而士子仍然出口成章，应对如流。两诗文采斐然，语淡而情深，有《古诗十九首》之遗风。朱滔阅后不禁深受感动，于是"遗以束帛，放归"，当时传为美谈。

在当时爱文好士的社会风气影响下，诸王群体也非常热衷与普通士人往来，时论亦以为荣。骆宾王《帝京篇十首》曾云："王侯贵人多近臣，朝游北里暮南邻。陆贾分金将燕喜，陈遵投辖正留宾。"② 实际上便是对初唐时期王侯贵人争相交结文士场面的生动写照。《旧唐书》中也有大量关于诸王与文人交往的记录，史载：

> （江夏王）道宗晚年颇好学，敬慕贤士，不以地势凌人，宗室中唯道宗及河间王孝恭昆季最为当代所重。③

又载：

> （魏王）濮王泰，字惠褒，太宗第四子也。少善属文……太宗以泰好士爱文学，特令就府别置文学馆，任自引召学士。④

又载：

> （邓王）元裕好学，善谈名理，与典签卢照邻为布衣之交。⑤

---

① 《历代诗话续编》，丁福保辑，中华书局，2006，第5～6页。
② 《全唐诗》卷七十七《帝京篇》，中华书局，1960，第834页。
③ 《旧唐书》卷六十《江夏王道宗传》，中华书局，1975，第2356页。
④ 《旧唐书》卷七十六《濮王泰传》，中华书局，1975，第2653页。
⑤ 《旧唐书》卷六十四《邓王元裕传》，中华书局，1975，第2433页。

又载：

（霍王）元轨前后为刺史，至州，唯闭阁读书，吏事责成于长史、司马，谨慎自守，与物无忤，为人不妄。在徐州，唯与处士刘玄平为布衣之交。①

又载：

（黄公）譔少以文才见知，诸王子中，与琅琊王冲为一时之秀，凡所交结皆当代名士。②

又载：

（岐王）范好学工书，雅爱文章之士，士无贵贱，皆尽礼接待。与阎朝隐、刘庭琦、张谔、郑繇篇题唱和，又多聚书画古迹，为时所称。③

又载：

琎，封汝阳郡王，历太仆卿，与贺知章、褚庭诲为诗酒之交。④

又载：

（王）维以诗名盛于开元、天宝间，昆仲宦游两都，凡诸王驸马豪右贵势之门，无不拂席迎之，宁王（李宪）、薛王（李业）待之如师友。⑤

① 《旧唐书》卷六十四《霍王元轨传》，中华书局，1975，第2430页。
② 《旧唐书》卷六十四《韩王元嘉传》，中华书局，1975，第2428页。
③ 《旧唐书》卷九十五《惠文太子范传》，中华书局，1975，第3016页。
④ 《旧唐书》卷九十五《让皇帝宪传》，中华书局，1975，第3014页。
⑤ 《旧唐书》卷一百九十下《王维传》，中华书局，1975，第5052页。

　　由于传记的文本容量非常有限，很多类似的事迹可能并未得到记录。同时，即便史书中给出了这样的线索，由于文史资料的散亡，很多诸王与士人交往的事迹并无具体的文学作品可以印证。如江夏王李道宗、邓王李元裕、琅琊王李冲等，他们生前以爱文好士著称，然而除史传以外，唐代诗文资料中竟对此不置一词。鉴于他们在武周革命中皆以罪臣的身份惨死，可以推测这些记录诸王与其他文人交往的作品很可能在武后时期的政治清算中被故意毁灭。

（二）长期实施的荐举制度

　　荐举制度的长期实行是促成唐代诸王与其他文人交往的另一个原因。

　　科举制度的地位在隋唐时期正式得到确立，此后其逐渐成为我国古代选拔人才的重要方式。然而以唐代而言，当时的任官入仕之法并不仅限于科举一端，故而沈既济有"入仕之门太多"① 之叹。《新唐书·选举志下》曾将选官叙阶之法明确分为"试判登科""出身""用荫""秀才""明经""进士""明法""弘文、崇文生""勋官"等；《旧唐书·职官志二》则云："凡叙阶之法，有以封爵，有以亲戚，有以勋庸，有以资荫，有以秀孝，有以劳考，有除免而复叙者，皆循法以申之，无或枉冒。"② 在以上诸多进身门路之外，唐代统治者还长期在社会范围内提倡"荐举"，并将其作为"科举""资荫""亲戚"等任官方式的重要补充，从而在当时形成了一套独具时代特色的、系统完整的荐举制度。

　　唐代荐举之法名目繁多，且不拘一格，然大体而论，则不出"自荐"与"他荐"两端。"自荐"或称"自举"，是指举人不经他人推荐直接向皇帝求官求仕的行为。唐代"自举"之事始于高祖，兴于武后，代有沿革。武德五年（622）三月，李渊下《令京官五品以上及诸州总管刺史各举一人诏》，其云："其有志行可录，才用未申，亦听自己具陈艺能，当加显擢，授以不次。"③ 此后的唐代统治者也时常鼓励士人"自举"，《旧唐书》记载：

　　　　[垂拱元年（685）五月] 诏内外文武九品已上及百姓，咸令自举。④

---

① 《新唐书》卷四十五《选举志下》，中华书局，1975，第 1178 页。
② 《旧唐书》卷四十三《职官志二》，中华书局，1975，第 1819 页。
③ 《全唐文》卷二《令京官五品以上及诸州总管刺史各举一人诏》，中华书局，1983，第 32 页。
④ 《旧唐书》卷六《则天皇后本纪》，中华书局，1975，第 117 页。

[天授二年（691）] 冬十月，制官人者咸令自举。①

[神龙三年（707）正月] 庚戌，以默啜寇边，制募猛士武艺超绝者，各令自举。②

（开元）十五年（727）春正月戊寅，制草泽有文武高才，令诣阙自举。③

[天宝元载（742）春正月丁未朔] 京文武官才堪为刺史者各令封状自举。④

"自荐"使许多出身寒微或科举不顺的士人加速步入仕途，如武后时的拾遗、补阙之职。《隋唐嘉话》称"武后初称周，恐下心不安，乃令人自举供奉官，正员外多置里行，拾遗、补阙、御史等至有'车载斗量'之咏"⑤；开元十五年，布衣苏源明应玄宗诏书上《自举表》，玄宗奇之，试后授进士及第，官列朝班，⑥ 杜甫《八哀诗》中所云"射君（即苏源明）东堂策，宗匠集精选。制可题未干，乙科已大阐"⑦ 即此事。诗人杜甫因"天宝末，献《三大礼赋》"而被玄宗赏识，试后"授京兆府兵曹参军"⑧。不过，由于皇帝与普通士人之间长期缺乏直接的沟通渠道，这种"自举"或"自荐"的政治机遇对于士人而言往往可遇而不可求。

与"自荐"相比，唐代士人显然更愿意通过难度较小的"他荐"方式入仕，而当时长期实施的荐举制度正好满足了他们的这种要求。武德年间，国家初建，高祖李渊便曾下诏，"令京官五品以上及诸州总管刺史各举一人"⑨。在此之后，唐代统治者又先后多次颁布类似的诏书，要求大臣官员经常性地推

---

① 《旧唐书》卷六《则天皇后本纪》，中华书局，1975，第122页。
② 《旧唐书》卷七《中宗本纪》，中华书局，1975，第143页。
③ 《旧唐书》卷八《玄宗本纪上》，中华书局，1975，第190页。
④ 《旧唐书》卷九《玄宗本纪下》，中华书局，1975，第214页。
⑤ （唐）刘𫗧：《隋唐嘉话》下，程毅中点校，中华书局，1979，第36页。
⑥ 苏源明《自举表》见《全唐文》卷三七三，从文中"草莽臣某言""臣山东一布衣耳"等语可知苏源明此时尚为布衣；又文中"伏奉今年正月五日制，诣阙自举"之语，正合《旧唐书·玄宗本纪》的记载，故可推知时为开元十五年。《新唐书·苏源明传》载其"及进士第，更试集贤院"与杜甫《八哀诗》正合。
⑦ （唐）杜甫撰，（清）仇兆鳌注《杜诗详注》卷十六《故秘书少监武功苏公源明》，中华书局，1979，第1404页。
⑧ 《旧唐书》卷一百九十下《杜甫传》，中华书局，1975，第5054页。
⑨ 《全唐文》卷二《令京官五品以上及诸州总管刺史各举一人诏》，中华书局，1983，第32页。

荐人才。仅以《旧唐书》为据，可考者便有十数次之多，史载：

> （太宗）［贞观十一年（637）夏四月］丙寅，诏河北、淮南举孝悌淳笃，兼闲时务；儒术该通，可为师范；文辞秀美，才堪著述；明识政体，可委字人：并志行修立，为乡间所推者，给传诣洛阳宫。①
>
> ［贞观十五年（641）］六月戊申，诏天下诸州，举学综古今及孝悌淳笃、文章秀异者，并以来年二月总集泰山。②
>
> ［贞观十七年（643）］五月乙丑，手诏举孝廉茂才异能之士。③

又载：

> （高宗）［龙朔元年（661）］八月丙戌，令诸州举孝行尤著及累叶义居可以励风俗者。④
>
> ［龙朔三年（663）夏四月乙丑］仍令内外官五品已上各举所知。⑤
>
> ［仪凤二年（677）十二月乙卯］诏京文武职事官三品已上，每年各举文武才能堪任将帅牧守者一人。⑥

又载：

> （武后）［永昌元年（689）］六月，令文武官五品已上各举所知。⑦

又载：

> （中宗）［神龙元年（705）二月甲子］诏九品已上及朝集使极言朝

---

① 《旧唐书》卷三《太宗本纪下》，中华书局，1975，第48页。
② 《旧唐书》卷三《太宗本纪下》，中华书局，1975，第53页。
③ 《旧唐书》卷三《太宗本纪下》，中华书局，1975，第55页。
④ 《旧唐书》卷四《高宗本纪上》，中华书局，1975，第82页。
⑤ 《旧唐书》卷四《高宗本纪上》，中华书局，1975，第85页。
⑥ 《旧唐书》卷五《高宗本纪下》，中华书局，1975，第103页。
⑦ 《旧唐书》卷六《则天皇后本纪》，中华书局，1975，第120页。

政得失，兼举贤良方正直言极谏之士。①

又载：

（玄宗）［开元十三年（725）夏四月］癸酉，令朝集使各举所部孝悌文武，集于泰山之下。②

［开元十八年（730）］六月庚申，命左右丞相、尚书及中书门下五品已上官，举才堪边任及刺史者。③

［开元二十年（732）］冬十月丙戌，命巡幸所至，有贤才未闻达者举之。④

［开元二十三年（735）春正月己亥］其才有霸王之略、学究天人之际及堪将帅牧宰者，令五品已上清官及刺史各举一人。⑤

［开元二十六年（738）春正月丁丑］内外八品已下及草泽有博学文辞之士，各委本司本州闻荐。⑥

［开元二十九年（741）春正月丁丑］内外官有伯叔兄弟子侄堪任刺史、县令，所司亲自保荐。⑦

［天宝元载（742）春正月丁未朔］前资官及白身人有儒学博通、文词秀逸及军谋武艺者，所在具以名荐。⑧

又载：

（肃宗）［乾元元年（758）四月壬寅］自文武五品已上正官各举贤良方正、直言极谏一人，任自封进。⑨

---

① 《旧唐书》卷七《中宗本纪》，中华书局，1975，第137页。
② 《旧唐书》卷八《玄宗本纪上》，中华书局，1975，第188页。
③ 《旧唐书》卷八《玄宗本纪上》，中华书局，1975，第195页。
④ 《旧唐书》卷八《玄宗本纪上》，中华书局，1975，第198页。
⑤ 《旧唐书》卷八《玄宗本纪上》，中华书局，1975，第202页。
⑥ 《旧唐书》卷九《玄宗本纪下》，中华书局，1975，第209页。
⑦ 《旧唐书》卷九《玄宗本纪下》，中华书局，1975，第213页。
⑧ 《旧唐书》卷九《玄宗本纪下》，中华书局，1975，第214页。
⑨ 《旧唐书》卷十《肃宗本纪》，中华书局，1975，第255页。

又载：

（代宗）［大历八年（773）春正月癸卯］京官三品已上郎官御史，每年各举一人堪为刺史县令者。①

又载：

（德宗）［大历十四年（779）六月］癸亥，诏中书门下、御史台五品已上，诸司三品已上长官，各举可任刺史县令者一人，中书门下量才进拟。②

［建中元年（780）春正月己巳］常参官、诸道节度观察防御等使、都知兵马使、刺史、少尹、畿赤令、大理司直评事等，授讫三日内，于四方馆上表让一人以自代。其外官委长吏附送其表，付中书门下。每官阙，以举多者授之。③

［贞元八年（792）五月］戊辰，初令授台省官者各具举主于授官诏。④

［贞元九年（793）十一月］戊辰，初令授台省官者各具举主于授官诏。先是郎官缺，左右丞举之，御史缺，大夫、中丞举之，诏书不具所举。及赵憬、陆贽为相，建议郎官不宜专于左右丞，宜令尚书、丞、郎各举其可，诏书具所举官名，御史亦如之，异日考殿最以举主能否。⑤

又载：

（懿宗）（咸通）四年（863）春正月甲子朔。庚午，上有事于圆丘，礼毕，御丹凤楼，大赦。中外官宜准建中元年（780）敕，授官后三日

---

① 《旧唐书》卷十一《代宗本纪》，中华书局，1975，第 301 页。
② 《旧唐书》卷十二《德宗本纪上》，中华书局，1975，第 322 页。
③ 《旧唐书》卷十二《德宗本纪上》，中华书局，1975，第 324 页。
④ 《旧唐书》卷十三《德宗本纪下》，中华书局，1975，第 374 页。
⑤ 《旧唐书》卷十三《德宗本纪下》，中华书局，1975，第 374 页。

举一人自代。州牧令录上佐官，在任须终三考。①

[咸通十二年（871）]六月十二日敕，厘革诸道及在京诸司奏官并请章服事者。其诸道奏州县官司录、县令、录事、参军，或见任公事，败阙不理，切要替换，及前任实有劳效，并见有阙员，即任各举所知。每道奏请，仍不得过两人。②

不仅在诏令中有如此姿态，唐代统治者在日常行政中也非常注重官员对贤才的举荐，甚至把举荐行为当作考评官员是否称职的重要依据。贞观三年（629），尚书右仆射封德彝曾因在位久无所举，而被太宗当面斥责，《资治通鉴》载："上令封德彝举贤，久无所举。上诘之，对曰：'非不尽心，但于今未有奇才耳。'上曰：'君子用人如器，各取所长，古之致治者，岂借才于异代乎？正患己不能知，安可诬一世之人！'德彝惭而退。"③贞观三年三月丁巳，房玄龄、杜如晦因躬行细务而无暇举荐贤才，也一度引起了皇帝的不满。他曾这样对房玄龄、杜如晦说，"公为仆射，当广求贤人，随才授任，此宰相之职也。比闻听受辞讼，日不暇给，安能助朕求贤乎！"④太宗明确将宰相之职规定为"广求贤人，随才授任"，并且要求他们在朝廷大事之外，唯以荐举任贤为重。贞观十年（636）十二月，治书侍御史权万纪上书言采银之事，太宗斥责其不以举荐贤才为任，"而专言税银之利"⑤，当即罢黜了他的官职，使其还家。高宗即位之后，也曾"屡引侍臣，责以不进贤良"⑥。

在这种政治氛围的影响下，唐代大臣争相举荐贤才，唯恐落他人之后。当时许多优秀的大臣都由荐举入仕、以荐举扬名，如房玄龄，武德初，"玄龄杖策谒于军门，温彦博又荐焉"⑦；其任职后，"闻人有善，若己有之……与杜如晦引拔士类，常如不及。至于台阁规模，皆二人所定"⑧。再如杜淹，武德初，"淹将委质于隐太子。时封德彝典选，以告房玄龄……于是遽启太

---

① 《旧唐书》卷十九上《懿宗本纪》，中华书局，1975，第654页。
② 《旧唐书》卷十九上《懿宗本纪》，中华书局，1975，第678页。
③ 《资治通鉴》卷一百九十二"贞观元年"，中华书局，1956，第6032页。
④ 《资治通鉴》卷一百九十三"贞观三年"，中华书局，1956，第6063页。
⑤ 《资治通鉴》卷一百九十四"贞观十年"，中华书局，1956，第6124页。
⑥ 《旧唐书》卷七十二《李安期传》，中华书局，1975，第2578页。
⑦ 《旧唐书》卷六十六《房玄龄传》，中华书局，1975，第2460页。
⑧ 《资治通鉴》卷一百九十三"贞观三年"，中华书局，1956，第6063页。

宗，引为天策府兵曹参军、文学馆学士"。及其任职后，"前后表荐四十余人，后多知名者"①。再如卢齐卿，"时则天令雍州长史薛季昶择僚吏堪为御史者，季昶以闻，齐卿荐长安尉卢怀慎、李休光、万年尉李乂、崔湜、咸阳丞倪若水、蓝田尉田崇辟、新丰尉崔日用，后皆至大官"②。再如狄仁杰，其释褐之初，仕途不遇，工部尚书阎立本"荐授并州都督府法曹"。及其位列宰臣，"常以举贤为意，其所引拔桓彦范、敬晖、窦怀贞、姚崇等，至公卿者数十人"③。

与之相对应的是，在位大臣如果荐贤不力，不仅会受到皇帝的斥责，而且要承受时论的非议。如于志宁，史称其"雅爱宾客，接引忘倦，后进文笔之士，无不影附，然亦不能有所荐达，议者以此少之"④。再如杨再思，《旧唐书》称其为人"巧佞邪媚"，并将其"知政十余年，未尝有所荐达"⑤列为其声名不佳的原因之一。再如李林甫，其为相时，"动循格令，衣冠士子，非常调无仕进之门"⑥。又嫉贤妒能，唐人元结《谕友》曾云："天宝六载（747），诏天下有一艺，诣毂下。李林甫命尚书省试，皆下之。遂贺野无遗贤。"⑦在这次考试中，诗人元结、杜甫等皆被黜落，故后人常以此事讥讽其不能举贤。

那么唐代君臣是如何看待贤才，如何举荐贤才呢？《旧唐书·崔祐甫传》中曾谈到了这个问题，史载：

> 自至德、乾元中，天下多战伐，启奏填委，故官赏紊杂。及永泰之后，四方既定，而元载秉政，公道壅塞，官由贿成。中书主书卓英倩、李待荣辈用事，势倾朝列，天下官爵，大者出元载，小者自倩、荣。四方赍货贿求官者，道路相属，靡不称遂而去，于是纲纪大坏。及元载败，杨绾寻卒，常衮当国，杜绝其门，四方奏请，莫有过者，虽权势与匹夫等。非以辞赋登科者，莫得进用。虽贿赂稍绝，然无所甄异，故贤愚同滞。及祐

---

① 《旧唐书》卷六十六《杜淹传》，中华书局，1975，第 2471 页。
② 《旧唐书》卷八十一《卢承庆传》，中华书局，1975，第 2749 页。
③ 《旧唐书》卷八十九《狄仁杰传》，中华书局，1975，第 2885～2894 页。
④ 《旧唐书》卷七十八《于志宁传》，中华书局，1975，第 2700 页。
⑤ 《旧唐书》卷九十《杨再思传》，中华书局，1975，第 2918 页。
⑥ 《旧唐书》卷一百六《李林甫传》，中华书局，1975，第 3241 页。
⑦ （唐）杜甫撰，（清）仇兆鳌注《杜诗详注》卷首《杜工部年谱》，中华书局，1979，第 13 页。

甫代衰，荐延推举，无复疑滞，日除十数人，作相未逾年，凡除吏几八百员，多称允当。上尝谓曰："有人谤卿所除拟官，多涉亲故，何也？"祐甫奏曰："臣频奉圣旨，令臣进拟庶官，进拟必须谙其才行。臣若与其相识，方可粗谙，若素不知闻，何由知其言行？获谤之由，实在于此。"上以为然。①

这段材料总结了唐代选拔人才的三种主要方式，即元载式、常衮式、崔祐甫式。与宋明之时的选士观念不同，唐代史官既明确反对元载等"官由贿成"的任人方式，也不认同常衮等"非以辞赋登科者，莫得进用"的做法，以其虽貌似公正，实则有"贤愚同滞"之病。至于崔祐甫"所除拟官，多涉亲故"的做法，史官则明显有赞赏褒扬之意。当皇帝怀疑崔祐甫有任人唯亲的嫌疑时，后者解释了这样做的原因：只有在对被荐人有一定了解的情况下，方才有机会对他们的才能进行考察；反之，如果对他们的情况毫不了解，仅凭一篇科举及第的文章或传说中的只言片语，很难在茫茫人海中发现真正的贤能之士。从崔祐甫毫不避嫌的行为和德宗深以为然的态度可以看出：在唐代君臣的心目中，荐贤任能乃为国建功之盛事，而人才难得，故人臣在荐举之时不必有结党营私、任人唯亲的政治顾虑。与这个结论相对应的是，真正的贤才应不问出身，他们所缺乏的仅仅是施展才华、为国效力的平台而已，所以士人干谒权贵、请求荐举之时也不必有屈尊谄媚、丧失人格的心理负担。

荐举制度的长期实施所造成的政治影响是多方面的，它不仅使大臣们以荐贤任能为己任，同时也助长了文人士子争相干谒权贵的社会风气。如诗人杜甫，虽号称"独耻事干谒"②，然而为了实现"致君尧舜上，再使风俗淳"③的政治抱负，也曾先后向光禄卿郑潜曜、尚书左丞韦济、太常卿张垍、礼部员外郎崔国辅、京兆尹鲜于仲通、汝阳王李琎、汉中王李瑀等人献诗以求汲引；再如诗人李白，虽自诩"不屈己，不干人，巢由以来，一人而已"④，但

---

① 《旧唐书》卷一百一十九《崔祐甫传》，中华书局，1975，第 3440 页。
② （唐）杜甫撰，（清）仇兆鳌注《杜诗详注》卷四《自京赴奉先县咏怀五百字》，中华书局，1979，第 266 页。
③ （唐）杜甫撰，（清）仇兆鳌注《杜诗详注》卷一《奉赠韦左丞丈二十二韵》，中华书局，1979，第 74 页。
④ （唐）李白撰，（清）王琦注《李太白全集》卷二十六《代寿山答孟少府移文书》，中华书局，1977，第 1225 页。

是为了追求"寰区大定，海县清一"① 的人生理想，也不得不向荆州大都督府长史兼襄州刺史韩朝宗、北海太守李邕、前宰相益州长史苏颋、玉真公主、秘书监贺知章、嗣吴王李祗、侍御史韦黄裳等人投诗陈情。文人士子如果不以干谒为事，那么即便其确有天纵之才，也未必能够得到重用。武后朝的名相魏元忠便有这样的经历，史称其早年"志气倜傥"，然而却"不以举荐为意"，于是"累年不调"②。至于那些干谒无门的士子，只能悲叹"空有篇章传海内，更无亲贵在朝中"③，徒劳地感慨"闭户十年专笔砚，仰天无处认梯媒"④ 的人生窘境。

对于府外的文人来说，诸王地居北辰之侧，官当极品之任，是他们心目中非常理想的干谒对象。为了得到诸王的推荐，他们恨不能朝夕伴游、日暮侍宴。而在唐代历史上，诸王也确向朝廷举荐过许多人才。如嗣鲁王李道坚举荐张九龄之事，宋人王应麟《困学纪闻》卷十二曾载：

> 晁错《对策》首云："平阳侯臣窋等所举贤良方正、太子家令臣错。"自言所举之人及其官爵无所隐。汉制犹古也，自后史无所纪，唯唐张九龄《对策》首云："嗣鲁王道坚所举道侔伊吕科、行秘书省校书郎张九龄。"自糊名易书之法密，不复见此矣。道坚，鲁王灵夔之孙，本传称其方严有礼法，是以能举九龄。而秉史笔者，不书于传，仅见《九龄集》。⑤

李道坚者，高祖第十九子鲁王李灵夔之孙，两《唐书》皆有传。其荐张九龄之事，史书皆无明载，唯《张九龄集》卷十六《应道侔伊吕科对策三道》中存其事。《张九龄集校注》一书考证：

> 张九龄以征仕郎行秘书省校书郎"应道侔伊吕科，对策第二，迁左拾

① （唐）李白撰，（清）王琦注《李太白全集》卷二十六《代寿山答孟少府移文书》，中华书局，1977，第1225页。
② 《旧唐书》卷九十二《魏元忠传》，中华书局，1975，第2945页。
③ 《全唐诗》卷六百九十二《投从叔补阙》，中华书局，1960，第7952页。
④ 《全唐诗》卷六百九十二《投江上崔尚书》，中华书局，1960，第7957页。
⑤ （宋）王应麟：《困学纪闻》卷十二，孙通海整理，大象出版社，2019，第40页。

遗"(《徐碑》)。《册府》六四五贡举部科目:"玄宗先天元年(712)十二月,制令京文武官及朝集使,五品以上各举堪充将帅者一人。又有……道侔伊吕科,张九龄及第。"①

在这次制举中,张九龄的推荐人是嗣鲁王李道坚,当时并无所隐。《四部丛刊》初编重印本《曲江集》于篇题下原注有"第一道嗣鲁王道坚所举道侔伊吕科"②的字样,即为明证。

再如嗣道王李实私录二十名举子之事,《旧唐书·李实传》记载:

> 前岁,权德舆为礼部侍郎,实托私荐士,不能如意,后遂大录二十人迫德舆曰:"可依此第之;不尔,必出外官,悔无及也。"德舆虽不从,然颇惧其诬奏。③

嗣道王李实,高祖李渊第十六子道王李元庆之玄孙,贞元十九年(803)嗣封,两《唐书》有传。李实在德宗时期权势熏天,史称其"恃宠强愎,不顾文法,人皆侧目"④,故而才有迫权德舆之事,这同时也说明了其确实有干涉和举荐人才的能力。《刘宾客嘉话录》亦载:"贞元末,太府卿韦渠牟、金吾李齐运、度支裴延龄、京兆尹嗣道王实皆承恩宠事,荐人多得名位。"⑤可谓信史。

再如襄信郡王李璆举荐宗子之事,《旧唐书·襄信郡王璆传》记载:

> (襄信郡王)璆友弟聪敏,闻善若惊,宗子中有一善,无不荐拔,故宗枝居省闼者,多是璆之所举。⑥

襄信郡王李璆,高宗李治第四子许王李素节之子,初为嗣泽王,后降为

---

① 《张九龄集校注》卷十六《应道侔伊吕科对策第三道》,熊飞校注,中华书局,2008,第834页。
② 《张九龄集校注》卷十六《应道侔伊吕科对策第三道》,熊飞校注,中华书局,2008,第834页
③ 《旧唐书》卷一百三十五《李实传》,中华书局,1975,第3731~3732页。
④ 《旧唐书》卷一百三十五《李实传》,中华书局,1975,第3731页。
⑤ (唐)韦绚:《刘宾客嘉话录》,陶敏、陶红雨校注,中华书局,2019,第76页。
⑥ 《旧唐书》卷八十六《襄信郡王璆传》,中华书局,1975,第2828页。

郓国公，后特封褒信郡王，两《唐书》有传。玄宗时实行分化宗室的政策，近支软禁居于"十六宅"，疏属按才能授官。李璆长期担任宗正卿的官职，故而有举荐之权。

再如嗣曹王李皋举荐李则之之事，《旧唐书·李则之传》记载：

> 子则之，以宗室历官，好学，年五十余，每执经诣太学听受。嗣曹王皋自荆南来朝，称荐之，贞元二年（786），自睦王府长史迁左金吾卫大将军。①

再如嗣曹王李皋举荐李钧、李锷之事，《旧唐书·李皋传》记载：

> （嗣曹王）皋行县，见一媪垂白而泣，哀而问之，对曰："李氏之妇，有二子钧、锷，宦游二十年不归，贫无以自给。"时钧为殿中侍御史，锷为京兆府法曹，俱以文艺登科，名重于时。皋曰："'入则孝，出则悌，行有余力，然后可以学文。'若二子者，岂可备于列位！"由是举奏，并除名勿齿。改处州别驾，行州事，以良政闻。②

嗣曹王李皋，太宗第十四子曹王李明之玄孙，天宝十一载（752）嗣封。有贤能之才，以好荐士之名，为世所称。再如宁王李宪私谒十人之事，《唐国史补》记载：

> 自开元二十二年（734），吏部置南院，始悬长名，以定留放。时李林甫知选，宁王私谒十人，林甫曰："就中乞一人卖之。"于是放选榜云："据其书判，自合得留。缘嘱宁王，且放冬集。"③

再如申王李㧑举荐阎楚珪之事，《大唐新语》记载：

---

① 《旧唐书》卷一百一十二《李则之传》，中华书局，1975，第3347页。
② 《旧唐书》卷一百三十一《李皋传》，中华书局，1975，第3637页。
③ （唐）李肇：《唐国史补校注》卷下，聂清风校注，中华书局，2021，第226页。

开元中，申王扐奏："辰府录事阎楚珪，望授辰府参军。"玄宗许之。姚崇奏曰："臣昔年奏旨，王公驸马所有奏请，非降墨敕，不可商量。其楚珪官，请停。"诏从之。①

再如岐王李范举荐王维之事，唐人薛用弱《集异记》记载：

王维右丞，年未弱冠，文章得名。性闲音律，妙能琵琶，游历诸贵之间，尤为岐王之所眷重。时进士张九皋，声称籍甚，客有出入九公主之门者，为其致公主邑司牒京兆试官，令以九皋为解头。维方将应举，具其事言于岐王，仍求庇借。岐王曰："贵主之强，不可力争，吾为子画焉。子之旧诗清越者，可录十篇；琵琶之新声怨切者，可度一曲。后五日当诣此。"维即依命，如期而至……公主则召试官至第，遣宫婢传教。维遂作解头而一举登第。②

宁王即睿宗长子李宪，后谥为"让皇帝"；申王即睿宗第二子李扐，后谥为"惠庄太子"。以上三事，虽出自小说家之流，多为史家所不取，然而真伪亦无从考辨，故本书仍将其作为唐代诸王与其他文人交往的旁证，以资读者参考。

另外，唐高宗时左补阙薛登所作的《论选举疏》中，亦有"今之举人……驱驰府寺之门，出入王公之第。上启陈诗，唯希咳唾之泽；摩顶至足，冀荷提携之恩"③等语，也可以作为唐人对诸王与其他文人交往现象的一个侧面反馈。

（三）相对宽松的政治环境

与后世相比，唐代相对宽松的政治环境，曾为诸王与其他文人交往提供了无限的可能。仅以唐宋时人看待"交结权贵"之事的态度而论，读者便可以直观地感受到不同时代政治环境的显著差别。宋人戴埴《鼠璞》中有"唐

---

① （唐）刘肃：《大唐新语》，许德楠、李鼎霞点校，中华书局，1984，第63页。
② 《唐五代传奇集》第二编卷十六，李剑国辑校，中华书局，2015，第940~941页。
③ 《旧唐书》卷一百一《薛登传》，中华书局，1975，第3138页。

进士无耻"条，其文曰：

> 《唐摭言》载："裴思谦从仇士良求状头，高锴庭谴之。次年，锴知举，诫门下不得受书题。思谦怀士良一缄，易紫衣，趋阶下曰：'军容有状，荐裴思谦。'书中与求巍峨，锴欲略见之。思谦曰：'卑吏便是。'思谦人物堂堂，锴见改容，从之。"《集异录》载："王维文章音律为岐王所重，时公主已荐张九皋为解头。王令维衣锦绣、贵琵琶同诣主第。诸伶旅进，维妙年都美，主顾问，王答曰：'知音者也。'令独奏新曲，主询名，维曰：'郁轮袍。'大奇之。王曰：'此生词学无出其右。'维献诗卷，主惊曰：'皆我所习，常谓古人佳作，乃子之为乎？'因令更衣，升之客右，召试官至第。遣宫婢传教，维作解头，一举登第。"此二事无廉耻甚矣，虽得一名何足为重，纪载以为盛事，何耶？①

唐人干谒权贵以取科第之名，当世皆不以为非，而宋人怪之，何哉？盖宋代科举制度的发展日臻完善，录取人数大大增加，其早已成为文人士子入仕的主流，故人们对以"荐举"为名的请托干谒行为十分不屑。而唐代则不然，在统治者普遍提倡荐举的政治环境中，科举本身也不过是荐举中的一种普通形式罢了，这一点可以从当时试卷普遍不糊名的做法中得到印证。与制举考试等方式相比，在时代爱文好士风气的影响下，科举考试更加注重的是举子的文学才能，而非其他，然而也仅此而已。而举子的文名才气早已播之于江湖，传扬于四海，本不待于考场中所作的数篇诗赋以证，他们所乏者不过是官方给予的认证和评价。正因为如此，《唐摭言》中才会常称"举场"为"名场"，称知贡举者为"主文柄"；也正因为如此，唐代科举考试中才会有太学博士吴武陵荐杜牧，韩愈、皇甫湜荐牛僧孺，崔颢荐樊衡等文人雅事；也正因为如此，费冠卿、施肩吾、皇甫颖、顾非熊等人，才会在及第后选择隐居；也正因为如此，韦庄才会奏请追赠李贺、皇甫松、李群玉等人进士及第；也正因为如此，才能解释戴埴本人"唐以进士为重，入仕为轻"的困惑。

在唐人看来，既然举子参加科举考试主要是为了博取文名，那么干谒权

---

① （宋）戴埴：《鼠璞》，储玲玲整理，大象出版社，2019，第 265 页。

贵又有何不可呢？（笔者注：唐代科举及第后并不授官，而仅是获得了科举的出身和进士的资格，只有在参加专门的制举考试及第或经他人推荐由吏部铨选等方式后，朝廷才会授以官职。）至于功名利禄之事，唐人王定保是这样解释的："善不为名，而名随之；名不为禄，而禄从之。"① 而宋代以后的统治者为了加强中央集权，使举人经殿试及第后，便可直接解褐入仕，从而深刻地改变了科举制度的性质。科举也从唐时选拔和奖掖文士的一项普通举荐制度，摇身一变几乎成为国家选官任能的唯一渠道。而为了维护君主的权威和"天下公器"的公正性，则必须由国家出面限制、打击士人请托干谒权贵的行为，《宋史·选举志六》云："故事，知举官将赴贡院，台阁近臣得荐所知之负艺者，号曰'公荐'。太祖虑其因缘挟私，禁之。"② 真宗咸平二年（999）二月己酉，又下诏"戒百官比周奔竞，有弗率者，御史台纠之"③。久而久之，士人交结权贵便成为朝野的禁忌。甚至汉唐以来通行的"荐举"之法，也曾因宋代君臣"又恐干请，反长奔竞"④（宋孝宗语）的顾虑而被一度废绝。《宋史·选举志六》记载：

> 庆历三年（1043），从辅臣范仲淹等奏定磨勘保任之法：自朝官至郎中、少卿，须清望官五人保任，始得迁。其后，知谏院刘元瑜以为适长奔竞，非所以养廉耻，乃罢之。⑤

在这种压抑的政治氛围影响下，许多原本在唐人心目中的风流雅事，成为宋人口中、笔下的龌龊与不堪。如北宋名臣陶谷，《宋史·陶谷传》记载：

> 谷强记嗜学，博通经史，诸子佛老，咸所总览；多蓄法书名画，善隶书。为人隽辨宏博，然奔竞务进，见后学有文采者，必极言以誉之；闻达官有闻望者，则巧诋以排之，其多忌好名类此。⑥

---

① （五代）王定保：《唐摭言校证》卷一〇，陶绍清校证，中华书局，2021，第470页。
② 《宋史》卷一百五十五《选举志一》，中华书局，1985，第3605页。
③ 《宋史》卷六《真宗本纪一》，中华书局，1985，第108页。
④ 《宋史》卷一百六十《选举志六》，中华书局，1985，第3753页。
⑤ 《宋史》卷一百六十《选举志六》，中华书局，1985，第3760页。
⑥ 《宋史》卷二百六十九《陶谷传》，中华书局，1985，第9238页。

再如仁宗朝宰相夏竦，《宋史·夏竦传》记载：

> 竦资性明敏，好学，自经史、百家、阴阳、律历，外至佛老之书，无不通晓。为文章，典雅藻丽……竦材术过人，急于进取，喜交结，任数术，倾侧反覆，世以为奸邪。①

再如神宗朝的御史王子韶，《宋史·王子韶传》记载：

> 元祐中，历吏部郎中、卫尉少卿，迁太常谏官。刘安世言："熙宁初，士大夫有'十钻'之目，子韶为'衙内钻'，指其交结要人子弟，如刀钻之利。"②

在宋人看来，既然国家选士授官皆有规矩可循，那么又何必不顾廉耻趋走于权门之下呢？与这种观念相适应的是，在宋人心目中，贤士学子应清苦自守，不可趋竞于权贵之门。如宋太宗朝的名臣韩丕，史称"丕起寒素，以冲澹自处，不奔竞于名宦，太宗甚嘉重之"③。再如真宗朝的杨徽之，史称"徽之纯厚清介，守规矩，尚名教，尤疾非道以干进者"。④再如同时的文坛领袖穆修，史称"修性刚介，好论斥时病，诋诮权贵，人欲与交结，往往拒之"⑤。再如徽宗时的学者张汝明，史称其"滁州县二十年，未尝出一语干进，故无荐者"⑥。至于秉政大臣，在荐举人才时也应当不图虚名，以抑干请、止奔竞为高，如真宗朝的宰相王旦，《宋史·王旦传》记载：

> 旦为相，宾客满堂，无敢以私请。察可与言及素知名者，数月后，召与语，询访四方利病，或使疏其言而献之。观才之所长，密籍其名，其人复来，不见也。每有差除，先密疏四三人姓名以请，所用者帝以笔

---

① 《宋史》卷二百八十三《夏竦传》，中华书局，1985，第9571～9572页。
② 《宋史》卷三百二十九《王子韶传》，中华书局，1985，第10612页。
③ 《宋史》卷二百九十六《韩丕传》，中华书局，1985，第9860页。
④ 《宋史》卷二百九十六《杨徽之传》，中华书局，1985，第9869页。
⑤ 《宋史》卷四百四十二《穆修传》，中华书局，1985，第13069页。
⑥ 《宋史》卷三百四十八《张汝明传》，中华书局，1985，第11027页。

点之。同列不知，争有所用，惟旦所用，奏入无不可。丁谓以是数毁旦，帝益厚之。故参政李穆子行简，以将作监丞家居，有贤行，迁太子中允。使者不知其宅，真宗命就中书问旦，人始知行简为旦所荐。旦凡所荐，皆人未尝知。旦没后，史官修《真宗实录》，得内出奏章，始知朝士多旦所荐云。①

举荐贤士被唐太宗称为"宰相之职"，干谒入仕亦为士人报效国家的重要途径，故而即使在"牛李党争"之时，唐人亦不以为非。而到了宋代，士子于宰相竟"无敢以私请"，社会舆论反而推崇王旦这种遮遮掩掩的举荐行为。如果完全按照宋人的这种标准来品评人物，那么唐代几乎所有的文人名士都要被打上"奸邪之辈"的标签，而以好荐贤士知名的宰相房玄龄、杜如晦、魏徵等恐怕都会被史官斥责为"好名鄙薄"之士。宋代尚且如此，后世更不必提。

至于文人大臣交结宗室，则更是宋代所有政治忌讳中的头等大忌。宋朝开国之初，太宗赵光义因得位不正，故而对太祖赵匡胤的后代猜忌防范甚严。按照官方"金匮之盟"的说法，"或谓昭宪及太祖本意，盖欲太宗传之廷美，而廷美复传之德昭"②。然而太宗很快违背了原先的承诺，太祖诸子先后死于非命，秦王赵廷美内心惊惧不安，史称"德昭不得其死，德芳相继夭绝，廷美始不自安"③。会有宰相卢多逊遣堂吏赵白交通秦王赵廷美事发，赵廷美与卢多逊遂得罪，前后牵连者甚众。《宋史·卢多逊传》记载：

> 会有以多逊尝遣堂吏赵白交通秦王廷美事闻，太宗怒，下诏数其不忠之罪，责授守兵部尚书。明日，以多逊属吏，命翰林学士承旨李昉、学士扈蒙、卫尉卿崔仁冀、膳部郎中知杂事滕中正杂治之。狱具，召文武常参官集议朝堂，太子太师王溥等七十四人奏议曰："谨案兵部尚书卢多逊，身处宰司，心怀顾望，密遣堂吏，交结亲王，通达语言，咒诅君父，大逆不道，干纪乱常，上负国恩，下亏臣节，宜膏斧钺，以正刑

① 《宋史》卷二百八十二《王旦传》，中华书局，1985，第9549页。
② 《宋史》卷二百四十四《魏王廷美传》，中华书局，1985，第8669页。
③ 《宋史》卷二百四十四《魏王廷美传》，中华书局，1985，第8669页。

章。其卢多逊请依有司所断，削夺在身官爵，准法诛斩。秦王廷美，亦请同卢多逊处分，其所缘坐，望准律文裁遣。"遂下诏曰："……其卢多逊在身官爵及三代封赠、妻子官封，并用削夺追毁。一家亲属，并配流崖州，所在驰驿发遣，纵经大赦，不在量移之限。期周已上亲属，并配隶边远州郡。部曲奴婢纵之。余依百官所议。中书吏赵白，秦王府吏阎密、王继勋、樊德明、赵怀禄、阎怀忠并斩都门外，仍籍其家，亲属流配海岛。"①

卢多逊交通秦王赵廷美一事是否为冤案，至今仍众说纷纭，但是其事在政治上所造成的影响却是不可低估的。如真宗朝宰相寇准"交通"安王赵元杰之事，《宋史·毕士安传》记载：

（寇）准为相，守正嫉恶，小人日思所以倾之。有布衣申宗古告准交通安王元杰，准皇恐，莫知所自明。士安力辩其诬，下宗古吏，具得奸罔，斩之，准乃安。②

申宗古诬告寇准"交通"安王赵元杰与卢多逊交通秦王赵廷美一案何其类似！无怪乎寇准"皇恐，莫知所自明"。如果不是毕士安"力辩其诬"，那么寇准很可能要步前宰相卢多逊的后尘。

再如仁宗朝王广渊交通皇子赵宗实之事，《宋史·王广渊传》记载：

英宗居藩邸，广渊因见昵，献所为文，及即位，除直集贤院。谏官司马光言："汉卫绾不从太子饮，故景帝待之厚。周张美私以公钱给世宗，故世宗薄之。广渊交结奔竞，世无与比，当仁宗之世，私自托于陛下，岂忠臣哉？今当治其罪，而更赏之，何以厉人臣之节？"帝不听，用为群牧、三司户部判官。③

---

① 《宋史》卷二百六十四《卢多逊传》，中华书局，1985，第 9119～9120 页。
② 《宋史》卷二百八十一《毕士安传》，中华书局，1985，第 9520 页。
③ 《宋史》卷三百二十九《王广渊传》，中华书局，1985，第 10608 页。

王广渊在仁宗之世仅为普通文人而已，英宗居藩邸时身份始终未能确定，应该说其献诗文之事并未有任何政治阴谋，造成的政治影响也非常有限。然而，社会舆论都认为王广渊这样的行为是违背忠臣之道，即便在英宗即位之后，司马光仍然认为"当治其罪"。需要指出的是，在与王广渊曾经的交往中，实际上占据主动地位的并不是后者，如果必欲追求罪名，则首先犯下"不忠之罪"的反而是英宗本人。皇帝虽未理会司马光的建议，仍然重用王广渊，但是也完全没有反驳。由此可见，英宗君臣都默认文人士子交结宗室属于非法行为，而后世史官特意注明此事，实则表明了对司马光言论的坚决支持。

再如南宋朝岳飞"交通"循王赵士㒟之事，《宋史·赵士㒟传》记载：

> 士㒟数言事，忤秦桧。及岳飞被诬，士㒟力辩曰："中原未靖，祸及忠义，是忘二圣不欲复中原也。臣以百口保飞无他。"桧大怒，讽言者论士㒟交通飞，踪迹诡秘，事切圣躬，遂夺官。中丞万俟卨复希旨连击之。谪居于建，凡十二年而薨，年七十。帝哀之，赠太傅，追封循王。①

赵士㒟当国家危难之际，为忠臣岳飞仗义执言，存心为公，本无可指责。然而他的宗室身份，反而坐实了岳飞谋反的罪名，导致岳飞惨遭杀害，士㒟亦贬死蛮荒。而宋人"还我河山"的宏图也只能成为纸上空言，可不痛哉！

应当承认，在相当长的一段历史时期内，唐代普通文士或大臣在与诸王交往时，都没有后世类似的政治顾虑。特别是在唐代前期，这种情况表现得更为明显。如活跃于武德年间的秦王府十八学士，他们中并非所有人都有王府官的身份，其中陆德明、孔颖达、盖文达、刘孝孙等都是以外官的身份兼任文学馆学士之职。从史官笔下"士大夫得预其选者，时人谓之'登瀛洲'"的记载来看，十八学士从设立之初，便已着眼于广大的"士大夫"中遴选，其人选从未局限于王府官群体，而皇帝李渊也并未阻止秦王等人招揽学士的行为，时人亦以为荣。另，太宗皇帝李世民还曾作《赐李百药》一首，而李百药当时并未担任秦王府官；再如太宗贞观年间修撰《括地志》的魏王府学士，其中包括"著作郎萧德言、秘书郎顾胤"等人在内的文学馆学士各有朝

---

① 《宋史》卷二百四十七《赵士㒟传》，中华书局，1985，第8754页。

职，都不是王府官，然而他们奔走于魏王府的行为却得到了皇帝的明确支持。
此外，再如贞观年间与魏王进行过诗歌唱和活动的虞世南、褚亮等人，大约
在魏王府文学馆设立的同时，虞世南曾奉教作有《初晴应教》《奉和咏风应
魏王教》等诗，褚亮作有《奉和望月应魏王教》等诗；再如贞观年间与汉王
李元昌交往的王绩，其曾作有《洛水南看汉王马射》诗；再如"初唐四杰"
之一的骆宾王，他曾在高宗时期侍从赵王李福游陀山寺，并作有《和王记室
从赵王春日游陀山寺》诗；再如武后时期与建宁王、玄宗时期与岐王李范交
往过的张谔、王维、丁仙芝等人，其中张谔曾奉教作有《三日岐王宅》《岐
王山亭》《岐王席上咏美人》《延平门高斋亭子应岐王教》等诗，王维曾作有
《从岐王过杨氏别业应教》《从岐王夜宴卫家池应教》《敕借岐王九成宫避暑
应教》等诗，丁仙芝作有《陪岐王宅宴》等诗，崔颢作有《岐王席观妓》等
诗；再如玄宗时期与宁王李宪交往的范朝、王维等人，其中范朝曾奉教作有
《宁王山池》等诗，王维作有《息夫人》等诗；再如玄宗时期与申王李㧑交
往过的张九龄，其曾奉教作有《申王园亭宴集》等诗；再如玄宗时期与薛王
李业交往的阎德隐，其曾作有《薛王花烛行》诗。

　　玄宗在他统治的中后期，对宗室管理制度进行了比较彻底的改革，并曾
下诏"宗室、外戚、驸马，非至亲毋得往还"[1]，对于近支宗室与其他文人交
往的行为惩戒尤其严厉。开元十年（722），与岐王李范饮酒赋诗的刘庭琦、张
谔等人先后被贬官，唐代近支诸王与普通文人的交往从此被官方正式禁绝。此
后，朝廷又通过处理宰相张说交通岐王李范事件、薛王李业亲属"私议休咎"
事件、嗣岐王李珍谋反事件将这一禁令的实施力度不断强化。杜甫《哀王孙》、
元稹《上阳白发人》等诗曾论及此事。然而，在安史之乱等极个别的历史情况
下，近支诸王也与其他文人有零星的交往记录，如李白与永王李璘交往之事，
天宝十五载（756），玄宗第十六子永王李璘出镇江陵，李白受招入幕，并曾应
教作《永王东巡歌十一首》；再如张宿与时为广陵王的宪宗交往之事，"张宿
者，布衣诸生也。宪宗为广陵王时，因军使张茂宗荐达，出入邸第"[2]。

　　至于开元之后按才能授官的宗室疏属，有相当一部分人仍然活跃在历史
舞台上。他们或赖祖上恩荫承嗣，或赖个人才勋出众，也获得了嗣王或郡王

---

[1]　《资治通鉴》卷二百一十二"开元十年"，中华书局，1956，第6751页。
[2]　《旧唐书》卷一百五十四《张宿传》，中华书局，1975，第4107页。

的爵位。同其他异姓大臣一样，他们在政治上的处境相对自由，而且也有举荐人才的权利，故而仍旧是一般士人干谒陈情和投送诗文的理想对象。诗僧皎然曾作有《送李喻之处士洪州谒曹王》诗，其云：

> 独思贤王府，遂作豫章行。雄镇庐霍秀，高秋江汉清。
> 见闻惊苦节，艰故伤远情。西邸延嘉士，遗才得正平。①

皎然又有《秋日送择高上人往江西谒曹王》诗，其云：

> 超然独游趣，无限别山情。予病不同赏，云闲应共行。
> 斋容秋水照，香甗早风轻。曾被陈王识，遥知江上迎。②

同时代的司空曙曾作有《送高胜重谒曹王》诗，其曰：

> 江上青枫岸，阴阴万里春。朝辞郢城酒，暮见洞庭人。
> 兴比乘舟访，恩怀倒屣亲。想君登旧榭，重喜扫芳尘。③

三首诗中的曹王，即前文中所提到的嗣曹王李皋。从诗歌中描述的情形来看，士人由于爱慕他的贤明，争相与之交往，并请求推荐。

此外，诸如高适所作的《信安王幕府诗》，祖咏所作的《宴吴王宅》，李白所作的《寄上吴王三首》《口号吴王美人半醉》《感时留别从兄徐王延年从弟延陵》《同吴王送杜秀芝赴举入京》，徐晶所作的《赠温驸马汝阳王》，崔国辅所作的《送韩十四被鲁王推递往济南府》，杜甫所作的《奉汉中王手札》《饮中八仙歌》《赠特进汝阳王二十二韵》《苦雨奉寄陇西公兼呈王征士》《戏题寄上汉中王三首》《奉送郭中丞兼太仆卿充陇右节度使三十韵》《玩月呈汉中王》《八哀诗·赠太子太师汝阳郡王琎》《戏作寄上汉中王二首》《奉汉中王手札报韦侍御萧尊师亡》，钱起所作的《宴曹王宅》，李泌所作的《建

---

① 《全唐诗》卷八百十九《送李喻之处士洪州谒曹王》，中华书局，1960，第9232页。
② 《全唐诗》卷八百十九《秋日送择高上人往江西谒曹王》，中华书局，1960，第9237页。
③ 《全唐诗》卷二百九十二《送高胜重谒曹王》，中华书局，1960，第3314页。

宁王哀词二首》，张光朝所作的《天门街西观荣王聘妃》，梁锽所作的《天门街西观荣王聘妃》等诗歌也反映了唐代中后期诸王与其他文人交往的部分事实。

在诸王与其他文人交往过程中创作的散文数量较少，其中孔德绍所作的《为窦建德遗秦王书》，岑文本所作的《龙门山三龛记》，王勃所作的《秋晚入洛于毕公宅别道王宴序》，陈子昂所作的《梁王池亭宴序》，张说所作的《季春下旬诏宴薛王山池序》《赠陈州刺史义阳王神道碑》，常衮所作的《奉天皇帝长子新平郡王墓志铭》《信王第七子赠太常卿郇国公墓志铭》《故开府仪同三司上柱国赠太傅信王墓志铭》，白居易所作的《唐故会王墓志铭》，董晋《义阳王李公德政碑记》，梁肃《睦王墓志铭》等都是比较优秀的作品。此外，还有若干文人或大臣代诸王所作的一些奏表、哀册文等公文作品，也见证了唐代诸王与文人交往的历史事实，具体篇目详见附录六。

至于《本事诗》中所载的"宁王邀（李）白饮酒"等类似之事，实则为后人杜撰，事云：

> （玄宗）尝因宫人行乐，谓高力士曰："对此良辰美景，岂可独以声伎为娱，倘时得逸才词人吟咏之，可以夸耀于后。"遂命召白。时宁王邀白饮酒，已醉。既至，拜舞颓然。上知其薄声律，谓非所长，命为宫中行乐五言律诗十首。白顿首曰："宁王赐臣酒，今已醉。倘陛下赐臣无畏，始可尽臣薄技。"上曰："可。"即遣二内臣掖扶之，命研墨濡笔以授之……①

考李白至早于天宝二载（743）始供奉翰林院，后作有《宫中行乐词》数首，而宁王李宪已薨于开元二十九年（741）十一月，故《本事诗》记载有误。读者在阅读此类野史时，需在考究当时历史的基础上辨别其真伪。

综上可知，在唐代好文爱士的社会风气、长期实施的荐举制度以及相对宽容的政治环境的影响下，诸王与皇帝、王府官之外的文人曾进行了持久的文学互动。与前两种社会政治关系相比，诸王在与其他文人的交往中还呈现

---

① 《全唐五代小说》外编卷一六，李时人编校，中华书局，2014，第4118页。

出相对自由平等、更加偏重文学等新型关系特点。

二　唐代诸王与府外文人的诗歌赠答

在唐代诸王与其他文人交往过程中产生的诗歌作品，以内容而论，主要有赠答诗、挽歌以及其他诗歌三种。

（一）赠答诗

在诸王普遍得到皇帝重用的唐代前期，他们在时代爱文好士风尚的感召下，经常主动招揽文士参加文学活动。而文士出于各种目的，也愿意同诸王进行交往。这一时期，其他文人所创作的诗歌标题中大多注有"奉教""应教"等字样。玄宗之后，随着近支诸王退出政治舞台，这类"应教诗"的创作也逐渐绝迹。而在远支诸王与其他文人交往中产生的诗歌作品，内容上以士人自发性的干谒陈情为主，也有如同普通文人之间的赠答唱和之作。由于不能统一归类，故本部分将包含以上内容的作品宽泛地题作"赠答诗"，以示与王府官相区别。

1. 秦王李世民与李百药

高祖武德年间，秦王李世民曾作《赐李百药》赠予李百药，以示褒宠，此诗至今尚存，其云：

> 项弃范增善，纣妒比干才。嗟此二贤没，余喜得卿来。①

李百药，唐初名臣，新旧《唐书》有传。此诗最早见于《册府元龟》卷九十八《帝王部·礼贤》，其云：

> 李百药初为杜伏威行台郎中，劝伏威入朝。寻辅公祐反，又以百药为吏部侍郎。有谮百药于高祖云：百药初说杜伏威入朝，又与辅公祐同反。武德中，配泾州司户。太宗为秦王，尝至泾州，召百药，因赐诗云：

---

① （宋）王钦若等编纂《册府元龟》卷九十七，周勋初等校订，凤凰出版社，2006，第 1065 页。

项弃范增善，纣妒比干才。嗟此二贤没，余喜得卿来。①

考李百药行迹，此事大抵可信。此诗反映了秦王李世民在武德年间积极招揽人才、礼贤下士的历史事实。

2. 魏王李泰与虞世南、褚亮

大约于隋唐易代之际，虞世南曾奉教作有《初晴应教》诗，其云：

初日明燕馆，新溜满梁池。归云半入岭，残滴尚悬枝。②

此诗作于何年，现已不可考。据《旧唐书·虞世南传》记载，虞世南曾在南朝陈文帝时期担任过"建安王（陈叔卿）法曹参军"的职位，入隋后又为晋王杨广和秦王杨俊兄弟二人争相拉拢，"时炀帝在藩，闻其名，与秦王俊辟书交至，以母老固辞，晋王令使者追之"③。在杨广府中，他曾先后作有《追从銮舆夕顿戏下应令》《奉和出颍至淮应令》《奉和至寿春应令》等诗。唐王朝建立之后，虞世南又深为秦王李世民父子所礼遇。这首诗虽然仍有宫廷诗形式精美的特点，但已突破了梁陈艳体诗风格浮靡、格调低下的习气，表现出清新自然的风格特点。

贞观年间，太宗嫡次子魏王李泰爱好文学，许多大臣都曾与之往来。虞世南曾奉教作有《奉和咏风应魏王教》诗，其云：

逐舞飘轻袖，传歌共绕梁。动枝生乱影，吹花送远香。④

考李泰于贞观十年（636）正月始"徙封魏王"，而虞世南薨于贞观十二年（638）五月，故可知此诗大约作于贞观十年正月至贞观十二年五月之间。这首诗与《初晴应教》的风格类似，遣词造句清新典雅，画面描摹生动自然，但是在声律细节上仍然有待完善，具有初唐诗歌的典型特征。

大约与虞世南应教同时，褚亮也创作了《奉和望月应魏王教》诗，其云：

① （宋）王钦若等编纂《册府元龟》卷九十七，周勋初等校订，凤凰出版社，2006，第1065页。
② 《全唐诗》卷三十六《初晴应教》，中华书局，1960，第474页。
③ 《旧唐书》卷七十二《虞世南传》，中华书局，1975，第2566页。
④ 《全唐诗》卷三十六《奉和咏风应魏王教》，中华书局，1960，第474页。

层轩登皎月，流照满中天。色共梁珠远，光随赵璧圆。

落影临秋扇，虚轮入夜弦。所欣东馆里，预奉西园篇。①

褚亮与虞世南同预"秦府十八学士"之列，皆以文学知名当时，应当出于同样的原因，太宗恩令他们与魏王李泰诗歌唱和。考褚亮于贞观十六年（642）薨，则此诗大约作于贞观十年（636）正月至贞观十六年之间。此诗关于"月"的意象非常密集，如"皎月""流照""梁珠""赵璧""落影""虚轮""夜弦"，富丽堂皇，对仗工稳，明显带有"初唐排偶板滞之习"。与虞世南诗作类似，此诗声律上亦有许多不当之处。

3. 赵郡王李孝恭与法宣

初唐之时，僧人法宣曾作有《和赵王观妓》诗一首，其云：

桂山留上客，兰室命妖饶。城中画广黛，宫里束纤腰。

舞袖风前举，歌声扇后娇。周郎不须顾，今日管弦调。②

作者法宣，生平事迹不详，新旧《唐书》无传，《全唐诗·法宣小传》称其为"常州弘业寺沙门，隋末人，入唐常敕召至东都"③，不知何据。此诗具体作年不详。考隋末唐初被册封赵王者凡有五人，其中隋时一人，即隋炀帝杨广幼子杨杲；伪郑一人，即王世充之侄王道询；唐时三人，即唐高祖李渊堂侄李孝恭、唐高祖李渊第六子李元景、唐太宗李世民第十三子李福。结合隋末唐初的时间节点，受封者大多年尚幼童，最符合条件的应当是李孝恭。他在武德三年（620）至贞观二年（628）时任赵郡王，史称"孝恭性奢豪，重游宴，歌姬舞女百有余人"，也与诗中描绘的情景完全符合。法宣虽出自释门，然而其所作之诗与南朝艳体诗富艳柔靡的风格几乎一致，充分表现了当时北方诗坛在创作上深受南方影响的历史事实。

4. 汉王李元昌与王绩

贞观年间，诗人王绩作有《洛水南看汉王马射》一诗，描述了汉王李元

---

① 《全唐诗》卷三十二《奉和望月应魏王教》，中华书局，1960，第446页。

② 《全唐诗》卷八百八《和赵王观妓》，中华书局，1960，第9112页。

③ 《全唐诗》卷八百八，中华书局，1960，第9112页。

昌英武潇洒的骑射画面。诗云：

> 君王马态骄，蹀躞过河桥。雨息铜街静，尘飞金埒遥。
> 铁丝缠箭脚，玉片抱弓腰。日□矜百中，唯看杨柳条。①

王绩，文中子王通之弟，两《唐书》皆有记载。他活跃在隋唐之际，曾先后三次出仕，但是都没有得到重用。唐初国家尚武，皇室子弟多弓马娴熟，能征惯战，此诗可作为上述事实的旁证，以补史料之阙。全诗层次分明，节奏感强，前两联写汉王骑马，首联偏重于静态场景摹写；颔联着眼于动态氛围营造，通过一动一静的对比，塑造了勇武雄壮的汉王骑马形象；后两联主要写汉王射箭，颈联表现了汉王手中弓箭的华丽与射姿的标准，尾联以百步穿杨来形容其精湛娴熟的骑射技艺。全诗对仗工整，格律精严，平仄协调，声韵和美，完全符合近体诗的标准，在当时也是不多见的。

5. 赵王李福与骆宾王

高宗在位时期，"初唐四杰"之一的骆宾王曾作有《和王记室从赵王春日游陀山寺》诗，其云：

> 乌旗陪访道，鹫岭狎栖真。四禅明静业，三空广胜因。
> 祥河疏叠涧，慧日皎重轮。叶暗龙宫密，花明鹿苑春。
> 雕谈笺奥旨，妙辩漱玄津。雅曲终难和，徒自奏巴人。②

赵王即太宗李世民第十三子赵王李福，两《唐书》皆有传。史称李福于"咸亨元年（670）薨"，与骆宾王生平有重合。《新唐书》称骆宾王"初为道王府属"，但此后未有任职于赵王府的记录，故将此诗系于本处。

6. 岐王李范与张谔、王维等

玄宗时期，岐王李范与张谔、王维、丁仙芝等人皆往来密切，《全唐诗》中现存张谔应教之作四首，王维应教之作三首，崔颢应教之作一首，丁仙芝

---

① 陈尚君辑校《全唐诗补编·续拾》卷一，中华书局，1992，第649页。
② 《全唐诗》卷七十九《和王记室从赵王春日游陀山寺》，中华书局，1960，第856页。

应教残诗一首。其中张谔《三日岐王宅》诗云：

> 玉女贵妃生，婴婉始发声。金盆浴未了，绷子绣初成。
> 翡翠雕芳缛，真珠帖小缨。何时学健步，斗取落花轻。①

张谔《岐王山亭》诗云：

> 王家傍绿池，春色正相宜。岂有楼台好，兼看草树奇。
> 石榴天上叶，椰子日南枝。出入千门里，年年乐未移。②

张谔《岐王席上咏美人》诗云：

> 半额画双蛾，盈盈烛下歌。玉杯寒意少，金屋夜情多。
> 香艳王分帖，裙娇敕赐罗。平阳莫相妒，唤出不如他。③

张谔《延平门高斋亭子应岐王教》诗云：

> 花源药屿凤城西，翠幕纱窗莺乱啼。昨夜蒲萄初上架，今朝杨柳半垂堤。片片仙云来渡水，双双燕子共衔泥。请语东风催后骑，并将歌舞向前谿。④

王维《从岐王过杨氏别业应教》诗云：

> 杨子谈经所，淮王载酒过。兴阑啼鸟换，坐久落花多。
> 径转回银烛，林开散玉珂。严城时未启，前路拥笙歌。⑤

---

① 《全唐诗》卷一百十《三日岐王宅》，中华书局，1960，第1129页。
② 《全唐诗》卷一百十《岐王山亭》，中华书局，1960，第1130页。
③ 《全唐诗》卷一百十《岐王席上咏美人》，中华书局，1960，第1130页。
④ 《全唐诗》卷一百十《延平门高斋亭子应岐王教》，中华书局，1960，第1131页。
⑤ 《王维集校注》卷一，陈铁民校注，中华书局，第22页。

王维《从岐王夜宴卫家池应教》诗云：

> 座客香貂满，宫娃绮幔张。涧花轻粉色，山月少灯光。
> 积翠纱窗暗，飞泉绣户凉。还将歌舞出，归路莫愁长。①

王维《敕借岐王九成宫避暑应教》诗云：

> 帝子远辞丹凤阙，天书遥借翠微宫。隔窗云雾生衣上，卷幔山泉入
> 镜中。林下水声喧语笑，岩间树色隐房栊。仙家未必能胜此，何事吹笙
> 向碧空。②

崔颢作有《岐王席观妓》（一作《卢女曲》）诗云：

> 二月春来半，宫中日渐长。柳垂金屋暖，花发玉楼香。
> 拂匣先临镜，调笙更炙簧。还将歌舞态，只拟奉君王。③

丁仙芝作有《陪岐王宅宴》残句云：

> 雨鸣鸳瓦收炎气，风卷珠帘送晓凉。④

岐王李范，睿宗之子，玄宗之弟，两《唐书》有传。如上文所述，这些
应教诗应当作于开元十年（722）玄宗的禁令发布之前。张谔，两《唐书》
无传，其生平事迹散见于新旧《唐书·惠文太子范传》中。《全唐诗·张谔
小传》与史书记载大致相同，其云："张谔，景龙中登进士第，仕为陈王掾。
岐王范雅好儒士，谔与阎朝隐、刘庭琦、郑繇等皆从之游，赋诗饮酒，后坐
贬山茌丞。"⑤ 王维、崔颢，两《唐书》皆有传。

---

① 《王维集校注》卷一，陈铁民校注，中华书局，1997，第 24 页。
② 《王维集校注》卷一，陈铁民校注，中华书局，1997，第 25 页。
③ 《全唐诗》卷一百三十《岐王席观妓》，中华书局，1960，第 1327 页。
④ 《全唐诗》逸卷上《丁仙芝句》，中华书局，1960，第 10175 页。
⑤ 《全唐诗》卷一百十《张谔》，中华书局，1960，第 1129 页。

以上诸诗反映了当时岐王李范的一些生活画面，如张谔《三日岐王宅》中描述了岐王夫妇喜获千金之事，诗歌通过截取婴儿啼哭、沐浴、包裹、健步等现实或幻想场景，生动地表现了众人内心的喜悦之情；张谔的《岐王山亭》《延平门高斋亭子应岐王教》，王维的《从岐王过杨氏别业应教》《从岐王夜宴卫家池应教》《敕借岐王九成宫避暑应教》等诗描绘了岐王李范与众宾客的日常宴游聚会之事，诗中的"绿池""楼台""千门""银烛""香貂""宫娃""后骑""笙歌""丹凤阙"等意象皆非凡间之物，表现了唐代皇家贵族奢侈靡丽的生活场景；张谔的《岐王席上咏美人》，崔颢的《岐王席观妓》则明显具有模仿南朝宫廷艳体诗的意味，同时带有将女性作为物化审美对象的倾向，风格轻艳浮靡，整体格调不高，反映了岐王生活中的糜烂场景。从韵律上来看，除个别诗歌之外，其余大都符合近体诗的规范。

7. 宁王李宪等与范朝、王维

大约在岐王李范与其他文人往来唱和的同时，宁王李宪、申王李㧑、薛王李业也有与前者类似的经历，现存范朝、王维应宁王李宪教所作诗各一首，张九龄奉申王李㧑教所作诗一首，阎德隐奉薛王李业教所作诗一首。范朝《宁王山池》诗云：

> 水势临阶转，峰形对路开。槎从天上得，石是海边来。
> 瑞草分丛种，祥花间色栽。旧传词赋客，唯见有邹枚。①

王维《息夫人》诗云：

> 莫以今时宠，能忘旧日恩。看花满眼泪，不共楚王言。②

张九龄《申王园亭宴集》诗云：

> 稽亭追往事，睢苑胜前闻。飞阁凌芳树，华池落彩云。

① 《全唐诗》卷一百四十五《宁王山池》，中华书局，1960，第1469页。
② 《王维集校注》卷一，陈铁民校注，中华书局，1997，第21页。

藉草人留酌，衔花鸟赴群。向来同赏处，惟恨碧林曛。①

阎德隐《薛王花烛行》诗云：

　　王子仙车下凤台，紫缨金勒驭龙媒。□□□□□出，环佩锵锵天上来。鸒鹊楼前云半卷，鸳鸯殿上月裴回。玉盘错落银灯照，珠帐玲珑宝扇开。盈盈二八谁家子，红粉新妆胜桃李。从来六行比齐姜，自许千门奉楚王。楚王宫里能服饰，顾盼倾城复倾国。合欢锦带蒲萄花，连理香裙石榴色。金炉半夜起氤氲，翡翠被重苏合熏。不学曹王遇神女，莫言罗敷邀使君。同心婉娈若琴瑟，更笑天河有灵匹。一朝福履盛王门，百代光辉增帝室。富贵荣华实可怜，路傍观者谓神仙。只应早得淮南术，会见双飞入紫烟。②

　　范朝，生平事迹不详，新旧《唐书》无传，《全唐诗·范朝小传》称其为"开元中进士"，不知何据；张九龄，玄宗朝贤相，新旧《唐书》有传；阎德隐，生平事迹不详，明人黄德水《初唐诗纪》称《薛王花烛行》曾被李康成编入《玉台后集》，故可推测阎德隐大约为先天、开元时人，傅璇琮《唐人选唐诗新编·玉台后集》等提出"阎德隐"或为"阎朝隐"之误，按阎朝隐事迹散见新旧《唐书·惠文太子范传》。

　　《宁王山池》《申王园亭宴集》与前文《岐王山池》等诗的内容大同小异，风格也非常接近，都是以描写皇家贵族宴游生活的画面为主，典雅工丽，雍容华贵。《息夫人》一诗最早见于《本事诗》记载，前文已有论及，兹不赘述。《薛王花烛行》采用了当时流行的歌行体，以歌咏薛王李业夜间奢侈靡丽的生活，《开元天宝遗事》称"申王亦务奢侈，盖时使之然。每夜中与诸王贵戚聚宴，以龙檀木雕成烛发童子，衣以绿衣袍，系之束带，使执画烛列立于宴席之侧，目为'烛奴'。诸宫贵戚之家皆效之"③。此诗盖当时所作。

8. 永王李璘与李白

　　开元十年（722）之后，玄宗颁布诏命，再三申明"宗室、外戚、驸马，

①　《全唐诗》卷四十八三月三日《申王园亭宴集》，中华书局，1960，第581页。
②　《全唐诗》卷七百七十三《薛王花烛行》，中华书局，1960，第8765页。
③　（五代）王仁裕：《开元天宝遗事》卷上，曾贻芬点校，中华书局，2006，第23页。

非至亲毋得往还"①，此后近支诸王与其他文人的文学互动现象几乎消失。安史之乱后，李白于仓皇之际受招入永王李璘幕府，并为其作《永王东巡歌十一首》，其一云：

　　永王正月东出师，天子遥分龙虎旗。楼船一举风波静，江汉翻为雁鹜池。

其二云：

　　三川北虏乱如麻，四海南奔似永嘉。但用东山谢安石，为君谈笑静胡沙。

其三云：

　　雷鼓嘈嘈喧武昌，云旗猎猎过寻阳。秋毫不犯三吴悦，春日遥看五色光。

其四云：

　　龙蟠虎踞帝王州，帝子金陵访古丘。春风试暖昭阳殿，明月还过鳷鹊楼。

其五云：

　　二帝巡游俱未回，五陵松柏使人哀。诸侯不救河南地，更喜贤王远道来。

其六云：

---

① 《资治通鉴》卷二百一十二"开元十年"，中华书局，1956，第 6751 页。

丹阳北固是吴关，画出楼台云水间。千岩烽火连沧海，两岸旌旗绕碧山。

其七云：

王出三山按五湖，楼船跨海次扬都。战舰森森罗虎士，征帆一一引龙驹。

其八云：

长风挂席势难回，海动山倾古月摧。君看帝子浮江日，何似龙骧出峡来。

其九云：

祖龙浮海不成桥，汉武寻阳空射蛟。我王楼舰轻秦汉，却似文皇欲渡辽。

其十云：

帝宠贤王入楚关，扫清江汉始应还。初从云梦开朱邸，更取金陵作小山。

其十一云：

试借君王玉马鞭，指挥戎虏坐琼筵。南风一扫胡尘静，西入长安到日边。①

———

① （唐）李白撰，（清）王琦注《李太白全集》卷八《永王东巡歌十一首》，中华书局，1977，第 426～434 页。

　　永王李璘,玄宗第十六子,新旧《唐书》有传,组诗作于至德元载(756)到至德二载(757)二月十日之间。唐人应教之作不少,唯以李白出手最为不凡。这组应教诗凡十一章,每首皆有命意,其一表明永王李璘东巡师出有名,"正月"一词,暗用《春秋·隐公元年》"元年春,王正月"的典故,《公羊传》释云:"何言乎王正月,大一统也。"①"天子遥分龙虎旗"指玄宗遥授永王李璘"江淮兵马都督、扬州节度大使"②之事。其二点明了当时形势的极端危急,诗中李白以谢安自诩,表达了对永王任用自己的感激以及对平叛的自信。其三写永王李璘军队纪律严明,秋毫无犯。其四写永王在紧张的军旅日程中访问江南古迹之事,突出地表现了永王李璘的儒雅与风流气度。其五至其十记述了永王军队行军的路线,表明了永王南下扬州,欲渡海济辽,倾覆贼人巢穴的整体战略意图。最后一首再次重申永王将士北上灭胡、收复国土的壮志豪情。永王李璘后被诬谋逆,李白亦受到牵连,关于《永王东巡歌十一首》更详细的解读,敬请参看邓小军《永王璘案真相》与《李白从璘之前前后后》等文章。

9. 信安王李祎与高适

　　开元改制之后,李唐宗室疏属按才能进用,许多嗣王、郡王因此显赫一时。为了得到诸王推荐的机会,文人士子前赴后继与之交游。玄宗开元二十年(732),诗人高适时在信安王幕府中任职,曾作有《信安王幕府诗》,诗云:

> 云纪轩皇代,星高太白年。庙堂咨上策,幕府制中权。
> 盘石藩维固,升坛礼乐先。国章荣印绶,公服贵貂蝉。
> 乐善旌深德,输忠格上玄。剪桐光宠锡,题剑美贞坚。
> 圣祚雄图广,师贞武德虔。雷霆七校发,旌旆五营连。
> 华省征群义,霜台举二贤。岂伊公望远,曾是茂才迁。
> 并秉韬钤术,兼该翰墨筵。帝思麟阁像,臣献柏梁篇。
> 振玉登辽甸,摐金历蓟墦。度河飞羽檄,横海泛楼船。
> 北伐声逾迈,东征务以专。讲戎喧涿野,料敌静居延。
> 军势持三略,兵戎自九天。朝瞻授钺去,时听偃戈旋。

---

① 《春秋公羊传注疏》,(清)阮元校刻,中华书局,2009,第4988页。
② 《旧唐书》卷一百九十下《李白》,中华书局,1975,第5053~5054页。

大漠风沙里，长城雨雪边。云端临碣石，波际隐朝鲜。

夜壁冲高斗，寒空驻彩斿。倚弓玄兔月，饮马白狼川。

关塞鸿勋著，京华甲第全，落梅横吹后，春色凯歌前。

庶物随交泰，苍生解倒悬，四郊增气象，万里绝风烟。

直道常兼济，微才独弃捐，曳裾诚已矣，投笔尚凄然。

作赋同元叔，能诗匪仲宣，云霄不可望，空欲仰神仙。①

诗下原有小序，其云：

> 开元二十年（732），国家有事林胡，诏礼部尚书信安王总戎大举。时考功郎中王公、司勋郎中刘公、主客郎中魏公、侍御史李公、监察御史崔公咸在幕府，诗以颂美数公。见于词，凡三十韵。②

信安王李㣧，唐代名将，太宗李世民曾孙；吴王李恪之孙，赠吴王李琨之子，新旧《唐书》有传。据《高适诗集编年笺证》考证，此诗于《唐诗选》残卷题作《信安王出塞》，序文"诗以颂美数公"作"以颂数公。"③《旧唐书·玄宗本纪》亦载："（开元）二十年（732）春正月乙卯，以礼部尚书、信安王祎率兵讨契丹。"④诗当作于其年之春，时高适二十九岁。高适早年落拓不遇，四处干谒权贵，以求得到推荐而入仕。本诗通篇以歌颂信安王李㣧的风神英姿、丰功伟业为主要内容，如"幕府制中权""盘石藩维固""并秉韬钤术，兼该翰墨筵""关塞鸿勋著"等。诗人在诗歌中请求信安王举荐的意图非常明显，如"乐善旌深德，输忠格上玄""直道常兼济，微才独弃捐""云霄不可望，空欲仰神仙"等句，皆是如此。诗序中虽称作诗的目的是"颂美数公"，然而称扬王、刘、魏、李、崔的内容非常有限，其中诸如"华省征群乂，霜台举二贤"等句，表面上赞扬崔、魏等人是国家贤才，实际上也有暗讽信安王李㣧举荐自己之意，故而此诗是一首典型的干谒之作。

---

① 《高适诗集编年笺注》，曾贻芬点校，刘开扬笺注，中华书局，1981，第 39～40 页。

② 《高适诗集编年笺注》，曾贻芬点校，刘开扬笺注，中华书局，1981，第 39 页。

③ 《高适诗集编年笺注》，曾贻芬点校，刘开扬笺注，中华书局，1981，第 40 页。

④ 《旧唐书》卷八《玄宗本纪上》，中华书局，1975，第 197 页。

10. 嗣吴王李祗与祖咏、韩翃、李白等

开元后，除信安王李炜之外，其弟弟嗣吴王李祗也曾广泛与普通士人来往，其中就包括祖咏、李白等人。李祗，太宗李世民曾孙，吴王李恪孙，赠吴王李琨子，信安郡王李祎弟，新旧《唐书》有传。祖咏曾作有《宴吴王宅》诗，其云：

> 吴王承国宠，列第禁城东。连夜征词客，当春试舞童。
> 砌分池水岸，窗度竹林风。更待西园月，金尊乐未终。①

祖咏，两《唐书》无传，其生平事迹散见《旧唐书·王翰传》及《新唐书·文艺传》，以文士知名。唐人姚合所编《极玄集》称其为"开元十三年（725）进士"，陈振孙《直斋书录解题》及明刻本皆作"开元十二年（724）进士"②。此诗当作于玄宗之世。

韩翃亦曾作有《宴吴王宅》诗，其云：

> 玉管箫声合，金杯酒色殷。听歌吴季札，纵饮汉中山。
> 称寿争离席，留欢辄上关。莫言辞客醉，犹得曳裾还。③

韩翃，大历十才子之一，新旧《唐书》无传，生平事迹散见于《旧唐书·李虞仲传》《旧唐书·卢简辞传》。鞠飞《韩翃生平考述》与鲍俊琴《韩翃生平考论》两文以李肇《翰林志》中"开元二十六年（738），刘光谨、张泪乃为学士，始别建学士院于翰林院之南，又有韩翃、阎伯屿、孟匡朝、陈兼、李白、蒋镇在旧翰林院"④的记载认为韩翃曾在翰林院任职，并认为《宴吴王宅》诗作于当时，这种说法有误。"韩翃"当作"韩泫"，韩休之子，事见《旧唐书·韩休传》。考鞠飞、鲍俊琴主要引证的资料来源于傅璇琮所编《翰学三书》，然而在该书的《校勘记》中，傅先生明确指出："'泫'，原作'纮'，《百川学海》本、《知不足斋》本及《全唐

---

① 《全唐诗》卷一百三十一《宴吴王宅》，中华书局，1960，第1333页。
② 傅璇琮编撰《唐人选唐诗新编》，陕西人民教育出版社，1996，第538页。
③ 《全唐诗》卷二百四十四《宴吴王宅》，中华书局，1960，第2743页。
④ 陶敏：《全唐诗作者小传补正》卷七八一，辽海出版社，2010，第1407页。

文》本皆作'翃',亦误,今据《旧唐书》卷98《韩休传》及岑仲勉《唐翰林供奉辑录》校改。"① 又,姚合《极玄集》载:"韩翃,字君平,南阳人,天宝十三载（754）进士。以《寒食》诗受知德宗,官至中书舍人。"② 如果这个记载无误的话,那么韩翃在任翰林待诏近二十年后又去参加科举考试显然是不符合常识的,学者鞠飞、鲍俊琴大概不了解高祖与玄宗时的"翰林待诏"之间的区别,也误会了唐代科举考试的性质。《新唐书·李祗传》称"代宗大历时,祗既宗室老,以太子宾客为集贤院待制。是时,勋望大臣无职事者皆得待诏于院,给馔钱署舍以厚其礼,自左仆射裴冕等十三人为之"③。结合"大历才子"韩翃仕途不遇的经历、嗣吴王李祗在代宗朝的人生际遇以及诗中奉酒祝寿的情节,则此诗应当作于代宗大历年间。

李白曾作有《寄上吴王三首》,其一云:

> 淮王爱八公,携手绿云中。小子忝枝叶,亦攀丹桂丛。
> 谬以词赋重,而将枚马同。何日背淮水,东之观土风。

其二云:

> 坐啸庐江静,闲闻进玉觞。去时无一物,东壁挂胡床。

其三云:

> 英明庐江守,声誉广平籍。洒扫黄金台,招邀青云客。
> 客曾与天通,出入清禁中。襄王怜宋玉,愿入兰台宫。④

---

① 傅璇琮等编《翰学三书》,辽宁教育出版社,2011,第137页。
② 傅璇琮编撰《唐人选唐诗新编》,陕西人民教育出版社,1996,第551页。
③ 《新唐书》卷八十《嗣吴王祗》,中华书局,1975,第3569页。
④ （唐）李白撰,（清）王琦注《李太白全集》卷十四《寄上吴王三首其三》,中华书局,1977,第701~702页。

又有《口号吴王美人半醉》诗，其云：

> 风动荷花水殿香，姑苏台上宴吴王。西施醉舞娇无力，笑倚东窗白
> 玉床。①

又有《同吴王送杜秀芝赴举入京》诗，其云：

> 秀才何翩翩，王许回也贤。暂别庐江守，将游京兆天。
> 秋山宜落日，秀水出寒烟。欲折一枝桂，还来雁沼前。②

以上诸诗应作于同时。诗中称吴王为"庐江守"，则可知李祗当时任庐
江太守。考《旧唐书》中李祗仕宦经历，可知其于"天宝十四载（755），为
东平太守……十五载（756）二月，授祗灵昌太守，又左金吾大将军、河南
都知兵马使。其月，又加兼御史中丞、陈留太守，持节充河南道节度采访使，
本官如故。五月，诏以为太仆卿……"③《新唐书》的记载大致相同，其为庐
江太守无考，盖史失载也。《旧唐书·职官志一》记载："天宝元年（742）
二月……改州为郡，刺史为太守。"④ 又《旧唐书·地理志三》载："庐州上。
隋庐江郡。武德三年（620），改为庐州，领合肥、庐江、慎三县。七年
（624），废巢州为巢县来属。天宝元年（742），改为庐江郡。"⑤ 则可知李祗
担任庐江太守当在天宝元载二月至天宝十四载（755）之间。诗中有"客曾
与天通，出入清禁中"句，结合李白的行迹，可确定以上诸诗创作时间大致
在被玄宗赐金放还之后。詹锳《李白诗文系年》与安旗《李白全集编年注
释》将以上诸诗皆系于天宝七载（748），今从之。

11. 汝阳王李琎与杜甫、徐晶

宁王李宪之子汝阳王李琎也是开元后有名的一代贤王，杜甫与之交往甚

---

① （唐）李白撰，（清）王琦注《李太白全集》卷二十五《口号吴王美人半醉》，中华书局，
1977，第1184页。
② （唐）李白撰，（清）王琦注《李太白全集》卷十八《同吴王送杜秀芝举入京》，中华书局，
1977，第849页。
③ 《旧唐书》卷七十六《信安王祎传》，中华书局，1975，第2653页。
④ 《旧唐书》卷四十二《职官志一》，中华书局，1975，第1790页。
⑤ 《旧唐书》卷四十《地理志三》，中华书局，1975，第1576页。

笃，曾作有《赠特进汝阳王二十二韵》，诗云：

> 特进群公表，天人凤德升。霜蹄千里骏，风翮九霄鹏。
> 服礼求毫发，惟忠忘寝兴。圣情常有眷，朝退若无凭。
> 仙醴来浮蚁，奇毛或赐鹰。清关尘不杂，中使日相乘。
> 晚节嬉游简，平居孝义称。自多亲棣萼，谁敢问山陵。
> 学业醇儒富，辞华哲匠能。笔飞鸾耸立，章罢凤骞腾。
> 精理通谈笑，忘形向友朋。寸长堪缱绻，一诺岂骄矜。
> 已忝归曹植，何如对李膺。招要恩屡至，崇重力难胜。
> 披雾初欢夕，高秋爽气澄。樽罍临极浦，凫雁宿张灯。
> 花月穷游宴，炎天避郁蒸。砚寒金井水，檐动玉壶冰。
> 瓢饮唯三径，岩栖在百层。谬持蠡测海，况挹酒如渑。
> 鸿宝宁全秘，丹梯庶可凌。淮王门有客，终不愧孙登。①

　　汝阳王李琎，睿宗之孙，宁王李宪长子，新旧《唐书》皆有传。史称其于"天宝初，终父丧，加特进。九载（750）卒，赠太子太师"②。"特进"，官职名，唐时为正二品散阶文官，《旧唐书·职官志一》载"旧例，开府及特进，虽不职事，皆给俸禄，预朝会，行立在于本品之次"③。按照古礼，父丧需守孝三年，则汝阳王李琎授特进最早应在天宝三载（744）。结合杜甫行迹，则此诗当作于其漫游归长安之后。仇兆鳌《杜诗详注》将此诗系于天宝四、五载（745、746）之间，大致无误，今从之。

　　大约与《赠特进汝阳王二十二韵》同时，杜甫又有《饮中八仙歌》，诗云：

> 知章骑马似乘船，眼花落井水底眠。汝阳三斗始朝天，道逢麹车口流涎，恨不移封向酒泉。左相日兴费万钱，饮如长鲸吸百川，衔杯乐圣称世贤。宗之潇洒美少年，举觞白眼望青天，皎如玉树临风前。苏晋长

① （唐）杜甫撰，（清）仇兆鳌注《杜诗详注》卷一《赠特进汝阳王二十二韵》，中华书局，1979，第61~64页。
② 《旧唐书》卷九十五《让皇帝宪传》，中华书局，1975，第3014页。
③ 《旧唐书》卷四十二《职官志一》，中华书局，1975，第1807页。

斋绣佛前，醉中往往爱逃禅。李白一斗诗百篇，长安市上酒家眠。天子呼来不上船，自称臣是酒中仙。张旭三杯草圣传，脱帽露顶王公前，挥毫落纸如云烟。焦遂五斗方卓然，高谈雄辩惊四筵。①

在民间野史中，汝阳王李琎酒量非常惊人，传说他一次能饮酒五斗不醉，事见唐传奇《叶静能》。

诗人徐晶也曾作有《赠温驸马汝阳王》，诗云：

> 畴昔承余论，文章幸滥推。夜陪银汉赏，朝奉桂山词。
> 梁邸调歌日，秦楼按舞时。登高频作赋，体物屡为诗。
> 连骑长楸下，浮觞曲水湄。北堂留上客，南陌送佳期。
> 忆昨陪临泛，于今阻宴私。再看冬雪满，三见夏花滋。
> 都尉朝青阁，淮王侍紫墀。宁知倦游者，华发老京师。②

徐晶，生平事迹不详，两《唐书》无传。此诗最早见于唐人芮挺章所编《国秀集》中，则徐晶其人应当活跃于开元、天宝及以前。《全唐诗·蔡孚小传》载："蔡孚，开元中为起居郎，诗二首……徐晶，与胡皓、蔡孚同时，官鲁郡录事。"③ 虽不知何据，然大抵可信。此诗作年不详，当在开元天宝年间。

12. 汉中王李瑀与杜甫

肃代之际，杜甫与宁王李宪的另一个儿子汉中王李瑀也长期保持着密切的关系，在其尚未封王之时，杜甫便作有《苦雨奉寄陇西公兼呈王征士》，诗云：

> 今秋乃淫雨，仲月来寒风。群木水光下，万家云气中。
> 所思碍行潦，九里信不通。悄悄素浐路，迢迢天汉东。
> 愿腾六尺马，背若孤征鸿。划见公子面，超然欢笑同。
> 奋飞既胡越，局促伤樊笼。一饭四五起，凭轩心力穷。

---

① （唐）杜甫撰，（清）仇兆鳌注《杜诗详注》卷二《饮中八仙歌》，中华书局，1979，第81～84页。

② 《全唐诗》卷七十五《赠温驸马汝阳王》，中华书局，1960，第818页。

③ 《全唐诗》卷七十五《蔡孚小传》，中华书局，1960，第817页。

嘉蔬没涝浊，时菊碎榛丛。鹰隼亦屈猛，乌鸢何所蒙。

式瞻北邻居，取适南巷翁。挂席钓川涨，焉知清兴终。①

　　汉中王李瑀，新旧《唐书》有传，"初为陇西郡公。天宝十五载（756），从玄宗幸蜀，至汉中，因封汉中王"②。杜甫作此诗时，当在天宝十五载（756）之前。黄鹤《补注杜诗》系此诗于天宝十三载（754）秋，并注云"陇西公，即汉中王瑀"，仇兆鳌《杜诗详注》等注本皆认为可信，今亦从之。前六联渲染苦雨之状，诉思念李瑀之情。

　　肃宗时，李瑀因直言进谏被贬蓬州长史，《新唐书·汉中王瑀传》记载："肃宗诏收群臣马助战，瑀与魏少游等持不可。帝怒，贬蓬州长史。"③ 据《杜工部年谱》记载，杜甫时年亦在梓州，故友相逢，作有《戏题寄上汉中王三首》诗，其一云：

西汉亲王子，成都老客星。百年双白鬓，一别五秋萤。

忍断杯中物，只看座右铭。不能随皂盖，自醉逐浮萍。

其二云：

策杖时能出，王门异昔游。已知嗟不起，未许醉相留。

蜀酒浓无敌，江鱼美可求。终思一酩酊，净扫雁池头。

其三云：

群盗无归路，衰颜会远方。尚怜诗警策，犹记酒颠狂。

鲁卫弥尊重，徐陈略丧亡。空余枚叟在，应念早升堂。④

---

① （唐）杜甫撰，（清）仇兆鳌注《杜诗详注》卷三《苦雨奉寄陇西公兼呈王征士》，中华书局，1979，第214~215页。

② 《旧唐书》卷九十五《让皇帝宪传》，中华书局，1975，第3015页。

③ 《新唐书》卷八十一《汉中王瑀传》，中华书局，1975，第3600页。

④ （唐）杜甫撰，（清）仇兆鳌注《杜诗详注》卷十一《戏题寄上汉中王三首》，中华书局，1979，第937~939页。

诗下原有小注，其云："时王在梓州，断酒不饮，篇中戏述。"① 杜甫与李瑀早年相交，不料世事变迁，晚年仍能相遇。这时沧海浮沉，物是人非，原来的"公子"与少年，现已"百年双白鬓"，一个被贬异乡，一个漂泊无依。他乡逢故友，诗人唯求一醉，然而李瑀却"忍断杯中物"，万般话语无从讲起，便只好以谐谑的方式缅怀往事。诗中历叙二人过去交往之事，其间再穿插而今的一些遭遇，虽称"戏题"，但也着实令人伤感。仇兆鳌《杜诗详注》等编此诗在代宗宝应元年（762），今从之。

大约同时，杜甫还曾作有《玩月呈汉中王》，诗云：

> 夜深露气清，江月满江城。浮客转危坐，归舟应独行。
> 关山同一照，乌鹊自多惊。欲得淮王术，风吹晕已生。②

广德元年（763），杜甫往来梓州、汉州、阆州之间，时李瑀喜得千金，为表示祝贺，诗人作有《戏作寄上汉中王二首》，其一云：

> 云里不闻双雁过，掌中贪见一珠新。秋风袅袅吹江汉，只在他乡何处人。

其二云：

> 谢安舟楫风还起，梁苑池台雪欲飞。杳杳东山携妓去，泠泠修竹待王归。③

诗下原有小注，其云："王新诞明珠。"④ 汉中王李瑀虽有天潢贵胄之尊，

---

① （唐）杜甫撰，（清）仇兆鳌注《杜诗详注》卷十一《戏题寄上汉中王三首》，中华书局，1979，第937页。
② （唐）杜甫撰，（清）仇兆鳌注《杜诗详注》卷十一《玩月呈汉中王》，中华书局，1979，第940页。
③ （唐）杜甫撰，（清）仇兆鳌注《杜诗详注》卷十二《戏作寄上汉中王二首》，中华书局，1979，第1028~1029页。
④ （唐）杜甫撰，（清）仇兆鳌注《杜诗详注》卷十二《戏作寄上汉中王二首》，中华书局，1979，第1028页。

然而被朝廷贬谪异乡已久，杜甫为好友心伤。逢其喜事，作诗为之宽慰，诗末"泠泠修竹待王归"表达了对其还京的美好祝愿。

同年秋，杜甫与汉中王李瑀往来密切，并作有《章梓州水亭》诗，其云：

> 城晚通云雾，亭深到芰荷。吏人桥外少，秋水席边多。
> 近属淮王至，高门蓟子过。荆州爱山简，吾醉亦长歌。①

诗下原有小注，其云："时汉中王兼道士席谦在会，同用荷字韵。"② 诗中的"淮王"即汉中王李瑀。

大历元年（766），二人的好友韦侍御、萧尊师去世，杜甫作《奉汉中王手札报韦侍御萧尊师亡》诗奉告此事，其云：

> 秋日萧韦逝，淮王报峡中。少年疑柱史，多术怪仙公。
> 不但时人惜，只应吾道穷。一衰侵疾病，相识自儿童。
> 处处邻家笛，飘飘客子蓬。强吟怀旧赋，已作白头翁。③

故友逝世，杜甫感同身受，并将这个消息告诉李瑀。作此诗时，杜甫已在晚年，壮志已然难酬，汉中王李瑀亦被迁谪，久不得志，故诗人有"吾道穷""飘飘客子蓬"的悲叹。

此后大约不久，代宗颁布诏命令李瑀还京师，临别李瑀以书文赠予杜甫，诗人则答之以《奉汉中王手札》，其云：

> 国有乾坤大，王今叔父尊。剖符来蜀道，归盖取荆门。
> 峡险通舟峻，江长注海奔。主人留上客，避暑得名园。

---

① （唐）杜甫撰，（清）仇兆鳌注《杜诗详注》卷十二《章梓州水亭》，中华书局，1979，第1025～1026页。
② （唐）杜甫撰，（清）仇兆鳌注《杜诗详注》卷十二《章梓州水亭》，中华书局，1979，第1025页。
③ （唐）杜甫撰，（清）仇兆鳌注《杜诗详注》卷十六《奉汉中王手札报韦侍御萧尊师亡》，中华书局，1979，第1450～1451页。

前后缄书报，分明馈玉恩。天云浮绝壁，风竹在华轩。

已觉良宵永，何看骇浪翻。入期朱邸雪，朝傍紫微垣。

枚乘文章老，河间礼乐存。悲秋宋玉宅，失路武陵源。

淹薄俱崖口，东西异石根。夷音迷咫尺，鬼物傍黄昏。

犬马诚为恋，狐狸不足论。从容草奏罢，宿昔奉清樽。①

　　黄鹤《补注杜诗》称："汉中王蓬州刺史，今出峡将归京，作书报公，而公复之以诗。"② 这种说法大致无误，不过其贬官之职当为"蓬州长史"而非"蓬州刺史"，仇兆鳌等人认为此诗作于大历元年（766）夔州，今从之。随着杜甫与李瑀长期的相交、相知，诗人早期单纯的干谒心态已经转化为一种非常复杂的感情。在这首诗中，前半部分主要是诗人对汉中王得到恩赦赴京的好消息表示衷心祝贺，以想象中"入期朱邸雪，朝傍紫微垣"的场景宽慰友人。后半部分诗人以"枚乘""宋玉"自况，用大量篇幅怀念往昔诗酒唱和的点点滴滴，表达对友人的深深留恋与依依不舍。

　　又，《杜诗详注》中载有《江南逢李龟年》诗，此诗据传为杜甫所作，然而事实并非如此。考《杜工部年谱》，杜甫生于"唐睿宗先天元年（712）壬子"③。而根据史书中的记载，在开元八年（720）之前，宁、申、岐、薛四王等皆在外州任刺史，他们不可能出现在两京，而且这时候杜甫的年龄还很小，也根本没有机会与岐王相见；开元九年（721）以后，诸王被玄宗征召回京师，这时杜甫又恰恰不在洛阳；开元十年（722）九月前，史料中也并没有岐王到洛阳的记载，且杜甫仅十一岁，声名俱无；开元十年至开元十四年（726），杜甫初登文坛，而此时岐王已不能交结文人。吴明贤等常以"往昔十四五，出游翰墨场。斯文崔魏徒，以我似班扬"④ 作为杜甫少年成名的证据，进而推测他在十四五岁就和岐王等人交往，殊不知此时早非往昔。在玄宗的宗室政策下，杜甫等文人已经不可能和"岐王

---

① （唐）杜甫撰，（清）仇兆鳌注《杜诗详注》卷十五《奉汉中王手札》，中华书局，1979，第1333～1335页。

② （唐）杜甫撰，（清）仇兆鳌注《杜诗详注》卷十五《奉汉中王手札》，中华书局，1979，第1333页。

③ （唐）杜甫撰，（清）仇兆鳌注《杜诗详注》附录《杜工部年谱》，中华书局，1979，第11页。

④ （唐）杜甫撰，（清）仇兆鳌注《杜诗详注》卷十六《壮游》，中华书局，1979，第1438页。

范"再有所交往，更不可能同李龟年于"岐王宅里寻常见"。所以此诗非杜甫所作。笔者按：关于该问题笔者另有专文考证，详见拙文《江南逢李龟年作者问题新证》。

13. 嗣徐王李延年与李白

肃宗至德元载（756）秋，李白曾作有《感时留别从兄徐王延年从弟延陵》一首，诗云：

> 天籁何参差，噫然大块吹。玄元包橐籥，紫气何逶迤。
> 七叶运皇化，千龄光本支。仙风生指树，大雅歌蓥斯。
> 诸王若鸾虬，肃穆列藩维。哲兄锡茅土，圣代罗荣滋。
> 九卿领徐方，七步继陈思。伊昔全盛日，雄豪动京师。
> 冠剑朝凤阙，楼船侍龙池。鼓钟出朱邸，金翠照丹墀。
> 君王一顾盼，选色献蛾眉。列戟十八年，未曾辄迁移。
> 大臣小喑呜，谪窜天南垂。长沙不足舞，贝锦且成诗。
> 佐郡浙江西，病闲绝驱驰。阶轩日苔藓，鸟雀噪檐帷。
> 时乘平肩舆，出入畏人知。北宅聊偃憩，欢愉恤茕嫠。
> 羞言梁苑地，炬赫耀旌旗。兄弟八九人，吴秦各分离。
> 大贤达机兆，岂独虑安危。小子谢麟阁，雁行忝肩随。
> 令弟字延陵，凤毛出天姿。清英神仙骨，芬馥苣兰蕤。
> 梦得春草句，将非惠连谁。深心紫河车，与我特相宜。
> 金膏犹罔象，玉液尚磷缁。伏枕寄宾馆，宛同清漳湄。
> 药物多见馈，珍羞亦兼之。谁道溟渤深，犹言浅恩慈。
> 鸣蝉游子意，促织念归期。骄阳何火赫，海水烁龙龟。
> 百川尽凋枯，舟楫阁中逵。策马摇凉月，通宵出郊圻。
> 泣别目眷眷，伤心步迟迟。愿言保明德，王室仁清夷。
> 掺袂何所道，援毫投此辞。①

嗣徐王李延年，高祖李渊第十子李元礼之玄孙，淮南王李茂孙，嗣徐王

---

① （唐）李白撰，（清）王琦注《李太白全集》卷十五《感时留别从兄徐王延年从弟延陵》，中华书局，1977，第720～724页。

李瓛之子。其生平事迹见新旧《唐书·徐王元礼传》附传。据詹锳《李白诗文系年》考证，当时李白"秋自余杭经金陵秋浦至浔阳，隐居庐山屏风叠"①。诗中有"列戟十八年"语，王琦《李太白全集》引《通典》语云："天宝六年（747）四月，敕改仪制令，嗣王、郡王门十六载"②，《旧唐书》记载："子延年嗣。开元二十六年（738），封嗣徐王。"③ 则自开元二十六年（738）至至德元载（756）正好十八年。诗中又有"大臣小喑呜，谪窜天南垂。长沙不足舞，贝锦且成诗。佐郡浙江西，病闲绝驱驰"等语，则正对应李延年"天宝初……贬文安郡别驾、彭城长史，坐赃贬永嘉司士。至德初，余杭郡司马"④ 的仕宦经历。诗中又有"鸣蝉游子意，促织念归期"等句，故此诗当作于至德元载（756）之秋。

14. 嗣曹王李皋与钱起

中唐诗人钱起曾作有《宴曹王宅》，诗云：

> 贤王驷马退朝初，小苑三春带雨余。林沼葱茏多贵气，楼台隐映接天居。仙鸡引敌穿红药，宫燕衔泥落绮疏。自叹平生相识愿，何如今日厕应徐。⑤

"曹王"即嗣曹王李皋，太宗第十四子曹王李明玄孙，嗣王李戢之子，天宝十一载嗣封，新旧《唐书》有传。肃、代之际，受知于天子，德宗朝，尤为皇帝依仗。李皋好荐才士，文人多附之。钱起，大历十才子之一，新旧《唐书》无传，其生平事迹散见于《旧唐书·李虞仲传》《旧唐书·卢简辞传》。此诗具体作年不详。

以上诸诗之中，题为《宴某王宅》者特别普遍，这充分反映了当时远支诸王较为优厚和富裕的经济条件以及他们招揽文士的历史事实。同质化是这类诗歌的共同缺点，如果不注明作者，读者很难将它们进行准确区分。在这

---

① 《李白诗文系年》，詹锳系年，人民文学出版社，1984，第111页。
② （唐）李白撰，（清）王琦注《李太白全集》卷十五《感时留别从兄徐王延年从弟延陵》，中华书局，1977，第722页。
③ 《旧唐书》卷六十四《徐王元礼传》，中华书局，1975，第2427页。
④ 《旧唐书》卷六十四《徐王元礼传》，中华书局，1975，第2427页。
⑤ 《全唐诗》卷二百三十九《宴曹王宅》，中华书局，1960，第2674页。

些诗歌中，"河间""中山""淮王""鲁卫""曳裾"是诗人们最常用的典故，他们往往以"邹枚""宋玉"自况，称赞对方则为"贤王""君王"，内容不出歌舞宴饮，主旨多是干谒陈情。肃、代之际，李白、杜甫与远支诸王的赠答之作特别耀眼，早期一些诗歌中尚能有干谒陈情的影子，安史之乱后的作品则常常表现出普通人之间纯粹的友情，这充分说明远支诸王在政治上的重要性不断下降，实际上已与普通士人地位无异的事实。代宗、德宗之后，嗣曹王李皋等人的次第凋零又使远支诸王与普通文士的交往现象也逐渐消失，同类性质的赠答诗也因为失去了存在的政治土壤而不复出现。

（二）挽歌

挽歌，也作"挽歌诗""挽歌辞""挽枢歌"，是生人写给逝者的歌，用以寄托哀思。唐代挽歌的使用场合是既定的，是在葬礼上作为一个环节由专人进行演唱，通常还配有哀乐，具有规范的礼仪程式和严肃的社会意义。挽歌在我国历史上的起源很早，其成熟过程大约可以分为有实无名、有名无实、名副其实三个阶段。

朱谦之、白启明、杜瑞平等学者认为《弹歌》（即《断竹歌》)可能是中国最早的挽歌，[①]《弹歌》出自《吴越春秋》卷九，其原文曰："古者人民朴质，饥食鸟兽，渴饮雾露，死则裹以白茅，投于中野。孝子不忍见父母为禽兽所食，故作弹以守之，绝鸟兽之害。故歌曰：断竹续竹（'续竹'或作'属木'），飞土逐肉（'肉'或作'害'）之谓也。遂令死者不犯鸟狐之残也。"[②]《弹歌》之外，《诗经》中的"《南陔》三章"、《秦风·黄鸟》、《小雅·蓼莪》，《虞殡》也都是后世公认的挽歌。《左传·哀公十一年》记载："将战，公孙夏命其徒歌虞殡。"杜预注曰："虞殡，送葬歌曲，示必死。"孔颖达疏云："盖以启殡将虞之歌谓之'虞殡'。歌者，乐也；丧者，哀也。送葬得有歌者，盖挽引之人为歌声以助哀，今之挽歌是也。旧说挽歌汉初田横之臣为之，据此挽歌之有久矣。"[③]

挽歌之实虽古已有之，然"挽歌"之名目，则最早见于晋人崔豹所作的

---

① 杜瑞平：《挽歌考》，《中北大学学报》（社会科学版）2005 年第 4 期。
② （后汉）赵晔：《吴越春秋辑校汇考》，周生春辑校汇考，中华书局，2019，第 256 页。
③ 《春秋左传正义》卷五十八，（清）阮元校刻，中华书局，2009，第 4705 页。

《古今注》，其云：

> 《薤露》《蒿里》，并丧歌也。出田横门人。横自杀，门人伤之，为之悲歌。言人命如薤上之露，易晞灭也。亦谓人死魂魄归乎蒿里，故有二章，一章曰："薤上朝露何易晞，露晞明朝还复滋，人死一去何时归。"其二曰："蒿里谁家地？聚敛魂魄无贤愚，鬼伯一何相催促，人命不得少踟蹰。"至孝武时，李延年乃分为二曲。《薤露》送王公贵人，《蒿里》送士大夫庶人。使挽枢者歌之，世呼为挽歌。①

又《晋书·礼志中》亦载：

> 汉魏故事，大丧及大臣之丧，执绋者挽歌。《新礼》以为挽歌出于汉武帝役人之劳歌，声哀切，遂以为送终之礼。虽音曲摧怆，非经典所制，违礼设衔枚之义。方在号慕，不宜以歌为名。除，不挽歌。挚虞以为："挽歌因倡和而为摧怆之声，衔枚所以全哀，此亦以感众。虽非经典所载，是历代故事。《诗》称'君子作歌，惟以告哀'，以歌为名，亦无所嫌。宜定新礼如旧。"诏从之。②

从《古今注》《晋书》的记载来看，武帝之后的挽歌之仪已经趋于固定化。不过，学者任半塘、王宜瑷却认为汉代的挽歌更像是一种纯粹的形式礼仪，具有"主声不主文"的特点，这与后世由文人创作的"挽歌"有明显区别。《后汉书·礼仪志下》详细记载了汉时皇帝殡葬时所使用的丧仪，其节云：

> 昼漏上水，请发。司徒、河南尹先引车转，太常跪曰"请拜送"。载车著白系参缪绋，长三十丈，大七寸为挽，六行，行五十人。公卿以下子弟凡三百人，皆素帻委貌冠，衣素裳。校尉三百人，皆赤帻不冠，绛科单衣，持幢幡。候司马丞为行首，皆衔枚。羽林孤儿、《巴俞》《擢

---

① （晋）崔豹撰《古今注》，中华书局，2006，第10页。
② 《晋书》卷二十《礼志中》，中华书局，1974，第626～627页。

歌》者六十人，为六列。铎司马八人，执铎先……①

王宜瑗指出，"所载的皇帝大丧，送葬所唱的不是晋人所熟知的《蒿里》《薤露》，而是本与丧葬无关的舞曲《巴渝》和船歌《擢歌》"，二曲并以声韵哀婉为长，说明当时的挽歌并不注重文辞，"所以无须文人特地为葬礼挽歌填写新辞，即便在东汉后期……而仍没有文人创作挽歌、填写新词的记载"②。

挽歌从一种表达哀思的礼仪转变为一种特定的诗歌类别，则始于魏晋之后。《世说新语·任诞》曾云："时袁山松出游，每好令左右作挽歌。"③又同书《任诞》章云："张骥酒后挽歌甚凄苦，桓车骑曰：'卿非田横门人，何乃顿尔至致？'"④袁山松与张骥的作品虽已不传，但是说明当时文人已经开始有意识地创作"挽歌"。与后世相比，这一时期的挽歌"有名无实"，内容多是泛咏，而且大多并未用于丧葬场合，如魏武帝曹操所作的《薤露行》，实际上就是对汉王朝的"挽歌"；而阮瑀《七哀诗》、陆机《挽歌辞》、陶渊明《拟挽歌辞三首》等作品中更多是诗人自叹身世的意味。

"名副其实"的文人挽歌创作活动至迟始于南朝刘宋时期，《宋书·范晔传》记载："元嘉元年（151）冬，彭城太妃薨，将葬，祖夕，僚故并集东府。晔弟广渊，时为司徒祭酒，其日在直。晔与司徒左西属王深宿广渊许，夜中酣饮，开北牖听挽歌为乐。"⑤这个事例证明刘宋贵族在举行葬礼之时确有演奏挽歌的环节。又《南齐书·丘灵鞠传》载："宋孝武殷贵妃亡，灵鞠献挽歌诗三首，云'云横广阶暗，霜深高殿寒'。帝摘句嗟赏。"⑥充分说明：在刘宋时期，原先用于泛咏的"挽歌诗"已经开始用于丧葬场合。王宜瑗指出，"因此这些赠挽诗，与其是说出于个人抒情的需要，毋宁说是遵循某种人

① 《后汉书》志第六《礼仪志下》，中华书局，1965，第3145页。
② 王宜瑗：《六朝文人挽歌诗的演变和定型》，《文学遗产》2000年第5期。
③ （南朝宋）刘义庆：《世说新语笺疏》卷下之上，（南朝梁）刘孝标注，余嘉锡笺疏，中华书局，2007，第890页。
④ （南朝宋）刘义庆：《世说新语笺疏》卷下之上，（南朝梁）刘孝标注，余嘉锡笺疏，中华书局，2007，第892页。
⑤ 《宋书》卷六十九《范晔传》，中华书局，1974，第1819~1820页。
⑥ 《南齐书》卷五十二《丘灵鞠传》，中华书局，1972，第889页。

际礼仪规则……也意味着此时期挽歌诗开始由抒怀言志走向实用礼仪"①。

与同一时期的南方相比，北方的挽歌创作与应用显然更加普遍与流行。北魏大臣冯诞去世后，孝文帝曾"亲为作碑文及挽歌，词皆穷美尽哀，事过其厚"②；北魏孝庄帝元子攸临死前曾作绝命诗，"至太昌元年（532）冬，始迎梓宫赴京师，葬帝靖陵，所作五言诗即为挽歌词。朝野闻之，莫不悲恸，百姓观者，悉皆掩涕而已"③；北齐文宣帝去世后，朝廷曾命"当朝文士各作挽歌十首，择其善者而用之"④。此外，《古诗纪》中所载的晋宋时人江智渊《宣贵妃挽歌》，北魏温子升《相国清河王挽歌》，北齐邢邵《挽歌》，北齐卢思道《彭城王挽歌》《乐平长公主挽歌》，北齐卢询祖《赵郡王配郑氏挽词》也都是较早的挽歌作品。

当历史的车轮驶入唐代之后，挽歌的创作与应用也随之进入了空前繁荣与发达的时期。任半塘《唐声诗》曾说："唐承袭前代习尚，而多所演变。于主文之挽章外，确有主声或和乐之'挽歌辞'在。自宫廷、阀阅以至民间社会之丧祭殡葬中，皆有挽歌之制。"⑤ 唐代贵族的殡葬礼仪中对挽歌的规范尤其明确，如皇帝殡葬之仪，杜佑《通典》卷八六载：

> 大唐元陵之制："属三缪练绋于辒辌车为挽，凡六绋，各长三十丈，围七寸。执绋挽士，虎贲千人，皆白布袴褶、白布介帻，分为两番。挽郎二百人，皆服白布深衣，白布介帻，助之挽两边，各一绋。挽歌二部，各六十四人，八人为列，执翣。品官左右各六人，皆服白布襦衣、白布介帻。左右司马各八人，皆戴白布武弁、服白褐布、无领缘、并执铎。代哭百五十人，衣帻与挽歌同。至时，有司引列于辒辌车之前后。其百官制，鸿胪寺司仪署令掌挽歌。三品以上六行三十人，六品以上四行十六人，皆白练襦衣，皆执铎帗。"⑥

---

① 王宜瑗：《六朝文人挽歌诗的演变和定型》，《文学遗产》2000 年第 5 期。
② 《魏书》卷八十三上《冯诞传》，中华书局，1974，第 1822 页。
③ （魏）杨衒之：《洛阳伽蓝记校释》卷一，周祖谟校释，中华书局，2010，第 31 页。
④ 《北史》卷三十《卢思道传》，中华书局，1974，第 1075 页。
⑤ 任半塘：《唐声诗》上编，上海古籍出版社，1978，第 422 页。
⑥ （唐）杜佑：《通典》卷八十六，王文锦等点校，中华书局，1988，第 2340 页。

"元陵"是唐代宗李豫的陵寝，在他殡葬礼仪中出现的"挽士""挽郎""代哭"等便是表演挽歌的专门人士。五代时人卢文纪曾作《请禁丧制逾式奏》呼吁规范当时丧葬逾制的现象，他要求恢复到元和六年（811）时的官方规定，即三品以上官员殡葬时挽歌者不得超过"三十六人"，九品以上、三品以下不得超过"一十六人"。① 为了迎合官方的要求和适应这种流行的丧葬文化，许多文人都创作过挽歌作品。如贞观十七年（643），宰臣魏徵去世，太宗李世民不仅"亲制碑文，并为书石"，同时还创作了十首挽歌，褚亮《圣制故司空魏徵挽歌词表》云："伏见圣制故司空郑国公挽词十首，词穷清曲，理备哀伤……"② 再如大历十年（775），贵妃独孤氏薨，代宗"乃诏常参官为挽歌，上自选其伤切者，令挽士歌之"③；再如咸通十二年（871），同昌公主下葬，"帝（唐懿宗）既素所爱，自制挽歌，群臣毕和"④。这些挽歌虽然大多没有流传下来，但是证明了唐代文人曾大量创作挽歌的历史事实。

于诸王而言，他们地位尊贵，是皇权的分支和象征，故而也符合唐代挽歌之仪的适用条件。神龙初年，武后返政，天下重归于李唐，中宗即位之后，命自垂拱以来惨死的宗族亲属"追复官爵，令备礼改葬"，时宋之问为鲁王李灵夔、范阳王李蔼父子皆作有挽歌，《鲁忠王挽词三首》其一云：

> 同盟会五月，归葬出三条。日惨咸阳树，天寒渭水桥。
> 稍看朱鹭转，尚识紫骝骄。寂寂泉台恨，从兹罢玉箫。

其二云：

> 邦家锡宠光，存没贵忠良。遂裂山河地，追尊父子王。
> 人悲槐里月，马踏槿原霜。别向天京北，悠悠此路长。

① 《全唐文》卷八百五十五《请禁丧制踰式奏》，中华书局，1983，第8975~8976页。
② 《全唐文》卷一百四十七《圣制故司空魏徵挽歌词表》，中华书局，1983，第1484页。
③ 《旧唐书》卷五十二《代宗贞懿皇后独孤氏传》，中华书局，1975，第2193页。
④ 《新唐书》卷八十三《懿宗八女传》，中华书局，1975，第3674页。

其三云：

> 树羽迎朝日，撞钟望早霞。故人悲宿草，中使惨晨笳。
> 气有冲天剑，星无犯斗槎。唯余孔公宅，长接鲁王家。①

《范阳王挽词二首》其一云：

> 贤相称邦杰，清流举代推。公才掩诸夏，文体变当时。
> 宾吊翻成鹤，人亡惜喻龟。洛阳今纸贵，犹写太冲词。

其二云：

> 赠秩徽章洽，求书秘草成。客随朝露尽，人逐夜舟惊。
> 蒿里衣冠送，松门印绶迎。谁知杨伯起，今日重哀荣。②

神龙三年（707）七月，节愍太子李重俊发动宫廷政变，诛杀武三思及其子武崇训等十余人。事平，"中宗为三思举哀，废朝五日，赠太尉，追封梁王，谥曰宣"③，并命群臣为之作挽歌。时宋之问曾有《梁宣王挽词三首》，其一云：

> 贵藩尧母族，外戚汉家亲。业重兴王际，功高复辟辰。
> 爱贤唯报国，乐善不防身。今日衣冠送，空伤置醴人。

其二云：

> 金精何日闭，玉匣此时开。东望连吾子，南瞻近帝台。
> 地形龟食报，坟土燕衔来。可叹虞歌夕，纷纷骑吹回。

---

① 《全唐诗》卷五十二《鲁忠王挽词三首》，中华书局，1960，第642页。
② 《全唐诗》卷五十二《范阳王挽词二首》，中华书局，1960，第642页。
③ 《旧唐书》卷一百八十三《武三思》，中华书局，1975，第4736页。

其三云：

> 像设千年在，平生万事违。彩旌翻葆吹，圭翣奠灵衣。
> 垄日寒无影，郊云冻不飞。君王留此地，驷马欲何归。①

李峤亦作有《武三思挽歌》，诗云：

> 玉匣金为缕，银钩石作铭。短歌伤薤曲，长暮泣松扃。
> 事往昏朝雾，人亡折夜星。忠贤良可惜，图画入丹青。②

开元十四年（726），岐王李范病薨，玄宗追册其为"惠文太子"，令朝臣为之作挽歌。时张说有《惠文太子挽歌二首》，其一云：

> 碣馆英灵在，瑶山美谥尊。剪桐悲曩戏，攻玉怆新恩。
> 宫仗传驰道，朝衣送国门。千秋谷门外，明月照西园。

其二云：

> 梁国深文雅，淮王爱道仙。帝欢同宴日，神夺上宾年。
> 旒旐飞行树，帷宫宿野烟。指言君爱弟，挥泪满山川。③

袁瓘亦有《惠文太子挽歌》一首，其云：

> 寒仗丹旐引，阴堂白日违。暗灯明象物，画水湿灵衣。
> 羽化淮王去，仙迎太子归。空余燕衔土，朝夕向陵飞。④

开元二十九年（741），宁王李宪薨，玄宗追赠其为"让皇帝"，时卢僎

---

① 《全唐诗》卷五十二《梁宣王挽词三首》，中华书局，1960，第641页。
② 《全唐诗》卷五十八《武三思挽歌》，中华书局，1960，第699页。
③ 《全唐诗》卷八十七《惠文太子挽歌二首》，中华书局，1960，第957页。
④ 《全唐诗》卷一百二十《惠文太子挽歌》，中华书局，1960，第1208页。

作有《让帝挽歌词二首》其一云：

泰伯玄风远，延州德让行。阖棺追大节，树羽册鸿名。
地户迎天仗，皇阶失帝兄。还闻汉明主，遗剑泣东平。

其二云：

朝天驰马绝，册帝□宫祖。恍惚陵庙新，萧条池馆古。
万化一朝空，哀乐此路同。西园有明月，修竹韵悲风。①

上元元年（760）六月，兴王李佋薨，同年八月，肃宗追赠其为"恭懿太子"，并令大臣作挽歌，时王维有《恭懿太子挽歌五首》，其一云：

何悟藏环早，才知拜璧年。翀天王子去，对日圣君怜。
树转宫犹出，笳悲马不前。虽蒙绝驰道，京兆别开阡。

其二云：

兰殿新恩切，椒宫夕临幽。白云随凤管，明月在龙楼。
人向青山哭，天临渭水愁。鸡鸣常问膳，今恨玉京留。

其三云：

骑吹凌霜发，旌旗夹路陈。凯容金节护，册命玉符新。
傅母悲香袎，君家拥画轮。射熊今梦帝，秤象问何人。

其四云：

苍舒留帝宠，子晋有仙才。五岁过人智，三天使鹤催。

———————

① 《全唐诗》卷九十九《让帝挽歌词二首》，中华书局，1960，第1070页。

心悲阳禄馆，目断望思台。若道长安近，何为更不来。

其五云：

西望昆池阔，东瞻下杜平。山朝豫章馆，树转凤凰城。
五校连旗色，千门叠鼓声。金环如有验，还向画堂生。①

广德二年（764），盛王李琦薨，岑参曾为之作《盛王挽歌》，诗云：

幽山悲旧桂，长坂怆余兰。地底孤灯冷，泉中一镜寒。
铭旌门客送，骑吹路人看。漫作琉璃碗，淮王误合丹。②

大历三年（768），代宗感念建宁王李倓功德，追赠其为承天皇帝，令备礼改葬，并命群臣为之作挽歌，时"（李）泌为挽词二解，追述倓志，命挽士唱，泌因进酹，乃行，观者皆为垂泣"③，今陈尚君所编《全唐诗补编》存《建宁王哀词二首》残句一联，诗云：

良弓摧折久，谁识是龙韬。④

皇甫冉亦有《故齐王赠承天皇帝挽歌》，诗云：

礼盛追崇日，人知友悌恩。旧居从代邸，新陇入文园。
鸿宝仙书秘，龙旗帝服尊。苍苍松里月，万古此高原。⑤

贞元十五年（799）十月，邕王李謜薨，德宗追赠其为"文敬太子"，时权德舆作有《赠文敬太子挽歌词二首》，其一云：

---

①　《全唐诗》卷一百二十六《恭懿太子挽歌五首》，中华书局，1960，第1282页。
②　《全唐诗》卷二百《成（盛）王挽歌》，中华书局，1960，第2093页。
③　《新唐书》卷八十二《承天皇帝倓》，中华书局，1975，第3619页。
④　陈尚君辑校《全唐诗补编·续拾》卷十八《建宁王哀词二首》，中华书局，1992，第918页。
⑤　《全唐诗》卷二百五十《故齐王赠承天皇帝挽歌》，中华书局，1960，第2816页。

盘石公封重，瑶山赠礼尊。归全荣备物，乐善积深恩。

雁沼寒波咽，鸾旌夕吹翻。唯余西靡树，千古霸陵原。

其二云：

铜壶晓漏初，羽翼拥涂车。方外留鸿宝，人间得善书。

清笳悲画绶，朱邸散长裾。还似缑山驾，飘飘向碧虚。①

以上即唐代文人为诸王撰写的主要挽歌作品。从体制上看，这些挽歌的规格并不统一，既有五首联章，也有单篇之作，以二首同出的情况最为常见，说明当时挽歌创作的要求并不统一。从内容上看，这些诗歌的同质化相当严重，诗中经常使用"淮王""东平""王子""贵藩""西园"等固定意象来表明丧葬者的身份。由于创作者对丧葬主人平生事迹不甚了解，或相互之间并无深交，很多作品主要停留在对殡葬场景的描写上，缺乏主体感情的投入，如"宫仗传驰道，朝衣送国门""骑吹凌霜发，旌旗夹路陈""五校连旗色，千门叠鼓声""雁沼寒波咽，鸾旌夕吹翻""寒仗丹斿引，阴堂白日违"等诗句皆是如此。整体而言，诗歌在感情表达上非常注意节制，有"哀而不伤"之美，很少有类似宋之问《邓国太夫人挽歌》中"鸾死铅妆歇，人亡锦字空。悲端若能减，渭水亦应穷"这样激烈的句子。有些诗歌，如王维的《恭懿太子挽歌五首》、李泌的《建宁王哀词二首》等，能够结合殡葬者的生平、功勋、美德等寄托哀思，取得了较好的艺术效果。从形式上看，这些挽歌作品大多为五言律诗，与魏晋南北朝相比，带有鲜明的时代特征。主流的挽歌诗创作之外，杜甫所作的《八哀诗·赠太子太师汝阳郡王琎》诗也表达了大致类似思想感情。

三　唐代诸王与府外文人的散文往还

如上文所述，由中书舍人、翰林学士以皇帝名义等所颁发的朝廷诏令，

---

① 《全唐诗》卷三百二十七《赠文敬太子挽歌词二首》，中华书局，1960，第3662页。

以及由其他文人以诸王名义上呈皇帝的表奏，乃至一些大臣与皇帝讨论宗室政策所作的名臣奏论，都是唐代诸王与皇帝、王府官之外的其他文人交往的文献证据，鉴于这些作品在上文中已有充分论及，故本处从略。三种题材之外，其他文人所作的一些赠序、碑志、书信等作品也反映了同样的历史事实，兹列而述之。

（一）序文

"序"，或称"叙"，亦作"绪"，《说文解字注》云："序，东西墙也……又攵部曰：'次弟谓之叙。'经传多假序为'叙'。《周礼》《仪礼》'序'字注多释为'次弟'是也。又《周颂》：'继序思不忘'。传曰：'序，绪也。'此谓序为绪之假借字。"① 将"序"作为一种单独的文体始于儒家门徒编订的《诗经》，萧梁任昉《文章缘起》有云："序起《诗大序》。序所以序作者之意，谓其言次第有序也。"② （笔者按：《四库全书》编者认为《文章缘起》为后人伪作，吴承学《任昉〈文章缘起〉驳正》则否认了这个说法，本书以后者为是。）沿袭《诗大序》的传统，后世序文之作多附于正文之始或正文之末，用于介绍著作编写的缘由和背景。然而随着文体流变，"序文"的内涵和用途都不断丰富和衍化。至于唐代，序文在保留传统文体功用的同时，亦用于赠别友人，如韩愈所作的《送孟东野序》等；或用于记叙宴饮交游，如王勃所作的《梓潼南江泛舟序》、宋之问的《宴龙泓诗序》等。

在诸王与其他文人的文学交往中也产生过类似性质的作品，如高宗时期王勃所作的《秋晚入洛于毕公宅别道王宴序》，文曰：

> 下官才不旷俗，宠不动时，充皇王之万姓，预乾坤之一物。早师周礼，偶爱儒宗；晚读老庄，动谐真性。进非干物，自疏朝市之机；退不邀荣，谁识王侯之贵？散琴樽于北阜，喜耕凿于东陂。野老披荷，暂辞幽涧；山人卖药，忽至神州。惊帝室之威灵，伟皇居之壮丽。朝游魏阙，见轩冕于南宫；暮宿灵台，闻弦歌于北里。交情独放，已厌人间；野性时违，少留都下。

---

① （汉）许慎：《说文解字注》，（清）段玉裁注，凤凰出版社，2007，第776页。
② 郭殿忱、陈劲松：《论〈文选〉之序体》，《北华大学学报》（社会科学版）2023年第1期。

道王以天孙之重，分曲阜之新基；毕公以帝室之华，拥平阳之旧馆。迹尘钟鼎，思在江湖。居荣命于中朝，接风期于下士。绿縢朱绂，且混以萝裳；列榭崇轩，坐均于蓬户。宾主由其莫辨，语默于是同归。终贤王之乐善，备将军之揖客。

是日也，云繁雨骤，气爽风驰。高秋九月，王畿千里。高扃向术，似元礼之龙门；甲第临衢，有当时之驿骑。英王入座，牢醴还陈；高士临筵，樵苏不爨。是非双遣，自然天地之间；荣贱两忘，何必山林之下？玄谈清论，泉石纵横；雄笔壮词，烟霞照灼。既而神驰象外，宴洽寰中。白露下而南亭虚，苍烟生而北林晚。鹪鹏始望，不及牲牢；麋鹿长怀，非忘林薮。先生负局，倦城市之尘埃；游子横琴，忆汀洲之杜若。

况乎迹不皆遂，时不再来；属宸驾之方旋，值群公之毕从。洛城风景，此会无期；戚里笙竽，浮欢易尽。仰云霞而道意，舍尘事而论心。夏仲御之浮身，愿乘春水；张季鹰之命驾，思动秋风。策藜杖而非遥，整柴车之有日。青溪数曲，幽人长往；白云万里，帝乡难见。安贞抱朴，已甘心于下走；全忠履道，是所望于群公；倘心迹克谐，去留咸遂。庙堂多暇，返身沧海之隅；轩冕所辞，回首箕山之路。寻赤松而见及，泛黄菊以相从。虽源水桃花，时时失路；而幽山桂树，往往逢人。庶公子之来游，幸王孙之毕至。茅君待客，自有金坛；王烈迎宾，还开石架。维恐一邱风月，侣山水而忘年；三径蓬蒿，待公卿之来日。对光阴之易晚，惜云雾之难拔。

群公叶县凫飞，入朝廷而不出；下走辽州鹤去，谢城阙而依然。敢抒重襟，爰疏短引。式命离前之笔，希存别后之资。凡我故人，其辞云尔。①

此文作年不详，清人蒋清翊校注的《王子安集注》等书亦没有明确的说法。王勃在篇首以"下官"自称，可知其在当时已经入仕。根据《新唐书·王勃传》中"麟德初，刘祥道巡行关内，勃上书自陈，祥道表于朝，对策高第。年未及冠，授朝散郎，数献颂阙下"②的记载，可以推定其文作年当在

① （唐）王勃著，（清）蒋清翊注《王子安集注》，上海古籍出版社，1995，第255～259页。
② 《新唐书》卷二百一《王勃传》，中华书局，1975，第5739页。

麟德元年（664）之后。此年王勃年15岁，恰与史书中"年未及冠"的记载符合。又《王子安年谱》考王勃辞别师傅曹元离开长安正在麟德元年，此年他因受到刘祥道的推荐而赴东都应试，亦符合情理。另外，细玩其文意，可知王勃作此文时尚未在沛王府中任职，故此文当作于麟德元年夏至麟德二年（665）三月之间。又，题中有"秋晚入洛"之语，则其创作时间必在麟德元年晚秋之时。文中的"道王"，当指嗣道王李诱。据《新唐书·高宗本纪》记载，"麟德元年四月壬午，道王元庆薨"①，则可知王勃入洛之时，道王李元庆已经逝世。又《旧唐书·道王元庆传》载："（道王李元庆）麟德元年薨，赠司徒、益州都督，陪葬献陵，谥曰孝。子临淮王诱嗣。"② 再加上序文中有"道王以天孙之重，分曲阜之新基""英王入座，牢醴还陈"等语，可知"道王"初嗣王位，且正值英年，与史书的记载亦合。

此文是一篇典型的赠别序，首段先叙作者身份、经历以及参与宴会的缘由、主要宾客等，次而详述宴会的时节、气氛以及主要内容，进而阐发由此感悟的人生哲理，文末则花费大量的篇幅盛赞宴会主人毕公与道王的丰神英姿和爽朗气韵，充分表达了对他们热情好客的谢意以及临别之时依依的不舍之情。序文采用了当时流行的骈体形式，通篇句式以四六为主。行文如行云流水，情采飞扬，飘逸洒脱。此文在思想上儒道兼容，反映了青年王勃在入仕之初复杂的思想特点。

武周时期，青年文学家陈子昂曾参加过梁王武三思主持的宴会，并作有《梁王池亭宴序》，其文曰：

> 子昂少游白屋，未历朱门，闻王孙之游，空怀春草；见公子之兴，每隔青霄。弋阳公座辟青轩，饰开朱邸，金筵玉瑟，相邀北里之欢；明月琴樽，即对西园之赏。鄙人幽介，酒醴知惭，王子爱才，文章见许。白日已驰，欢娱难恃，平生之乐，其在兹乎！③

结合陈子昂的生平经历，可以推知序文中的梁王当指武三思。序文作年

① 《新唐书》卷三《高宗本纪》，中华书局，1975，第63页。
② 《旧唐书》卷六十四《道王元庆传》，中华书局，1975，第2432页。
③ 《全唐文》卷二百十四《梁王池亭宴序》，中华书局，1983，第2163页。

不详，或在天授元年（690）前后。文章篇秩短小，尚不足百字，文中历叙作者早年经历，以及参与此次梁王山池宴会的缘由，表达了对"王子爱才"的感激以及本人以"文章见许"自豪之情。

玄宗统治时期，张说等人曾奉受皇命至薛王李业山池处参加过一次皇家宴会，并作有《季春下旬诏宴薛王山池序》以纪其事，其文曰：

> 有生之性万殊，无方之盛一节。阳和而动植畅，春满而皋壤悦。后皇所以发时令，布新庆。二南迈周召之风，百辟形金石之咏者也。碧流日暖，南山雪残。首献岁之泱辰，尾暮春之提日。帝京形胜，借上林而入游；戚里池台，就修竹而开宴。泉赒御府，味给天厨，仙倡侑乐，中贵督酒，太平佳事，前史未书。大矣哉。一德日新，九功惟叙。运璇枢而均四气，握金镜而静万方。尧舜汤文，不违颜于咫尺；夔龙伊吕，共接武于朝廷。不可见而见焉，不可闻而闻焉。岂深思胜残去杀，累百年之至仁；推历按图，启千龄之昌运。河清难得，人代几何。击壤之欢，良有以也。此则青门上路，朱邸平台。城烟屡起而泊山，野风时来而过水。春将怅别，爱落花之洒途；夏如欣会，玩峰云之映沼。尔其列筵授几，分曹设幕。艇送江凫，舡迎海鹤。鱼龙丸剑，曼延挥霍。鸾凤鸣，箫鼓作。申锡逾于百瓮，慈心出于三爵。炮炙熏林塘，醪醴厌邱壑。抃急管于无算，醉湛恩以取乐。群公赋诗，俾仆题序。长卿消渴，觉含毫之转迟；子云壮夫，见雕虫之都废。敢惮鄙词之讷涩，恐贻盛集之芜秽云尔。①

薛王即李业，睿宗之子，玄宗之弟，张说生前在世。考《增订唐两京城坊考》中李业于两京的数处宅邸与产业，皆无"薛王山池"之名，或史料有阙。序文作年不详，当在开元年间。从序文题目和内容的记载可以看出以下主要信息：第一，题目中的"诏宴"，说明这次宴会是由皇帝亲自发起和主持的；第二，文中的"二南"与"百辟"，说明当时宴会参与者既有皇室诸王等，也有朝廷文武百官；第三，题目中的"季春下旬"与文中"春将怅别"等描述，则点明了这次宴会举办的时令。不同于诸王主持的那些气氛相

---

① 《全唐文》卷二百二十五《季春下旬诏宴薛王山池序》，中华书局，1983，第 2271～2272 页。

对活跃的私人宴会，这种官方性质的政治聚会决定了只有皇帝才是宴会中唯一的焦点，反映在序文中的是，作者要花费大量的篇幅去称赞皇帝的英明，歌颂盛世的繁荣。虽有阿谀奉承之嫌，但也确实反映了唐代君臣欢乐融融、奢华风雅的聚会场面。全文以四六为主，俪句迭出，又间杂三言、五言等，节奏明快，韵律感强，内容富丽堂皇，是一篇典型的"大手笔"之作。

（二）碑志

碑，或与"诔"并称为"诔碑。"《文心雕龙·诔碑》有云："碑者，埤也。上古帝王，纪号封禅，树石埤岳，故曰碑也。周穆纪迹于弇山之石，亦古碑之意也。又宗庙有碑，树之两楹，事止丽牲，未勒勋绩。而庸器渐缺，故后代用碑，以石代金，同乎不朽，自庙徂坟，犹封墓也。"又云："诔者，累也，累其德行，旌之不朽也。"① 即"碑"的用途较广，规格更高，起初用于宗庙社稷之事；而"诔"的用途比较单一，最早是尊者用以表彰地位较低死者德行的一种文体。东汉以来，为生者歌功颂德、为死者树碑立传逐渐浸淫成风，后人常称之为"神道碑"或"墓志铭"，前者常树立于坟墓之前，后者则多随墓主下葬。在书写范式上，二者几无不同，正文主要介绍墓主的家世、生平、殡葬等情况，文末多附有四言韵文，亦有三言、多言不等。中古之世，这种传统依然非常流行，《全唐文》、《唐代墓志汇编》及续集等资料中保存了很多其他文人为唐代诸王所作的碑刻作品，为本书提供了丰富的研究样本，兹录数篇以证。

神龙中兴之后，早先无辜惨死的李氏宗亲普遍得到平反，许多亡者在朝廷的恩典下得以重新备礼改葬，纪王李慎第二子义阳王李琮即是其中的一个例子。玄宗开元年间，张说曾为之作《赠陈州刺史义阳王神道碑》，文曰：

> 昔高祖之起唐侯，革隋命；太宗之威四海，正万邦。作藩帝家，用建王国。二十一族，尧之昭也。十有一宗，文之穆也。王讳琮，字某，文帝之孙，纪王之子。龙种异品，凤毛秀色。仁义天启，德威日就。学无不探，艺无不究。故齐王之允，以爵推影；周公之子，以才分政。总角封义阳郡王，弱冠拜归州刺史。又守檀州，又抚沂州。若敖之旧，荆

① （梁）刘勰：《增订文心雕龙校注》卷五，黄叔琳注，中华书局，2012，第154~155页。

人是惩；单于之冲，胡马自远。淮沂其义，邦国不空。遭王运中微，投于南海。书称大去，悯失土之诸侯；礼不逃诛。义无辜之王子。某年月日，遘六道酷吏，薨于桂林之野。春秋五十。

神龙之初，兴废继绝，追赠陈州刺史。王生不得志，没受遗荣，信乎才之短长，不如命之丰约；德之轻重，不如艺之厚薄。有矣。季子豫州刺史行休，嶷龀羁孤，托身炎厉。藐是余庆，岿然独存。泣血上请，迎丧远裔。开元四年二月，至桂林。王同气三人，往偕遇祸。殡殓无主，封树缺如。岁月茫茫，尽为野草。问邻母而失处，访樵童而莫识。议者以为不可复得，宜招魂而葬。行休拊心苍昊，誓不徒还。乃扫亭馆，设地席。洁斋恳恻，觊乎幽报。遂频夜劈象，曲示其端。梦鲁王乘舟，舟分为两。既而适野，见东洲中断，因忽悟焉。阴隐微明，率此类也。又灵堂锁茎，一夕自屈。管上有三指四迹，一奇二并。其傍铁生文理，布列成卦。众骇其异，使善易者张法著之。曰，屈者于文为尸出，指者于义为指踪。一奇二并，三殡近阔。若引涡山揆之，可以察先王之心矣。考梦协卜，定处克辰。以其月二十八日，于桂城东洲发见神柩，举体咸备，而一节阙焉。行休甚痛惋，若自毁裂。其夜，又梦王告在南洛州。厥明，直旧殡而南，十有九步，沙洲痕下，掘而得之，安合如故。他日，北郭之外并收二叔父焉。于是乎验著梦之有征也。子子三旐，连舳归飞；遥遥百越，经途瞻叹。零桂人士，以为美谈。夫至孝潜通，精魂昭应。果虚无之见，推步而有；必窈冥之体，寻求而致。虽前志所详，未有幽感反覆，若斯之昭晰矣。以某年月日，陪葬于昭陵柏城。

妃汝南周氏祔焉，礼也。妃考曰驸马都尉梁郡襄公，姚曰临川大长公主。宗周元胄，大君自出。左右图史，循环法度。邦有好逑，室无偕老。以王之故，薨于掖宫。初永昌之难，王下河南狱，妃录司农寺。惟有崔氏女，扉屦布衣，往来供馈，徒行悴色，伤动人伦。中外咨嗟，目为勤孝。王之二子，配在巂州。及六道使之用刑也，长曰行远，以冠就戮。次曰行芳，以童当舍。芳啼号，抱行远乞代兄命。既不见听，固求同尽。西南伤之，称为死悌。君子谓勤孝者，仁之厚也；死悌者，友之难也；感神者；诚之至也。此三者有以见义阳之义方，贤妃之内训，继体之崇德，夫如是。淳美上归乎本朝，盛烈延耀乎邦族，安可阙而不饰，碑版无文而已哉。铭曰：

高邱白云，惟尧大理。函谷紫气，维周柱史。百代福流，千龄运起。富有海内，贵为天子。圣帝才子，于穆纪王。贤王祚允，倬哉义阳。慎徽九德，九德有常。允厘三郡，三郡以康。明夷于飞，丹垩之下。梁木其坏，桂林之野。不识阡陌，无存松槚。于以求之，人无知者。哀哀孝子，睠睠灵梦。语妙常阇，文微甄仲。南洛占从，东洲亿中。旧岁移椟，新棺改赗。既克返葬，亦祔山陵。卜云其吉，神心允凭。人非地是，迹谢名称。青青松柏，不显不承。①

李琮，其生平事迹亦见新旧《唐书·纪王慎传》所附，其中《旧唐书》记载省略，《新唐书》较详。细考后者所载其事，其源头即在于张说此文。碑志开篇一段以当时通行的四六句式交代了墓主的高贵出身、生平主要经历、殡葬情况，接着花费大量篇幅记述了其子李行休发现父亲尸骨的传奇经历，并适当地补充了家族的其他事迹，末段则介绍了"妃汝南周氏"的家族情况，最后按照惯例题写铭文。此文虽为墓主生前实录，然叙事上却采用传奇笔法，故事情节引人入胜，文学色彩浓郁，故历来为后人所称道。

永泰元年（765）二月，玄宗之孙、奉天皇帝李琮长子、新平郡王李严去世，同年五月，常衮奉命作《奉天皇帝长子新平郡王墓志铭》，其文曰：

维永泰元年岁次乙巳二月十七日，新平郡王薨于西京之内邸，春秋四十一。粤以其年五月七日，迁窆于万年县龟川乡细柳原，礼也。王讳严，字伯庄，睿宗之曾孙，元宗之孙，奉天皇帝之长子也。幼而温良，凤乃硕茂。动皆执礼，言必称诗。皇孙之中，德行推美。周邦右戚，汉典开封。代继让王之尊，亲承太伯之嗣。先朝友爱，奕叶追崇。常佳南楚之风，每玩西园之月。仁者不寿，遘疾而终。皇上轸棠棣之悲，怀雁行之惨。辍朝震悼，义切天伦。燕隧云封，龟占从吉。俄辞旧邸，言向佳城。近灞陵之高原，当细柳之吉地。丹旐将引，元甲启行。器备饰终，礼有异等。嗣子年在童幼，执丧而哀。诏葬之仪，悲深先远。丰碑之窆，词在刊铭。铭曰：

文昭武穆，天孙帝子。好古推贤，乐善归美。亲承太伯，业继贤王。

---

① 《全唐文》卷二百三十《赠陈州刺史义阳王神道碑》，中华书局，1983，第2325页。

汉屏斯重，周卿有光。入阅于水，夜迁于壑。长坂兰摧，小山桂落。细柳之地，灞陵之川。泉扃一闭，幽隧千年。①

大历九年（774）十月，玄宗第二十三子信王李瑝因病去世，同年十一月，常衮奉命作有《故开府仪同三司上柱国赠太傅信王墓志铭》，其文曰：

昔周以仁厚之化，睦于宗戚。而武王之弟，有国者三，无官者五。汉家虽皇子毕王，而犹各守疆土，不在京师。我唐以孝理万国，周亲并建。至元宗仪制益重，宠以留邸，罢其归藩。大第连乎北宫，高台接乎双阙。今旧典不易，特恩有加。所以广亲亲之道，洽骨肉之爱也。王讳瑝，字某，元宗至道大圣大明孝皇帝第某子也。母曰卢贤妃，性与其贞，气合于纯。君亲之际止于孝，伯仲之间止于弟。重以师傅之教，资其贤淑之能。实大雅之明哲，高阳之恭懿也。在开元时，则帝子之宠，紫殿温清，彤庭趋拜。凤姿秀发，麟趾光华。祚于海邦，藩我王室。在至德时，则皇弟之贵，驷马之迎，深于友爱；三雍之献，益用亲礼。故诗有行苇勿践，所以昭忠厚也。我皇既受命，则叔父之尊。安平望高，淮南属长。其朝会也，不在赞拜之列；其宴私也，特加寿觞之敬。故书有分玉展亲，所以美敦叙也。至于绿池朱阁，素月清风。兄弟俱来，子孙列侍。偃寒丛桂，淹留芳草。内饔分膳，赐药在庭。杳然蓬瀛之外，自适天人之乐。斯非圣君尊宠之所尚，贤王福履之所宜也。以大历九年十月庚午，寝疾薨于上京，春秋五十。皇帝设位哀恸，辍朝三日。乃命中贵人襄事于内邸，宗室属籍，哭于外次。既殡，又诏司仪备物，典策追谥。命太傅光禄勋持节吊祭，京兆尹监护丧事。以其年十一月庚申，葬于细柳原。妃范阳卢氏祔焉，礼也。嗣子某郡王某官某乙等，孝极其至，丧如不胜。故事，藩王墓铭，别诏论撰。微臣惶恐，谨而志之。词曰：

玉瓒黄流，文祖受命。金玺绿绶，贤王分庆。惟此贤王，令德孝恭。尊事天子，翼翼邕邕。天子敬异，优其赐与。大辂之旂，元衮及黼。如何不永，谁察谁补。葬我叔父，于渭之傍。晓下兰坂，夕临芷阳。百官会送，五校启行。鼓吹凄咽，郊原凄凉。御津门外，远睇连冈。怀德增

---

① 《全唐文》卷四百十九《奉天皇帝长子新平郡王墓志铭》，中华书局，1983，第 4284－4285 页。

恸，回舆更伤。①

　　常衮所作的两篇墓志，从篇幅上来看远远不及张说之作，墓志内容除了李严、李瑝的生卒年、殡葬日期等之外，读者很难从文本中获取更多关于墓主本人的其他有效信息。特别是第二篇墓志，作者甚至对墓主李瑝的许多基本情况都不甚了解，如"王讳瑝，字某。玄宗至道大圣大明孝皇帝第某子也"，再如"嗣子某郡王某官某乙等"。如果说张说《赠陈州刺史义阳王神道碑》中"某年月日，遭六道酷吏，薨于桂林之野"的记载是出于乱世仓促，无法考证，也毕竟情有可原，那么当代宗太平之世，撰墓志者竟然不知道信王李瑝的表字与行第，甚至对墓主直系子嗣的情况也毫不了解，这确实有些说不过去了。更为荒诞的是，篆刻者不仅不去求证、核实、补充文稿的信息，反而异常"忠实"地将原文誊抄下来。这一做法充分暴露了代宗时期的诸王在政治上处于被忽略和轻视的地位。另外，由于作者对墓主生平缺乏了解，故而在文中也几乎没有作者本人主观感情流露。文章辞采虽然烂若披锦，但内容毕竟空乏无物，故而流于形式，缺乏艺术感染力，难打动读者。

　　同样的例子还有梁肃所作的《睦王墓志铭》与白居易所作的《唐故会王墓志铭》。贞元七年（791），代宗第四子睦王李述去世，贞元八年（792）二月下葬，梁肃曾奉命作有《睦王墓志铭》，其文曰：

　　　　王讳述，有唐代宗睿文孝武皇帝之第几子，今皇帝之爱弟也。某年封睦王。春秋若干，以贞元七年（791）某月日，薨于京师。皇上震悼，命有司筮宅兆，选吉日，以明年二月某辰，葬王某县某乡之原，礼也。惟天祐序于皇家，惟王承庆于祖宗。方之有周，康叔实文王之子；拟诸炎汉，河间称武帝之弟。天钟秀气，幼挺全德。清明在中，淳耀发外。禀先圣之严训，则乐善不倦；奉吾王之深爱，则敬顺日跻。至乃因心之孝，率性之道，温良惠和，敏肃端懿。学无不探，艺无不至，固以邈焉殊伦，焯于生知者已。洎夫备物典策，启土建封，桓圭之重，盘石之宗，守以清净，行以谦冲。不然者，何名之茂？何宠之丰？方将朋三寿以用

────────

① 《全唐文》卷四百十九《故开府仪同三司上柱国赠太傅信王墓志铭》，中华书局，1983，第4284页。

五福，胡乃天不愁而命不融？此圣人所以深津门之恸，凡伯所以惜东平之终。臣肃奉诏铭石，置玄壤之中，所以纪兹坟之永固，以表王德于无穷者也。铭曰：

　　圣帝介弟，于维睦王。令闻令望，于邦有光。惟王之贤，懿德日宣。受福于天，胡不永年。东门之路，西靡之树。万有千古，贤王之墓。①

元和五年（810）十一月，德宗之孙、顺宗第十四子、宪宗之弟、会王李缜去世，同年十二月下葬，翰林学士白居易奉命作《唐故会王墓志铭》，其文曰：

　　唐元和五年（810）冬十一月四日，会王寝疾薨于内邸。大小敛之日，上皆不举乐，不坐朝，恩也。越十二月十八日，诏京兆尹王播监视葬事，窆于万年县崇道乡西赵原，礼也。是日，又诏翰林学士白居易为之铭志，故事也。王讳缜，字某，德宗之孙，顺宗之子，陛下之弟。幼有令德，早承宠章，未冠而王，受封于会。夫以祖功宗德之庆，父天兄日之贵，胙土列藩之宠，好德乐善之贤，宜乎寿考福延，为王室辅。呜呼！降年不永，二十一而终，哀哉！皇帝厚惇睦之恩，深友悌之爱，故王之薨也，轸悼之念，有加于常情，王之葬也，遣奠之仪，有加于常数。哀荣兼备，斯其谓乎？铭曰：
　　岁在寅，月穷纪。万年县，崇道里。会王薨，葬于此。②

这两篇墓志与前引常衮所作都有篇幅较小的特点，这在一定程度上也暴露了作者对墓主基本情况不甚了解的事实，如梁肃的《睦王墓志铭》开篇即云："王讳述，有唐代宗睿文孝武皇帝之第几子"；又云："某年封睦王。春秋若干，以贞元七年（791）某月日，薨于京师"；又云："以明年二月某辰，葬王某县某乡之原"。这样模糊的记载居然得到了皇帝的认可，并被篆刻成文，可见作者本人、篆刻者，甚至于官方都将诸王殡葬视为例行公事，本不甚重视。而白居易《唐故会王墓志铭》中的铭文仅有十八字，笔墨省净到如

---

① 《全唐文》卷五百二十《睦王墓志铭》，中华书局，1983，第5288～5289页。
② 《全唐文》卷六百七十九《唐故会王墓志铭》，中华书局，1983，第6939页。

此地步，也从侧面反映了以上同样的历史事实。

在唐代诸王诸多墓志中，《曹成王碑》是一篇特殊且文学成就较为突出的作品。贞元八年（792）三月，嗣曹王李皋去世，二十四年后，即元和十一年（816），韩愈受李皋之子李道古所托，作《曹成王碑》，其文曰：

> 王姓李氏，讳皋，字子兰，谥曰成。其先王明，以太宗子国曹，绝复封，传五王至成王。嗣封在玄宗世，盖于时年十七八。绍爵三年，而河南北兵作，天下震扰，王奉母太妃逃祸民伍，得间走蜀从天子。天子念之，自都水使者拜左领军卫将军，转贰国子秘书。王生十年而失先王，哭泣哀悲，吊客不忍闻。丧除，痛刮磨豪习，委己于学。稍长，重知人情，急世之要，耻一不通。侍太妃从天子于蜀，既孝既忠，持官持身，内外斩斩，由是朝廷滋欲试之于民。上元元年（760）除温州长史，行刺史事。江东新剡于兵，郡旱，饥民交走，死无吊。王及州，不解衣，下令掊锁扩门，悉弃仓实与民，活数十万人。奏报，升秩少府。与平袁贼，仍徙秘书，兼州别驾，部告无事。迁真于衡，法成令修，治出张施，声生势长。观察使噎媚不能出气，诬以过犯，御史助之，贬潮州刺史。杨炎起道州，相德宗，还王于衡，以直前谮。王之遭诬在理，念太妃老，将惊而戚，出则囚服就辩，入则拥笏垂鱼，坦坦施施。即贬于潮，以迁入贺。及是，然后跪谢告实。初，观察使虑使将国良往戍界，良以武冈叛，戍众万人。敛兵荆黔洪桂伐之。二年尤张，于是以王帅湖南，将五万士，以讨良为事。王至则屏兵，投良以书，中其忌讳。良羞畏乞降，狐鼠进退。王即假为使者，从一骑，踔五百里，抵良壁，鞭其门大呼："我曹王，来受良降，良今安在？"良不得已，错愕迎拜，尽降其军。太妃薨，王弃部随丧之河南葬，及荆，被诏责还。会梁崇义反，王遂不敢辞以还。升秩散骑常侍。

> 明年，李希烈反，迁御史大夫，授节帅江西，以讨希烈。命至，王出止外舍，禁无以家事关我。衰兵大选江州，群能著职，王亲教之搏力、勾卒、嬴越之法，曹诛五畀。舰步二万人，以与贼遌。噪锋蔡山，踣之，剜蕲之黄梅，大鞣长平，铍广济，掀蕲春，撇蕲水，掇黄冈，笑汉阳，行跐汉川，还大肳蕲水界中，披安三县，拔其州，斩伪刺史，标光之北山，鹐随光化，揿其州，十抽一推，救兵州东北属乡，还开军受降。大小之战三

十有二，取五州十九县，民老幼妇女不惊，市贾不变，田之果谷下无一迹。加银青光禄大夫工部尚书，改户部，再换节临荆及襄，真食三百。王之在兵，天子西巡于梁，希烈北取汴郑，东略宋、围陈，西取汝，薄东都；王坐南方，北向落其角距，贼死咋不能入寸尺，亡将卒十万，尽输其南州。

王始政于温，终政于襄，恒平物估，贱敛贵出，民用有经。一吏轨民，使令家听户视，奸究无所宿。府中不闻急步疾呼。治民用兵，各有条次，世传为法。任马彝、将慎、将锷、将潜，偕尽其力能。薨，赠右仆射。元和初，以子道古在朝，更赠太子太师。

道古进士，司门郎。剌利随唐睦，征为少宗正兼御史中丞，以节督黔中。朝京师，改命观察鄂岳蕲沔安黄，提其师以伐蔡。且行，泣曰："先王讨蔡，实取沔蕲安黄，寄惠未亡；今余亦受命有事于蔡，而四州适在吾封，庶其有集。先王薨，于今二十五年，吾昆弟在，而墓碑不刻无文，其实有待，子无用辞！"乃序而诗之。辞曰：

太支十三，曹于弟季。或亡或微，曹始就事。曹之祖王，畏塞绝迁。零王黎公，不闻仅存。子父易封，三王守名。延延百载，以有成王。成王之作，一自其躬。文被明章，武荐畯功。苏枯弱强，龈其奸猱。以报于宗，以昭于王。王亦有子，处王之所。唯旧之视，蹴蹴陛陛。实取实似，刻诗其碑，为示无止。[①]

该文与以上同类之作相比，其特殊之处主要在于，第一，以上几则墓志由于墓主身份是近支诸王，故碑文多由大臣奉皇帝诏命而作；唯嗣曹王李皋为宗室远支，其墓志可受托于私人，这充分反映了唐代后期的远支诸王事实上实与庶族官僚无异的历史事实。第二，同类墓志作品大多采用骈文的形式，诸文虽非一人所作，实则整体风格非常接近。该文则不拘前人的既定范式，大胆地采用了散体单行的古文，在唐代墓志文学中独具一格，践行了作者本人的文学主张。第三，该文的特殊之处还在于对铭文形式的革新。在以上所引同类作品之中，对于末尾的铭文作者大都采用排偶句法，或有韵或无韵，而韩愈则明确将末尾的"铭文"称为"诗。"同时，这首小诗也体现了作者本人"以散文入诗"的文体革新精神。墓志塑造了嗣曹王李皋的正面形象，

---

① 《全唐文》卷五百六十《曹成王碑》，中华书局，1983，第5683～5685页。

后直接为史家所取。文中的曹王不仅事母至孝、事君至忠、爱民如子，而且善于政事、能征惯战、功名显赫。这样难得的栋梁之臣，一朝溘然长逝，怎不令闻者扼腕叹息？作者笔力浑厚，行文繁简有法，叙事结构明晰，造句精练而言之有物，善于通过典型情节和具体细节来刻画人物形象，历来被后之学人奉为名篇佳作。

（三）书信

在唐代诸王与其他文人的文学交流活动中，书信也曾占有一席之地。

武德三年（620）七月，秦王李世民奉命东征王世充，次年三月，"窦建德来援王世充，攻陷我管州"①。双方军队遂相持于虎牢关附近，时孔德绍为窦建德中书侍郎，曾代后者作《为窦建德遗秦王书》，文曰：

> 夏王敬问唐秦王，彼朝发迹太原，奄有关内。郑氏光启伊洛，崇建宗社。予则创基燕赵，包举山东。郑国何辜，兴师致讨。深怀固存，不惮濡足。方今千乘雷动，万骑云屯，投石拔距，蒙轮击剑，统三燕之义勇，驱六齐之雄杰，制勍敌如拾遗，殄高墉若摧朽。郑都鞠旅，誓众雪雠。我师跃马砺戈，克荡氛祲。彼则外无救援，内绝军粮，将听楚歌之声，方见崤陵之哭。若能反郑国之侵地，守秦川之旧邦，更修前好，不乖来请。②

孔德绍，其生平事迹散见于两《唐书》，其中尤以《新唐书·孔述睿传》附所述最为详尽，书云："高祖德绍，事窦建德为中书侍郎，尝草檄毁薄太宗，贼平，执登汜水楼，责曰：'尔以檄谤我云何？'对曰：'犬吠非其主。'帝怒曰：'贼乃主邪？'命壮士捽殒楼下。"③ 其中所论及的"檄"当指此文。考此文最早见载于宋编《文苑英华》，被归入"檄文"之类，原题本作《为窦建德檄秦王文》，文下原有小注，其云："建德帅众渡河与王世充相援，船运军粮沂河而上，舳舻相继，首尾不绝，水陆并进，筑城营垒于成皋之东，

---

① 《旧唐书》卷一《高祖本纪》，中华书局，1975，第11页。
② 《全唐文》卷一百三十四《为窦建德遗秦王书》，中华书局，1983，第1355页。
③ 《新唐书》卷一百九十六《孔述睿传》，中华书局，1975，第5609页。

见号三十余万,阴令人与王世充相约,乃遗秦王书。"①《全唐文》在收录此文时删去了文下的小注,并更改了题目。从文中的内容来看,孔德绍对当时政治形势的分析虽稍有夸张,但亦符合情理。其言辞虽有居高临下、颐指气使之嫌,却并未有对秦王李世民本人的污蔑与谩骂,考虑到作者所处的阵营,实则不痛不痒、无可厚非。这封檄文或书信的篇幅很短,内容也相当有限,仅凭区区数言便使秦王对其恨之入骨,显然不足以取信读者。出于历史政治原因,此文应当有所删节,并非完璧。

武德四年(621)六月二十日,太史令傅奕建议皇帝罢黜佛事,上减省寺塔废僧尼事十一条。事虽未行,然而在当时已然造成了很大的社会影响。不少僧人亦上书反对,法琳即是其中之一。同年七月,秦王破窦建德、王世充,凯歌而还。鉴于秦王对朝局具有举足轻重的影响力,法琳决定争取他的支持。九月十二日,法琳作《上秦王破邪论启》,其文曰:

> 法琳启:缅寻三元五运之肇,天皇人帝之兴,龟图鸟策之文,金版玉筒之典,六衡九光之度,百家万卷之书,莫不导人伦信义之风,述勋华周孔之教。统其要也,未达生死之源;陈其理也,不出有无之域。岂若五分法身,三明种智。湛然常乐,何变何迁;邈矣真如,非生非灭。而能道资万有,慈被百灵,启解脱彼岸之津,开究竟无为之府,拔群生于见海之外,救诸子于火宅之中。但化隔葱河,千有余载;教流汉土,六百许年。龛塔相望,禅人接踵。所以道安登秦帝之辇,僧会上吴主之车。高座法师,能陈八正;浮图和尚,巧说五乘。化洽九州,福沾三世。其为利物,此之谓欤?有隋禔运,戎马生郊,衅起四凶,毒流百姓。慧灯既隐,法雨将收。赖我大唐上应乾心,下协黎庶,补天以丽三象,纽地以安五岳,生民蒙再造之恩,释门荷中兴之赐。方欣六兹五帝,四彼三皇,反淳朴之风,行无为之化。
>
> 窃见傅奕所上诽毁之事,在司既不施行。奕乃公然远近流布,人间酒席,竞为戏谈。有累清风,实秽华俗。长物邪,见损国福,理不可也。伏惟殿下往藉三多,久资十善,赴苍生之望,膺大宝之期,道叶隆平,德光副后。发洊雷之响,则蛰户俱开;启明离之辉,则幽衢并镜。赫矣

允矣，难得名矣。固以汉光重世，周卜永年。复能降意福田，回情胜境，津梁在念，墙堑为心。伏愿折邪见，幢然正法炬。像化被寄，深幸兹乎。不任愤懑恳焉之志，谨上《破邪论》一卷。尘黩威严，伏增悚息。谨启。武德四年（621）九月十二日启。①

法琳其人，两《唐书》唯存其所著书目，其生平事迹则主要见于释家典籍。《开元释教录》称其"游猎儒释，博综词义"②，又云其"素通庄老，谈吐清奇。道侣服其精华"③。可见，他对于儒释道三家的学问皆明了通达。傅奕，新旧《唐书》有传。按照《续高僧传》的说法，太史令傅奕因"先是黄巾，深忌佛法"，他所提出废佛之议具有险恶的宗教用心。然而考《旧唐书·傅奕传》中，则并未有这样的记载，《续高僧传》之所以抛出虚假的幌子，实际上是想将当时一个严峻的政治问题弱化为普通的宗教争端。而法琳在其所作的这篇书信中，也并未抓住傅奕的"黄巾"——道教徒——身份，大做文章，印证了本书的观点。法琳所作《破邪论》及其所持观点之所以能够在众多僧侣中脱颖而出，在很大程度上就是因为他是从政治角度进行论证的，而不是仅仅从佛家经典出发。对于李渊父子来说，保证统治秩序的稳固才是他们当下最为关注的问题，而佛教日益强大的影响力确实对这种秩序起到了一定的破坏作用，因而傅奕的主张才能"公然远近流布"，成为人们茶余饭后的谈资。通观法琳所论，其言辞大半以儒家为本，以证明佛教也能帮助君主治理天下的道理，同时也以佛教的因果报应学说恫吓秦王，希望能使他回心转意。书信的态度不卑不亢，说理张弛有度，叙事婉转有致，典故运用翔实，论证充分有力，应该说已经达到了既定的上书目的。另外，现存法琳《破邪论》中也存有《上秦王启》一篇，不载作于何时，同文收入《全唐文》则题作《对傅奕废佛僧事启》，未知孰是。此文立论之逻辑、观点与引文大抵类似，兹不备论。

龙朔二年（662）四月十五日，高宗"有诏令拜君亲"④，同年四月二十五日，僧人道宣等游说沛王李贤，作《上雍州牧沛王论沙门不应拜俗启》，

① 《全唐文》卷九百三《上秦王破邪论启》，中华书局，1983，第 9420～9421 页。
② （唐）智昇：《开元释教录》卷八，富世平点校，中华书局，2018，第 483 页。
③ （唐）智昇：《开元释教录》卷八，富世平点校，中华书局，2018，第 484 页。
④ （唐）智昇：《开元释教录》卷八，富世平点校，中华书局，2018，第 525 页。

其文曰：

> 自金河徙辙，玉关扬化，历经英圣，载隆良辅，莫不拜首请道，归向知津。故得列刹相望，仁祠棋布，天人仰福田之路，幽明怀正道之仪，清信之士林蒸，高上之宾云结。是使教分三法，垂万载之羽仪；位开四部，布五乘之清范。顷以法海宏旷，类聚难分，过犯滋彰，冒呈御览。下非常之诏，令拜君亲；垂恻隐之怀，显疏朝议。僧等荷斯明命，感悼涕零，良由行阙光时，遂令上沾忧被。且自法教东渐，亟涉宏隆，三被屏除，五遭拜伏，俱非休明之代，并是暴虐之君，故使布令非经国之谟，乖常致良史之诮，事理难返，还袭旧津。伏惟大王统维京甸，摄御机衡，道俗来苏，繁务攸静。今法门拥闭，声教莫传，据此静障拔难之秋，拯溺扶危之日，僧等叫阍难及，徒鹤望于九重；天阶罕登，终栖遑于百虑。所以干冒，陈款披露，冀得俯被鸿私，载垂提洽。是则遵崇付嘱，清风被于九垓；正像更兴，景福光于四海。不任穷塞之甚，具以启闻。尘扰之深，惟知惭惕。谨启。龙朔二年四月二十五日。[①]

道宣，即佛教南山律宗开山之祖，世人亦尊称"律祖"，其生平事迹多见于佛典。此文在表达自己的政治诉求时非常注意方法，开篇先述王朝对佛教事业的扶持培育之德，接着自然而然地过渡到朝廷"令拜君亲"的政策上来，进而回顾佛教传入中国后的命运，并以佛教"三被屏除，五遭拜伏，俱非休明之代，并是暴虐之君"试图说服沛王李贤。最后铺叙佛教僧众惶恐不安之状，以祈求当政者的怜悯。这封书信表现了作者对佛教历史的深刻认识与体会，文章论据充分，言辞恳切，文学水平较高。

玄宗统治时期，书法家李邕与嗣濮王李峤有过交往，并曾作有《濮王帖》，其文曰：

> 即欲迎濮王，八郎后来足得，未劳急也。蒙周至惠麛，欲报适来风水事也，少于道左申谢耳。因还使驰力，不具。李邕状咨，二日。光八

---

① 《全唐文》卷九百九《上雍州牧沛王论沙门不应拜俗启》，中华书局，1983，第 9483 页。

郎记室劳借马，甚堪骑，悚息。濮王少若问还报驿上安置，得不示之。①

李邕，其生平事迹在两《唐书》中皆有记载，唯以《新唐书·李邕传》最为详尽。帖中的"濮王"，当指嗣濮王李峤。李峤与作者李邕生活年代重合，其生平事迹见《旧唐书·濮王泰传》所附。宋人岳珂《宝真斋法书赞》最早收录此帖，原题作《李邕光八郎帖》，题下注有"行书十行"四字，并于帖后加有按语，其节云：

> 右唐人摹。北海太守赠秘书监李邕，字泰和，《光八郎帖》真迹一卷，明皇之子琚封于光，太宗之曾孙峤袭于濮，唐世重郎，称在至尊犹或名之故，虽帝子之贵，弗为渎也，邕以宗室在属籍，致迎劳通，假借亲亲之谊，为有加焉。②

又考宋编《宣和书谱》于李邕名下有《光王帖》，结合岳珂的此段文字，可以确认《李邕光八郎帖》即失传已久的《光王帖》。盖《光王帖》真本久藏于宫廷，而摹本散布于民间，后一度为岳珂所得。明人张丑《清河书画舫》亦曾收有此帖，并鉴定为真迹，不知确否。清人卞永誉《式古堂书画汇考》收录此帖后，将其题作《濮王帖》，然已不能辨别真伪。此帖现已失传，后人无由得见，清人陆心源编《唐文拾遗》照录《书画汇考》原文，亦作《濮王帖》。考《旧唐书·光王琚传》，其于开元十二年（724）始封为光王，至开元二十五年（737）被废。故李邕此文当作于此数年期间。又考玄宗于开元十三年（725）令诸子居十王宅，此后不复外出，则此帖当作于开元十二三年之间。张丑《清河书画舫》以"二日"为断，分此文字为二帖，或有所据。文章主题即岳珂所谓"邕以宗室在属籍，致迎劳通，假借亲亲之谊"之意。

安史之乱时，两京次第倾覆，为了挽救颓势，历代皇帝都大力重用宗室中的才杰之士。时嗣虢王李巨亦被玄宗父子委以军旅，并在平叛战场上发挥了巨大的作用。某次战斗之后，名士萧颖士曾代作《为李中丞作与虢王书》以示慰问，文曰：

---

① 《全唐文·唐文拾遗》卷十六《濮王帖》，中华书局，1983，第 10546 页。
② （宋）岳珂：《宝真斋法书赞》，文渊阁四库全书本，台湾商务印书馆，1986。

　　某还，奉问，垂示报鲁郡克捷，官军乘胜，进取东平。捧对三复，实深兼慰。逋丑稽诛，遂淹气序，芟夷济濮，陵虐洙泗。虽游魂送死，所当翦灭，而命师授律，必俟英威。四郎挺雄烈之姿，荷专征之任。允文允武，终古罕俦；惟亲惟贤，方今莫二。故能将士愤发，忠勇争先，遗氂殄殪，只轮不反。俾彼危城，蔚为强镇，必将长驱许下，席卷浚郊。解滑台之围，刷襄邑之耻，在是行矣。此皆明大夫善任才，而抑军将之能用命也。岂徒咫尺汶阳，而久劳其师旅哉？迟企大捷，预宽忧负。天气渐寒，伏惟尊体动止康胜。即日蒙免，末由拜觌，增以勤系。所调兵粮，事资军国，唯力是视，曷敢差池？谨遣江阳令杜万往谘禀。①

　　萧颖士，两《唐书》有传。虢王，即嗣虢王李巨，两《唐书》有传，他当时任陈留谯郡太守、摄御史大夫、河南节度使，并"兼统岭南节度使何履光、黔中节度使赵国珍、南阳节度使鲁炅"②。李中丞，其人暂不可考。这封书信作于平叛战争期间，篇首即陈叙虢王克捷之威武行状；次第歌颂虢王文武双全，以亲贤之资，统领士卒有方，故而能建立如此功勋；接着又表达了对虢王下次军事行动的祝愿，同时还祈盼虢王身体健康，并表态绝对做好后勤保障工作；最后将相关交接工作以简笔带过。全文叙事详略得当，条理清晰。称颂前后得体，而无谄媚之态，表现了作者对虢王所建功业的衷心钦佩与赞赏。

　　大约与此文同时，萧颖士还作有《为南阳尉六舅上邓州赵王笺》，其文曰：

　　某惶恐叩头使君公节下：小人以寒浅之姿，承命下吏，常惧罪戾，仰负仁明。励兹驽拙，兢惕不眼，安敢谬持文翰，祇冒府庭？滥巴歈之末音，觊牙旷之清听，岂惟取笑僚友？知其不然，故亦退惭虚薄，非所敢望。今则没阶屏气，心胆战越，窃有短词，愿闻于节下执事者。理或至切，情所不堪，诚以仁贤措心，名教有地，敢布四体，伏惟明公图之。某家自周、齐，业传清白，先人以文学政事任尚书郎。门绪不昌，幼集

① 《全唐文》卷三百二十三《为李中丞作与虢王书》，中华书局，1983，第3271页。
② 《旧唐书》卷一百一十二《李巨传》，中华书局，1975，第3346页。

荼蓼。《诗》《礼》之训，襁褓无追；顾复之恩，缟练仍失。顾瞻兄弟，童丱五人，所不陨灭，实同形影。少赖余荫，免从庶役。或以进士，或以明经，二纪于兹，毕参官序。虽青紫之望，有限登天，而箕裘之业，幸微坠地。岂图家不悔祸、衅罚仍钟？累年以来，凶险荐至。两兄一弟，殂谢连及，嫠孤空室，苫盖在庭。故不忍闻，今在备见。诚宜泣血私第，移疾公门，胡复心颜，以冀荣遇？所不尔者，亦惟明公哀之。重以诸侄藐然，三丧在殡，邱封未兆，冻馁是虞，匪伊薄禄，云何取济？今岁时获便，龟策告从，此月之交，计发嵩汝。季弟佣官，越在东吴，千里而遥，三月不至。兴言主办，舍某而谁？感念存亡，触目缠迫。《诗》不云乎，"死丧之威，兄弟孔怀。"《礼》亦有之："祖于庭，葬于墓，所以即远也。"人道之终，此日而毕。天伦宗戚，岂可轻忘？守官次则情理顿亏，越私哀则简书是惧。龙钟荼苦，毕备于兹。伏惟明公尝以雅望忠诚，弼谐圣政，朝廷故事，台阁式瞻，仁恕之风，被于列郡。傥或穷诚见遇，微物感通，许以假归，申其永慕，生死骨肉，实赖明恩。所不敢言，斯岂获已？况宛叶汝颍，密迩山川，往复之期，旬日以冀，奔走之事，岂乏差池？某顿首谨言。①

　　文中的赵王，即肃宗第二子越王李係，两《唐书》有传。李係于至德二载（757）十二月受封赵王，至乾元三年（760）四月又改封越王。安史之乱期间，他一度领天下兵马元帅。从史书的记载来看，李係此职似乎仅是挂职，并未离肃宗赴任过，而萧颖士此文则揭示了一个不为人知的历史事实，即李係的天下兵马元帅之职并非虚授，此文不仅可以确认时任天下兵马元帅的赵王李係不仅统兵作战过，并且还亲临邓州处理地方政事。至于史书为何篡改事实，则恐怕与李係联合张皇后意图"谋反"不成有关。为了抹杀李係潜在的影响力，后来得势的代宗及宦官程元振等有意对前者进行政治污蔑和人身攻击，至于其任天下兵马元帅期间所建立的功勋自然被史官"失载"，而萧颖士所作此文在阴差阳错中躲过了代宗君臣的政治审查，反而不经意间保存了这一重要的历史细节。
　　此文从内容来看，可视作古人的一封"请假条"。时任天下兵马元帅的赵王李係坐镇邓州，亲自指挥平叛。在战火纷飞的年代，死于兵戈、疾疫亦

---

① 《全唐文》卷三百二十三《为南阳尉六舅上邓州赵王笺》，中华书局，1983，第3278～3279页。

为常事，南阳尉的家中此刻正面临这样的状况。方时民心惶惶，朝廷正值用人之际，南阳尉意欲告假归葬亲属，又恐上司李係不允。情急之下，便想到请文坛高手、外甥萧颖士代笔作书信一封，试图以情理动人，说服李係。文中花费了大量的篇幅介绍南阳尉本人的家世与具体家庭情况，其间又多处引用"六经"的理论，申明人伦大事的重要性。书信非常诚恳地向李係诉说告假的必要性，同时还以"宛叶汝颍，密迩山川，往复之期，旬日以冀"保证不会耽误政务庶事。文章辞采达雅，哀婉动人，使睹之者不忍拒绝。

以上即现存唐代诸王与其他文人在交往中所产生的主要文学作品。从内容上看，这些作品虽然仍以表达相互之间的政治诉求为主，诗歌如虞世南的《初晴应教》《奉和咏风应魏王教》等，高适所作的《信安王幕府诗》，李白的《永王东巡歌十一首》；散文如孔德绍的《为窦建德遗秦王书》、法琳的《上秦王破邪论启》等。然而，由于两者在政治上的人身依附关系较弱，特别是唐代后期的远支诸王与普通文人几乎消除了相互之间的政治隔阂，他们在交往中呈现出更为平等、自由、轻松的人际关系特点，王绩《洛水南看汉王马射》，杜甫《奉汉中王手札》《饮中八仙歌》《赠特进汝阳王二十二韵》《苦雨奉寄陇西公兼呈王征士》《戏题寄上汉中王三首》《奉送郭中丞兼太仆卿充陇右节度使三十韵》《玩月呈汉中王》《八哀诗·赠太子太师汝阳郡王琎》，钱起《宴曹王宅》等都是反映此类关系的代表作品。从艺术成就方面来说，由于部分摆脱了政治对文学作品的束缚和压制，诸王与其他文人的文学交往中涌现了相当数量的优秀之作，其中尤以李白、杜甫等人的作品最有代表性。

第五章　诸王在唐代文学活动中的
角色与作用

文学史是以文学家创作活动为线索构成的复杂历史，作为文学活动的参与个体，他们在历史上并非静态而孤立的存在，通常还要受到特定时代综合因素的影响。一方面，特定时期的政治形势和政治制度决定了作家的政治面貌和创作心态；另一方面，作家所处的文化背景和文学创作氛围又制约着主体主观能动性的发挥。由于唐代宗室政策曾经进行了多次调整和改革，这一事实使唐代诸王的政治地位前后发生了较大的变化，继而波及和影响了相当一批依附于他们的作家和文人，并在一定程度上改变了当时文学发展的走向。就诸王在唐代文学史上的实际作用和地位来说，他们不仅是一系列历史政治事件的亲历者和见证者，而且是文学作品的创作者、文学活动的组织者、文学素材的提供者。总之，他们和诸多文学家共同塑造了唐代文学的整体面貌。

一　文学作品的创作者

魏晋南北朝以来，文学逐渐从传统的学术体系中分化出来，成为一个独立的学科门类。文学价值的重新"发现"，使文学创作活动日益成为中国古代士人重要的精神生活内容。曹丕《典论·论文》曾说："盖文章经国之大业，不朽之盛事。年寿有时而尽，荣乐止乎其身，二者必至之常期，未若文章之无穷。"① 受这种观念的影响，魏晋以来的宫廷文学都特别发达，在很长一段时间内占据文坛的主导地位。在当时的情况下，皇室群体不仅是政治的核心力量，他们的文学创作也常常代表着文学发展的时代潮流。隋唐初期，宫廷文学的创作风气顽强地延续下来。在唐代诸王群体中，也涌现出一批好学能文之

---

① 《魏文帝集全译》，易健贤译注，贵州人民出版社，2008，第254页。

士，很多人都在历史上留下了文学作品，这一事实历来为学者所称道。

（一）唐代皇家教育内容与诸王的文艺素养

文学创作必须建立在创作者对创作知识和创作技巧的大量掌握与熟练应用的前提之上，而在印刷术尚未普遍应用的中古时代，知识的传播途径是非常有限的，因此实际上只有少数贵族士人阶层才有接受教育的机会。作为皇位的潜在继承人，诸王通常会得到全国最好的教育资源，这一优越的条件为他们的文学创作事业提供了无限可能。唐代统治者素来重视对皇室子弟的教育，"自高祖初立，关中便修太学，并为功臣、宗室子弟别立小学，建黉舍，大加儒训，增置生徒，各立博赡，鸿儒硕学，盛于朝列，质疑应问，酌古辨今，咸征经据，并传师法"①。经过唐朝数代统治者的探索和建设，逐渐形成一套特殊的皇子教育体制，即宫学教育。《新唐书·选举志上》记载：

> 凡馆二：门下省有弘文馆，生三十人；东宫有崇文馆，生二十人。以皇缌麻以上亲，皇太后、皇后大功以上亲，宰相及散官一品、功臣身食实封者、京官职事从三品、中书黄门侍郎之子为之。凡博士、助教，分经授诸生，未终经者无易业。凡生，限年十四以上，十九以下；律学十八以上，二十五以下。凡《礼记》《春秋左氏传》为大经，《诗》《周礼》《仪礼》为中经，《易》《尚书》《春秋公羊传》《谷梁传》为小经。通二经者，大经、小经各一，若中经二。通三经者，大经、中经、小经各一。通五经者，大经皆通，余经各一，《孝经》《论语》皆兼通之。凡治《孝经》《论语》共限一岁，《尚书》《公羊传》《谷梁传》各一岁半，《易》《诗》《周礼》《仪礼》各二岁，《礼记》《左氏传》各三岁。学书，日纸一幅，间习时务策，读《国语》《说文》《字林》《三苍》《尔雅》。凡书学，石经三体限三岁，《说文》二岁，《字林》一岁。凡算学，《孙子》《五曹》共限一岁，《九章》《海岛》共三岁，《张丘建》《夏侯阳》各一岁，《周髀》《五经算》共一岁，《缀术》四岁，《缉古》三岁，《记遗》《三等数》皆兼习之……凡弘文、崇文生，试一大经、一小经，

---

① 《全唐文》卷六百四十五《请崇国学疏》，中华书局，1983，第 6529 页。

或二中经，或《史记》、前后《汉书》、《三国志》各一，或时务策五道。经史皆试策十道。经通六，史及时务策通三，皆帖《孝经》《论语》共十条通六，为第。①

唐代诸王的学习内容以经学和史学为主，此外再辅以算学和书法等。精英化、系统化的教育模式使诸王群体掌握了全面而又丰富的知识体系，这为他们此后从事文学创作活动准备了必要的条件。除了学校教育体制规范和要求的学习内容之外，诸王还常常会得到皇帝的特殊关注和赏赐。《唐会要·卷三十六·修撰》记载：

> 贞观五年（631）九月二十七日，秘书监魏徵撰《群书治要》，上之。太宗欲览前王得失，爰自"六经"，讫于诸子，上始五帝，下尽晋年。徵与虞世南、褚亮、萧德言等始成凡五十卷，上之。诸王各赐一本。②

《贞观政要·卷四·教戒太子诸王》载：

> 贞观七年（633），太宗谓侍中魏徵曰："自古侯王能自保全者甚少，皆由生长富贵，好尚骄逸，多不解亲君子远小人故尔。朕所有子弟欲使见前言往行，冀其以为规范。"因命徵录古来帝王子弟成败事，名为《自古诸侯王善恶录》，以赐诸王。③

《全唐文·兰亭始末记》载：

> 帝（太宗）命供奉榻（拓）书人赵模、韩道政、冯承素、诸葛贞等四人，各拓数本（《兰亭序》），以赐皇太子诸王近臣。④

---

① 《新唐书》卷四十四《选举志上》，中华书局，1975，第 1160~1162 页。
② （宋）王溥：《唐会要》卷三十六，中华书局，1960，第 651 页。
③ （唐）吴兢：《贞观政要集校》卷四，谢保成集校，中华书局，2009，第 214 页。
④ 《全唐文》卷三百一《兰亭始末记》，中华书局，1983，第 3060~3061 页。

《唐会要》载：

> （贞观）十四年（640）五月二十一日。诏以特进魏徵所撰《类礼》，赐皇太子及诸王，并藏本于秘府。初，徵以《礼经》遭秦灭学，戴圣编之，条流不次。乃删其所说，以类相从，为五十篇，合二十卷。①

同书载：

> 贞观十七年（643）七月十六日，司空房玄龄、给事中许敬宗、著作郎敬播等，上所撰高祖、太宗《实录》各二十卷。太宗遣谏议大夫褚遂良读之，前始读太宗初生祥瑞，遂感动流涕曰："朕于今日，富有四海，追思膝下，不可复得。"因悲不自止，命收卷，仍遣编之秘阁。并赐皇太子及诸王各一部。②

同书载：

> 开元六年（718）正月三日，命整治御府古今工书钟王等真迹，得一千五百一十卷。十六年五月。内出二王真迹及张芝、张昶等古迹，总一百六十卷，付集贤院依文楉（拓）四本进内，分赐诸王。③

同书载：

> （开元）十五年（727）五月一日，集贤学士徐坚等纂经史文章之要，以类相从，上制名曰《初学记》，至是上之，欲令皇太子及诸王检事缀文。④

---

① （宋）王溥：《唐会要》卷三十六，中华书局，1960，第651页。
② （宋）王溥：《唐会要》卷六十三，中华书局，1960，第1092页。
③ （宋）王溥：《唐会要》卷三十五，中华书局，1960，第648页。
④ （宋）王溥：《唐会要》卷三十六，中华书局，1960，第658页。

同书载：

> （开元）十九年（731）二月。礼部员外郎徐安贞等，撰《文府》二
> 十卷，上之。十二月十一日，侍中裴光庭上《瑶山往则》《维城前轨》
> 各一卷，上以赐皇太子及庆王。①

　　鉴于"古来帝子，生于深宫，及其成人，无不骄逸，是以倾覆相踵，少
能自济"的历史事实，唐代统治者对皇子教育的主要目的在于使他们恪守礼
法名分，明辨君臣之别，从历史事件中吸取经验和教训，以保全自身而长享
富贵。与先前宫学课程的设置大致相同，唐代皇帝对诸王教育的关切点仍然
在于儒家典籍和政治历史方面。不过，除了儒学和政治，唐代皇室教育的内
容还经常会根据历代皇帝的不同喜好而变动，如太宗和玄宗爱好书法，重视
对子女的书法教育，故而两代诸王前后都得到皇帝书法名帖的赏赐；高宗和
玄宗崇尚道家，所以要求当时"王公以降皆习《老子》"②。
　　同时，由于唐王朝的历代统治者皆崇尚文艺，从武德初至开元年间，
国家先后编订了一系列具有文学性质的类书，如现存的《北堂书钞》《艺
文类聚》《初学记》。这些类书的编纂目的虽然不尽相同，但它们的第一批
读者——诸王确实从中获得了最初的文学启蒙。如上述材料中出现的《文
府》和《初学记》，其主要用途便是供"皇太子及诸王检事缀文"。至于如何
"检事缀文"，闻一多先生曾做过一番生动的描述，他这样说道：

> 《初学记》虽是开元间的产物，但实足以代表较早的一个时期的态
> 度。在我们讨论的范围内，这部书的体裁，看来最有趣。每一项题目下，
> 最初是"叙事"，其次"事对"，最后便是成篇的诗赋或文。其实这三项
> 中减去"事对"，等于《艺文类聚》，再减去诗赋文便等于《北堂书
> 钞》。所以我们由《书钞》看到《初学记》，看出了一部类书的进化史，
> 而在这类书的进化中，一首初唐诗的构成程序也就完全暴露出来了。你
> 想，一首诗做到有了"事对"的程度，岂不是已成功了一半吗？余剩的

---

① （宋）王溥：《唐会要》卷三十六，中华书局，1960，第 658 页。
② 《新唐书》卷七十六《则天武皇后》，中华书局，1975，第 3474 页。

工作，无非是将"事对"装潢成五个字一副的更完整的对联，拼上韵脚，再安上一头一尾罢了。①

从闻一多先生的描述来看，"制作"一首宫廷诗的过程似乎非常简单，前提是作者手中正好有这样的工具书。然而读者都很清楚：在当时的历史环境下，并非所有人都有机会在宫廷中接受系统的文学训练，甚至大多数文人手中连一本像样的宫廷诗集也没有。须知这并非无关紧要的事实，对于宫廷文学长期占据文坛统治地位的中古时期诗人来说，缺乏这样的训练将使他们被排除在主流文化圈之外。诸王的情况却恰恰相反：首先，王子们先天便生活在宫廷文化的中心，他们自幼所接受的文学教育质量是其他士人群体难以比拟的。其次，皇帝的大量赏赐对于开阔诸王的知识视野具有积极意义，尤其在文学创作上，通过对《初学记》等类书中案例的记忆和模仿，加上经常性地参与宫廷文学活动，诸王自幼便深谙宫廷文学创作中的修辞法则和文学趣味，这些得天独厚的优势使他们能够在未来成为合格的宫廷作家。

（二）诸王教师对诸王的文学熏陶

唐代诸王凭借政治上的优势地位，轻易地获得了国家最优质的教育资源和最宝贵的文学实践机会，这对于府外文人来说无疑是一种奢望。然而对于诸王群体，便于他们从事文学创作活动的条件显然还有更多。按照古代的惯例，唐代皇子除了接受常规的宫学教育之外，通常还会受到其教师的专门辅导。在诸王的老师群体中，除了名儒学者之外，也有一些优秀的文学之士。唐代前期，王朝沿袭了前代的制度。诸王在"出阁"后开府，并且拥有一套专属于个人的府官体系。作为诸王名义上的师友，师（傅）、友、文学等主要职责便是"陪侍游居"和"侍从文章"，他们使诸王在宫学教育体制之外，获得了当时最优秀一批文学家的专门指导和文学熏陶。在史书中记载了许多这样的案例，今仅举数例以证。如武德初年的齐王文学袁朗：

---

① 闻一多：《唐诗杂论》，上海古籍出版社，1998，第5页。

（袁）朗勤学，好属文……武德初，授齐王文学、祠部郎中，封汝南县男，再转给事中……有文集十四卷。①

如太宗时的吴王友刘孝孙：

刘孝孙者，荆州人也。祖贞，周石台太守。孝孙弱冠知名，与当时辞人虞世南、蔡君和、孔德绍、庾抱、庾自直、刘斌等登临山水，结为文会……贞观六年（632），迁著作佐郎、吴王友。②

再如太宗时期的晋王文学许叔牙：

许叔牙，润州句容人。少精于《毛诗》《礼记》，尤善讽咏。贞观初，累授晋王文学兼侍读，寻迁太常博士。③

再如高宗时期的豫王府司马刘祎之：

（刘）祎之少与孟利贞、高智周、郭正一俱以文藻知名，时人号为刘、孟、高、郭。寻与利贞等同直昭文馆……仪凤二年（677），转朝议大夫、中书侍郎，兼豫王府司马。④

再如高宗时期的殷王文学胡楚宾：

胡楚宾者，宣州秋浦人。属文敏速，每饮半酣而后操笔。高宗每令作文，必以金银杯盛酒令饮，便以杯赐之……自殷王文学拜右史、崇贤直学士而卒。⑤

---

① 《旧唐书》卷一百九十上《袁朗传》，中华书局，1975，第4984～4985页。
② 《旧唐书》卷七十二《刘孝孙传》，中华书局，1975，第2583页。
③ 《旧唐书》卷一百八十九上《许叔牙传》，中华书局，1975，第4953页。
④ 《旧唐书》卷八十七《刘祎之传》，中华书局，1975，第2846页。
⑤ 《旧唐书》卷一百九十中《胡楚宾传》，中华书局，1975，第5011～5012页。

再如武后时期的相王府典签裴耀卿等人：

> 裴耀卿……少聪敏，数岁解属文，童子举。弱冠拜秘书正字，俄补相王府典签。时睿宗在藩，甚重之，令与掾丘悦、文学韦利器更直府中，以备顾问，府中称为学直。①

与诸王所接受的宫学教育不同，唐代前期的王府官在辅导和教育诸王的功能上更加专门化。特别是这些以"侍从文章"为主要职能的王府官，他们在诸王成长中所扮演的文学指导角色更为纯粹。从文学史的相关记载来看，诸王和王府官文学家之间常会进行多种性质的文学互动，这样的作品保留在《全唐诗》《全唐文》中往往直接以"应教"为题。王府官群体有意义的文学示范和指导，对于提高诸王的文学素养具有积极意义。

王府官群体之外，担任诸王文学指导教师的群体还有"侍读"。"侍读"之名，始见于南朝刘宋时期，《资治通鉴·宋孝武帝大明五年》载："侍读博士荀诜谏，休茂杀之。"胡三省注："侍读博士，授诸王经者也。"②"侍读"之职在唐初便有设置，其任职者大抵以经术知名，实则也不乏兼通文学者。如太宗时期的诸王侍读徐齐聃，其墓志铭记载：

> 公讳齐聃，字将道，姓徐氏，东海郯人也。远祖偃王……公始以宏文生通五经大义，发迹曹王府参军右千牛兵曹潞王府文学崇文馆学士兼侍皇太子讲，又芳林门修书……初公幼而殊异，八岁工文，太宗闻其聪明，召试词赋，锡以佩刀金鞘，称曰神童。及中年，高宗嘉其道优，悉命皇子受业……故公备更潞、沛、豫诸王侍读，上之在周邸也。公尝来诲诗焉。③

再如高宗时期的沛王侍读李善：

---

① 《旧唐书》卷九十八《裴耀卿传》，中华书局，1975，第3079~3080页。
② 《资治通鉴》卷一百二十九"宋孝武帝大明五年"，中华书局，1956，第4054页。
③ 《全唐文》卷二百二十七《唐西台舍人赠泗州刺史徐府君碑》，中华书局，1983，第2289页。

李善者，扬州江都人。方雅清劲，有士君子之风。明庆中，累补太子内率府录事参军、崇贤馆直学士，兼沛王侍读。尝注解《文选》，分为六十卷，表上之。赐绢一百二十四，诏藏于秘阁。除潞王府记室参军，转秘书郎。①

再如同一时期的沛王侍读王勃：

（王勃）九岁读颜氏《汉书》，撰《指瑕》十卷。十岁包综六经，成乎朞月，悬然天得，自符音训。时师百年之学，旬日兼之；昔人千载之机，立谈可见。居难则易，在塞咸通，于术无所滞，于词无所假……沛王之初建国也，博选奇士，征为侍读。②

再如武后时期的皇孙（即宁王李宪）侍读方讷，其墓志记载：

（方讷）砥节砺行，好学能文……烈祖肇基王业，玄宗实综军政。管记之任，勤择其人。闻公之名，召致幕府。王国初建，署宁国军节度馆驿巡官，掌都统表奏。皇室再造，庆赏遂行，擢拜虞部员外郎，掌元帅表奏。数岁，以皇孙就傅，命公侍读。③

徐齐聃、李善、王勃、方讷等是唐代前期诸王侍读中为数不多的兼通经术和文学的典型人物，他们对诸王文学创作所起到的作用与王府官群体是大致相同的。"侍读"之外，唐初还有专门的"侍文"一职，其任职者应当专以诗文见长，以区别于以经术见长的侍读。《唐会要》卷七十四载："王子未出阁者，侍讲、侍读、侍文、侍书，并取见任官充，经三周年放选，与处分。"④ 不过由于现存的文史资料的缺乏，诸王"侍文"任职者的具体情况与相关文学活动已不可考。

---

① 《旧唐书》卷一百八十九上《李善传》，中华书局，1975，第 4946 页。
② 《全唐文》卷一百九十一《王勃集序》，中华书局，1983，第 1930 页。
③ 《全唐文》卷八百八十五《唐故金紫光禄大夫检校司徒行少府监河南方公墓志铭》，中华书局，1983，第 9254 页。
④ （宋）王溥：《唐会要》卷七十四《选部上·吏曹条例》，中华书局，1960，第 1349 页。

开元十三年（725）之后，随着玄宗对宗室管理制度的根本性调整，近支诸王被强制居于"十六宅"中，并与其王府官群体隔绝开来。至此，王府官对诸王的文学指导功能实际上已经丧失。之后，诸王的学业便主要由皇帝专门安排的"侍读"或"讲读"负责。《旧唐书》载：

> 东封年（即开元十三年），（诸王）以渐成长，乃于安国寺东附苑城同为大宅，分院居，为十王宅。令中官押之，于夹城中起居，每日家令进膳。又引词学工书之人入教，谓之侍读。[1]

玄宗时对诸王"侍读"的具体要求是"词学工书"，即主要由擅长文学、书法等方面的文艺之士出任。按唐代前期以诸王为首的宗室政变频繁发生，严重打乱了皇位的正常继承顺序。玄宗在登上皇位之后，通过圈禁诸王等方法消除了王朝内部政变发生的可能性，参见拙文《再论"宋代无宗室之祸"》。与之相对应的是，近支诸王的政治权力被剥夺，进而失去了对皇权的潜在威胁性。为消磨诸王的政治野心，玄宗已经不再重视对诸王进行政治能力等方面的训练，因此"词学工书"成为"侍读"任职者的主要要求。从此后的资料来看，玄宗时期的诸王"侍读"任职者身上确实体现了这样的特点。如庆王侍读的贺知章，唐人窦臮《述书赋下》注云：

> （贺知章）少以文词知名，工草隶书，进士及第，历官太常少卿礼部侍郎集贤学士太子右庶子兼皇太子侍读检校工部侍郎迁秘书监太子宾客庆王侍读。知章性放善谑，晚年尤纵无复规检，年八十六，自号四明狂客。每兴酣命笔，好书大字，或三百言，或五百言，诗笔唯命，问有几纸，报十纸，纸尽语亦尽；二十纸三十纸，纸尽语亦尽，忽有好处与造化相争，非人工所到也。天宝二年（743），以老年上表请入道归乡里，特诏许之重令入阁，诸王以下拜辞，上亲制诗序，令所司供帐，百察钱送，赐诗叙别……[2]

---

① 《旧唐书》卷一百七《凉王璇传》，中华书局，1975，第3271页。

② 《全唐文》卷四百四十七《述书赋下》，中华书局，1983，第4572页。

再如忠王府长史兼侍读殷彦方等，孙逖所作《授殷彦方等王傅制》对其有如下的评语：

中散大夫守忠王府长史兼侍读上柱国殷彦方等，朝廷雅望，人物周才，或聚学冲深，或属词清远。顷膺授择，皆侍藩维。①

再如盛王侍读张怀环，《唐故宣义郎侍御史内供奉知盐铁嘉兴监事张府君墓志铭》记载：

宜春生盛王府司马、翰林集贤两院侍书侍读学士讳怀环，有文学，尤善隶草书，与兄怀瓘同时著名。②

玄宗之后，诸王侍读在选任上仍然保留了重视文学才能的传统。如德宗时期担任诸王侍读的宋氏姊妹五人，《唐会要》记载：

宋氏姊妹五人，皆有文学。贞元中，泽潞节度使李抱真贡至阙下。德宗召入宫试，兼问经史文义，深加赏叹。自后皇太子及诸王、公主等，多从受学。③

再如德宗时期的皇太子诸王侍读梁肃，《全唐文》作者小传记载：

（梁）肃，字敬之，一字宽中，世居陆浑。建中初中文辞清丽科，擢太子校书郎，累转右补阙翰林学士皇太子诸王侍读。④

再如昭宗时期的诸王侍读王牍，《授太子宾客王牍等诸王侍读制》载：

---

① 《全唐文》卷四百四十七《述书赋下》，中华书局，1983，第4572页。
② 《全唐文·唐文拾遗》卷五十二《唐故宣义郎侍御史内供奉知盐铁嘉兴监事张府君墓志铭》，中华书局，1983，第10963页。
③ （宋）王溥：《唐会要》卷三，中华书局，1960，第34页。
④ 《全唐文》卷五百十七《梁肃小传》，中华书局，1983，第5249页。

敕。具官王脺等。朕闻王者之子，在襁褓中，置三公以教训之……
今丞相言尔脺等，并老于文学，雅有德行。明君臣父子之道，知礼乐诗
书之源。可使高步承华，入参望苑。琢磨羽翼，朕有冀焉。或授正卿，
或加峻级。宜旌优典，往傅童蒙。邪蒿鲍鱼，勿俾登俎。胄筵讲肆，为
惜分阴。使其知东平为善之规，喜王褒《洞箫》之赋。承万代之业，固
磐石之基，斯赖于老成人也。①

可见，除了王府官群体之外，侍读（讲读）、侍文群体对诸王的文学指
导作用也是不能被忽视的。甚至在一些情况下，皇帝也会亲自过问皇子的学
业，包括指导他们文学习作，《册府元龟》记载：

高宗为太子时，贞观二十二年（648）二月，引庶子、少詹事、司
议、舍人等入阁。乃从容而言曰："文章词赋平生所爱，然未之为也。
今日风景殊佳，当与公等赋诗言志。"于是援笔以制序。翌日，太宗以
皇太子诗序示王公曰："朕观太子此文及笔迹进于常日。"司徒长孙无忌
对曰："皇太子禀承天训，文章笔札，群艺日新。"是岁，太子制《玉华
宫山铭》。又献《玉华宫赋》。②

不过，皇帝亲自评价皇子文学作品的案例还是罕见的。在通常情况下，
指导和侍从诸王进行文学创作的主要群体仍是王府官和侍读。玄宗之后，随
着王府官沦为散职，侍读在实际上也承担了先前王府官的文学侍从角色，负
责训练和指导诸王的文学创作活动。

（三）诸王的文学素养及创作概况

唐代前期，在宫学体制的培养下，唐代诸王获得了丰富而广博的知识储
备；在王府官和侍读群体长期的文学熏陶和精心指导下，诸王磨炼了文学创
作所需要的各种技巧。因此，在诸王群体中涌现出许多好学能文的优秀人才，
兹摘《旧唐书》举数例以证。如韩王李元嘉，史称其：

① 《全唐文》卷八百三十七《授太子宾客王脺等诸王傅制》，中华书局，1983，第8817页。
② （宋）王钦若等编纂《册府元龟》卷四十，周勋初等校订，凤凰出版社，2006，第429页。

（韩王李元嘉）元嘉少好学，聚书至万卷，又采碑文古迹，多得异本。闺门修整，有类寒素士大夫。与其弟灵夔甚相友爱，兄弟集见，如布衣之礼。①

再如霍王李元轨，史称：

（霍王李元轨）霍王元轨，高祖第十四子也。少多才艺，高祖甚奇之……贞观初，太宗尝问群臣曰："朕子弟孰贤？"侍中魏徵对曰："臣愚暗，不尽知其能。唯吴王数与臣言，未尝不自失。"上曰："朕亦器之，卿以为前代谁比？"徵曰："经学文雅，亦汉之间、平也。"由是宠遇弥厚，因令娶徵女焉。②

再如邓王李元裕，史称：

（邓王李元裕）元裕好学，善谈名理，与典签卢照邻为布衣之交。③

再如越王李贞，史称：

越王贞，太宗第八子也……贞少善骑射，颇涉文史，兼有吏干。④

再如琅琊王李冲，史称：

（琅琊王）冲，（越王）贞长子也。好文学，善骑射，历密、济、博三州刺史，皆有能名。⑤

---

① 《旧唐书》卷六十四《韩王元嘉传》，中华书局，1975，第 2427 页。
② 《旧唐书》卷六十四《霍王元轨传》，中华书局，1975，第 2429～2430 页。
③ 《旧唐书》卷六十四《邓王元裕传》，中华书局，1975，第 2433 页。
④ 《旧唐书》卷七十六《越王贞传》，中华书局，1975，第 2661 页。
⑤ 《旧唐书》卷七十六《琅邪（琊）王冲传》，中华书局，1975，第 2663 页。

再如纪王李慎，史称：

> （纪王李慎）慎少好学，长于文史，皇族中与越王贞齐名，时人号为"纪越"。①

再如许王李素节，史称：

> 许王素节，高宗第四子也。年六岁，永徽二年（651），封雍王，寻授雍州牧。素节能日诵古诗赋五百余言，受业于学士徐齐聃，精勤不倦，高宗甚爱之……素节自以久乖朝觐，遂著《忠孝论》以见意，词多不载。②

再如褒信郡王李璆，史载：

> 璆初为嗣泽王，降为郇国公、宗正卿同正员，特封褒信郡王。进《龙池皇德颂》，迁宗正卿、光禄卿、殿中监。天宝初，重拜宗正卿，加金紫光禄大夫。③

再如岐王李范，史载：

> 范好学工书，雅爱文章之士，士无贵贱，皆尽礼接待。与阎朝隐、刘庭琦、张谔、郑繇篇题唱和，又多聚书画古迹，为时所称。④

在唐代前期，由于"关中本位"政策的长期实施，全国最优秀的人才不断被集聚在国都长安。因此，皇宫不仅是帝国的政治心脏，同时还是国家的文化中心。在当时许多具有政治意味的宫廷宴会活动中，皇帝常常会动员来宾进行文学创作，进而活跃宴会气氛。虽然诸王在政治上身份更为耀眼，但

---

① 《旧唐书》卷七十六《纪王慎传》，中华书局，1975，第 2665 页。
② 《旧唐书》卷八十六《许王素节传》，中华书局，1975，第 2826 页。
③ 《旧唐书》卷八十六《褒信郡王璆传》，中华书局，1975，第 2828 页。
④ 《旧唐书》卷九十五《惠文太子范传》，中华书局，1975，第 3016 页。

是为了迎合皇帝的趣味（另一个角度来说，也是政治上的现实需要），他们必须在这样的场景进行文学创作。丰富的知识储备、熟练的艺术技巧，加上频繁出席各种宫廷宴会，这些综合条件使诸王成为唐代宫廷文学史上一支不可忽视的作家群体。

玄宗统治时期，由于对诸王怀有深深的敌意和戒备之心，他大幅度地调整了宗室管理制度，那些与皇帝血缘关系密切的近支诸王被迫退出了政治舞台。虽然当时的宫廷唱和活动仍在继续，但对文坛的影响已日渐衰微。而远支诸王由于对皇权的威胁性较小，玄宗对他们采取了区别对待的政策。一方面皇帝取消了宗室子弟在政治上的世袭特权，鼓励远支诸王按照个人才能出任官职；另一方面也解除了宗室子弟不得任中央台省官的限制，实际上将他们视为一般的庶族。此后，远支诸王在政治上逐渐松绑，他们的后代官至宰相竟有十余人，如李林甫、李适之、李石等。另外，还有一些宗室后代继承或因功获得了嗣王、郡王的爵位，不过，这种身份已经不再像从前那样荣耀。远支王此后以士人的面目一度活跃在文坛中，也留下了少量的文学作品。

按照作品体裁划分的标准，唐代诸王的文学作品可以分为诗赋和散文两大主要类别，其中《全唐诗》《全唐诗补编》《全唐诗补逸》等唐诗全集中共收录唐代诸王的诗歌辞赋类作品以人数计共 34 篇。在各类诗歌题材作品中，宫廷唱和诗的数量最多，后期随着诸王政治地位的下降，这类作品日趋减少。玄宗之后，嗣曹王李皋等远支诸王摆脱了宫廷诗体式的束缚，创作了一些体现出主体个性的山水诗。与诗歌创作相比，唐代诸王辞赋类作品较少，所存世者仅有 3 篇。详细篇目见附录一。

在《全唐文》《全唐文补编》《唐大诏令集》等唐文集子中共收录诸王（包括武氏诸王）所作的散文类作品共计约 43 篇。在这些作品中，以奏议类的公文数量为多，共计 21 篇，这一数量同唐代前期诸王显赫的政治地位是相适应的；书信碑志次之，约 12 篇。从创作时间的分布来说，作于肃宗之前的占一半以上，其后湮没无闻。其详细篇目同见附录一。

总的来说，唐代诸王文学存世之作的数量并不多，与其他作家群体相比，他们的文学成就并不突出，但我们不能据此贬低他们的文学才能，或忽视他们的文学史地位。如唐太宗时期的魏王李泰，史称其"少善属文"①。《赐魏

---

① 《旧唐书》卷七十六《濮王泰传》，中华书局，1975，第 2653 页。

王泰诏》也称其"体业贞固,风鉴凝邈,学综策府,文冠词林"①。贞观十七年(643),因参与太子李承乾党争触怒皇帝,李泰被贬斥异乡。在向皇帝申诉的表奏中,他突出的文学才华深深地打动了太宗。在此之后,李泰得到了朝廷的特殊照顾,《旧唐书·濮王泰传》记载:

> 寻改封泰为顺阳王,徙居均州之郧乡县。太宗后尝持泰所上表谓近臣曰:"泰文辞美丽,岂非才士。我中心念泰,卿等所知。但社稷之计,断割恩宠,责其居外者,亦是两全也。"二十一年(647),进封濮王。②

李泰的这封"文辞美丽"的奏表并没有流传下来,不过结合太宗的评价推测,这应当是一篇非常具有艺术感染力的作品。

再如韩王李元嘉,张鷟《朝野佥载》云:

> 元嘉少聪俊。左手画圆,右手画方,口诵经史,目数群羊,兼成四十字诗,一时而就,足书五言一绝。六事齐举。代号"神仙童子"③。

言语形容可能有所夸张,但霍王李元嘉擅长作诗倒是事实,然而这首五言诗并未流传下来。此外,诸王出于各种原因失载的作品数量也相当多,这也是值得学者注意和深思的一个问题。

二 文学活动的组织者

唐代的宫廷教育不仅培养了诸王的文学创作能力,同时也使他们普遍具备较高的文学欣赏素养。尤其在唐代前期,诸王在政治上有较高的地位,这使他们经常处于一些文学交流活动的核心,扮演着文学活动组织者和领导者的角色。在这些情况下,诸王独特的文学审美趣味和评价标准便体现在这些文学作品中。具体来说,唐代诸王对文学活动的组织和领导作用主要表现在

---

① 《全唐文》卷七《赐魏王泰诏》,中华书局,1983,第82页。
② 《旧唐书》卷七十六《濮王泰传》,中华书局,1975,第2656页。
③ (唐)张鷟:《朝野佥载》卷五,赵守俨点校,中华书局,1979,第110页。

以下几个方面。

（一）大型文化典籍的编撰活动

政治人物组织编撰图书以获得声名在我国有很久远的传统，其最早的案例可以追溯到战国末年。在秦始皇统一天下前夕，秦国宰相吕不韦组织门客编成了中国历史上第一部有计划撰写的典籍《吕氏春秋》，这一行为模式对后世产生了深远的影响。汉晋以来，随着诸侯王作为一支独特的政治力量活跃在历史舞台上，之后以他们为主导的图书编撰活动也逐渐出现。在这类现存的古代典籍中，最著名的莫过于西汉时期由淮南王刘安组织编撰的《淮南子》和南朝刘宋时期由临川王刘义庆组织编撰的《世说新语》。唐代诸王同样组织编写了一些经典著作，对当时文化的建设和文学的发展都做出了重要的贡献。根据文献资料记载，这些图书主要包括如下几种。

1.《古今类序诗苑》

《古今类序诗苑》是吴王友刘孝孙奉王命编撰的一种诗歌选集，现已不存。《旧唐书·刘孝孙传》记载：

> 武德初，历虞州录事参军，太宗召为秦府学士。贞观六年（632），迁著作佐郎、吴王友。尝采历代文集，为王撰《古今类序诗苑》四十卷。十五年（641），迁本府谘议参军。寻迁太子洗马，未拜卒。①

资料中的"吴王"即唐高祖第十四子李元轨，据《旧唐书》本传记载，李元轨在武德八年（625）徙封为吴王，至贞观十年（636）改封霍王。从材料来看，该书是刘孝孙在"采历代文集"的基础上按照以类相从的体例编纂的，功能应当与《文府》和《初学记》等文学性质的类书相同，最初主要用于指导吴王的诗歌创作活动。

2.《括地志》

隋唐之初，国家结束了南北长期的分裂和动乱局面，重新建立了统一稳定的政治格局。经过隋代数十年的开拓和稳固，新的政治地理区划逐步形成，在唐初也基本上没有大的变动。至唐太宗统治时期，随着一系列对外战争的

---

① 《旧唐书》卷七十二《刘孝孙传》，中华书局，1975，第2583页。

持续胜利,国家的统治版图得到空前拓展。为了润色鸿业以迎合皇帝好大喜功的心理,同时也为了博取更广泛的政治声名以图将来夺嫡,魏王李泰在司马苏勖的建议下组织了《括地志》的编撰工作。《旧唐书·濮王泰传》对《括地志》成书过程有着详细的记载:

> (贞观)十年(636),徙封魏王,遥领相州都督,余官如故。太宗以泰好士爱文学,特令就府别置文学馆,任自引召学士。又以泰腰腹洪大,趋拜稍难,复令乘小舆至于朝所。其宠异如此。(贞观)十二年(638),司马苏勖以自古名王多引宾客,以著述为美,劝泰奏请撰《括地志》。泰遂奏引著作郎萧德言、秘书郎顾胤、记室参军蒋亚卿、功曹参军谢偃等就府修撰……十五年(641),泰撰《括地志》功毕,表上之,诏令付秘阁,赐泰物万段,萧德言等咸加给赐物。①

《括地志》的编撰是一项浩大的国家工程,它是在多种条件共同作用下才完成的。首先,编撰活动必须以稳定统一的国家政权为前提;其次,还需要大量的人力、物力、财力资源作为支撑;最后也是最关键的一点,必须有一位出色的组织者和领导者统筹全局。这三个主要条件缺一不可,而魏王李泰在编撰的过程中所发挥的作用尤其重要。作为嫡次子,魏王李泰在诸王中长期受到皇帝的特殊偏爱,太宗不仅允许李泰在魏王府中设置文学馆,同时还允许他自由招揽学士。作为编撰工程的主导者,魏王李泰还亲自设计了图书的编写体例和编写方法。《唐会要》记载:

> (贞观)十五年(641)正月三日,魏王泰上《括地志》五十卷。上嘉之,赐物一万段,其书宣付秘阁。初,泰好学,爱文章。司马苏勖劝泰表请修撰,诏许之。于是大开馆宇,广召时俊。遂奏引著作郎萧德言,秘书郎顾允,记室参军蒋亚卿,功曹参军谢偃等。人物辐辏,门庭若市。泰稍悟过盛,欲其速成。于是分道诸州,披检疏录,凡四年而成。②

---

① 《旧唐书》卷七十六《濮王泰传》,中华书局,1975,第 2653~2654 页。
② (宋)王溥:《唐会要》卷三十六,中华书局,1960,第 651 页。

正书之外，李泰曾亲自撰《括地志序略》五卷，从文本的内容来看，他对于两汉以来州郡政治辖区范围变迁情况了如指掌，而且还开创了一种新型编订地理书的体制。这一创新之处后来为《元和郡县制》《太平寰宇记》等书所直接继承。因《括地志》带有李泰鲜明的个人特色，故而又被称为《魏王泰坤元录》或《魏王地记》。

3.《唐史》

武则天篡唐立周之后，曾仿照先代王朝的惯例，命令梁王武三思等人主持领导"唐史"的修订工作。《唐会要》卷三六记载：

> 长安三年（703）正月一日敕，宜令特进梁王三思与纳言李峤、正谏大夫朱敬则、司农少卿徐彦伯，凤阁舍人魏知古、崔融，司封郎中徐坚，左史刘知几，直史馆吴兢等修唐史，采四方之志，成一家之言，长悬楷则，以贻劝诫。[①]

这次参与修史的名家众多，其成果直接被《旧唐书》收录，对此后唐代历史研究影响巨大。虽然武三思在修史活动中并没有负责具体的撰写工作，但他作为武则天钦定的修史项目主持人和领导者，应当在其中发挥了一些作用。

4.《皇室永泰谱》

中国古代士族为了显示其高贵的出身和防止庶族假冒，非常重视家谱的编修，因此形成了专门的谱牒之学。谱牒对于研究我国历史和家族史有着重要的意义，同时在文学研究领域对于考证文学家的家世、生平等资料也具有重要的参考价值。《皇室永泰谱》便是这样性质的一种谱牒著作，其主持编撰者为嗣吴王李祗。该书虽然在后来失传，但其成果应当被《旧唐书》等史学著作直接继承。《唐会要》记载：

> 永泰二年（766）十月七日，宗正卿吴王祗，奏修史馆太常博士柳芳撰《皇室永泰谱》二十卷，上之。[②]

---

① （宋）王溥：《唐会要》卷六十三，中华书局，1960，第1094页。
② （宋）王溥：《唐会要》卷三十六，中华书局，1960，第666页。

《册府元龟》卷六二一对此事有所补充,其云:

> 代宗永泰二年(766)十月,宗正卿吴王祗奏上《皇室永嘉(泰)新谱》二十卷,太常博士柳房(芳)撰也。房(芳)精于谱学,按宗正谱牒,自武德以来,宗枝昭穆相承,撰《皇室谱》二十卷。①

同梁王武三思领衔所修订的《唐史》一样,虽然没有资料记载嗣吴王李祗是否直接参与了该书的撰写工作,但结合他既为宗室,又是项目第一负责人,他必然在成书过程中有所贡献。

5.《贞观公私画史》

《贞观公私画史》是唐人裴孝源受汉王李元昌之命而编撰的一部大型绘画史类著作,它不仅是我国现存最早的一部名画著录典籍,同时也是首部由官方出版的大规模、系统化的绘画发展史。该书体例清晰,先以年代为序,"起于高贵乡公,终于大唐贞观十三年(639)"②,同时又按照绘画题材分为各类,各类之中先列画名,后列作者,按其品格高下先后序次,并按南朝梁官库藏画目录(即《太清目》)一一检收。《贞观公私画史》搜罗极为广博,即如书名所云,基本上囊括当时全部"秘府及佛寺并私家所蓄"③,共有二百九十八卷。由于《太清目》等资料先后失传,《贞观公私画史》又被称为历代赏鉴家品评古画的祖本,并且其成果和编写体例又先后被《历代名画记》《唐代名画录》等典籍所直接继承,在我国绘画史上有不可忽视的地位。可惜此书大约在唐代中后期已经失传,现存仅一卷,唯余其古画存目而已。《贞观公私画史序》详细记述了汉王李元昌在该书编撰过程中所发挥的关键作用,其云:

> 大唐汉王元昌,天植其材,心专物表,含运覃思,六法俱全,随物成形,万类无失。每燕时暇日,多与其流商确精奥。以余耿尚,存赐讨

---

① (宋)王钦若等编纂《册府元龟》卷六百二十一,周勋初等校订,凤凰出版社,2006,第7189页。
② 《全唐文》卷一百五十九《贞观公私画史序》,中华书局,1983,第1629页。
③ 《全唐文》卷一百五十九《贞观公私画史序》,中华书局,1983,第1629页。

论，遂命魏晋以来前贤遗迹所存，及品格高下，列为先后。起于高贵乡公，终于大唐贞观十三年（639），秘府及佛寺并私家所蓄，共二百九十八卷，屋壁四十七所，目为《贞观公私画录》……时贞观十三年（639）八月望日序。①

　　在历来的研究中，学者大多关注该书的编者裴孝源，而忽视了隐藏在幕后的汉王李元昌。从序文的记述来看，正是在汉王李元昌亲自提议和决断下，《贞观公私画录》的撰写工作才得以展开。同时，我们还应当注意以下事实。首先，汉王李元昌本身就是我国历史上罕见的、极具才情的艺术大师，《历代名画记》称其"少博学，能书画……李嗣真云：'天人之姿，博综伎艺，颇得风韵，自然超举，碣馆深崇，遗迹罕见，在上品二阎之上（二阎即阎立德、阎立本兄弟）'"②。因此，我们有充分理由相信他会对该书的编撰工作提出指导意见，尤其是在画家"品格高下"的次序评定方面。其次，汉王李元昌特殊的政治身份应当为该书的编撰提供了一定便利。该书体制极为庞大，其编撰需要动用大量的社会资源，仅靠裴孝源一人之力完成这样繁复的著述工程是极为困难的。尤其是一般人根本没有资格征集和借阅当时"秘府及佛寺并私家所蓄"的绘画资源，故而作者必须借助强大的政治力量为依托。而李元昌在图书的编撰过程中所扮演的正是组织者和领导者的角色，这一点是毋庸置疑的。

6.《兔园册府》

　　《兔园册府》，简称《兔园册》，"册"与"策"通用，故又作《兔园策府》，简称《兔园策》，它是太宗第七子蒋王李恽命其王府典签杜嗣先编撰的一部类书。"兔园"即汉梁孝王故园，亦称"梁园""平台""西园"，唐人多用此指代藩王，而蒋王李恽与杜嗣先以文相交，故有此谓。书仿《应科目策》，自设问对，引经史为训注，分四十八门。通篇采用骈俪句式，内容浅显通俗，后世常被用来作为启蒙课本，教学童诵习，流传至广，几乎家藏一册，故素为士大夫所鄙夷。宋晁公武《郡斋读书志》卷十四载：

---

① 《全唐文》卷一百五十九《贞观公私画史序》，中华书局，1983，第1629页。
② （唐）张彦远：《历代名画记》卷九，浙江人民美术出版社，2019，第136页。

《兔园策》，十卷。唐虞世南撰。奉王命纂古今事为四十八门，皆偶俪之语。至五代时，行于民间村野，以授学童，故有遗下《兔园策》之谓。①

按：晁公武载作者为虞世南，有误，故不取。所谓"遗下《兔园策》"，即遗失《兔园策》。此为五代刘岳讥嘲宰相冯道之笑话，五代时孙光宪《北梦琐言》载：

> 宰相冯道，形神庸陋，一旦为丞相，士人多窃笑之。刘岳与任赞偶语，见道行而复顾，赞曰："新相回顾，何也？"岳曰："定是忘持《兔园册》来。"道之乡人在朝者闻之，告道。道因授岳秘书监、任赞授散骑常侍。北中村墅多以《兔园册》教童蒙，以是讥之。然《兔园册》乃徐庾文体，非鄙朴之谈，但家藏一本，人多贱之也。②

与晁公武的记载不同，王应麟《困学纪闻卷十四·考史》载该书原有三十卷，其云：

> 《兔园策府》三十卷，唐蒋王恽令僚佐杜嗣先，仿应科目策，自设问对，引经史为训。注：恽，太宗子，故用梁王兔园名其书。冯道《兔园策》，谓此也。③

据王璐《敦煌写本类书〈兔园策府〉探究》考证，该书至晚在明代仍未亡佚，《善邻国宝记》记载了日本请求明政府赠书的表文，可见其书的深远影响。《兔园册府》至清不见典籍记载，《四库全书》编撰时亦未收录。在敦煌遗书中现存五件写本，其中三件藏于英国伦敦大不列颠图书馆，编号分别是 S. 614，S. 1086，S. 1722；一件藏于法国巴黎国家图书馆，编号为 P. 2573，一件藏于俄罗斯科学院东方研究所圣彼得堡分所，编号为取 Дx05438。④

---

① （宋）晁公武：《郡斋读书志》，孙猛校正，中华书局，1990，第650页。
② （五代）孙光宪：《北梦琐言》第十九，贾二强校点，中华书局，2002，第349~350页。
③ （宋）王应麟：《困学纪闻》卷十四，孙通海整理，大象出版社，2019，第81页。
④ 王璐：《敦煌写本类书〈兔园策府〉探究》，硕士学位论文，西北师范大学，2006。

7.《越王孝经新义》

《越王孝经新义》，唐越王李贞府记室参军任希古撰。其书最早见载于《旧唐书·经籍志》，其云"《越王孝经新义》十卷，任希古撰"①。越王即太宗第八子李贞，新旧《唐书》皆有传，其以贤明著称，与纪王李慎并称"纪越。"任希古，其事迹见《旧唐书》，为人博学，为一时大儒。该书至唐宋之交便已失传，后周恭帝时，高丽国进贡书目中曾提到该书，并附有简单的说明，《旧五代史·恭帝纪》云：

> ［显德六年（959）八月］壬寅，高丽国遣使朝贡，兼进《别序孝经》一卷、《越王孝经新义》八卷、《皇灵孝经》一卷、《孝经雌图》三卷。《文昌杂录》云：《别序》者，记孔子所生及弟子从学之事。《新义》者，以越王为问目，释疏文之义。《皇灵》者，止说延年避灾之事及符文，乃道书也。《雌图》者，止说日之环晕、星之彗孛，亦非奇书。②

从《旧五代史》的描述来看，该书以任希古答越王李贞疑问为主，应当是类似《兔园册府》性质的童蒙类经学著作。

8.《文选注》

梁昭明太子所编《文选》对后世影响深远，尤其对唐代以科举仕进为业的文人士子而言，此书所起到的文学启蒙作用显然是无可替代的，关于这一点很多学者已经进行了比较充分的论证。然而以钻研《文选》为事，并使其成为一门独立的学问者，却始自沛王侍读李善。李善，生平事迹见《旧唐书》本传，其为人"方雅清劲，有士君子之风"。关于他注释《文选》之事，史书中亦有明确的记载：

> 李善者，扬州江都人。方雅清劲，有士君子之风。明庆中，累补太子内率府录事参军、崇贤馆直学士，兼沛王侍读。尝注解《文选》，分为六十卷，表上之。赐绢一百二十四，诏藏于秘阁。③

---

① 《旧唐书》卷四十六《经籍志上》，中华书局，1975，第1981页。
② 《旧五代史》卷一百二十《恭帝纪》，中华书局，1976，第1595页。
③ 《旧唐书》卷一百八十九上《李善传》，中华书局，1975，第4946页。

又《新唐书·曹宪传》载：

> 宪始以梁昭明太子《文选》授诸生，而同郡魏模、公孙罗、江夏李
> 善相继传授，于是其学大兴。①

李善注《文选》最初的目的便是教学，而其所教授的门徒子弟，应该就是当时的诸王群体。显庆三年（658），李善注《文选》成，并"表上之"，此时，他正担任沛王侍读之职。所以我们应当承认，《文选注》的编撰成书与李善在沛王府的任职经历是密不可分的。

9. 其他图书

唐代诸王直接主持编撰的大型图书主要有以上几种。此外，还有一些大型图书，诸王虽然没有直接领导其编订工作，但是属下的王府官却深度参与其中，故而在事件背后仍能看到诸王的影子。如太宗时期编订的《文思博要》一书，《唐会要》记载：

> 其年十月二十五日，尚书左仆射申国公士廉等，撰《文思博要》
> 成，凡一千二百卷，诏藏之秘府。同撰人：特进魏徵、中书令杨师道、
> 中书侍郎岑文本、礼部侍郎颜相时、国子司业朱子奢、给事中许敬宗、
> 国子博士刘伯庄、太常博士吕才、秘书监房玄龄、太学博士马嘉运、起
> 居舍人褚遂良、晋王友姚思廉、太子舍人司马宅相、秘书郎宋正人。②

再如太宗时所编订的《事始》一书。宋晁公武《郡斋读书志》载：

> 《事始》三卷，右唐刘孝孙等撰。太宗命诸王府官以事名类，推原
> 初始，凡二十六门，以教始学诸王。《易大传》自始作八卦，至网罟、
> 耒耜、白杵之微，皆记其本起。《檀弓》所述，亦皆物之初也。然则
> 《事始》之书，当系之儒。今以其所取不一，故附于杂家。③

---

① 《新唐书》卷一百九十八《曹宪传》，中华书局，1975，第5640页。
② （宋）王溥：《唐会要》卷三十六，中华书局，1960，第656页。
③ （宋）晁公武：《郡斋读书志》，孙猛校正，中华书局，1990，第520～521页。

该书是太宗李世民命诸王府官编撰以教诸王的童蒙教材，现存一卷，《四库全书总目》云：

> 《事始》一卷，浙江范懋柱家天一阁藏本，不著撰人名氏，其书皆推原事物之始，杂引经史……案《郡斋读书志》载："唐刘将（孝）孙《事始》三卷"，晁公武谓分二十六门，与此本体例不合。又载蜀冯鉴《续事始》十卷，卷数尤不相应，此本所引皆唐以前书，疑后人抄撮类书中所引刘将（孝）孙书，凑合成帙也。①

再如武后时期编订的《三教珠英》一书，《旧唐书·徐坚传》记载：

> 坚又与给事中徐彦伯、定王府仓曹刘知几、右补阙张说同修《三教珠英》。时麟台监张昌宗及成均祭酒李峤总领其事，广引文词之士，日夕谈论，赋诗聚会，历年未能下笔。坚独与说构意撰录，以《文思博要》为本，更加《姓氏》《亲族》二部，渐有条流。诸人依坚等规制，俄而书成。②

再如太宗时所编订的《礼记正义》，孔颖达《礼记正义序》有云：

> 虽体例既别，不可因循，今奉敕删理，仍据皇氏以为本，其有不备，以熊氏补焉。必取文证详悉，义理精审，翦其繁芜，撮其机要。恐独见肤浅，不敢自专，谨与中散大夫守国子司业臣朱子奢、国子助教臣李善信、守太学博士臣贾公彦、行太常博士臣柳士宣、魏王东阁祭酒臣范义頵、魏王参军事臣张权等对共量定。至十六年（642），又奉敕与前修疏人及儒林郎守太学助教云骑尉臣周玄达、儒林郎守四门助教云骑尉臣赵君赞、儒林郎守四门助教云骑尉臣王士雄等，对敕使赵弘智覆更详审，为之《正义》，凡成七十卷。庶能光赞大猷，垂法后进，故叙其意义，

---

① （清）永瑢等：《四库全书总目》卷一百二十六，中华书局，1965，第1086页。
② 《旧唐书》卷一百二《徐坚传》，中华书局，1975，第3175页。

列之云尔。①

再如上文中玄宗命张说等编撰的诸王文学教材《初学记》，宋晁公武《郡斋读书志》载：

> 《初学记》三十卷，右唐徐坚等撰。初，张说类集事要以教诸王。开元中，诏坚与韦述、余钦、施敬本、张煊、李锐、孙季良分门撰次。②

《初学记》是唐代现存的类书之一，对于我们研究初唐宫廷文学的创作，乃至对《全唐诗》《全唐文》的校订工作都很有价值。

总之，唐代由诸王直接或间接组织领导编写的大型图书，无论在种类上还是在数量上都相当丰富，这样的活动对于推动文人之间的相互交往和文学创作都具有积极意义。

（二）应教作品的命题活动

《文心雕龙·诏策》篇有云："教者，效也，言出而民效也。契敷五教，故王侯称教。"③ 唐时对不同等级政治人物的下行命令也有明确的称谓，《唐会要》卷二六载："旧例上所及下，其制六。天子曰制、曰敕、曰册，皇太子曰令，亲王公主曰教，尚书省下州、州下县、县下乡，皆曰符也。"④ 从广义上来说，受诸王之命而创作的文学作品皆属于应教作品的范畴，而本书所指的"应教作品"，主要是指王府官或其他文人群体响应诸王"教命"而创作、现存至今的单篇文学作品。根据体裁形式的区别，这些作品同样可以分为诗赋类和散文类两大主要类别。

1. 诗赋类

开元之前，由于太宗等皇帝的大力提倡，南朝宫廷诗的创作风气在唐初的宫廷中进一步延续下来。如果说皇帝是唐初宫廷文学无可争议的中心，那么诸王及其侍从文人就应当是这场旷日持久文学运动的副中心。唐代诸王凭

---

① （汉）郑玄注，（唐）孔颖达疏《礼记正义》，北京大学出版社，1999，第4页。
② （宋）晁公武：《郡斋读书志》，孙猛校正，中华书局，1990，第651页。
③ （宋）王溥：《唐会要》卷二十六，中华书局，1960，第504页。
④ （宋）王溥：《唐会要》卷二十六，中华书局，1960，第504页。

借政治上的影响力和王府职官制度上的保障，在其身边聚集了大量的文学之士，其中主要是王府官，另外也有其他文人。在诸王组织和主持的娱乐活动中，常有命文士即时赋诗助兴的环节，诸王此时具有类似皇帝在宫廷宴游活动中的角色和地位，因此在这种情境中产生了大量的应教诗赋。

玄宗之后，虽然远支诸王以近乎庶族士人的身份参与朝政，但是鉴于他们承袭王爵的事实，本书仍然按照惯例把这些确实受诸王主导而创作的诗赋也称为"应教"。按：由于这些应教诗赋并不总是冠以"应教""奉教"之名，如王维应宁王李宪教而作的《息夫人》，郑繇应岐王李范教而作的《失白鹰诗》，李白应永王李璘教而作的《永王东巡歌》等，然经过考证后可以认为它们是在诸王主导的文学情景下创作的，故而仍然按照"应教"收录。对于那些本事不明却又明显与诸王相关的作品，本书将按照其他分类于"唐代诸王与府外文人的文学唱和"章节内进行专门讨论，散文类下同，谨记。

在做了大量数据检索和文本内容分析的工作之后，本书从《全唐诗》《全唐诗补编》《全唐文》《全唐文补编》《文苑英华》《册府元龟》等诗文典籍中共搜罗唐代文人应王教诗赋类作品计 57 篇。其中诗歌凡 55 首，辞赋 2 篇，详见附录六。

2. 散文类

与应教诗赋相比，受诸王之命而创作的散文大多未被冠以"应教"之名，盖因其在创作之初便有明确的应用性和目的性。换言之，这些散文大多为代笔之作，即当时作者虽题为诸王，实则另有其人。唐代政治人物请当时知名文士代笔的情况较为普遍，特别是在一些重大政治场合应用的公文，如表奏、檄文等，有许多作品都属于这种情况。

许多文人由于善于制作诏告等文章，在当时收获了文学嘉誉和政治声名。如在当时频繁为诸王代笔的文学名臣张说，《旧唐书·张说传》云：

> （张说）前后三秉大政，掌文学之任凡三十年。为文俊丽，用思精密，朝廷大手笔，皆特承中旨撰述，天下词人，咸讽诵之。尤长于碑文、墓志，当代无能及者。①

---

① 《旧唐书》卷九十七《张说传》，中华书局，1975，第 3057 页。

再如与张说齐名的苏颋,《新唐书·苏颋传》云:

> 自景龙后,（苏颋）与张说以文章显,称望略等,故时号"燕许大手笔。"帝爱其文,曰:"卿所为诏令,别录副本,署臣某撰,朕当留中。"后遂为故事。其后李德裕著论曰"近世诏诰,惟颋叙事外自为文章"云。①

以上所列举的诸多文章大家,除了专职为皇帝撰写诏诰制册之外,为当时权贵捉刀代笔者亦为数不少。在《全唐文》《全唐文补编》等全集中,这些文章大多题为"为某王作某文"或"代某王作某文。"另,有一些文章虽然并未直接以此为题,但结合文本内容来看,大抵仍与前者相似,故本书仍将其纳入应教作品的研究范畴。诸王虽非这些文章的第一作者,但是它们是在诸王的要求之下,以诸王的名义而创作的,故而也应当属于"应教"文学。

通过搜集和整理,目前大致可以确定属于应教作品的散文有47篇。从内容题材来看,其中涉及政治的表奏最多,共有32篇。以创作时间而论,这类作品大多作于玄宗在位之前,当诸王消隐于唐代政治舞台之后,类似的代笔之文在数量上明显减少。具体创作情况见第四章论述,篇目详见附录六。

(三) 文学性质的宴游活动

在唐代前期,一些由诸王组织的文学性质的宴游活动也是他们发挥文学组织领导作用的重要平台。（笔者按:严格来说,在这些由诸王组织的宴会场合,应诸王之命而创作的文学作品都属于应教文学。然而,并非所有的应教作品都流传至今,故本部分着重讨论那些由诸王组织领导的、具有文学性质的宴游活动,而非具体某篇作品,特此注明。）诸王对文学之事发自内心的热爱,以及对文学创作不遗余力的提倡,既是当时的社会风气使然,也是诸王等群体组织这些聚会的主要内在动因。不过,仅有美好的愿望是远远不够的,组织大规模的文学集会显然需要同时具备更多的外在条件。

首先是政治条件。唐代前期,皇帝在政治上对诸王的特殊信任和依赖,

---

① 《新唐书》卷一百二十五《苏颋传》,中华书局,1975,第4402~4403页。

使府外士人都十分乐意于王府任职，其中就包括许多优秀的文学家。再者，诸王无论身在京师，还是出居外藩，大多身兼朝廷要职，拥有巨大的政治能量。尤其是诸王还有向皇帝举荐人才的特权，仅就这一点而言，于当时的文人便有致命的诱惑力。详细情况见第四章第一部分论述。

其次是经济条件。作为天潢贵胄，唐初诸王不仅享有崇高的政治地位和诸多政治特权，还占有大量的社会物质财富，这是他们组织文学集会的重要基础。仅就举办一场宴会涉及的经济因素而论，主要包括宴会场所和经济实力两个方面。先说宴会场所。一般来说，诸王举办宴会的场所通常是个人私邸，即王宅中。唐初诸王幼年养于皇宫内院，至一定年限则出居外藩，为地方都督刺史。不过皇帝仍然允许诸王在两京置办产业、购买居所。《长安志》《两京新记》《隋唐两京坊里谱》《增订唐两京城坊考》等书籍中详细记载了诸王当时在长安和洛阳的住宅情况。从这些文献记载来看，有些王宅建设规模不仅相当庞大，而且非常华丽。如贞观时位于洛阳的魏王宅，《新唐书·长宁公主传》载："魏王泰故第，东西尽一坊，潴沼三百亩，泰薨，以与民。至是，主丐得之，亭阁华诡捋西京。"[①] 再如高宗为晋王时位于长安保宁坊的藩宅，竟然"尽一坊之地"；再如中宗为英王时位于长安开化坊的住宅，原为隋炀帝在藩旧居，也有半坊之地。再如位于长安延福坊的越王宅，据《唐会要》卷八六记载，"永昌元年（689）九月，越王贞破，诸家童胜衣甲者千余人"[②]。仅少壮男丁便达千人以上，可以想见当时越王宅的建筑规模有多么宏大。再如卫王李重俊宅，《增订唐两京城坊考》卷五"宣风坊安国寺"条载：

> 安国寺。寺旧在水南宣风坊，本隋杨文思宅，后赐樊子盖。唐为宗楚客宅，楚客流岭南，为节愍太子宅。太子升储……[③]

李重俊在被立为太子之前为卫王，升储后迁居东宫。其藩宅原为宗楚客旧宅，《朝野佥载》卷三记载：

① 《新唐书》卷八十三《中宗八女传》，中华书局，1975，第3653页。
② （宋）王溥：《唐会要》卷八十六，中华书局，1960，第1569页。
③ （清）徐松：《增订唐两京城坊考》卷五，李健超增订，三秦出版社，2006，第381页。

宗楚客造一新宅成，皆是文柏为梁，沉香和红粉以泥壁，开门则香气蓬勃。磨文石为阶砌及地，吉莫靴者，行则仰仆。楚客被建昌王推得赃万余贯，兄弟配流。太平公主就其宅看，叹曰："看他行作处，我等虚生浪死。"①

从当时的政治历史背景推测，此宅即后来的卫王宅。虽然并非其亲自营饰，然而依照其豪华程度，也大略可以想见当时诸王对宅邸的选择标准。王宅之外，诸王还被皇帝赐予诸多名胜之地，专供个人游览。如久负盛名的大唐芙蓉园，太宗时曾赐予魏王泰，《太平御览·居处部·园圃》"芙蓉园"条记载：

> 又曰：芙蓉园，本隋氏之离宫，居地三十顷，周回十七里，贞观中赐魏王泰。泰死，又赐东宫，令属家令寺。园中广厦修廊，连亘屈曲，其地延衰爽垲，跨带原隰，又有修竹茂林，绿被冈阜，东坂下有凉堂，堂东有临水亭。②

再如位于长安升平坊东北隅的乐游亭，《增订唐两京城坊考》卷三"升平坊"条载：

> 东北隅，汉乐游原庙，汉宣帝所立，因乐游苑为名，在高原上，余址尚存。长安中，太平公主于原上置亭游赏，后赐宁、申、岐、薛王。其地居京城之最高，四望宽敞，京城之内，俯视指掌……按白居易《登乐游原望诗》云："东北何霭霭，宫阙入烟云。"盖言南内之宫阙也。③

按《增订唐两京城坊考》有误，此处之宫阙当指乐游原上由太平公主修建的大型建筑，并非南内。白居易之诗是为了突出乐游原地势之高，建筑之宏伟，为后文的"望"作铺垫。总之，此诗证明了乐游原当时建筑的豪华和

---

① （唐）张鷟：《朝野佥载》卷三，赵守俨点校，中华书局，1979，第70页。
② （宋）李昉编《太平御览》，夏剑钦校点，河北教育出版社，1994，第839页。
③ （清）徐松：《增订唐两京城坊考》卷三，李健超增订，三秦出版社，2006，第137页。

壮丽。

再如长安胜业坊东北隅的宁王宪山池院，即长安名胜九曲池。同书卷三"胜业坊"条载：

> 宁王宪山池院……《雍大记》：九曲池"在长安城内兴庆池西，唐宁王山池院引兴庆水西流，疏凿屈曲连环为九曲池。上筑土为基，垒石为山，植松柏。有落猿岩，栖龙岫，奇石异木，珍禽怪兽，又有鹤仙渚。殿宇相连，左沧浪，右临漪。王与宫人宾客饮宴弋钓其中"。①

这些宏伟壮观的诸王私邸和专属于诸王的名胜之地经常成为唐代文人集会的场所，许多著名的文学作品就是在"王与宫人宾客饮宴弋钓"的欢乐气氛中诞生的。

再者是诸王的经济实力。唐初，按照制度规定，诸王可以依法享受食实封的特权。与先代徒有虚名的封户不同，唐代的"食实封"是名副其实的封户制度。《唐六典》卷二"司封郎中"条云："隋氏始立王、公、侯已下制度，皇朝因之。然户、邑率多虚名，其言食实封者，乃得真户。旧制，户皆三丁以上一分入国。开元中定制，以三丁为限，租赋全入封家。"② 太宗时期，曾将亲王封户定制为八百户，至贞观晚年，常有亲王逾制至一千户。高宗时，亲王的封户数量维持在千户左右，仅有极个别逾制的情况。武后大戮李唐宗室，使食封家的数量大量减少。中宗、睿宗优待宗室，亲王封户规模常有逾制。至玄宗统治中期，最终将亲王封户统一定制为两千户，并且规定至多不得超过三千户。关于诸王的封户情况，《旧唐书·寿王瑁传》有详细的记载，其云：

> 唐法，亲王食封八百户，有至一千户……高宗朝以沛、英、豫王，太平公主武后所生，食逾于制……圣历初，皇嗣封为相王，食封与太平同三千户。长安中，寿春王兄弟五人，并赐实封三百户。神龙初，相府与太平同至五千户，卫王三千户，温王二千户，成王七百户。寿春王加

---

① （清）徐松：《增订唐两京城坊考》卷三，李健超增订，三秦出版社，2006，第124页。
② （唐）李林甫等：《唐六典》卷二，陈仲夫点校，中华书局，1992，第37页。

四百户，通前七百户；嗣雍、衡阳、临淄、巴陵、中山各加二百户，通前五百户……卫王寻升储位，相府增至七千户……相府、太平、长宁、安乐皆以七千为限，虽水旱亦不破损免，以正租庸充数。唐隆元年（710），遗制以嗣雍王守礼、寿春王成器封为亲王，各赐实封一千户。开元之后，朝恩睦亲，以宁府最长，封至五千五百户；岐、薛爱弟著勋，五千户；申府以外家微，至四千户；邠府以外枝，至一千八百户……其后，皇子封王者赐封二千户……其封自开元已来，皆约以三千为限。①

唐初诸王等食封家占有大量的国家户口，瓜分了政府大量的租赋收入，在最鼎盛时期甚至威胁了国家机器的正常运转。中宗时期，诸王等食封家的租赋收入竟然一度超过了国家太府，大臣韦嗣立曾上疏指出：

> 臣窃见食封之家，其数甚众。昨略问户部，云用六十余万丁，一丁两匹，即是一百二十万已上。臣顷在太府，知每年庸调绢数，多不过百万，少则七八十万已来，比诸封家，所入全少……国家租赋，太半私门，私门则资用有余，国家则支计不足。有余则或致奢侈，不足则坐致忧危，制国之方，岂谓为得？②

针对这种情况，玄宗在继位后将食实封制度进行较大力度的调整。不过即便在改革之后，诸王的经济实力亦不容小觑。据学者马俊民统计，以天宝十四载（755）为例，占当时占全国户数 0.002% 的食封家，他们的收入仍相当于全国总赋税的 10.4%！诸王虽仅为 28 家，但是他们所占的封户数量最多，其每年的封户收入约占全国总赋税的 5.5%。③

以诸王个体收入而言，唐初诸王占有封户数量最多的当属相王李旦。唐隆元年（710），少帝曾降敕云"安国相王、镇国太平公主宜各食一州全封"④，并且可以在全国范围内任意挑选。若以此为例，按照当时"户满三万已上为上州"、租税三分食一、中上户纳税 2500 文等规定，则仅此一项，相

---

① 《旧唐书》卷一百七《寿王瑁传》，中华书局，1975，第 3267 页。
② 《旧唐书》卷八十八《韦嗣立传》，中华书局，1975，第 2871 页。
③ 马俊民：《唐朝的"实封家"与"封户"》，《天津师大学报》1986 年第 3 期。
④ （宋）王溥《唐会要》卷九十，中华书局，1960，第 1644 页。

王每年至少可以获得的收入约为 5000 万文，折合 5 万贯。在玄宗改革之后，按照普通亲王基本封户 2000 户、租赋全食、下下户 500 文的标准进行计算，则他们每人每年的租赋收入也有 100 万文，折合 1000 贯。与当时收入最高的官员相比，以贞观年间一品京官为例，他们每人每年收入约为禄米 35 贯、年俸料 98 贯、职田 30 贯，共计 163 贯，[①] 则相王封户一项的年进账竟相当于在京一品大员的 306 年总收入，而玄宗时期的普通亲王的年收入也有后者的近 6 倍之多。需要注意，这些数据并没有考虑诸王本身的俸禄和其他隐性收入来源。（按：唐代官员俸禄来源主要有禄米、俸料钱、职田和禄力四项，其中前三项可以直接折合成银两。以上数据对比可能不够恰当，不过在某种程度上仍能说明下列事实，即唐初诸王拥有远超常人的、极为丰厚的经济收入。）

　　唐初诸王在政治和经济上的双重优势条件，使他们能够经常性地组织和举办大型的娱乐聚会活动，并由此在一系列文学活动中发挥组织者和领导者的积极作用。如中宗神龙之际的上元节文学集会。当时诗人崔液曾写有《上元夜六首》组诗，其一有云："公子王孙意气骄，不论相识也相邀。最怜长袖风前弱，更赏新弦暗里调。"[②] 这首反映当时王孙公子附庸风雅、乐诗好客的作品，生动形象地重现了他们组织和邀请诗人参加文学宴会的欢乐情景。在上元节这一天，王孙公子虽然并不认识诗人，然以其才名擅场，于是便不惜余力地盛情相邀。与西晋时期的"石崇斗富"不同，为了向外人展示自己豪奢，唐代诸王、公主选择的是以诗歌相夸竞的方式。《大唐新语》详细记录了当时由诸王、公主所组织的这次大规模上元文学集会的盛况：

　　　　神龙之际，京城正月望日，盛饰灯影之会。金吾弛禁，特许夜行。贵游戚属，及下隶工贾，无不夜游。车马骈阗，人不得顾。王主之家，马上作乐，以相夸竞。文士皆赋诗一章，以纪其事。作者数百人，惟中书侍郎苏味道、吏部员外郭利贞、殿中侍御史崔液三人为绝唱。味道诗曰："火树银花合，星桥铁锁开。暗尘随马去，明月逐人来。游妓皆秾李，行歌尽落梅。金吾不禁夜，玉漏莫相催。"利贞曰："九陌连灯影，千门度月华。倾城出宝骑，匝路转香车。烂漫唯愁晓，周旋不问家。更

---

① 　王卓：《唐朝前期俸禄制度的演变》，《社科纵横》2017 年第 2 期。
② 　《全唐诗》卷五十四《上元夜六首》，中华书局，1960，第 668 页。

逢清管发，处处落梅花。"液曰："今年春色胜常年，此夜风光正可怜。鹓鹊楼前新月满，凤凰台上宝灯燃。"文多不尽载。①

崔液等人固然有盖世的文章才华，然而如果没有这些豪奢而又风雅的诸王、公主在背后不遗余力地支持，那么世人或许就无由领略当时繁华壮观的上元灯会美景，也无法吟咏这些美不胜收的千古"绝唱"。需要指出，当时类似的由诸王参与组织的文学宴游集会还有很多，不过都被史学家因为各种缘由所忽略，故而"文多不尽载"。而且即便有记录，也不过略陈大概而已，许多作品在当时就已经失传。以这次集会为例，"作者数百人"，传世者却不过三人；崔液作《上元夜六首》，而此处仅采其一。

再如玄宗时期宁王李宪组织的一次文学宴游集会。《本事诗》记载：

> 宁王曼贵盛，宠妓数十人，皆绝艺上色。宅左有卖饼者妻，纤白明媚。王一见注目，厚遗其夫取之，宠惜逾等。环岁，因问之："汝复忆饼师否？"默然不对。王召饼师，使见之，其妻注视，双泪垂颊，若不胜情。时王座客十余人，皆当时文士，无不凄异。王命赋诗。王右丞维诗先成："莫以今时宠，宁忘昔日恩。看花满眼泪，不共楚王言。"②

在这次集会中，宁王李宪的重要性不言而喻，他不仅组织了大量的文士，而且还为诗歌创作提供了素材。从"座客十余人，皆当时文士"的情景推测，当时应该创作了多首诗歌，然而流传后世的却只有《息夫人》一首而已。

再如玄宗时期岐王李范所组织的系列文学聚会，《旧唐书·惠文太子范传》记载：

> 范好学工书，雅爱文章之士，士无贵贱，皆尽礼接待。与阎朝隐、刘庭琦、张谔、郑繇篇题唱和，又多聚书画古迹，为时所称。时上禁约王公，不令与外人交结。驸马都尉裴虚己坐与范游宴，兼私挟谶纬之书，配徙岭外。万年尉刘庭琦、太祝张谔皆坐与范饮酒赋诗，黜庭琦为雅州

---

① （唐）刘肃：《大唐新语》卷八，许德楠、李鼎霞点校，中华书局，1984，第 127～128 页。
② 丁福保辑《历代诗话续编》，中华书局，2006，第 5 页。

司户，谬为山荏丞。①

据统计，在以上岐王所结交的主要文人中，阎朝隐存诗 13 首，刘庭琦存诗 4 首，但是并无一首与岐王有关。可见，当时他们在这些宴会上所创作诗歌大都已散佚。

诸如此类性质的文学集会在当时还有很多，但是出于各种原因，这些文学集会很少会被记录下来，再加上大多数作品目前已经失传，所以我们很难确切地用作品数量来说明这些由诸王组织的集会对唐代文学发展起到了何种作用。不过，从现存的一些应教作品如《申王园亭宴集》《三日岐王宅》《从岐王过杨氏别业应教》《岐王席观妓》等中，读者仍然能够想象和体会当时文学集会的盛况。我们应当承认，唐代诸王确实曾凭借他们在政治和经济上的一些便利条件，组织和领导了一系列文学集会活动，为唐代文学的发展做出了一定的历史贡献。

三　文学素材的提供者

正如我国现当代诗人卞之琳在他的名篇《断章》中所说的那样，"你站在桥上看风景，看风景人在楼上看你，明月装饰了你的窗子，你装饰了别人的梦"。诸王在唐代文学发展史中除了扮演参与者和领导者的角色之外，他们本身也是一道特殊的文化风景线，"装饰了别人的梦"。诸王炙手可热的时代在玄宗开元改制后悄然结束，他们被迫在"十王宅"里开始了囚徒般的落寞人生。这项专门针对近支诸王的禁锢制度持续时间很长，一直到唐朝灭亡也没有根本性的改变。当玄宗在为自己高明的政治手腕暗暗自得时，一场酝酿已久的军事叛乱悄无声息地爆发了。安史之乱持续整整八年之久，战火无情地燃遍了大半个帝国的疆土，给人们带来了沉重灾难和感情创伤。朝廷虽然在最后勉强打败了叛军，但曾经那个恢宏博大、荡气回肠的繁华盛世却再也无法重现，此后的人们只能在沉默的回忆中缅怀过去伟大的时代。当时豪奢跋扈而又风雅潇洒的诸王，逐渐演化成一种特殊的文化符号，承载了人们对那个理想世界的许多美好回忆和浪漫寄托。因此，唐代很多文学作品都大量运用了与唐代诸王有关的

---

① 《旧唐书》卷九十五《惠文太子范传》，中华书局，1975，第 3016 页。

文学素材。按照内容分类，这些文学素材大致包括以下几大类别。

（一）诸王的奇闻异事

在唐初的一百多年，诸王大部分时间都生活在较为自由和开放的人文环境中，显赫的政治地位和优渥的经济收入使他们享受着远超一般人的待遇，跌宕起伏的政治际遇也赋予了他们人生更多的传奇色彩。对于普通大众和一般文人来说，诸王的日常生活显然是一种特别有吸引力的社会话题和文学素材，在现存的唐五代笔记小说、唐传奇、诗歌中，都保存了大量以诸王生活细节、生平事迹为主要内容的奇闻传说。

1. 唐五代笔记小说

虽然《旧唐书》《新唐书》《资治通鉴》等正史资料中就有关于诸王日常生活的简略记载，但是出于篇幅限制等诸多原因，唐代诸王大部分生活细节后人仍然不得而知。作为对正史的补充，很多学者对当时的笔记小说资料也很重视。不过这些材料鱼龙混杂，真假难辨，本书既不能完全否定作者在创作时"稗补王化"的严肃目的，同时也不排除"文人好逞狡狯，或欲夸示异书"的猎奇心理。对于那些情节特别离奇的小说资料，与其说它是对当时历史情形的如实记载，还不如说它是作者在民间传闻的基础上又发挥本人想象力而进行的重新创作。为了论述方便，本书将这些没有其他史料佐证的奇谈异闻主要纳入文学的视野进行讨论，而将有正史资料辅证的笔记小说仍作为客观的历史文献。另于文末附唐五代笔记小说中的唐代诸王事迹条目凡120例，以备读者检索考察，详见附录三。

唐代笔记小说中关于诸王事迹的记载大致可以分为两类。首先是诸王豪华奢侈的日用器物和用度。这类内容尤以五代王仁裕所作《开元天宝遗事》的记载最为详细，今摘数例以飨读者，其云：

> 花上金铃：天宝初，宁王日侍，好声乐，风流蕴藉，诸王弗如也。至春时于后园中纼红丝为绳，密缀金铃，系于花梢之上。每有禽鸟翔集，则令园吏掣铃索以惊之，盖惜花之故也。诸宫皆效之。①

> 妖烛：宁王好声色，有人献烛百炬，似蜡而腻，似脂而硬，不知何

---

① （五代）王仁裕：《开元天宝遗事》卷上，曾贻芬点校，中华书局，2006，第19页。

物所造也。每至夜筵，宾妓间坐，酒酣作狂，其烛则昏昏然如物所掩，罢则复明矣，莫测其怪也。①

烛奴：申王亦务奢侈，盖时使之然。每夜中与诸王、贵戚聚宴，以龙檀木雕成烛发童子，衣以绿衣袍，系之束带，使执画烛列立于宴席之侧，目为"烛奴"。诸宫贵戚之家，皆效之。②

香肌暖手：岐王少惑女色，每至冬寒手冷，不近于火，惟于妙妓怀中揣其肌肤，称为"暖手"，当日如是。③

醉舆：申王每醉，即使宫妓将锦彩结一兜子，令宫妓辈抬异归寝室。本宫呼曰"醉舆"。④

妓围：申王，每至冬月风雪苦寒之际，使宫妓密围于坐侧以御寒气，自呼为"妓围"。⑤

相风旌：五王宫中各于庭中竖长杆，挂五色旌于杆头，旌之四垂，缀以小金铃。有声即使侍从者视旌之所向，可以知四方之风候也。⑥

占风铎：岐王宫中，于竹林内悬璧玉片子。每夜闻玉相触之声，即知有风，号为"占风铎"。⑦

灯婢：宁王宫中，每夜于帐前罗列木雕矮婢，饰以彩绘，各执华灯，自昏达旦。故目之为"灯婢"。⑧

此书中所记述开元天宝之际诸王生活的奢靡，同时又非常风雅有趣，在很大程度上满足了人们对皇家生活的美好想象。由于年代久远，事迹多采自民间街谈巷语，作者又未能逐一核准史实，故其中疏失舛误现已难以考辨。这些逸闻掌故对后世戏曲小说家影响尤其深远，一些情节逐渐衍化成特定的文学意象而被后代作家广泛使用，如"春香"在《牡丹亭·游园》"踏草怕

---

① （五代）王仁裕：《开元天宝遗事》卷上，曾贻芬点校，中华书局，2006，第20页。
② （五代）王仁裕：《开元天宝遗事》卷上，曾贻芬点校，中华书局，2006，第23页。
③ （五代）王仁裕：《开元天宝遗事》卷上，曾贻芬点校，中华书局，2006，第24页。
④ （五代）王仁裕：《开元天宝遗事》卷上，曾贻芬点校，中华书局，2006，第25页。
⑤ （五代）王仁裕：《开元天宝遗事》卷上，曾贻芬点校，中华书局，2006，第25页。
⑥ （五代）王仁裕：《开元天宝遗事》卷下，曾贻芬点校，中华书局，2006，第41页。
⑦ （五代）王仁裕：《开元天宝遗事》卷下，曾贻芬点校，中华书局，2006，第43页。
⑧ （五代）王仁裕：《开元天宝遗事》卷下，曾贻芬点校，中华书局，2006，第48页。

泥新绣袜，惜花疼煞小金铃"① 的唱词中，便巧妙地化用了宁王"花上金铃"的典故。其他器物有如《朝野佥载》中所载"韩王铜樽、铜鸠"，《酉阳杂俎》中玄宗赐予申王的"冷蛇"等。

其次是与诸王相关的奇闻和民间传说。唐代前期，诸王与各方面的人物交流比较频繁，在政治上尤其活跃，因此在民间有很多关于诸王的事迹传说。如《朝野佥载》中记载的"曹王子孙复仇"之事，其文曰：

> 周黔府都督谢祐凶险忍毒。则天朝，徙曹王于黔中，祐吓云"则天赐自尽"，祐亲奉进止，更无别敕。王怖而缢死。后祐于平阁上卧，婢妾十余人同宿，夜不觉刺客截祐首去。后曹王破家，簿录事得祐头，漆之题"谢祐"字，以为秽器。方知王子令刺客杀之。②

再如《刘宾客嘉话录》中的"宁王宪打喷嚏犯龙颜"之事，其文曰：

> 上又与诸王会食，宁王对御座喷一口饭，直及龙颜。上曰："宁哥何以错喉？"幡绰曰："此非错喉，是喷嚏。"③

再如《松窗杂录》中记载的玄宗即位前为潞州别驾的一件趣事，其文曰：

> 上自临淄郡王为潞州别驾，乞假归京师，观时晦迹，尤用卑损。会春暮，豪家子数辈盛酒馔，游于昆明池，选胜方宴。上戎服臂小鹰于野次，因疾驱直突会前，诸子辈颇露难色。忽一少年持酒船唱令曰："宜以门族官品备陈之。"酒及于上，因大声曰："曾祖天子，父相王，临淄郡王某也。"诸少年闻之，惊走四散，不敢复视于车服。上因联饮三银船，尽一巨馅，徐乘马而东去。④

---

① （明）汤显祖：《牡丹亭》，蔺文锐评注，中华书局，2016，第78页。
② （唐）张鷟：《朝野佥载》卷二，赵守俨点校，中华书局，1979，第35页。
③ （宋）李昉等编《太平广记》卷二百五十，中华书局，1961，第1938页。
④ （唐）李濬编《松窗杂录》，罗宁点校，中华书局，2019，第94页。

上文引述之外，诸如《朝野佥载》中"唐滕王淫属下妻被围殴"，《独异志》中"河间王孝恭征蒲公祐现异象"，《杜阳杂编》中"懿宗在藩邸见黄龙出入于卧内"等奇闻还有很多，篇幅所限，兹不尽述。

总的来看，唐五代笔记小说资料中关于诸王的奇闻异事大多内容简单，篇秩短小精悍，读起来生动有趣，在体制上应同属于"世说之流"，语言上也主要模仿《世说新语》"记言则玄远冷峻，记行则高简瑰奇"的风格。

2. 唐传奇

笔记小说和传奇小说都是唐代文学的重要组成部分，然而详考其区别，则大致有三：一者，唐传奇大都具备小说的三要素，即人物形象、故事情节、典型环境；二者，唐传奇大都符合"始有意为小说"的特征；三者，唐传奇大都刻意虚构，"究在文采与意想"①。概言之，唐代笔记小说用意之初在于史，而唐传奇着力之处在于文。故本部分引证之唐传奇皆避开史料，以示与上文区别。

笔记小说资料之外，唐传奇小说中也同样保留了较多的唐代诸王奇闻异事。比如《集异记》所收录的传奇小说《宁王》，其文曰：

> 宁王方集宾客宴话之际，鬻马牙人曲神奴者，请呈二马焉。宁王即于中堂阅试步骤，毛骨形相，神骏精彩，座客观之，不相上下。宁王顾问神奴曰："其价几何？"牙人先指曰："此一千缗。"次指曰："此五百缗。"宁王忻然，谓左右曰："如言付钱，马送上厩。"宾客莫测其价之悬殊，即共咨询。宁王曰："诸公未喻，当为验之。"即令鞭辔驰驱，往复数四，笑谓座客曰："辨其优劣否？"皆曰："不知。"宁王乃顾千贯者曰："此马缓急百返，蹄下不起纤埃。"复顾五百缗者曰："此马往来十过，足下颇生尘埃。以此等衰其价之高下焉。"座客乃伏。②

宁王李宪为玄宗之长兄，相传其善于画马。《龙城录》曾载有"宁王画马化去"一事，其文曰：

---

① 鲁迅：《中国小说史略》，上海古籍出版社，1998 年，第 45 页。
② 《全唐五代小说》外编卷八，李时人编校，中华书局，2014，第 3796～3797 页。

宁王善画马。开元兴庆池南华萼楼下，壁上有《六马滚尘图》。内明皇最眷爱玉面花骢，谓无纤悉不备，风鬃雾鬣，信伟如也。后壁唯有五马，其一者失去。信知神妙将变化俱去。①

作为一篇典型的唐传奇，薛用弱所作的《宁王》与《龙城录》中的宁王逸事明显不同。虽然二者都在极力渲染宁王对马超乎寻常的理解和认识，但《龙城录》中的这段文字完全没有塑造出宁王的人物形象，也没有完整的故事情节，文中以"开元兴庆池南华萼楼下，壁上有《六马滚尘图》"为证据，显然主要是为了强调"宁王善画马"的历史事实；而《宁王》篇却以"宁王善相马"为主题讲述了一个富含哲理的、完整的、奇特的相马故事，塑造了一个睿智而又风雅的"宁王"形象。小说中的"宁王"实际上并无其人，作者也并没有力图使读者相信曾经真的发生了这样一个故事，其创作出发点不过是逞才使气、娱大众耳目、快意人心而已。

再如作于中晚唐时期的《叶静能》，小说篇幅并不长，今亦录之如下：

唐汝阳王好饮，终日不乱。客有至者，莫不留连旦夕。时术士叶静能常过焉，王强之酒，不可，曰："某有一生徒，酒量可为王饮客矣。然虽侏儒，亦有过人者。明日使谒王，王试与之言也。"明旦，有投刺曰："道士常持蒲。"王引入，长二尺。既坐，谈胚浑至道，次三皇五帝、历代兴亡、天时人事、经传子史，历历如指诸掌焉。王呿口不能对。既而以王意未洽，更咨话浅近谐戏之事，王则欢然。谓曰："观师风度，亦常饮酒乎？"持蒲曰："唯所命耳。"王即令左右行酒。已数巡，持蒲曰："此不足为饮也，请移大器中，与王自挹而饮之，量止则已，不亦乐乎？"王又如其言。命醇醪数石，置大斛中，以巨觥取而饮之。王饮中醺然，而持蒲固不扰，风韵转高。良久，忽谓王曰："某止此一杯，醉矣。"王曰："观师量殊未可足，请更进之。"持蒲曰："王不知度量有限乎？何必见强。"乃复尽一杯，忽倒，视之则一大酒榼，受五斗焉。②

---

① （唐）张鷟等：《唐五代笔记小说大观》，上海古籍出版社，2000，第 142 页。
② （宋）李昉等编《太平广记》卷七十二《叶静能》，中华书局，1961，第 450～451 页。

　　汝阳王即宁王李宪之子李琎，其为人素以乐饮好客著称。杜甫《饮中八仙歌》有云："汝阳三斗始朝天，道逢麴车口流涎，恨不移封向酒泉。"[1] 说的便是此人。汝阳王饮酒三斗，当时传为美谈。《叶静能》与《饮中八仙歌》同样是围绕"唐汝阳王好饮"的主题做文章，不过作者薛渔思所采用的是当时最流行的"传奇"形式。这篇传奇小说主要通过描述汝阳王与常持蒲一次不寻常的饮酒过程，为读者讲述了一个想象奇特而又耐人寻味的小故事，最终塑造了一个嗜酒如命、酒量如海的"汝阳王"形象。这篇文章体制完整，语言优美，衔接得当，末以持蒲道人现出原形收尾，含韵悠长。最重要的是，小说不傍史籍，纯以精妙的故事情节取胜，是一篇典型的以"幻设为文"的唐传奇。

　　再如同出于《太平广记》的传奇小说《李子牟》，其文曰：

　　　　李子牟者，唐蔡王第七子也。风仪爽秀，才调高雅，性闲音律，尤善吹笛，天下莫比其能。江陵旧俗，孟春望夕，尚列影灯，其时士女缘江，骈阗纵观。子牟客游荆门，适逢其会，因谓朋从曰："吾吹笛一曲能令万众寂尔无哗。"于是同游赞成其事。子牟即登楼，临轩回奏，清声一发，百戏皆停，行人驻愁，坐者起听。曲罢良久，众声复喧，而子牟恃能，意气自若。忽有白叟自楼下小舟行吟而至，状貌古峭，辞韵清越。子牟泊坐客争前致敬，叟谓子牟曰："向者吹笛岂非王孙乎？天格绝高，惜者乐器常常耳。"子牟则曰："仆之此笛，乃先帝所赐也。神鬼异物，则仆不知；音乐之中，此为至宝。平生视仅过万数，方仆所有，皆莫能知。而叟以为常常，岂有说乎？"叟曰："吾少而习焉，老犹未倦，如君所有，非吾敢知。王孙以为不然，当为一试。"子牟以授之，而叟引气发声，声成而笛裂。四座骇愕，莫测其人。子牟因叩颡求哀，希逢珍异。叟对曰："吾之所贮，君莫能吹。"即令小童，自舟赍至。子牟就视，乃白玉耳。叟付子牟，令其发调，气力殆尽，纤响无闻。子牟弥不自宁，谦恭备极，叟乃授之微弄，座客心骨泠然。叟曰："吾愍子志，尚试为一奏。清音激越，遐韵泛溢，五音六律，所不能偕。"曲未

────────

① （唐）杜甫撰，（清）仇兆鳌注《杜诗详注》卷二《饮中八仙歌》，中华书局，1979，第82页。

终，风涛喷腾，云雨昏晦。少顷开霁，则不知叟之所在矣。①

　　这篇小说中同样出现了唐代诸王相关的内容，然而与前者不同的是，《宁王》中的宁王李宪和《叶静能》中的汝阳王李琎都是实有的历史人物，而且他们的确有"善画马"和"好饮"的特点，而《李子牟》中的主人公则是作者纯虚构的一个人物形象，其擅长吹笛也完全出自假托。据考，唐代前后封"蔡王"者共三人。其一者太祖李虎第七子李蔚，唐高祖李渊七叔，曾任"周朔州总管"②，唐建国时已久殁，武德初追封"蔡王"。仅生子二人，西平怀王李安、济南郡王李哲。其二者睿宗长子李宪，《旧唐书·让皇帝宪传》记载："中宗即位，改封蔡王，迁宗正员外卿，加赐实封四百户，通旧为七百户。成器固辞不敢当大国，依旧为寿春郡王。"③ 可知李宪实际上并未接受"蔡王"的封号，宪凡十子，第七子名玢。其三者即唐昭宗第十七子李祐，天祐二年（905）始封，无子。因此，三王之中无一人符合"蔡王"的人物身份设定，故"李子牟"其人必为杜撰无疑。小说之所以为主人公设定这样的身份，是为了增加李子牟"风仪爽秀，才调高雅，性闲音律，尤善吹笛"的合理性，同时也是为了引出其所使用笛子的来历不凡，即"先帝所赐"，进而为故事的反转和情节高潮的到来做好了铺垫。

　　再如蒋防《霍小玉传》中的主人公"霍小玉"，为了突出其品性高洁的人物性格和解释其多才多艺的合理性，作者通过鲍十一娘之口这样介绍她的身世：

　　　　故霍王小女，字小玉，王甚爱之。母曰净持，即王之宠婢也。王之初薨，诸弟兄以其出自贱庶，不甚收录。因分与资财，遣居于外，易姓为郑氏，人亦不知其王女。资质秾艳，一生未见，高情逸态，事事过人，音乐诗书，无不通解。④

　　霍小玉高贵的出身与凄惨的命运前后形成极为强烈的对比和反差，蒋防

---

① （宋）李昉等编《太平广记》卷八十二《李子牟》，中华书局，1961，第526页。
② 《旧唐书》卷六十《襄武王琛传》，中华书局，1975，第2347页。
③ 《旧唐书》卷九十五《让皇帝宪传》，中华书局，1975，第3009～3010页。
④ （宋）李昉等编《太平广记》卷四百八十七《霍小玉传》，中华书局，1961，第4006页。

因此赚足了读者同情的眼泪。

同样的例子再如沈既济《任氏》中的主人公"韦崟"，史书中并无其人，在小说中他的身份设定是"信安王祎之外孙。少落拓，好饮酒"。为了形容女主角任氏超凡脱俗的绝世美貌，作者也充分利用了他王孙贵戚的身份，其中有一段这样写道：

> 是时崟伯叔从役于四方，三院什器，皆贮藏之。郑子如言访其舍，而诣崟假什器。问其所用。郑子曰："新获一丽人，已税得其舍，假具以备用。"崟笑曰："观子之貌，必获诡陋。何丽之绝也。"崟乃悉假帷帐榻席之具，使家童之惠黠者，随以觇之。俄而奔走返命，气吁汗洽。崟迎问之："有乎？"曰："有。"又问："容若何？"曰："奇怪也！天下未尝见之矣。"崟姻族广茂，且夙从逸游，多识美丽。乃问曰："孰若某美？"僮曰："非其伦也！"崟遍比其佳者四五人，皆曰："非其伦。"是时吴王之女有第六者，则崟之内妹，秾艳如神仙，中表素推第一。崟问曰："孰与吴王家第六女美？"又曰："非其伦也。"崟抚手大骇曰："天下岂有斯人乎？"遽命汲水澡颈，巾首膏唇而往。①

通过与"吴王之女"的比较，作者将任氏之美刻画得无与伦比，最终才激起了韦崟强烈的好奇心，为后文故事情节的展开做好了充分的准备。

以上，读者大概不会否认，如果相马的不是"宁王"，"好饮"的不是"汝阳王"，"李子牟"没有"王孙"的身份，"霍小玉"不是"霍王"之女，任氏比不上"吴王之女"，那么这些故事的逻辑说服力和传奇彩色也许会大大降低。另，上文列举之外，同样包含唐代诸王素材的传奇还有《宣室志》中的《李贺》、《集异记》中的《王维》等，由于这些作品文史糅杂，真伪难辨，故略之。

3. 诗歌

安史之乱后，曾经的盛世繁华成了梦幻泡影，使后世无数诗人为之伤婉、叹息。玄宗五王作为当时耀眼的政治明星，给人们留下了深刻的印象，在中晚唐一些缅怀和反思开元天宝盛世的诗歌中，经常会用到五王同游的典故。

---

① （宋）李昉等编《太平广记》卷四百五十二《任氏》，中华书局，1961，第 3693～3694 页。

如晚唐诗人徐夤的《依御史温飞卿华清宫二十二韵》,诗长,节录如下:

> 五王更入帐,七贵迭封侯。夕雨鸣鸳瓦,朝阳晔柘袤。
>
> 伊皋争负鼎,舜禹让垂旒。堕珥闲应拾,遗钗醉不收……①

"五王帐",是玄宗兄弟共寝之处。《明皇杂录》引《白孔六帖》云:"帝友爱至厚,殿中设五幄,与五王处,号五王帐。"②《旧唐书》也有大致相同的记载,"玄宗尝制一大被长枕,将与成器等共申友悌之好"③。在这首诗中,作者将玄宗"五王"与汉朝"七贵"并称,感慨历史盛衰无常,人世沧桑变迁。在这里,"五王"成为开元盛世的一个象征,诗人并没有一味哀叹,而是在一系列典故的对比中,表现了创作主体对历史规律的苦苦求索与困惑。同样的例子还有郑嵎的《津阳门诗》,诗长,节录如下:

> 其年十月移禁仗,山下栉比罗百司。朝元阁成老君见,会昌县以新
> 丰移。幽州晓进供奉马,玉珂宝勒黄金羁。五王扈驾夹城路,传声校猎
> 渭水湄……④

玄宗执政时期,每年十月都要到华清宫巡幸,其间有大批的官员、军队扈从,声势十分浩大。此诗作于中晚唐,诗人通过大段的铺排为读者还原了当时壮观的仪仗场面。五王骑着装饰华丽的高头大马走在夹城路上,高声传达皇帝要到渭水湄校猎的命令,这场面多么令人激动啊!然而,这一切在安史之乱后就再也没有重现过,如今回忆往事只教人呜咽垂泪。在诗人心中,"五王扈驾"是那段繁华盛世的一个缩影,寄托了当时人们对过去的无限缅怀与追思。当然,"五王"也并不总是同时出现,更多的时候诗人只会选择其中的一人或者两人,然而其感情指向是大体相同的。

再如张祜的《大酺乐二首》其二,诗云:

---

① 《全唐诗》卷七百十一《依御史温飞卿华清宫二十二韵》,中华书局,1960,第8184页。

② (唐)郑处海:《明皇杂录》,田廷柱点校,中华书局,1994,第56页。

③ 《旧唐书》卷九十五《让皇帝宪传》,中华书局,1975,第3010页。

④ 《全唐诗》卷五百六十七《津阳门诗》,中华书局,1960,第6561~6562页。

紫陌酺归日欲斜，红尘开路薛王家。双鬟笑说楼前鼓，两仗争轮好落花。①

再如温庭筠的《弹筝人》，诗云：

天宝年中事玉皇，曾将新曲教宁王。钿蝉金雁今零落，一曲伊州泪万行。②

通过追思"五王"的故事，后世的诗人与那个逝去的时代发生了情感上的联结，在一定程度上消解了对"盛世不在"的失落感。然而由于年代久远，有些诗人在运用这些典故时，经常会出现一些历史常识的错误，这也是值得注意的一个问题。如顾况的《八月五日歌》，诗云：

四月八日明星出，摩耶夫人降前佛。八月五日佳气新，昭成太后生圣人。开元九年燕公说，奉诏听置千秋节。丹青庙里贮姚宋，花萼楼中宴岐薛……③

八月五日是玄宗的生日，也是唐代历史上有名的"千秋节"。与诗中的说法不同，"千秋节"是在开元十七年（729）才首次出现的。《旧唐书·玄宗本纪上》记载：开元十七年"八月癸亥，上以降诞日，宴百僚于花萼楼下。百僚表请以每年八月五日为千秋节，王公已下献镜及承露囊，天下诸州咸令宴乐，休暇三日，仍编为令，从之"④。虽然当时隆重的宴会确有其事，但是"宴岐薛"显然是作者的美好的幻想，因为岐王李范在开元十四年（726）就已经逝世。

再如元稹的《连昌宫词》，诗人通过"宫边老翁"的口吻为读者讲述了连昌宫的兴废变迁的故事，反映了唐朝自唐玄宗时期至唐宪宗时期的兴衰历程，探索了安史之乱前后朝政治乱的缘由，表现了人民对再现升平、重开盛

---

① 《全唐诗》卷二十七《大酺乐二首》，中华书局，1960，第392页。
② （五代后蜀）韦縠编《才调集》卷二，傅璇琮等编，中华书局，2014，第974页。
③ 《全唐诗》卷二百六十五《八月五日歌》，中华书局，1960，第2944页。
④ 《旧唐书》卷八《玄宗本纪上》，中华书局，1975，第193页。

世的向往和希望国家长治久安的强烈愿望。在描述开元盛世连昌宫的繁华场景时，作者也将特意将"岐薛"摄入诗歌的画面中，其中有一节云：

> 平明大驾发行宫，万人歌舞涂路中。百官队仗避岐薛，杨氏诸姨车斗风。①

"岐薛"诸王与杨氏姐妹同日受宠，显然不符合事实。诗人在创作时掺杂了许多对历史的想象成分，《旧唐书·玄宗杨贵妃传》记载：

> （开元）二十四年（736）惠妃薨，帝悼惜久之，后庭数千，无可意者。或奏玄琰女姿色冠代，宜蒙召见。时妃衣道士服，号曰太真。既进见，玄宗大悦。不期岁，礼遇如惠妃。太真姿质丰艳，善歌舞，通音律，智算过人。每倩盼承迎，动移上意。宫中呼为"娘子"，礼数实同皇后。有姊三人，皆有才貌，玄宗并封国夫人之号：长曰大姨，封韩国；三姨，封虢国；八姨，封秦国。并承恩泽，出入宫掖，势倾天下。②

也即是说，杨贵妃姐妹的受宠之日最早也应当在开元二十四年（736）之后。然而岐王李范死于开元十四年（726），薛王李业死于开元二十二年（734），所以根本不可能出现"百官队仗避岐薛，杨氏诸姨车斗风"的情况。再如薛逢的《金城宫》，其诗云：

> 忆昔明皇初御天，玉舆频此驻神仙。龙盘藻井喷红艳，兽坐金床吐碧烟。云外笙歌岐薛醉，月中台榭后妃眠。自从戎马生河洛，深锁蓬莱一百年。③

此诗也将"岐薛"与"后妃"并举，犯了同样的常识错误。还有一些诗歌直接取材民间传说，也缺乏可信度。如中唐诗人张祜的《宁哥来》，诗云：

---

① 《全唐诗》卷四百十九《连昌宫词》，中华书局，1960，第4612页。
② 《旧唐书》卷五十一《玄宗杨贵妃传》，中华书局，1975，第2178页。
③ 《全唐诗》卷五百四十八《金城宫》，中华书局，1960，第6326页。

日映宫城雾半开，太真帘下畏人猜。黄翻绰指向西树，不信宁哥回马来。①

这首诗中的"宁哥"即宁王李宪，据史料记载，玄宗于诸王常待以家人之礼，故民间有模仿玄宗口吻的"宁哥"之称。"太真"即杨贵妃，其恩幸于玄宗时"衣道士服，号曰太真"②。此诗意在影射宁王和杨贵妃有染，然而根本不符合历史实际。此外，再如李商隐的《骊山有感》《龙池》等作品，也是在民间传闻基础上进行的文学再加工，诗中含有大量主观臆断的成分，故读者在阅读此类作品时，需细心加以审辨。

（二）诸王的文艺才能

宫学教育体制培养了唐代诸王的文学素养，使他们中的一些人成为优秀的文学家。然而这并非事实的全部，唐代宫学教育在经、史、文学之外，往往同时也包括书法、绘画等内容。如上文中诸王侍读贺知章、盛王侍读张怀瓘，他们在文学家之外的另一个身份就是书法家。在当时各色名家的悉心培养和熏陶下，诸王群体中的许多人都同时具备多方面的文艺才能，有些人甚至堪称该领域的一流大师。这些事实不仅在史籍多有记载，而且后世也有一些以诸王文艺才能为创作素材的文学作品作为佐证。仅就唐代文学作品中出现的素材而言，诸王擅长的文艺才能主要涉及书法、绘画、音乐等方面。

1. 书法

由于雕版印刷术在唐代尚未得到大规模运用，知识或书籍的传承和推广仍然主要依靠人工抄写的方式。所以，书法在唐代教育体系中占有十分重要的地位。唐代中央官学体系设有"六学二馆"，"六学"之中，"书学"居其五，其生徒数十人专以书法、文字训诂为业。书学之外，其他诸学也要求生徒日常"学书，日纸一幅"③。书法也是一般士人必须修习的课程内容，在很多重要社会场合，书法水平都被作为评价士人综合素质的一项重要依据。

---

① 《全唐诗》卷五百一十一《宁哥来》，中华书局，1960，第5839页。
② 《旧唐书》卷五十一《玄宗杨贵妃传》，中华书局，1975，第2178页。
③ 《新唐书》卷四十四《选举志上》，中华书局，1975，第1160页。

如唐代吏部铨选官员时，就特别看重选人的书法水平，《新唐书·选举志下》有云：

> 凡择人之法有四：一曰身，体貌丰伟；二曰言，言辞辩正；三曰书，楷法遒美；四曰判，文理优长。①

较之民间和士人阶层，唐代皇室对书法的态度用"痴迷"乃至"狂热"来形容或许都不为过。从高祖李渊开始，唐代皇室中的一流书法家便层出不穷。《历代名画记》云："唐高祖神尧皇帝、太宗皇帝、中宗皇帝、玄宗皇帝并神武圣哲，艺亡不周，书画备能。"②唐朝历代皇帝之中，书法名气最大的莫过于太宗李世民，据称其行、草皆工，又善作飞白书，常书之以赐臣下。刘洎赞其书法"摘玉华于仙札，则流霞成彩。固以锱铢万代，冠冕百王，屈、宋不足以升堂，钟、张何阶于入室"③。房玄龄《谏伐高丽表》也称其"笔迈钟、张"④。开元年间，张怀瓘《书断》则云其"翰墨之妙，资以神功，开草、隶之规模，变张、王之今古，尽善尽美，无得而称"⑤。太宗对书法的特殊爱好，使之对皇子的书法教育尤其重视，除了赏赐二王摹本之外，还常亲自督导诸王的书法练习，"每得二王帖，辄令诸王临五百遍，另易一帖，故所书多可观"⑥。太宗时期擅长书法的诸王数量尤多，如汉王李元昌，"少好学，善隶书"⑦；韩王李元嘉，"少好学，聚书至万卷，又采碑文古迹，多得异本"⑧；鲁王李灵夔"好学，工草隶"⑨。张怀瓘《书断》曾专为"汉王元昌"作传，末附韩、曹、魏、鲁诸王，其云：

> 皇朝汉王元昌，神尧之子也。尤善行书，金玉其姿，挺生天骨，襟

---

① 《新唐书》卷四十五《选举志下》，中华书局，1975，第 1171 页。
② （唐）张彦远：《历代名画记》卷九，浙江人民美术出版社，2019，第 136 页。
③ 《旧唐书》卷七十四《刘洎》，中华书局，1975，第 2610 页。
④ 《旧唐书》卷六十六《房玄龄》，中华书局，1975，第 2465 页。
⑤ （唐）张彦远纂辑《法书要录校理》卷八，刘石校理，中华书局，2021，第 393 页。
⑥ （清）孙承泽：《庚子销夏记》卷六，白云波、古玉清点校，浙江人民美术出版社，2019，第 134 页。
⑦ 《旧唐书》卷六十四《汉王元昌传》，中华书局，1975，第 2425 页。
⑧ 《旧唐书》卷六十四《韩王元嘉传》，中华书局，1975，第 2427 页。
⑨ 《旧唐书》卷六十四《鲁王灵夔传》，中华书局，1975，第 2434 页。

怀宣畅，洒落可观。艺业未精，过于奔放，若吕布之飞将，或轻于去就也。诸王仲季，并有能名。韩王、曹王，即其亚也。曹则妙于飞白，韩则工于草行。魏王、鲁王，亦韩王之伦也。①

曹王即太宗少子李明，魏王即濮恭王李泰。

玄宗时期的岐王李范也非常爱好书法，而且他还曾辗转收集了许多书画珍品，《新唐书》载云：

> 又聚书画，皆世所珍者。初，隋亡，禁内图书湮放，唐兴募访，稍稍复出，藏秘府。长安初，张易之奏天下善工潢治，乃密使摹肖，殆不可辨，窃其真藏于家。既诛，悉为薛稷取去，稷又败，范得之，后卒为火所焚。②

作为当时的书画收藏家，李范在历史上还有很多相关的奇闻传说，《隋唐嘉话》记载：

> 王右军《告誓文》，今之所传，即其稿草，不具年月日朔。其真本云："维永和十年（354）三月癸卯朔九日辛亥。"而书亦真小。开元初年，润州江宁县瓦官寺修讲堂，匠人于鸱吻内竹筒中得之，与一沙门。至八年（720），县丞李延业求得，上岐王，岐王以献帝，便留不出。或云：后却借岐王。十二年（724）王家失火，图书悉为煨烬，此书亦见焚云。③

在书画收藏家的身份之外，岐王李范同时也是一位出色书法大家。在现存的唐代墓志碑刻中，有两方可以证实为岐王李范所书，其一为《大唐故章怀太子并妃清河房氏墓志铭》（或称《李贤墓志》），文起署有"太常卿兼左卫率岐王范书"字样，文末附"银青光禄大夫彬王师上柱国固安县开国男卢

---

① （唐）张彦远：《法书要录》卷九，武良成、周旭点校，浙江人民美术出版社，2019，第256页。
② 《新唐书》卷八十一《惠文太子范传》，中华书局，1975，第3601页。
③ （唐）刘𫗧：《隋唐嘉话》下，程毅中点校，中华书局，1979，第54页。

粲撰"①，现藏陕西省乾县乾陵博物馆；其二题作《唐故济阴郡王墓志铭》
（或称《李嗣庄墓志》），文起署"太子太傅上柱国岐王范撰并书"②字样，
现藏陕西省西安市碑林博物馆。这两篇碑志创作的时间跨度很大，同时它们
也见证了李范书法艺术的进步。段志凌、杨玮燕《从两方唐代墓志看岐王李
范的书法》分别就两方墓志的书法艺术作了精细的分析，他说：

> 总体而言，此志（指《李贤墓志》）书法用笔轻灵从容，笔法娴熟活
> 泛，结构端正而不失疏朗，整体风格清秀婉丽、蕴藉含蓄，字里行间流
> 动不激不励、风规自远的儒雅韵致……（《李嗣庄墓志》）书法兼具欧体
> 和褚体的特点，在融合之中又以褚体为主，同时将书者自身文学素养与
> 个性贯穿其中，形成了独具特色的书法风格。③

由此可见，岐王李范的书法水平确实十分高超与精妙，与史料的记载几
乎一致。由于唐诸王书法真迹存世稀少，今附岐王李范《唐故济阴郡王墓志
铭》拓片于下，以供读者观瞻（见图 5-1）。

唐代皇室在书法领域的高超造诣不仅明文载于史册，流布于稗官野史，
而且也经常成为好事者笔下的文学素材。唐代宗大历四年（769），窦暨完成
了以评述历代书家书品为主要内容的《述书赋》。该赋共收录唐人善书者 45
人，原文附有夹注，其中可考为皇室书法家者就有 10 人。兹节录其文如下：

> 我巨唐之膺休，一六合而阐幽。武功定，文德修。高祖运龙爪，陈
> 睿谋。自我雄其神貌，冠梁代之徽猷。太宗则备集王书，圣鉴旁启。虽
> 蹑闾井，未登阶陛。质讵胜文，貌能全体。兼风骨，总法礼。武后君临，
> 藻翰时钦。顺天矜而永保先业，从人欲而不顾兼金。睿宗垂文，规模尚
> 古。飞五云而在天，运三光以窥户。开元应乾，神武聪明。风骨巨丽，
> 碑版峥嵘。思如泉而吐凤，笔为海而吞鲸。诸子多艺，天宝之际。迹且
> 师于翰林，嗟源浅而波细。汉王童年，自得书意。凤承羲、献，守法不

① 刘向阳：《唐章怀太子李贤两合墓志及有关问题》，《碑林集刊》1998 年第 1 期。
② 段志凌、杨玮燕：《从两方唐代墓志看岐王李范的书法》，《中国书法》2011 年第 5 期。
③ 段志凌、杨玮燕：《从两方唐代墓志看岐王李范的书法》，《中国书法》2011 年第 5 期。

二。惠文靡倦，博好敦劝。恨夫有始无终，灰烬成空。苟惧存而投阁，徒荣没而升宫。尚可谓梁园笔壮，乐府文雄。累圣重光之盛业，六书一艺之精工。非所以抑至人之徇己，服勇士以雕虫。责繁声于《韶》《濩》，征艳色于苍穹者也……温良之德，书画兼美。诚依仁以游艺，同上善之若水。①

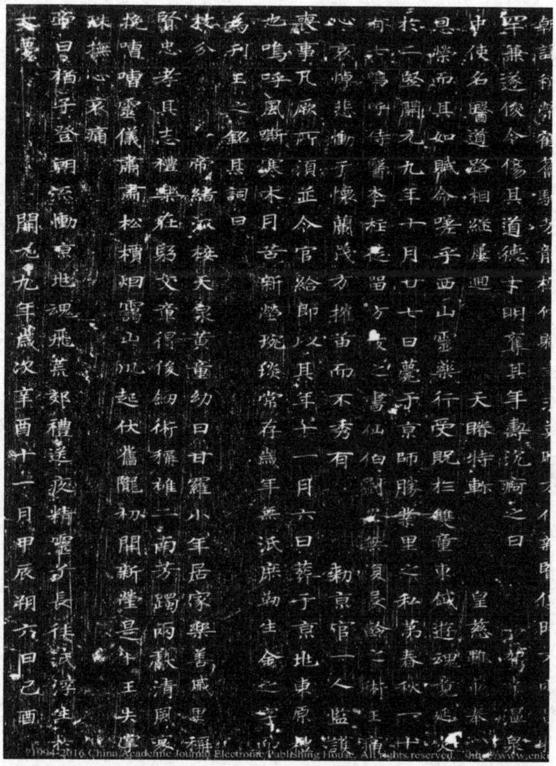

图 5 - 1　岐王李范手书《唐故济阴郡王墓志铭》(局部)

《述书赋》同时具有书、史、文三方面的价值，是难得一见的千古奇文。作者评述诸家书品的态度非常严谨，完全是在亲自审鉴的基础上有的放矢，而非出自主观好恶，"敢直笔于亲睹，非偏誉于所嗜也"②。从文学角度来看，这些评语辞采斐然，造语精当，同时又富丽工整，极尽铺排之能事，充分表

① 《全唐文》卷四百四十七《述书赋下》，中华书局，1983，第 4571 ~ 4573 页。
② 《全唐文》卷四百四十七《述书赋下》，中华书局，1983，第 4574 页。

现了作者对唐代诸王书法水平的肯定和褒扬。

再如杜甫《送顾八分文学适洪吉州》，这首诗也在一定程度上反映了玄宗时期诸王学习书法的情况，其诗云：

> 中郎石经后，八分盖憔悴。顾侯运炉锤，笔力破余地。
> 昔在开元中，韩蔡同赑屃。玄宗妙其书，是以数子至。
> 御札早流传，揄扬非造次。三人并入直，恩泽各不二。
> 顾于韩蔡内，辨眼工小字。分日侍诸王，钩深法更秘……①

顾八分即顾诫奢，生卒年不详，两《唐书》无传。由于他擅长八分书，故时人以"顾八分"美之。《西溪丛语》称其曾做过"太子文学翰林待诏"的官职，1954 年，陕西省西安市高楼村出土墓志一方，题作《大唐故明威将军检校左威卫将军赠使持节陈留郡诸军事陈留郡太宁上柱国高府君墓志铭并序》（即《高元珪墓志》），墓志作于天宝十五载（756）春，文末署有"太子率更丞翰林院待招顾诫奢书"② 字样，可以作为顾诫奢生平资料的补证。《杜诗详注》系此诗于大历三年（768）秋，可知其人于此年前后在世。该诗作于顾诫奢赴洪州、吉州任上，篇首一十六句叙其早年辉煌事迹，杜甫于诗中盛赞他因书法才能为玄宗所激赏，并教授诸王的往事。此诗是对唐代诸王学习书法的生动证明，同时还具有一定史料价值。

此诗之外，杜甫与汝阳王李琎的一些交往诗，如《赠特进汝阳王二十二韵》中的"笔飞鸾耸立，章罢凤骞腾"③，《八哀诗·赠太子太师汝阳郡王琎》中的"挥翰绮绣扬，篇什若有神"④，也赞颂了汝阳王高超的书法水平。

2. 绘画

我国自古有书画同源、书画一体的说法，古人在修习书法的同时，常常也会涉略绘画，唐代诸王也是如此。诸王自幼生长在浓厚的宫廷文化氛围中，

---

① （唐）杜甫撰，（清）仇兆鳌注《杜诗详注》卷二十二《送顾八分文学适洪吉州》，中华书局，1979，第 1924 页。
② 贺华：《读〈唐高元珪墓志〉》，《碑林集刊》1995 年第 1 期。
③ （唐）杜甫撰，（清）仇兆鳌注《杜诗详注》卷一《赠特进汝阳王二十二韵》，中华书局，1979，第 62 页。
④ （唐）杜甫撰，（清）仇兆鳌注《杜诗详注》卷十六《八哀诗·赠太子太师汝阳郡王琎》，中华书局，1979，第 1392 页。

长期的耳濡目染使他们中的一些人表现出惊人的绘画天赋，而且即使与当时最一流的宫廷绘师相比，他们的才能也似乎毫不逊色。如上文中提到汉王李元昌，他因酷爱绘画，故而特命裴孝源为其编撰《贞观公私画史》一书。书序中裴孝源称赞其"含运覃思，六法俱全，随物成形，万类无失"①，实则也并非完全的溢美之词。再如滕王李元婴，他以一己之力开创了影响深远的"滕派蝶画"，被后世誉为"蝶画"始祖。此画技后又传至其曾孙嗣滕王李湛然，并在其手中又进一步发扬光大。"滕派蝶画"代代相承，至今仍未衰绝。再如后世与滕王祖孙齐名的江都王李绪，其人以善画鞍马著称，当世推为第一。宋人常以二王并举，甚至有"滕王蛱蝶江都马，一纸千金不当价"②的说法。中晚唐时期张彦远所作的《历代名画记》对以上诸王的绘画水平都有评述，其云：

> 汉王元昌，高祖神尧皇帝第七子、太宗皇帝之弟，少博学，能书画。武德三年（620）封鲁王，（贞观）十年（636）封汉王，为梁州都督，坐太子承乾事废。李嗣真云："天人之姿，博综伎艺，颇得风韵。自然超举，碣馆深崇，遗迹罕见。在上品二阎之上。"汉王弟韩王元嘉，亦善书画，天后授之太尉。善画龙马虎豹。滕王元婴，亦善画……江都王绪，霍王元轨之子，太宗皇帝犹子也。多才艺，善书画。鞍马擅名，垂拱中官至金州刺史……嗣滕王湛然，贞元四年（788）为殿中监兼礼部尚书，回鹘使。善画花鸟蜂蝶，官至检校兵部尚书、太子詹事，年八十四。③

《唐朝名画录》亦有大致相当的说法，其云：

> 汉王元昌善画马，笔踪妙绝，后无人见。画鹰鹘、雉兔见在人间，佳手降叹矣。江都王善画雀蝉、驴子，应制明皇《潞府十九瑞应图》，实造神极妙。嗣滕王善画蜂蝉、燕雀、驴子、水牛，曾见一本，能巧之外，曲尽情理，未敢定其品格。④

---

① 《全唐文》卷一百五十九《贞观公私画史序》，中华书局，1983，第1629页。
② （宋）魏庆之：《诗人玉屑》卷十八，王仲闻点校，中华书局，2007，第568页。
③ （唐）张彦远：《历代名画记》卷十，浙江人民美术出版社，2019，第136~159页。
④ （唐）朱景玄：《唐朝名画录》，文渊阁四库全书本，台湾商务印书馆，1986。

取材于诸王绘画的诗文作品在唐代便开始出现，其中最早的当属中唐诗人王建的《宫词一百首》，其六十四有云：

> 避暑昭阳不掷卢，井边含水喷鸦雏。内中数日无呼唤，拓得《滕王蛱蝶图》。①

这首诗生动形象地描绘了后宫一位嫔妃百无聊赖的避暑场面。由于天气炎热，妃子无心作掷卢之戏，于是在井边与宫女含水互喷以取乐。许久之后，想到皇帝好多天不见临幸，趁此空闲就去欣赏《滕王蛱蝶图》吧。

滕王善画蝶固不待言，然而关于此诗中的"滕王"，学者一直却争论不息。主张为李元婴者，主要有欧阳修、郭若虚等人。其中欧阳修《六一诗话》云：

> 王建《宫词一百首》多言唐宫禁中事，皆史传小说所不载者，往往见于其诗。如"内中数日无呼唤，传得《滕王蛱蝶图》"。滕王元婴，高祖子，新旧《唐书》皆不著其能。惟《名画录》略言其善画，亦不云其工蛱蝶也。又，《画断》云"工于蛱蝶"，及见于建诗尔，或闻今人家亦有得其图者。②

欧阳修此论在后世影响较大，主张李元婴者多沿袭其说。不过玩其文意，则欧阳修实并未见到《滕王蛱蝶图》，其所述有主观臆测的成分。唯其所引《画断》语，颇有价值。按《画断》现已不存，北宋欧阳修时或未可知。又，大致与其同时的郭若虚在《图画见闻志》卷五中也有类似的记载：

> 唐滕王元婴，高祖第二十二子也，善画蝉雀、花卉，而史传不载。惟张彦远《历代名画记》中书之。及睹王建《宫词》云："内中数日无宣唤，传得《滕王蛱蝶图》"，乃知其善画也。③

---

① 《全唐诗》卷三百二《宫词一百首》，中华书局，1960，第3443页。
② （清）何文焕辑《历代诗话》，中华书局，2004，第268页。
③ （宋）郭若虚：《图画见闻志》卷五，王群栗点校，浙江人民美术出版社，2019，第146~147页。

作为继张彦远《历代名画记》之后可信度较高的一部画史著作，郭若虚必然有所根据，然从他行文的逻辑来看，则似乎也未见到此图。又，作于北宋徽宗年间的《宣和画谱》卷十五亦载：

> 滕王元婴，唐宗室也。善丹青，喜作蜂蝶。朱景元尝见其粉本，谓"能巧之外，曲尽精理。不敢第其品格。"唐王建作《宫词》云"传得《滕王蛱蝶图》"者，谓此也，今御府所藏一《蜂蝶图》。①

《宣和画谱》为御府所作，其时必有善鉴古画者，作者当以亲睹考究为据，非妄语也，故甚为可信。

反对为李元婴者，北宋时尚不多见，而后众口喧哗。他们所依据的主要证据是段成式《酉阳杂俎》中的一段逸闻，其书续集卷二"《滕王图》"条记载："一日，紫极宫会，秀才刘鲁封云：'尝见《滕王蛱蝶图》，有名江夏斑、大海眼、小海眼、村里来、菜花子。'"②仅凭这段记载而论，很难单独作为证据判断此滕王为李元婴或李湛然，而只能说明"滕王"善画蝴蝶的事实罢了。最早以此反对欧阳修等人说法的是北宋人蔡绦，《诗人玉屑》卷十六"王建"条云：

> 欧阳永叔归田录，言王建宫词，多言唐宫中事，群书阙纪者，往往见其诗。如："内中数日无宣唤，传得《滕王蛱蝶图》。"滕王元婴，高祖子，史不著所能，独名画记言善画，亦不云工蛱蝶，所书止此。殊不知名画记自纪嗣滕王湛然善花鸟蜂蝶。又段成式《酉阳杂俎》亦云尝见滕王蝶图，有名江夏班、大海眼、小海眼、菜花子。盖湛然非元婴，孰谓张彦远不载耶！③

显然，蔡绦有意歪曲欧阳修原文，故作惊人之论，其诡异之处有三：蔡引《六一诗话》原文大半，独不及欧阳修所录《画断》之语，其诡一也；

---

① 《宣和画谱》卷十五，王群栗点校，浙江人民美术出版社，2019，第162~163页。
② （唐）段成式：《酉阳杂俎校笺》续集卷二，许逸民校笺，中华书局，2015，第1562页。
③ （宋）魏庆之：《诗人玉屑》卷十六，王仲闻点校，中华书局，2007，第504~505页。

《历代名画记》与《酉阳杂俎》之所载，并无抵牾之处，但二书也无明确联系，并不能由此得出"湛然非元婴"的结论，蔡绦试图以"蒙太奇"剪接手法蒙混过关，完全避开《画断》中李元婴"工于蛱蝶"的记载，其诡二也；蔡绦本人并未见过《滕王蛱蝶图》，全凭臆测而定作者，其诡三也。由此来看，蔡绦的说法根本不能成立。所以，在没有新证据的前提下，我们认为，应当按照《画断》与《宣和画谱》所载，仍将《滕王蛱蝶图》的作者定为滕王李元婴，而非嗣滕王李湛然。

晚唐时期，诗人罗隐所作的《蝶》诗，则是专门吟咏滕王（一作汉王）蝶画的一篇佳作。其诗云：

> 滕王刀笔精，写尔逼天生。舞巧何妨急，飞高所恨轻。
> 野田黄雀虑，山馆主人情。此物那堪作，庄周梦不成。①

这首诗精巧工丽，一如汉（滕）王出神入化的绘画技艺。"精"字，既是诗人对画家技能的结论，同时也是全诗的诗眼。首联中，读者虽未睹其画，然而已经得到汉（滕）王画蝶"逼天生"的心理预期。特别是颔联"舞巧何妨急，飞高所恨轻"，将蝴蝶纷飞时翩翩起舞之情态刻画得极为生动。诗人已经完全被画家的才能所折服，以至于反复使用了"何妨""所恨"两个主观性很强的语气词。在欣赏完如此美丽可爱的小生灵后，诗人又不禁开始为其安危担忧，既怕野田中的黄雀伤害了它们，又怕山馆主人因同样喜爱它们而苦苦挽留。尾联中，诗人走出画中的联想又回归现实，由衷发出一声赞叹："这样工巧细致的美术作品，怕是庄子梦中的蝴蝶也没有这样漂亮吧！"

咏滕王蝶诗之外，杜甫《韦讽录事宅观曹将军画马图》篇首有"国初已来画鞍马，神妙独数江都王"②一联，盛赞江都王李绪高超的画马技能。然而只为起兴发端之用，辞不多载，故略之。

3. 音乐

《礼记》有云："君子曰：'礼乐不可斯须去身。'致乐以治心，则易、

---

① 《全唐诗》卷六百六十一《蝶》，中华书局，1960，第7583页。
② （唐）杜甫撰，（清）仇兆鳌注《杜诗详注》卷十三《韦讽录事宅观曹将军画马图歌》，中华书局，1979，第1153页。

直、子、谅之心油然生矣。"① 故而我国古代士人历来有修习音乐的传统。而且在"礼乐文明"的文化语境中，音乐于修身养性之外，同时也有教化民众、移风易俗的潜在功用。梁武帝有云："夫声音之道，与政通矣，所以移风易俗，明贵辨贱。"② 唐代统治者对音乐之事异常重视，很多皇帝本人就是当时最一流的音乐家，他们曾多次亲自参与朝廷乐礼的制作和修订工作。《旧唐书·音乐志二》记载：

> 《破阵乐》，太宗所造也。太宗为秦王之时，征伐四方，人间歌谣《秦王破阵乐》之曲。及即位，使吕才协音律，李百药、虞世南、褚亮、魏徵等制歌辞。百二十人披甲持戟，甲以银饰之。发扬蹈厉，声韵慷慨。享宴奏之，天子避位，坐宴者皆兴。
>
> 《庆善乐》，太宗所造也。太宗生于武功之庆善宫，既贵，宴宫中，赋诗，被以管弦。舞者六十四人。衣紫大袖裙襦，漆髻皮履。舞蹈安徐，以象文德洽而天下安乐也。
>
> 《大定乐》，出自《破阵乐》。舞者百四十人。被五彩文甲，持槊。歌和云，"八纮同轨乐"，以象平辽东而边隅大定也。
>
> 《上元乐》，高宗所造。舞者百八十人。画云衣，备五色，以象元气，故曰"上元。"
>
> 《圣寿乐》，高宗武后所作也。舞者百四十人。金铜冠，五色画衣。舞之行列必成字，十六变而毕。有"圣超千古，道泰百王，皇帝万年，宝祚弥昌"字。
>
> 《光圣乐》，玄宗所造也。舞者八十人。乌冠，五彩画衣，兼以《上元》《圣寿》之容，以歌王迹所兴……③

皇帝对音乐的特殊喜好，使诸王很早就接受了全方位的宫廷音乐教育。唐初诸王在政治上的崇高地位和频繁举办的宫廷宴游聚会，也为他们突出的音乐才华提供了展示的舞台。《旧唐书·郝处俊传》记载：

---

① （汉）郑玄注，（唐）孔颖达疏《礼记正义》，北京大学出版社，1999，第1139页。
② 《隋书》卷十三《音乐志上》，中华书局，1973，第287~288页。
③ 《旧唐书》卷二十九《音乐志二》，中华书局，1975，第1059~1060页。

上元元年（674），高宗御含元殿东翔鸾阁观大酺。时京城四县及太常音乐分为东西两朋，帝令雍王贤（即章怀太子）为东朋，周王讳（即中宗）为西朋，务以角胜为乐。①

高宗令二王分乐竞斗以为宴会助兴的行为，虽然为谏官所止，但是从皇帝放心大胆的态度来看，则二王必然有相当深厚的音乐功底。在武后时期的一次宫廷宴会上，诸王也进行了精彩的文艺表演，郑万钧《代国长公主碑》记载：

初，则天太后御明堂宴，圣上年六岁，为楚王，舞《长命（女）》；（宁王）年十二，为皇孙，作《安公子》；岐王年五岁，为卫王，弄《兰陵王》，兼为行主词曰："卫王入场，咒札获圣，神皇万岁，孙子成行。"②

玄宗时期，宁王李宪和岐王李范因善于音乐，故先后都担任过太常卿的职务。岐王李范在此职上颇有建树，其中亡于中宗时的《百济乐》，就是在他的主持下重新设立的，《旧唐书·音乐志二》云：

《百济乐》。中宗之代，工人死散。岐王范为太常卿，复奏置之，是以音伎多阙。舞二人，紫大袖裙襦，章甫冠，皮履。乐之存者，筝、笛、桃皮筚篥、箜篌、歌。此二国，东夷之乐也。③

玄宗于诸王友爱特甚，经常在私下与他们进行诗文、音乐等方面的交流活动，《资治通鉴》载：

上听朝罢，多从诸王游，在禁中，拜跪如家人礼，饮食起居，相与同之。于殿中设五幄，与诸王更处其中。或讲论赋诗，间以饮酒、博弈、游猎，或自执丝竹。成器（即宁王宪）善笛，范（即岐王）善琵琶，与

① 《旧唐书》卷八十四《郝处俊传》，中华书局，1975，第2799页。
② 《全唐文》卷二百七十九《代国长公主碑》，中华书局，1983，第2826页。
③ 《旧唐书》卷二十九《音乐志二》，中华书局，1975，第1070页。

上共奏之。①

　　玄宗与诸王的这些交流活动直接促进了音乐的发展，特别是在中国音乐历史上影响巨大的唐代宫廷教坊——"梨园"，就是在玄宗与宁王"斗乐"的过程中产生的。崔令钦《教坊记》记载：

　　　　玄宗之在藩邸，有散乐一部，戡定妖氛，颇借其力，及膺大位，且羁縻之，常于九曲阅太常乐。卿姜晦，嬖人楚公皎之弟也，押乐以进。凡戏辄分两朋，以判优劣，则人心竞勇，谓之热戏。于是诏宁王主藩邸之乐以敌之，一伎戴百尺幢，鼓舞而进，太常所戴即百余尺，比彼一出，则往复矣。长欲半之，疾仍兼倍。太常群乐鼓噪，自负其胜。上不悦，命内养五六十人，各执一物，皆铁马鞭、骨挝之属也。潜匿袖中，杂于声儿后立，复候鼓噪，当乱捶之。皎、晦及左右初怪内养麇至，窃见袖中有物，于是夺气褫魄，而戴幢者方振摇其幢，南北不已。上顾谓内人者曰："其竿即自当折。"斯须中断，上抚掌大笑，内伎咸称庆。于是罢遣。翌日，诏曰："不宜典俳优杂伎。"乃置教坊，分为左右而隶焉。②

　　崔令钦曾于开元年间在宫廷中任职，故其所述较为可信。《新唐书·礼乐志》在修撰时也采纳了这种说法，书云："玄宗为平王，有散乐一部，定韦后之难，颇有预谋者。及即位，命宁王主藩邸乐，以亢太常，分两朋以角优劣。置内教坊于蓬莱宫侧。"③ 中唐时人张祜曾以此事为素材创作了《热戏乐》一诗，其云：

　　　　热戏争心剧火烧，铜槌暗执不相饶。上皇失喜宁王笑，百尺幢竿果动摇。④

　　小诗的画面感极强，寥寥数语就把玄宗和宁王"斗乐"的场景描绘得异

---

① 《资治通鉴》卷二百一十"开元二年"，中华书局，1956，第 6697 页。
② （唐）崔令钦：《教坊记》，吴企明点校，中华书局，2012，第 9～10 页。
③ 《新唐书》卷二十二《礼乐志十二》，中华书局，1975，第 475 页。
④ 《全唐诗》卷二十七《热戏乐》，中华书局，1960，第 393 页。

常生动，是一首比较优秀的作品。再如张祜的《邠王小管》，其诗云：

> 虢国潜行韩国随，宜春深院映花枝。金舆远幸无人见，偷把邠王小
> 管吹。①

与《热戏乐》不同，这首诗隐晦曲折地反映了杨贵妃与"宁王"之间的一段宫闱秘事，具体参见宋人《杨太真外传》。然事多荒谬，为史家所不取。不过，从另一个角度来看，音乐在诸王的生活场景中确实占有十分重要的位置，类似"杨妃窃笛"的逸闻传说也并非完全空穴来风，读者大可将其视为"唐诸王善乐"这一事实在历史传播过程中发生的歪曲变形和折射反映。

其他再如中唐诗人薛逢的《开元后乐》，其诗云：

> 莫奏开元旧乐章，乐中歌曲断人肠。邠王玉笛三更咽，虢国金车十
> 里香。一自犬戎生蓟北，便从征战老汾阳。中原骏马搜求尽，沙苑年来
> 草又芳。②

这首诗作于安史之乱后，当听到玄宗时的旧乐章后，诗人被迫开始了对往事痛苦的回忆：曾经宫廷宴会上邠王弄笛和贵妃姐妹得幸的场面还历历在目，可是直到如今"我"仿佛才听到了邠王玉笛哽咽的声音，那真像是盛世的哀歌啊！思索至此，诗人只能怀着无可奈何的心情接受这令人断肠的现实。在这首缠绵婉转的诗里，邠王幽怨的玉笛声被作者寄托了太多的感情，其中不仅有诗人对过去美好时光的无限缅怀与追忆，同时也有他对残酷现实的无尽悲愤与哀伤。

（三）诸王的名胜建筑

名胜古迹是中国古典文学作品中常见的一种文学素材，与自然景观相比，名胜古迹附着了更多的人文精神和历史气韵，故而历来是文人骚客笔下争相讽咏的题材。在唐代诗文常见的名胜古迹中，那些明显带有唐代诸王个人色

---

① （唐）张祜：《张祜诗集校注》卷三，尹占华校注，巴蜀书社，2007，第160页。
② 《全唐诗》卷五百四十八《开元后乐》，中华书局，1960，第6324页。

彩的文物景观尤其令人瞩目,如举世闻名的滕王阁、滕王亭、越王楼、魏王堤、魏王池、花萼楼、五王宅等。

1. 滕王阁与滕王亭

唐代以"滕王"为名的建筑共有两座,皆由滕王李元婴而得名。李元婴其人,在历史上以"贪暴"著称,早年"颇骄纵逸游,动作失度",在皇帝多次羞辱和贬迁之后,他不仅没有丝毫收敛,反而在地方上"随遇而安",他先后在江西南昌和四川阆中冒着"数犯宪章"的恶名,兴建了规模庞大、建筑华丽的滕王阁和滕王亭。(按:滕王的"贪暴"之名在高宗当政后才开始出现,联系当时的政治风向,也不完全排除这是滕王以明哲保身为目的而进行的"政治自污"。)

滕王阁位于江西省南昌市西北部沿江路赣江东岸,始建于唐永徽年间,历来有"江南三大楼"之首、"唐代四大名楼"之首、"中国四大名楼"之首等诸多美称。韩愈在《新修滕王阁记》也曾经说过,"愈少时,则闻江南多临观之美,而滕王阁独为第一,有瑰伟绝特之称"[1]。韦悫在《重修滕王阁记》中也极力形容其峻伟富丽,其文曰:

> 背郭郭不二百步,有巨阁称滕王者。懿夫峻修广袤,非常制所能拟及。考寻结构之始,盖自永徽后。时滕王作苏州刺史,转洪州都督之所营造也。距今大中岁戊辰,亦将垂三百年。徒嘉乎飞翚叠栾,虎踞龙盘,发地呈形,与山同安……[2]

不过,南昌滕王阁在初建成的数十年间名声并不大,直到初唐诗人王勃作《秋日登洪府滕王阁饯别序》传世,才真正使滕王阁名扬天下。《新唐书·王勃传》记载了其文创作的传奇情形:

> 初,道出钟陵,九月九日都督大宴滕王阁,宿命其婿作序以夸客,因出纸笔遍请客,莫敢当,至勃,泛然不辞。都督怒,起更衣,遣吏伺

---

① (唐)韩愈:《韩愈文集汇校笺注》卷三,刘真伦、岳珍校注,中华书局,2010,第386页。
② 《全唐文》卷七百四十七《重修滕王阁记》,中华书局,1983,第7740页。

其文辄报。一再报，语益奇，乃矍然曰："天才也！"①

其文至今尚传，兹不备录。其中尤以"落霞与孤鹜齐飞，秋水共长天一色"一联，历来被视为千古绝唱。序后又有赋诗，学者亦美之，诗云：

> 滕王高阁临江渚，佩玉鸣鸾罢歌舞。画栋朝飞南浦云，珠帘暮卷西山雨。闲云潭影日悠悠，物换星移几度秋。阁中帝子今何在？槛外长江空自流。②

王勃早年跻身王府，因戏作《檄英王鸡》文被皇帝驱逐，父亲也因此被贬谪交州。应该说，他在作此诗时，正逢人生失意，发发牢骚也无可厚非。但是从序文和诗歌的内容来看，作者丝毫没有流露出个人失意和消沉的意味，而是从宏大的宇宙来观照世事的沧桑变化。特别是尾联"阁中帝子今何在？槛外长江空自流"，通过对比古今滕王阁宴集的情形，表现了作者在其中所领悟到的一种超脱的、平静的哲学思考。如果说滕王李元婴给了滕王阁建筑生命，那么王勃则赋予了滕王阁艺术灵魂。在中晚唐之后，历代诗人的讽咏，使南昌滕王阁也成为盛唐精神和风物的一种象征，后世很多诗人游历于此都有题作。如李涉的《重登滕王阁》，诗云：

> 滕王阁上唱伊州，二十年前向此游。半是半非君莫问，好山长在水长流。③

再如张乔的《滕王阁》，诗云：

> 昔人登览处，遗阁大江隅。叠浪有时有，闲云无日无。
> 早凉先燕去，返照后帆孤。未得营归计，菱歌满旧湖。④

---

① 《新唐书》卷二百一《王勃传》，中华书局，1975，第5739页。
② （唐）王勃著，（清）蒋清翊注《王子安集注》，上海古籍出版社，1995，第76～77页。
③ 《全唐诗》卷四百七十七《重登滕王阁》，中华书局，1960，第5428页。
④ 《全唐诗》卷六百三十八《滕王阁》，中华书局，1960，第7306页。

再如晚唐诗人罗隐的《滕王阁》，诗云：

江神有意怜才子，歘忽威灵助去程。一席清风雷电疾，满碑佳句雪冰清。焕然丽藻传千古，赫尔英名动两京。若匪幽冥祐词客，至今佳景绝无声。①

再如曹松的《滕王阁春日晚眺》，诗云：

凌春帝子阁，偶眺日移西。浪势平花坞，帆阴上柳堤。
凝岚藏宿翼，叠鼓碎归蹄。只此长吟咏，因高思不迷。②

上述诗歌外，诸如白居易的《钟陵饯送》、黄滔的《钟陵故人》、杜牧的《中丞业深韬略志在功名再奉长句一篇兼有咨劝》、钱起的《江行无题一百首》、许浑的《江西郑常侍赴镇之日有寄因酬和》等诗，题中虽无"滕王阁"之名，然而实际上都是以其为背景创作的。

滕王亭位于今四川省南充市阆中市，建于滕王李元婴任隆州刺史时。《方舆胜览》记载："滕王以隆州衙宇卑陋，遂修饰宏大之，拟于宫苑，谓之隆苑，后改曰阆苑。滕王亭，即元婴所建。"滕王亭虽然名气不如前者，然亦有名篇传世。唐代宗广德二年（764），大诗人杜甫自梓州往阆州，游历至此，挥毫泼墨，作诗四首。其《滕王亭子二首》诗其一云：

君王台榭枕巴山，万丈丹梯尚可攀。春日莺啼修竹里，仙家犬吠白云间。清江锦石伤心丽，嫩蕊浓花满目班。人到于今歌出牧，来游此地不知还。

其二云：

寂寞春山路，君王不复行。古墙犹竹色，虚阁自松声。

---

① 陈尚君辑校《全唐诗补编·全唐诗续补遗》卷十二《滕王阁》，中华书局，1992，第485页。
② 《全唐诗》卷七百十六《滕王阁春日晚眺》，中华书局，1960，第8226页。

鸟雀荒村暮，云霞过客情。尚思歌吹入，千骑拥霓旌。①

其《玉台观二首》诗其一云：

中天积翠玉台遥，上帝高居绛节朝。遂有冯夷来击鼓，始知嬴女善吹箫。江光隐见鼋鼍窟，石势参差乌鹊桥。更肯红颜生羽翼，便应黄发老渔樵。

其二云：

浩劫因王造，平台访古游。彩云萧史驻，文字鲁恭留。宫阙通群帝，乾坤到十洲。人传有笙鹤，时过北山头。②

广德元年（763）十月，郭子仪收复京师，然而杜甫身处辟野，直到次年春天才得知消息。作此组诗前后，杜甫还作有《收京》《巴西闻收京阙送班司马入京二首》《伤春五首》等诗，在这些作品中，诗人的欣喜之情往往溢于言表。与一般的登临诗中经常表现的伤今怀古、异地思乡等感情不同，这四首诗中读者明显能够感受到诗人心情放松、豁然开朗的情绪。滕王在当时虽然留下了"贪暴"的恶名，但是时过境迁，那些原来供君王享乐的亭台楼阁现在已成为江山胜迹。满眼蓬勃的春色和壮丽的亭台楼阁给了诗人很大的精神安慰，甚至产生了"人到于今歌出牧，来游此地不知还"的想法。《玉台观二首》诗下原注有"滕王造"字样。穿过历史的尘埃，豪奢贪暴的滕王早已驾鹤西去，壮美的玉台观已成为普通游客的去处，那曾经发生的故事给无数游人留下了美好的记忆和浪漫的幻想。

2. 越王楼

位于今四川省绵阳市龟山之巅的越王楼，是唐太宗李世民第八子越王李贞任绵州刺史时所建，亦居"唐代四大名楼"之列。《杜诗详注》引

---

① （唐）杜甫撰，（清）仇兆鳌注《杜诗详注》卷十三《滕王亭子二首》，中华书局，1979，第1089～1090页。
② （唐）杜甫撰，（清）仇兆鳌注《杜诗详注》卷十三《玉台观二首》，中华书局，1979，第1090～1092页。

《绵州图经》有云："越王台，在州城外西北，有台高百尺，上有楼，下瞰州城。唐高宗显庆中，太宗子越王贞为绵州刺史作。"① 唐代大诗人杜甫在《越王楼歌》诗中详细记载了该楼的建筑年代，并描绘了它周围的秀丽景色，诗云：

> 绵州州府何磊落，显庆年中越王作。孤城西北起高楼，碧瓦朱甍照城郭。楼下长江百丈清，山头落日半轮明。君王旧迹今人赏，转见千秋万古情。②

这首诗显然有为越王楼作传的目的，前四句缅怀历史，追忆越王李贞在绵州刺史任内建造了"绵州州府"和"越王楼"，时间、地点、人物交代得一清二楚。颈联将越王楼白昼之时的美景用一句话概括，笔力雄浑，对仗工整。尾联以怀古慨今收束全篇，浑然天成。客观来说，《越王楼歌》在杜甫集子中仅是一首非常平凡的登临诗，与王勃《滕王阁诗》、李白《登金陵凤凰台》等诗作相比，并无十分出彩之处。但这首《越王楼歌》，确实使这座古老的建筑重新焕发了艺术上的生命力。杜甫之后，唐宣宗大中年间的一次"越王楼诗会"，更使其名声大作。约在大中七年（853）前后，时任绵州刺史的于兴宗聚集文士数十人，于越王楼饮酒赋诗，卢求、王铎以下并有嘱和，现存"越王楼"唱和诗凡十六首。兹录数首以证。

于兴宗《夏杪登越王楼临涪江望雪山寄朝中知友》诗云：

> 巴西西北楼，堪望亦堪愁。山乱江回远，川清树欲秋。
> 晴明中雪岭，烟霭下渔舟。写寄朝天客，知余恨独游。③

卢求《和于中丞登越王楼见寄》诗云：

---

① （唐）杜甫撰，（清）仇兆鳌注《杜诗详注》卷十一《越王楼歌》，中华书局，1979，第921页。
② （唐）杜甫撰，（清）仇兆鳌注《杜诗详注》卷十一《越王楼歌》，中华书局，1979，第921页。
③ 《全唐诗》卷五百六十四《夏杪登越王楼临涪江望雪山寄朝中知友》，中华书局，1960，第6541页。

高情推谢守，善政属绵州。未落紫泥诏，闲登白雪楼。
晴江如送日，寒岭镇迎秋。满壁朝天士，唯予不系舟。①

王铎《和于兴宗登越王楼诗》诗云：

谢朓题诗处，危楼压郡城。雨余江水碧，云断雪山明。
锦绣来仙境，风光入帝京。恨无青玉案，何以报高情。②

杨牢《奉酬于中丞登越王楼见寄之什》诗云：

剑外书来日，惊忙自折封。丹青得山水，强健慰心胸。
事少胜诸郡，江回见几重。宁悲久作别，且似一相逢。
诗合焚香咏，愁应赖酒浓。庾楼寒更忆，肠断雪千峰。③

李续《和绵州于中丞登越王楼见寄》诗云：

早年登此楼，退想不胜愁。地远二千里，时将四十秋。
遭迍多失路，华皓任虚舟。诗酒虽堪使，何因得共游。④

越王楼居处偏远，多为官员贬谪之地，这次诗会的发起者于兴宗广聚诗友，其目的是"写寄朝天客，知余恨独游"，因此整体上看，这组唱和诗的作者在胸怀中都有一股郁愤不平之气，如于兴宗的"巴西西北楼，堪望亦堪愁"，卢求的"满壁朝天士，唯予不系舟"，王铎的"恨无青玉案，何以报高情"，李续的"遭迍多失路，华皓任虚舟"，皆是如此。这次诗会之外，唐代以越王楼为题或为背景的诗歌还有很多，如乔琳的《绵州越王楼即事》、王铤的《登越王楼见乔公诗偶题》、樊宗师的《蜀绵州越王楼诗》、房千里的《寄妾赵氏》、薛逢的《越王楼送高梓州入朝》、牛徵的《登越王楼即事》

---

① 《全唐诗》卷五百十二《和于中丞登越王楼见寄》，中华书局，1960，第5853页。
② 《全唐诗》卷五百五十七《和于兴宗登越王楼诗》，中华书局，1960，第6461页。
③ 《全唐诗》卷五百六十四《奉酬于中丞登越王楼见寄之什》，中华书局，1960，第6542页。
④ 《全唐诗》卷五百六十四《和绵州于中丞登越王楼见寄》，中华书局，1960，第6543页。

等，都是歌咏越王楼的名篇佳作。

3. 魏王池与魏王堤

唐初，太宗李世民制定了诸王外刺诸州为都督刺史的制度，一方面是为了巩固王朝在地方上的统治，另一方面是为了防止诸王在中央势力过大。客观来说，这项制度基本上得到了贯彻执行，而且确实在很大程度上实现了上述目的，上文中的滕王阁、越王楼便是在这种历史背景下修建的。但情况总有例外，贞观前期，魏王李泰由于在太宗诸子之中极为受宠，虽然也被授予许多重要官职，但是从未赴任。《旧唐书·濮王泰传》记载：

> 贞观二年（628），改封越王，授扬州大都督。五年（631），兼领左武侯、大都督，并不之官。八年（634），除雍州牧、左武侯大将军。七年（633），转鄜州大都督。十年（636），徙封魏王，遥领相州都督，余官如故……十二年（638），司马苏勖以自古名王多引宾客，以著述为美，劝泰奏请撰《括地志》……十四年（640），太宗幸泰延康坊宅……①

作为制衡太子李承乾的重要势力，太宗不仅允许李泰设置文学馆延揽人才，甚至还曾打算让他"入居武德殿"。政治上的优厚待遇之外，李泰前后还得到皇帝的许多赏赐，其中就有皇家胜景——魏王池。唐代历史上被命名为"魏王池"的名胜共有两处，其一位于洛阳道术坊，《增订唐两京城坊考》"道术坊"条记载：

> 隋炀帝多忌恶五行，占候、卜筮、医乐者，皆迫集东都，置此坊，遣使检察，不许出入。时改诸坊为里，以此偏居里外，既伎艺所聚，谓之道术坊。唐贞观中，并坊地以赐魏王泰。泰为池，弥广数顷，号"魏王池"。泰死，复立为道术坊，分给居人。②

其二属于洛阳洛渠中的一段，《增订唐两京城坊考》卷五"魏王池"条

---

① 《旧唐书》卷七十六《濮王泰传》，中华书局，1975，第2653页。
② （清）徐松：《增订唐两京城坊考》卷五，李健超增订，三秦出版社，2006，第307页。

载云：

> 经尚善、旌善二坊之北，南溢为魏王池。与洛水隔堤，初建都筑堤，壅水北流，余水停成此池，下与洛水潜通，深处至数顷，水鸟翔泳，荷芰翻覆，为都城之胜也。贞观中以赐魏王泰，故号魏王池。①

需要指出的是，位于洛阳道术坊的魏王宅第在李泰死后就已经废弃，现在我们所说的魏王池，通常是指洛渠中的"魏王池"。又因"魏王池"与洛水隔堤，故此处堤坝也被称为"魏王堤"。魏王堤是欣赏洛水风景的绝佳位置，在唐时便是洛阳名胜景观之一，很多诗人都在此留下了美丽的诗篇。

说到关于唐代的"魏王池"或"魏王堤"的佳作，就不得不提到大诗人白居易。在现存的十首歌咏"魏王池"和"魏王堤"的唐代诗歌作品中，白居易一人就占了五首。中唐时期，宦官专权愈演愈烈，特别是在甘露之变后，国家中兴已彻底无望。大约在此前后，经历了数十年宦海浮沉的白居易，对政治已经心灰意冷，所以他选择了急流勇退。白居易晚年定居在洛阳，以城市为中心的短途旅行成为他生活的重要内容。于是，魏王堤自然而然地进入了他的视野。其《魏王堤》诗云：

> 花寒懒发鸟慵啼，信马闲行到日西。何处未春先有思，柳条无力魏王堤。②

与江南生机勃勃的春景不同，北方的春天透着冷漠，"花寒懒发鸟慵啼"。诗人百无聊赖，只能漫无目的地"信马闲行"。唯有魏王堤旁的"柳条"似乎有一些春天的讯息，然而也只是在寒风中无力地飘摇，像极了诗人那落寞的心情。带有同样情绪的还有《魏堤有怀》，其诗云：

> 魏王堤下水，声似使君滩。惆怅回头听，踌躇立马看。

---

① （清）徐松：《增订唐两京城坊考》卷五，李健超增订，三秦出版社，2006，第443页。
② 《白居易诗集校注》卷二十八《魏王堤》，谢思炜校注，中华书局，2006，第2181页。

　　荡风波眼急，翻雪浪心寒。忆得瞿唐事，重吟行路难。①

　　魏王堤依洛水而建，景色宜人，风景秀丽，自然没有使君滩那样险恶的急流，更不会有瞿塘峡那般波涛汹涌的浪头，然而诗人的内心充满悲凉的情绪，因此看到这奔腾不息的流水，便情不自禁地联想到朝廷奸宦当道、屠戮重臣的惨案，心中涌起一阵阵寒意，久久也不能平静。

　　当然，诗人白居易在游览魏王堤时也并不总是惆怅不乐，政治上的无奈只是他生活的一个侧面。当故友与其同游之时，他也能写出一些欢乐的诗句，如他的《三月三日祓禊洛滨》诗，其云：

　　　　三月草萋萋，黄莺歇又啼。柳桥晴有絮，沙路润无泥。
　　　　禊事修初毕，游人到欲齐。金钿耀桃李，丝管骇凫鹥。
　　　　转岸回船尾，临流簇马蹄。闹于杨子渡，踏破魏王堤。
　　　　妓接谢公宴，诗陪荀令题。舟同李膺泛，醴为穆生携。
　　　　水引春心荡，花牵醉眼迷。尘街从鼓动，烟树任鸦栖。
　　　　舞急红腰凝，歌迟翠黛低。夜归何用烛，新月凤楼西。②

　　此诗作于开成二年（837），据赵建梅《唐大和初至大中初的洛阳诗坛》一文考证，是年三月三日，"河南尹李珏禊于洛滨，裴度、李仍叔、刘禹锡、白居易、李道枢、卢言、裴俦、杨鲁士等十五人与宴，观者甚众"③。与之前两首诗中的落寞寡欢不同，在这首诗中，诗人的情绪是欢欣的。特别是"转岸回船尾，临流簇马蹄。闹于杨子渡，踏破魏王堤"四句，历来被誉为描写祓禊之状、题咏魏王堤的佳句。刘禹锡于此时也有唱和，其诗题作《三月三日与乐天及河南李尹奉陪裴令公泛洛禊饮各赋十二韵》，诗云：

　　　　洛下今修禊，群贤胜会稽。盛筵陪玉铉，通籍尽金闺。

① 《白居易诗集校注》卷二十五《魏堤有怀》，谢思炜校注，中华书局，2006，第2025页。
② 《白居易诗集校注》卷三十三《三月三日祓禊洛滨》，谢思炜校注，中华书局，2006，第2547～2548页。
③ 赵建梅：《唐大和初至大中初的洛阳诗坛》，博士学位论文，中国社会科学院研究生院，2002。

波上神仙妓，岸傍桃李蹊。水嬉如鹭振，歌响杂莺啼。
历览风光好，沿洄意思迷。棹歌能俪曲，墨客竞分题。
翠幄连云起，香车向道齐。人夸绫步障，马惜锦障泥。
尘暗宫墙外，霞明苑树西。舟形随鹢转，桥影与虹低。
川色晴犹远，乌声暮欲栖。唯余踏青伴，待月魏王堤。①

这年上巳节在魏王堤畔组织的祓禊盛事，不仅使诗人们千古流芳，而且成全了魏王堤在唐代文学史中不朽的声名。以上所列诗外，在白居易《水堂醉卧问杜三十一》《和裴令公一日日一年年杂言见赠》，韦庄《代书寄马》《中渡晚眺》《浣溪沙》，韩愈《东都遇春》等诗歌中，也都能看到"魏王池"和"魏王堤"的影子。

4. 五王宅、花萼楼与兴庆宫

开元年间，为了抑制诸王的政治势力，玄宗对唐初以来的宗室制度进行了大幅度的改革。其中最重要的一项就是取消过去诸王外刺诸州的祖制，强制"赐宅"，使他们集中居住于皇宫附近，以便防范和管理。在当时的历史背景下，"五王宅"与"花萼楼"应运而生，《旧唐书·让皇帝宪传》记载：

初，玄宗兄弟圣历初出阁，列第于东都积善坊，五人分院同居，号"五王宅。"大足元年（701），从幸西京，赐宅于兴庆坊，亦号"五王宅。"及先天之后，兴庆是龙潜旧邸，因以为宫。宪于胜业东南角赐宅，申王捴、岐王范于安兴坊东南赐宅，薛王业于胜业西北角赐宅，邸第相望，环于宫侧。玄宗于兴庆宫西南置楼，西面题曰花萼相辉之楼，南面题曰勤政务本之楼。玄宗时登楼，闻诸王音乐之声，咸召登楼同榻宴谑，或便幸其第，赐金分帛，厚其欢赏。诸王每日于侧门朝见，归宅之后，即奏乐、纵饮、击球、斗鸡，或近郊从禽，或别墅追赏，不绝于岁月矣。游践之所，中使相望，以为天子友悌，近古无比，故人无间然。②

---

① 《全唐诗》卷三百六十二《三月三日与乐天及河南李尹奉陪裴令公泛洛禊饮各赋十二韵》，中华书局，1960，第4092页。
② 《旧唐书》卷九十五《让皇帝宪传》，中华书局，1975，第3011页。

"花萼相辉之楼"即花萼楼，在唐时有"天下第一楼"的美称。楼名取自
《诗经》"棠棣"之义，四王赐宅环于花萼楼周围，示天子友于兄弟，其遗址现
存于西安市碑林区兴庆公园内。开元之初，玄宗与宁、申、岐、薛四王经常于
此游乐宴饮，赋诗酬歌。《全唐诗》中现存以"花萼楼""五王宅""兴庆宫"
为题的诗歌便有十数首之多，如玄宗李隆基《首夏花萼楼观群臣宴宁王山亭回
楼下又申之以赏乐赋诗》《春中兴庆宫酺宴》《游兴庆宫作》，张说《奉和圣制
花萼楼下宴应制》《奉和圣制同玉真公主过大哥山池题石壁应制》《奉和圣制过
宁王宅应制》《奉和圣制春中兴庆宫酺宴应制》《奉和圣制暇日与兄弟同游兴庆
宫作应制》，王昌龄《夏月花萼楼酺宴应制》，刘宪《奉和幸礼部尚书窦希玠宅
应制》（一作陪幸五王宅），李乂《奉和幸礼部尚书窦希玠宅应制》（一作陪幸
五王宅），萧至忠《陪幸五王宅》（一作刘宪诗）、张九龄《救赐宁王池宴》等。

开元二十三年（735），高盖、王谞等新科进士五人分别作《花萼楼赋》，
盛赞玄宗友悌之圣德。赋长，兹摘而录之。高盖大略云："敦本既同夫義轩
之日，睦亲又比乎棠棣之花"①；王谞云："居藩符五马之兆，在天岂一龙能
加；爱弟则淮南之仙术，名王则临淄之才华"②；张甫云："观其壮则知至尊
之攸处，察其功则知万人之是与；钦其号则知昆弟之相穆，见其仪则知之有
序"③；陶举云："叶聪明于六圣，敦孝友于四遐；睦亲亲以相及，乐锌锌以
同华"④。五赋并作，当时传为美谈。

安史之乱后，兴庆宫不复往日的喧嚣和繁华，逐渐成为后妃闲居养老之
处。中晚唐之时，同盛唐时期的其他建筑一样，花萼楼、五王宅、兴庆宫也
成为文人缅怀历史的场所，有很多讽咏的作品传世。如晚唐徐寅的《五王宅
赋》，即取材于玄宗友于兄弟的往事，其文曰：

> 明皇帝以孝悌为家，此地宅而宸游未赊。凄凉而一景空锁，怅望而
> 诸王已退。凤去鸾归，秋叶落梧桐之树。年来岁改，春风遗棠棣之华。
> 当其龙虎俱来，蚪蟒并蟄，观风而玉辇停驾，选胜而金鳌负地。天师鲁
> 匠，新土木以宏规。月殿云楼，破荆榛之积翠。既而甲第煌煌，维城道

---

① 《全唐文》卷三百九十五《花萼楼赋》，中华书局，1983，第4032页。
② 《全唐文》卷三百三十三《花萼楼赋》，中华书局，1983，第3375页。
③ 《全唐文》卷三百九十五《花萼楼赋》，中华书局，1983，第4031页。
④ 《全唐文》卷三百九十五《花萼楼赋》，中华书局，1983，第4031页。

傍。雍然而帝子天子，肃睦而宁王薛王。彩雾彤霞，从仙都之八面。风台水榭，引蓬岛于中央。不类迁都，平分于宅。为星之渚同数，（疑）比奕之龙并迹。圣主之千声羯鼓，洛水风清。岐山之数调胡琴，嵩山月白。瑞气飘空，兰深麝浓。连云之飞阁锁凤，象海之清池蛰龙。解愠当风，帝舜之琴雅奏。兴歌立德，太康之弟相从。莫不以嘉树潆烟，崇墉碍日。金声玉韵以总绮，夏蕚春丛而剪出。红梁绮栋，赅天地以量功。舞态歌容，掌神仙而比质。一旦衮冕参差，外遹内微。华堂之帐幄虫蠹，深院之栾栌燕飞。时移而玉笛谁吹，清商泯灭。事往而金牌尚在，御墨依稀。徒令攀咏皇恩，追思圣德。伤晏御以绵延，绕周垣而叹息。王侯之地宅虽存，未若开元之有国。①

此赋以"追思圣德"为主旨，历数"五王宅"兴建、辉煌与沉寂的历程，表达了作者对玄宗友于兄弟之美德的深切钦佩与崇敬，以及对其所建功业无比的怀念与惋惜。

再如晚唐诗人罗隐（一作唐彦谦）的《岐王宅》，诗云：

> 朱邸平台隔禁闱，贵游陈迹尚依稀。云低雍畤祈年去，雨细长杨从猎归。申白宾朋传道义，应刘文彩寄音徽。承平旧物惟君尽，犹写雕鞍伴六飞。②

岐王李范爱文好士，在当时文士间有美好的声誉，这首诗表达了诗人对岐王李范深切的追忆和怀念之情。岐王已殁，故宅依旧，诗人游历于此，不胜唏嘘，于是展开了对往事的遐想：那天云低欲雨时，岐王随皇帝的车驾到郊外祭祀；蒙蒙细雨飘落时，他们又在皇家羽林的护卫下凯歌而还。他有时在府中与"申公""白生"那样的贤人坐而论道，有时也同"应场""刘桢"那样的文士饮酒赋诗。然而开元盛世的一切都已成空，现在唯有宅壁上的六匹骏马还栩栩如生。以上所列诸诗之外，顾况《八月五日歌》、朱庆余《题王侯废宅》等作品等也表现了作者类似的感情。

---

① 《全唐文》卷八百三十《五王宅赋》，中华书局，1983，第8744～8745页。
② 《全唐诗》卷六百六十五《岐王宅》，中华书局，1960，第7621～7622页。

结　语

　　作为唐代特殊的政治群体，诸王的权力主要经历了高祖、太宗统治时的鼎盛期，高宗、武后统治时的衰落期，中宗、睿宗以及玄宗统治早年的复苏期，玄宗统治后期至唐末的消亡期，这一历史事实深刻地影响了唐代诸王及相关文人的文学创作情况。作为天生的政治人物，唐代诸王同其他历史时期的诸王一样，他们注定无法摆脱政治倾轧对他们的束缚与威胁。一方面，高贵的血统使他们自出生起便享有远超普通士人的政治、物质和文化资源，他们凭借血缘上的优势可以无限接近帝国的权力中心，这种优越的地位对于普通士人而言，可能是终其一生也无法达到的政治高度。凭借在政治上的优势地位，诸王的人生充满无限的可能性，他们中的许多人在史书上留下了光辉灿烂的一页。另一方面，由于中国古代社会的皇位传承仍然注重血统与宗法，对于在法理上拥有竞争皇位的资格的诸王来说，这一"优势"恰恰又成为皇帝忌惮和打压他们的最直接借口与理由。而王权与皇权的矛盾，又常常伴随着血腥的宫廷争斗。为了避免皇帝的猜忌与惩罚，并进一步在险恶的政治斗争中生存下来，他们必须时刻谨言慎行，为了捍卫自己生存的权利，他们有时甚至不得不以生命为代价去挑战高高在上的皇权。

　　从文化和文学的层面来看，诸王也是天生的悲剧人物。在文化资源有限的中古时期，诸王自幼所接受的宫廷教育极大限度地充实了他们的头脑，而且帝国最优秀的文人、学识渊博的侍读学士群体等所编撰的图书也为他们的文学创作提供了最佳的时代范本。特别是对于初唐时的诸王来说，活跃的宫廷文化氛围还曾使他们获得了异常多样化的文学实践机会。这些在文学创作上的"便利条件"对于同时代的作家群体来说无疑是可望而不可即的，然而从实际的创作情况来看，诸王现存文学作品的数量却非常有限，而且还主要集中在章表、书奏之中，内容大多是歌功颂德，很多作品流于形式，缺乏思想性与艺术价值，故而整体上的文学成就也并不突出。不过联系历史的实际情况来看，唐代诸王的文学行为也可以得到合理解释。诸王与政治的高度捆绑关系，使他们无法真正地解脱自己。他们既不能像普通文士一样，以儒家积极仕进为人生追求，也不能真正地摆脱朝堂，像道家所宣扬的那样从容游离于当时的政治核心之外。所以，对于唐代诸王来说，他们在文学上所发挥的主观能动性往往是有限的，而且在大多数情况下，他们的文学创作主题都需要与政治有关，尤其是与皇帝有关。对于诸王来说，这些文学活动与其说是自发的，倒不如说是在既定环境下被强制要求的"政治作秀"。所以，与文学艺术追求相比，唐代诸王似乎更加关注自身的安危与潜在的政治利益。在这样一种文学心态之下，我们无法像诠释传统士大夫群体的文学活动一样去解释诸王的文学行为，因为文学作品背后的"政治隐情"显然更加值得关注。

在唐代皇权专制制度的现实规定下，诸王所能够接触到的作家群体也是非常有限的。按照这些作家政治身份的不同，可以将其分为皇帝、王府官与其他文人三大群体。就第一种作家群体——皇帝——而言，传统上他们通常被视作"宫廷文学"的组织者和领导者。在唐代诸王存世的作品中，参与这种带有政治性的宫廷文学活动的作品占大多数。因而这些作品在事实上代表了诸王所能达到的艺术高度，也真正反映了他们整体的文学水平。需要指出的是，唐代诸王在与皇帝交往中所创作的文学作品，与同一时代、同一场景的作家作品相比，并无任何特殊之处。在这样的文学场合中，诸王通常会压抑自己的主体精神，如同普通侍从文人那样，以"臣子"的面貌出现，而作品正是他们表达忠心与孝敬观念的镜子，这一情况几乎毫无例外。从文学艺术角度来看，这些诗歌大体以"典雅工整"为能，散文大多以"典俪规范"为事。当然，诸王也有一些能够反映出个人朴素真挚的思想感情，并且具备较高艺术感染力的作品，如雍王李贤的绝笔之作《黄台瓜辞》等，但数量非常有限。

唐代王府官是诸王能够接触到的第二类作家群体。作为封建制度的外化形式，唐代统治者几乎忠实地保留了晋宋以来王府官的全部建制。王府官实际上是比附于商周时期的诸侯"陪臣"，但到了唐代，这一官僚体系更多表现出象征意义。唐代初期，高阶王府官大多由皇帝指派亲信兼任，以在名义上辅导，而在实际上监视和控制诸王；低阶王府官则大多作为普通士人的起家入仕之职。随着唐代王权的日渐衰落与消亡，时人对王府官的印象由早期的"妙选才彦，声实俱高"，转变为中后期的"偷安散秩，人轻官微"。不过，得益于唐代的文治政策与文人政治的实现，同时鉴于王府官的职能要求与皇帝制诏的规范约束，从唐代王府官任职情况的统计与梳理结果来看，其任职者大都具备较高的文学才能，如杨炯、王勃、卢照邻等人。王府官群体在王府机构中的任职行为，也催生了唐代许多文坛佳话，一些著名篇章就是在这样的文化氛围中或影响下产生的，如谢偃的《观舞赋》《听歌赋》，王勃的《平台秘略》等。不过，上述篇章之外，更多的作品在内容上仍偏向政治，以诸王教谕、王府官应教、王府官讽谏、诸王纳谏为题材的作品占其中的大多数。由于这些作品多选自史书，故而其史学价值较高，而文学价值有限。

唐代诸王所接触的第三类作家群体可统称为其他文人或府外文人。这类作家群体虽然没有同王府官一样在王府机构中任职，但是也在一些特定的历史场合与诸王发生了交集，并且因此创作了许多文学作品。与后世相比，唐代前期的政治环境相对宽松，皇权对诸王的控制和防范力度有限，诸王在当时可以比较自由地与普通士人往来唱和，饮酒赋诗。同时诸王在政治上所具有的举荐权力，使他们成为文人争相投靠和诗文干谒的对象。而且，在当时好文爱士的文化环境影响下，诸王也有与著名文人诗酒往还的动机。于是在强大经济基础的支撑下，唐代前期诸王与普通文人之间进行了很多经典的文学互动。在这些由诸王组织的文学集会中，诞生了许多文采风流的华章。唐代中后期以来，特别是在玄宗开元改制之后，随着朝廷在政治上对近支诸王的控制日益严密，普通文士与近支诸王的交往活动几乎中断，类似先前的文学作品也逐渐不复出现，甚至还有一些文人因违反禁令而受到惩罚的案例。不过，这项禁令对于远支诸王的影响力是有限的，如在开元天宝之际，大诗人李白与嗣吴王李祇、杜甫与陇西王李瑀等人的一系列交往活动。除了其他文人与诸王的直接交往的作品记载外，还有一些作品也间接地反映了唐代诸王在历史上的部分情况，如反映诸王丧葬情形的挽歌、碑志等。这些作品并非出自一人之手，内容芜杂，风格并不统一，有些作品的艺术成就比较突出。

从文学史的角度而言，诸王自身的政治地位不断下降，使唐代文士失去了一群数量庞大的、可靠的政治依附对象，从而使他们中的一些人被迫停止了唐初密集的、频繁的宫廷诗创作活动，进而出走于遥远的江山与荒凉的塞漠。奇妙的是，这批深受宫廷文化熏陶的、精通于新体诗修饰技巧的、落寞的"宫廷诗人"——尤其是"初唐四杰"、王维等人，并未因此沉沦，反而在这一片崭新的天地中获得了施展他们文学才能与抱负的绝佳舞台。远离诸王之后，代表"盛唐气象"的边塞诗、田园诗在他们笔下次第开出花朵，终向世人绽放出无与伦比的美丽与精彩。毫无疑问，"初唐四杰"等人便是开创文学时代新风气的主要旗手，而学者常常容易忽视的一点却是：他们在取得这些成就之前，大多与皇室诸王有密切的交往，并且曾创作相当数量的宫廷诗。我们认为，唐代诸王间接地推动了唐代文学——尤其是唐代诗歌——的发展，加速了唐代诗歌的题材革新。同时，玄宗之后的诸王被迫在政治舞台上消隐，也导致诸王失去了先前在文学活动中的组织领导权，而一般贵族和藩镇则取而代之，这一事实也深刻地塑造了唐代文学后续的发展面貌。以上的这些问题，也是我们不应当忽视的、唐代文学史发展过程中存在过的一个真实侧面。

总之，唐代诸王对唐代文学的发展起到了比较积极的作用。他们不仅是唐代文学创作活动——尤其是宫廷文学活动的参与者，也是当时一些文学活动的主要组织者。除了发起过一些带有文学性质的集会活动之外，他们直接或间接领导、影响编撰的具有文史性质的书籍也有很多。据不完全统计，这些书籍包括《古今类序诗苑》《括地志》《唐史》《皇室永泰谱》《贞观公私画史》《兔园册府》《越王孝经新义》《文选注》《文思博要》《事始》《三教珠英》《礼记正义》《初学记》等十余部。同时，唐代诸王更是后世文学题材的被动提供者。在唐代文学史中，诸王的生平行迹、文艺才能、丰功伟业，以及由诸王主持兴建或与之有关的名胜建筑，如滕王阁、越王楼等，历来也都是著名文人经常吟咏并见诸笔下的文学对象。另外，对于一些文学作品，如《江南逢李龟年》的作者问题、《天门街西观荣王聘妃》中的"荣王"问题、《赐梨李泌与诸王联句》的真伪问题、《邠王小管》所载不实问题等，都必须结合历史的事实去考辨，不可人云亦云。

附　录

附录一　唐代诸王诗文创作存目

<table>
<tr><td colspan="3" align="center">唐诸王诗赋存目</td></tr>
<tr><td>编号</td><td>作者</td><td>篇目</td></tr>
<tr><td>1</td><td>秦王李世民</td><td>《赐李百药》</td></tr>
<tr><td>2</td><td>淮安王李神通</td><td>《两仪殿赋柏梁体》</td></tr>
<tr><td>3</td><td>韩王李元嘉</td><td>《奉和同太子监守违恋》</td></tr>
<tr><td>4</td><td>蒋王李恽</td><td>《五色卿云赋》（伪作）</td></tr>
<tr><td>5</td><td>越王李贞</td><td>《奉和圣制过温汤》</td></tr>
<tr><td>6</td><td>霍王元轨</td><td>《咸亨殿宴近臣诸亲柏梁体》</td></tr>
<tr><td>7</td><td>相王李旦（轮）</td><td>《咸亨殿宴近臣诸亲柏梁体》</td></tr>
<tr><td>8</td><td>相王李旦（轮）</td><td>《石淙》</td></tr>
<tr><td>9</td><td>雍王李贤</td><td>《黄台瓜辞》</td></tr>
<tr><td>10</td><td>梁王武三思</td><td>《奉和圣制夏日游石淙山》</td></tr>
<tr><td>11</td><td>梁王武三思</td><td>《仙鹤篇》</td></tr>
<tr><td>12</td><td>梁王武三思</td><td>《宴龙泓》</td></tr>
<tr><td>13</td><td>梁王武三思</td><td>《凝碧池侍宴应制得出水槎》</td></tr>
<tr><td>14</td><td>梁王武三思</td><td>《奉和宴小山池赋得谿字应制》</td></tr>
<tr><td>15</td><td>梁王武三思</td><td>《奉和过梁王宅即目应制》</td></tr>
<tr><td>16</td><td>梁王武三思</td><td>《奉和春日游龙门应制》</td></tr>
<tr><td>17</td><td>梁王武三思</td><td>《秋日于天中寺寻复礼上人》</td></tr>
<tr><td>18</td><td>梁王武三思</td><td>《咏马》残句</td></tr>
<tr><td>19</td><td>温王李重茂</td><td>《景龙四年正月五日移仗蓬莱宫御大明殿会吐蕃骑马之戏因重为柏梁体联句》</td></tr>
</table>

续表

编号	作者	篇目
20	岐王李范	《同李士怀长安》残句
21	岐王李范	《宴大哥宅》残句
22	岐王李范	《三月三日》残句
23	岐王李范	《洛河山亭初晴》残句
24	岐王李范	《送植功还京》残句
25	嗣许王李瓘	《送贺秘监归会稽诗》
26	褒信郡王璆	《送贺秘监归会稽诗》
27	信安王李祎	《石桥》
28	嗣许王瓘	《乐九成赋》
29	颖王李璬?	《赐梨李泌与诸王联句》（伪作）
30	信王李瑝?	《赐梨李泌与诸王联句》（伪作）
31	益王?	《赐梨李泌与诸王联句》（伪作）
32	嗣许王李解	《凤凰来仪赋（以圣感时平乐和瑞集为韵）》
33	嗣曹王李皋	《桃源》
34	嗣曹王李皋	《游南雁诗》

唐诸王散文存目

编号	作者	篇目
1	秦王李世民	《置文馆学士教》
2	秦王李世民	《告柏谷坞少林寺上座书》
3	秦王李世民	《请勿弃河东表》
4	秦王李世民	《报窦建德书》
5	秦王李世民	《使至帖》
6	淮阳王李道玄	《劝进李密表》
7	齐王李元吉	《至尉迟敬德书》
8	魏王李泰	《括地志序略》
9	魏王李泰	《请释法恭为戒师书》
10	恒山王李承乾	《答玄琬法师书》
11	恒山王李承乾	《僧道岳知普光任令》
12	恒山王李承乾	《僧道岳丧事令》
13	齐王李祐	《穷蹙上表》
14	徐王李元礼	《戒杀生文》
15	荆王李元景	《请封禅表》

编号	作者	篇目
16	陇西王李博乂	《服制议》
17	越王李贞	《与寿州刺史赵环书》
18	越王李贞	《随大善知识信行禅师兴教之碑（并序）》
19	纪王李慎	《外姻不为婚奏》
20	琅琊王李冲	《伪皇帝玺书》
21	梁王武三思	《贺老人星见表》
22	梁王武三思	《大周无上孝明高皇后碑铭》
23	梁王武三思	《大周封祀坛碑（并序）》
24	谯王李重福	《在均州自陈表》
25	平王李隆基	《让皇太子表》
26	宁王李宪	《让兼领太常卿表》
27	岐王李范	《唐故济阴郡王墓志铭并序》
28	薛王李业	《观世音石像铭》
29	褒信郡王璆	《皇妹服制奏》
30	永王李璘	《报吴郡采访使李希言牒》
31	颍王李璬	《请改修龙池圣德颂表》
32	东莞郡王李彻	《请封西岳表》
33	彭王李志暕	《圣寺主尼法澄塔铭》
34	邠王李守礼	《贺驯雉见斋宫表》
35	邠王李守礼	《赠太子庙隶太常奏》
36	信安郡王李祎	《请宣示御制华岳碑文表》
37	建宁郡王李倓	《请收兵讨贼启》
38	泽王李漼	《光禄卿王公墓志铭》
39	汉中王李瑀	《请依开元礼定天皇大帝等坛奏》
40	雍王李适	《让皇太子表》
41	嗣曹王李皋	《遗王国良书》
42	嗣泽王李润	《大唐故奉义郎行京兆府泾阳县主簿王府君墓志铭》
43	嗣滕王李湛然	《太子少傅窦希□神道碑》
44	嗣薛王李知柔	《考满年不得给假奏》

附录二　唐两京王府与王宅信息统计表

			唐代长安的王府与王宅			
编号	名称	居住者	地理位置	时间	前后因革	页码
1	承乾殿	秦王李世民	太极宫	武德初	—	5
2	武德殿后院	齐王李元吉	太极宫	武德初	—	5
3	五王子宅	睿宗诸子	兴庆坊	武后时	后为兴庆宫	31
4	大明宫内院	夔、昭五王	大明宫	宣宗时	—	30
5	弘义宫	秦王李世民	北苑外	武德五年	后为大安宫	34
6	英王宅	中宗李显	开化坊	高宗时	隋炀帝旧宅	47
7	嗣曹王宅	嗣曹王李戢	兰陵坊	玄宗时	—	53
8	晋王宅	高宗李治	保宁坊	太宗时	后为昊天观	54
9	睿宗藩宅	睿宗李旦	崇义坊	高、武时	后为招福寺	57
10	英王园	中宗李显	崇义坊	高宗时	本苏勖宅	57
11	嗣泽王宅	嗣泽王李彦回	靖安坊	武宗时	—	68
12	徐王宅	徐王李元礼	大业坊	高宗前	后为太平女冠观	69
13	徐王池	徐王李元礼	大业坊	高宗前	后为杨慎交山池	69
14	嗣曹王宅	嗣曹王李皋	宣阳坊	德宗时	—	95
15	睿宗藩宅	睿宗李旦	亲仁坊	高、武时	后为咸宜女冠观	96
16	滕王宅	滕王李元婴	亲仁坊	高、武前	—	97
17	江王宅	江王李嚣宅	永宁坊	太宗时	后为王仁皎宅	100
18	睿宗藩宅	睿宗李显	长乐坊	中宗前	后为大安国寺	111
19	申王宅	申王李㧑	安兴坊	玄宗时	—	118
20	岐王宅	岐王李范	安兴坊	玄宗时	—	118
21	薛王宅	薛王李业	胜业坊	玄宗时	本韦兴侁宅	123
22	宁王宅	宁王李宪	胜业坊	玄宗时	—	123
23	宁王山池园	宁王李宪	胜业坊	玄宗时	—	123
24	济阴郡王宅	济阴王李嗣庄	胜业坊	玄宗时	—	125
25	旧诸王府	诸王	宣平坊	待考	—	134
26	四王亭	宁、申、岐、薛四王	升平坊	玄宗时	—	137
27	十六宅	诸王	永福坊	玄宗后	—	142

唐代长安的王府与王宅

编号	名称	居住者	地理位置	时间	前后因革	页码
28	十王院	诸王	兴宁坊	玄宗后	—	145
30	申王宅	申王李㧑	永嘉坊	玄宗时	本许敬宗宅	147
31	成王宅	成王李千里	永嘉坊	中宗时		147
32	申王府	申王李㧑	道政坊	玄宗时	本侯君集宅	148
33	舒王宅	舒王李元名	太平坊	武后前	后为京兆学府	174
34	湖阳郡王	湖阳王李宗晖	太平坊	玄宗时	—	176
35	邠王宅	邠王李守礼	兴化坊	玄宗时		178
36	邠王府	邠王李守礼	兴化坊	玄宗时		178
37	嗣虢王宅	嗣虢王李邕	崇德坊	中宗时	后为报恩寺	181
38	嗣韩王宅	嗣韩王李讷	布政坊	中宗时		198
39	诸王府	诸王	延康坊	敬宗时	本阎令琬宅	207
40	魏王宅	魏王李泰	延康坊	太宗时	后为西明寺	207
41	嗣虢王宅	嗣虢王李邕	崇贤坊	玄宗前	—	213
42	越王宅	越王李贞	延福坊	太宗时	后为郯王府	215
43	郯王府	郯王李嗣直	延福坊	玄宗时	后为玉芝观	215
44	淮安靖王宅	淮安王李神通	延福坊	太宗时	—	216
45	沛王宅	章怀太子李贤	安定坊	高宗时	后为千福寺	218
46	陕王府	肃宗李亨	醴泉坊	玄宗时	本太平公主宅	227
47	申王宅	申王李㧑	醴泉坊	玄宗时	本宗楚客宅	227
48	嗣韩王宅	嗣韩王李讷	怀远坊	玄宗时	—	237
49	淮安靖王宅	淮安王李神通	怀德坊	太宗时		252

唐代洛阳的王府与王宅

编号	名称	居住者	地理位置	时间	前后因革	页码
1	西北隔城	诸皇子	皇城内	待考	—	266
2	霍王宅	霍王李元轨	淳化坊	武后前	—	291
3	雍王宅	章怀太子李贤	修文坊	高宗时	后为弘道观	291
4	岐王宅	岐王李范	尚善坊	玄宗时	本武三思宅	292
5	薛王宅	薛王李业	尚善坊	玄宗时	本太平公主宅	292
6	韩王宅	韩王李元嘉	乐和坊	太宗时	后为国子学	294
7	申王宅	申王李㧑	崇业坊	玄宗时	—	297
8	宁王宅	宁王李宪	旌善房	玄宗时	本安乐公主宅	298

续表

编号	名称	居住者	地理位置	时间	前后因革	页码
9	纪王宅	纪王李慎	敦行坊	太宗时	—	300
10	成王宅	成王李千里	劝善坊	玄宗时	—	306
11	魏王宅	魏王李泰	惠训坊	太宗时	后为长宁公主宅	306
12	岐王山亭院	岐王李范	惠训坊	玄宗时		306
13	魏王池	魏王李泰	道术坊	太宗时	后为长宁公主宅	307
14	郯王府	郯王李嗣直	敦化坊	玄宗时	本贾敦颐宅	310
15	嗣许王宅	嗣许王李瓘	敦化坊	中宗时	—	310
16	嗣虢王宅	嗣虢王李邕	嘉善坊	玄宗前		338
17	江王宅	江王李元祥	履信坊	武后前	后为邠王守礼宅	364
18	邠王宅	邠王李守礼	履信坊	玄宗时	本江王宅	364
19	舒王宅	舒王李元名	宽政坊	武后前	后为驸马裴巽宅	380
20	节愍太子宅	太子李重俊	宣风坊	中宗前	本宗楚客宅	381
21	五王子宅	睿宗诸子	积善坊	武后时	本高士廉宅	382
22	申王宅	申王李㧑	承义坊	玄宗时	后为王毛仲宅	385
23	郯王宅	郯王李琮	时邕坊	玄宗时	本郑贵妃宅	416
24	魏王池	魏王李泰	洛渠	太宗时	归家令寺	443

注：页码参见（清）许松《增订唐两京城坊考》，李建超增订，三秦出版社，2006。

附录三　唐、五代笔记小说中的唐诸王事迹

一　《朝野佥载》

编号	情节/内容	编号	情节/内容
1	谯王败亡童谣	8	魏王武承嗣夺姬妾
2	河内王武懿宗怯懦	9	酷吏河内王懿宗
3	魏王踣	10	成王千里荒荡
4	《武媚娘歌》与武氏封王	11	曹王子孙复仇
5	武三思改封德靖王	12	懿宗性酷毒
6	秦王平窦建德预言	13	建昌王武攸宁枉征财物
7	平王诛逆韦妄杀无辜	14	成王千里建虎塔

续表

编号	情节/内容	编号	情节/内容
15	吉顼与河内王武懿宗争竞而死	23	武三思可谓名王哉
16	狄仁杰劝迎立太子	24	虢王斫七姨头
17	赵王得宝剑	25	魏王白鹘将军
18	建昌王破宗楚客家	26	吉顼献妹事魏王承嗣
19	滕王蒋王贪暴与钱贯	27	梁王武三思谄事张易之
20	河内王懿宗伐契丹遗笑	28	韩王元嘉铜樽
21	河内王懿宗酒宴惊驾	29	韩王元嘉称神童
22	河内王武懿宗斩佞臣	30	唐滕王极淫

二 《隋唐嘉话》

编号	情节/内容	编号	情节/内容
31	房玄龄谏秦王追杜如晦	36	武三思谄事张易之
32	尉迟敬德三夺齐王槊	37	嗣江王家画师遭报应
33	秦王李世民阵前挑战	38	秦王李世民珍视《兰亭序》
34	江夏王道宗献计伐高丽	39	岐王李范献宝
35	《秦王破阵乐》之缘起		

三 《大唐传载》

编号	情节/内容
40	汉中王瑀善音律

四 《教坊记》

编号	情节/内容	编号	情节/内容
41	玄宗宁王斗乐	42	荣王坠马

五 《龙城录》

编号	情节/内容
43	宁王画马化去

六 《唐国史补》

编号	情节/内容
44	宁王私谒林甫为人求官

七 《大唐新语》

编号	情节/内容	编号	情节/内容
45	房玄龄谏秦王追杜如晦	49	宋璟谏诸王名号不宜有殊
46	魏王李泰潜谋储位	50	申王㧑为人求官
47	吉顼讽张昌宗说武后归政	51	封德彝对高祖滥封王
48	玄宗欲外放诸王为刺史	52	邠王守礼部曲骄横

续表

编号	情节/内容	编号	情节/内容
53	中宗曾欲图谋相王	58	神龙元年诸王办上元宴会
54	薛王业仁孝	59	太宗赐诸王《群书治要》
55	魏徵论霍王元轨贤	60	郑愔讽武三思除五王
56	褚遂良谏魏王逾制	61	李林甫伙同武惠妃害三王
57	王剧援笔草诸王册文	62	赵郡王孝恭叹住宅奢侈

八 《酉阳杂俎》

编号	情节/内容	编号	情节/内容
63	杨贵妃扰乱玄宗亲王棋局	67	玄宗赐申王冷蛇
64	玄宗关心宁王疾病	68	秀才刘鲁封尝见《滕王蛱蝶图》
65	宁王打猎献美女	69	十宅诸王皆好斗鸡
66	玄宗常伺察诸王		

九 《刘宾客嘉话录》

编号	情节/内容	编号	情节/内容
70	韩王元嘉四男碑	71	京兆尹嗣道王荐人多得名位

十 《因话录》

编号	情节/内容	编号	情节/内容
72	肃宗与延王称家世	74	宁王打喷嚏犯龙颜
73	德宗赐韩王马齿羹	75	江夏王义恭爱古物

十一 《独异志》

编号	情节/内容	编号	情节/内容
76	贺知章致仕诸王赋诗送别	78	建安王武攸宜辟陈子昂为记室
77	河间王孝恭征蒲公祐现异象	79	尉迟敬德三夺齐王元吉槊

十二 《明皇杂录》

编号	情节/内容	编号	情节/内容
80	江南逢李龟年岐王公案	82	五王帐
81	玄宗赐岐王紫金带	83	岐王进《龙池篇》

十三 《松窗杂录》

编号	情节/内容	编号	情节/内容
84	宁王宅宪等为玄宗作内起居注	86	玄宗自临淄郡王为潞州别驾
85	龟年常话于五王		

十四 《开天传信记》

编号	情节/内容	编号	情节/内容
87	玄宗于诸王友爱特甚	88	宁王宪善音律

	十五《本事诗》		
编号	情节/内容	编号	情节/内容
89	宁王席上王维作《息夫人》	92	武延嗣夺乔知之姬
90	宁王邀李白饮酒	93	宁王吹箫薛王弹琵琶
91	张元一作诗讽武懿宗		

	十六《唐阙史》
编号	情节/内容
94	懿皇晏驾普王继位

	十七《杜阳杂编》		
编号	情节/内容	编号	情节/内容
95	宣宗皇在藩邸为诸王典式	96	懿宗在藩邸见黄龙出入于卧内
97	郓王即位应掫晕之言		

	十八《玉泉子》
编号	情节/内容
98	宣宗在藩邸从驾误坠马

	十九《录异记》
编号	情节/内容
99	庐陵王爱女与汤口村

	二十《唐摭言》		
编号	情节/内容	编号	情节/内容
100	嗣薛王操纵科举定解元	101	王剧援笔草诸王册文

	二十一《开元天宝遗事》		
编号	情节/内容	编号	情节/内容
102	宁王花上金铃	110	宁王宫中灯婢
103	宁王妖烛	111	宁王宫隔障歌
104	申王烛奴	112	猧子乱局
105	岐王香肌暖手	113	申王岐王决云儿
106	申王醉舆	114	宁王嚼麝之谈
107	申王妓围	115	岐王暖玉鞍
108	五王宫中相风旌	116	帝与诸王谈"竹义"
109	岐王宫中占风铎		

	二十二《中朝故事》
编号	情节/内容
117	宣宗落马流浪民间

二十三《北梦琐言》			
编号	情节/内容	编号	情节/内容
118	裴郑立襄王事	120	亲王拜蕃侯
119	请杀德王		

附录四　《全唐诗》所咏唐诸王名胜诗歌存目

唐代滕王阁、滕王亭诗			
编号	作者	篇目	出处
1	王勃	《滕王阁》	卷 55
2	杜甫	《滕王亭子》	卷 228
3	杜甫	《玉台观》	卷 228
4	杜甫	《滕王亭子》	卷 228
5	杜甫	《玉台观》	卷 228
6	钱起	《江行无题一百首》	卷 239
7	白居易	《钟陵饯送》	卷 440
8	李涉	《重登滕王阁》	卷 477
9	许浑	《江西郑常侍赴镇之日有寄，因酬和》	卷 530
10	许浑	《留别赵端公》	卷 535
11	张乔	《滕王阁》	卷 638
12	黄滔	《钟陵故人》	卷 705
13	曹松	《滕王阁春日晚眺》	卷 716
14	花蕊夫人	《宫词》（一作王珪诗）	卷 798

唐代越王楼诗			
编号	作者	篇目	出处
1	乔琳	《绵州越王楼即事》	卷 196
2	杜甫	《越王楼歌》	卷 220
3	王铤	《登越王楼见乔公诗偶题》	卷 272
4	樊宗师	《蜀绵州越王楼诗》	卷 369
5	卢求	《和于中丞登越王楼见寄》	卷 512
6	房千里	《寄妾赵氏》（一作赵氏诗）	卷 516

编号	作者	篇目	出处
7	薛逢	《越王楼送高梓州入朝》	卷 578
8	王铎	《和于兴宗登越王楼诗》	卷 557
9	于兴宗	《夏杪登越王楼临涪江望雪山寄朝中知友》	卷 564
10	杨牢	《奉酬于中丞登越王楼见寄之什》	卷 564
11	李续	《和绵州于中丞登越王楼见寄》	卷 564
12	李汶儒	《和绵州于中丞登越王楼作》	卷 564
13	田章	《和中丞夏杪登越王楼望雪山见寄》	卷 564
14	薛蒙	《和绵州于中丞登越王楼作》	卷 564
15	李邺	《和绵州于中丞登越王楼作》	卷 564
16	于瑰	《和绵州于中丞登越王楼作二首》	卷 564
17	王严	《和于中丞登越王楼》	卷 564
18	刘暌	《题越王楼寄献中丞使君》	卷 564
19	李渥	《秋日登越王楼献于中丞》	卷 564
20	刘璐	《洋州于中丞顷牧左绵题诗越王楼上朝贤继和辄课四韵》	卷 564
21	卢栯	《和于中丞登越王楼作》	卷 564
22	牛徽	《登越王楼即事》	卷 600

唐代魏王堤与魏王池诗

编号	作者	篇目	出处
1	刘禹锡	《三月三日与乐天及河南李尹奉陪裴令公泛洛禊饮各赋十二韵》	卷 362
2	白居易	《魏堤有怀》	卷 448
3	白居易	《魏王堤》	卷 451
4	白居易	《水堂醉卧问杜三十一》	卷 451
5	白居易	《三月三日祓禊洛滨》	卷 456
6	白居易	《和裴令公一日日一年年杂言见赠》	卷 452
7	韦庄	《中渡晚眺》	卷 696
8	韦庄	《菩萨蛮》	卷 892
9	韩愈	《东都遇春》	卷 339
10	佚名	《洛城五凤楼中歌》	卷 875

唐代花萼楼、五王宅与兴庆宫诗

编号	作者	篇目	出处
1	李隆基	《首夏花萼楼观群臣宴宁王山亭回楼下又申之以赏乐赋诗》	卷 3
2	张祜	《杂曲歌辞·千秋乐》	卷 27

编号	作者	篇目	出处
3	刘禹锡	《杂曲歌辞·杨柳枝》	卷 28
4	张说	《杂曲歌辞·踏歌词》	卷 28
5	张说	《奉和圣制花萼楼下宴应制》	卷 88
6	顾况	《八月五日歌》	卷 265
7	王昌龄	《夏月花萼楼酺宴应制》	卷 142
8	杨凌	《春霁花萼楼南闻宫莺》	卷 291
9	郑嵎	《津阳门诗》	卷 567
10	徐铉	《进雪诗》	卷 755
11	无名氏	《宫词》	卷 786
12	刘宪	《奉和幸礼部尚书窦希玠宅应制》	卷 71
13	李乂	《奉和幸礼部尚书窦希玠宅应制》	卷 92
14	萧至忠	《陪幸五王宅》	卷 104
15	刘宪	《奉和幸礼部尚书窦希玠宅应制》	卷 71
16	罗隐	《岐王宅》	卷 665
17	张九龄	《敕赐宁王池宴》	卷 48
18	张说	《奉和圣制过宁王宅应制》	卷 87
19	张说	《奉和圣制同玉真公主过大哥山池题石壁应制》	卷 87
20	李隆基	《春中兴庆宫酺宴》	卷 3
21	李隆基	《游兴庆宫作》	卷 3
22	张说	《奉和圣制春中兴庆宫酺宴应制》	卷 88
23	张说	《奉和圣制暇日与兄弟同游兴庆宫作应制》	卷 88
24	戎昱	《秋望兴庆宫》	卷 270
25	权德舆	《县君赴兴庆宫朝贺载之奉行册礼，因书即事》	卷 329

附录五　唐代王府官除授制诏统计表

一　王傅或王师
1　《授柳冲兼温王师制》
2　《授杨廉陕王傅制》
3　《授殷彦方等王傅制》

	一 王傅或王师
4	《授张崇俊韩王傅制》
5	《授太子宾客王腆等诸王傅制》
6	《贬康承训蜀王傅制》
7	《授（永王傅）窦绍山南东道防御使等制》
8	《授薛昌朝等王傅等制》
9	《授狄兼谟兼益王傅郑柬之兼益王府长史制》
10	《支某除郓王傅卢宾除融州刺史赵全素除福陵令等制》
11	《授前虔王傅赐紫韦师贞光禄卿制》
12	《授前沂王傅赐紫殷盈孙可太子右庶子等制》
13	《授郭保嗣德王傅依前通事舍人等制》

	二 王友
1	《令冀王友谦将兵诏》
2	《授王积薪庆王友制》
3	《深州奏事官卫推试原王友韩季重可兼监察御史充职制》
4	《授卢光启等遂王友制》

	三 王府谘议参军
1	《授王干太子左赞善大夫制》
2	《授吴升太子左赞善大夫制》
3	《授韦抱真虢州别驾制》
4	《授韦汭等太子赞善大夫制》
5	《授卫元珪蜀王府谘议制》
6	《授郭元融宁王府谘议制》
7	《授李夷吾荣王府谘议制》
8	《授王自励原王府谘议制》
9	《授郭皎冀王府谘议制》
10	《陈楚男王府谘议参军君赏可定州长史兼御史军中驱使制》

	四 王府长史
1	《潘好礼邠王府长史诏》
2	《贬潘高阳均王府长史诏》
3	《授（剡王府长史）杨祯太子右谕德制》
4	《授（宋王府长史）郑谞国子司业制》
5	《授向游仙乂王府长史等制》

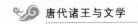

四　王府长史	
6	《授崔子源岐王府长史制》
7	《授王守廉申王府长史制》
8	《授魏明彭王府长史制》
9	《授薛昌族王府长史等制》
10	《源寂可安王府长史制》
11	《兴州刺史郑公逵授王府长史李循授兴州刺史同制》
12	《唐州刺史韦彪授王府长史杨归厚授唐州刺史刘旻授雅州刺史制》
13	《授狄兼谟兼益王傅郑柬之兼益王府长史制》
14	《广州节度使纥干暨贬庆王府长史分司东都制》

五　王府司马	
1	《授田恢温王府司马制》
2	《授（寿王府司马）王震将作少匠制》
3	《授李友信蜀王府司马制》
4	《授王承迪等刺史王府司马制》
5	《魏元通除深王府司马制》
6	《康从固除冀王府司马制》
7	《（彭王府司马）马迥除蜀州别驾等制》
8	《授棣王府司马崔就太常少卿赐紫制》

附录六　唐代应诸王教文学作品存目

诗赋存目		
编号	作者	篇目
1	杜淹	《寒食斗鸡应秦王教》
2	谢偃	《观舞赋》
3	谢偃	《听歌赋》
4	谢偃	《影赋》（非应教，文中已考）
5	谢偃	《尘赋》（非应教，文中已考）
6	虞世南	《初晴应教》
7	虞世南	《奉和咏风应魏王教》

续表

编号	作者	篇目
8	褚亮	《奉和望月应魏王教》
9	刘孝孙：	《游灵山寺》
10	谢偃	《乐府新歌应教》
11－20	王勃	《平台秘略赞十首》
21	骆宾王	《和王记室从赵王春日游陀山寺》
22	李峤	《奉教追赴九成宫途中口号》
23	李峤	《二月奉教作》
24	李峤	《四月奉教作》
25	李峤	《五月奉教作》
26	李峤	《六月奉教作》
27	李峤	《八月奉教作》
28	李峤	《九月奉教作》
29	李峤	《十月奉教作》
30	李峤	《十一月奉教作》
31	李峤	《十二月奉教作》
32	范朝	《宁王山池》
33	张九龄	《申王园亭宴集》
34	张谔	《三日岐王宅》
35	张谔	《岐王山亭》
36	张谔	《岐王席上咏美人》
37	张谔	《延平门高斋亭子应岐王教》
38	郑繇	《失白鹰》
39	丁仙芝	《陪岐王宅宴》
40	高适	《信安王幕府诗》
41	王维	《从岐王过杨氏别业应教》
42	祖咏	《宴吴王宅》
43	王维	《从岐王夜宴卫家池应教》
44	王维	《敕借岐王九成宫避暑应教》
45	王维	《息夫人》
46	崔颢	《岐王席观妓》
47	李白	《口号吴王美人半醉》
48－58	李白	《永王东巡歌十一首》

续表

编号	作者	篇目
59	钱起	《宴曹王宅》

散文存目

编号	作者	篇目
1	岑文本	《龙门山三龛记》
2	裴孝源	《贞观公私画史序》
3	王勃	《檄英王鸡》
4	王勃	《平台秘略论十首》
5	王勃	《为霍王祭徐王文》
6	陈子昂	《为建安王贺契贼表》
7	陈子昂	《为建安王献食表》
8	陈子昂	《为河内王等论军功表》
9	陈子昂	《为建安王谢借马表》
10	陈子昂	《为建安王与辽东书》
11	陈子昂	《为建安王答王尚书送生口书》
12	陈子昂	《为建安王与诸将书》
13	陈子昂	《为建安王与安东诸军州书》
14	陈子昂	《为建安王答王尚书书》
15	陈子昂	《为建安王誓众词》
16	陈子昂	《祃牙文》
17	陈子昂	《为建安王祭苗君文》
18	张说	《为建安王让羽林卫大将军兼检校司宾卿表》
19	张说	《为建安王谢赐衣及药表》
20	张说	《为河内郡王武懿宗平冀州贼契丹等露布》
21	张说	《为河内王作祭陆冀州文》
22	张说	《为建安王让羽林大将军兼司宾卿表》
23	张说	《清边道大总管建安王奏失利表》
24	李峤	《为皇太子请加相王封邑表》
25	李峤	《为武攸暨贺雪表》
26	李峤	《为魏王让执政事第二表》
27	李峤	《为定王让官封表》
28	李峤	《为定王让兼知司礼寺事表》
29	李峤	《为临川王让千牛将军表》

编号	作者	篇目
30	李峤	《为安平王让扬州都督府长史表》
31	李峤	《为建昌王辞夺礼表》
32	李峤	《为魏王武承嗣谢男授官表》
33	李峤	《为魏王贺贼帅李画灭死集新殿成上礼食表》
34	李峤	《为定王上礼食表》
35	富嘉谟	《为建安王贺赦表》
36	宋之问	《为梁王武三思妃让封表》
37	宋之问	《为定王武攸暨请降王位表》
38	宋之问	《〈为定王武攸暨请降王位表〉第二表》
39	崔沔	《为安国相王让东宫第三表》
40	苏颋	《为岐王让太常卿表》
41	张九龄	《为信安王献圣真图表》①
42	刘思立	《为河南王武懿宗论功表》
43	李白	《为吴王谢责赴行在迟滞表》
44	于邵	《为吴王请罪表》
45	常衮	《为代宗让皇太子表》
46	无名氏	《代宣王诵让皇太子表（建中元年正月）》
47	元明	《为宁王谢亡兄赠太子太师表》

① 《文苑英华》载此表为吕温作，考其与信安王所处年代不合，故不取，仍从《全唐文》。

参考文献

（周）左丘明传《左传正义》，（晋）杜预注，（唐）孔颖达正义，北京大学
　　出版社，1999。

（战国）孟轲：《孟子注疏》，（汉）赵岐注，（宋）孙奭疏，北京大学出版
　　社，1999。

（汉）焦赣：《易林》，民国影印明万历本。

（汉）孔安国传《尚书正义》，（唐）孔颖达疏，北京大学出版社，1999。

（汉）毛亨传《毛诗正义》，（汉）郑玄笺，（唐）孔颖达疏，北京大学出版
　　社，1999。

（汉）郑玄注，（唐）贾公彦疏，《周礼注疏》，北京大学出版社，1999。

（汉）郑玄注《礼记正义》，（唐）孔颖达疏，北京大学出版社，1999。

（汉）司马迁：《史记》，中华书局，1959。

（汉）班固：《汉书》，（唐）颜师古注，中华书局，1964。

（汉）赵晔：《吴越春秋》，张觉校注，岳麓书社，2006。

（汉）许慎：《说文解字注》，（清）段玉裁注，凤凰出版社，2007。

（曹魏）曹丕：《魏文帝集全译》，易健贤译注，贵州人民出版社，2008.

（晋）崔豹：《古今注》，中华书局，2006。

（晋）陈寿：《三国志》，（南朝宋）裴松之注，中华书局，1964。

（南朝宋）范晔：《后汉书》，（唐）李贤等注，中华书局，1973。

（南朝宋）刘义庆：《世说新语笺疏》，余嘉锡笺注，中华书局，1983。

（南朝梁）刘勰：《文心雕龙校释》，刘永济校释，中华书局，1962。

（南朝梁）沈约：《宋书》，中华书局，1974。

（南朝梁）萧子显：《南齐书》，中华书局，1974。

（北魏）杨衒之：《洛阳伽蓝记》，范祥雍校正，上海古籍出版社，1978。

（高齐）魏收：《魏书》，中华书局，1974。

（晋）杜预集解《春秋经传集解》，上海古籍出版社，2014。

（唐）李隆基注《孝经注疏》，（宋）邢昺疏，北京大学出版社，1999。

（唐）房玄龄等：《晋书》，中华书局，1974。

（唐）魏徵等：《隋书》，中华书局，1973。

（唐）吴兢：《贞观政要》，中州古籍出版社，2005。

（唐）张彦远：《历代名画记》，上海人民美术出版社，1964。

（唐）张鷟等：《唐五代笔记小说大观》，上海古籍出版社，2006。

（唐）张怀瓘：《书断列传》，台湾商务印书馆，1986。

（唐）张彦远辑《法书要录》，洪丕谟点校，上海书画出版社，1988。

（唐）李林甫：《唐六典》，中华书局，2014。

（唐）杜佑：《通典》，王文锦等点校，中华书局，1988。

（唐）朱景玄：《唐朝名画录》，台湾商务印书馆，1986。

（唐）刘肃：《大唐新语》，许德楠、李鼎霞点校，中华书局，1984。

（唐）欧阳询：《艺文类聚》，汪邵盈校点，上海古籍出版社，1982。

（唐）李世民：《唐太宗全集校注》，吴云等校注，天津古籍出版社，2004。

（唐）王绩：《王无功文集》，韩理洲校点，上海古籍出版社，1987。

（唐）王勃：《王子安集注》，（清）蒋清翊注，上海古籍出版社，1995。

（唐）卢照邻、杨炯：《卢照邻集·杨炯集》，徐明霞点校，中华书局，1980。

（唐）陈子昂：《陈子昂集》，徐鹏校点，中华书局，1962。

（唐）张说：《张说集校注》，熊飞校注，中华书局，2013。

（唐）张九龄：《张九龄集校注》，熊飞校注，中华书局，2008。

（唐）王维：《王维集校注》，陈铁民校注，中华书局，1962。

（唐）孟浩然：《孟浩然诗集笺注》，佟培基笺注，上海古籍出版社，2000。

（唐）李白：《李太白全集》，（清）王琦注，中华书局，2011。

（唐）李白：《李白诗文系年》，詹锳系年，人民文学出版社，1984。

（唐）杜甫：《杜诗详注》，（清）仇兆鳌注，中华书局，2015。

（唐）高适：《高适诗集编年笺注》，刘开扬笺注，中华书局，1981。

（唐）岑参：《岑参集校注》，陈铁民等校注，上海古籍出版社，1981。

（唐）元稹：《元稹集》，冀勤点校，中华书局，1982。

（唐）薛用弱：《集异记》，中华书局，1980。

（唐）张祜：《张祜诗集》，江西人民出版社，1983。

（唐）白居易：《白居易集笺校》，朱金城笺校，上海古籍出版社，1988。

（唐）柳宗元：《柳宗元集》，中华书局，1979。

（唐）李商隐：《李商隐诗歌集解》，刘学锴、余恕诚集解，中华书局，1988。

（唐）杜牧：《樊川文集》，上海古籍出版社，1978。

（后晋）刘昫等：《旧唐书》，中华书局，1975。

（五代）孙光宪：《北梦琐言》，贾二强点校，中华书局，2002。

（宋）欧阳修、宋祁：《新唐书》，中华书局，1975。

（宋）司马光：《资治通鉴》，岳麓书社，1990。

（宋）李焘：《续资治通鉴长编》，中华书局，1995。

（宋）郭若虚：《图画见闻志》，上海人民美术出版社，1963。

（宋）佚名编《宣和画谱》，岳仁注释，湖南美术出版社，1997。

（宋）王溥：《唐会要》，上海古籍出版社，2006。

（宋）罗泌：《路史》，文渊阁四库全书本。

（宋）王应麟：《困学纪闻全校本》，（清）翁元圻等注，乐保群、田松青、
　　　吕宗力校点，上海古籍出版社，2008。

（宋）晁公武：《郡斋读书志》，孙猛校正，中华书局，1990。

（宋）胡仔纂集《苕溪渔隐丛话》，廖德明校点，人民文学出版社，1962。

（宋）计有功编《唐诗纪事》，上海古籍出版社，1987。

（宋）戴埴：《鼠璞》，文渊阁四库全书本，台湾商务印书馆，1986。

（宋）魏庆之：《诗人玉屑》，上海古籍出版社，1978。

（宋）王楙：《野客丛书》，上海古籍出版社，1994。

（宋）岳珂：《宝真斋法书赞》，台湾商务印书馆，1986。

（宋）宋敏求编《唐大诏令集》，中华书局，2008。

（宋）孔延之编《会稽掇英总集》，邹志方点校，人民出版社，2006。

（宋）王钦若等编《册府元龟》，凤凰出版社，2006。

（宋）李昉等编《文苑英华》，中华书局，1966。

（宋）李昉等编《太平广记》，中华书局，1986。

（宋）李昉编《太平御览》，夏剑钦校点，河北教育出版社，1994。

（元）马端临编《文献通考》，中华书局，1986。

（元）脱脱等：《宋史》，中华书局，1975。

（明）胡震亨：《唐音癸签》，上海古籍出版社，1981。

（明）徐师曾：《文体明辨叙说》，罗根泽校点，人民文学出版社，1998。

（清）顾炎武：《日知录》，陈垣校注，安徽大学出版社，2002。

（清）赵翼：《陔余丛考》，中华书局，1975。

（清）何文焕编《历代诗话》，中华书局，1981。

（清）纪昀总纂《四库全书总目提要》，河北人民出版社，2000。

（清）孙承泽：《庚子销夏记》，台湾商务印书馆，1986。

（清）谭嗣同：《仁学》，辽宁人民出版社，1994。

（清）张廷玉等：《明史》，中华书局，1974。

（清）章学诚：《文史通义校注》，叶英校注，中华书局，1983。

（清）许松：《增订唐两京城坊考》，李建超增订，三秦出版社，2006。

（清）董诰等编《全唐文》，中华书局，1983。

（清）彭定求等编《全唐诗》，上海古籍出版社，1986。

（清）王先谦：《荀子集解》，王星贤等点校，中华书局，1988。

（清）马瑞辰：《毛诗传笺通释》，陈金生点校，中华书局，1999。

（清）焦循撰《孟子正义》，沈文倬校点，中华书局，1987。

陈尚君等编《全唐诗补编》，中华书局，1992。

陈尚君辑校《全唐文补编》，中华书局，2005。

陈文忠：《文学理论》，安徽大学出版社，2002。

陈寅恪：《金明馆丛稿初编》，上海古籍出版社，1980。

陈寅恪：《唐代政治史述论稿》，商务印书馆，2011。

方春荣：《中国古代公文选》，安徽大学出版社，2004。

傅璇琮编《唐人选唐诗新编》，陕西人民教育出版社，1996。

傅璇琮等编《翰学三书（一）》，辽宁教育出版社，2011。

傅璇琮：《唐代科举与文学》，陕西人民出版社，2007。

黄永年：《六至九世纪中国政治史》，上海书店出版社，2004。

刘衍：《中国古代散文史》，高等教育出版社，2004。

鲁迅：《中国小说史略》，上海古籍出版社，1998。

牟润孙：《注史斋丛稿》，中华书局，1987。

任半塘：《唐声诗》，上海古籍出版社，1978。

王国维：《人间词话》，中华书局，2010。

王国维：《王国维文集》，中国文史出版社，1997.

王力：《诗词格律》，中华书局，2001。

王仲荦编《北周六典》，中华书局，1979。

闻一多：《唐诗杂论》，上海古籍出版社，1998。

杨树森、张树文：《中国秘书史》，安徽大学出版社，2004。

袁行霈：《中国文学史》，高等教育出版社，2014。

周绍良主编《全唐文新编》，吉林文史出版社，1999。

周绍良主编《唐代墓志汇编》，上海古籍出版社，1992。

周绍良主编《唐代墓志汇编续集》，上海古籍出版社，2001。

〔美〕宇文所安：《初唐诗》，贾晋华译，三联书店，2004。

〔英〕斯密：《原富》，严复译，商务印书馆，1981。

〔英〕甄克斯：《社会通诠》，严复译，商务印书馆，1981。

〔日〕仁井田升：《唐令拾遗》，栗劲、王占通编译，长春出版社，1989。

丁俊：《论〈唐六典〉与开元二十三年机构改革》，《中国典籍与文化》2014
　　年第 1 期。

杜瑞平：《挽歌考》，《中北大学学报》（社会科学版）2005 年第 4 期。

段志凌、杨玮燕：《从两方唐代墓志看岐王李范的书法》，《中国书法》2011
　　年第 5 期。

傅绍良：《唐代政治意义上的文学意识》，《陕西师范大学学报》（哲学社会科
　　学版）2004 年第 1 期。

高仲达：《唐嗣濮王李欣墓发掘简报》，《江汉考古》1980 年第 2 期。

郭殿忱、陈劲松：论《文选》之序体，《北华大学学报》（社会科学版）2003
　　年第 1 期。

郭桂坤：《唐代宗正进士考》，《北京大学学报》（哲学社会科学版）2013 年
　　第 4 期。

韩达：《论初盛唐宗室贵戚子弟的文学教育与宫廷诗风演进》，《西南民族大
　　学学报》（人文社会科学版）2022 年第 4 期。

贺华：《读〈唐高元珪墓志〉》，《碑林集刊》1995 年第 1 期。

介永强：《唐代宗室管理制度论略》，《陕西师范大学学报》（哲学社会科

版）2003 年第 1 期。

雷大川：《中国传统"文治"精神及其现代启示》，《东北师大学报》（哲学社会科学版）2014 年第 2 期。

李彦群：《唐代前期的宗室政策述略》，《云南档案》2009 年第 3 期。

刘向阳：《唐章怀太子李贤两合墓志及有关问题》，《碑林集刊》1998 年第 1 期。

刘志军：《唐濮恭王李泰墓志铭考》，《考古与文物》2020 年第 1 期。

罗宁、武丽霞：《〈邺侯家传〉与〈邺侯外传〉考》，《四川大学学报》2010 年第 4 期。

马俊民：《唐朝的"实封家"与"封户"》，《天津师大学报》1986 年第 3 期。

孟宪实：《论吴王李恪之死——以〈李恪墓志〉为中心》，《文献》2014 年第 3 期。

全锦云：《湖北郧县唐李徽、阎婉墓发掘简报》，《文物》1987 年第 8 期。

孙英刚：《唐前期王府僚佐与地方府州关系考——以墓志资料为中心》，《早期中国史研究》2013 年第 2 期。

唐雯：《新出葛福顺墓志疏证——兼论景云、先天年间的禁军争夺》，《中华文史论丛》2014 年第 4 期。

王宜瑗：《六朝文人挽歌诗的演变和定型》，《文学遗产》2000 年第 5 期。

王卓：《唐朝前期俸禄制度的演变》，《社科纵横》2017 年第 2 期。

吴相洲：《唐诗繁荣原因重述》，《北京大学学报》（哲学社会科学版）2009 年第 5 期。

徐畅：《中唐宗室与文学之家的互动——让皇帝房后人与东平吕氏兄弟交往考》，《文献》2012 年第 3 期。

徐芳：《唐代李唐皇室诗歌中的陇右诗缘》，《天水师范学院学报》2018 年第 1 期。

张继才、聂蒲生：《论周代的宗法制》，《信阳师范学院学报》（哲学社会科学版）2003 年第 6 期。

郑临川：《闻一多先生说唐诗（上）——纪念一多师诞生八十周年》，《社会科学辑刊》1979 年第 4 期。

钟兴龙：《〈唐六典〉撰修始末考》，《古籍整理研究学刊》2006 年第 3 期。

周鼎：《从"国朝旧制"到"开元新制"——唐代宗室群体政治面貌的重

塑》，《中华文史论丛》2013 年第 4 期。

常强：《唐代宗正寺研究》，硕士学位论文，山东大学，2010。

郭丽：《唐代教育与文学》，博士学位论文，南开大学，2012。

季怡菁：《唐代鸿胪寺研究》，硕士学位论文，上海师范大学，2012。

雷艳红：《唐代君权与皇族地位研究》，博士学位论文，厦门大学，2002。

林生海：《唐代弘文崇文两馆研究》，硕士学位论文，首都师范大学，2011。

刘芮方：《周代爵制研究》，博士学位论文，东北师范大学，2011。

刘思怡：《唐代宗室管理制度研究》，博士学位论文，陕西师范大学，2009。

刘文辉：《唐代皇子的教育与诗歌创作》，硕士学位论文，西北大学，2012。

刘智超：《论唐代前期宗室参政》，硕士学位论文，上海师范大学，2011。

王璐：《敦煌写本类书〈兔园策府〉探究》，硕士学位论文，西北师范大学，2006。

薛婧：《唐代宗室文化活动研究》，硕士学位论文，西南大学，2012。

张永帅：《唐长安住宅研究》，硕士学位论文，陕西师范大学，2006。

赵建梅：《唐大和初至大中初的洛阳诗坛》，博士学位论文，中国社会科学院研究生院，2002。

郑迪：《唐前期中央统治集团结构成分与类型分析》，硕士学位论文，中南民族大学，2012。

周鼎：《唐代宗室的政治生态及变迁》，硕士学位论文，华东师范大学，2012。

后 记

2015 年秋，我考入陕西师范大学，师从傅师绍良先生攻读文学博士学位。傅老师主治唐代制度与文学，在西方文论、禅宗等中外思想史、文化史方面也颇有造诣。先前，我对老师的文章、著作进行了系统的学习，做了大量的笔记。这一年，老师刚刚从繁重的行政职务上退下来，有了比较多的自由时间。当时，学校给博士新生安排的课程很少，很多同窗对未来的研究方向感到很迷惘。我的唐代文献底子很薄，对攻读博士学位期间的研究规划也不明晰，然而这种迷惘感没有持续很久。因为每周一的下午，老师都会从雁塔校区赶过来和我们见一面。初时，老师只不过与我们话几句家常，有时在不经意间会问我们读什么书，也偶尔建议我们去听他给本科生上的课。后来，每周一次的"拉家常"遂成傅门入室弟子雷打不动的惯例。老师知识渊博，每次谈话都神情平和，语速不急不缓，氛围轻松活泼。一个月后，我才意识到这是老师为我们开设的每周课程。老师讲课往往是随机的，并没有固定的主题，有时候甚至会问我们对某些网络事件的看法。他同我们聊了唐人选唐诗、李杜优劣论、唐诗的分期、新乐府运动的有无，等等。这些新鲜的话题、新奇的观点，曾深深地震撼了我，也激发了我求知与钻研的兴趣。

老师强调最多的是让我们读原典，在他的督促下，我花了大概半年的时间，精读了《杜诗详注》与《李太白全集》。在一次小课上，老师问："你可以做唐代诸王相关的文章吗？"我说："可以试试看。"课下我就开始查阅相关方面的资料。陈寅恪先生的《唐代政治史述论稿》《隋唐制度渊源略论稿》是我研读唐代文学与唐史的入门之作，稍后又读到其他文史前辈的书。《新唐书》《旧唐书》《全唐诗》《全唐文》《资治通鉴》等大部头典籍，是我在购物节活动中购买的。当我拖着沉甸甸的资料走入宿舍，我的内心无比充实，也充分感受到唐代历史和文学的厚重。

书稿的撰写过程是枯燥的，又是美好的。那时候，陕师大的博士生可以申请单人宿舍。我几乎每天独坐书斋，遨游书海，写作进度快的时候，一个月大概能写五六万字；慢的时候，整天也没有头绪。离群索居的生活，导致我很长时间都不与人交谈，一度非常孤独。幸运的是，在读书期间，我也结识了三五好友，我们会不定期组织小型聚会。彼时，一般是毛蕊掌勺，慕生炜、包玲小帮厨，姜卓提供场地（他的宿舍），冯超带酒，曲经纬伴奏，韩团结蒸饭，我基本上是陪聊，有时候也会被安排去博一楼前的售卖车上买点小菜。毛大厨的手艺很不错，往往谈笑之间，便有佳肴满席，常见者有清炒土豆丝、炝青菜、番茄炒鸡蛋、豆干之类，姜卓兄有一次还给我们分享了家里的大黄杏。曲经纬美姿仪，惯弹吉他，能自度曲，尤善歌李白《将进酒》。杯盘狼藉之后，宴终奏雅者便是此人。每至其时，曲经纬仿佛诗仙附体，只见他面色红润，眉飞色舞，音情顿挫，神采飞扬。一颦一笑，简直风华绝代！可惜，在毛蕊按时毕业后，这样的聚会便不多了。

书稿在 2018 年底完成，凡三易其稿，题目也换了好几次。先是作《唐代王府制度与文学》，后来改为《唐代封建制度与文学》。答辩前夕，在傅老师的指导下改为《唐代诸王与文学》。毕业后，我东归家乡，在洛阳师范学院教书。2022 年，以书稿为基础申请的国家社科基金青年项目"唐代王府制度与文学关系研究"（项目编号：22CZW020）顺利获批。工作之余，我又对书稿进行了部分修改。2022 年底，在同事张红军的介绍下，有幸结识社会科学文献出版社的编辑老师。在编辑老师的指导下，书稿顺利通过选题论证会。2023 年春合同签订后，我利用暑假的时间，重新核对书稿引文，增加文献综述，修正了部分观点。

本书的出版得到洛阳师范学院文学院王建国教授与刘恒教授、河洛文化国际研究中心河洛历史文献研究所主任毛阳光教授的指导与关心，在此一并表示感谢。

郭发喜

2024 年 5 月 8 日于洛阳

图书在版编目（CIP）数据

唐代诸王与文学 / 郭发喜著 . --北京：社会科学
文献出版社，2024.10. --ISBN 978-7-5228-3995-0

Ⅰ . I206.42

中国国家版本馆 CIP 数据核字第 2024AU9546 号

唐代诸王与文学

著　　者／郭发喜

出 版 人／冀祥德
责任编辑／袁卫华
文稿编辑／张静阳
责任印制／王京美

出　　版／社会科学文献出版社·人文分社（010）59367215
　　　　　地址：北京市北三环中路甲 29 号院华龙大厦　邮编：100029
　　　　　网址：www.ssap.com.cn
发　　行／社会科学文献出版社（010）59367028
印　　装／三河市尚艺印装有限公司

规　　格／开 本：787mm×1092mm　1/16
　　　　　印 张：26.5　字 数：432 千字
版　　次／2024 年 10 月第 1 版　2024 年 10 月第 1 次印刷
书　　号／ISBN 978-7-5228-3995-0
定　　价／128.00 元

读者服务电话：4008918866